LA ESTAFADORA

LOS | IMPERDIBLES

JANELLE BROWN

LA ESTAFADORA

Traducción de Marcelo E. Mazzanti

DUOMO EDICIONES

Barcelona, 2021

Título original: *Pretty Things*

Esta traducción ha sido publicada previo acuerdo con Random House,
una división de Penguin Random House LLC.

© 2020, Janelle Brown
© 2021, de la traducción: Marcelo E. Mazzanti
© 2021, de esta edición: Antonio Vallardi Editore S.u.r.l., Milán

Todos los derechos reservados

Primera edición: junio de 2021

Duomo ediciones es un sello de Antonio Vallardi Editore S.u.r.l.
Av. de la Riera de Cassoles, 20. 3.º B. Barcelona, 08012 (España)
www.duomoediciones.com

Gruppo Editoriale Mauri Spagnol S.p.A.
www.maurispagnol.it

ISBN: 978-84-18128-67-7
Código IBIC: FA
DL B 5.684-2021

Diseño de interiores:
Agustí Estruga

Composición:
Grafime

Impresión:
Grafica Veneta S.p.A. di Trebaseleghe (PD)

Impreso en Italia

A Greg

Incluso si al conocerte no me cayeras bien acabaría
cambiando de actitud, porque cuando tratas a alguien
en persona te das cuenta de inmediato de que es un ser
humano y no una especie de caricatura que representa
ciertas ideas. Es en parte por esta razón
que no participo mucho en los círculos literarios; sé por
experiencia que, una vez he conocido y hablado con
alguien, soy incapaz de mostrarme intelectualmente
brutal con él, aun cuando siento que debería.

CARTA DE GEORGE ORWELL
A STEPHEN SPENDER, 15 DE ABRIL DE 1938

Prólogo

DICEN QUE CUANDO UN CUERPO CAE AL LAGO TAHOE no vuelve a salir. Su gélida temperatura y sus enormes profundidades conspiran para mantener alejadas a las bacterias. Aquello que una vez fue humano no se descompone, sino que se ve condenado a vagar por el lecho del lago, en un limbo perpetuo; más materia orgánica que se une al misterioso zoológico que vive en las profundidades inexploradas del Tahoe. En la muerte no hay disparidad.

El Tahoe tiene una profundidad de casi quinientos metros y su edad es de dos millones de años. Los habitantes del lugar se han apropiado de unos cuantos superlativos: su lago es uno de los más profundos de América, el más puro, el más azul, el más frío, el más antiguo. Nadie sabe a ciencia cierta qué hay debajo de sus aguas, aunque todos están seguros de que se trata de algo oscuro y enigmático. Hay mitos de una criatura al estilo del monstruo del lago Ness llamada Tahoe Tessie, a la que nadie se toma en serio por más que vende un montón de camisetas. Pero las cámaras submarinas han captado peces misteriosos en el lecho del lago, unas criaturas muy pálidas parecidas a tiburones que han evolucionado para resistir las temperaturas cercanas a la congelación, reduciendo al máximo la circulación de la sangre por sus venas; criaturas quizá tan antiguas como el lugar.

También se cuentan otras historias, sobre cómo el lago fue usado por la mafia, cuando esta controlaba los casinos de Nevada, como lugar donde tirar a sus víctimas; sobre los magnates del ferrocarril durante la fiebre del oro, para quienes el lago era una fosa muy práctica a la que lanzar a los trabajadores chinos inmigrantes que se dejaban la vida en la construcción de las vías que pasaban por las sierras; y otras historias sobre esposas vengativas, policías corruptos, rastros de asesinatos que llevaban hasta la orilla del lago y desaparecían. Los niños se cuentan entre ellos historias sobre cadáveres movidos por las corrientes del fondo del lago, los ojos abiertos, el pelo flotando, en un limbo permanente.

La nieve cae suavemente en la superficie del lago. Debajo, el cadáver flota lentamente hacia el fondo, sus ojos sin vida elevándose hacia la luz cada vez menor, hasta hundirse en la oscuridad y desaparecer.

NINA

1.

LA DISCO ES UN TEMPLO DEDICADO A LA SAGRADA adoración de la indulgencia. Entre estas paredes no hay nadie que te juzgue. No encontrarás revolucionarios ni manifestantes ni aguafiestas que estropeen la diversión; las cortinas de terciopelo de la entrada vigilan que nada de eso entre. Lo que hay son chicas con abrigos de piel y sedas de diseño, arregladas y presumidas como aves exóticas, y hombres con diamantes en los dientes. Fuegos que salen de botellas de vodka de mil dólares. Hay mármol y cuero y latón pulido hasta brillar como el oro.

El DJ pone un ritmo de bajo profundo y la gente que baila lo vitorea. Levantan sus móviles al cielo y posan y se hacen selfis. Y es que, si esto es una iglesia, las redes sociales son sus escrituras, y esa pequeña pantalla es como se deifican a sí mismos.

Aquí están. El uno por ciento. Los jóvenes y ultrarricos. Hijos de billonarios, *millennials* triunfadores, *fabu-grammers*. *Influencers*. Lo tienen todo y quieren que el mundo entero lo sepa. «Cosas bonitas, hay tantas cosas bonitas en el mundo, y nosotros las conseguimos todas —dice cada una de sus fotos en Instagram—. Envidiad nuestra vida porque es la mejor. Somos *#privilegiados*».

En el centro de todo hay una mujer. Baila desenfrenada en el lugar bajo el que la luz la ilumina en el punto justo, haciendo que le brille la piel. Una fina capa de sudor humedece su frente, sus cabellos oscuros llenos de vida chocan con su rostro mientras contorsiona el cuerpo al ritmo demoledor. Las camareras que se dirigen a las mesas en las que sirven botellas enteras tienen que maniobrar al pasar por su lado, las bengalas de sus bandejas amenazan con quemarle el pelo. Es solo una chica más de Los Ángeles que desea pasar un buen rato.

Pero si la miras de cerca verás que sus ojos entornados se mantienen alerta, atentos, no dejan de observar. Observan a una persona en concreto, un hombre en una mesa a pocos pasos.

Él está borracho, en un reservado con un grupo de amigos, todos hombres, gel en el pelo, chaquetas de cuero, gafas de sol Gucci por la noche, veinteañeros que gritan para hacer oír sus frases entrecortadas por encima de la música y miran con lujuria a todas las mujeres que pasan. De vez en cuando el hombre acerca el rostro a la mesa para esnifar una raya de cocaína, esquivando por poco la flotilla de vasos vacíos que se acumulan en la superficie. Cuando suena una canción de Jay-Z se sube a su asiento y agita una botella gigante de champán, un envase exclusivo y poco frecuente de Cristal, y vierte la espuma por encima de las cabezas de la multitud. Las chicas chillan cuando cincuenta mil dólares de líquido les estropean los vestidos y gotean al suelo, haciéndolas resbalar con sus tacones de aguja. El hombre ríe tan fuerte que casi se cae.

Una camarera carga con otra botella de champán para sustituir la primera; mientras la deja en la mesa él le mete la mano por debajo de la falda, como si la hubiera comprado junto con la bebida. La camarera palidece, temerosa de apartarlo a riesgo de perder lo que promete ser una notable propina, como mínimo el alquiler de un mes. Levanta la vista, desamparada, hacia la mujer de pelo oscuro que sigue bailando a unos pocos pasos. Entonces es cuando esta se pone en marcha.

Va hacia el hombre sin dejar de bailar y, *¡oops!*, tropieza y cae sobre él, apartándole la mano de la entrepierna de la camarera, que se aleja a toda prisa, agradecida. Él suelta un taco en ruso, pero entonces su vista enfoca el botín que acaba de caerle encima. Y es que la mujer es bella —como han de serlo todas aquí para que los gorilas las dejen entrar—, ágil y oscura, quizá con un toque español o latino. No es la más sexi de la disco, no es la más ostentosa, pero va bien vestida y su faldita es sugerentemente corta. Y más importante: ni parpadea cuando él le dirige su mirada, no reacciona de manera alguna a la mano posesiva en su cadera, al aliento amargo en su oreja.

En vez de eso se sienta con él y sus amigos, y permite que le sirva champán, que bebe lentamente mientras él se toma media docena de copas. Las mujeres van y vienen de la mesa, pero ella se queda. Sonríe, flirtea y espera hasta que todos los hombres se distraen por la llegada a una de las mesas cercanas de una estrella del baloncesto habitual de la prensa rosa; entonces, rápidamente y en silencio, vacía el contenido transparente de una ampolla en la bebida de él.

Pasan unos minutos hasta que el hombre se acaba su copa. Se aparta de la mesa, intentando incorporarse. Es entonces cuando ella se inclina y lo besa, cerrando los ojos para contener la repulsión que siente cuando la lengua de él, gruesa y pastosa, explora la suya. Sus amigos lo miran y sueltan obscenidades en ruso. Cuando no puede aguantar más se aparta, le susurra algo al oído, se levanta y le tira de la mano. Un momento después van a la salida de la disco, donde un aparcacoches aparece de inmediato y le acerca un Bugatti color amarillo plátano.

Pero ahora el hombre se siente raro, como a punto de perder el conocimiento. Debe de ser el champán o la cocaína, no está seguro de cuál de las dos cosas, y no pone objeción cuando ella le arrebata las llaves de la mano y se sienta al volante. Antes de desmayarse en el asiento del pasajero consigue darle una dirección en las colinas de Hollywood.

La mujer conduce el Bugatti con cuidado por las calles de Hollywood Oeste, pasando bajo las vallas iluminadas que venden gafas de sol y bolsos de piel y los edificios con anuncios de quince metros que promocionan series de televisión candidatas a los Emmy. Se dirige a las tortuosas pero más tranquilas calles que llevan a Mulholland, todo el tiempo al límite de los nervios. El hombre ronca a su lado y se frota irritado la entrepierna. Cuando llegan por fin a la puerta de la casa ella le pellizca fuerte la mejilla, despertándolo de repente, para que pueda darle el código de entrada.

La puerta del jardín se abre y deja al descubierto un monstruo moderno con paredes hechas enteramente de cristal, una gigantesca jaula de pájaros transparente que cuelga por encima de la ciudad.

Le cuesta un poco conseguir que el hombre se levante de su asiento, y tiene que sostenerlo mientras caminan hacia la puerta. Ve la cámara de seguridad y se aparta de su alcance, y después anota los números que él marca en la entrada sin llave. Al abrirse, a la pareja la recibe el aullido de una alarma de robo. El hombre manipula el teclado de esta y la mujer también lo estudia.

Dentro, la casa está fría como un museo e igual de acogedora. Es obvio que al interiorista le dieron la orden de «más es más» y vertió el contenido de un catálogo de Sotheby's en las salas. Todo es cuero y oro y cristal, con muebles del tamaño de coches pequeños situados bajo candelabros de cristal y cuadros que se acumulan en todas las paredes. Los tacones de la mujer resuenan en suelos de mármol pulidos hasta refulgir como espejos. A través de las ventanas, las luces de Los Ángeles brillan, pulsantes; las vidas de la gente común a la vista, abajo, mientras él flota en el cielo, a salvo de todo.

El hombre está volviendo a perder la consciencia mientras ella lo conduce casi a rastras a través de la gran casa, en busca de su dormitorio. Lo encuentra subiendo unas escaleras, un mausoleo blanco glacial con pieles de cebra en el suelo y chinchilla en las almohadas que da a una piscina iluminada que brilla como una especie de faro extraterrestre en mitad de la noche. Lo conduce hasta la cama y lo deja caer sobre las arrugadas sábanas justo antes de que él se dé la vuelta y vomite. Ella da un saltito atrás para que la porquería no le manche las sandalias y lo contempla con frialdad.

Una vez el hombre vuelve a perder el sentido, ella entra en el lavabo y se frota la lengua frenéticamente con dentífrico. No consigue quitarse su sabor de la boca. Siente un escalofrío, se contempla en el espejo, respira hondo.

De vuelta en el dormitorio, pasa de puntillas evitando el charco de vómito en el suelo y da al hombre un toquecito con un dedo. No responde. Se ha orinado en la cama.

Es entonces cuando ella comienza su verdadero trabajo. Primero entra en el vestidor, con su exhibición de suelo a techo de vaqueros japoneses y zapatillas de deporte en edición limitada, un arcoíris de camisas de seda de colores de helado y finos trajes aún en sus bolsas. La mujer se centra en una mesa expositora cubierta con cristal en el centro de la sala, donde reluce una serie de relojes con diamantes incrustados. Coge el móvil de su bolso y les saca una foto.

Sale del vestidor y vuelve al salón mientras hace un cuidadoso inventario mental: muebles, cuadros, piezas artísticas. Hay una mesilla con un puñado de fotos en marcos de plata; coge una para examinarla, curiosa. En ella sale él pasándole un brazo por el hombro a alguien mucho mayor con labios rosados de bebé retorcidos en una sonrisa babosa, las capas de piel de su papada recogidas a la defensiva bajo la barbilla. Parece alguna especie de potentado industrial, muy seguro de sí mismo. Y eso es exactamente: se trata de Mikael Petrov, oligarca ruso de la potasa y cómplice ocasional del actual dictador. El hombre alcoholizado de la habitación es su hijo Alexi, Alex para sus amigos, los otros jóvenes ricachos rusos con los que se va de marcha por todo el planeta. La mansión llena de arte y antigüedades es la clásica forma de lavar dinero de procedencia poco clara.

La mujer va por toda la casa, tomando nota de elementos que reconoce de las redes sociales de Alexi. Hay un par de sillones Gio Ponti de los años sesenta que deben de valer unos treinta y cinco mil dólares y una mesa y sillas Ruhlmann de jacarandá que superan con creces las seis cifras; una mesilla italiana *vintage* de unos sesenta y dos mil; lo sabe con seguridad porque lo buscó después de verla en el Instagram de Alex, donde aparecía rodeada de bolsas de Roberto Cavalli que él había etiquetado #*caprichos*. Y es que Alexi, al igual que sus amigos, que todos los demás de la disco y que todos los jóvenes privilegiados de entre trece y treinta y tres años, documenta *online* cada uno de sus movimientos, y ella les ha estado prestando mucha atención.

Se da la vuelta, lo absorbe todo, escucha la sala. Con los

años ha aprendido que cada casa tiene su propio carácter, su propia paleta emocional, que queda al descubierto en los momentos de silencio. La forma en que se agitan y paran, hacen tictac y protestan, los ecos que dejan al descubierto los secretos que contienen. En su reluciente silencio, esta casa le habla de la frialdad de la vida en su interior. Es una casa indiferente al sufrimiento, a la que solo le importa el brillo y el pulido y la superficie de las cosas. Es una casa vacía incluso cuando está llena.

La mujer dedica un momento, y no debería, a absorber todas las preciosas obras que posee Alexi; reconoce pinturas de Christopher Wool, Brice Marden, Elizabeth Peyton. Se detiene ante un cuadro de Richard Prince que muestra a una enfermera con una mascarilla quirúrgica ensangrentada, agarrada por detrás por una figura entre las sombras. Los ojos oscuros de ella miran atentamente fuera del encuadre, como dejando que el tiempo pase.

A la mujer no le queda de eso, tiempo: son casi las tres de la mañana. Hace un último recorrido por las habitaciones, mira en los rincones buscando la lucecita delatora de las cámaras interiores de seguridad, pero no ve nada: resulta demasiado peligroso para un joven fiestero como Alexi tener grabaciones de sus propias travesuras. Por fin, sale de la casa y camina descalza hasta Mulholland Drive, los tacones en las manos, y llama un taxi. La adrenalina está bajando, la fatiga empieza a aflorar.

El taxi va hacia el este, hasta una parte de la ciudad donde las casas no se ocultan tras verjas de hierro y están rodeadas de hierbajos más que de césped cuidadosamente cortado. Para cuando el vehículo la deja ante un bungaló cubierto de buganvillas, ella está casi dormida.

Su propia casa es oscura y silenciosa. Se cambia y se mete

en la calma, demasiado cansada como para sacarse la película de sudor y humo que se le ha quedado pegada a la piel.

Hay un hombre, su torso desnudo envuelto en las sábanas. Se despierta en cuanto ella entra en la cama, se apoya en un codo y la contempla en la oscuridad.

—Te vi besarlo. ¿Debería ponerme celoso? —Su voz tiene un ligero acento y suena pastosa por el sueño.

Ella sigue sintiendo el sabor del otro hombre en su boca.

—Por Dios, no.

Él pasa un brazo por detrás de la mujer y enciende la lamparilla para poder examinarla mejor. Escruta su rostro en busca de golpes invisibles.

—Me tenías preocupado. Esos rusos no se van con chiquitas.

Ella parpadea a la luz mientras su chico le acaricia la mejilla.

—Estoy bien —dice, y por fin todo su valor se esfuma y todo su cuerpo tiembla por el estrés, aunque también, es cierto, por la emoción, por el subidón de lo vivido—. Lo llevé a casa en su Bugatti. Conseguí entrar, Lachlan. Lo tengo todo.

La cara de él se ilumina.

—Perfecto. Mira que eres lista.

La atrae hacia sí y la besa con fuerza. Los pelos de la barbilla le rascan la suya, sus manos se adentran bajo la camisa del pijama de ella.

La mujer también busca su contacto, sube la mano por la suave piel de su espalda, siente sus músculos bajo la palma. Se deja transportar al estado crepuscular entre la excitación y el agotamiento, una especie de sueño en vela en el que pasado, presente y futuro se funden en una mancha atemporal, y piensa en la casa de cristal de Mulholland, piensa en el cuadro de Richard Prince, en la enfermera ensangrentada que vigila las heladas habitaciones, una guardiana silenciosa contra la noche, esperando en su prisión de cristal, esperando.

¿Y qué hay de Alexi? Por la mañana se despertará sobre un charco seco de su propia orina y deseará poder separar la cabeza del cuerpo. Mandará un mensaje a sus amigos, que le dirán que se fue con una morena espectacular, pero él mismo no recordará nada. Primero se preguntará si consiguió follársela antes de perder el sentido, y si puede sumarla a la lista de sus conquistas aunque no lo recuerde; y después se preguntará sin demasiado interés quién era. Nadie podrá decírselo.

Aunque yo sí podría. Porque esa mujer soy yo.

2.

TODOS LOS CRIMINALES TIENEN UN *MODUS OPERANDI*, y este es el mío: miro y espero. Estudio lo que tiene la gente y dónde lo tiene. Me resulta fácil porque me lo muestran. Sus cuentas en las redes sociales son como ventanas que han abierto a sus mundos, rogándome que mire dentro y haga inventario.

Por ejemplo, encontré a Alexi Petrov en Instagram. Era un día más de mirar fotos de desconocidos hasta que me llamó la atención un Bugatti de color amarillo plátano y el hombre sentado sobre el capó con una sonrisa de autosatisfacción que me dijo exactamente lo que pensaba de sí mismo. Hacia el fin de semana ya lo sabía todo sobre él: quiénes eran sus amigos y su familia, dónde le gustaba ir de fiesta, las tiendas en las que compraba, los restaurantes en los que cenaba, las discos en las que bebía, así como su falta de respeto por las mujeres, lo racista que era sin siquiera pensarlo y su ego por las nubes. Todo ello, cómodamente geolocalizado, *hashtagueado*, catalogado, documentado.

Miro, espero. Y entonces, en cuanto surge la oportunidad, me hago con ello.

Entrar en contacto con esa clase de gente resulta más fácil

de lo que parece. A fin de cuentas, regalan al mundo información al minuto sobre sus itinerarios. Lo único que tengo que hacer es colocarme en mitad de su camino. Todos abren sus puertas a las chicas guapas y bien vestidas, sin hacerles demasiadas preguntas. Una vez has entrado, todo está en el *timing*: esperar a que el bolso se quede abandonado en una mesa mientras su dueña está en el lavabo, esperar a que saquen los vaporizadores y alcancen el nivel adecuado de cuelgue, esperar a que la multitud te arrastre consigo y se presente el momento perfecto de descuido.

He aprendido que los ricos —los jóvenes ricos muy especialmente— son muy descuidados.

Así que esto es lo que va a pasarle a Alexi Petrov: dentro de unas pocas semanas, cuando esta noche (y mi presencia en ella) se haya convertido en un vago recuerdo entre rayas de cocaína, va a coger sus maletas LV para ir a pasar una semana en Los Cabos con una docena de sus amigos de la *jet set*. Publicará fotos en Instagram de él mismo subiendo a bordo de un *#gulfstream* forrado de *#versace*, bebiendo *#domperignon* de una cubitera de *#oromacizo*, tomando el sol en la cubierta de un yate, en *#mexico*, junto con la *#beautifulpeople*.

Y mientras él no está, una furgoneta aparcará frente a su mansión vacía. En ella habrá el logo de un negocio inexistente de restauración de muebles y almacenaje de obras de arte, por si los vecinos miran desde el interior de sus propias fortalezas amuralladas (que no será el caso). Mi socio —Lachlan, el hombre de mi cama— entrará en la casa usando los códigos de la puerta y de la alarma que le he conseguido. Elegirá las piezas que le he señalado —dos de los relojes ligeramente menos valiosos, un par de gemelos de diamantes, los sillones Gio Ponti, la mesilla italiana y unas cuantas cosas más— y los meterá en la furgo.

Podríamos robarle mucho más, pero no lo haremos. Seguiremos las reglas que creé cuando empezamos con esto hace unos años: no coger demasiado, no ser codiciosos. Hacernos solo con lo que no vayan a echar de menos. Y robar únicamente a quienes pueden permitírselo.

REGLAS BÁSICAS DEL ROBO

1. No robar nunca obras de arte. Por tentador que resulte, ese cuadro que vale millones de dólares —cualquiera de un artista reconocible— va a resultar imposible de mover. Ni los señores de la droga latinos van a pagar por un Basquiat robado que nunca podrían revender en el mercado legal.

2. Las joyas son fáciles de robar, pero las verdaderamente valiosas a menudo son únicas, y por tanto demasiado identificables. Coger menos piezas, desmontar las piedras y venderlas.

3. Los objetos de marca —relojes caros, ropa de diseño, bolsos— son siempre una buena apuesta. Ofrece ese Patek Philippe en eBay y enseguida te lo comprará algún informático de Hoboken que ha recibido su primer gran cheque y quiere impresionar a sus amigos. (En esto la paciencia resulta clave: es mejor esperar seis meses, por si las autoridades buscan objetos robados en internet).

4. Dinero en metálico. Siempre lo ideal para cualquier ladrón, aunque también lo más difícil de conseguir. Los niñatos ricos llevan tarjetas Centurion, no van con fajos de billetes… aunque una vez encontré doce mil dólares en el bolsillo del asiento de una limusina propiedad del hijo de un magnate de las telecomunicaciones de Chengdu. Fue una buena noche.

5. Muebles. Es necesario tener muy buen ojo. Hay que saber de antigüedades —como en mi caso, gracias a mi título de

Historia del Arte (no es que le haya sacado mucho más provecho)— y también cómo venderlas; no puedes ponerte en una esquina con una mesilla de café de Nakashima Minguren y esperar a que alguien que pase lleve treinta mil dólares en el bolsillo.

Robé tres bolsos Birkin y un abrigo de piel Fendi del armario de la estrella del *reality Shopaholix*; me fui de una fiesta en la mansión de un gestor de fondos con un jarrón Ming escondido en una bolsa de tela y le saqué un anillo con un diamante amarillo del dedo a la heredera de un magnate chino del acero mientras estaba desmayada en una bañera del Beverly Hills Hotel; una vez hasta saqué un Maserati del garaje de una estrella veinteañera de YouTube conocida por sus vídeos de escenas de riesgo al volante, pero tuve que abandonarlo en Culver City porque resultaba demasiado identificable como para venderlo.

Así, los gemelos de Alexi irán a parar a un joyero de mala reputación del centro, donde serán desmontados y revendidos; los relojes serán ofrecidos en una tienda *online* de lujo a un precio imposible de resistir; y los muebles acabarán en un almacén en Van Nuys, a la espera de su destino final. Por fin, un traficante israelí de antigüedades llamado Efram visitará el almacén para echar un vistazo al contenido. Meterá los muebles en cajas y los transportará por mar hasta un puerto franco en Suiza, donde nadie se molestará en comprobar su procedencia y los clientes tienden a pagar con dinero en metálico y conseguido de formas cuestionables. Lo que le saquemos a Alexi acabará en colecciones en São Paulo, Shanghái, Baréin, Kiev. Efram se llevará el setenta por ciento de los beneficios; eso sí que es un robo, pero sin él no somos nadie.

Al final, Lachlan y yo acabaremos repartiéndonos ciento cuarenta y cinco mil dólares.

¿Cuánto tardará Alexi en darse cuenta de que le han robado? A juzgar por la actividad en su cuenta de Instagram, le llevará tres días tras su regreso de México recuperarse de la resaca, ir a la sala de estar y ver que hay algo raro, ¿no había un par de sillones tapizados en oro y terciopelo en ese rincón? (Será el mismo día en el que publicará una foto de una botella de Patrón a las ocho de la mañana, con el texto *Mierda creo que me vuelvo loco necesito tequila*). Pero no denunciará el robo a la policía; los de su clase casi nunca lo hacen: ¿quién quiere tener que lidiar con el papeleo, los entrometidos de la autoridad y todo ese cansino lío, total, por unos pocos trastos que nunca van a ser recuperados y pueden sustituirse tan fácilmente?

Los superricos no son como tú y yo. Nosotros sabemos dónde está nuestro dinero cada minuto del día, lo que rinde y dónde está cada una de nuestras posesiones más queridas. Por el contrario, ellos tienen su dinero en tantos lugares que a menudo se olvidan de lo que tienen y dónde se supone que está. El orgullo que sienten por el valor de los objetos que poseen —«¡2,3 millones de dólares por este convertible McLaren!»— es a menudo el disfraz con el que ocultan el poco interés que sienten por su cuidado. El coche se estrella, el cuadro se estropea por el humo de cigarrillo, el vestido de alta costura se rompe con el primer uso. Aparte de la capacidad de presumir de ella, la belleza es transitoria; siempre hay algo más nuevo, más brillante, que lo sustituya.

Lo que fácil llega, fácil se va.

3.

EL NOVIEMBRE DE LOS ÁNGELES ES COMO EL VERANO
de casi cualquier otro lugar. El viento de Santa Ana ha traído
una ola de calor; el sol cocina las partículas de porquería de
los cañones y libera aromas de mofeta y jazmín. En mi casa
las enredaderas de buganvilla golpean las ventanas y pierden las
hojas, que caen y dejan pilas desesperadas en el suelo.

Un viernes, un mes después de lo de Alexi, me despierto
tarde. La casa está vacía. Cojo el coche y bajo la colina, voy a
por café y una clase de yoga, y cuando vuelvo saco una novela al porche y me acomodo para pasar una mañana tranquila.
Mi vecina de al lado, Lisa, transporta bolsas de abono desde
su coche hasta el jardín trasero, seguramente destinadas a la
pequeña plantación de marihuana que ha montado. Me sa-
luda con la cabeza al pasar.

Llevo tres años viviendo aquí, mi nidito, un bungaló de
dos plantas, de madera, que comenzó su vida cien años atrás
como cabaña de caza. Lo comparto con mi madre. Nuestro
hogar está en una esquina olvidada del Echo Park, descuidado y con la vegetación convertida en maleza, demasiado apartado para las inmobiliarias y poco molón para los
hipsters que están gentrificando el barrio y haciendo subir

los precios por toda la colina. Si un día nublado sales fuera, puedes oír los gruñidos de la autopista bajo la colina, pero, aparte de eso, aquí arriba se está como si te encontraras muy lejos del resto de la ciudad.

Mis vecinos cultivan maría en el jardín, coleccionan alfarería rota, escriben poesía y manifiestos políticos y decoran sus vallas con trocitos de cristal encontrados a la orilla del mar. Nadie de por aquí se preocupa de mantener sus jardines, nadie tiene césped que cuidar meticulosamente. Más bien valoran el espacio, la privacidad, no tener que pensar en el qué dirán. Viví un año aquí antes de conocer el nombre de Lisa, y eso fue solo porque su ejemplar del *Herb Quarterly* fue a parar por error a mi buzón.

Hoy la saludo con el brazo y me abro paso por mi propio patio descuidado y lleno de trastos hasta el desvencijado trozo de valla que separa nuestras propiedades.

—¡Hola! Tengo algo para ti.

Ella se aparta un rizo canoso de la cara con el guante de jardín y viene hacia mí. Cuando la tengo lo bastante cerca, meto la mano por la valla y le dejo un cheque doblado por la mitad en el bolsillo de sus vaqueros.

—Para los niños —le digo.

Ella se limpia los guantes en el trasero de los pantalones, dejando en ellos unas medialunas de tierra marrón.

—¿Otra vez?

—El trabajo va bien.

Sonríe y me dedica una sonrisa cómplice.

—Me alegro por ti. Y por nosotros.

Quizá le parezca sospechoso que su vecina, la «anticuaria», le ofrezca regularmente cheques de cuatro cifras, pero nunca ha dicho nada al respecto. Creo que si supiera la verdad tampoco me juzgaría. Lisa lleva una oenegé dedicada a defender a niños en los tribunales, niños que han ido a parar allí debido a abusos y falta de atención; seguro que la alegraría en secreto, igual que a mí, el saber que parte del dinero que les saco a los niños más mimados del mundo va a parar a los que menos tienen.

(Y sí, sé que el cheque es un intento de tranquilizar mi conciencia, igual que los grandes ladrones que también firman cheques para obras caritativas y se llaman a sí mismos «filántropos»; pero a fin de cuentas todos salimos ganando, ¿no?).

Lisa mira la casa por encima de mi hombro.

—He visto a tu madre irse en taxi muy temprano.

—Ha ido a que le hagan un TAC.

Una mueca de preocupación.

—¿Va todo bien?

—Sí, es solo un control rutinario. Su médico es optimista; los últimos TAC son prometedores. Lo más probable es que... —Dejo la frase colgando, demasiado supersticiosa como para articular la palabra que más deseo pronunciar: «Remisión».

—Debe de ser todo un alivio. —Se balancea sobre los tacones de sus botas de trabajo—. Entonces, ¿qué? ¿Te quedarás si está bien?

Estar bien. Esas palabras me producen un escalofrío. No hablan únicamente de salud sino también de tranquilidad, cielos azules, libertad, un camino abierto hacia el futuro. Últimamente he estado pensando; no mucho, solo un poco. Me he visto en la cama, por la noche, oyendo la respiración profunda de Lachlan y dando vueltas en la cabeza a las posibilidades. «Qué será lo siguiente». A pesar de los subidones de adrenalina que me proporciona lo que hago —la emoción egoísta, por no mencionar las ventajas económicas—, no es mi intención que dure para siempre.

—No estoy segura —contesto—. Me siento un poco inquieta. Estoy pensando en volver a Nueva York.

Es cierto, aunque cuando se lo mencioné a mi madre hace unos meses —«Quizá cuando estés sana del todo vuelva a la Costa Este»— la cara de horror que puso fue suficiente como para que se me quedara el resto de la frase atascada en la garganta.

—Igual te conviene empezar de nuevo —dice Lisa sin ninguna intención especial en su voz. Se aparta el pelo de los ojos y me mira fijamente. Me sonrojo.

Un coche da la vuelta a la esquina y avanza lentamente por el ajado asfalto. Es el BMW *vintage* de Lachlan, con el motor protestando por el esfuerzo de haber subido la colina.

Lisa levanta una ceja, se mete el cheque más adentro en el bolsillo empujándolo con el meñique y se lleva al cuello la bolsa de abono.

—Ven a casa un día de estos a tomarte un *matcha* —dice mientras Lachlan frena ante el garaje, detrás de mí. Ella desaparece en su jardín.

Oigo abrirse la puerta del coche y siento los brazos de Lachlan en mi cintura. Aprieta la pelvis contra mi trasero. Me doy la vuelta en sus brazos para verle la cara. Sus labios empiezan por mi frente y bajan por una mejilla hasta acabar en mi cuello.

—Sí que estás de buen humor —le digo.

Da un paso atrás, se desabrocha el botón de arriba de la camisa y se limpia una gota de sudor de la frente. Con una mano se protege el rostro del sol. Mi compañero es un animal nocturno; sus ojos azules traslúcidos y su piel pálida están más preparados para lugares oscuros que para el abrasador sol de Los Ángeles.

—En realidad, estoy un poco fastidiado. Efram no ha aparecido.

—¿Cómo? ¿Por qué? —Efram aún me debe cuarenta y siete mil dólares por lo de Alexi. «Quizá no tendría que haberle dado aún el cheque a Lisa», pienso alarmada.

Lachlan se encoge de hombros.

—Quién sabe. Ya lo ha hecho otras veces. Tendrá algún lío y no habrá podido llamar. Le he dejado un mensaje. En fin, más tarde iré a mi casa a ver cómo va todo. Quizá pase un momento por su tienda mientras estoy en el West Side.

—Ah. —Así que Lachlan va a desaparecer de nuevo hasta que nos salga otro trabajito. He aprendido que es mejor no preguntarle cuándo va a volver.

Cosas que sé de Lachlan: creció en Irlanda, muy pobre, en una de esas enormes familias católicas que tienen un niño en cada cajón. Pensó que el teatro le permitiría salir de esa vida miserable y con veinte años se vino a América para intentar triunfar en Broadway. De eso hace dos décadas, y lo sucedido entre entonces y el día en que lo conocí, hace tres años, no está muy claro. Podría conducirse un camión por entre los agujeros que quedan en lo que elige compartir.

Lo que sí sé es que como actor no llegó a ninguna parte. Tuvo papeles secundarios en obras marginales, en Nueva York, en Chicago y por fin en Los Ángeles, y lo despidieron el primer día de su gran oportunidad en el cine independiente porque su acento era «demasiado irlandés». Con el tiempo descubrió que podía dedicar su talento a asuntos más lucrativos, aunque menos legales: se hizo estafador.

Cuando lo conocí no me cayó muy bien, pero con el tiempo descubrí que somos almas gemelas. Él sabía lo que era mirar la vida desde fuera. Qué se siente siendo una criatura que come judías para cenar y sueña con comer filetes, que cree que la brillante luz del arte —en su caso el teatro, en el mío las bellas artes— puede iluminar el camino de una vida desagradable pero no hace más que encontrar muros que le impiden avanzar, que sabe bien por qué alguien puede preferir ocultar su pasado.

Lachlan es un buen socio, pero no tan buena pareja. Mientras hacemos un trabajo juntos parecemos hermanos siameses unidos por las caderas durante tanto tiempo como haga falta, pero después desaparece semanas enteras y no contesta en ninguno de sus números de teléfono. Sé que hace trabajillos sin mí, pero no quiere decirme cuáles. De repente me despierto en mitad de la noche y me encuentro con que se ha metido en mi cama y me ha colocado una mano entre las piernas. Y yo me abro totalmente cada vez. No le pregunto dónde ha estado; no quiero saberlo. Simplemente me alegro de que haya vuelto. La verdad es que lo necesito demasiado como para insistirle.

¿Le quiero? No podría contestar con seguridad que sí, aunque tampoco que no. Esto es lo último que sé de él: su mano en mi piel desnuda hace que me funda. Cuando entra en una habitación en la que estoy yo es como si pasara una corriente eléctrica entre nosotros. Es la única persona del mundo que lo sabe todo sobre qué soy y de dónde vengo, y eso me hace vulnerable ante él de una forma que me resulta a la vez desesperante y estimulante.

Existen muchas variedades de amor: en el menú vienen diferentes sabores, y no veo por qué el nuestro no podría ser uno de ellos. El amor puede tener el significado que quieras darle a la palabra mientras las dos personas implicadas estén de acuerdo.

Me dijo que me quería a las pocas semanas de conocernos. Elegí creerle.

O quizás es que a fin de cuentas sí que es muy buen actor.

—Tengo que ir a recoger a mamá a la clínica —le digo.

Conduzco hacia el oeste bajo el sol del mediodía, hacia la parte de la ciudad donde normalmente viven mis pardillos. La clínica está en West Hollywood, un edificio de pocos pisos acoplado como un percebe al complejo del Cedars-Sinai. Al llegar veo a mi madre sentada en los escalones con un cigarrillo sin encender entre los dedos. Una de las tiras de su vestido de verano se le ha caído a un lado.

Freno un poco, entorno los ojos y la miro por el parabrisas. Mientras paso por la entrada del aparcamiento, mi mente se fija en los elementos más extraños de la imagen: que esté allá afuera, cuando se suponía que tenía que encontrarme con ella dentro; que tenga un cigarrillo en la mano aunque dejó de fumar hace tres años; su mirada perdida en el horizonte mientras parpadea a la fina luz de noviembre.

Cuando me detengo delante de ella y bajo la ventanilla, levanta la cabeza y me dedica una sonrisa de compromiso. El rosa (demasiado rosa) de los labios se le ha salido por arriba y ha formado una mancha.

—¿Llego tarde?

—No —contesta—. Ya estoy.

Miro el reloj del salpicadero. Juraría que me dijo que viniera a las doce, y solo son las 11:53.

—¿Por qué estás ahí afuera? Creía que habíamos quedado dentro.

Suspira y se incorpora con dificultad. Las tiritas en su muñeca se expanden por el esfuerzo.

—No soporto estar ahí. Hace mucho frío. Tenía que salir al sol. El caso es que hemos acabado antes.

Abre la puerta y se acomoda con cuidado en el asiento de cuero rajado. No sé qué truco ha hecho, pero el cigarrillo ya ha desaparecido en el bolso que tiene junto a la cadera. Se ahueca el pelo con los dedos y mira por el parabrisas.

—Vámonos.

Mi madre, mi bella madre. Por Dios, cuánto la adoraba de pequeña. Sus cabellos que olían a coco y brillaban dorados al sol; la humedad de sus labios pintados contra mi mejilla, dejándome marcas de su amor; la sensación de estar apretada contra su pecho, como si yo fuera a escalar toda esa carne blanda y esconderme, a salvo, dentro. Su risa era una escala ascendente, aérea, y todo la hacía reír: mi expresión amarga cuando me ponía perritos calientes congelados para cenar, la forma en que el hombre que vino a llevarse nuestro coche porque no pudimos pagarlo se rascaba su enorme culo mientras enganchaba el vehículo a la grúa de su camión, cómo nos escondíamos en el baño cuando la casera llamaba a la puerta exigiendo el alquiler atrasado.

—Es que es para reírse —decía mamá, agitando la cabeza como si fuera imposible resistirse ante tanta comedia.

Ahora ya no ríe demasiado. Y eso, más que nada de lo que le ha pasado, me parte el corazón. Dejó de reírse el día en que el médico nos dio el diagnóstico: no estaba «solo cansada», como protestó ella, y no estaba perdiendo peso porque se hubiera quedado sin apetito. Tenía un linfoma, no uno de Hodgkin; un cáncer probablemente tratable pero muy caro y que tenía una malvada tendencia a recuperarse cuando estaba a punto de desaparecer y a volver una y otra vez *ad nauseam*.

Aquello no era «para reírse», aunque ella lo intentó.

—No pasa nada, cariño, ya se arreglará. Al final todo irá bien —me dijo después de que el médico se fuera el primer día, cogiéndome de la mano mientras yo lloraba. Intentaba mantener un tono despreocupado, pero noté que estaba mintiendo.

Mi madre siempre había vivido como si estuviera viajando en un tren, preparándose para la siguiente parada; si no le gustaba donde había ido a parar, volvía a subirse y seguía hasta la siguiente estación. Aquel día, en la consulta del médico, supo que no solo la habían echado del tren en la peor parada de la línea, sino que seguramente sería su estación término.

De eso hace casi tres años.

Así es ahora mi madre: cabellos aún cortos y desparejos desde que volvieron a crecerle tras la última ronda de quimio, los rizos ahora muy gruesos, el color rubio un poco demasiado próximo a la desesperación, el escote cóncavo con las costillas visibles debajo, las manos suaves ahora venosas a pesar de la pintura de uñas de color cereza pensada para distraer la vista de estas; enjuta, frágil, nada de fina y brillante. Cuarenta y ocho años y parece que tenga diez más.

Hoy ha hecho un esfuerzo —el vestido, el lápiz de labios—, cosa que me anima. Pero no puedo evitar la sensación de que algo va mal. Veo unas hojas dobladas en cuatro que asoman del bolsillo de su falda.

—Ah, ¿ya tienes los resultados? ¿Qué ha dicho el médico?

—Nada —me contesta—. No ha dicho nada.

—Y una mierda. —Extiendo el brazo e intento coger los papeles. Ella me da una palmada para que aparte la mano.

—¿Y si vamos a que nos hagan los pies? —propone, su voz tan falsa y pegajosa como una niña con un caramelo de aspartamo.

—¿Y si me cuentas qué dicen las pruebas?

Vuelvo a intentar coger los resultados, y esta vez mi madre se queda inmóvil. Intento no romper las hojas mientras me hago con ellas, y el corazón me late en *staccato* porque ya sé lo que dicen. Lo sé por la expresión resignada de ella, las ligeras manchas negras bajo sus ojos, donde el rímel se ha corrido hace poco y se lo ha limpiado con los dedos. Lo sé porque así es la vida: cuando crees que has llegado a la zona de gol, miras y ves que han alejado más la portería mientras estabas demasiado concentrada en el terreno que tenías justo delante.

Y así, mientras mis ojos pasean por el resultado del TAC con sus inescrutables gráficos, sus densos párrafos de jerigonza médica, ya sé lo que voy a encontrarme. Y, por supuesto, ahí está, en la última página: los familiares tumores grises en las rodajas del cuerpo de mi madre, agarrados a su bazo, su estómago, su columna.

—He recaído —dice mi madre—. Otra vez.

Siento como se extiende el desamparo por mi propio estómago.

—Ay, Dios. No. No, no, no.

Ella me arranca los papeles de entre los dedos y vuelve a cerrarlos cuidadosamente por los mismos pliegues.

—Ya sabíamos que era probable que pasara —dice en voz baja.

—No, no lo sabíamos. El doctor dijo que el último tratamiento sería el definitivo, por eso... Dios, no entiendo... —No acabo la frase. No es eso lo que quería decir, pero mi primera idea ha sido que nos han timado. «El doctor dijo... No es justo...», pienso, como una niña con una pataleta. Echo el freno—. Voy a hablar con el médico. Tiene que haber algún error.

—No lo hagas —me pide—. Por favor. Ya he hablado yo con el doctor Hawthorne. Tenemos un plan. Esta vez quiere probar la radioinmunoterapia. Hay un medicamento nuevo, creo que se llama Advextrix. La FDA acaba de aprobarlo, y los resultados son muy prometedores. Es hasta mejor que los trasplantes de células madre. El doctor cree que soy una buena candidata. —Suelta una risita—. Lo bueno es que esta vez no se me va a caer el pelo. No tendrás que verme convertida en una bola de billar.

—Oh, mamá. —Consigo simular una sonrisa—. Me da igual el pelo que tengas.

Ella mira por el parabrisas los coches que pasan por nuestro lado en el Beverly Boulevard, con expresión decidida.

—Lo único es que el medicamento es caro. El seguro no lo cubre.

«Por supuesto que no».

—Ya se me ocurrirá algo.

Me mira de lado y parpadea con sus abultadas pestañas.

—Cada dosis cuesta unos quince mil dólares. Voy a necesitar dieciséis.

—No te preocupes por eso. Tú encárgate de ponerte buena de nuevo. Confía en mí; yo me ocupo de todo lo demás.

—Confío. Eres la única persona en la que confío, ya lo sabes. —Me mira—. No te preocupes tanto, cariño. Lo único importante es que seguimos teniéndonos la una a la otra. Eso es lo único que hemos tenido siempre.

Asiento y extiendo una mano hacia ella. Pienso en una factura que sigue en mi escritorio, en casa, de la última ronda; es la que el pago de Efram iba a cubrir. Será la tercera recaída de mamá en su linfoma; ni el primer tratamiento (quimio básica, solo parcialmente cubierta por el mínimo seguro de ella), ni el segundo (un trasplante agresivo de células madre, no cubierto en absoluto) consiguieron mantener a los tumores a raya más de un año. Hace poco sumé los costes de la enfermedad y nos estábamos acercando a las seis cifras. Esta última ronda nos hará entrar en las siete.

Siento ganas de gritar. Se suponía que el trasplante de células madre tenía un ochenta y dos por ciento de posibilidades de éxito; yo di la remisión por supuesta. ¿Cómo iba a ser mi madre parte del otro dieciocho por ciento? ¿No fue por eso que asentí sin parpadear ante el abultado precio? ¿No ha sido esa la justificación que me he dado para todo lo que he hecho estos últimos años?

«Hemos estado a punto de conseguirlo», pienso ahora, mientras vuelvo a poner en marcha el motor y salimos al tráfico. No es hasta que siento la fría mano de mi madre sobre la mía y veo que me intenta pasar un pañuelito que me doy cuenta de que estoy llorando, aunque no acabo de estar segura de a qué se deben las lágrimas, si a mi madre y a los tumores invisibles que de nuevo la están devorando desde dentro o a mi propio futuro y lo oscuro que vuelve a parecer.

Mi madre y yo volvemos en silencio casi completo. Su diagnóstico es casi como una pesada roca entre nosotras. No dejo de darle vueltas al «Y ahora qué». El medicamento va a ser solo la mitad; el coste total de esta ronda será sin duda de más de medio millón. He sido demasiado optimista y no tengo nuevos trabajos en el horizonte; qué ingenua, pensar que esto estaba superado y podía pasar a otra cosa. Examino mentalmente los rostros que he agregado a mis favoritos en las redes, los principitos y aspirantes a famosillos que ahora estarán pululando por Beverly Hills. Intento recordar los ostentosos inventarios que han mostrado en Instagram. Pensar en eso me hace sentir un punto de rabia que me ayuda a elevarme por encima del cansancio. Ya estamos otra vez.

Al llegar a casa me sorprende ver que el coche de Lachlan sigue en la entrada. Mientras aparcamos veo un movimiento en una cortina, su rostro pálido tras el cristal, y vuelve a desaparecer.

Cuando entramos veo que las luces están apagadas y las cortinas bajadas; toda la casa tiene un brillo pálido. Enciendo el interruptor de la luz y veo a Lachlan parado ante la puerta, parpadeando ante la iluminación repentina. Vuelve a apagarla y me aparta de la puerta.

Detrás de mí, mi madre duda. Él la mira desde encima de mi hombro.

—Lily-belle, ¿cómo han ido las pruebas? ¿Estás bien?

—No mucho —responde ella—. Pero ahora no me apetece hablar de eso. ¿Por qué están apagadas las luces?

Lachlan me mira con expresión preocupada.

—Tú y yo tenemos que hablar —me dice en voz baja. Me coge del codo y me conduce hasta un rincón de la sala—. Lily-belle, ¿te importa? Necesito un momento con Nina.

Ella asiente, pero va hacia la cocina a velocidad glacial, la curiosidad brillando en sus ojos.

—Voy a hacer la comida.

Una vez no puede oírnos, él me acerca más hacia sí y me susurra al oído:

—Ha venido la policía.

Doy un paso atrás.

—¿Qué? ¿Cuándo?

—Hace una hora o dos, poco después de que te fueras a recoger a tu madre.

—¿Qué querían? ¿Has hablado con ellos?

—Joder, no; no soy idiota. No he abierto y me he escondido en el baño, ¿vale? Te estaban buscando a ti. Oí cómo le preguntaban a tu vecina si vives aquí.

—¿A Lisa? ¿Y ella qué ha dicho?

—Que no sabía ni cómo te llamas. No se ha cortado un pelo.

«Gracias, Lisa», pienso.

—¿Le han dicho de qué querían hablar conmigo? —Lachlan niega con la cabeza—. Bueno, si fuera algo serio, no habrían llamado educadamente a la puerta. —Me falla la voz—. ¿Verdad?

Me doy la vuelta y veo a mi madre ahí parada, con un plato de galletas saladas en una mano. Sus ojos van de mí a Lachlan y de vuelta. Me doy cuenta de que no he bajado la voz lo suficiente.

—¿Qué has hecho? —pregunta.

Me quedo sin palabras por un momento. ¿Cómo puedo contestar a eso?

Durante tres años, mientras ella estaba demasiado enferma como para trabajar, yo la he mantenido. En lo que a nosotros respecta soy una anticuaria privada que llena las casas de los *hipsters* del East Side de diseños escandinavos de mitad del siglo XX y modernismo brasileño. Para eso tengo una tienda vacía en Highland Park, con un par de piezas polvorientas de Torbjørn Afdal en el escaparate y un cartelito que dice *Solo citas acordadas*. Unas cuantas veces por semana voy allí y me quedo sentada en silencio, leyendo novelas y examinando Instagram en mi portátil (también resulta útil para lavar el dinero que consigo de forma menos legal).

Así simulo que mis ocasionales comisiones del veinte por ciento en muebles se convierten en ganancias de seis cifras que cubren los gastos de las dos, más el pago de una fortuna en facturas médicas y mi deuda de la carrera. Quizá sea improbable, pero no imposible. Aun así, seguro que mi madre sospecha la verdad. A fin de cuentas, también ella es una criminal, más concretamente una excriminal; fue ella quien me presentó a Lachlan.

Los dos se habían conocido en una partida de póker de apuestas muy altas hace cuatro años, cuando mi madre aún podía trabajar. «Los criminales nos reconocemos entre nosotros», me explicó él. El respeto profesional se convirtió en amistad, aunque Lily se puso enferma antes de que pudieran hacer ningún trabajo juntos. Para cuando tuve que venir a Los Ángeles a hacerme cargo de ella, apenas podía levantarse de la cama, y Lachlan y yo decidimos ayudarla.

O al menos eso es lo que él me ha contado. Mi madre y yo no hablamos para nada de su profesión; la hemos enterrado junto a otros temas intocables como la familia, el fracaso y la muerte.

Así que seguro que ella se ha preguntado si Lachlan me ha convertido en una criminal también a mí y si hacemos algo más que bailar cuando desaparecemos por la noche, pero pasamos de puntillas por el tema y atravesamos la fina línea entre la simulación y la ceguera voluntaria. Aunque ella sospeche la verdad, yo nunca sería capaz de admitirla en voz alta. No podría soportar ver que la he decepcionado.

Ahora me pregunto si no he sido tonta al creer haberla engañado alguna vez. Y es que, dada la expresión de su rostro, sabe perfectamente por qué ha llamado la policía a nuestra puerta.

—No he hecho nada —digo rápidamente—. No te preocupes. Seguro que es un error.

Pero noto en la forma en que me mira a los ojos que sí que está preocupada. Después se centra en Lachlan y su expresión cambia al observar algo.

—Tienes que irte —dice de repente—. Ahora mismo. Vete de la ciudad. Antes de que vuelvan.

Me río. Irme. Cómo no.

Si mi madre era experta en algo mientras yo era niña era en irse. La primera vez que lo hicimos fue la noche en que echó a mi padre de nuestro apartamento apuntándolo con una escopeta, cuando yo tenía siete años, y creo que volvimos a irnos un par de docenas de veces más antes de que me graduara del instituto. Nos íbamos cuando no podíamos pagar el alquiler, nos íbamos cuando una esposa celosa aparecía por la puerta, nos fuimos cuando la policía peinó el casino y se llevó a mamá para interrogarla. Nos íbamos porque mamá temía que fueran a arrestarnos si nos quedábamos. Nos íbamos cuando ya no veía más oportunidades. Y nos íbamos siempre que dejaba de gustarle donde estábamos. Nos fuimos de Miami, de Atlantic City, de San Francisco, de Las Vegas, de Dallas, de Nueva Orleans, del lago Tahoe. Nos íbamos aunque me hubiese prometido que no íbamos a volver a irnos.

—No voy a dejarte, mamá. No seas ridícula. Tienes cáncer. Vas a necesitar que te cuide.

Espero que solloce y se ablande, pero en vez de eso se muestra inflexible y decidida.

—Por Dios, Nina —dice sin levantar la voz—. No me vas a ayudar en nada si estás en la cárcel.

En su expresión leo desilusión, incluso rabia, como si le hubiera fallado y ahora las dos fuésemos a pagar el precio. Y, por primera vez desde que vine a Los Ángeles, me da miedo ver en lo que me he convertido.

4.

SOY UNA TIMADORA. PUEDE DECIRSE QUE DE TAL PALO tal astilla: vengo de un largo linaje de ladrones, carteristas y unos pocos criminales a conciencia, aunque la verdad es que a mí no me educaron para eso. Yo tenía futuro... o eso es lo que me decía mamá cuando me pillaba de noche leyendo *Orgullo y prejuicio* bajo las sábanas, con una linterna: «Tienes Futuro, cariño, eres la primera en la familia». O cuando me hacía actuar para sus visitantes masculinos y hacer largas divisiones en la cabeza mientras tomaban martinis con mucho vodka en nuestro ajado sofá: «¿Veis qué lista es mi niña? Tiene Futuro». O cuando le dije que quería ir a la universidad pero sabía que no podíamos permitírnoslo: «No te preocupes por el dinero, querida. Se trata de tu Futuro».

Por un tiempo hasta me lo creí. Me convencí del gran mito americano, la ética puritana de que si te matas a trabajar acabas triunfando. Eso fue cuando pensaba que todos tenemos las mismas oportunidades, antes de ver que de «mismas», nada, que la verdad es que la mayoría de los que no hemos nacido en una familia privilegiada transitamos el camino hacia el triunfo con piedras en los tobillos.

Y es que mi madre tenía la capacidad de hacerte creer que

45

cualquier cosa era posible. Ese era su don, su engaño. Con sus ojos inocentes, grandes y azules como un lago en primavera, podía convencer a cualquier hombre de lo que quisiera: de que el cheque estaba de camino, de que el collar había aparecido en su bolso por error, de que le quería como nadie antes le había querido.

Pero la única persona a la que de verdad quería era a mí. Yo lo sabía bien. Nosotras dos contra el mundo; era así desde que había echado a papá de casa. Y por eso yo siempre creí que era imposible que mi madre me mintiera, y mucho menos sobre cuál era mi destino.

Seguramente no me mentía. No intencionadamente. Creo que a quien estaba engañando era a sí misma.

Mi madre sería una estafadora, pero no era cínica. Creía de verdad que la vida ofrece oportunidades. Siempre estábamos a punto de alcanzar el éxito, aunque mientras tanto tuviera que pegarme los zapatos con cinta adhesiva o lleváramos tres semanas cenando una patata asada. Y cuando las oportunidades llegaban por fin, cuando ganaba mucho a las cartas o conseguía apañarse a alguien con dinero, vivíamos como reinas. Cenas en restaurantes de hoteles, un descapotable rojo a la puerta, la casa de Barbie con todos los complementos. Y si no miraba demasiado al futuro, si no ahorraba para evitar que un día vinieran a llevarse de nuevo el descapotable, ¿quién iba a culparla? Confiaba en que la vida cuidaría de nosotras, y así era... hasta que dejaba de hacerlo.

Era guapa pero no un bellezón; lo que era en realidad resultaba aún más peligroso. Tenía una especie de inocencia muy sexual, la complexión de una niña, grandes ojos azules y pelo rubio casi del todo natural. Su cuerpo tenía carne en abundancia, que había aprendido a exhibir de la mejor forma posible (una vez oí a un joven en Las Vegas llamarla *Miss Tetas*, aunque después de que yo le diera un puñetazo dejó de hacerlo).

Su nombre real es Lilla Russo, aunque casi siempre se hacía llamar Lily Ross. Era italiana y su familia estaba relacionada con la mafia, o al menos eso decía. Yo no lo sé; no conocí a mis abuelos, que cortaron con ella del todo cuando tuvo un bebé (yo) fuera del matrimonio con un jugador de cartas colombiano. No sé cuál fue el pecado imperdonable: la bebé, el que no hubiera anillo o el país de procedencia del padre. Una vez me dijo que mi abuelo había sido un mafioso de a pie en Baltimore y que había matado a más de una docena de personas. No parecía tener más ganas de estar con su familia que ellos.

Los primeros años de mi vida fueron dictados por mi padre, cuya carrera en el juego nos hizo más viajeros que un pájaro migratorio; cambiábamos de residencia con la estación o cuando se le acababa la suerte. Al pensar en él, lo que más recuerdo es el olor a limón de su loción de afeitado y cómo me cogía y me lanzaba al aire tan alto que mi pelo tocaba el techo y se reía ante mis gritos de miedo y los chillidos de protesta de mamá. No era tanto un timador como un matón.

Por entonces mi madre tenía trabajos temporales, más que nada como camarera, aunque su principal ocupación era defenderme de él: encerrarme en mi habitación cuando volvía a casa borracho, interponerse en el camino de sus puños para que no me dieran a mí. Una noche, cuando yo tenía siete años, no consiguió apartarme lo suficiente y él me tiró contra la pared tan fuerte que perdí un rato la consciencia. Cuando me recuperé vi a mamá con sangre en la cara, apuntando la escopeta de mi padre a su paquete. Su voz suave y meliflua se había convertido en algo afilado y letal: «Como la toques de nuevo, te juro que te vuelo los huevos. Ahora lárgate de aquí y no vuelvas».

Y eso hizo él; se retiró como un perro con la cola entre las piernas. Antes de que saliera el sol mi madre había metido todas nuestras cosas en el coche. Mientras salíamos de Nueva Orleans con destino a Florida, donde tenía «un amigo que tenía un amigo», se volvió, me miró en el asiento del acompañante y me cogió de la mano. «Solo nos tenemos la una a la otra —susurró con voz grave—. Nunca, nunca más voy a permitir que nadie te haga daño. Te lo prometo».

Así fue. Cuando un niño de nuestro siguiente apartamento me robó la bici, ella fue directa y lo empujó contra la pared hasta hacerlo llorar y que le dijera dónde la había escondido. Cuando las niñas de mi clase se reían de mi peso ella iba a sus casas, llamaba al timbre y empezaba a pegarles gritos a sus padres. Ningún profesor podía suspenderme sin enfrentarse a la ira de mi madre en el aparcamiento del colegio.

Y si el enfrentamiento no solucionaba el problema recurría a la medida definitiva: «Vale —me decía—. Vámonos a otra ciudad e intentémoslo de nuevo».

Echar de casa a mi padre tuvo consecuencias inesperadas. Mi madre ya no pudo pagar las facturas solo con sus trabajos de camarera, así que decidió pasarse a la única otra profesión que conocía, el crimen.

Su especialidad era la coacción suave. Usaba la seducción para conseguir acceso: a una tarjeta de crédito, a una cuenta corriente, a algún pardillo que pagara el alquiler por un tiempo. Su objetivo era los hombres casados, desgraciados traviesos demasiado asustados de que los pillaran sus esposas como para poner una denuncia cuando de repente les faltaban cinco mil dólares en la cuenta. Hombres poderosos, demasiado dominados por sus egos como para admitir que una mujer los había timado. Creo que esa era su venganza respecto a todos los hombres que la habían minusvalorado en su vida: el profesor de lengua que se propasaba con ella en el instituto, el padre que me había rechazado, el marido que le había puesto un ojo morado.

Cuando no tenía pardillo iba a los casinos, jugaba a las cartas y esperaba una oportunidad para darse a conocer. A veces me hacía ponerme mi mejor vestidito —terciopelo azul, tafetán rosa, aquel de encaje amarillo que tanto me picaba, comprados en tiendas de ofertas— y me llevaba a los lujosos palacios donde ofrecía sus servicios. Me dejaba en el mejor restaurante del casino con un libro gordo y un billete de diez; las camareras me llenaban de almendras y bebidas de naranja con burbujas mientras ella se trabajaba el lugar. Si una noche no había mucho movimiento, me llevaba con ella y me enseñaba cómo coger billetes del bolsillo de una chaqueta o hacerse con el monedero de un bolso colgado del respaldo de una silla, mientras me impartía pequeñas lecciones: «Un bolsillo trasero abultado promete más que un monedero abierto. Los hombres miden su ego por el grueso de su billetera, pero, para las mujeres, llevar dinero encima resulta incómodo», o «No seas impulsiva. Espera siempre a tener la oportunidad, pero no lo hagas hasta que vayas tres pasos por delante».

«No es una millonada —susurraba mientras contaba un fajo en el lavabo del casino—, pero basta para pagar el recibo del mes del coche. No está mal, ¿eh?».

De joven, todo aquello me parecía lo más normal del mundo. Solo era el trabajo de mi madre. Los padres de otros limpiaban casas o sacaban la placa de los dientes o se sentaban en un despacho y tecleaban en sus ordenadores; ella iba a los casinos y les sacaba el dinero a los desconocidos. A fin de cuentas, no era tan diferente a lo que hacían los propios dueños de los casinos, o al menos eso era lo que me decía. «El mundo se puede dividir en dos tipos de personas: los que esperan a que les den las cosas y los que cogen lo que quieren. —Me abrazaba y sus pestañas postizas me hacían cosquillas en la frente, su piel olía a miel—. Yo sé que no hay que esperar».

Mi mundo era mi madre, y su cuerpo el único hogar que nunca tuve, mi único lugar fijo en un mundo en el que todo lo demás estaba siempre en flujo, donde las amigas eran niñas a las que acababa dejando atrás, nombres en postales. Nunca, ni aun hoy, la he culpado por mi incapacidad de encajar durante la infancia. Nos movíamos tanto no porque no intentara ser una buena madre sino porque lo intentaba demasiado. Siempre creía que el siguiente destino sería mejor, tanto para ella como para mí. Por eso no nos hablábamos con sus padres, por eso dejamos atrás al mío: porque me estaba protegiendo.

De adolescente sobrellevé el instituto a base de hacerme invisible, siempre sentada al fondo de la clase, leyendo una novela escondida entre las páginas de un libro de texto. Tenía sobrepeso, el pelo teñido de varios colores y vestía conjuntos emo agresivos que mantenían alejados a los amigos potenciales, evitando la decepción de que acabaran rechazándome. Sacaba notas perfectamente mediocres, no lo bastante malas como para que nadie al mando reparase en mi existencia ni lo bastante buenas como para llamar la atención. Pero, durante mi primer año en un instituto enorme y de cemento agrietado en Las Vegas, un profesor de lengua se fijó por fin en mi «potencial desaprovechado» y llamó a mi madre para concertar una reunión. De repente empezaron a mandarme a hacer test misteriosos cuyos resultados mi madre no podía enseñarme pero que la hacían ir por el apartamento con los labios apretados, muy decidida. Empezaron a apilarse folletos encima de los muebles, y ella pegaba sellos en sobres muy gordos con gesto triunfal. Estaban planeando un nuevo Futuro para mí.

Una noche de primavera, hacia el final de curso, mi madre entró en mi habitación justo antes de apagar las luces. Se sentó en el borde de la cama con su vestido de cóctel, me quitó con cuidado el libro de las manos y empezó a hablar con su voz suave y susurrante:

—Nina, cariño, es hora de que empecemos a concentrarnos en tu futuro.

Me reí.

—¿Quieres decir, si de mayor quiero ser astronauta o bailarina? —Intenté volver a hacerme con mi libro, pero ella no me dejó.

—Te lo digo muy en serio, Nina Ross. Tú no vas a acabar como yo, ¿vale? Y eso es lo que va a pasar si no empezamos a aprovechar las oportunidades que se te presentan.

—¿Qué tiene de malo ser como tú?

Pero, incluso mientras lo decía, lo sabía. Sabía que se supone que las madres no salen toda la noche y duermen todo el día, que no rebuscan en los buzones de los vecinos a ver si encuentran una tarjeta de crédito o un talonario nuevo, que no hacen las maletas de un día para otro y se van porque las autoridades locales se han interesado en ellas. Yo quería a mi mamá, se lo perdonaba todo, pero, mientras estaba sentada en la cama de nuestro último apartamento de alquiler infestado de cucarachas, me admití a mí misma que no quería ser como ella. Ya no. Reconocí que lo que sentía cuando iba con ella por los pasillos del instituto, con los profesores mirando sus vestidos ajustados como vendas de hospital y sus largos tacones, su mata de pelo oxigenado y sus labios como manchados de cereza, era el deseo de ser como fuera menos como ella.

Pero ¿qué es lo que quería ser yo?

Miró el libro que tenía entre manos, confusa por el título. Estaba leyendo *Grandes esperanzas*, que me había dado el profesor de lengua poco después de mandarme a hacer los test.

—«Inteligencia muy superior». Eso es lo que decían los test de CI. Puedes ser lo que quieras. Cualquier cosa que sea más que una timadora del tres al cuarto.

—Entonces, ¿puedo ser bailarina?

Me dedicó una mirada triste.

—Yo nunca tuve oportunidades decentes y tú sí, así que, maldita sea, vas a aprovecharlas. Vamos a irnos. Sí, ya sé: otra vez. Pero hay una escuela preparatoria en el lago Tahoe, en Sierra Nevada, que nos ofrece ayuda económica. Vamos a ir allí y tú vas a concentrarte en tus estudios y yo voy a tener un trabajo.

—¿Un trabajo de verdad?

Asintió.

—Un trabajo de verdad. He conseguido uno como camarera en un casino.

Y, aunque sentí que algo dentro de mí saltaba y temblaba al oír aquellas palabras —quizá acabaríamos convirtiéndonos en una familia normal—, la quinceañera cínica que había en mí no acababa de creérselo.

—¿Qué pasa, que porque he hecho un test crees que un día iré a Harvard? ¿Que seré la primera mujer presidenta de Estados Unidos? Venga ya.

Me miró fijamente con sus ojos azules y sinceros, redondos como monedas de un dólar de plata y tranquilos como una noche de verano.

—¿Y por qué coño no, cariño?

No hace falta decir que no he sido la primera presidenta de los Estados Unidos. Ni astronauta. Ni siquiera bailarina.

No, lo que hice fue ir a la universidad (al final no fue Harvard ni nada parecido) y sacarme el título de Historia del Arte. Acabé con una deuda de seis cifras y un trozo de papel que no me calificaba para hacer nada de nada que fuera útil de verdad. Creí que ser lista y trabajar duro iba a abrirme camino a una vida diferente.

Visto así, no es raro que yo también haya acabado de estafadora.

5.

—TU MADRE TIENE RAZÓN. TENEMOS QUE IRNOS. HOY.

Es el mismo día, más tarde, y Lachlan y yo nos hemos metido en el rincón más oscuro de un bar de deportes anónimo de Hollywood, susurrando como si alguien estuviera escuchándonos aunque en el local solo hay un grupo de tíos con camisetas de fútbol americano y pinta de estudiantes, demasiado borrachos como para prestarnos la menor atención. En los televisores que hay por todas partes suenan partidos a máximo volumen.

—Vámonos un tiempo de la ciudad, hasta que sepamos qué es lo que pasa.

—Igual no es nada —protesto—. Puede que no tenga nada que ver con nosotros, que la policía viniera a mi casa porque... no lo sé, colaboración ciudadana; igual ha habido ladrones en el barrio y quieren avisarnos.

Lachlan ríe.

—Querida, los ladrones somos nosotros. —Cierra una mano en un puño y la cubre con la otra—. Escucha: después de que viniera la poli hice algunas llamadas. Efram ha desaparecido. Nadie lo ha visto desde hace una semana, y sigue sin contestar al teléfono. En la calle se dice que lo han detenido, así que...

—¡Me debe cuarenta y siete mil dólares! —protesto—. Y aún quedan algunas cosas en el almacén que iba a movernos él. Los sillones Gio Ponti; dijo que iba a sacar al menos quince mil por cada uno.

Él se explora los labios secos con la punta de la lengua.

—Sí, bueno, ese es el menor de nuestros problemas. La policía fue a tu casa. Igual Efram ha hecho un trato y nos ha delatado, o quizá tu nombre aparecía en sus contactos y solo quieren ver si pescan algo. Sea como sea, tenemos que irnos de la ciudad por un tiempo, hasta que todo se tranquilice. Si oímos que hay una orden de detención contra nosotros, sabremos que tenemos que huir de verdad, pero al menos les llevaremos una pequeña ventaja.

—¿Que tendremos que huir? —No me cabe en la cabeza—. Eso no es posible. Tengo que cuidar a Lily.

—En eso también tiene razón tu madre. Si estás en la cárcel, no vas a poder cuidarla. —Empieza a hacer sonar los nudillos, tirando de cada dedo hasta que se oye un repugnante *pop*—. Mira, tomémonos un descanso y hagamos un trabajo en otra parte. Los Ángeles está demasiado caliente e igualmente no íbamos a poder hacer nada por un tiempo. Nos vendrá bien encontrar nuevos terrenos, ni que sea por unos meses.

Hace sonar el meñique y yo pongo cara de dolor.

—¿Unos meses?

Pienso de nuevo en el cáncer que está extendiendo sus asquerosos tentáculos por el cuerpo de mi madre. Me la imagino sola en una cama de hospital, intubada, con los pitidos rítmicos de las máquinas. Quiero decir algo como «Esto es más de lo que yo había firmado», pero no es cierto: es exactamente lo que había firmado, solo que creía que Lachlan sabía lo que hacía y que no iban a pillarnos nunca. Íbamos con cuidado. No nos quedábamos más de la cuenta, ni siquiera cuando podíamos. Esas eran nuestras reglas, y se suponía que iban a protegernos de situaciones como esta.

Me mira fríamente.

—O podemos irnos cada uno por su lado. Tú decides, pero yo me voy a ir.

No puedo creerme lo gélido y calculador de sus palabras. Como si yo fuera un negocio que se puede descartar en cuanto empieza a no convenir. No soy capaz de acabarme mi bebida.

—Creía…

No sé cómo acabar la frase. ¿Qué creía? ¿Que estaríamos juntos para siempre, que nos compraríamos una casita en un barrio residencial y tendríamos un hijo o dos? No, eso nunca fue parte del trato. Pero, entonces, ¿por qué me duele tanto? Me doy cuenta de que es porque no tengo a nadie más.

—Venga, Nina, cariño, no pongas esa cara. —Adelanta la mano y entrelaza sus dedos con la mía—. Todo va a ir bien. Ven conmigo. Te prometo que todo se va a arreglar. Nos iremos a algún lugar que esté lo bastante cerca como para que puedas venir a menudo a ver cómo está tu madre. Algún lugar al que se pueda ir y volver fácilmente en coche, como el norte de California o Nevada. Aunque tendrá que ser poco céntrico, para que nadie se fije en nosotros. Un lugar de vacaciones, por ejemplo, como Monterrey o Napa. —Me aprieta la mano—. ¿Qué te parece el lago Tahoe? Es donde los millonarios pasan los fines de semana, ¿no? ¿No habrás estado siguiendo a alguien de por ahí?

Yo estoy pensando en lo que habrá que hacer si me voy de la ciudad: el cuidador que tendré que contratar cuando mi madre esté débil por el tratamiento, una persona que la ayude a ir y volver de sus citas, el montón de facturas que habrá que abrir y pagar. Su vida está en juego: mientras nuestra cuenta del banco siga vacía no va a haber tratamiento experimental de radioinmunoterapia. No tengo elección.

Necesitamos un trabajo rápido y que nos dé mucho dinero. Ahora caigo en algo que Lachlan acaba de mencionar: el Tahoe.

Hay más ruido en el bar. Me vuelvo justo a tiempo de ver cómo uno de los fans del fútbol vomita en el suelo. Sus amigos ríen como si fuera la monda. Mi mirada se cruza con la de la camarera, rubia y con mangas largas para cubrir los tatuajes; pone cara de rabia. Entiendo que va a ser ella quien tendrá que limpiar toda la porquería. Como les pasa siempre a las mujeres.

Me vuelvo de nuevo hacia Lachlan.

—Pues el caso es que sí —digo—. ¿Has oído hablar de Vanessa Liebling?

Vanessa Liebling. Un nombre y una cara que llevo doce años siguiendo, aunque no apareció en las redes sociales hasta hace cuatro. Heredera de los Liebling de la Costa Este, una de esas familias de dinero viejo que tienen las manos en un montón de pasteles, desde inmobiliarias hasta casinos. En vez de meterse en los negocios familiares, Vanessa ha hecho carrera como *influencer* de moda en Instagram. Traducción: viaja por todo el mundo y saca fotos de sí misma con vestidos que cuestan más que lo que ganan en un año quienes los cosen. Debido a su gran don —ir de Balmain en Baréin, de Prada en Praga, de Celine en Copenhague— tiene medio millón de seguidores. Su cuenta se llama *V-Life*.

Si examinas su Instagram —como he hecho yo, y con gran detalle— verás que sus primeras publicaciones eran las típicas de una niña rica: fotos hechas con mucho cariño (aunque desenfocadas) de su nuevo bolso de Valentino; selfis de primeros planos abrazando a su maltipoo Mister Buggles; algún paisaje de Nueva York visto desde la ventana de su *loft* en Tribeca. Y entonces, cincuenta publicaciones después, seguramente tras darse cuenta del potencial de cambiar la vida que tiene el ser famosa en Instagram, la calidad de las fotos aumenta drásticamente. De repente dejan de ser selfis; otra persona las saca, sin duda un ayudante pagado para documentar cada vez que se cambia de vestido y cada vez que se toma un *macchiato*. Ahí está Vanessa, paseando por el SoHo con Mister Buggles, llevando un puñado de globos de helio. Ahí está Vanessa, con un vestido rojo de seda, posando junto a un desdentado vendedor de arroz en Hanói: «¡Los vietnamitas son tan coloridos y auténticos! (Vestido *#gucci*, sandalias *#valentino*)».

A menudo viaja a esos lugares exóticos con otras mujeres de vestidos caros, una red de *influencers* a la que ha llamado su *#stylesquad*. Hay cientos —¡miles!— de mujeres en Instagram que hacen exactamente lo mismo que ella; no se encuentra ni mucho menos entre las más conocidas ni las más ostentosas, pero está claro que ha conseguido tener su público… y unos buenos ingresos: empieza a mostrar colecciones de joyas y zumos verdes embotellados en publicaciones patrocinadas.

Aparece un novio guapo que la abraza fuerte como para demostrar a los seguidores de ella lo mucho que la adora. Su perro tiene su propio *hashtag*. Y, a la vez, ella va adelgazando más y más, su moreno se vuelve más y más oscuro, su pelo más y más rubio. Eventualmente aparece un diamante en su anular mientras mira a cámara tímidamente, cubriéndose con los dedos. «Chic@s —escribe—, tengo noticias». Fotos del interior de una exclusiva tienda de vestidos de novia, ella mirando desde encima de unas flores. «Estoy pensando en peonías».

Y entonces, a partir del febrero pasado, el tono de su cuenta cambia de repente. Aparece un primer plano de una mano de hombre, con manchas de la edad, posada sobre una cama de hospital. El texto dice: «Mi pobre papá, RIP». Después nada durante unas semanas, solo una nota: «Lo siento, chic@s, me estoy tomando un descanso por cuestiones familiares. Vuelvo pronto». Cuando lo hace, las fotos de sus vestidos —ahora con mucho negro, montones de negro— se alternan con frases inspiradoras. «Nada es imposible: hasta la propia palabra lleva "posible" dentro». «La única persona que tienes que aspirar a mejorar es la persona que fuiste ayer». «La felicidad no aparece sola, son tus actos los que la traen».

El anillo ha desaparecido de su mano izquierda.

Y entonces, por fin, una foto de su *loft* de Manhattan, sin muebles, el suelo lleno de cajas apiladas. «Chic@s, ha llegado el momento de hacer un cambio. Vuelvo a la casa de vacaciones histórica de mi familia en el lago Tahoe. Voy a arreglarla mientras me dedico un tiempo a mí misma rodeada de naturaleza. Estad atent@s a mis nuevas aventuras».

Durante los últimos años he observado todo esto desde lejos, con disgusto. Otra que vive de su herencia, me dije. No muy lista, no sabe hacer nada excepto venderse a sí misma, aprovechando sus contactos para tener más de todo lo que no ha hecho nada por conseguir. Hábil con su propia imagen y vacía de corazón. Despreocupada en su privilegio y totalmente desconectada del mundo real, dispuesta a usar a quienes tienen menos como decorados para mostrar lo fabulosa que es, una elitista engañada que se cree del pueblo. Claramente estaba en un punto bajo de su vida e intentaba actualizarse un poco, a juzgar por todas esas frases de motivación.

Pero no fue hasta que anunció que se iba al lago Tahoe que empecé a mirarla con más interés. Desde que se mudó hace seis meses he seguido su vida al detalle, he visto como la calidad profesional de sus fotos se desvanecía y estas eran reemplazadas de nuevo por selfis; cómo desaparecían las fotos de moda, sustituidas por imagen tras imagen de un lago de montaña cristalino rodeado por grandes pinos. Buscando alguna vista de una casa que conozco muy bien, una con la que sueño desde la adolescencia. Buscando Stonehaven.

Hace unos meses la encontré por fin. Vanessa publicó una foto en la que se la veía de excursión con una pareja joven, todos morenos y radiantes de salud. Estaban en la cima de una montaña, el lago bajo ellos mientras reían abrazados unos a otros. El texto: «Mostrando a mis nuevos BFF mis lugares preferidos del Tahoe. *#hiking #deportetranquilo #vistaspreciosas*». Los amigos estaban etiquetados. Hice clic en una chica y me encontré en la cuenta de Instagram de una joven francesa que documentaba sus viajes por Estados Unidos. A la tercera foto lo encontré: la pareja sentada en un porche familiar rodeado de helechos. La puerta abierta tras ellos permitía un vistazo entre sombras de una agradable sala de estar, un sillón con una cubierta de lana que me aceleró el pulso. El texto: «*Cet JetSet était merveilleux. Nous avons adoré notre hôtesse, Vanessa*».

Tenía olvidado el francés desde el instituto, pero entendí lo que decía: Vanessa había empezado a alquilar la casa.

Solo se necesita una hora para hacer una maleta. Cuando le digo a mi madre que me voy a ir de la ciudad, que la llamaré a menudo, que vendré a verla en cuanto pueda, empieza a parpadear rápidamente, y me pregunto si va a echarse a llorar. Pero no.

—Buena chica —dice—. Chica lista.

—Voy a llamar a la asistenta que contratamos el año pasado. Le diré que en cuanto empieces con la terapia venga a verte cada día. Ella limpiará y hará la compra, ¿vale?

—Por Dios, Nina, soy capaz de arreglármelas sola. No soy una inválida.

«Todavía», pienso.

—Y las facturas. Tendrás que ir a pagarlas tú. Ya eres titular de mi cuenta. Pondré dinero en cuanto lo tengamos. —No quiero pensar en lo que le pasará si no lo consigo.

—No te preocupes por mí, ya tengo experiencia en esto.

Le doy un beso en la frente y espero a que no me vea antes de permitirme echarme a llorar.

Lachlan y yo nos vamos a un hotel barato en Santa Bárbara. Nada de al lado de la playa donde pudiéramos oír las olas; es apenas un bloque de cemento con una piscina con costra en las baldosas y hojas pudriéndose en el fondo. La ducha es prefabricada y pierde, y en vez de botellas en miniatura de jabón y champú ofrecen una de «líquido de lavar» que sirve para todo.

Nos acostamos y tomamos vino en vasos de plástico. Abro el navegador y voy a JetSet.com. Tecleo «lago Tahoe» en el buscador y empiezo a deslizarme verticalmente por los resultados hasta que uno me llama la atención. Le doy la vuelta al portátil y se lo muestro a Lachlan.

—Es esto —le digo.

—¿Esto?

Me mira sorprendido, y entiendo el porqué: la foto muestra una casita de campo de piedra y madera, pintada de verde pálido, rodeada de pinos. Comparada con algunas de las otras que se ofrecen junto al lago esta es humilde, fácil de pasar por alto. Tiene un aspecto un poco gastado y como de Hansel y Gretel: contraventanas de madera, con helechos en los marcos y musgo en las piedras. «Acogedora casa del jardinero —dice el anuncio—. Frente al lago, 2 habitaciones, alquiler por semanas o meses».

—Clica ahí —le ordeno. Él me alza una ceja pero obedece y coge el portátil.

El anuncio tiene seis fotos. La primera es de una minúscula sala de estar con una chimenea de piedra y un sofá con cubierta gastada de lana, cuadros en las paredes y antigüedades apiladas en las esquinas. Los muebles son todos un poco grandes para el lugar, casi dispuestos al azar, como si alguien hubiera vaciado el contenido de otra casa y se hubiese rendido y largado. La segunda foto muestra una cocina *vintage* dominada por un horno clásico esmaltado O'Keefe & Merritt; las alacenas están pintadas a mano con plantillas. Hay una foto de una vista prístina del lago, otra de un baño modesto y otra más de un dormitorio con dos camas individuales juntas.

Lachlan entorna los ojos mientras mira las imágenes.

—Es tu especialidad, no la mía, pero ¿eso no es una cómoda Luis XIV?

Ignoro el comentario y extiendo el brazo para hacer clic en la última foto. Muestra un dormitorio con una cama de cuatro postes, colocada siguiendo una gran ventana con cortinas semitransparentes. Tiene un cubrecama de tela y hay una foto de una granja al lado de una cascada. El cristal de la ventana es grueso y está algo curvado por el tiempo, pero más allá se ve el azul del lago.

Conozco esa cama. Conozco el cuadro. Conozco el paisaje.

—En esa cama perdí la virginidad. —Me oigo decir.

Lachlan se sobresalta, me mira y se echa a reír al ver lo seria que estoy.

—¿De verdad? ¿En esa misma cama?

—El cubrecama es diferente —contesto—. Pero todo lo demás está igual. Y la cómoda es rococó, no Luis XIV.

Él se ha doblado sobre sí mismo por la risa.

—Por Dios, no me extraña que te vayan las antigüedades. Te desfloraron en un puto rococó.

—Eso es la cómoda. La cama no sé qué es, pero no es rococó —murmuro—. La verdad, no creo que valga mucho.

—¿Qué coño es ese lugar? ¿A quién se le ocurre poner muebles franceses del siglo XVIII en una cabaña hecha polvo como esa? —Se desliza verticalmente y lee el texto. Yo lo miro por encima de su hombro.

«Disfrute de una estancia mágica en la casa del jardinero de una vivienda clásica en la orilla oeste del lago Tahoe. Muchísimo encanto en dos acogedoras habitaciones: cocina *vintage*, bellas antigüedades, chimenea de piedra. Vistas al lago, excursionismo cerca, a pocos pasos de una playa privada. El destino perfecto para una pareja o un artista en busca de inspiración».

Él se vuelve hacia mí, extrañado.

—¿Vivienda clásica?

—Stonehaven. —Pronunciar el nombre conjura una extraña mezcla de sensaciones: remordimientos y nostalgia y pérdida y un acceso de rabia. Amplío la foto del dormitorio y la examino con cuidado. Siento como si estuviera fuera de mi cuerpo, mis personas pasada y presente divididas entre esas dos camas, ninguna de ellas mía—. Es una enorme mansión junto al lago que pertenece a los Liebling desde hace más de cien años.

—Esos Liebling... ¿tengo que saber quiénes son?

—Son los fundadores del Liebling Group, una empresa de inversiones inmobiliarias de San Francisco. Estaban en la lista *Fortune 500*, aunque creo que desde hace unos años ya no. Dinero viejo. La realeza de la Costa Oeste.

—Y tú los conoces. —Me examina con una expresión en el rostro que sugiere que lo he traicionado de alguna forma, callándome esa conexión hasta ahora.

De mi interior afloran a la superficie fragmentos de recuerdos: la oscuridad de la casa, incluso con la luz del sol poniente entrando de lado por las ventanas. La manera en que el cubrecama —por entonces azul, de lana; recuerdo que tenía un dibujo como de un escudo de armas— me picaba en el interior de mis caderas desnudas. La espuma del río del cuadro, con el agua cayendo por el borde, como si fuera a derramarse y bautizarme. Los tiernos rizos rojos de un chico que olía a marihuana y chicle de menta. Vulnerabilidad, pérdida, la sensación de que algo precioso que tenía en mi interior había sido sacado a rastras y mostrado al aire por primera vez.

Tantas cosas, que tan importantes parecían entonces, y que después conseguí olvidar.

Estoy desorientada; me siento como si hubiese vuelto atrás una docena de años y hubiera aterrizado en el cuerpo de la adolescente regordeta y perdida que fui una vez.

—Los conocí. Muy poco. Hace mucho. Viví un año en el lago Tahoe, durante el segundo curso de la uni. Era amiga de su hijo. —Me encojo de hombros—. La verdad es que es todo un poco nebuloso. Era muy joven.

—Suena a que los conociste más que «muy poco». —Vuelve al ratón y examina las fotos—. Espera. Esa mujer...

—Vanessa.

—Vanessa. ¿Te recordará?

Niego con la cabeza.

—Cuando viví allí ella ya se había ido a la uni. Al que más conocí fue a su hermano. Solo la vi una vez, un ratito, hace doce años. Ahora no me va a reconocer; no me parezco en nada a como era. Tenía sobrepeso y llevaba el pelo rosa. Esa vez apenas me dirigió la mirada.

Yo sí lo recuerdo claramente: la forma en que sus ojos me atravesaron como si yo fuera tan insignificante que no podía molestarse en reconocer mi presencia. La forma en que me ardía la cara bajo la gruesa capa de maquillaje que me había puesto para ocultar mi acné adolescente, mi exagerada inseguridad.

Benny sí que me reconocería, pero sé dónde está hoy en día y no es en Stonehaven.

Ahora no puedo permitirme pensar en él. Lo aparto de mi mente y abro la cuenta de Instagram de Vanessa para que Lachlan la vea.

Él va pasando las fotos. Se detiene a examinar una de Vanessa en una góndola, en Venecia, el borde de su vestido de Valentino movido por la suave brisa. Veo cómo Lachlan absorbe la belleza ensayada de ella, cómo la chica ni se fija en el gondolero, su expresión complacida, como si el canal y el sudoroso anciano existieran solo para darle placer.

—Sigo sin entenderlo. Si es tan rica, ¿por qué alquila la casa del jardinero?

—Creo que porque debe de sentirse sola. Su padre ha muerto, acaba de cortar con su novio y ha abandonado Nueva York. Stonehaven está bastante aislada. Seguramente busca compañía.

—Y nosotros seremos esa compañía. —Mientras revisa de nuevo las fotos de Vanessa, veo que está haciendo cálculos mentales. Ya está tramando nuestra entrada, la amable persuasión con la que la convenceremos de que nos invite a su mundo, las vulnerabilidades que le descubriremos y explotaremos—. Vale, ¿qué es lo que nos interesa de aquí? ¿Las antigüedades? ¿Joyas de la familia? ¿Todos esos bolsos que colecciona?

—Esta vez nada de antigüedades —contesto, y me doy cuenta de que tiemblo un poco, quizá porque no puedo creerme que después de tantos años esté abriendo esa puerta. Tengo una cálida sensación reivindicativa mezclada con un ápice de descreimiento de que esto sea a lo que me ha conducido la última década: de esa idílica casa a la orilla del lago a este hotel barato donde conspiro con un estafador. Me doy cuenta, con un puntito de decepción, de que voy a romper dos de mis propias reglas: no ser avariciosa y coger solo lo que no vayan a echar de menos.

—En algún lugar de Stonehaven hay una caja fuerte escondida —digo—. Dentro, un millón de dólares en efectivo. Y alucina: sé la combinación.

Lachlan se ha puesto muy alerta de repente.

—Joder, Nina, sí que me has ocultado cosas. —Se me acerca y respira en mi oído, la punta de su nariz fría contra mi lóbulo—. Entonces —susurra con lascivia—, ¿perdiste la virginidad con un Liebling o con su jardinero?

6.

LACHLAN Y YO NOS VAMOS DEL SUR DE CALIFORNIA
un día de sol. Es la clase de mañana en que las cafeterías
abren las ventanas y la gente desayuna con el buen tiempo.
Para cuando llegamos a la base de las colinas de Sierra Nevada, la temperatura ha descendido un par de grados y se están
formado nubes por encima de nosotros.

Nos detenemos en un pueblecito a medio camino de las
montañas y comemos hamburguesas en un restaurante de te-
mática fiebre del oro llamado Pioneer Burger, con manteles
a cuadros rojos y blancos y ruedas de carreta colgadas de las
paredes. Cerca del lavabo de señoras hay animales de bosque
esculpidos en troncos. Pido una hamburguesa sorprendentemente buena y patatas sorprendentemente malas.

Lachlan se quita cuidadosamente las migas del regazo y se
disgusta por una mancha de kétchup en su camisa. Ha dejado sus trajes a medida en Los Ángeles y ha traído vaqueros
y zapatillas de deporte.

—Te llamas… —dice de repente.

—Ashley Smith. —El nombre sigue sonándome pegajoso,
como si no quisiera salir de mi boca a pesar del rato que me
he pasado practicando frente al espejo—. Diminutivo: Ash.

Y tú eres Michael O'Brien, mi devoto novio. Adoras el suelo que piso.

—Tú te lo mereces. —Su expresión es irónica—. Eres de...

—Bend, Oregón. Y tú estás de año sabático; das clases de...

—... lengua en un colegio preparatorio de Marshall. —Él sonríe, aparentemente ante la idea de guiar a la juventud del mañana—. ¿Soy buen profesor?

—El mejor. Tus estudiantes te quieren.

Me río con él, aunque de verdad creo que en otra vida hubiera sido un buen maestro. Es meticuloso y tiene la paciencia necesaria para timos que requieren de tiempo, ¿y no es eso, a fin de cuentas, una carrera universitaria? El timo que más tiempo requiere, una promesa que te deja los bolsillos vacíos y raramente te da lo que te ha prometido. Aunque quizás el talento de Lachlan sea más adecuado para las clases particulares, intensas, concentradas e íntimas, tal como él me enseñó a mí.

Hemos estudiado juntos la cuenta de Instagram de Vanessa, usando los miles de fotos y textos que ha publicado como mapa de sus vulnerabilidades. A menudo posa con novelas clásicas; usa *Anna Karénina* o *Cumbres borrascosas* como atrezo mientras está tumbada en la playa o sentada en un café. Está claro que quiere que la vean inteligente y creativa. Así, Lachlan va a ser escritor y poeta y va a apelar a su «alma de artista». En cuanto a su reciente afición a las frases motivacionales, intenta ser profunda pero con los pies en el suelo, quizá para compensar la frivolidad de tanto vestidito, así que yo seré profesora de yoga, el ideal zen al que aspira.

Está sola; nosotros le ofreceremos amistad. Y después, la cuestión de todas sus poses provocativas, las minis brillantes y las fotos en bikini.

—Es obvio que quiere ser deseada —dice Lachlan—. Flirtearé con ella. Solo un poquito. Lo justo como para mantener su interés.

—Pero no frente a mí, o pensará que eres un cerdo.

Él baña una patata en kétchup, se la mete en la boca con el tenedor y me guiña un ojo.

—Nunca se me ocurriría.

Y un toque final básico: Lachlan simulará ser de dinero viejo, una herencia irlandesa que a Vanessa le resultaría difícil comprobar. Los ricos están siempre más cómodos entre los suyos; la familiaridad crea afecto.

Antes de irnos del pueblo sembramos nuestras nuevas identidades en internet: una página de Facebook para «Ashley» llena de frases inspiradoras de Oprah y el dalái lama y fotos de mujeres en poses contorsionadas de yoga que he sacado de otras webs (además de mil amigos comprados por solo 2,95 dólares). Una web profesional anunciando mis servicios como profesora particular de yoga (no hay problema: sudé las suficientes clases de *bikram* en Los Ángeles como para poder dar el pego). «Michael» se hizo una página personal con fragmentos de sus escritos (cogidos a un novelista experimental de Minnesota que nunca ha publicado) y un currículum en LinkedIn con los lugares donde ha dado clases.

Lo hicimos todo en menos de una semana. Eso es lo que le ha dado internet a mi generación: la capacidad de jugar a ser Dios. Podemos crear al hombre a nuestra imagen y semejanza, inventar a un ser humano completo a partir de la nada. Solo necesitamos una chispa, que sacamos de entre los millones de otras webs, muros de Facebook y cuentas de Instagram: un perfil, una foto y una biografía, y de repente un nuevo ser ha cobrado vida (también resulta mucho mucho más difícil borrar esa existencia una vez ha sido creada, pero esa es otra historia).

Es muy improbable que Vanessa vaya a ver nunca lo diligentes que hemos sido con nuestros perfiles en las redes solo para ella. Hay miles de Michael O'Brien y Ashley Smith *online*; le sería difícil encontrarnos entre ese mar. Pero si se lo toma en serio, ahí estaremos, con el mínimo de presencia en internet como para calmar cualquier temor. A fin de cuentas, si hoy en día no estás dispuesto a ser diseccionado en público la gente piensa que eres un desviado que no merece ninguna confianza.

Con buscar un poco, Vanessa se convencerá de que Ashley y Michael son tan normales como le habremos dicho en la entrevista para el alquiler: una pareja amable e inventiva de Portland que se ha tomado un año para recorrer América y trabajar en proyectos creativos. Al escribirle le dijimos que siempre hemos querido pasar un tiempo en el lago Tahoe; «hasta estamos pensando en pasar allí el invierno y esquiar un poco». «Suena encantador —nos contestó Vanessa casi de inmediato—. Es una época tranquila, podéis quedaros tanto como queráis».

¿Y cuánto vamos a quedarnos? Exactamente lo justo como para infiltrarnos en su vida, desentrañar los secretos de Stonehaven y desplumarla. Al pensar en eso siento una pequeña punzada de satisfacción; es una parte de mí vengativa e indigna que sé que tengo que evitar. «No permitas que se convierta en algo personal, esto no va de tu pasado».

Lachlan se acaba su refresco, hace una bola con la servilleta y la lanza en dirección al oso de madera que acecha detrás de nosotros. Aterriza en su boca y ahí se queda, entre sus ajados incisivos.

—Empieza el espectáculo —dice él.

En las montañas amanece muy pronto. Empieza a llover al poco de salir del restaurante; se forma una fina niebla que hace que el asfalto se vuelva resbaladizo y peligroso. Largos camiones trepan la montaña por el carril lento; todoterrenos de exagerada hidráulica nos pasan por la izquierda. Nosotros, en el BMW *vintage* de Lachlan, no nos movemos del carril central (nunca hay que pasarse del límite de velocidad cuando se conduce con matrícula falsa de Oregón). En el paso de Donner las montañas ya tienen una capa de nieve sucia en las cumbres más altas, que brilla a la luz del ocaso.

Nada de esta parte del viaje me resulta familiar. Solo he estado una vez en esta autopista, el día en que mi madre y yo salimos disparadas de Tahoe hacia un futuro desconocido. Pero voy observando con cuidado los pinos húmedos y los lagos de montaña que pasamos, muy nerviosa, esperando ese *ping* nostálgico al reconocer algo.

Me viene cuando bajamos hasta Tahoe City y la autopista sigue paralela al río Truckee. De repente los giros de las curvas empiezan a resultarme familiares. Por un instante me parece recordar cada punto por el que pasamos: un restaurante alemán en una casa medio derruida que parece flotar en la niebla; una cabaña de madera con techo de hojalata a la orilla del agua, en un claro; el granito desnudo de las rocas del río, con el agua que baja. Todo me vuelve, como ecos visuales, recuerdos que ascienden desde el fondo de una mente que los había asfaltado con asuntos más urgentes.

Para cuando llegamos al borde de Tahoe City, una especie de piña de edificios bajos de tiendas, ya está oscuro. Giramos a la derecha justo antes de entrar, para seguir el lado sur del río. Cuanto más nos alejamos, las casas de vacaciones se hacen más grandes, más nuevas, más densas; las viviendas tradicionales van dando paso a gigantescas casas de esquí con ventanales de dos pisos y balcones de un lado a otro. Los pinos se van acercando al borde de la autopista. Por nuestro lado pasa una estación de esquí sin nieve, sus sucias pistas con los surcos dejados por las *mountain bikes* del verano anterior.

Ocasionalmente el lago asoma por entre las casas, un vacío oscuro, recogido para el invierno. Las barquitas de paseo están en la orilla, cubiertas hasta mayo. Hasta las luces del muelle están apagadas durante la estación. Recuerdo lo que era Tahoe en noviembre; me sentía como atrapada en una especie de tierra de nadie; la gente del verano se había ido y los esquiadores aún no habían llegado, el sol estaba ausente y la nieve aún aguantaba, todo estaba silencioso e inmóvil y durmiente. Una brisa inútil sin los placeres del invierno, demasiado húmeda y fría como para dar un paseo. La gente del lugar hacía sus cosas como si fueran ardillas almacenando nueces.

Lachlan y yo recorremos los últimos kilómetros en silencio. Miro los árboles, pienso en mi personaje, en los cabos sueltos de la narrativa que hemos ideado, Ashley y Michael, hasta que siento que todas las piezas encajan de forma natural. Me ha asaltado un extraño estado de ánimo, una mezcla de anticipación y nostalgia, la sensación de que algo yace entre las sombras de los pinos y que debería mirar con más atención. No noto que me tiemblan las rodillas hasta que Lachlan me posa una mano en la pierna para calmarme.

—¿Dudas si hacerlo, cariño? —Me mira de lado y me aprieta la cadera con sus largos y cálidos dedos. El peso de su mano en mi pierna me ancla a la realidad. Entrelazo mis dedos con los suyos.

—Para nada. ¿Y tú?

Él me dedica una mirada de extrañeza.

—Ya es un poco tarde para eso, ¿no? Nos esperan antes de dormir. Si no nos presentamos, puede que llame a la policía, y eso es lo que menos nos conviene.

Y de repente el lugar aparece ante nosotros. Desde la autopista uno no diría que la mansión está allí. No hay ningún cartel, solo se ve una pared alta de piedra que la sigue y una verja de hierro. Lachlan saca una mano y llama al telefonillo; apenas ha apartado el dedo del botón cuando la puerta se abre con goznes chirriantes. El camino se adentra por entre pinos, suavemente iluminados desde abajo con luces solares. Bajo la ventanilla y tomo aire. Huele a cosas húmedas: raíz de árbol, hojas en descomposición, el musgo del lago. Eso despierta algo en mí, una melancolía juvenil que me resulta familiar; las luces, la forma en que danzan como espíritus en los árboles azotados por el viento; la niebla que refleja diamantes en los faros del coche. En este lugar hay algo mágico. Todas las posibilidades de mi lejana juventud se reúnen de nuevo aquí, sensaciones que había olvidado hace mucho.

Pasamos una pista de tenis gris con la red inclinada por el moho y un puñado de pequeñas construcciones exteriores de madera: las viviendas de las criadas, la del mayordomo, todas oscuras y cerradas. Siguiendo la pendiente que baja hasta el lago distingo el garaje de las barcas, una voluminosa estructura que abraza la orilla. Por fin la carretera da una curva pronunciada y Stonehaven aparece ante nosotros como un enorme espectro gris que atraviesa la oscuridad. No puedo evitar un extraño sonido en la garganta. Por mucho que había estado mirando fotos de la casa *online*, eso no me había preparado para la familiar frialdad de Stonehaven, monumental y desaprobadora.

La mansión es un anacronismo, un monolito de piedra que se oculta entre los densos pinos de la orilla oeste del

Tahoe, aislada y amurallada como una especie de fortaleza medieval. La casa se encuentra en el centro, sus dos alas conectadas por una torre de piedra de tres pisos con estrechas ventanas en la cumbre, vigilante, como preparada para rechazar un asalto. Tiene una chimenea en cada lado, las piedras naranjas y llenas de musgo por el tiempo. El edificio entero está rodeado por un pórtico, con los troncos de enormes pinos haciendo de pilares. Todo lo que no es de piedra ha sido pintado de marrón, presumiblemente para que se funda con el entorno, aunque a la vez da la sensación al visitante de que la propia casa se está hundiendo en el bosque que la rodea.

Stonehaven. Tres plantas, cuarenta y dos habitaciones, casi mil setecientos metros cuadrados más varias construcciones exteriores. Estuve leyendo sobre ella antes de venir y encontré fotos en un número atrasado de la revista *Heritage Home*. Fue construida a principios del siglo xx por el primer Liebling nacido en el país, un oportunista de la fiebre del oro que sacó a su familia de la pobreza de la inmigración y los propulsó al nuevo siglo como aristócratas americanos. Por entonces el lago Tahoe ya se había convertido en la residencia estival de las tribus de industrialistas de la Costa Oeste. Liebling compró kilómetro y medio de bosque intacto en la orilla, edificó la mansión y se instaló para estudiar a los otros millonarios del lago.

De alguna manera, cinco generaciones más tarde la familia ha conservado la propiedad del terreno. La casa en sí apenas ha sido tocada desde que fue construida, más allá de los caprichos en decoración interior de los sucesivos residentes.

Lachlan detiene el coche en el camino y miramos juntos el edificio. Debe de notárseme algo raro al respirar —como que casi he dejado de hacerlo—, porque él se vuelve hacia mí con expresión de sospecha. De repente, su mano en mi pierna aprieta demasiado.

—Dijiste que no recordabas mucho de este lugar.

—Es que no recuerdo mucho —miento, extrañamente recelosa de decirle la verdad. Él apenas comparte su pasado y yo voy a hacer lo mismo—. En serio, no. Solo vine tres o cuatro veces, y de eso hace una década.

—Pareces desorientada. Tienes que sobreponerte —lo dice en voz baja, con tono tranquilo, pero noto la frustración que se está despertando detrás. Soy demasiado emocional; ese es el diagnóstico que me ha hecho desde el principio. «No puedes mostrarte emocional en el trabajo, la emoción te hace vulnerable».

—No estoy desorientada. Es solo que se me hace raro volver aquí después de tanto tiempo.

—Fue idea tuya. Quiero que lo recuerdes por si todo se fastidia.

Le aparto la mano de mi pierna.

—Soy totalmente consciente de eso. Y no voy a fastidiar nada. —Miro la casa. De una de las grandes chimeneas sale humo, hay luz en las ventanas—. Soy Ashley. Tú eres Michael. Estamos de vacaciones. Estamos encantados con la casa. Nunca hemos estado antes en Tahoe, siempre lo habíamos deseado, muchas ganas de ver la zona.

Lachlan asiente.

—Buena chica.

—No hace falta que me perdones la vida.

Noto movimiento en la casa frente a nosotros. La puerta principal se abre y aparece una mujer en un rectángulo de luz. Sus cabellos rubios relucen como un halo a su alrededor, su rostro es inescrutable entre las sombras del porche. Se nos queda mirando con los brazos cruzados contra el frío; seguramente se pregunta qué hacemos ahí parados en el camino. Paso la mano por delante de Lachlan y apago el motor.

—Vanessa nos mira —le señalo—. Sonríe.

—Ya estoy sonriendo —replica él. Pone la radio y pasa emisoras hasta que encuentra una de música clásica y sube el volumen. Entonces me rodea el cuello con sus brazos y me da un beso largo y sensual; no sé si me está pidiendo perdón o lo hace para que Vanessa lo vea. «Los tortolitos se toman un momento antes de salir del coche».

Después se aparta, se seca la boca y se ajusta la camisa.

—Vale, vamos a conocer a nuestra anfitriona.

7.

Trece años antes

MI MADRE Y YO HICIMOS EL VIAJE DE OCHO HORAS EN coche desde Las Vegas hasta Tahoe City el día en que acabé el primer curso del instituto. La autopista seguía la frontera de Nevada con California, y mientras íbamos al norte y al oeste sentí cómo bajaba la temperatura y el opresivo calor del desierto daba paso al fresco de montaña de Sierra Nevada.

No me importó dejar Las Vegas atrás. Habíamos estado dos años —una eternidad para nosotras— y yo había odiado cada minuto. El increíble calor, el sol que golpeaba inmisericorde, hacía que todo el mundo fuera lacónico y desagradable, deseoso de volver al abrazo estéril del aire acondicionado. Los pasillos de mi instituto olían siempre a sudor, acre y animal, como si todos los estudiantes vivieran presas del miedo. Las Vegas no parecía un lugar en el que debiera vivir gente. Aunque nuestro edificio de apartamentos estaba a kilómetros del centro, en un complejo de estuco que podría haber sido sacado de la zona residencial de cualquier ciudad del oeste, la sombra del Strip se cernía sobre nuestro vecindario. La ciudad entera parecía mirarse en el robamonedas que tenía en medio. ¿Por qué iba a vivir nadie allí si no buscaba hacer dinero rápido?

Mi madre y yo teníamos nuestro apartamento bajo la ruta de los aviones del aeropuerto; cada pocos minutos podías mirar arriba y verlos llegar, hordas de paso que venían a por el gran *jackpot* y las margaritas de litro. «Pringados». Mi madre los despreciaba, como si no fueran la razón por la que nosotras estábamos allí. Cada noche me depositaba ante la tele e iba a los casinos a intentar engañarlos.

Pero ahora íbamos al tranquilo lago Tahoe, tierra de casas de vacaciones y gente de verano y barquitas *vintage* de madera.

—He encontrado un lugar en Tahoe City, en el lado californiano del lago —me dijo mi madre mientras conducía. Se había anudado un pañuelo al pelo rubio, al estilo de las estrellas del cine, como si estuviese sentada al volante de un antiguo convertible más que de un Honda con un aire acondicionado que fallaba todo el rato—. Tiene más clase que la parte sur, donde están los casinos.

Cuánto deseaba creerla. Íbamos a tener clase. Y mientras ascendíamos para después descender por la cuenca del lago, sí pareció como si cambiásemos de piel y probáramos identidades nuevas y mejores. Yo iba a ser toda una estudiante. Cerré los ojos y me imaginé a mí misma llevando un diploma en la mano, con una gorra que decía «Harvard». Y mi madre, bueno, iba a trabajar legalmente en los casinos, lo que ya era una gran mejora en sí misma. Miré los pinos y me permití creer que la larga lista de lugares donde habíamos vivido acabaría por fin allí, en una tranquila población de montaña donde podríamos alcanzar el potencial que siempre nos había rehuido.

Llámame ingenua. No te equivocarías.

Resultó que Tahoe City no era una ciudad sino un pequeño pueblo todo de madera frente al lago. El área comercial era una desgarbada sucesión de hamburgueserías y tiendas de alquiler de artículos de esquí, inmobiliarias y galerías de arte que vendían paisajes de montaña hechos con gruesas pinceladas. El río Truckee salía del lago en el lado sur del pueblo, avanzando tranquilamente y ondeando, bajando por la montaña hacia los lejanos valles, la corriente llena de turistas en botes de goma y con máscaras con tubo.

Nuestro nuevo hogar tampoco era un apartamento sino más bien una cabaña, en una silenciosa calle que daba al bosque. Me enamoré de ella en cuanto la vi, con su alegre pintura amarilla, su chimenea hecha de cantos del río y sus persianas con corazones tallados en el centro, promesas de la felicidad que íbamos a encontrar adentro. El jardín era una alfombra de agujas de pino que se pudrían con parsimonia bajo nuestros pies. La cabaña estaba mejor mantenida por fuera que por dentro; la sala de estar era oscura y la alfombra olía a polvo, la formica de la cocina estaba astillada y a los armarios del dormitorio les faltaban las puertas. Pero todas las superficies eran de madera de pino nudosa, que me hacían sentir que éramos ardillas anidando dentro de un árbol.

Llegamos a principios de junio, justo cuando los fuerabordas empezaban a salir de los garajes invernales y las rampas para las barcas estaban atascadas hasta la calle principal. Aquellas primeras semanas iba caminando por la mañana hasta el lago para ver cómo los navegantes lanzaban los topes de goma por los muelles como si fueran grandes *hot dogs* chirriantes, y los dueños de los restaurantes sacaban los toldos y mataban las arañas que habían anidado en los pliegues. A las ocho de la mañana, la superficie del lago era de cristal; el agua era tan clara que podías ver a los cangrejos caminando por el fondo cenizo. Hacia las diez, las estelas de los fuerabordas y los practicantes de esquí acuático convertían la superficie en un bloque de hielo agrietado. El lago estaba lleno de nieve fundida. No lo bastante cálido como para nadar en él sin traje de neopreno, pero aun así no podías ir por el muelle sin ver a niños que se tiraban a plomo y volvían a salir minutos después, pálidos y con la piel de gallina.

Yo no nadaba. Me pasé el verano en la orilla, en una oxidada silla de jardín que había encontrado un día abandonada en la arena. Leía los libros de la lista que me habían dado en mi nuevo instituto: *El alcalde de Casterbridge*, *Tortilla Flat* y *Una lección antes de morir*. La mayor parte del tiempo estaba sola, pero no me importaba, nunca me había importado mucho el tener amigos. Cada noche mi madre se embutía en un vestido de cóctel color cobalto con lentejuelas y una raja tan alta que casi se le veían las bragas, con una plaquita con el nombre Lily colgada del escote. Conducía los cuarenta y cinco minutos que nos separaban de Nevada y servía *gin-tonics* aguados a los jugadores de póker del casino Fond du Lac.

Recuerdo lo emocionada que estaba la primera noche en que volvió a casa con el cheque de la paga, como una niña con un juguete nuevo que no puede esperar a mostrar. Me desperté al olor de humo de cigarrillo y colonia rancia y allí estaba ella, sentada en el borde de la cama, con un sobre en las manos. Me saludó agitándolo.

—¡Un cheque, querida! ¡Qué legal!, ¿no? —Lo desgarró y sacó el fino papel, aunque algo en su rostro se vino abajo al mirar la cifra—. Vaya, no sabía que deducían tanto de impuestos. —Se lo quedó mirando un momento y después se irguió y sonrió—. En fin, está claro que lo importante son las propinas. Esta noche un tío me ha dado una ficha verde por una bebida. Eso son veinticinco dólares. Me han dicho que cuando te asignan a las mesas de las apuestas fuertes, a veces puedes sacar cientos.

Pero oí algo en su voz que me preocupó, una suave sombra de duda respecto al camino que había elegido seguir por mí. Tiró del cuello de su vestido y vi la pálida piel de su escote enrojecida por las lentejuelas del borde. Me pregunté si la razón de que mi madre no hubiera conseguido ningún empleo hasta entonces no era porque nadie quería contratarla sin currículum y certificado de estudios, sino porque en realidad era ella la que no quería.

—Yo también me buscaré un trabajo —le aseguré—. No tendrías que trabajar en el casino si no te gusta.

Ella volvió a mirar el cheque y negó con la cabeza.

—Sí, sí que tengo que hacerlo. Es por ti, niña, así que vale la pena. —Extendió un brazo y me acarició el pelo—. Y tu trabajo es estudiar. Yo me encargo del resto, ya se me ocurrirá algo.

Empecé en la academia North Lake el día después del Día del Trabajo, el mismo en el que el gentío veraniego desaparecía por la montaña. De repente, las calles estaban vacías de todoterrenos de lujo y ya no había colas para el *brunch* de Rosie's. Mi madre me llevó en coche, con los ojos todavía hinchados y el rímel corrido por su turno de la noche anterior. Cuando frenó ante la entrada hizo el gesto de salir conmigo y acompañarme. Posé una mano en su muñeca antes de que sacara las llaves del contacto.

—No, mamá. Puedo hacerlo sola.

Miró al montón de niños que pasaban por nuestro lado y sonrió.

—Claro, querida.

La academia North Lake era pequeña, un instituto progre con el lema «Formar ciudadanos del mundo», pagado por un gran empresario de Silicon Valley que se había jubilado a los cuarenta y nueve para hacerse filántropo y saltador BASE. El campus era una colección de edificios de cristal rodeados de pinos, semioculto en un valle, a la vista de un *resort* de esquí. La web de la academia estaba trufada de palabras clave —«retos», «autodependencia», «actualización», «trabajo en equipo»— y decía que un veinte por ciento de sus graduados acababan estudiando en universidades de la Ivy League.

En cuanto entré por la puerta vestida de alternativa urbana de Las Vegas —los tonos negro sobre negro de mi paleta solo rotos por las trenzas magenta de mi pelo— supe que estaba destinada a no encajar. Los chicos que llenaban los pasillos iban de Patagonia con vaqueros y ropa de deporte asomando de sus mochilas. Las chicas iban sin maquillar, las caderas desnudas musculosas y duras. Había más *mountain bikes* aparcadas a la entrada que coches. Para mí los deportes eran algo completamente ajeno; tantos años de comidas de *fast food* y lecturas sedentarias me habían dejado ancha de caderas y con el rostro fofo. Era una gótica regordeta.

Durante la primera clase, mientras mirábamos a la profesora escribir su nombre en la pizarra —«Jo Dillard, llamadme Jo»—, la chica de delante de mí se dio la vuelta y me sonrió.

—Soy Hilary. Tú eres nueva —dijo.

—Sí.

—También hay un nuevo en tercero, Benjamin Liebling. ¿Lo conoces?

—No. Aunque si lo hubiese visto no lo sabría. Para mí todos sois nuevos.

Se enrolló un rizo en un dedo y se lo pasó por la cara. Tenía la nariz pelada y los cabellos erizados por el cloro; vi que tenía la carpeta llena de pegatinas de *snowboard*.

—¿Cuál es tu rollo?

—No sé —contesté—. Me gustan los rollitos de mermelada. De fresa. Y de albaricoque.

Ella se rio.

—Quiero decir que qué es lo que te va. ¿Haces *snowboard*?

—No he estado nunca en mi vida en una pista de esquí.

Alzó una ceja.

—Caray, sí que eres nueva aquí. Entonces, ¿qué? ¿*Mountain bike, lacrosse*?

Me encogí de hombros.

—Libros.

—Ah. —Asintió muy seria, como si mi respuesta necesitara ser bien meditada—. Vale, pues sí que tienes que conocer al nuevo.

Tardé meses en conocer al nuevo, aunque a veces lo veía por los pasillos; era la única otra persona aparte de mí que parecía envuelta siempre en una burbuja de soledad. No es que los demás alumnos no fueran amables conmigo; siempre se mostraban, igual que Hilary, agradables al estilo «ciudadano responsable». Me invitaban a sesiones de estudio, me dejaban sentarme a su misma mesa durante el almuerzo y me pedían ayuda con sus trabajos de Lengua. Solo que no teníamos mucho en común aparte de las clases. Mi madre me había apuntado a un instituto que creía en el concepto de «aula exterior» y montaba aventuras en kayak y campamentos y hacía «pausas para estiramientos», que consistían en pasear por entre los pinos de afuera. No hacíamos exámenes sino recorridos saludables.

La mayoría del resto de los alumnos estaban allí porque eran justo esa clase de personas, habitantes locales cuyos padres habían emigrado a la montaña porque querían que sus hijos fueran autosuficientes y amantes de los espacios abiertos. Mi madre había seleccionado el instituto, sospechaba yo, por las ayudas que daba a los estudiantes, la proximidad a los casinos de South Lake y la disposición a aceptar una estudiante que era más prometedora que distinguida. A su vez, la academia seguramente me veía, con mi herencia colombiana y mi hogar monoparental de escasos recursos, como una muestra de diversidad.

Benjamin —Benny— Liebling era el único otro alumno que no encajaba claramente con la visión *kumbayá* de la academia. Me dijeron que había venido hacía poco desde San Francisco, que su familia era rica, que tenían una gran mansión en la orilla oeste. Se rumoreaba que lo habían expulsado de una escuela preparatoria mucho más exclusiva, y que por eso había acabado allí. Destacaba por sus cabellos de color naranja brillante y sus largas extremidades; era como una jirafa pálida que apenas pasaba por las puertas. Como yo, llegó al campus con un aura de distancia, aunque en su caso era por ser rico, no por el aroma urbano de Las Vegas. Llevaba las camisetas siempre planchadas y sin manchas, sus gafas de sol tenían el inconfundible logo de Gucci en una patilla y no había conseguido ocultarlo del todo con cinta aislante. Cada mañana se desplegaba del asiento del acompañante del Land Rover dorado de su madre y corría hacia la entrada como si creyera que la velocidad podía volverlo invisible. Pero todo el mundo se fijaba en él; ¿cómo no ver a un chico de dos metros con pelo color calabaza?

Sentí curiosidad y busqué su apellido en el ordenador de la biblioteca. Lo primero que encontré fue una foto de sus padres: una mujer envuelta en pieles blancas, el cuello lleno de diamantes, del brazo de un hombre mayor y calvo con esmoquin, su rostro carnoso y blando y amargo. «Los patrones Judith y William Liebling IV asisten a la noche inaugural de la temporada de la Ópera de San Francisco».

A veces veía a Benny en el almuerzo, en la biblioteca, donde acostumbraba a refugiarme después de zamparme en dos bocados mi sándwich de manteca de cacahuete con mermelada en pan de molde. Siempre estaba encorvado sobre una libreta, entintando al estilo de los cómics unos dibujos hechos con rotulador grueso. De vez en cuando nos intercambiábamos alguna mirada y nos sonreíamos tímidamente en reconocimiento de nuestro estatus de «nuevos». Una vez se sentó delante de mí en una reunión de la clase y me pasé toda la hora contemplando el maravilloso nido que formaba su pelo, preguntándome si me saludaría; aunque no lo hizo, su cuello se fue poniendo rosa, como si intuyera que lo estaba mirando. Pero iba un curso por delante del mío, no compartíamos ninguna clase y ninguno de los dos pertenecíamos a ningún equipo que nos forzara a interactuar.

Además, su familia era rica y mi madre pasaba apuros para pagar la factura de luz. No teníamos ninguna razón para hablar excepto nuestro común fracaso en ser el tipo justo de ciudadanos sanos y responsables.

Intentaba pasar desapercibida y me concentraba en los estudios; los años de ir rebotando de una escuela a otra me habían dejado a kilómetros por detrás de mis compañeros en casi todas las asignaturas, y tenía que esforzarme para alcanzarlos. El verano se convirtió en otoño y entonces cayó el invierno, y con él una especie de confinamiento mientras el mundo se protegía del frío y la aguanieve. Del instituto a casa y de vuelta; calefacción a tope, guantes. Me sentaba dos veces al día en el autobús, con mi parka de segunda mano y mis botas de lluvia agujereadas, maravillada por la magnificencia de los bosques con las cumbres nevadas, el lago tan azul que casi hacía daño. Todo me resultaba desconocido. Seguía soñando con bloques de cemento y rascacielos de fachadas como espejos.

Mi madre se había asentado en su trabajo. Había conseguido abrirse paso hasta las mesas de las apuestas altas, y aunque no resultaron ser la tierra prometida que esperaba —las fichas de cien dólares seguían siendo muy ocasionales—, se sentía contenta de estar allí. Por la noche yo estudiaba en la mesa descascarillada de la cocina mientras ella iba por la cabaña en sus tacones altos, poniéndose rímel, oliendo a Shalimar y jabón con aroma de planta de verbena. Las facturas que yo sacaba del buzón ya no tenían escrito «Vencimiento» en el sobre, cosa que quizá tuviera que ver con los turnos extra que ella había empezado a hacer. A veces no volvía a casa hasta que yo me despertaba para ir a clase. Se quedaba junto a la cafetera, las lentejuelas caídas y despeinada, y me miraba mientras metía los libros en la mochila con una expresión complacida y sorprendida que yo interpretaba como satisfacción y quizás orgullo.

Un día me fijé en que había bajado su tono de rubio, de platino Marilyn a oro Gwyneth. Cuando le pregunté por qué, se llevó la mano al pelo y se miró en el espejo con una pequeña sonrisa.

—Es más elegante, ¿no? Ya no estamos en Las Vegas, chica. Los hombres de por aquí buscan algo diferente.

Me preocupó el pensar que eso también significara que ella estaba buscando hombres. Pero durante el invierno no apareció ninguno en nuestra sala de estar a las tres de la madrugada. Entendí que las cosas habían cambiado de verdad. Quizás esta vez sí que nos habíamos bajado en la parada correcta. Me la imaginé ascendiendo por entre la jerarquía del casino, quizás hasta encargada de planta, o incluso con un trabajo de verdad en la recepción del hotel. Quizá se liara con un tío majo, alguien normal, como el elocuente encargado de la cafetería, el de la barba sal y pimienta, que nos ponía más salmón de lo normal en las tostadas cuando íbamos juntas los domingos.

El escudo protector que había construido a mi alrededor durante años empezó a venirse abajo. Y, aunque no era precisamente Miss Popularidad en el instituto de North Lake —y aunque Harvard siguiera siendo muy improbable—, sentía una cierta satisfacción. La estabilidad tiene esas cosas. Mi felicidad estaba tan ligada a la de mi madre que resultaba imposible distinguir dónde acababa la suya y empezaba la mía.

Una tarde nevada, a finales de enero, cuando la mayoría de mis compañeros se había ido a las pistas de esquí en cuanto acabaron las clases, me subí al autobús de vuelta al pueblo y vi que no estaba sola. Benjamin Liebling estaba en la última fila, las extremidades despatarradas en los asientos a sus dos lados. Lo vi mirarme mientras subía, pero en cuanto nuestros ojos entraron en contacto apartó la vista.

Elegí un asiento de delante y abrí mi libro de álgebra. Las puertas se cerraron y el autobús empezó a traquetear, los neumáticos de hielo rascando la capa de nieve de la carretera. Me quedé sentada intentando comprender el concepto de las expresiones logarítmicas durante unos minutos, pero era demasiado consciente del único otro estudiante en el vehículo. ¿Se sentiría solo? ¿Pensaría que yo era una maleducada por no hablarle nunca? ¿Por qué me resultaba tan incómoda nuestra no-relación? De repente me levanté, caminé por el suelo de goma hasta el fondo y me senté frente a él. Saqué las piernas al pasillo y lo miré.

—Tú eres Benjamin —dije.

Sus ojos eran de un marrón cobrizo, y de cerca pude observar que tenía las pestañas obscenamente largas. Parpadeó, sorprendido.

—El único que me llama Benjamin es mi padre —replicó—. Todos los demás me llaman Benny.

—Hola, Benny. Yo soy Nina.

—Ya lo sé.

—Ah.

Me arrepentí de haberme ido a sentar allí y estaba a punto de levantarme y volver a mi asiento, cuando él se irguió en su asiento y se inclinó hacia delante, de forma que nuestras dos cabezas quedaron muy cerca. Tenía un caramelo de menta en la boca y se lo olí en el aliento, lo oí chocar contra sus dientes mientras hablaba.

—La gente no para de decirme que tengo que conocerte. ¿Por qué?

Sentí como si hubiera encendido una linterna y la hubiera apuntado directamente a mis ojos. ¿Cómo se suponía que tenía que contestar a eso? Pensé un segundo.

—Porque nadie quiere la responsabilidad de tener que ser amigo nuestro. Para ellos es más fácil si nos hacemos amigos el uno del otro. Es su forma de eludir la responsabilidad. Y así pueden sentirse bien por haber hecho la buena acción de juntarnos.

Se miró los pies, pensativo, con las enormes botas de nieve negras por delante.

—Sí, debe de ser eso. —Se metió una mano el bolsillo, sacó una latita y me la ofreció—. ¿Un caramelo?

Cogí uno, me lo llevé a la boca y respiré hondo. Todo

parecía fresco y limpio, nuestros alientos entremezclándose en el aire helado del autobús, así que sentí valor como para hacerle la pregunta obvia:

—Entonces, ¿qué? ¿Tenemos que ser amigos o no?

—Depende.

—¿De qué?

Volvió a mirarse los pies y vi cómo le subía el sonrojo por el cuello desde debajo de la bufanda.

—De si nos caemos bien, supongo.

—¿Y cómo vamos a saberlo?

La pregunta pareció gustarle.

—Bueno, veamos: nos bajamos juntos del autobús en Tahoe City y vamos a tomarnos un chocolate bien caliente en Syd's, para hablar un poco sobre cosas como desde dónde vinimos a parar aquí y lo horroroso que era y lo mucho que odiamos a nuestros padres.

—Yo no odio a mi madre.

Pareció sorprenderse.

—¿Y a tu padre?

—No lo veo desde que tenía siete años. Podría decirse que lo odio, pero eso no está basado en una relación actual.

Sonrió, y eso transformó su rostro de una colección de rasgos yuxtapuestos sin mucha ligazón —pecas, nariz de gancho, ojos enormes— a algo más puro y alegre, infantil, casi bello.

—Vale. ¿Ves?, ya estamos llegando a alguna parte. Sí, vayamos a Syd's, y después de quince o veinte minutos de conversación estaremos muertos de aburrimiento porque no tenemos nada interesante que decirnos, en cuyo caso seguramente pondrás alguna excusa sobre tener que hacer los deberes y te largarás y nos pasaremos el resto del curso evitándonos en los pasillos porque nos sentiremos muy incómodos, o encontraremos lo suficiente que contarnos como para repetir el proceso una segunda vez y una tercera, demostrando así a nuestros compañeros que tenían razón. En ese momento habremos cumplido con nuestro deber como ciudadanos responsables: habremos hecho que se sientan bien consigo mismos. Todos saldremos ganando.

La conversación estaba siendo tan intensa, tan adulta y franca, que me mareé. Los adolescentes que yo conocía no hablaban así; pasaban de puntillas por encima de verdades no expresadas y dejaban que lo nunca dicho significara lo que más desearan que significara. Empecé a sentir como si los dos nos hubiésemos hecho miembros de alguna sociedad secreta que ninguno de nuestros compañeros sería capaz de comprender.

—O sea, lo que dices es que quieres ir a tomar un chocolate caliente —concluí—. Conmigo.

—La verdad es que prefiero el café —replicó—. Me imaginé que el chocolate te gustaría a ti.

—Yo también prefiero el café.

Sonrió.

—¿Ves? Ya tenemos otra cosa en común. Quizás haya esperanza para esta amistad.

Nos bajamos del autobús en el pueblo y caminamos por las resbaladizas aceras hasta un café de la calle principal. Lo miré andar a zancadas con sus gigantescas botas de astronauta, la bufanda tapándole la barbilla y el gorro de lana bajado al máximo, de forma que apenas se le veían unos seis centímetros alrededor de los ojos. Me pilló mirándolo y volvió a sonrojarse. Decidí que me gustaba su forma de mostrar sus emociones a flor de piel, lo fácil que era leerlas. Se le quedaban copos de nieve atrapados en las cejas; sentí ganas de extender una mano y quitárselos. El que estuviéramos los dos ahí juntos parecía muy natural, como si hubiésemos llegado al final de un juego y los dos nos hubiésemos declarado vencedores.

—¿Por qué has cogido hoy el autobús? —le pregunté mientras hacíamos cola.

—Mi madre tenía otra de sus crisis y no se veía capaz de ir a buscarme.

Lo dijo de forma tan casual que me sorprendió.

—¿Crisis? ¿Llamó llorando a recepción para decirte que volvieras solo o algo así?

Él negó con la cabeza.

—El que llamó fue mi padre. Y tengo móvil.

—Ah. —Intenté comportarme como si aquello fuera lo más normal del mundo, como si conociera a montones de chicos con sus propios móviles. Deseé sonsacarle cada detalle de su mundo, desplumarlo poco a poco hasta poder distinguir la forma debajo—. ¿Y no se ofreció a mandar, no sé, a un chófer o algo así?

—Te veo muy interesada en mis medios de transporte. No me parece que sea un tema muy interesante.

—Lo siento. Es que no me parecías de los que cogen el autobús.

Me miró, y en su rostro asomó una sombra de tristeza.

—O sea, que ya sabes quiénes son mi familia.

Ahora fue mi turno de sonrojarme.

—La verdad es que no. Perdona, he sido un poco impertinente.

Yo nunca había hablado con alguien rico. ¿Se suponía que tenías que pasar de puntillas por los lujos de los que disfrutaban y hacer como si ni te dieras cuenta? ¿No era esa riqueza una de las partes más obvias de su identidad básica, tanto como el color del pelo, la raza, la capacidad para los deportes? ¿Por qué estaba mal sacar el tema?

—No —contestó él—. Es lógico que lo pensaras. Y sí que tenemos un chófer, pero yo mataría a mis padres si intentaran hacer eso. Bastante malo es que... —No acabó la frase, y de repente vi que su riqueza le resultaba tan incómoda como a mí mi vida trashumante.

Llegamos al frente de la cola y pedimos cafés. Cuando fui a sacar el monedero, Benny me cogió el brazo con una mano.

—No seas ridícula —dijo.

—Puedo permitirme una taza de café. —Me oí replicar, y me asaltó la duda de qué sabría él de mí.

—Pues claro que puedes. —Apartó la mano enseguida. Entonces sacó una cartera de tela del bolsillo trasero y, de esta, un único, planchadito, billete de cien dólares—. Pero ¿para qué tirar el dinero si no es necesario?

Me quedé mirándolo e intenté no comportarme como una idiota, aunque no pude evitarlo.

—¿La semanada que te dan tus padres es en billetes de cien? Él se rio.

—Por Dios, no. No confían en mí como para darme una semanada. Ya no. Esto lo he robado de la caja fuerte de mi padre. La combinación es mi cumpleaños. —Y entonces me dirigió una gran sonrisa conspiratoria—. Para alguien que se cree mucho más listo que todos los demás, la verdad es que es bastante idiota.

Ahora recuerdo el principio de nuestra amistad como un tiempo muy particular, mezcla de dulce y amargo; los dos intentábamos orillar las enormes diferencias en nuestra educación y encontrar terreno común en nuestra desafección. Éramos una pareja extraña y poco conjuntada. Empezamos a salir juntos una o dos veces por semana, después de las clases. A veces veía las luces del Land Rover pasando mientras temblaba esperando el autobús. Pero cada vez más a menudo me lo encontraba esperándome en la parada, con guantes extra en la mochila que me daba en silencio mientras nos acurrucábamos para protegernos del frío. En el pueblo íbamos a Syd's y hacíamos los deberes juntos. Le encantaba dibujar, yo lo miraba hacer caricaturas de los otros clientes en su libreta. Acabamos yendo a la orilla nevada a ver cómo el viento convertía la nieve en espuma.

—Entonces, ¿coges el autobús conmigo porque te apetece o porque tu madre tiene crisis todo el rato? —le pregunté un día de febrero mientras estábamos sentados a una mesa de pícnic cubierta de nieve, con unos cafés que se enfriaban rápidamente.

Partió la punta de un carámbano y lo cogió como si fuese un arma.

—Le dije que ya no tenía por qué venir a buscarme. Se sintió aliviada. —Examinó la punta de hielo y señaló con esta el agua, como si fuese una varita mágica—. Ahora le da eso que le pasa de vez en cuando y no quiere salir de casa.

—¿Eso?

—Es como que pierde el equilibrio. Primero empieza a montar escenas en público, ya sabes, grita a los criados y se pasa de velocidad y le ponen multas y se va a Neiman's y se compra media tienda. Entonces, cuando mi padre pierde los nervios por fin, ella se mete en la cama y no quiere salir durante semanas. Es parte de la razón por la que nos vinimos aquí. Papá pensó que un cambio de escenario sería bueno para ella, ya sabes, alejarnos de la ciudad y de las —levantó las manos e hizo como si dibujara comillas en el aire— «presiones» de la vida social.

Pensé en aquella mujer apenas visible tras el volante del Land Rover, las manos enfundadas en guantes de cuero, la cabeza agrandada por la piel de la capucha de su parka. Intenté imaginármela llena de seda y diamantes, tomando champán para desayunar y pasando las tardes mimada en un *spa*.

—No sabía que ir a fiestas podía ser tan duro. Lo recordaré la próxima vez que me inviten a un baile.

Él se rio e hizo una mueca.

—Creo que, más que nada, mamá avergonzaba a papá con todas sus rarezas. —Dudó—. Yo también. Manchábamos el buen nombre de los Liebling. Así que nos arrastró aquí, a la vieja y mustia mansión familiar, para tomarnos un descanso. Como si hubiéramos sido niños malos. «Comportaos o haré que os quedéis aquí para siempre», ese es básicamente el mensaje. Papá es un matón; si no consigue a la primera lo que quiere, te amenaza hasta salirse con la suya.

Pensé en ello.

—Espera. ¿Qué es lo que hiciste tú?

Empezó a clavar el carámbano en la nieve, como si la apuñalara y abriera la herida en círculos.

—Para empezar, me expulsaron del colegio. Les daba Ritalin a mis compañeros. Decidieron que eso me convertía en un traficante. Ni siquiera hacía que me pagaran; para mí era un servicio público. —Se encogió de hombros.

—Alto. Frena. ¿Tomas Ritalin?

—Me hacen tomar de todo. —Les frunció el ceño a las montañitas de nieve del lago—. Ritalin porque dormía demasiado y no prestaba atención en clase, así que pensaron que tenía TDAH. Y también un encantador cóctel de antidepresivos porque paso demasiado tiempo solo en mi habitación y se ve que eso significa que soy depresivo y antisocial. Por lo visto, si no te gusta participar en las cosas, seguro que eres un enfermo mental.

También pensé en eso.

—Entonces supongo que yo también soy enferma mental.

—Eso explica por qué me caes bien. —Sonrió y después miró para otro lado como para ocultarlo—. Estoy seguro de que querrían que fuera más como mi hermana. Vanessa hace todo lo que esperan de ella: socializa, es la reina de la promoción y capitana del equipo de tenis. La mandaron a la misma universidad a la que había ido papá para poder presumir de ella en las fiestas. Se casará joven y les dará unos cuantos herederos y saldrá guapa en las fotos de familia. —Puso cara de asco.

—Parece horrorosa.

Se volvió a encoger de hombros.

—Es mi hermana. —Se quedó un momento en silencio—. El caso es que estoy seguro de que mi padre teme que yo acabe siendo «rarito», como mamá, así que intenta sacarme los males antes de que sea tarde. Y mamá dedica todas sus fuerzas a arreglarme para no tener que enfrentarse al hecho de que es ella la que necesita que la arreglen.

Me quedé sentada a su lado en la mesa de pícnic, preguntándome qué hacer con toda esa información. No estaba acostumbrada a esos momentos confesionales con amigos, cuando por fin se alza el telón y ves lo que de verdad está pasando entre bambalinas. Miramos como nuestros alientos formaban nubes que después se desvanecían.

—Mi madre es un caos —me descubrí diciendo—. Es un caos y hace estupideces, y cuando la caga sale corriendo. Sé que tiene buenas intenciones, al menos en lo que respecta a mí, lo único que quiere es protegerme, pero estoy harta de tener que apechugar con las consecuencias. Es como si yo fuera la adulta en nuestra relación.

Me miró y pensó en ello.

—Al menos tu madre no intenta cambiarte.

—¿Estás de broma? Ha decidido que voy a ser una especie de superestudiante-estrella-del-rock-presidenta-empresaria. Sin presión. Solo tengo que sobrecompensar por todos sus fallos como ser humano y ser todo lo que ella no ha podido. Se supone que tengo que tranquilizarla e insistir en que sus elecciones no han destrozado completamente las mías.

Tiré el contenido de mi taza a la nieve, a nuestros pies, y miré las manchas marrones contra el blanco, sorprendida de mí misma. Inmediatamente me sentí culpable por lo que había dicho, como si de alguna forma la hubiese traicionado. Y aun así, contra mi voluntad, sentí como si algo oscuro saliera de mí, una oscura y amarga semilla de resentimiento que nunca había reconocido llevar dentro. La saboreé y dejé que me llenara. ¿Por qué era así mi vida? ¿Por qué no podía ella hacer *cupcakes* y trabajar de recepcionista en una clínica veterinaria o un parvulario? ¿Por qué me sentía como si las circunstancias me hubieran jodido bien, que seguramente nunca iba a tener una oportunidad justa?

Sentí algo en mi espalda. Era el brazo de Benny, que trepaba dudoso por el espacio entre nosotros hasta descansar suavemente en mi columna. Era algo parecido a un abrazo, pero sin llegar hasta el final. El relleno de nuestras parkas nos aislaba al uno del otro, tan grueso que ni siquiera pude sentir el calor de su cuerpo entre tantas capas de protección. Apoyé la cabeza en su hombro y así nos quedamos durante un buen rato. Empezaba a nevar de nuevo y sentí los copos en mi rostro, fundiéndose en pequeñas gotitas de frío.

—Aquí tampoco se está tan mal —dije por fin.

—No. —Se mostró de acuerdo—. No se está tan mal.

¿Por qué nos sentíamos atraídos el uno por el otro? ¿Era simplemente la ausencia de más opciones, o había algo innato en nuestras personalidades que nos unía? Al pensarlo ahora, una década después, me pregunto si nos juntamos no por nuestras similitudes sino por nuestras diferencias. Quizá la naturaleza ignota de nuestras experiencias respectivas, con los dos viniendo de dos extremos opuestos, implicaba que no podíamos compararnos y contrastar y quizá ver que nos quedábamos cortos. Partíamos de una distancia tan grande que no podíamos hacer otra cosa que acercarnos. Éramos casi niños, no sabíamos más.

Esa es una forma de responder a la pregunta. Otra: quizás el primer amor sea solo la inevitable consecuencia emocional de encontrar por primera vez a alguien a quien le importas una mierda.

Hacia principios de marzo, nuestra rutina —autobús, café, orilla— había empezado a perder gracia. La temperatura había descendido por un frente polar y el paisaje nevado de libro de fotos se había endurecido y convertido en hielo. A los lados de las carreteras los montones de nieve apilada eran negros y sucios, reflejo del estado emocional general de los lugareños a medida que se arrastraban por el tercer mes del invierno.

Una tarde, camino del pueblo, Benny se volvió hacia mí.

—Hoy vayamos a tu casa.

Pensé en nuestra cabaña, las telas brillantes colgadas de las paredes y los muebles de tienda de segunda mano y la formica astillada de la mesa de la cocina, pero sobre todo pensé en mi madre, en el número que montaría por Benny. Me lo imaginé mirándola prepararse para irse al trabajo, el pesado y caliente vapor de su ducha y los aullidos del secador de pelo. Pensé en las pestañas postizas que mamá se quitaba al volver y que dejaba en la mesilla de la sala.

—Mejor que no —dije. Él puso cara de decepción.

—No puede ser tan malo.

—Es muy pequeña. Mi madre no parará de meterse en nuestras cosas. —Dudé—. Mejor vayamos a tu casa.

Esperé a que me dedicase una de sus miradas de lado, que me indicara que me había pasado de la raya.

—Vale —contestó—. Pero prométeme que no te vas a rayar.

—No me voy a rayar.

Tenía los ojos tristes.

—Sí, te vas a rayar. Pero da igual, te perdono.

Aquella vez, cuando llegamos a Tahoe City, en vez de quedarnos en el pueblo cogimos otro autobús y fuimos hasta la orilla oeste. Benny se iba animando más y más a medida que nos acercábamos a su casa, sus extremidades extendidas en todas las direcciones mientras se lanzaba a un discurso inescrutable sobre el estilo de cómics de los que yo nunca había oído hablar.

Y entonces, de repente, dijo «Vale, aquí», se levantó de un salto y le indicó al conductor que queríamos bajarnos. El autobús frenó entre traqueteos y nos depositó en la carretera helada. Miré al otro lado, hacia una especie de muralla de piedra sin fin, lo bastante alta como para impedir la vista y con estacas de hierro encima. Benny cruzó corriendo hasta la puerta y tecleó una combinación. Las puertas se abrieron ante nosotros, crujiendo al rascar el hielo.

Una vez dentro, la tarde se volvió silenciosa de repente. Oí el viento entre los pinos, los crujidos de los árboles bajo su gruesa capa de nieve. Fuimos por el camino de entrada hasta que la mansión apareció ante nosotros.

Nunca había visto una casa así. Era lo más parecido a un castillo en que había entrado y, aunque sabía que no era exactamente eso, parecía tener una cierta solemnidad extraña. Me hizo pensar en las alegres chicas bailarinas de los años veinte y en fiestas en el jardín y barcas relucientes de madera avanzando por el lago, sirvientes de uniforme ofreciendo champán en copas de cristal.

—No sé por qué pensabas que me iba a rayar —dije—. Mi casa es más grande.

—Ja, ja. —Me sacó la lengua, rosada y húmeda contra sus mejillas enrojecidas por el frío—. Tendrías que ver la casa de mi tío en Pebble Beach. En comparación esto no es nada. Y es muy vieja. Mamá siempre se queja de lo antigua y lo rancia que es y dice que va a redecorarla, aunque yo creo que es una causa perdida. Esta casa quiere ser tal como es.

Subió los escalones corriendo y abrió la puerta principal como si fuera una vivienda de lo más normal.

Lo seguí y me detuve en el recibidor. El interior era... en fin, mi único punto de comparación en ese momento de mi vida eran los grandes casinos de Las Vegas: el Bellagio, el Venetian, con sus dorados y sus gigantescos homenajes al trampantojo. Aquello era muy diferente. No sabía nada de las cosas que me rodeaban —los cuadros, los muebles, los objetos artísticos que se acumulaban en las superficies y las estanterías—, y aun así, en la semioscuridad de la entrada reconocí que relucían de autenticidad. Quise tocarlo todo, sentir los acabados de satín de la mesa de caoba y la distante frialdad de las urnas de porcelana.

Desde donde yo estaba, el recibidor de la casa se extendía en todas las direcciones, con una docena de puertas tras las que entreví salas formales y pasillos sin fin y chimeneas de piedra tan grandes que se podría aparcar un coche dentro. Al mirar arriba, al techo que se elevaba dos plantas por encima de mí, vi vigas de madera decoradas a mano con viñas doradas entrelazadas. La escalera de caracol que se elevaba ante la pared trasera estaba alfombrada en color escarlata e iluminada por un enorme candelabro de latón del que colgaban lágrimas de cristal. La madera refulgía en todas las superficies, tallada y panelada e incrustada y pulida hasta que parecía estar viva.

Había dos retratos colgados a ambos lados de la escalera, óleos gigantescos de un hombre y una mujer muy peripuestos, vestidos formalmente, cada uno observando con desaprobación al otro desde el borde de los marcos. Eran la clase de pintura que hoy en día identifico como de una cierta época del arte del retrato sin el menor valor, los restos de la escuela Sargent de principios del siglo xx, pero por entonces di por sentado que debían de ser valiosos. «William Liebling II» y «Elizabeth Liebling», decía en unas minúsculas placas de latón, como en un museo. Me imaginé a la mujer (¿la bisabuela de Benny?) atravesando las salas con sus gruesas faldas, el murmullo del satén sobre los suelos encerados.

—Es bonita —conseguí decir.

Benny me dio un toquecito en el hombro, como para asegurarse de que yo estaba despierta de verdad.

—No, no lo es. Es la guarida del jefe de los ladrones. A mi tatarabuelo, el que construyó esta pila de mierda, le pusieron un pleito por negarse a pagar al arquitecto y los constructores, no porque no le gustara la casa o no pudiera permitírsela sino simplemente porque era un cabronazo. Cuando murió, su obituario dijo que era «escrupulosamente deshonesto». Papá tiene el recorte enmarcado en la biblioteca; está orgulloso; creo que es su ídolo.

Sentí como si tuviésemos que susurrar.

—¿Está aquí? ¿Tu padre?

Él negó con la cabeza. El vestíbulo, con sus lejanos techos, había hecho menguar hasta la gran altura de Benny.

—Más que nada viene los fines de semana. Durante los días de trabajo va a la ciudad a, ya sabes, sentarse en su lujoso despacho con vistas a la bahía y echar de sus casas a obreros que acaban de perder el trabajo.

—A tu madre debe de parecerle muy mal.

—¿El que él no esté? Quizá. —Puso una expresión sombría—. No es que me lo cuente todo precisamente.

—Ella sí está aquí, ¿verdad? —No estaba segura de si deseaba que estuviera o no.

—Sí —contestó él—. En su habitación, viendo la tele. Y si piensa que tú has venido, seguro que no baja; significaría que tendría que vestirse. —Dejó la mochila al pie de la escalera y miró hacia arriba, a ver si el ruido provocaba algún movimiento. No fue así—. En fin, vamos a ver qué hay en la cocina.

Lo seguí hasta el fondo de la casa, la cocina, donde una anciana latina cortaba un montón de verduras con un enorme cuchillo de chef.

—Lourdes, esta es Nina —dijo él mientras pasaba por su lado camino de la nevera.

La mujer me miró entornando los ojos y se apartó el pelo del rostro con el dorso de la mano.

—¿Una amiga del colegio?

—Sí —respondí yo.

Su rostro marchito mostró una sonrisa llena de dientes.

—Muy bien. ¿Tienes hambre?

—Estoy bien, gracias —dije.

—Tiene hambre —me contradijo Benny. Abrió la nevera y revolvió por dentro hasta hacerse con media tarta de queso—. ¿Podemos comernos esto?

Lourdes se encogió de hombros.

—Tu mamá no va a hacerlo. Todo vuestro.

Volvió a la montaña de verduras que tenía ante sí y renovó su ataque. Benny cogió dos tenedores de un cajón y salió por otra puerta. Lo seguí, aún aturdida. Emergimos a un comedor con una larga mesa oscura pulida hasta brillar tanto que pude ver mi reflejo en ella. Encima colgaba una lámpara de cristal que atravesaba la oscuridad con arcoíris partidos. Benny, con la tarta en la mano, miró la mesa formal y dudó.

—Tengo una idea mejor. Vamos a la cabaña del jardinero.

Yo no tenía ni idea de qué significaba eso.

—¿Para qué necesitamos al jardinero?

—Ah... No, ya no tenemos jardinero, al menos que viva aquí. Es una casita para invitados cuando vienen de visita en fin de semana... cosa que sucede más bien nunca.

—Y entonces, ¿para qué vamos allí?

Benny sonrió.

—Voy a drogarte.

Y así establecimos un nuevo ritual para después de clases: ir en autobús a su casa dos o tres veces por semana. Entrar en la cocina, picar algo y salir por la puerta trasera, que nos dejaba en otro porche que daba a lo que normalmente era el jardín de verano, aunque en aquella época del año era solo un gran campo blanco. Avanzábamos por la nieve, intentando poner los pies en las huellas de los días anteriores, hasta llegar a la cabaña del jardinero, oculta en una punta de la propiedad. Una vez dentro, Benny encendía un porro y nos tumbábamos en el polvoriento sofá de la cubierta de lana, fumábamos y hablábamos.

Me gustaba estar colgada; hacía que los brazos me pesaran y sintiese la cabeza ligera, al contrario de lo habitual. En particular me gustaba estar colgada con Benny y cómo eso parecía hacer que se esfumaran los límites entre nosotros.

Tumbados en lados opuestos del sofá con los pies enredados en el centro me sentía como si los dos formáramos parte de un organismo continuo, el pulso de la sangre en mis venas sincronizado con el suyo, una energía que pasaba entre nosotros donde nuestros cuerpos estaban en contacto. Ojalá recordase de qué hablábamos, porque en el momento tenía la impresión de que eran cosas importantísimas, aunque en realidad fuera la cháchara tonta de dos adolescentes jodidos. Cotilleos sobre nuestros compañeros de instituto. Quejas sobre nuestros profesores. Especulaciones sobre la existencia de los ovnis, sobre la vida después de la muerte, sobre los cadáveres que flotaban en el fondo del lago.

Recuerdo sentir que algo crecía en aquella habitación, nuestra relación se iba volviendo confusa. Solo éramos amigos, ¿no? Pero, entonces ¿por qué de repente me descubría mirándole la cara a la luz lateral de la tarde y deseando apretar mi lengua contra sus pecas y ver si tenían gusto a sal? ¿Por qué la presión de sus piernas contra las mías parecía una pregunta que él esperaba que yo contestara? A veces se me pasaba el cuelgue de un sobresalto y me daba cuenta de que habíamos estado en silencio un largo minuto, y al mirarlo a él lo veía observarme tras sus largas pestañas, ruborizarse y mirar a otro lado.

Durante aquellas primeras semanas solo nos encontramos con su madre una vez. Una tarde, mientras nos colamos en el vestíbulo camino de la cocina, una voz cortó el pesado silencio de la casa.

—Benny, ¿estás ahí?

Él se detuvo de repente. Miró como ido a algún punto en la pared cerca del retrato de Elizabeth Liebling, con expresión cuidadosa.

—Sí, mamá.

—Ven a saludar. —Las palabras parecían salidas del fondo de su garganta, como si los sonidos se hubieran quedado atrapados allí y no estuviera segura de si tragárselos o escupirlos.

Benny ladeó la cabeza y me miró, pidiéndome perdón en silencio. Lo seguí mientras avanzaba por un laberinto de habitaciones en las que yo no había estado nunca, hasta llegar a una llena de estanterías desde el suelo hasta el techo; supongo que era una biblioteca, con libros sin sobrecubierta y poco atractivos. Parecía como si décadas atrás se hubiesen quedado pegados en su posición y desde entonces nadie los hubiese movido. Entre las estanterías había trofeos de caza colgados de las paredes: una cabeza de reno, un alce y un oso disecado de pie en un rincón, todos con expresiones vacías que sugerían su enfado ante aquella indignidad. La madre de Benny estaba sentada sobre sus piernas en un grueso sillón de terciopelo frente al hogar y rodeada por una avalancha de revistas de interiorismo. Nos daba la espalda y no se molestó en volverse hacia nosotros cuando entramos, por lo que nos vimos obligados a ir hasta el otro lado del sillón y situarnos frente a ella.

«Como suplicantes», pensé.

De cerca me fijé en que era de lo más atractiva, con sus ojos grandes y húmedos dominando un rostro pequeño como el de un zorro. De ella le debía de venir el pelo rojo a Benny, aunque el suyo era más bermejo, y suave como la crin de un caballo caro y bien cepillado. Era delgada, tanto que creí que podría levantarla y partirla en dos entre mis rodillas. Llevaba una especie de chándal de seda pálida, con una bufanda al cuello, como si acabara de volver de almorzar en un restaurante francés caro. Me pregunté si habría alguno en la zona.

—Bien. —Dejó la revista y me observó—. Supongo que

eres la voz que he estado oyendo por casa. Benny, ¿vas a presentarnos?

Él hundió aún más las manos en los bolsillos.

—Mamá, esta es Nina Ross. Nina, esta es mi madre, Judith Liebling.

—Encantada de conocerla, señora Liebling. —Extendí una mano y ella se me quedó mirando con sus grandes ojos, simulando sorpresa.

—Bueno, se ve que alguien por aquí tiene modales. —Me la tomó con la suya suave y delicada, apretó brevemente y la soltó casi de inmediato. Sentí cómo me estudiaba mientras seguía pasando rápidamente las páginas de la revista: las mechas medio descoloradas del pelo, el montón de rímel que rodeaba mis ojos, la parka manchada con el teléfono de otra persona escrito en la etiqueta, las botas de nieve con el agujero en la punta cubierto con cinta adhesiva—. Dime, Nina Ross, ¿por qué no estás en las pistas de esquí con el resto de tus compañeros de clase? Pensaba que eso es lo que hacen todos por aquí.

—Yo no esquío.

—Ah. —Estudió una foto de un apartamento de lujo de Nueva York y dobló la esquina de la página para una futura referencia—. Benny es un esquiador excelente, ¿te lo ha dicho?

Lo miré.

—¿En serio?

Ella asintió al ver que su hijo no lo hacía.

—Pasamos las vacaciones en Saint Moritz desde que él tenía seis años. Antes le encantaba. Supongo que quiere decirnos algo con eso de negarse a hacerlo ahora que vivimos en la nieve, ¿cierto, Benny? Esquiar, remar, el ajedrez… Todas esas cosas le encantaban; hoy solo quiere quedarse sentado en su habitación dibujando caricaturas.

Vi cómo a Benny se le hinchaban los tendones del cuello.

—Para, mamá.

—Por favor, cariño, ten un poco de sentido del humor. —Se rio, aunque no pareció una risa muy feliz—. Bueno, Nina, cuéntame algo sobre ti. Siento mucha curiosidad.

—Mamá...

Su madre me observaba, la cabeza ligeramente ladeada, como si yo fuese un espécimen particularmente interesante. Me sentí como un animal a punto de ser atropellado en la carretera, incapaz de moverme, impulsada de alguna forma a quedarme allí parada hasta que ella me pasara por encima.

—Hum... Bueno, pues vinimos a vivir aquí el año pasado.

—¿En plural?

—Mi madre y yo.

—Ah. —Asintió—. ¿Y qué os trajo hasta aquí arriba? ¿El trabajo de tu madre?

—Más o menos. —Vi que esperaba a que continuara—. Trabaja en el Fond du Lac.

Benny acabó de perder la paciencia.

—Por Dios, mamá, para de meterte. Déjala en paz.

—Ah, bueno. Pufff. Qué mal por mi parte, querer saber un mínimo sobre tu vida, Benny. En fin, podéis iros. Id a esconderos donde sea que os metáis cada tarde. No me prestéis atención. —Volvió a leer su revista y pasó tres páginas seguidas tan rápido que creí que las iba a arrancar—. Ah, Benny, tienes que saber que tu padre va a venir a cenar esta noche, y eso significa comida familiar. —Me dedicó una mirada como diciéndome: «Tú no estás invitada; por favor, capta la indirecta y vete antes de que anochezca».

Benny, que ya estaba a medio camino de la puerta, dudó.

—Pero si es miércoles.

—Lo es, sí.

—Creía que no iba a volver hasta el viernes.

—Bueno. —Cogió otra revista—. Hemos hablado de eso y ha decidido que quiere estar aquí más a menudo. Con nosotros.

—Genial. —La palabra le salió empapada de sarcasmo.

Ella levantó la vista y bajó la voz hasta un gruñido de advertencia.

—Benny…

—Mamá. —Imitó el tono de su voz, cosa que me hizo sentir incómoda. ¿Era normal ser tan poco respetuoso y condescendiente con la madre de uno? Ella pareció aceptarlo, se besó las puntas de los dedos y los agitó en dirección a su hijo. Cogió otra revista más y volvió a pasar las páginas. Acababa de indicarnos que nos fuéramos.

—Lo siento —dijo él en cuanto nos abrimos camino hasta la cocina.

—No ha estado tan mal.

Él sonrió con acritud.

—Eres muy amable.

—Pero se ha levantado de la cama. Y tu padre va a venir. Está bien, ¿no?

—No me importa. Nada de eso interesa. —Aunque, por la forma en que arrugó el rostro me hizo pensar que sí que le importaba, mucho más de lo que estaba dispuesto a decirme—. Lo que quiere decir en realidad es que él aparecerá para cenar porque ella se lo ha pedido, y después se largará adonde sea que vaya cada noche. No es de quedarse. Y ella tampoco quiere pasar tiempo con él, solo que acuda cuando lo llama y demostrar así que tiene algo que decir en su relación.

Benny había hecho mucha terapia; yo empezaba a comprenderlo.

—¿Por qué no se divorcian y listos?

Él soltó una pequeña risita como una pastilla amarga.

—El dinero, tonta; siempre se trata de dinero.

El resto de la tarde lo pasó encerrado en sí mismo, como si no pudiera dejar de pensar en el comportamiento de su madre. Yo también pensé en eso; la forma en que pasaba las páginas de la revista, como llevada por un impulso que no podía controlar. Nos fumamos un porro y después él dibujó en su cuaderno mientras yo hacía los deberes, sintiendo a veces cómo me examinaba desde la otra punta del sillón. No pude evitar dudar de si el verme con los ojos de su madre había estropeado la imagen que él tenía de mí. Aquella tarde me fui pronto, bastante antes de que oscureciera; cuando llegué a casa y me encontré a mi propia madre en la cocina, preparando macarrones y con la redecilla de los rulos, sentí la calidez de la gratitud.

La abracé desde atrás.

—Mi niña. —Se volvió en mis brazos y tiró de mí contra su pecho—. ¿Qué pasa?

—No pasa nada —murmuré a su hombro—. Tú estás bien, ¿verdad, mamá?

—Mejor que nunca. —Volvió a apartarme para mirarme y me pasó un dedo con la uña pintada de rosa por el rostro—. ¿Y tú? El instituto va bien, ¿verdad? ¿Te gusta? ¿Sacas buenas notas?

—Sí, mamá.

Así era, a pesar de las tardes que pasaba fumando con Benny. Me gustaba sentirme desafiada por mis deberes; había aprendido a apreciar la atmósfera progresista de la escuela y a los profesores que nos hacían interesarnos por ideas en vez de limitarse a ponernos exámenes con preguntas de opción múltiple. Llevaba un poco más de seis meses y ya sacaba sobresalientes en casi todo. Mi profesora de Lengua, Jo, hacía poco que me había apartado para darme el folleto de un programa de verano en la universidad de Stanford. «Deberías apuntarte el año que viene, en segundo. Te ayudaría a entrar en la carrera —me dijo—. Conozco al director y podría recomendarte».

Guardé el folleto en mi estantería y de vez en cuando lo sacaba, miraba la foto de los estudiantes en la portada, con sus camisetas de color púrpura a juego y sus sonrisas radiantes, las mochilas llenas de libros y abrazados. Por supuesto, resultaba demasiado caro, y sin embargo, por vez primera, parecía que aquella clase de vida estaba a mi alcance. Quizás encontrásemos la forma de que pudiera ir.

Mamá sonrió de lado a lado.

—Vale. Estoy muy orgullosa de ti, niña.

Su sonrisa era genuina, y parecía alegrarse hasta por el menor de mis logros. Pensé en Judith Liebling. Fueran cuales fuesen los defectos de mi madre, desde luego que no era fría. Nunca me despreciaría, yo nunca me quedaría corta a sus ojos. No, lo iba a dar todo por mí, una y otra vez. Ahora estábamos anidadas allí, calientes y a salvo de los elementos.

—¿Por qué no llamas, dices que estás enferma y nos quedamos en casa y vemos una peli? —le propuse. Ella puso cara de contrariedad.

—Es demasiado tarde para eso, cariño. El encargado se vuelve loco si alguien se pierde un turno. Pero el domingo no tengo trabajo; podríamos ir a Cobblestone y ver qué dan en el cine. Creo que hay una película de James Bond. Antes podemos comernos una *pizza*.

Bajé los brazos.

—Claro.

Sonó el temporizador del horno y ella se precipitó a sacar los macarrones.

—Ah, y no te preocupes si esta noche llego tarde. Me he ofrecido a hacer doble turno. —Me dedicó una radiante sonrisa llena de pecas mientras llevaba la cacerola al fregadero y el vapor le nublaba los rasgos—. ¡Hay que ganarse la vida!

Un día, a mediados de abril, miré a mi alrededor y me di cuenta de que había llegado la primavera. Las cumbres de las montañas seguían coronadas de hielo, pero al nivel del lago las lluvias habían borrado los últimos restos de nieve. Con la nueva estación Stonehaven parecía otra casa diferente por completo. Retrasamos el reloj por el cambio de horario y ahora, al llegar a media tarde, la casa seguía bañada por el sol, que se filtraba por entre los pinos aún moteados. Vi por fin el césped, que revivió de su hibernación y se extendía como una sábana desde la mansión hasta la orilla. En los caminos aparecieron unas violetas plantadas por un jardinero invisible. Todo en el lugar parecía menos ominoso y opresivo.

O quizá fuese simplemente que ya me sentía más cómoda en Stonehaven. No me intimidaba subir los peldaños de la entrada. Empecé a dejar mi mochila al lado de la de Benny, al pie de la escalera, como si aquel fuese su lugar. Hasta me encontré una vez con la madre, que atravesaba habitaciones como un pálido fantasma con un jarrón en cada mano. Estaba en fase de arreglos, me informó Benny; movía los muebles de un lado a otro y los volvía a dejar como estaban. Cuando la saludé, ella se limitó a asentir y se limpió una mejilla con el dorso del antebrazo, dejando una mancha gris de polvo.

Un domingo por la mañana, al principio de las vacaciones de primavera, mi madre y yo fuimos a Syd's a por *bagels* y café. Mientras esperábamos nuestro pedido —y mi madre flirteaba con el elocuente encargado de la barba— oí la voz de Benny por encima de la de los demás comensales, llamándome. Me volví y lo vi atrás, en la cola, con una chica a la que no conocía.

Fui hacia él, examinándola de reojo. No parecía del lugar. Era pulida y dorada como una estatuilla de los Óscar; el pelo, las uñas, el maquillaje, todo de un brillo pálido. Solo llevaba una sudadera de Princeton y vaqueros, pero aun así sentí el dinero que le salía por las orejas, de una forma como nunca me había pasado con Benny; era algo inconcreto en el favorecedor corte de la tela tejana, el *flash* de una pulsera de diamantes bajo la manga, el olor a cuero de su bolso. Parecía la modelo de portada de un catálogo de la Ivy League, reluciente y limpia y optimista.

Cuando llegué estaba mirando el móvil, ignorando el bullicio de la cafetería. Benny me pasó un brazo por el hombro y nos observó a mí, a ella y de vuelta a mí.

—Nina, esta es mi hermana. Vanessa, esta es mi amiga Nina.

Así que era su hermana mayor. Por supuesto. Sentí que me embargaban emociones opuestas: quería caerle bien, ser ella; saber que nunca podría serlo, y, por fin, que no debería querer ser como ella pero lo deseaba igualmente. Parecía el Futuro que mi madre había imaginado para mí, y su presencia me hizo darme cuenta de lo mucho que me faltaba aún para poder soñar con eso.

Entonces Vanessa alzó la vista, reparando por fin en que su hermano tenía a alguien agarrado del brazo. Algo atravesó sus grandes ojos verdes —sorpresa, quizá alegría—, pero todo eso desapareció cuando empezó a mirarme de cerca. Tenía buenos modales, no hubo nada tan obvio como una mirada de arriba abajo, pero aun así me di cuenta de inmediato de que era una de esas chicas que lo miden todo. Todo en ella era deliberado y vigilante. Noté cómo hacía la suma de mis partes, calculaba mi valor y lo encontraba demasiado bajo como para interesarse.

—Encantada —dijo de forma muy poco convincente. De repente había acabado conmigo. Sus ojos volvieron al móvil. Dio un paso atrás.

Me ardió la cara. Vi, quizá por vez primera, que todo en mi apariencia estaba mal: llevaba demasiado maquillaje y mal puesto; vestía ropa que se suponía que debía ocultar mis caderas y mi estómago, pero en vez de eso me hacía bolsas; mi pelo no era molón ni a la última, simplemente estaba perjudicado de tanto usar tinte de la tienda. Se me veía barata.

—¿Es un amigo del instituto? —De repente tenía a mamá a mi lado. Agradecí la distracción.

—Soy Benny —dijo él, ofreciéndole la mano—. Encantado de conocerla, señora Ross.

Una sombra de sorpresa asomó en el rostro de mi madre; me pregunté si era la primera vez que alguien la llamaba «señora». Ella le dio la mano y la mantuvo medio segundo más de lo necesario, haciéndolo sonrojarse.

—Me encantaría decir que he oído hablar mucho de ti, pero Nina no me da demasiada información sobre sus nuevos amigos.

—Eso es porque no tengo muchos —repliqué—. Solo este. —Benny me miró y sonrió ante el comentario.

—Al menos podías haberme dicho que tenías un nuevo amigo encantador y que tenía nombre. —Sonrió seductora a Benny—. Seguro que tú se lo cuentas todo a tus padres sobre tus amigos.

—No si puedo evitarlo.

—Ah. Pues nosotros los padres tendríamos que juntarnos y comunicarnos. Comparar notas. —Mi madre miró al infinito, pero vi que observaba cuidadosamente cómo me sonreía Benny y el ligero sonrojo que se había formado en mis propias mejillas. Se produjo un momento de silencio incómodo, y entonces mi madre miró a su alrededor—. ¿Dónde está el azúcar? No puedo beber esto sin echarme una tonelada —dijo—. Ya me dirás cuándo podemos irnos, Nina.

Fue hacia el azucarero en la punta de la barra, una educada excusa. En cuanto llegó empezó a juguetear con él, como si no estuviéramos a poco más de un metro. Le agradecí en silencio su discreción.

Pero Benny y yo nos limitamos a sonreírnos el uno al otro en silencio hasta que llegamos al frente de la cola.

—Café solo para mí y un cappuccino para mi hermana —le dijo al barista.

—Con leche de soja —añadió Vanessa, aún sin levantar la vista del móvil. Benny miró al infinito.

—Mejor que ahora no mires. —Sacó un billete de cien de la cartera. Ella alzó por fin la vista de la pantalla, lo justo como para ver lo que hacía su hermano. Lo cogió por la muñeca y miró el dinero.

—Por Dios, Benny, ¿ya estás robando de la caja fuerte otra vez? Un día de estos papá va a darse cuenta y estarás de mierda hasta el cuello.

Él se soltó.

—Ahí tiene un millón de dólares. Nunca va a notar que le faltan un par de cientos.

Ante eso, Vanessa me dirigió una mirada y después volvió a apartarla.

—Cállate, Benny —siseó.

—¿Qué se te ha metido hoy por el culo, Vanessa?

Ella suspiró y dejó caer los brazos.

—Discreción, hermanito pequeño. A ver si aprendes. —Intencionadamente no me miraba a mí, como si el no reconocer mi presencia fuera a hacer que el fallo de Benny se borrara de la memoria. Su móvil empezó a vibrar—. Tengo que coger esta llamada. Vuelvo en un minuto. No te olvides de que tenemos que pasar por la pista de aterrizaje para que coja mis gafas de sol. —Se dio media vuelta y salió de la cafetería.

—Lo siento. Normalmente no es tan borde. Mamá la ha obligado a ir a París con nosotros en vez de a México con sus amigas, así que está de mala leche.

Pero yo ya había dejado de pensar en cómo me había ignorado Vanessa, y estaba dándole vueltas a la idea de un millón de dólares en una caja fuerte en algún lugar de Stonehaven. ¿Quién guarda tanto dinero en efectivo en su casa? ¿Qué pinta tendría? ¿Cuánto espacio ocuparía? Pensé en las pelis de robos que había visto, los ladrones llenando bolsas de tela con grandes fajos verdes de billetes. Me imaginé una caja fuerte como de banco escondida en la casa, una gigantesca puerta redonda de acero con un cierre para el que se necesitaban dos personas.

—¿De verdad que tu padre tiene un millón de dólares en la casa?

Benny parecía incómodo.

—No tendría que haber dicho nada.

—Pero ¿por qué? ¿Es que no se fía de los bancos?

—No, pero no solo es por eso. Es para una emergencia. Siempre dice que es importante tener dinero disponible al contado. Por si el ventilador empieza a repartir mierda y todo se hunde y hay que largarse de inmediato. También guarda en nuestra casa de San Francisco. —Lo dijo como si nada, como si fuera lo más normal del mundo el tener una reserva de siete cifras. «¿Para qué? —me pregunté—. ¿Para escapar de un apocalipsis zombi? ¿De una redada del FBI?». El barista le dio a Benny sus cafés, y cuando él se volvió hacia mí vi el familiar tono rosado que le subía desde el cuello—. Oye, ¿podemos no hablar del dinero de mi padre?

Pude ver por la expresión en su rostro que había roto un acuerdo no expresado entre nosotros: yo tenía que hacer como que no sabía que su padre era rico, que no me importaba. Pero ahí estaba: un millón de dólares al alcance de la mano «por si acaso» y una pista de aterrizaje en la que un *jet* privado esperaba para llevárselos a París; dos postes que señalaban el abismo que había entre nosotros. Miré a mi madre, aún junto al azucarero, con su parka de Walmart, y pensé en cómo veía a tíos que tiraban miles de dólares cada noche en las mesas de juego, como si fueran papelitos sin ningún valor.

Me di cuenta con repentina claridad de una segunda intención en las elecciones vitales de mi madre, la razón de sus (pasados) crímenes. Vivíamos con la cara apretada contra el cristal, viendo a través de él a quienes tenían mucho más y sin ni pretenderlo nos avergonzaban con sus privilegios. Sobre todo aquí, en un pueblo-*resort*, donde la clase trabajadora se codeaba con la clase ociosa y sus precios de ciento treinta dólares por subirse al telesilla y sus todoterrenos de lujo y sus casas a la orilla que estaban vacías trescientos veinte días al año. ¿Tan sorprendente resultaba que la gente del otro lado del escaparate decidiera a veces agarrar un martillo y romper el cristal, meter el brazo y coger algo? «El mundo se puede dividir en dos tipos de personas: los que esperan a que les den las cosas y los que cogen lo que quieren». Desde luego, mi madre no era del tipo que se queda mirando pasiva tras el cristal mientras desea acabar en el otro lado.

¿Y yo?

Por supuesto, ahora ya sé la respuesta a esa pregunta.

Pero aquel día le pedí perdón a Benny. Me sentía culpable y temía que de insistir con el tema él fuera a largarse.

—Vale, no pasa nada. —Me apretó el brazo, sin darse cuenta de mi cuita interior—. Mira, nosotros nos vamos mañana, pero quedemos en cuanto vuelva de París, ¿vale?

—Tráeme una *baguette* —le dije. Sonreí tanto que me dolieron las mejillas.

—Claro —contestó él.

Benny volvió al autobús el primer día de clases después de las vacaciones, nervioso como si el clima lo hubiera infectado de inquietud. Saltó del asiento en cuanto me vio subir y agitó dos *baguettes* por encima de la cabeza como si fueran espadas.

—*Baguettes* para *mademoiselle* —dijo, orgulloso.

Cogí una y arranqué un trozo. Estaba pasada, pero me la comí igualmente, emocionada por su gesto, aunque también consciente de que el hijo del millonario me había traído pan por valor de unos pocos centavos (y de nuevo, en el fondo de mi mente, un *flash* de montones de billetes verdes en una caja fuerte oscura y oculta). Por supuesto, me recordé a mí misma, el verdadero valor del regalo era que me había escuchado, había pensado en mí y me había traído lo que le pedí. Eso era lo importante de verdad. Porque yo pienso así, ¿cierto?

Pero...

—Cómo me alegro de verte. —Me pasó una mano por el hombro de una forma que me resultó extrañamente impulsiva, casi autoritaria. Estaba claro que algo le pasaba, pero no podía ver qué—. ¡Salud mental por fin!

—¿Qué tal por Francia?

Se encogió de hombros.

—Me he pasado casi todo el tiempo sentado, comiendo dulces mientras esperaba a que mi madre y mi hermana acabaran de ir de compras, y después a papá se le iba la pinza cuando volvíamos al hotel y veía la cantidad de cosas que traían. Todo muy emocionante.

—Dulces y compras. Oh, sí, horrible. Yo me he pasado las vacaciones en la biblioteca del pueblo, repasando la individualidad biológica. Seguro que estás celoso de mí.

—Pues la verdad es que sí. Preferiría estar en cualquier lugar contigo que en París con mis padres. —Me apretó el hombro.

Ahí estaba otra vez, otro extraño *flash* de resentimiento. A mí París me sonaba muy emocionante; al menos él podría tener la mínima clase de apreciar la suerte que tenía. Pero sonaba como si de verdad creyese que yo era más interesante que unas vacaciones en Francia. ¿Y quién era yo para rechazar tal cumplido?

Nos comimos las *baguettes* y dejamos una alfombra de migas en el suelo, hasta llegar a las puertas de Stonehaven. Pero, una vez entramos, Benny no subió disparado los escalones. En vez de eso, mientras avanzábamos por el camino me cogió de la manga y tiró de mí a un lado, hacia un grupo de pinos.

—¿Qué pasa?

Él se llevó un dedo a los labios y señaló una ventana, arriba. Dijo «Mamá» sin sonido.

No entendí qué había querido decir, pero lo seguí por entre los pinos hasta un camino de tierra que nos llevó por el borde del terreno antes de dejarnos ante la cabaña del jardinero.

Una vez dentro, él fue hacia la minúscula cocina donde guardábamos cosas para picar y sacó una botella de un cajón. La levantó para que yo la viera: vodka, del caro, finlandés.

—Me he quedado sin hierba —dijo—, pero he cogido esto del mueble bar de papá.

—¿Te has quedado sin? ¿Es que te la has fumado toda?

—No. Mi madre hizo una inspección antes de irnos a Francia. La encontró bajo la cama y la tiró por el váter. —Pareció avergonzarse—. Ahora estoy castigado. En realidad no tendrías que estar aquí. Me ha prohibido verte. Es por eso que no hemos entrado en casa.

Lo sumé todo: su curiosa impulsividad, la forma en que me había cogido por el hombro en el autobús, como si yo fuera suya; todo era una peineta a sus padres.

—Lo que estás diciendo es que me echan la culpa a mí. Por lo de la maría. Creen que soy una mala influencia porque... ¿Por qué? ¿Porque llevo el pelo rosa? ¿Porque no esquío? —En mi interior iba creciendo una burbuja caliente de ira. Él negó con la cabeza.

—Les dije que no tenía nada que ver contigo. El problema es anterior a ti. Eso lo saben. Solo están siendo... sobreprotectores. Irracionales. Como siempre. Que les den.

La botella de vodka seguía entre los dos, tótem de alguna transición simbólica, o de rebelión, o quizá de una disculpa. Por fin, extendí un brazo y la cogí.

—¿Hay zumo? Voy a preparar unos destornilladores.

—Joder, no. Solo el vodka. —Se sonrojó al encontrarse nuestras miradas, y se me ocurrió una expresión que había leído en un libro: «coraje líquido». Desenrosqué el tapón, me llevé la botella a la boca y tomé un trago. Alguna vez había tomado un sorbo de los martinis de mi madre, pero este fue un trago largo, de exhibición. Me ardió. Me hizo toser. Benny me dio una palmada en la espalda.

—Bueno, iba a darte un vaso, pero… —Me cogió la botella, se la llevó a los labios y tembló cuando el líquido le llegó al esófago. Le salió un poco por la comisura de los labios, que se limpió con la manga de la camiseta. Tenía los ojos enrojecidos y acuosos. Nos miramos y nos echamos a reír.

El vodka me incendió el estómago, me hizo sentirme enchufada y animada y calurosa. «Ten», me dijo él, devolviéndome la botella, y esta vez me tomé como un par de centímetros antes de parar para respirar. A los cinco minutos así estábamos borrachos y mareados; yo iba tropezando con las sillas del salón y riéndome por lo ligera que sentía la cabeza. Cuando Benny me agarró para evitar que me cayera y me hizo darme la vuelta, reuní por fin todo mi valor y lo besé.

Después de eso me han besado muchos hombres, casi todos mejor que Benny. Pero el primer beso es el que recuerdas toda la vida; incluso hoy podría contarlo con todo detalle: lo agrietados que él tenía los labios, cómo cerró los ojos mientras que yo mantuve los míos abiertos, su expresión tan seria e intensa, el ruido de nuestros dientes al chocar mientras intentábamos encontrar la postura, él bajando la cabeza para estar a mi altura mientras yo me ponía de puntillas, en equilibrio contra su pecho, cómo paramos un momento y los dos cogimos aire como si hubiésemos estado bajo el agua todo el rato.

Oí su corazón mientras descansaba en sus brazos, tan galopante que parecía que fuera a escapársele del pecho y salir por la puerta. Poco a poco fue tranquilizándosele mientras nos quedamos un momento ahí parados, adaptándonos a la nueva realidad.

—No tienes por qué hacer esto por lástima ni nada —me susurró. Yo me aparté y le di un golpecito en el brazo.

—He sido yo la que te ha besado, tonto. —Parpadeó, moviendo las pestañas, sus ojos tan dóciles como los de un ciervo. Olí el vodka en su aliento, como gasolina dulce.

—Eres guapa y lista y dura, y no lo entiendo.

—No hay nada que entender —repliqué—. Deja de pensar tanto. Me gustas; no intentes explicarme por qué me equivoco.

Aunque algo había en sus palabras. Nada es tan puro como parece a primera vista; siempre puedes encontrar algo más complicado si retiras la inmaculada superficie de las cosas bellas. La suciedad negra en el fondo del lago prístino, el hueso duro en el centro del aguacate. Hoy no puedo evitar preguntarme si lo besé como alguna especie de declaración de intenciones, como una forma de dejar mi marca en él. ¿Sus padres iban a prohibirme verlo, creían que yo era una mala influencia? Pues besarlo fue mi forma de decirles «Jodeos, es mío. Esta no la vais a ganar. Puede que tengáis todo lo demás del mundo, pero yo tengo a vuestro hijo».

Quizá por eso me sentí tan segura de mí misma cuando lo cogí de la mano y lo llevé dando tumbos hasta el dormitorio con su cama chirriante. Quizá por eso permití que el fuego del vodka me encendiera con una decisión que no reconocí como propia, porque de inmediato me abandoné al tacto, a la exploración, a la ropa en el suelo, a la lengua sobre la carne. Al agudo dolor momentáneo, al empuje y al aliento. Al camino hacia mi futuro.

Y aun así, por impuras que hubiesen sido nuestras razones en el momento, lo que nos sucedió aquel día —y durante las semanas siguientes— me pareció puro. La cabaña era nuestra, y las cosas que hacíamos dentro, escondidos entre sus paredes, parecían pertenecer a una especie de realidad fuera de la realidad. En el instituto seguimos manteniendo la misma relación, topándonos apresurados en los pasillos camino del aula, almorzando *pizza* juntos de vez en cuando, sin apenas tocarnos, aunque nuestros pies se unían ocasionalmente bajo la mesa del comedor. Incluso en el autobús, camino de su casa, mientras sentía la especie de corriente eléctrica de la anticipación, no interpretábamos los roles de novio y novia. No nos cogíamos de la mano, no nos escribíamos las iniciales en el antebrazo del otro con bolígrafo azul y no compartíamos un mismo refresco con dos pajitas. No definimos nada en voz alta, no dimos nada por supuesto. Solo cuando estábamos en la cabaña cambiaba todo, como si hubiésemos necesitado todo el tiempo anterior —un día casi entero más media hora de viaje en autobús— para reunir el valor de dedicarnos a nuestra insurgencia.

—¿Quién es el afortunado? —me preguntó mi madre una noche cuando entré justo antes de la cena, con todo revuelto. Seguía oliendo a Benny en mi piel y me pregunté si ella también lo habría notado, si se trataba de una banderilla roja que señalaba la lujuria adolescente.

—¿Qué te hace pensar que haya algún afortunado?

Se quedó en la puerta del lavabo, sacándose los rulos.

—Chica, si sé un poco de algo es del amor. —Se lo pensó un momento—. Bueno, del sexo. ¿Usas protección? Tengo condones en el cajón de arriba de mi cómoda; coge todos los que quieras.

—¡Por Dios, mamá! Para. Di algo como «Eres demasiado joven» y dejémoslo estar.

—Eres demasiado joven, niña. —Se pasó los dedos por los rizos para suavizarlos y después colocarlos en su lugar con laca—. Joder, yo tenía trece años cuando mi primera vez, no soy quién para hablar. Bueno, el caso es que me gustaría conocerlo. Invítalo a cenar alguna noche.

Pensé si debía confesar que era el chico que ella había conocido en la cafetería. O quizá ya lo sospechaba y estaba esperando a que se lo dijera. Pero, por alguna razón, no quería hacer cruzar a Benny el Rubicón que dividía nuestros dos mundos. Me parecía peligroso, como si algo esencial pudiera romperse en el proceso.

—Quizá.

Ella se sentó en la taza y se masajeó los dedos de un pie.

—Vale. Supongo que me toca soltarte un discursito, así que ahí va. El sexo puede ser cuestión de amor, y es maravilloso cuando es así, y, cariño, sabe Dios que espero que sea eso lo que has encontrado. Pero también es una herramienta. Los hombres lo usan para demostrarse algo a sí mismos, sobre su poder para conseguir lo que desean. Tú eres solo el primer escalón en su camino para conquistar el mundo. Y cuando esa es la clase de relación sexual que mantienes, así es la mayoría de las veces, tienes que asegurarte de que tú también lo estás usando como una herramienta. No permitas que te utilicen y creas que se trata de una relación equitativa. Asegúrate que tú sacas tanto como ellos. —Metió el pie hinchado en el zapato y se puso en pie, en equilibrio precario sobre sus tacones—. Como mínimo, que sacas placer.

No me gustó nada cómo me hizo sentir aquello. Mi relación con Benny no era una transacción, de eso estaba segura. Aun así, las palabras de mi madre quedaron flotando en el aire entre nosotras, inyectando veneno en la bella imagen que me había formado.

—Mamá, esa es una visión muy anticuada del sexo.

—¿Tú crees? —Se examinó en el espejo—. Por lo que veo cada noche en mi trabajo, yo diría que no. —Me miró a los ojos en el reflejo—. Tú ve con cuidado, ¿vale?

—¿Igual que tú? —Las palabras me salieron más despectivas de lo que pretendía.

Sus ojos azules parpadearon a toda velocidad, como si intentaran librarse de algún irritante, un poco de rímel, un pelo de arrepentimiento.

—Yo lo aprendí por las malas. Solo intento ahorrarte el que te pase lo mismo.

Me ablandé; no pude evitarlo.

—No tienes que preocuparte por mí, mamá.

Ella suspiró.

—No sé cómo evitarlo.

La última vez que vi a Benny fue un miércoles, a mediados de mayo. Solo quedaban tres semanas para que acabara el curso y estábamos en plenos exámenes finales; hacía casi una semana que no habíamos coincidido, yo había estado estudiando en un último esfuerzo por convertir los últimos notables en sobresalientes. Cuando apareció en el autobús y se sentó a mi lado aquel último día me dio un trozo de papel. Era un retrato de mí, cuidadosamente entintado con rotulador grueso. Me había representado como un personaje de manga, con un traje negro ceñido, las puntas de mi pelo rosa ondeando al viento, fuertes piernas dando un salto en el aire. En una mano llevaba una espada que chorreaba sangre, y bajo mis botas había un dragón que escupía fuego y temblaba de miedo. Mis ojos oscuros saltaban de la página, brillantes y enormes, desafiando a quien mirara. «Tú inténtalo, jodido».

Me quedé mirando el dibujo un buen rato. Me vi como Benny debía de verme, como una especie de superheroína, más fuerte de lo que era en realidad, capaz de rescatar a alguien.

Lo doblé, lo metí en la mochila y cogí a Benny de la mano sin decir nada. Él sonrió para sí mismo y entrelazamos los dedos. El autobús fue traqueteando, siguiendo la orilla, el aire cálido de la primavera entrando por las ventanillas abiertas de par en par.

—Esta semana mi madre está en San Francisco —dijo él cuando nos acercábamos a su barrio—. Ha tenido que ir a que le ajusten la medicación. Supongo que habrá intentado recolocar los muebles demasiadas veces y por fin papá se dio cuenta. —Intentó reírse, pero el ruido que le salió fue más bien como el graznido de una gaviota agonizante.

Le apreté la mano.

—¿Va a ponerse bien?

Él se encogió de hombros.

—Es lo mismo una y otra vez. La van a llenar de medicamentos y volverá y el año que viene estaremos igual.

Pero entonces cerró los ojos, las pestañas vibrantes contra su piel pálida, traicionando su pretendida indiferencia. Pensé en su propio cóctel de medicinas, la forma en que le secaba y le agrietaba los labios y hacía errático su pulso. Me pregunté si alguna vez se habría preocupado por cuánto de su madre llevaba en su interior.

—¿Significa eso que tenemos la casa para nosotros?

Me imaginé subiendo por fin en Stonehaven para ver el dormitorio de Benny, que para mí seguía siendo tan misterioso como el día en que nos conocimos. Hasta el momento solo había visto el vestíbulo, el pasillo, la cocina, el comedor, la biblioteca, un puñado de las cuarenta y dos habitaciones; toda una indicación, me di cuenta entonces, de lo poco bienvenida que yo era allí. Él negó con la cabeza.

—Estoy castigado, recuerda. No se fían de que me quede solo con Lourdes. Así que mi padre ha venido mientras mi madre no está. Es lo más conveniente para los dos, supongo. —Frunció el ceño—. Si su coche está en la entrada, tendremos que ir con aún más cuidado, ¿vale? Se fija más que mi madre.

Pero el Jaguar del padre no estaba en la entrada, solo el Toyota lleno de barro de Lourdes, discretamente aparcado bajo los pinos. Así que, una vez más, fuimos por la casa como si fuera nuestra, nos detuvimos en la cocina para coger un par de Coca-Colas y una bolsa de palomitas antes de ir a la cabaña del jardinero. Allí nos sentamos en los peldaños, las piernas entrecruzadas, y miramos a una bandada de gansos que aterrizaron en el jardín. De vez en cuando les tirábamos una palomita, y algún ganso valiente se acercaba a comérsela mientras nos observaba sin fiarse. Picaban por entre el césped, graznaban y soltaban bolitas de caca por toda la bella hierba.

—Bueno. Ahora las malas noticias. —La voz de Benny rompió el silencio—. Este verano mis padres van a mandarme a Europa.

—¿Qué?

—Una especie de reformatorio en los Alpes italianos, donde no podré meterme en líos. Ya sabes, «aire fresco y ejercicio físico» y todo eso, que van a convertirme en el joven maravilloso que quieren. —Lanzó otra palomita a un ganso, que aleteó en protesta—. Supongo que piensan que el aire europeo es más sano que el americano. —Me miró a los ojos—. Voy a catear tres asignaturas. Este es su último intento de arreglarme antes de rendirse para siempre.

—A lo mejor, si te van bien los exámenes, te dejan quedarte.

—Improbable. Tanto el que me vayan bien los exámenes como que eso pudiera suponer ninguna diferencia. Yo no soy capaz de empollar y sacar sobresalientes como tú. Joder, apenas consigo leer durante cinco minutos seguidos. ¿Por qué crees que me gustan tanto los cómics?

Pensé en mi propio verano. Había conseguido un trabajo de sueldo mínimo en una empresa de *rafting* de Tahoe City, cargando y descargando los botes de goma que atascaban el río Truckee desde el Día de los Caídos hasta el del Trabajo. Ahora sonaba aún menos interesante, al saber que Benny no estaría esperándome al final de la jornada.

—Mierda. ¿Qué voy a hacer sin ti?

—Te daré un móvil y te llamaré cada día.

—Qué bonito. Pero sigue sin ser lo mismo.

Nos quedamos en silencio un rato más al sol y mirando al lago. Aún no habían salido las barcas, la luz que daba contra la superficie del agua resultaba cegadora contra tanto azul. Eventualmente Benny me besó, y sus labios me parecieron más tristes de lo habitual, como si de verdad nos estuviésemos despidiendo hasta después del verano. Entonces se apartó un momento y, aún con los ojos cerrados, dijo en poco más que un murmullo: «Te quiero». Con el corazón latiéndome a toda velocidad le respondí lo mismo. Era como si tuviésemos todo lo que necesitábamos en ese momento y para siempre, y con aquellas palabras fuéramos a superar todos los obstáculos.

Fue la primera y última vez en que sentí una alegría pura sin adulterar.

Nos dirigimos a la cabaña y después a la cama. Nos quitamos la ropa por el camino, dejando camisetas y calcetines como Hansel y Gretel miguitas de pan. En el dormitorio, la fina luz brillaba en su piel lechosa, y reseguí con un dedo las pecas rojas de su pecho antes de colocarme encima de él. En aquel punto, después de una docena de encuentros clandestinos, supimos cómo encajábamos; hubo menos encontronazos de codos y rodillas y más de la emoción del descubrimiento: qué se sentía cuando tocabas ahí o te tocaban allá, qué hacía esa parte del cuerpo al entrar en contacto con aquella otra. Un experimento científico infantil pero con mucho más en juego.

Y eso —el sorprendente calor de su boca en mis pechos, la humedad de su estómago contra el mío— fue la razón por la que no oímos a su padre entrar en la cabaña. Estábamos tan absortos el uno en el otro que no tuvimos tiempo de escondernos hasta que él estuvo en la puerta, su abultada figura tapando la luz de la sala de estar. Y entonces la mano del padre de Benny me agarró del brazo y me separó de su hijo, y yo chillé y cogí una sábana para taparme mientras Benny seguía desnudo en la cama, parpadeando anonadado.

William Liebling IV. Estaba igual que en las fotos que había visto, un hombre rotundo, calvo, con un traje caro, excepto que en persona parecía mucho más grande, más incluso que Benny. Debía de tener unos sesenta años, pero no era nada frágil, tenía el aire de persona importante y poderosa que viene con el dinero heredado. Y, al contrario de en las fotos que había visto, las de la ópera, en las que parecía tranquilo y benigno, tenía la cara roja como un tomate y sus ojos eran rescoldos ardientes enterrados bajo varias capas fofas de piel.

Ignoró a Benny, que salió desgarbado de la cama cubriéndose las partes con las manos, y se dirigió a mí.

—¿Y tú quién eres? —ladró.

Me sentí húmeda y expuesta. El corazón seguía ardiéndome en el pecho, tenía la piel aún empapada y sensible; no podía asimilar todo lo que sentía dentro de mí.

—Nina —tartamudeé—. Nina Ross.

Miré a Benny, que tropezaba con sus enormes pies mientras cogía los bóxers que había dejado en el suelo. Dio un paso hacia la puerta, la vista fija en los vaqueros que yacían en el suelo del pasillo.

El señor Liebling se volvió y empezó a gritarle.

—Quieto ahí. —Me miró de nuevo, un buen rato—. Nina Ross. —Repitió mi nombre, claramente para recordarlo. Me pregunté si sería la clase de padre que llamaría a mi madre para quejarse. Probablemente. O quizá se encargaría la de Benny. Me imaginé a mamá diciéndoles a ambos que se fueran a tomar por culo.

Benny había conseguido ponerse los calzoncillos y ahora estaba encorvado al lado de la puerta, tapándose el pecho desnudo con sus delgados brazos.

—Papá... —empezó a decir.

Él se giró de nuevo y levantó un dedo.

—Benjamin. Ni. Una. Palabra. —Me miró de nuevo. Tiró de su americana para alisarla. El gesto pareció calmarlo un poco—. Nina Ross. Ahora vas a irte —dijo con frialdad— y no vas a volver. Desde este momento vas a dejar a Benjamin en paz. ¿Entendido?

Olí algo en el aire, fuerte y penetrante. Era la ansiedad que exudaba Benny mientras me miraba con expresión indefensa. De repente parecía encogido y más joven, como un niño pequeño, aunque le sacara al menos quince centímetros a su padre. Me asaltó la necesidad de protegerlo de todo aquello que pudiera hacerle daño. Pensé en la Nina de su dibujo, la superheroína con la espada que chorreaba sangre. Ya no tenía el pulso acelerado; me sentí tranquila mientras me ajustaba más la sábana al cuerpo.

—No. —Me oí decir—. No puede decirme lo que tengo que hacer. Nosotros nos queremos.

Los músculos faciales del señor Liebling se retorcieron como si hubieran sufrido un *shock* eléctrico. Se me acercó más y se inclinó hacia mí; su voz se convirtió en una especie de susurro grave.

—Jovencita, creo que no lo entiendes. Mi hijo no es capaz de afrontar esta situación.

Miré a Benny, encorvado en un rincón, y por un doloroso segundo me pregunté si su padre tendría razón.

—Lo conozco mejor que usted.

Él rio sin ninguna alegría, condescendiente.

—Yo soy su padre. Y tú... —Me midió con la mirada—. Tú no eres nadie. Eres desechable. —Señaló hacia la puerta—. Vete ahora mismo o llamo a la policía para que te echen. —Se volvió hacia Benny y se pasó una mano por la calva, como si estuviera comprobando la forma de su cráneo—. Y tú. Tú vas a estar en mi estudio dentro de cinco minutos, vestido del todo, ¿sí?

—Sí —contestó Benny, su voz apenas un susurro—. Señor.

Su padre lo examinó durante un largo minuto, sus ojos posándose en las largas y desgarbadas extremidades y su pecho cóncavo, y entonces hizo un ruidito, como un suspiro, y vi que algo se deshinchaba en su interior.

—Benjamin... —empezó a decir, extendiendo una mano hacia su hijo. Benny parpadeó. Su padre se detuvo a medio gesto y, para no quedarse con la mano colgando en el aire, volvió a pasársela por la calva. Entonces se volvió y salió por la puerta del dormitorio.

Esperamos hasta oír que la puerta de entrada se cerraba de un golpe y recogimos nuestra ropa. Intentamos vestirnos con la misma rapidez con la que nos habíamos desnudado. Benny no me miraba a la cara. Se puso la sudadera por la cabeza y se ató las deportivas.

—Lo siento, Nina —repitió una y otra vez—. Lo siento mucho.

—No es culpa tuya.

Le pasé los brazos por la cintura, pero él se quedó inmóvil, encogido como si se le hubiese roto la columna por dentro; cuando intenté besarlo se apartó. Entonces entendí que, aunque yo me hubiera enfrentado a su padre, él no iba a hacerlo. Por mucho que hiciera como si odiara a su familia, si tenía que elegir entre ellos y yo, no iba a dudar. Yo no era una superheroína que mataba dragones por él; no era nadie. Me sentí como si se hubiese roto un espejo en el que me había estado mirando y no me quedaran más que trocitos que no sabía cómo volver a juntar.

Mientras regresamos por el camino a Stonehaven no me cogió de la mano. No me abrazó cuando me fui hacia la derecha para rodear la casa y él hacia la izquierda para subir los escalones del porche de la cocina; se limitó a cerrar los ojos muy fuerte, como intentando ver algo en el interior de su cabeza, y repitió las mismas palabras, casi inaudibles: «Lo siento, Nina». De repente, lo nuestro había acabado.

Llegaron los exámenes finales y el principio de junio, lo que en la academia North Lake significaba que todos los estudiantes nos pasamos el último día en el lago, en kayaks y practicando esquí acuático y haciendo perritos calientes de tofu en el muelle de una playa privada. Apenas entreví a Benny unas pocas veces durante las semanas siguientes, una silueta desgarbada en la distancia mientras se me cerraba la garganta en una reacción nostálgica pavloviana, y me pasaba las noches pensando en la cama, imaginándome cómo conseguir que volviéramos a hablarnos en la fiesta, que me vería sentada en la playa y vendría y se echaría a llorar y me pediría perdón, y yo, claro, lo perdonaría y lo abrazaría y estaríamos juntos para siempre. Fin.

Pero Benny no asistió a la fiesta, así que me pasé el día tumbada en la arena con Hilary y sus amigas, oyéndolas hablar de sus trabajos de verano como socorristas e intentando no llorar.

En un momento Hilary se dio la vuelta rodando hasta tenerme enfrente y se apoyó la cabeza con una mano.

—Oye, ¿y dónde está hoy tu chico? ¿En el yate de su familia o algo así?

—¿Mi chico? —repetí como una boba. Ella me dirigió una mirada cómplice.

—Ríndete, chica. Todo el mundo lo sabe. No eres tan disimulada. —Sonrió—. Supe desde el principio que ibais a entenderos.

Me tumbé en la toalla y cerré los ojos tan fuerte que vi fuegos artificiales rojos tras ellos.

—No es mi chico —contesté—. Hemos cortado.

—Oh, joder. Vaya mierda. —Se puso boca abajo y se desabrochó el sujetador del bikini—. Sal con nosotras este verano. Voy a encontrarte a alguien mejor. Eso es lo bueno de ser socorrista: es muy fácil conocer tíos.

Cualquier idea que me hubiera hecho sobre aquel dudoso plan (pasarme los días en la playa, convertir a Hilary en mi nueva mejor amiga y ligar con los insolados chicos del verano) desapareció cuando volví a casa aquella tarde. En cuanto doblé la esquina lo vi: el maletero del coche de mi madre, lleno hasta los topes con cajas y grandes bolsas. Entré en el jardín y me quedé parada, mirando por la ventanilla el asiento trasero plegado. Distinguí mis botas de nieve recauchutadas, contra el cristal. Y ya no pude evitarlo: me eché a llorar con grandes bocanadas de desesperación ante cómo todo había pasado de maravilloso a horrible en unas pocas semanas.

Eventualmente mi madre salió y vino hacia mí con los brazos abiertos.

—Lo siento, niña, de verdad.

Me aparté mientras me sonaba la nariz con el dorso de la mano.

—Me lo prometiste. Que nos quedaríamos hasta que me graduara.

Ella también parecía a punto de echarse a llorar.

—Sé que lo dije, pero esto no está yendo como esperaba. —Ocupó las manos en enrollar y desenrollar las faldas de su camisa—. No es por ti, cariño. Tú has cumplido tu parte del trato. Es solo que... —dudó. Su expresión me hizo detenerme.

—Es por Benny, ¿verdad?

Las lágrimas se acumulaban en los bordes de sus ojos. No lo negó.

—Nina...

—Te han llamado, ¿verdad? Sus padres, los Liebling. Te han llamado para decirte que estábamos juntos. Te han dicho que me mantengas alejada de él porque no soy lo bastante buena para su hijo.

No me devolvía la mirada; seguía enrollándose y desenrollándose el bajo de la camisa, mientras el rímel corrido descendía en gotitas por su rostro. Y mientras yo la observaba, mi vida entera en una cantidad patéticamente pequeña de cajas, lo supe: nos habían echado del pueblo. Para los Liebling solo éramos basura, una pequeña molestia en su camino hacia la dominación mundial, y teníamos que irnos. Y, como eran ricos, lo habían conseguido.

Me pregunté de qué hilos habrían tirado para hacerlo. ¿Cómo podían haber forzado a mi madre a dejar el trabajo, el hogar, el futuro glorioso de su hija? Con amenazas. Así eran los Liebling, Benny ya me lo había dicho: «Papá es un matón, si no consigue a la primera lo que quiere, te amenaza hasta salirse con la suya». Una llamada de queja a la academia North Lake y perdí la ayuda económica. Una palabra en el trabajo de ella, amenazando su modo de vida. Qué fácil debía de haberles resultado quitarnos lo poco que teníamos. A fin de cuentas, éramos insignificantes para ellos.

Sentí como mamá me rodeaba con un brazo.

—No llores, cariño. No necesitas a ese chico. Me tienes a mí, no hace falta más. Tú y yo somos las únicas de quienes podemos fiarnos —susurró con la voz quebrada—. Y además, tú eres mejor que nadie que yo haya conocido. Eres mejor que su horrible hijo.

—Entonces, ¿por qué les dejamos salirse con la suya? No tenemos por qué permitir que nos hagan esto —insistí, cada vez más desquiciada—. No tenemos que dejarlos hacer lo que les da la gana. Tenemos que quedarnos.

Mamá negó con la cabeza.

—Lo siento, cariño, es demasiado tarde.

—¿Y qué hay de la Ivy League? —conseguí decir—. ¿Y la escuela de verano de Stanford?

—Para eso no necesitamos un instituto pijo. —Se irguió, me apretó la mano y se volvió hacia el coche, como si algo hubiera sido decidido por mí—. Te va a ir bien vayas adonde vayas. Solo tienes que aplicarte. Ha sido error mío. No teníamos que haber venido aquí.

Y así volvimos a Las Vegas y empecé el segundo año en otro instituto enorme de cemento. Quizá mi madre tuviera razón en que yo no necesitaba ir a uno privado para destacar, pero nuestro año en Tahoe también había roto algo básico en mi interior: la capacidad de creer en mi propio potencial.

Ahora sabía quién era: nadie. Era descartable, destinada a la nada.

También mi madre empezó a patinar después de Tahoe. Durante los primeros meses de nuestro regreso iba como una atolondrada a mirar posibles apartamentos, insistía en que la suerte se nos iba a poner de cara. Pero hacia el invierno se volvió seria, silenciosa, y volvió a desaparecer en los casinos por la noche. Esta vez yo sabía que no tenía un trabajo de camarera. Acabaron deteniéndola por fraude con tarjeta de crédito y usurpación de identidad. Fue a la cárcel y yo a una casa de acogida hasta que la soltaron a los seis meses. Una vez libre nos fuimos a Phoenix, después a Albuquerque y por fin a Los Ángeles.

A pesar de los pesares conseguí destacar lo suficiente en mis escuelas de segunda como para que me admitieran en una de arte, mediocre, en la Costa Este, aunque no lo bastante buena como para estar en la Ivy League, no lo bastante como para ofrecerme becas. Pero yo estaba decidida a alejarme lo más posible de la vida de mi madre, aunque eso implicara rechazar el colegio local y contraer deudas estudiantiles. Me fui a conseguir el título de Historia del Arte, aún tan subyugada por Stonehaven que ni pensé mucho en el futuro que eso podría ofrecerme. Inevitablemente, acabé cuatro años más tarde aún peor, más pobre, poco cualificada y perdida. Al final resultó que aquel futuro tan brillante, el de la sudadera de Princeton y la portada del folleto, no era para mí.

Los Liebling me lo robaron y nunca los perdoné.

Durante mucho tiempo esperé haberme equivocado con Benny, esperé que después de todo no fuese como su familia y solo necesitara que le recordasen quién era en realidad. Durante un tiempo, después de regresar a Las Vegas, le escribí cartas, divagaciones sobre la soledad, historias sobre mi deprimente nuevo instituto, pequeñas observaciones acompañadas de ruegos implícitos para que me hiciera saber que yo aún le importaba. Después de unos meses así recibí una postal por correo con una foto del embarcadero de Chambers Landing y, en el dorso, una única frase con letra casi infantil: «POR FAVOR, PARA».

¿Había tenido razón mi madre? ¿Había sido mi relación con Benny una transacción, una lucha desigual por el poder? ¿Estaba celosa de él y había esperado conseguir algo de lo que tenía? ¿Y él, únicamente había pretendido dominar a otro ser humano, siguiendo el ejemplo de sus antepasados? Quizá lo que experimentamos no fue nunca amor, quizá fuera sexo y soledad y control.

En otra clase de historia me hubiese guardado el retrato que me hizo, aquel en que parecía un personaje de manga, y lo hubiera sacado cuidadosamente de vez en cuando, buscando inspiración en los momentos en que dudase de mí misma, como demostración de que a fin de cuentas yo era alguien. Pero la verdad es que quemé el dibujo en la chimenea de la cabaña del Tahoe el día antes de abandonar el pueblo. Me quedé sentada con el atizador en la mano mientras miraba cómo los bordes del retrato se ennegrecían y se doblaban, cómo el fuego lamía aquellos ojos tan seguros y la mano con la espada, hasta que quedaron solo cenizas.

En una historia diferente, una con una protagonista más gentil y tranquila, también hubiese ido a ver a Benny unos años más tarde, nos habríamos apiadado el uno del otro y nos habríamos ido uniendo de nuevo poco a poco, resucitando una amistad que trascendería a las cosas que nos habían separado. Pero, de nuevo, esa historia no sería esta. Y aunque es cierto que seguí a los Liebling en la distancia —supe que

Judith se ahogó en un accidente náutico poco después de que yo recibiera aquella horrible postal; supe que Vanessa Liebling se convirtió en una celebridad de Instagram; supe que William Liebling IV murió—, nunca me molesté en contactar con Benny. ¿Por qué iba a hacerlo, si él nunca lo intentó conmigo para explicarme por qué me había abandonado con tanta facilidad? Estuve enfadada con él durante tanto tiempo que eso se convirtió en una parte integral de mi ser, un dolor en la boca del estómago, la tierna génesis de mi rabia con el mundo.

Y aun así, cuando me encontré con Hilary en la calle, en Nueva York, unos años más tarde, y me dijo que a Benny le habían diagnosticado esquizofrenia —lo habían expulsado de Princeton después de que atacara a una chica en la residencia de estudiantes y saliera corriendo desnudo—, me sorprendió sentir una punzada no de ira vengativa sino de lástima. «Pobre Benny», pensé mientras Hilary me contaba que él vivía ahora en una institución cerca de Mendocino, que alguien de la escuela lo había ido a visitar y que estaba convertido en casi un vegetal, medicado hasta las cejas. «Pobres de nosotros», me dije con lágrimas en los ojos.

Quizá aún lo siguiera queriendo.

Pero en cuanto al resto de los Liebling, por ellos no sentía más que odio.

8.

VANESSA, VANESSA, VANESSA. ¿ESTARÁ SINTIENDO, mientras avanzo por el camino de gravilla de la entrada, algo eléctrico en el aire, una punzada premonitoria? ¿Le estará avisando su intuición de que algo en mí —mi estudiada pose y andares de profesora de yoga, la sonrisa de lado a lado en mi rostro— no parece muy real? ¿Sentirá una repentina necesidad de cubrir con tablas las ventanas, de entrar los muebles del jardín, de cerrar bien las puertas y esconderse en el sótano?

Lo dudo. Soy un huracán de categoría cinco que se dirige hacia ella, y no tiene ni idea.

VANESSA

9.

STONEHAVEN. NUNCA ME IMAGINÉ QUE UN DÍA VIVIRÍA
en esta monstruosa pocilga. De niña ese era el albatros que
colgaba alrededor del cuello de la familia Liebling, una propiedad tan ligada a nuestro nombre que resultaba imposible
ni siquiera imaginar el dejarla nunca. Era como si hubiera
estado siempre en la orilla oeste, un anacrónico monolito de
piedra que se resistía a cualquier intento de disfrazarlo de
algo más nuevo. La casa había pasado del primer hijo varón
al primer hijo varón durante cinco generaciones de Liebling,
lo que significaba que algún día pasaría a ser propiedad de
mi hermano pequeño Benny, no mía.

«¡Patriarcado tóxico! —pensarás—. ¡Combatamos la injusticia!». Pero, la verdad, yo no quería saber nada de aquel
lugar.

He odiado Stonehaven desde que tenía seis años y vine
por vez primera unas Navidades. Mis abuelos, Katherine y
William III, habían decretado que la familia extendida de los
Liebling pasara las fiestas aquí, así que, una nevada tarde de
diciembre, las ruedas de nuestros coches de ciudad dejaron
huellas de barro en el camino de la entrada. La abuela Katherine (nunca Kat o Kitty sino Katherine, acento en la primera *a*)

había hecho venir a un decorador para la reunión familiar, y, la verdad, ella misma tenía un gran don para el exceso. En cuanto entrabas en la casa te asaltaba la Navidad. Festones y guirnaldas colgando por todas partes, flores de pascua exhibiendo sus pétalos venenosos en los centros de flores. Un árbol que casi había tocado el techo se inclinaba por el peso de los adornos plateados y dorados. Papás Noel victorianos de tamaño natural acechando en rincones oscuros, sus rostros congelados en plena risotada, dándome unos sustos de muerte.

Toda la casa olía a piñas de pino recién cortadas, un aroma medicinal que me hacía pensar en árboles asesinados.

Mi abuela era una gran coleccionista de arte decorativo europeo, cuanto más bañado en oro y elaborado mejor, aunque mi abuelo prefería la chinería (sus antepasados se habían interesado por el arte americano del siglo XVIII, el jacobeo, el *revival* francés, lo victoriano). Así, Stonehaven estaba repleta de objetos delicados sobre patas de araña y elaborados con la porcelana más frágil. La casa era una enorme bofetada al propio concepto de la infancia.

El día en que llegamos, mi abuela sentó a todos los primos. «Prohibido correr en Stonehaven», nos avisó seriamente. Benny y yo estábamos juntos en un sofá forrado de seda en el salón, tomando chocolate en tazas de tamaño infantil. El pelo plateado de la abuela había sido lacado hasta quedar tan duro y brillante como los adornos del árbol; llevaba un vestido de color rosa de Chanel que tenía al menos dos décadas. Mi madre (le gustaba que la llamáramos *maman*, aunque Benny se negaba) daba vueltas en círculo detrás de ella, tirando de sus broches de diamantes, irritada porque la hubieran dejado de lado. «Prohibido tirar toda clase de bolas o pelearse o jugar a juegos demasiado movidos, ¿comprendéis? En mi casa, los niños que no siguen las reglas reciben azotes». Mi abuela nos miró a través de sus bifocales. Todos asentimos, aprensivos.

Y yo fui y lo olvidé. ¡Por supuesto que lo olvidé! Solo tenía seis años. En la habitación del tercer piso, donde se supone que tenía que dormir con mi hermano pequeño, había un armarito con el frente de cristal, lleno de bellos pajaritos de porcelana. Enseguida me enamoré de un par de loros de color verde brillante, sus ojos negros como pequeñas cuentas. En la mansión familiar de San Francisco todo lo que había en mi habitación estaba para que yo lo disfrutara, a nadie le molestaba que manchara de maquillaje a mis Barbies o les diera de comer piezas de un puzle a los perros, así que, claro, di por supuesto que los pájaros eran juguetes que habían dejado para mí. Aquella primera noche saqué uno y lo coloqué cerca de la cama, para que fuese lo primero que viera por la mañana. Pero mientras dormía cayó un almohadón y se llevó al loro con él. Al despertarme no había pájaro, solo una pila de astillas de cristal.

Me eché a llorar y Benny se despertó e hizo lo mismo. *Maman* enseguida apareció por la puerta, parpadeando adormecida, con su bata de seda cerrada para protegerse del frío de Stonehaven.

—Dios mío, habéis roto un Meissen. —Tocó un fragmento de porcelana verde con el dedo gordo del pie y simuló una expresión de horror—. Espantosas baratijas.

Tomé aire ruidosamente.

—La abuela se va a enfadar conmigo.

Mi madre me acarició el pelo, desenredándolo suavemente.

—Ni se va a dar cuenta. Los tiene a montones.

—Pero eran una pareja. —Señalé hacia el mueble, donde el otro loro observaba curioso desde el cristal, como buscando a su hermano muerto—. Verá que solo queda uno. Y me azotará.

Benny sollozó un poco más en su cama gruesa y hundida. Mi madre lo cogió con un brazo, lo sostuvo sobre una cadera y fue hacia el mueble. Abrió la puertita de cristal, cogió el otro pájaro y lo sostuvo sobre su palma. Por un instante hizo como si estudiara su peso y después movió ligeramente la mano, de forma que el pájaro cayó al suelo y se partió en mil pedazos. Solté un chillido. Benny miró emocionado.

—Ahora las dos hemos roto uno. No se va a atrever a castigarme, o sea que a ti tampoco. —Volvió y se sentó en la cama, a mi lado, y me secó las lágrimas con su mano blanca y suave—. Mi preciosa hija. Nadie va a azotarte nunca, ¿entiendes? No voy a dejar que nadie lo haga.

Me quedé en silencio, sorprendida. Mi madre desapareció y volvió unos minutos más tarde con una escoba y un recogedor —recuerdo que pensé en lo poco habitual que era ver esas cosas en sus manos—, barrió los fragmentos y los metió en una bolsa que después hizo desaparecer. Aquellas Navidades, mi abuela nunca entró en la habitación (nos evitaba tanto como podía), así que, hasta donde yo sé, no llegó a ver nunca que los pájaros no estaban. Benny y yo nos pasamos la mayor parte del tiempo fuera, con nuestros primos y nuestras *nannies*, construyendo iglús hasta quedarnos helados y rosados y con los pantalones de nieve empapados, pero al menos allí estábamos a salvo de los peligros que acechaban en el interior de la casa.

Así que sí, yo odiaba Stonehaven. Odiaba todo lo que representaba para mí: honor, expectativas, formalidades, la soga de la Historia colgando de mi cuello. Odiaba cada vez que mi abuela gesticulaba sobre la cena de Navidad, nos miraba y murmuraba: «Algún día todo esto será vuestro, niños. Algún día vosotros seréis los responsables del apellido Liebling». Aquel legado no me hacía sentir el menor orgullo sino minúscula bajo su sombra, como si yo fuera insignificante en comparación, una responsabilidad con la que nunca podría cumplir.

No se suponía que tuviera que encargarme de Stonehaven, pero aquí estoy igualmente. Hurra. La vida es irónica, ¿verdad? O quizá debería decir «agridulce», «injusta» o, sencillamente, «jodida». Algunos días, mientras paso por las habitaciones, siento en mi interior los ecos de mis antepasados, como si yo fuera una más en una sucesión de elegantes anfitrionas, cuidando de que todos los relojes estén en hora mientras espero a que me llamen.

Pero más a menudo me pregunto si soy Jack Torrance y este es mi hotel Overlook.

Hace unos meses, poco después de venirme a vivir aquí, me encontré con un documento de tasación de los loros. La pareja estaba valorada en treinta mil dólares. Al leerlo, pensé en *maman* cuando dejó caer uno. ¿Sabría que había tirado quince mil dólares a la basura? Por supuesto que sí, y no le importó. Porque para ella nada tenía ningún valor excepto yo. Benny y yo éramos sus pájaros de Meissen, objetos preciosos que quería proteger tras un cristal. Se pasó la vida salvándonos de azotes hasta el momento en que murió. Y a veces siento como si desde entonces la vida no hubiera hecho más que molernos a palos.

10.

SÉ LO QUE DEBES DE ESTAR PENSANDO: «VAYA CON la niñata rica mimada, toda sola en esa gran casa, intentando ganarse nuestras simpatías cuando no las merece». Con qué desprecio me miras, pero a la vez no puedes apartar la vista. Me sigues en las redes sociales, haces clic en los enlaces que pongo, ves mis tutoriales de moda en YouTube y das al *Me gusta* en mis blogs de viajes y lees cada mención a mí que encuentras en Page Six. No puedes evitar hacer clic en mi nombre aunque le digas a todo el mundo que me odias. Te fascino.

Necesitas que yo sea el monstruo, para poder compararte conmigo y sentirte superior. Tu ego precisa de mí.

Y otra cosa, aunque nunca lo admitirías: cuando me miras piensas «Quiero lo que ella tiene. Su vida tendría que ser la mía. Si yo tuviera sus recursos, lo haría todo mucho mejor».

Y quizá no te equivocas.

11.

ME SIENTO A LA VENTANA DEL SALÓN DE STONEHAVEN y espero para dar la bienvenida a la pareja que avanza por el crepúsculo hacia mí. Las lluvias torrenciales de la mañana han menguado y se han convertido en una ligera llovizna que brilla como purpurina en las luces del camino. Estoy alterada como una adolescente con un chute de Ritalin, ansiosa ante la perspectiva del contacto humano (¡emocionada!, ¡casi desquiciada!). Estoy bastante segura de que llevo un par de semanas sin hablar con nadie aparte de decirle a la criada en mal español que no puede seguir ignorando el pasarles el plumero a los marcos de las ventanas.

Cuando me desperté esta mañana vi que la negra depre que he estado cargando la mayor parte de este año había desaparecido. En su lugar, un conocido crepitar, como si se hubiese encendido un fuego dentro de mí y estuviera despertando a la vida. Volvía a verlo todo con gran claridad.

Me pasé la mañana lavándome el pelo y tiñéndome las raíces de nuevo a rubio con una botellita de Clairol que he encontrado en la tienda cutre del pueblo (es lo que hay). Me hice una mani-pedi (ídem), tres máscaras faciales coreanas y después me pasé una hora rebuscando en cajas hasta desenterrar el perfecto conjunto «Descansando en la mansión»: vaqueros y una camiseta negra de diseño, una chaqueta de terciopelo granate y debajo una sudadera gris con capucha. Chic pero asequible. Me hice un selfi y lo subí para mis seguidores de Instagram. *¡Esto es lo que se entiende en la montaña por «ponerse elegante»! #vidadelago #modademontana #miumiu.*

Pasé por las habitaciones recogiendo copas de vino abandonadas y platos pegajosos con migas, escondí el montón de ropa para lavar en el dormitorio, junté las revistas de moda que tenía tiradas por todo el salón. Hice y deshice y rehíce un pequeño bodegón de *snacks* en la cocina, hasta que casi me eché a llorar por el estrés (para calmar los nervios releí mi propio *post* del día en Instagram, una frase de Maya Angelou que había encontrado en internet: «Nada puede apagar la luz que brilla desde dentro»).

Después me senté a la ventana con una botella de vino y esperé.

Para cuando veo sus luces por el camino ya casi me he acabado la botella. Al levantarme de un salto me doy cuenta de que estoy un poco *alegre* (*déclassé*, como decía *maman* mientras se servía medio vaso exacto en la cena). Pero soy bastante buena en disimularlo. Cuatro años de documentar *online* cada movimiento me han enseñado el arte de parecer sobria (feliz/pensativa/emocionada/contemplativa) cuando en realidad no lo estoy para nada.

Corro a la puerta, respiro hondo para combatir el mareo, me doy a mí misma un cachete —fuerte— y salgo al porche a darles la bienvenida. Me arde la mejilla.

El aire es frío, invernal, con una capa de humedad que se pega a las piedras de la casa. He adelgazado tanto que hasta las tallas cero me quedan sueltas —cocinar para una sola es deprimente, y la tienda está tan lejos...—, así que siento como si el frío me penetrase hasta los huesos. Me quedo en la sombra, temblando, mientras el coche avanza con cuidado por el resbaladizo camino. Es un BMW *vintage* con matrícula de Oregón llena de barro de la carretera. A cien metros frena. Resulta difícil distinguir los rostros de sus ocupantes entre la niebla y las sombras, pero sí distingo que han asomado la cabeza para examinar el lugar. Por supuesto. Los pinos, el lago, la mansión..., todo resulta abrumador, y es por eso que hay días en que me duele incluso mirar por la ventana (esos días me vuelvo a la cama y me tomo tres Ambien y escondo la cabeza debajo de la manta, pero esa es otra historia).

El coche vuelve a ponerse en marcha y aparca, y de repente los veo a la perfección por el parabrisas. Se toman su tiempo, se ríen, y eso despierta algo en mi interior. Incluso después de conducir juntos un día entero, no tienen ninguna prisa en separarse. Entonces ella se acerca a él y lo besa, un beso largo y apasionado. Parece no acabar nunca. No deben de haber visto que estoy aquí, y de repente siento que los estoy espiando como si fuera un mirón de Hitchcock.

Doy un paso atrás, adentrándome entre las sombras, y pienso en volver adentro y esperar a que llamen al timbre. Pero entonces la puerta del acompañante se abre y ella sale.

Ashley.

Es como si el helado bosque cobrase vida a su alrededor. El estruendo de la música que sale del estéreo parte el silencio al que tanto me he acostumbrado (es el aria climática de alguna ópera; seguro que *maman* sabría cuál). Hasta desde seis metros de distancia casi puedo sentir el aire de la calefacción del coche, que sigue pegado a su piel, como si se hubiese traído su propio ecosistema. Se incorpora de espaldas a mí y hace un pequeño estiramiento de yoga con las palmas hacia el cielo; entonces se da la vuelta y me ve observarla. Si eso la molesta, no lo muestra, sino que me sonríe con un rastro de placer, como si estuviera acostumbrada a que la miren. (¡Por supuesto que sí, es profesora de yoga! Su cuerpo es su *raison d'être*. Supongo que tenemos eso en común).

Hay algo felino en ella, algo que observa y vigila: sus ojos oscuros estudian el espacio que la rodea, como si calculara la distancia para saltar. Su pelo brilla y lo lleva recogido en una larga cola, y su piel es de un color oliva suave que absorbe la luz (¿será latina?, ¿o quizá judía?). Es de una belleza desconcertante. La mayoría de las mujeres guapas que he conocido todos estos años le sacarían el máximo provecho a ese pelo, ese rostro, ese cuerpo; los mejorarían artificialmente, los disfrazarían, los amplificarían y lo expondrían todo. Pero Ashley lleva su belleza con la naturalidad de los vaqueros gastados que se agarran a sus curvas. Es como si no le pudiese importar menos el que la miren.

Así que, por supuesto, yo la miro. («¡Para de mirar! —Oigo la voz de *maman* en mi cabeza—. Cuando te quedas así de embobada pareces una trucha»).

—Tú debes de ser Vanessa.

Está a medio camino y extiende una mano hacia mí. De repente me veo envuelta en un abrazo y me queda enterrada la cara en su pelo, que huele a vainilla y naranja en flor. El calor de su cuerpo al apretarse contra el mío resulta embriagador. Se me ocurre preguntarme cuándo fue la última vez que me dieron un abrazo (y, para el caso, ¿cuándo fue la última vez que alguien me tocó? Estos últimos meses casi ni me he masturbado). El abrazo dura medio segundo más de lo que esperaba —¿se supone que tengo que apartarme yo? Por Dios, ¿cuál es el protocolo?—, y cuando finalmente se suelta yo estoy ruborizada y calurosa y hasta un poco mareada.

—Ashley, ¿verdad? ¡Maravilloso! ¡Genial! ¡Habéis venido! —mi voz suena aguda, casi como un chillido, y demasiado efusiva—. Debe de haber sido horrible conducir hasta aquí. Toda esta lluvia… No ha parado.

Levanto una mano por encima de nosotras, como para protegerla del agua.

—A mí me encanta la lluvia —dice con una sonrisa. Cierra los ojos e inspira, abriendo las aletas de la nariz—. Huele muy fresco. Llevo nueve horas sentada en el coche. La verdad es que ya me vendría bien un buen lavado.

—¡Ja, ja! —trino («¡Por Dios, para de una vez!», me digo)—. Pues de eso no te faltará por aquí. Lluvia, quiero decir. No lavados. Aunque por qué no las dos cosas, supongo.

Parece extrañarse un poco por el comentario. La verdad es que yo tampoco estoy muy segura de qué he querido decir.

Oigo un ruido en el camino, el de maletas arrastradas sobre las piedras y dejadas en los escalones de la entrada. Miro por encima del hombro de Ashley y de repente veo los ojos de su novio.

Michael.

La forma en que me mira me sobresalta. Sus ojos son de un azul claro tan pálido y transparente que parece que esté observando más allá de ellos, a un lugar en su mente donde hay algo que brilla. Me sonrojo. ¿Ya estoy mirando demasiado otra vez? Sí. Pero él también lo hace, como si viera en mi interior, dejando al descubierto cosas que no deseo mostrar (¿sabrá que acabo de pensar en la masturbación?). El sonrojo se eleva por mi cuello; debo de tener el color de la sopa de langosta. Ojalá me hubiese puesto un suéter de cuello alto.

Me recupero y le ofrezco una mano, muy formal.

—¿Y tú eres Michael? —Él la acepta, responde con una ligera reverencia y una risita irónica muy pegadiza.

—Vanessa. —Es una afirmación, no una pregunta, y de nuevo tengo la extraña sensación de que acaba de identificarme, que sabe algo de mí que no es en absoluto público. ¿Lo conozco? Parece improbable. ¿No es un profesor de inglés de Portland?

¿Y él, me conoce a mí? Es muy posible. A fin de cuentas soy un poquito famosa, y la fama de internet es al revés que la tradicional: en vez de que me coloquen en un pedestal, como a una estrella del rock o del cine, tengo que estar al alcance de mis fans. Especial, sí, pero no distante; crear la ilusión de que cualquiera podría vivir como yo si es lo bastante ambicioso. Esa es la mitad del encanto. En Nueva York, a menudo me vienen desconocidos en los restaurantes y me hablan como si fuésemos viejos amigos, como si un puñado de *Me gusta* en fotos y un par de comentarios significasen que somos íntimos (por supuesto, yo siempre me mostraba amistosa y agradable, no importaba lo enervante que fuera el encuentro: hay que ser accesible).

Pero Michael, en vaqueros y franela, ligeramente despeinado, no parece de los que siguen la moda en las redes. De hecho, cuando lo busqué en Instagram no encontré su cuenta. Es académico, eso decía el correo de Ashley, así que supongo que eso no debe sorprenderme. A los académicos no les van mucho esas cosas. En persona tiene un aire de intelecto sobrio, así que tendré que controlarme, no quiero parecer demasiado frívola.

(¿Y si le digo que estoy leyendo *Anna Karénina*?).

Pero... los años me han enseñado a esperarme a ver lo que hay bajo la superficie de otros seres humanos antes de juzgar. ¿Cuántas veces he posado alegremente ante la cámara, desmelenándome como si tuviera un ventilador industrial delante y con la sonrisa de un jefe de pista del circo, cuando en realidad solo me apetecía tomarme una botella de detergente? Simular autenticidad quizá sea la cualidad más necesaria para mi generación. Y la imagen que transmites ha de ser atractiva, tu marca ha de ser positiva, cohesiva, no importa lo fracturado que esté tu diálogo interior; de no ser así, tus fans te verían como un fraude. El año pasado di una charla sobre eso en un seminario de redes sociales llamado FreshX, y doscientos cincuenta aspirantes a *influencers* (todos parecían variaciones de mí misma) lo apuntaron diligentemente; al verlo me sentí como si estuviese presenciando mi propia destrucción.

Michael y Ashley están frente a mí en los escalones, expectantes. Vuelvo a mi papel de elegante anfitriona y sonrío.

—Pasad —les digo—. Debéis de estar muertos de hambre. Tengo algunas cosillas en la cocina. Después os muestro la cabaña.

Abro las puertas de Stonehaven y doy la bienvenida al interior a mis invitados.

De inmediato noto que Stonehaven les ha impresionado por la forma en que se quedan parados en cuanto entran y miran el techo a seis metros de altura (decorado a mano con un viejo escudo familiar, como acostumbraba a señalar la abuela Katherine a los visitantes). La escalera de caracol muestra su alfombra escarlata como una lengua enfebrecida, la lámpara de cristal tintinea por encima de nosotros, mis antepasados Liebling observan con frialdad desde los retratos al óleo de la pared. Michael deja las maletas en el suelo de caoba con un pequeño *bump*, y yo me preocupo por las marcas que eso pueda dejar en la madera.

—Tu casa… —empieza a decir Ashley con la emoción al descubierto en el rostro. Hace un gesto con un dedo, como rodeando el recibidor con un círculo—. En la descripción no decía nada de esto. Guau.

Me vuelvo y sigo su mirada hasta las escaleras, como si también yo la viera por primera vez.

—Bueno, ya sabes, no quería anunciarlo mucho. Podría atraer a la clase de gente equivocada.

—Ah, claro. En internet hay mucha gente rara y muchos pirados —dice ella con una sonrisa.

—Y yo he conocido a unos cuantos —replico. Y entonces me doy cuenta—. Oh, espero que no creas que me refiero a vosotros.

—Bueno, ciertamente nosotros somos la clase de gente equivocada. —Michael se limpia las manos en los vaqueros cuidadosamente y se apoya en los talones de las deportivas. Ashley le aprieta un brazo con suavidad.

—Para, Michael, no la asustes.

Acabo de notar otra cosa.

—Eres inglés —le digo a Michael.

—En realidad soy irlandés —contesta—. Pero llevo mucho tiempo en Estados Unidos.

—¡Me encanta Irlanda! El año pasado estuve en Dublín. —¿O fue en Escocia? A veces todo es como una mancha borrosa—. ¿De dónde es tu familia?

Él hace un gesto de quitarle importancia al asunto.

—De un pueblecito que seguro que no habrás oído nombrar.

Les muestro el camino desde el recibidor hasta el salón principal. La vista de Ashley se posa sin mucho interés en los objetos, como si no le importara la opulencia de lo que la rodea, aunque noto algo alerta en sus ojos. Me pregunto qué le parecerá Stonehaven, cómo fue el sitio donde creció ella. Seguramente una vivienda modesta, a juzgar por sus zapatillas de tenis sucias y la lana de marca genérica que lleva. ¿O será una de esas *hippies* ricas cuya apariencia bohemia no delata la cantidad de ceros en sus cuentas corrientes? No se queda con la boca abierta, lo cual sugiere que el dinero no la incomoda (la verdad, eso es un alivio). No acabo de decidirme sobre cómo es, y aun así, cada vez que miro en su dirección veo que me sonríe, y eso es lo más importante.

Posa suavemente los dedos en una rinconera, una vieja monstruosidad que mi abuela siempre me decía que era el mueble más valioso de la mansión.

—Cuántas antigüedades —murmura.

—Sí, son muchas cosas, ¿verdad? Acabo de heredarla. A veces es como vivir en un museo. —Me río, como si la casa fuera un trasto cutre que no debería abrumarlos.

Ashley se vuelve y me mira.

—Es alucinante. Deberías sentirte muy afortunada por vivir entre cosas tan bonitas. Qué glorioso privilegio. —Noto en su voz que me está contradiciendo, pero a la vez no ha dejado de sonreír, así que no sé qué pensar del contraste entre sus palabras y su cara.

Yo no creo que nada en esta casa sea bonito. Valioso, sí, pero en general feísimo. A veces sueño con vivir en una caja blanca, minimalista, con ventanas del suelo al techo y nada a lo que sacarle el polvo. Intento mostrar el entusiasmo adecuado.

—Muy cierto. No sé qué son la mitad de estas cosas, pero me da miedo sentarme en la mayoría.

Michael se queda un poco atrás y lo estudia todo con curiosidad antropológica. Examina el óleo de una de mis tatarabuelas lejanas, una gran dama de blanco que posa con sus galgos.

—¿Sabes qué, Ash? Esta casa me recuerda un poco al castillo. Esta del cuadro hasta se parece a mi bisabuela Siobhan.

Eso me hace detenerme.

—¿Qué castillo?

Ashley y Michael se miran.

—Ah, Michael viene de la antigua aristocracia irlandesa —explica ella—. Su familia tenía un castillo. Odia hablar de eso.

Me vuelvo hacia él.

—¿En serio? ¿Dónde? ¿Es posible que yo lo conozca?

—No, a menos que tengas un conocimiento enciclopédico de los treinta mil castillos que hay en Irlanda. Es una pila de piedras llenas de musgo, en el norte. Mi familia lo vendió cuando yo era pequeño; mantenerlo salía carísimo.

Eso explica mi sensación de antes, como si hubiese una cuerda invisible que nos une. Es aún más de dinero viejo que yo. Me alivia, como si hubiese estado llevando un vestido formal y por fin pudiera quitármelo y ponerme unos pantalones de cachemir de estar por casa.

—Bueno, pues entonces ya sabes lo que es vivir en un lugar como este.

—Desde luego. Una maldición y un privilegio a la vez, ¿eh? —Me ha sacado las palabras de la boca. De nuevo, qué alivio. Nos miramos e intercambiamos una pequeña sonrisa de comprensión.

—Sí, exacto —murmuro.

Entonces Ashley posa una mano en mi brazo, con ese estilo suyo extrañamente íntimo. ¿Es que es costumbre tocarse mucho entre los profesores de yoga? No quiero sacar conclusiones, pero creo que eso me gusta. Sus dedos son cálidos a través del terciopelo de mi chaqueta. Frunce el ceño.

—¿De verdad es tan horroroso vivir aquí?

—La verdad es que no está tan mal. —No quiero parecer ingrata, y menos con una profesora de yoga, por Dios; no con una mujer que ha escrito en su foto de Facebook «Sin paz exterior, la paz interior es imposible». (Pensé en ponerla en mi Instagram, pero ¿y si me busca ella a mí y ve que se la he robado? Al final decidí usar una cita de Helen Keller).

—¿Vives sola? ¿No echas de menos tener compañía? —Sus ojos son profundos lagos de comprensión y atraviesan la capa de felicidad que yo creía estar proyectando.

—Bueno, sí, un poco. A veces mucho —digo—. Pero espero que ya no, ahora que vosotros estáis aquí. —Suelto una risita, aunque esto quizás haya estado demasiado cerca de la verdad. Tendría que callarme, pero las palabras salen de mí como agua de un grifo que no puedo controlar.

No debería haberme tomado ese vino.

Mis ojos no dejan de ir a parar a Michael, y cada vez saco algo de información que añadir al retrato que estoy dibujando en mi mente. La forma en que el pelo se le riza alrededor del cuello, un poco más crecido de lo normal para sugerir que tiene cosas más importantes en qué pensar que en cortárselo; sus labios resecos que parecen colgar lánguidos cuando sonríe; las erres marcadas de su acento, que se envuelve como una serpiente en las consonantes que salen de su lengua. Juraría que está haciendo un esfuerzo consciente por no mirarme. Vuelvo a concentrarme en Ashley.

Ella no parece notar nada de esto. Pasa un dedo por el borde de mármol de un aparador.

—No puedo dejar de pensar en la limpieza —dice—. Debe de ser un trabajo a jornada completa. Para tres personas. ¿Tienes servicio que viva en la casa? ¿Lo que vi ahí fuera eran viviendas para ellos?

—Solo una mujer que viene una vez por semana. No lo limpia todo, solo las habitaciones que uso por el momento. No voy a la tercera planta, y hace años que en las cabañas no vive nadie. La mitad de las habitaciones también están cerradas. La verdad, ¿para qué molestarse en limpiar los trofeos de caza del tatarabuelo? Son viejas reliquias que nadie quiere, y se supone que yo tengo que cuidarlas solo porque alguien en mi familia le pegó un tiro una vez a un oso. —¿Estoy hablando demasiado? Creo que estoy hablando demasiado, aunque ellos me miran como si estuvieran interesados, así que sigo. Stonehaven está helada, pero yo tengo tanto calor que siento el sudor bajo los brazos, bajando por los lados de la camiseta—. Me voy a quitar todo eso de encima. Igual lo doy a caridad, que sirva para dar de comer a los niños pobres.

De repente estamos en la cocina, donde he sacado uno de los servicios de té preferidos de mi madre y lo he colocado en la mesa de al lado de la ventana. Forma un bonito bodegón (de hecho, ya colgué una foto en Instagram: *Té para tres #tradición #queelegante*), pero me pregunto si no me he pasado: las flores, la porcelana, comida como para un pequeño ejército. Pero nos sentamos sin más ceremonias y Ashley se echa a reír cuando le pega un mordisco a un bizcochito, y Michael da vueltas en su mano a la taza de té de mi madre y examina con interés la marca en la parte de abajo. No paran de tocarse entre ellos y conmigo se muestran habladores y próximos; ni siquiera tengo que pensar en cómo mantener en marcha la conversación, ellos hacen todo el trabajo.

Siento que Stonehaven se llena de vida, como el vino que Michael me ha servido hasta el borde; y mientras lo sorbo y me río con sus chistes siento que la desesperación me va abandonando.

«Ya no estoy sola ya no estoy sola ya no estoy sola», pienso, las palabras al ritmo de mi corazón acelerado.

Pero entonces, con el ruido de las maletas y una corriente de aire frío, se van a dejar sus cosas en la cabaña del jardinero y de repente sí estoy sola otra vez. No he conseguido hacer planes con ellos. Tendría que haberlos invitado a cenar. Tendría que haberlos invitado a ir de excursión. Un paseo por el Tahoe, ver películas una noche… ¿Por qué he dejado que desaparezcan y me dejen aquí sola? ¿Por qué no me han invitado ellos? (¡Pues vaya con la luz que brilla en mi interior!).

Después de que se vayan me paso tres horas viendo fotos de perritos en Instagram y sollozando.

12.

EN LA VIDA HAY GANADORES Y PERDEDORES Y POCO espacio entre medio. Crecí segura de haber nacido en el lado correcto de la ecuación. Era una Liebling. Eso significaba que se me habían concedido ciertas ventajas y, aunque siempre habría quienes desearan quitármelas, había empezado lo suficientemente alto como para que no corriera ningún riesgo de caer.

Tuve suerte desde el mismo principio, desde mi propia concepción, porque no debería de haber existido. A medio embarazo, el médico había informado a *maman* de que padecía una preeclampsia severa, lo que suponía un riesgo de muerte para las dos. Aconsejó a mis padres que no me tuviera, con frases como «inestabilidad hemodinámica» y «cesación ética». Se refería al aborto.

Mi madre se negó. Hizo acopio de fuerzas durante las cuarenta semanas y me tuvo igualmente. Durante el parto sangró tanto que creyeron que de esa no salía. Cuando despertó del coma en la uci, el doctor insistió en que aquella había sido la decisión más estúpida que le había visto tomar a una mujer.

—Lo volvería a hacer, sin dudarlo —acostumbraba a de-

cirme ella mientras me atrapaba en un abrazo perfumado—.
Lo haría de nuevo porque eres para morirse.

Maman me quería mucho.

Mi hermano, Benny, nació tres años más tarde de un vientre de alquiler. Así que yo era la única de sus hijos que había salido de su vientre, y aunque insistía en que eso no significaba nada para ella, que los dos éramos «sus bebés», siempre sentí que me quería más a mí. Era su niña dorada, la que la hacía pasar de la oscuridad a la luz («*Tu sonrisa es mi sol*», me decía). Benny no era capaz de hacer eso. Siempre estaba escondiéndose en su habitación, su estado emocional tan gris y pesado como la niebla que rodeaba la bahía. Creo que Benny recordaba demasiado a mi madre las cosas que odiaba de sí misma, como si él fuese un reflejo amplificado de sus propias carencias.

Maman descendía de una antigua familia francesa que vino a Estados Unidos por la fiebre del oro pero perdió la mayor parte de su fortuna en los años siguientes. Eran los Liebling quienes tenían el dinero de verdad, gracias a la carrera de la construcción que dio lugar a California. Mi madre conoció a mi padre, el mayor de tres hermanos y con dieciocho años más que ella, en su fiesta de debutante, en 1978. Hay una foto de los dos bailando en el salón del St. Francis, él mucho más alto, sus pies desaparecidos entre los pliegues de algodón de la falda de ella (un Zandra Rhodes de color rosa pálido; *maman* siempre tuvo un gusto impecable).

En todas las bodas hay una negociación implícita, ¿verdad? En su caso doy por supuesto que fue la riqueza y el poder de él a cambio de la belleza y la juventud de ella. Pero también se amaban; sé que fue así. Es obvio por cómo se miran en la foto, mi madre encantada mientras alza la vista en pos de la de mi padre, intensamente protectora. Pero algo cambió por el camino: para cuando Benny y yo íbamos al instituto empezaron a llevar vidas separadas, mi padre en un edificio de cristal del distrito financiero, entre los hermanos y primos que formaban el comité de dirección del Liebling Group, y mi madre en el salón de nuestra mansión, con sus amigas de la alta sociedad.

Yo crecí en San Francisco, donde todo el mundo sabía quiénes eran los Liebling. El nombre de la familia salía en *Fortune*, había una calle con él en el distrito de Marina y teníamos una de las casas más antiguas de Pacific Heights (italianizante y solemne, aunque no tanto como la de Danielle Steel). Cuando salía mi apellido en las conversaciones yo notaba cómo se movía todo, cómo la gente se volvía hacia mí, de repente mucho más atenta, como si confiaran en que algo de lo que yo tenía se les pegara. La inteligencia significa mucho en esta vida, y la belleza aún más —eso me lo enseñó mi madre con sus armarios llenos de ropa a medida y su sinfín de dietas bajas en carbohidratos—, pero el dinero y el poder son, por supuesto, lo más importante de todo. Esa lección la aprendí de mi padre.

Recuerdo ir a visitarlo en la última planta del edificio de oficinas del Liebling Group, en Market Street, cerca del edificio Ferry, cuando yo aún era pequeña. Me sentó a mí en una rodilla y a mi hermano en la otra y giró en su silla para colocarnos frente a la pared de ventanales. Era un día claro y ventoso, y en la bahía los barcos volaban al sur, hacia las planicies saladas de la península. Pero a mi padre no le interesaba lo que pasara en el agua. «Mirad esto», nos dijo, y nos apretó suavemente las frentes contra el cristal para que pudiéramos ver el costado del edificio. Cincuenta y dos pisos más abajo vi gente caminando por las aceras, puntitos negros, como serraduras de hierro atraídas por un imán invisible. Sentí vértigo.

—Hay mucho hasta el suelo.

—Sí. —Pareció complacido de que yo hubiera dicho eso.

—¿Adónde va todo el mundo?

—¿La gran mayoría? A ninguna parte importante. Son solo hámsteres girando en sus ruedas, sin ir nunca hacia delante. Y esa es la gran tragedia de la existencia. —Alcé la vista para mirarlo, confusa y preocupada. Me dio un beso en la coronilla—. Tú no te preocupes. Para ti eso nunca será un problema, querida.

Benny se agitaba y hacía ruiditos, más interesado en las estilográficas de mi padre que en la lección de vida que nos estaba impartiendo. Sentí lástima por todas aquellas hormiguitas de allá abajo, y hasta un punto de culpabilidad por que las circunstancias las hubieran colocado allí, esperando a que alguien las aplastara con su zapato. Pero también entendía lo que nuestro padre intentaba decirnos. Benny y yo pertenecíamos allá arriba; estábamos a salvo en las alturas con él.

Ay, papá. Confiaba tanto en él... Su corpulencia era la muralla que nos defendía de las vicisitudes de la vida. Por mucho que Benny o yo perdiéramos el control, por muchos impulsos autodestructivos que yo siguiera (¡dejar Princeton!, ¡financiar películas *indie*!, ¡ser modelo!) él era quien nos atraía de nuevo hacia su protectorado antes de que fuera demasiado tarde. Y siempre lo hizo, hasta que, de repente, en el momento más crucial, ya no pudo.

Dicen que el ADN es el destino. Probablemente eso sea cierto para quienes llevan sus dones codificados en los genes, como una gran belleza o inteligencia, la capacidad de correr una milla en cuatro minutos o hacer un *slam dunk* con una pelota de baloncesto, o quizá el ser un estratega innato o tener un impulso imparable. Pero para el resto del mundo, los nacidos sin una *grandeza* obvia, no es el ADN lo que te hace avanzar, sino la cuna. Las oportunidades que te sirvan (o no) en bandeja de plata. Tus circunstancias.

Yo soy una Liebling. Heredé las mejores circunstancias de todas.

Pero, aun así, las circunstancias pueden cambiar. La trayectoria natural de la vida puede verse interrumpida del todo por un encuentro inesperado, apartándote tanto de tu camino que no sabes si alguna vez podrás volver a pisarlo.

Para mí han pasado doce años y aún estoy intentando encontrar el camino de vuelta.

De niña sabía lo que se esperaba de mí. Escuela privada y club de debate y equipo de tenis, chicos cuyos apellidos dieran nombre a edificios en el centro de San Francisco, notas lo suficientemente buenas (aunque, lo admito, ayudadas un poquito por las generosas donaciones de papá a mis escuelas). Es cierto que a veces tenía problemas con lo que mis padres llamaban «control de los impulsos», como cuando cogí el Maseratti de *maman*, me emborraché y lo estrellé, o cuando le tiré la raqueta a un juez injusto en los nacionales júnior. Pero casi siempre sabía mantenerme en mi papel y cumplir con lo esperado. No hacía nada que no pudiera solucionarse con un hoyuelo, una sonrisa y un cheque.

El que no tenía arreglo era mi hermano. Para cuando empecé en el instituto ya había quedado claro que Benny tenía, como decía mi madre delicadamente, problemas. Con once años, *maman* encontró un cuaderno escondido bajo su cama con dibujos trabajadísimos de hombres desmembrados por dragones, sus rostros derritiéndose, así que lo mandó a un psiquiatra. Suspendía todas las asignaturas, pintarrajeaba en su taquilla, sus compañeros le hacían *bullying*. Con doce años le dieron medicación para el TDAH, y después antidepresivos. A los quince lo expulsaron de la escuela por dar sus pastillas a otros alumnos.

Por entonces yo estaba en el último curso del instituto, a un mes de la graduación. Ya dormía con una camiseta de Princeton (iba a seguir la tradición familiar, *bien sûr*). La noche en que echaron a Benny por dar Ritalin en la escuela oí a mis padres gritarse en la sala de música de abajo, que era la que elegían para discutir porque se suponía que estaba insonorizada; no se daban cuenta de que sus voces viajaban por los conductos de ventilación. Llevaban un tiempo gritándose mucho.

—Quizá, si estuvieses aquí, no sentiría la necesidad de hacer tonterías peligrosas para llamar tu atención...

—Quizá, si tú no estuvieras mal también, habrías notado que le pasaba algo antes de que llegáramos a este punto.

—¡Ni te atrevas a intentar que esta discusión sea sobre mí!

—Por supuesto que es sobre ti. Él es igual que tú, Judith. ¿Cómo esperas que se centre si tú misma te niegas a hacerlo?

—Tiene gracia que lo menciones precisamente tú. No me hagas empezar a decirte todo lo que haces. Tus adicciones van a destrozarnos a todos. Mujeres, cartas, y a saber qué más me escondes.

—Joder, Judith, tienes que parar de dejarte llevar por tu imaginación. ¿Cuántas veces tengo que decirte que todo eso está solo en tu cabeza? Estás paranoica, es parte de tu enfermedad.

Bajé a escondidas al salón, llamé a la puerta de Benny y entré sin esperar a que contestara. Estaba tumbado en el suelo, en el centro exacto de la alfombra, los brazos y piernas abiertos; parecía una versión pálida y enclenque del

Hombre de Vitruvio de Da Vinci. Mi hermano no había tenido una entrada fácil en la adolescencia; era como si su cuerpo creciera pero siguiese llevando por dentro al niño que era, confundido, perdido dentro de su nave gigante. Miraba al techo.

Me senté a su lado y me alisé la falda sobre las rodillas.

—No lo entiendo, Benny. Seguro que sabías que eso iba contra las reglas de la escuela. ¿Qué ganabas haciéndolo?

Benny se encogió de hombros.

—Los chicos se portan mejor conmigo si les doy pastillas.

—Sabes que hay otras formas de conseguir eso, bobo. Intenta esforzarte un poco alguna vez. Hazte del club de ajedrez. A la hora de comer habla con la gente en vez de sentarte en un rincón haciendo dibujos de terror en tu cuaderno.

—Ahora ya da igual.

—Venga ya. Papá se ofrecerá a construirle a la escuela un nuevo auditorio o algo así y todo quedará olvidado.

—No. —Me alarmó lo quieto y descoyuntado que estaba sobre la alfombra, la ausencia de emoción en su voz—. Papá quiere que nos vayamos a vivir a Tahoe. Van a mandarme a una escuela de allí. Una academia progre que va a convertirme en el Gigante Verde o algo así.

—¿A Tahoe? Qué horror.

Pensé en aquella enorme y helada casa de la orilla oeste del lago, apartada de todo lo que yo consideraba la civilización, y me pregunté con qué argumento pudo mi padre retorcerle el brazo a mi madre para que aceptara. Como mi padre había heredado la casa el año anterior solo habíamos ido una vez, a esquiar en las vacaciones de Pascua. *Maman* se había pasado casi toda nuestra estancia vagando por las habitaciones, tocando aprensiva los retorcidos muebles con expresión de fastidio. Sé exactamente en lo que pensaba.

Benny agitó los brazos y piernas siguiendo los bordes de la alfombra, como si estuviese haciendo un ángel de nieve.

—No es para tanto. Igualmente odio estar aquí. Allá arriba no puede ser peor. Me imagino que será mejor. Los chicos de la escuela son unos cretinos.

Miré como se rascaba los granos que le habían salido de repente, rojos y furiosos, en la papada. Eran del mismo color que su pelo, lo que hacía que se le vieran aún más. El atolondrado de mi hermano no se daba cuenta de lo difícil que se estaba haciendo la vida a sí mismo; parecía decidido a dejar de lado todas las ventajas que venían con ser nosotros. Por entonces yo aún creía que la mayoría de sus cosas eran por elección propia, que si quisiera podría decidir dejar de sentarse en su habitación y dibujar caricaturas y hacerse el loco, y que así todo se arreglaría. Aún no lo entendía.

—Nunca das ni una oportunidad a nadie —le dije—. Y deja de rascarte los granos o te saldrán cicatrices.

Me hizo una peineta.

—Nos vamos a ir a la universidad, así que deja de hacer como si te importara una mierda dónde viviremos.

Yo también pasé la mano por el borde de la alfombra. Era gruesa y azul; el interiorista la había puesto para ocultar las manchas de tinta que se formaban cuando Benny se dejaba los rotuladores abiertos en el suelo.

—*Maman* va a volverse loca ahí arriba.

Él se incorporó de repente y me miró, desquiciado.

—Mamá ya está loca. ¿Es que no te has dado cuenta?

—No está loca, solo tiene cambios de humor —repliqué enseguida. Pero sí que sentía un susurro en el interior de mi mente, la consciencia de que sus «cambios de humor» iban más allá de los típicos que vienen con la edad. Benny y yo nunca discutíamos en serio sobre eso, pero a veces lo veía mirarla, como si la cara de ella fuese una veleta y él la usara para predecir las próximas tormentas. Yo hacía lo mismo; esperaba el momento en que el interruptor que llevaba dentro *maman* pasara de *on* a *off*. Un día me iba a recoger a la escuela en el coche de ir por el pueblo, sus ojos iluminados por la emoción, llamándome desde la ventanilla. «He pedido hora para hacernos unos faciales» o «Vamos a Neiman's» o, si estaba muy desesperada, «Me muero por comer buena comida francesa. Cojamos un avión a Nueva York para ir a cenar»; y entonces, al día siguiente, sus habitaciones estaban en silencio. Llegaba a casa de la clase de tenis o de una sesión de estudio y me encontraba con una quietud ominosa; me encontraba a mi madre en la cama con las cortinas bajadas. «Tengo migraña», susurraba, pero yo sabía que los medicamentos que tomaba no eran precisamente para el dolor de cabeza.

—A lo mejor Tahoe no está tan mal —repitió Benny, esperanzado—. Igual a mamá le hace bien. Como un *spa* o algo así; le encantan.

Me imaginé a Benny y *maman* vagando sin rumbo por Stonehaven, atrapados entre sus muros de piedra; me pareció lo opuesto a un *spa*.

—Tienes razón —mentí—. Seguramente será bueno para ella.

A veces hay que hacer como si una mala idea fuese buena porque no tienes ningún control sobre lo que pasará, y solo puedes esperar que añadir tu falso optimismo a la pila haga que a fin de cuentas el fiel de la balanza se decante del lado correcto.

—Le encanta esquiar —dijo Benny.

—Y a ti. Y eres mejor que yo.

Aunque él se había transformado en aquella extraña criatura informe y líquida y peluda, y su habitación olía a semen a pesar de todo el trabajo de la criada, no podía mirarlo sin pensar en mi hermanito, sin pensar en cómo trepaba a mi cama cuando era pequeño y me hacía leerle cuentos, su cuerpecito caliente y necesitado contra el mío. Nuestros padres nos querían a los dos, aunque un poquito más a mí porque era más encantadora, y parte de mí se sentía culpable por eso, como si fuera mi deber el compensarle lo que a él le faltaba.

Adoraba a mi hermano pequeño incondicionalmente. Aún lo adoro. A veces pienso que eso es lo mejor de mí misma. Desde luego, es lo único que no siento lleno de aristas.

Aquel día extendí un brazo y le puse la mano en el cuello. Me preguntaba si aún desprendería un calor sobrehumano, como cuando era bebé. Pero él se agitó y mi mano se fue a un lado.

—Ya no —dijo.

Así que me fui a Princeton e hice como si el hecho de que mi familia se mudase al lago Tahoe no fuera el fin del mundo.

Por supuesto, sí que lo fue. El dinero es una tirita, no una vacuna; si la enfermedad es lo bastante seria, no sirve para nada.

Me volqué en la vida de Princeton: clubs sociales, clases, fiestas. Encajé perfectamente, al menos en cuanto al tipo de gente (lo académico era otra historia). Hablaba con mi madre una vez por semana y con mi hermano de vez en cuando; nada de lo que me decían sonaba preocupante. Más que nada parecían aburridos. Por Navidad cogí un avión de vuelta a Stonehaven —la formidable reunión anual de primos y tíos segundos y amigos de la familia con apellidos que salieran en el *Fortune 500*— y me encontré con que todos tenían ganas de fiesta. Esquiamos. Comimos. Abrimos regalos. Todo fue de lo más normal; hasta la propia Stonehaven pareció darme la bienvenida más que en mis recuerdos de infancia, llena de familia, con comida y bebidas calientes saliendo a cada rato de la cocina. Regresé a la universidad muy tranquila.

Al poco llegó marzo. Una noche, tarde, acababa de volver de una fiesta en la residencia cuando me sonó el teléfono. Apenas reconocí la voz de mi hermano; desde la última vez que habíamos hablado le había bajado una octava y sonaba como un adulto, como si en unos pocos meses se hubiera convertido en una persona muy diferente.

—Bobo, es la una de la mañana —le dije—. Diferentes zonas horarias, ¿recuerdas?

—Estás despierta, ¿no?

Me tumbé en la cama y contemplé los pequeños descascarillados en mi pintura de uñas.

—¿Y si no lo hubiese estado? ¿Para qué creías que valía la pena despertarme? —Aunque en mi interior ya lo sabía.

Benny dudó y bajó mucho la voz.

—A mamá le ha dado eso de que nunca quiere salir de la cama. Que yo sepa, no ha salido de casa desde hace una semana —dijo—. ¿Qué hago?

¿Qué podía hacerse? Sus estados de ánimo siempre habían sido muy cambiantes, aunque no hasta el punto en que no pudiera recuperarse.

—¿Hablar con papá? —propuse.

—Nunca viene. Como mucho, los fines de semana.

Me asusté un poco.

—Vale, ya me encargo yo.

—¿En serio? Genial. Eres la mejor. —Su alivio era tan notable que casi inundaba la línea.

Pero se acercaban los exámenes de mitad de ciclo y yo estaba muy retrasada en mis estudios, así que no tenía ancho de banda como para encargarme bien del drama en casa; la idea de los ciclos eternos de mi madre me agotaba, así que «Yo me encargo» significó llamar a mamá y preguntarle sin mucha emoción. «Voy a preguntarte si estás bien y, por favor, dime lo que quiero oír», pensé.

Y eso hizo.

—En serio, estoy bien. —Pronunció cada sílaba con un aplomo patricio. Oí en su voz el eco de la mía, nuestros acentos sin restos de California (en mi familia, nada de hablar como en el valle, nada de *slang* de surf)—. Es solo que tanta nieve cansa un poco. Había olvidado lo engorroso que resulta.

—¿Qué haces? ¿Te aburres?

—¿Aburrirme? —Oí como tomaba aire y un ligero tono de fastidio—. Para nada. Estoy trabajando en ideas para redecorar la casa. Tu abuela tenía un gusto horroroso, muy barroco y *kitsch*. Estoy pensando en hacer que venga un tasador y subastar muchas cosas. Elegir piezas más de acuerdo con la época de la mansión.

Aquello debería de haberme tranquilizado, pero noté en la voz de mi madre el tartamudeo del cansancio, lo mucho que le costaba sonar animada y alerta. Era como si la rodease una gruesa nube negra. Para cuando fui a casa en las vacaciones de Pascua, un mes más tarde, había pasado a la siguiente fase de su ciclo, la hiperactiva. Lo sentí en el aire en cuanto entré en Stonehaven: la electricidad de la tensión, los gestos un poco demasiado marcados de mi madre mientras iba de una habitación a otra. Durante mi primera noche nos sentamos los cuatro a cenar en la mesa formal del comedor, y mi madre no paró de hablar a toda velocidad sobre sus planes de decoración, mientras que papá no escuchaba ni una palabra, como si fuera la televisión de fondo. Antes de que se sirviera el postre él ya había sacado el móvil del bolsillo, había puesto mala cara ante un mensaje y había pedido que lo excusáramos. Un minuto después, las luces de su Jaguar iluminaron el rostro de *maman* desde el otro lado de la ventana, mientras él se iba por el camino. Ella tenía los ojos dilatados e incapaces de enfocar.

Mi hermano y yo intercambiamos miradas. «Ya estamos de nuevo».

A la mañana siguiente, Benny y yo huimos de Stonehaven con la excusa de irnos a tomar un café al pueblo. Mientras hacíamos cola no paré de mirarlo de reojo. Parecía haber adquirido una nueva confianza en sí mismo, ponía los hombros más rectos, como si por una vez no estuviera intentando desaparecer. Era como si por fin hubiese aprendido a lavarse la cara y tuviera menos acné. Se le veía bien, aunque había algo de distraído y sin rumbo en él que yo no podía acabar de definir.

Yo misma tenía *jet lag* y también estaba distraída, y supongo que es por eso que no presté mucha atención a la chica con la que Benny habló en la cafetería. Había aparecido de repente en la cola, delante de nosotros, una adolescente sin nada destacado, con ropa que no le quedaba bien y no conseguía disimular sus kilos de más y un montón de maquillaje negro que ocultaba toda la belleza que pudiera tener. Llevaba el pelo de color rosa, teñido en casa; tuve que apartar la mirada para no fijarme en el estropicio que se había hecho. Su madre pululaba por allí y físicamente era lo opuesto a ella: rubia, abiertamente sexi y demasiado ansiosa por complacer. «La pobre amiga de Benny necesita un buen cambio de maquillaje y un poco de autoconfianza, y está claro que no será su madre quien se los proporcione», pensé sin prestar mucha atención, y entonces me empezó a vibrar el móvil con mensajes de mis amigos del este. Así que no fue hasta que las dos se habían ido que miré a mi hermano y vi su expresión.

Tomó un trago de café y devolvió la taza al platillo.

—¿Qué? —Me devolvió la mirada.

—Esa chica… ¿Cómo se llama? Te gusta.

Se sonrojó.

—¿Quién lo dice?

Señalé la parte superior de su camisa; unas manchas rojas ascendían desde el cuello y se cebaban en su rostro.

—Te has puesto rojo.

Él se llevó una mano al cuello como para ocultar el color.

—Lo nuestro no es eso.

Las ventanas del café estaban cubiertas de vapor. Miré a ver si podía echarle un vistazo a la chica misteriosa, pero ella y su madre ya habían desaparecido por la esquina.

—¿Y entonces qué es?

—No lo sé. —Sonrió para sus adentros y se hundió en su silla. Las piernas le salieron hasta el pasillo, impidiendo el paso a los demás clientes—. Es lista y no se traga la mierda de nadie. Y me hace reír. No es como otras. No le importa de qué familia soy.

Me reí.

—Eso es lo que tú te crees. Todo el mundo tiene una opinión sobre nuestra familia. Es solo que unos lo ocultan mejor que otros.

Él me dedicó un ruidito de desprecio.

—Y a ti eso te encanta, ¿verdad, Vanessa? Te gusta que la gente te dedique su atención porque eres rica y guapa, y se supone que tu familia es importante, ¿eh? De verdad, ¿no querrías que la gente te mirase y solo viera una persona en vez de una Liebling?

Yo sabía que la respuesta correcta era «Sí, claro». Pero la verdad es que no era así. Me gustaba ocultarme tras el apellido Liebling. Seamos sinceros, ¿qué vería la gente si mirase más allá? Una chica sin grandes capacidades, sin gran brillantez, sin gran belleza; alguien que está bien que acuda a tu fiesta pero que no es importante. Una persona que transita por el éxito de otros que vinieron antes. Una cosa sabía sobre mí misma: que no tenía nada poderoso en mi interior, algo que me impulsara a la grandeza. Solo tenía un «No está mal».

(Ah, ¿te ha sorprendido este pequeño arranque de sinceridad? Que sea rica y guapa y famosa en internet no quiere decir que no me haya dedicado a despreciarme a mí misma. Ya te contaré más).

Lo que sí tenía: un nombre que significaba que todo eso, a fin de cuentas, no era nada importante. Había podido entrar en Princeton con un 3,4 gracias a mi familia. Así que sí, me gustaba ser una Liebling (¿es que a ti no te gustaría?). La única persona del mundo a la que todo aquello no afectaba en la opinión que tenía de mí estaba sentada a mi lado y compartíamos apellido. Benny.

—Como quieras, bobo. Si tan genial te parece, pídele para salir. —Dejé el capuchino en la mesa y me incliné hacia él—. En serio: si te gusta, lánzate. No estaría siempre contigo si no le gustaras.

—Pero mamá dice que…

—Pasa de ella. ¿Qué va a saber? Por favor. Si te gusta, simplemente… bésala. Te garantizo que se va a apuntar.

Lo que no le dije: «Por supuesto que se va a apuntar, ¡estará besando a un millonario! Aunque haga como si eso no fuese un afrodisíaco, te prometo que tiene un encanto al que ella no es inmune».

Se puso un poco bizco.

—No es tan fácil.

—Sí que lo es. Mira, antes tómate una copa, eso a veces ayuda. Coraje líquido.

—No, digo que no es tan fácil porque estoy castigado. Desde hace dos días. Mamá y papá me dijeron que no puedo volver a verla.

—Ah, ¿no? ¿Por qué?

Hizo girar la taza en el plato, lanzando gotas de café por toda la ajada mesa.

—Encontraron mi hierba y le echaron la culpa a ella. Creen que es una mala influencia.

—¿Y lo es? —Volví a pensar en la ropa negra de ella, su montón de maquillaje, sus pelos rosas. Era cierto que no transmitía precisamente un aire de chica-sana-de-montaña-de-Tahoe.

—No la conocen para nada.

Al mirarme tenía los ojos extrañamente iluminados, con pupilas enormes, como si pudiera ver cosas que yo no. Recordé su fragilidad, lo fácil que resultaba hundirlo, igual que a nuestra madre. Mi hermano vivía en el filo de la navaja: un empujoncito en la dirección equivocada y podía caerse.

Yo estaba convencida de saber cuál era la dirección correcta. ¡Estaba tan orgullosa de mí misma! ¡Una novia, un *amour fou*! Aquello lo normalizaría como la sobreprotección de mis padres no podía. «Mírame —pensé—, aquí, dando consejos de verdad a mi hermano, algo que lo ayudará a ir por el mundo real y sacarle las tonterías de la cabeza». Creí que sabía cómo funcionaba el mundo para los jóvenes como nosotros.

Cuánto me equivocaba.

Benny acabó haciendo caso de mi consejo y besando a su amiguita. La besó y, por lo visto, después se la folló. Pues felicidades, ¿no? Excepto que nuestro padre lo pilló y a él y a mamá se les fue la bola. Mandaron a mi hermano a un campamento de verano en Italia, desde donde me envió postales de lo más depre: «¿Quién iba a decir que Italia podía parecer una cárcel?» y «Juro que no voy a volver a dirigirles la palabra a mamá y a papá». Y, a medida que avanzaba el verano, cartas más largas y más preocupantes: «¿Alguna vez has oído voces que te hablan mientras estás en la cama a oscuras, intentando dormirte? Me pregunto si estoy volviéndome loco o es alguna especie de mecanismo de autoprotección. ¡Aquí estoy muy solo!». Y entonces, a finales del verano, una carta en fino papel azul escrita del todo en italiano. Yo no lo hablo. Ni siquiera estaba segura de que la hubiera escrito Benny; la letra era apelotonada y rara. Pero la firmaba él.

Estoy bastante convencida de que él tampoco sabía italiano.

Por entonces yo estaba de vuelta en San Francisco para mis primeras vacaciones de verano. Había dado por supuesto que *maman* me acompañaría, pero desapareció al poco de que yo llegara; se fue a un *spa* de Malibú donde hacían excursiones durante cinco horas al día y solo tomaba batidos de verduras y le hacían enemas en vez de faciales. Fue por dos semanas pero acabó quedándose seis. Cuando regresó, dos días antes de que yo me fuera a Princeton, estaba delgada de muerte, parecía que los ojos se le fueran a salir.

—Me siento increíble, como si me hubieran sacado toda la porquería de vivir, como si me hubieran purificado —dijo, encantada, aunque vi lo mucho que le temblaban las manos mientras metía zanahorias en nuestro nuevo exprimidor.

Encontré a papá en la biblioteca, revisando formularios de impuestos.

—Me parece que mamá necesita medicación.

Me miró durante un largo minuto.

—Ya toma Xanax.

—Sí, pero no creo que eso la esté ayudando, papá. Tampoco creo que le vayan bien esos *spas*. Necesita profesionales de verdad.

Me contempló por encima de sus papeles.

—Tu madre va a ponerse bien. A veces está así, pero después se recupera. A estas alturas ya lo sabes. Decirle que necesita un terapeuta la haría sentirse aún peor.

—Papá, ¿la has mirado? Está esquelética. Y no es un cumplido.

Mi padre pasó una página del formulario. Yo había leído *online* que peligraba su posición en el Liebling Group, que mi tío, su hermano pequeño, había intentado amotinar al consejo de dirección. Se le notaba el estrés en las bolsas bajo los ojos y el ceño fruncido que le dividía la frente en dos. Se irguió en su silla; había decidido algo.

—Mira, la semana que viene volveremos a Stonehaven, cuando tu hermano regrese del campamento. Lourdes es una cocinera excelente, se asegurará de que tu madre coma. Le va bien estar allí, todo está tranquilo y en calma.

Dudé si sacar el tema de las alarmantes cartas de mi hermano. ¿Qué harían mis padres? ¿Darle aún más medicamentos o, peor, mandarlo a algún reformatorio? Puede que sí necesitara ayuda, pero también se me ocurrió que Benny ya había pasado por bastantes cosas: la soledad de Stonehaven, que lo enviaran a Italia, que *maman* le controlara las amigas. Quizá solo necesitase que lo dejaran en paz, sentirse querido por una vez. Me quedé ahí, delante de mi padre, indecisa. Pero antes de que pudiera decirle nada, se levantó de la silla. Alargó los brazos y me agarró en un infrecuente abrazo, llevándome contra su pecho. Olía a almidón y limón, un susurro de *whisky* en su aliento.

—Eres una buena hija —dijo—. Siempre miras por nuestra familia. Estamos orgullosos. Y es un alivio saber que no tenemos que preocuparnos por ti. —Rio—. ¡Dios sabe que ya tenemos bastante con tu hermano!

En ese momento pude decir algo sobre las cartas. Pero no lo hice. De repente se me ocurrió que la peor traición que podía hacerle a mi hermano era ponerme a mí misma como contraste. La niña amable y el niño difícil. No podía volver a hacerle eso.

Así que regresé a Princeton, y nunca más volví a ver a mi madre. Ocho semanas más tarde murió.

Mi madre murió el último martes de octubre. Aún me desprecio a mí misma por dejar que pasaran las semanas anteriores, por no notar que no me llamaba para ver cómo estaba. Pero es que tenía un nuevo chico que me absorbía del todo, y después lo dejé, y después tuve otro, y después saqué malas notas (otra vez) por culpa de los chicos, y después necesitaba olvidar todo eso, así que monté un viaje de un fin de semana a las Bahamas. Cuando volví, morena y un poco colgada, se me ocurrió por fin que mi madre estaba desaparecida, e incluso entonces me costó unos días más el decidirme a coger el teléfono, como si temiese lo que podía encontrarme al otro lado de la línea.

Su voz, cuando contestó por fin, sonó como un día nublado, plana y sin emoción y gris.

—Tu padre ha tenido un *affaire*. —Lo dijo con el mismo tono con que me informaría del resultado de una reunión del comité de la ópera.

Abajo, en un dormitorio, había una fiesta en marcha; Eminem sonaba tan fuerte que mi suelo vibraba. Dudé de si la había oído bien.

—¿Papá? ¿Estás segura? ¿Cómo lo sabes?

—Había una carta... —Se tragó el resto de la frase y murmuró algo que no entendí.

En el rellano había unas chicas chillando entre risotadas. Tapé el teléfono con la mano y grité por la puerta: «¡Callaos callaos CALLAOS!». De repente se hizo el silencio, después oí sus risitas. «A Vanessa Liebling se le ha ido la olla». No me importó.

Un *affaire*. Claro: por eso pasaba la semana en San Francisco, en vez de en Stonehaven con su familia. Quizá fuera también por eso que nos había despachado allí, para tenernos lejos de su amante. Pobre *maman*. No me extrañaba que llevara tanto tiempo hecha un desastre.

Pero no estaba muy sorprendida, claro que no. Objetivamente, mi padre era verdaderamente feo, pero eso no era lo que les importaba a algunas mujeres. El poder es su propio afrodisíaco. Y la tentación de hacerse con lo que ya es de otra resulta aún más poderosa. La mayoría de las amigas de mi madre ya se habían divorciado y sus exmaridos estaban con otras mucho más jóvenes (cazadoras de oro/mujeres trofeo/putas baratas) y se habían acomodado en *suites* del Four Seasons con generosos acuerdos de separación.

Por supuesto que papá tenía *affaires*; era inevitable.

—¿Papá está ahí? —pregunté.

Ella rio, y fue un ruido muy desagradable, como piedras resonando en una caja vacía.

—Tu padre nunca está, querida. Nos envió aquí a que nos pudriéramos, tu hermano y yo, en esta casa horrible donde ya no podemos avergonzarlo. Como en esa novela, ¿cuál era? *Jane Eyre*. Somos los familiares locos a los que ha encerrado en el ático. Él cree que es mi familia la que tiene malos genes, pero hablemos de la suya...

La corté.

—¿Está en San Francisco?

—Creo que en Florida —respondió sin interés—. O quizás en Japón.

Ahora era Snoop Dogg el que sonaba en el estéreo de abajo, con su rollo nasal y soporífero.

—*Maman*, ¿puedo hablar con Benny?

—Ah… no creo que esa sea una buena idea.

—¿Qué quieres decir?

—Benny no es el mismo.

—¿Que no es el mismo cómo?

—Bueno… —Una pausa—. Para empezar, dice que se ha hecho vegano. Que no va a comerse nada que tenga cara. Se ve que ha estado hablando con la carne de su plato.

Pensé en sus cartas. «Dios mío, allá se está yendo todo al carajo».

—Voy a ir a casa, ¿vale?

—No —contestó con tono lúgubre—. Quédate ahí y concéntrate en tus estudios.

Me habían venido ganas de abrazarla hasta que se pusiese bien de nuevo.

—*Maman*…

—Vanessa, no quiero que vengas. —Su tono era gélido.

—Pero, *maman*…

—Te quiero, cariño. Ahora tengo que dejarte. —Y colgó.

Lloré, allí sentada en mi cuarto, mientras oía la gran fiesta que me rodeaba. Había sido excomulgada. Mi madre siempre quería que yo estuviera con ella; era lo único que deseaba. ¿Cómo podía apartarme así de repente? ¿Cómo podía quedarse con mi casa?

Visto ahora, sé lo que hacía: herirme para que me mantuviera alejada. Ya debía de haber hecho sus planes: cómo soltar del muelle las amarras de nuestro yate, el *Judybird*, y llevarlo hasta el centro exacto del lago a la mañana siguiente, justo después de que Benny se fuera al instituto. Cómo iba a echar el ancla y ponerse su bata de seda con enormes bolsillos, que llenó con media docena de primeras ediciones de libros de leyes que había cogido de la biblioteca. Cómo iba a saltar del yate hasta el agua agitada y helada, y ahogarse.

Por eso no quería que yo estuviera. Quiso protegerme hasta el final.

Debí verlo. Debí darme cuenta cuando tocaba de lo que iba a pasar, en vez de hacer lo que hice: llamar a mi padre a su despacho de San Francisco (su secretaria me dijo que estaba de viaje de negocios en Tokio) y dejarle mensajes a Benny (tampoco él contestó). Debí coger enseguida un vuelo a casa. Tardé demasiado en dejarme llevar por el pánico y coger un avión hasta Reno. Para cuando el taxi local me dejó en Stonehaven, mi madre llevaba casi un día desaparecida.

Encontraron el *Judybird* flotando en el centro del lago, unas horas después de que yo llegara al pueblo. La bata de mi madre estaba enrollada en el timón. No había llegado al fondo ni mucho menos; se había ahogado a muy poco de la superficie, a una brazada de la vida.

¿Así que ahora sí que sientes lástima por mí, después de todo? No es que busque tu comprensión (vale, igual un poquito sí; todas las historias que se comparten son un grito que pide comprensión), pero si nada más me hace humana, una madre muerta seguro que sí. Al final todos somos hijos de nuestra madre, no importa lo santa o malvada que sea. Perder su amor es un terremoto que parte para siempre tus cimientos. Es un daño permanente.

Y todo amplificado por el suicidio. Sí, sí, claro, es parte de una enfermedad, pero, aun así, el que tu madre lo haga te deja una sombra de duda que nunca nunca desaparece. Te deja con preguntas que nunca tendrán respuestas satisfactorias.

«¿No era yo suficiente como para querer vivir? ¿Qué tengo de malo, que mi amor no es bastante para ti? ¿Por qué no supe encontrar qué decir para hacerte querer vivir de nuevo? ¿Por qué no fui a verte antes para convencerte de que no lo hicieras? ¿Fui responsable en parte de lo que hiciste?».

Han pasado doce años y sigo despertándome en mitad de la noche con un ataque de pánico y esas preguntas dándome vueltas en la cabeza. Han pasado doce años y sigo aterrorizada pensando que, de alguna forma, su muerte fue culpa mía.

Quizá debería haberme enfrentado a mi padre por su *affaire*, pero en los meses siguientes a la muerte de mi madre estaba tan abatido que no me decidí a sacar el tema. Y además había otros asuntos más urgentes; por ejemplo, la fragilidad de Benny, a quien apenas podía sacarse de casa y que se negaba en redondo a ir a la academia North Lake (a veces, cuando me quedaba escuchando fuera de la puerta de su habitación, lo oía mantener conversaciones con alguien que no estaba allí). Alguien tenía que decidir qué hacer con el *Judybird*, que se había quedado guardado en seco en el garaje, un horrible recordatorio. Alguien tenía que cerrar Stonehaven, donde nadie quería estar, y llevarnos de vuelta a la casa de Pacific Heights. Eso también quería decir que alguien tenía que encontrarle una nueva escuela a Benny, una dispuesta a no tener en cuenta su precario estado psicológico.

Yo no estaba como para poder encargarme de nada de eso. Me sentía como si hubiera ido conduciendo a toda velocidad y de repente hubiera chocado y me hubiera estrellado. Algunas mañanas me despertaba, miraba al lago, pensaba en mi madre saltando del *Judybird* y sentía el mismo oscuro impulso.

Vinieron los cuñados de mi padre, con sus niños pequeños y sus institutrices, para ayudar con el desastre en que se había vuelto todo después de lo de mi madre, y encargaron a la secretaria personal de ella que se ocupase de la crisis, pero ni entonces conseguí forzarme a volver a la universidad. Me tomé el siguiente semestre de descanso de Princeton. Me pasaba las tardes sentada en el estudio con Benny, las cortinas bajadas, viendo repeticiones de *El ala oeste de la Casa Blanca* en silencio. Por fin una amiga de mi madre encontró un internado en el sur de California especializado en «terapia equina», como si todo lo que necesitara Benny fuera dar un paseo a caballo y le desaparecerían el dolor y la incipiente locura. Era una idea tan buena como cualquier otra.

Nos fuimos de Stonehaven a principios de enero. En nuestra última noche Lourdes preparó lasaña. Mi padre, Benny y yo nos sentamos en el comedor formal, con el cristal y la plata; era nuestra primera comida como Dios manda desde la muerte de mi madre. Lourdes lloraba mientras nos servía.

Mi padre cortó su lasaña en perfectos cuadrados y se los metió uno por uno en la boca, como si comer fuese una obligación que tenía que cumplir. La piel bajo los ojos le colgaba como globos deshinchados, y tenía rojos los lados de la nariz de tanto sonarse.

Benny lo miraba con rabia desde el otro lado de la mesa, sin tocar la comida. Y entonces le soltó:

—Tú mataste a mamá.

El tenedor de papá se quedó colgado en el aire, hilos de queso descendiendo de la lasaña.

—No lo dices en serio.

—Desde luego que sí —replicó Benny—. A eso te dedicas, a destruir la vida de la gente. Destruiste la mía, y ahora la de mamá. En tus negocios, en todo lo que haces, acabas con las vidas de otros.

—No sabes de lo que hablas —le dijo mi padre en voz baja, mirando la lasaña.

—Tenías un aventura —continuó Benny. Apartó su plato y vertió su copa de agua. El líquido fue esparciéndose lentamente por la mesa en dirección a papá—. Mamá se mató porque tú la engañabas.

Mi padre limpió con su servilleta el charquito de agua, muy cuidadosamente.

—No, tu madre se mató porque estaba enferma.

—Tú la hiciste enfermar. Este lugar la hizo enfermar. —Benny se levantó, extendió uno de sus escuchimizados brazos y lo bajó, como si intentara partir Stonehaven por la mitad—. Juro que si alguna vez intentas traerme de vuelta voy a prender fuego a esta mierda.

—Benjamin, siéntate.

Pero Benny ya se había ido; lo oímos correr pesadamente por los suelos de madera hasta ser tragado por las profundidades de la casa. Mi padre volvió a coger su tenedor y se metió en la boca otro trozo de lasaña. Tragó como si le doliera y me miró. Tenía una expresión de lúgubre satisfacción, como si hubiera estado esperando durante semanas (¡años!) a que alguien lo atacara y por fin hubiera llegado el golpe. Ahora parecía aliviado de que todo hubiese acabado y poder volver a sus cosas.

—Creo que a tu hermano le ayudará el no estar aquí. Este lugar le recuerda demasiado a su madre.

Tragué saliva para intentar librarme del nudo que se me había formado en la garganta. Al cabo de un momento le pregunté lo que había temido durante meses:

—La otra mujer... ¿Aún estás con ella?

—Por Dios, no. No era nada. —Sopesó el tenedor de plata en su mano—. Mira, sé que no siempre fui un buen marido para tu madre. Teníamos nuestros problemas, como cualquier matrimonio. Pero tienes que creer que hice todo lo que pude por protegerla. Sabía que era... frágil. Hice lo que creí mejor para ella. —Me señaló con el tenedor—. Igual que hago lo que puedo por ti y tu hermano.

Noté que me examinaba el rostro, intentando medir cuánta ira sentía hacia él. Y quizá yo estuviera furiosa (lo estaba; estaba muy furiosa), pero ya había perdido a mi madre y no podía permitirme perderlo también a él. Me resultaba más fácil concentrar mi indignación en la amante desconocida, la puta oportunista en su piso de San Francisco que había intentado —y conseguido— destrozar a nuestra familia.

—Lo sé, papá —dije. Atravesé mi lasaña, vertiendo salsa marinara por la porcelana blanca, imaginándome que eran las entrañas de la amante.

Él observó un momento, alarmado, cómo masacraba el plato. Entonces dejó el tenedor, alineado con el cuchillo.

—Tenemos que mantener las apariencias, querida. Somos Liebling. Nadie ve lo que hay en nuestro sótano y nadie debe verlo nunca; ahí fuera hay lobos que esperan a atacarnos en cuanto mostremos el menor signo de debilidad. Nunca nunca tienes que dejar que la gente te vea en los momentos en que no te sientas fuerte. Vuelve a tu vida, sonríe y sé tan encantadora como siempre. Supera esta situación. —Me miró y, por vez primera desde el suicidio de mi madre, sus ojos estaban empañados de lágrimas—. Pero, pase lo que pase, has de saber que te quiero. Más que a nada.

A la mañana siguiente nos fuimos de Stonehaven, dejando atrás habitaciones cubiertas con sábanas, ventanas cerradas contra los elementos. Una fortuna en lustrosas antigüedades y valiosísimas obras de arte, un verdadero museo que se quedaría cerrado y abandonado en el limbo durante una década. No estoy segura de por qué mi padre nunca llegó a venderla —quizá por respeto al pasado de los Liebling, su sentido del deber para con la cadena ininterrumpida de nuestros antepasados—; el caso es que no lo hizo. Y ninguno de nosotros regresó hasta que aparecí yo la pasada primavera acompañada por un camión de mudanzas.

La muerte de mi madre rompió algo esencial en el resto de nosotros, y a lo largo de los siguientes años se sucedieron una crisis tras otra. Volví a Princeton y no tardé en suspender media docena de asignaturas; me pusieron en capilla y me obligaron a repetir el curso. A la vez, en San Francisco, el Liebling Group luchaba contra la caída del mercado. Mientras el valor de sus propiedades descendía en picado, a mi padre lo echaron de la dirección del consejo en favor de su hermano pequeño.

Pero Benny era el que estaba peor de todos. Pobre Benny. Siguió a flote durante su estancia en el internado (quizá, a fin de cuentas, los caballos sí lo ayudaron), pero para cuando llegó a Princeton su enfermedad había empezado a atacarle la mente. A veces lo veía por el campus, de negro de los pies a la cabeza, atravesando la multitud de estudiantes como un cuervo desorientado. Había alcanzado por fin su altura máxima de metro noventa y ocho, pero iba encorvado hasta llegar a casi la mitad, como si eso fuera a hacerlo invisible. Oí decir que tomaba muchas drogas, y duras: cristal y cocaína.

Pocos meses después de comenzado el segundo semestre, el compañero de habitación de Benny se fue de repente. Cuando fui a visitar a mi hermano comprendí el porqué: él había cubierto su lado con inquietantes dibujos a tinta negra, laberintos de garabatos que sugerían un túnel negro, con ojos de monstruos escondidos entre las sombras. Empapelaban la pared del suelo al techo; sus pesadillas habían cobrado vida.

Me los quedé mirando, el miedo golpeándome el pecho.

—La próxima vez podrías dejarlos en el cuaderno —le sugerí— e intentar no asustar a tu nuevo compañero de habitación.

Los ojos de Benny se paseaban por las imágenes como si fueran un enigma que aún estaba intentando desentrañar.

—Él no las oía —dijo.

—¿Que no oía qué?

Los lados de los ojos le colgaban, tenía manchas púrpura que le oscurecían las pecas. Puso cara de decepción.

—Tú tampoco, ¿verdad?

—Benny, tienes que ver al terapeuta del campus.

Pero ya había vuelto a su escritorio y había cogido papel y rotulador. Vi rayaduras negras en la mesa, como si hubiera dibujado con tanta fuerza que hubiera atravesado el papel. Cuando salí de la habitación me quedé un buen rato en el pasillo con un ataque de pánico, a punto de llorar. Chicos y chicas normales pasaban por mi lado, camino de partidos de fútbol y conciertos, evitando la puerta de Benny como si estuviese infectada. Aquello me partió el corazón.

Llamé al centro médico del campus y pedí hablar con un doctor. Se puso una enfermera con voz agobiada.

—A menos que intente lesionarse a sí mismo o amenace a otro estudiante, no hay mucho que podamos hacer —me dijo—. Tiene que acudir a nosotros por su propia voluntad.

Dos semanas más tarde, en mitad de la noche, llamaron a la policía del campus para que acudiera al dormitorio de Benny. Había entrado en la habitación de una chica que vivía enfrente y se había metido en la cama con ella, en la oscuridad. La abrazó como si fuese un osito de peluche, lloró y le rogó que lo protegiera de algo que venía a por él. Ella se despertó y gritó. Él se fue corriendo. Cuando las autoridades lo encontraron por fin, estaba desnudo y alucinando entre los arbustos de fuera de la biblioteca.

La unidad psiquiátrica del hospital le diagnosticó esquizofrenia. Mi padre vino en su avión y se lo llevó de vuelta a casa, en la bahía. Lloré cuando me dejaron atrás en Nueva Jersey, aunque antes de subirse de nuevo al avión papá me llevó hacia sí y me dio un abrazo. Me susurró al oído para que mi hermano no lo oyera:

—Tienes que resistir, querida.

No pude.

¿He dicho ya que acabé abandonando Princeton? No fue mi mejor momento. Pero igualmente iba a suspender, y había conocido a un estudiante de ingeniería que había montado una puntocom y necesitaba financiación. Yo no hacía nada con mi fondo fiduciario, así que pensé: «¡Voy a ser una inversora, una emprendedora! ¿Quién necesita una carrera?». Pensé que papá me perdonaría por haber dejado la carrera en cuanto viera mi talento para los negocios; iba a estar tan orgulloso cuando ganase el primer millón por mi propia cuenta...

En fin, la cosa no acabó bien, pero esa es otra historia.

Aquel año fue el principio de la larga década de recuperaciones y recaídas de mi hermano: caminatas maníacas por las calles de San Francisco que acababan en atracones de metanfetaminas en un callejón, meses de aparente normalidad puntuados por intentos de suicidio. Una falange de médicos calibraba y recalibraba sus medicamentos, sin conseguir el equilibrio correcto; a menudo él se negaba a tomarlos porque lo hacían sentirse apagado y desconectado. Por fin mi padre lo ingresó en una institución psiquiátrica de lujo en Mendocino Country, el Instituto Orson.

Para entonces yo había renunciado a la puntocom y me había mudado a Nueva York, aunque siempre visitaba a Benny en el Orson cuando iba a California. Estaba a las afueras de Ukiah, un área boscosa en la costa de Mendocino llena de centros de retiro espiritual y comunidades donde la ropa era opcional y los *hippies* mayores tomaban el sol junto a manantiales de agua caliente llena de minerales. El Instituto Orson era bastante acogedor, con instalaciones modernas y jardines y vistas a las colinas. Apenas había unas pocas docenas de pacientes, que pasaban los días haciendo terapia artística, cuidando de un impresionante cultivo de vegetales y comiendo cocina para *gourmets* hecha por chefs de la guía Michelin. Ahí era donde las familias como las nuestras metían a sus miembros problemáticos —esposas anoréxicas, abuelos con demencia, niños a los que les gustaba prenderle fuego a las cosas—. Benny encajaba a la perfección.

La medicación que le daban hacía que estuviera como ido, muy suave. Ahora le asomaba la barriga por encima del elástico de sus pantalones de chándal. Su principal actividad era vagar por el lugar en busca de insectos, que capturaba en frascos de plástico de papillas. Su *suite* estaba decorada con dibujos de arañas con patas de aguja y ciempiés brillantes. Al menos los monstruos que ahora dibujaba eran reales, y no le hablaban. Aunque me partió el corazón verlo tan dócil, sabía que al menos allí no corría peligro.

A veces me preguntaba qué era lo que había fallado en su cerebro y cuánto de su enfermedad lo había heredado de nuestra madre. ¿Habían estado los dos igual de mal conectados? Mientras paseábamos por las instalaciones del Instituto Orson lo veía deambular sin rumbo, sin razón, sin ir a ninguna parte, y sentía una punzada de culpabilidad: ¿por qué él y no yo?

(Y entonces, como acompañamiento, otra punzada en la base del cráneo, una pregunta persistente: ¿y si en realidad yo también, pero aún no lo sabía?).

Lo que sentí mientras me alejaba fue simple ira. Sabía —o sé ahora— que la esquizofrenia es una enfermedad escrita en el cerebro desde el nacimiento. Pero tenía que haber alguna versión alternativa de la vida de Benny en la que nada de todo eso hubiese sucedido, en la que fuera un chico normal, quizá con sus ataques de genio, como yo, pero capaz de funcionar en el mundo. La trayectoria de su vida no tenía que ser la actual, igual que mi madre nunca debió suicidarse.

Llamé al doctor de mi hermano en el Instituto Orson y le hice mis preguntas:

—¿Por qué Benny? ¿Por qué ahora?

—La esquizofrenia es genética, aunque también puede haber factores externos que la exacerben —dijo.

—¿Como cuáles?

Oí de fondo que pasaba papeles.

—Bueno, su hermano consumía drogas en cantidad. Eso en sí no causa esquizofrenia, pero puede provocar síntomas en la gente susceptible.

Al oír eso, todo empezó a encajar: los primeros episodios psicóticos de Benny coincidieron con el período en el Tahoe cuando empezó a tomar drogas. Aquella chica que no le convenía, ¿cómo se llamaba?, Nina. Después de todo, mamá había tenido razón. Aquel día yo le había dado unos consejos horrorosos; tendría que haber intentado apartarla de él en vez de animarlo. (*Amour fou*, amor loco. Dios mío, ¿en qué estaría pensando?).

Ay, quizás hasta fuese mi culpa el que hubiera acabado tan enfermo. A fin de cuentas fui yo la que no comunicó antes el comportamiento de Benny a nuestros padres, la que no le contó a papá lo de la carta en italiano y no llevó a Benny a ver al psicólogo de Princeton. Mi miedo a hacerle daño le permitió hacerse daño a sí mismo.

A veces, mientras atravieso el país de vuelta del Instituto Orson, me imagino nuestras vidas alternativas. Una vida en la que mis padres se habían quedado en San Francisco y mi hermano encontró alguna especie de escuela terapéutica antes de que fuera demasiado tarde y mi padre no tuvo un *affaire*. Una vida en la que el aislamiento de Stonehaven no colocó a mi madre y a mi hermano sobre un precipicio del que nunca consiguieron salir. Quizá fuera posible evitar todo —la esquizofrenia, el suicidio—, o al menos mitigarlo. Quizá mi madre seguiría viva y los asuntos de mi hermano fueran manejables y mi padre fuera estable y todos estuviéramos bien, incluso felices.

Es una fantasía optimista, pero que ha ido haciéndose más poderosa con el paso de los años: la posibilidad perdida de un universo alternativo, uno que gira bien sobre su eje, que no ha sido desequilibrado por fuerzas que no puedo comprender.

13.

A LA CULTURA MODERNA LE ENCANTA IDOLATRAR EL riesgo, como si la norma para todos tuviera que ser desviarse de la norma (dice Oprah, santa patrona de las frases inspiradoras: «Uno de los mayores riesgos en la vida es no arriesgarse»). Lee lo suficiente cualquier biografía de éxito y llegarás a la conclusión de que la grandeza está prácticamente garantizada si haces algo arriesgado e inesperado. Lo que la mayoría no quiere pensar es que solo puedes permitirte correr ese riesgo si antes has tenido suerte.

Durante un tiempo tuve toda la suerte que necesitaba. Uno de los mayores lujos de crecer con dinero es que tienes la libertad de ser impulsiva; si te equivocas, siempre tienes un colchón que te frenará la caída. Los primeros años después de irme de Princeton corrí muchos riesgos. Desgraciadamente, ninguno me acercó especialmente a la grandeza, ni mi intento de financiar películas (dos fracasos, me costaron diez millones) ni la línea de bolsos que diseñé (cerré el negocio antes de un año), ni la marca de tequila que promocioné (mi socio se escapó con el dinero). Solo me llevaron a la bancarrota.

Para cuando conocí a Saskia Rubansky en una gala en Tribeca (a beneficio de una fundación contra la leucemia infantil a la que mi familia siempre donaba generosamente) yo estaba, como lo decía en las fiestas, «entre proyectos». Tenía un despacho en el SoHo y decía que era «experta en innovación en internet», aunque eso significaba más que nada que me pasaba los días navegando por la web en busca de inspiración. Mi padre volaba de vez en cuando desde San Francisco para ver cómo estaba y proclamaba a los cuatro vientos lo innovadora e implicada que era su hija, aunque yo notaba por lo mucho que les insistía a todos sobre mi genio que estaba sobrecompensando. Podía oler su decepción, lo veía en cómo evitaba mirarme a los ojos.

Pero no puedo echarle la culpa. Benny estaría perdido en el exilio del Instituto Orson, pero tampoco yo tenía ningún objetivo en la vida, y en mi caso no había excusa.

Sentía como si no hubiese nada que me anclara a la realidad. En una ciudad de ocho millones tenía apenas unos pocos amigos, aunque sí incontables «conocidos y saludados», gente con la que me topaba en mis idas y venidas por el circuito de la alta sociedad. Y es que salía mucho. Manhattan era un paraíso de cócteles y menús de prueba, galas e inauguraciones, fiestas en azoteas de cristal del *midtown*. Citas con jóvenes que vivían de sus fideicomisos y gestores de depósitos.

Y eso, a su vez, requería hacer *shopping*. Enseguida la moda se convirtió en una especie de armadura para mí, una forma de evitar la desgana que a veces amenazaba con vertirse y ahogarme. Vivía para la descarga de serotonina que venía con un conjunto nuevo: un vestido directo del desfile, una bufanda perfectamente ajustada, zapatos que hacían que la gente me mirara por la calle. Ropa de Bill Cunningham. Esa era mi verdadera felicidad. Me pulía casi hasta el último centavo de mi asignación mensual en Gucci y Prada y Celine.

Todo esto es para decir que estaba preparada para recibir el discurso de ventas de Saskia Rubansky.

La gala contra la leucemia de aquella noche se celebró en un *loft* con vistas al Lower Manhattan. Circulaban camareros con bandejas de canapés, cuidadosos de no pisar las colas de las faldas que se extendían por el parqué. Las velas titilaban en los candelabros. Las estrellas de Broadway hacían como que entraban varias veces para los fotógrafos frente a un muro de rosas blancas, los brazos en jarras con sus vestidos donados.

Saskia destacaba en el mar de mujeres ataviadas de alta costura y perfectamente peinadas. No es que fuera más bella que nadie (en realidad, bajo su gran mata de pelo, su rostro tenía los rasgos muy pequeños) o que fuera mejor vestida (aunque su Dolce & Gabbana con plumas era de lo más *top* de la fiesta). Era que tenía un fotógrafo siguiéndola solo a ella, documentando cada paso que daba. Mientras avanzaba por la sala se apartaba los rizos del hombro y reía echando hacia atrás la cabeza, mirando hacia el fotógrafo en el preciso momento en que este disparaba la cámara. «¿Quién es?», me pregunté. Estaba claro que era alguna especie de famosa. ¿Una cantante sudamericana?, ¿la estrella de algún *reality*?

En un momento dado me encontré junto a ella ante los espejos del lavabo, donde la mitad de las mujeres de la fiesta se recomponían la pintura de labios y se pasaban toallas de lino por las axilas. Su fotógrafo había quedado relegado al pasillo de fuera. Saskia suspiró mientras se examinaba en el espejo, como soltando presión mientras se preparaba para volver a ser el centro de las miradas. Vio que yo observaba su rostro en el espejo y me dedicó una sonrisa de lado.

Me giré para examinar su perfil.

—Lo siento, ¿debería saber quién eres?

Se acercó más al espejo y se pasó un pañuelito de papel por los labios.

—Saskia Rubansky.

Revisé mi archivo mental de nombres de la alta sociedad, pero no encontré nada.

—Lo siento, no te tengo presente.

Ella lanzó el pañuelito a la papelera y falló; lo dejó en el suelo para que otro lo recogiera. Miré de reojo a la empleada del lavabo y le dediqué una sonrisa, pidiéndole perdón en nombre de Saskia.

—No pasa nada —me dijo ella—. Soy famosa en Instagram. ¿Sabes lo que es?

Sí que lo sabía. Hasta tenía una cuenta, aunque solo con una docena de seguidores (Benny era uno) y no sabía para qué servía en realidad. Fotos de mi nuevo perrito, qué tomaba para almorzar... ¿A quién le importaba eso? A nadie, a juzgar por la cantidad de *Me gusta* que obtenía.

—¿Y eres famosa por hacer qué?

Ella sonrió, como si la pregunta fuera una tontería.

—Por hacer esto. —Dibujó un círculo en el aire que abarcó su vestido, su pelo, su cara—. Por ser yo.

Su seguridad en sí misma me desarmó.

—¿Cuántos seguidores tienes?

—Un millón seiscientos mil. —Se volvió poco a poco para mirarme y contemplar mi vestido (Vuitton), mis zapatos (Valentino), el bolso de cuentas (Fendi) que había dejado sobre el tocador—. Eres Vanessa Liebling, ¿verdad?

Más tarde supe que su verdadero nombre era Amy. Era de una familia polaca estrictamente de clase media de Omaha y se había escapado a Nueva York para sacarse el título de diseñadora de moda. Se había presentado cuatro veces al *cas-*

ting de *Pasarela a la fama*, pero nunca la eligieron. En vez de eso decidió iniciar un blog de «moda de la calle», que poco a poco pasó a ser un *feed* de Instagram. Al cabo de un año le dio la vuelta a la cámara, y en vez de fotografiar a desconocidos *estilosos* documentó sus propios llamativos conjuntos. La cantidad de seguidores subió como la espuma. Casi por sí sola dio pie al título «*influencer* de moda en Instagram».

Saskia se cambiaba de ropa una media de seis veces al día, y hacía años que no pagaba por ninguna pieza. Se autoproclamó «embajadora de marcas» para sandalias, para agua con gas, para crema de piel, para *resorts* en Florida, para quien fuera que le pagara por promocionarlo incansablemente mientras posaba en conjuntos de diseño. Volaba por todo el mundo en aviones privados que le alquilaban sus patrocinadores. No era rica, pero en Instagram no se notaba la diferencia.

Otra cosa sobre Saskia: no había llegado por accidente. Su apariencia en aquella gala de la alta sociedad era el resultado de años de cuidadoso estudio; de la moda, claro, y del *marketing*, pero también de los nombres que aparecían en Page Six y *Vanity Fair* y en el New York Social Diary. Sabía cuándo le convenía salir en una foto, a quiénes usar como escalones en la escalera que iba ascendiendo. Tenía la fama y buscaba el respeto, de la clase que creía que iba a conseguir acercándose a alguien como yo. Me había calado desde el momento en que llegué a la fiesta.

La verdad es que tenía unos ovarios dignos de respeto.

—Tendrías que probar. Es divertido y consigues muchas cosas gratis: ropa, viajes, aparatos; la semana pasada hasta me mandaron un puto sofá. —Lo dijo con tono de superioridad, pero irónica—. Ya estás en Instagram, ¿verdad? —Asentí—. Sí, y ya tienes una marca, ya sabes, un apellido de dinero viejo, prestigio, un estilo de vida; a la gente eso la vuelve loca, la realeza americana y toda esa mierda. —Volvió a guardar el lápiz de labios en el bolso y lo cerró con un *snap* seco, como si algo se hubiese decidido entre las dos—. Mira, voy a etiquetarte en algunos *posts*, salimos juntas unas cuantas veces, y este mismo mes tendrás cincuenta mil seguidores. Ya verás.

¿Por qué acepté de inmediato? ¿Por qué le di mi número para que pudiera llamarme al día siguiente y hacer planes para ir a comer ensalada en Le Coucou? ¿Por qué la seguí a la salida del baño y posé con ella frente al muro de rosas, alzando una copa de champán y riendo de un chiste que en realidad nadie había contado, mientras su fotógrafo nos sacaba fotos?

Seguro que a estas alturas ya te lo imaginas: quería ser querida. Como todos, ¿no? Solo que algunas buscamos maneras más visibles de conseguirlo que otras. Me había quedado sin el amor de mi madre, y necesitaba encontrar la misma gratificación en otra parte (eso me dijo una vez un terapeuta a doscientos cincuenta dólares la hora).

Pero también había otras razones. La autoconfianza de Saskia me había dejado alucinada. Yo era la Liebling, la que se suponía que tenía que ir pisando fuerte, y sin embargo, desde el día en que mi madre había saltado del *Judybird* había ido... sin rumbo. Había noches en que me despertaba sin casi poder respirar y tenía que enfrentarme a la sensación de pánico de que de alguna manera lo había jodido todo para siempre, que era una fracasada total, destacada solo por mi nombre. Que sin eso se me hubiera tragado la tierra y no habría dejado rastro. Me pasé la mayoría de la veintena buscando algo que solidificara mi presencia en el mundo, y lo que hacía Saskia parecía totalmente dentro de mis capacidades. Podría demostrar que era buena en algo.

O quizá fuese que la asumida superioridad de Saskia me hizo sentir que tenía que vencerla en su propio juego.

O quizá fuese tan sencillo como «¿Y por qué no?».

El caso es que, cuando me desperté a la mañana siguiente, descubrí que me había etiquetado en una serie de fotos (*¡Nueva BFF! Salida de chicas, ayudando a los niños enfermos, ¡cuánta diversión! #dolceandgabbana #leucemia #bff*). En solo ocho horas gané doscientos treinta y dos nuevos seguidores.

Y así encontré mi lugar en el mundo.

No podría decir exactamente cómo pasé de unos pocos seguidores en Instagram a medio millón. Un día cuelgas fotos de tu perro con gafas de sol, y al siguiente vuelas a Coachella en un *jet* privado con otras cuatro protagonistas de las redes, veinte maletas llenas de ropa provistas por una gran web de moda y un fotógrafo para que documente el momento en que mueves al viento tu vestido de Balmain de la forma precisa mientras simulas tomarte un helado de cucurucho.

El momento Balmain le gustará a cuarenta y dos mil treinta y un desconocidos. Y al mirar los comentarios (*¡Belleza!*; *Eres la mejor; Vanessa te adoro; PRECIOSA*) sentirás que tienes más sustancia de la que nunca has tenido, como si de verdad fueras tan *glamurosa*, una reina de la moda de la *jet set* con un ejército de amigos y sin la menor duda sobre ti misma. Serás admirada, incluso adorada, más allá de tus sueños más salvajes. Sentirás que de verdad estás viviendo la vida, que todo el mundo quiere ser como tú pero solo unas pocas afortunadas conseguirán acercarse.

¿Si interpretas un papel el tiempo suficiente, puedes convertirte en esa persona sin ni siquiera darte cuenta? Esa persona más feliz y evolucionada que simulas ser, ¿es posible que te haya poseído? Cada día, cuando te disfrazas para una audiencia adoradora de cientos de miles (o, a ver, aunque sea solo para una persona), ¿en qué punto deja de ser teatro y se convierte en ti?

Aún espero encontrar la respuesta a esa pregunta.

Así pasaron varios años, una mancha borrosa de *shows* de moda y cenas tardías con caviar en restaurantes y paseos por el lago Como con hombres ricos cuyos nombres no tengo razones para recordar. Cuando conseguí los trescientos mil seguidores le conté por fin a mi padre lo que hacía, cosa que no le gustó lo más mínimo.

—¿Que estás haciendo qué? —ladró cuando intenté explicarle qué es una *influencer* de Instagram. La piel rosada con manchitas de su frente se arrugó, consternada, y su nariz, que se había llenado de venitas y enrojecido con la edad, echaba humo; parecía un toro rabioso—. No te he educado para que vivas solo de tu fideicomiso. Vanessa, lo que estás haciendo no es inteligente.

—No vivo solo de eso —protesté—. Esta es una carrera de verdad.

Era cierto, al menos a juzgar por la gran cantidad de esfuerzo que requería: mi creciente audiencia era voraz y exigía contenido original ocho, nueve, diez veces al día. Contraté a un par de ayudantes para las redes sociales; su principal trabajo era identificar moda y locales *instagramizables*, antes de que las hordas de aspirantes a *influencers* los encontraran y los convirtieran en clichés para la clase media americana. Aunque en cuanto a beneficios económicos... la verdad era que me pagaban más en mercancía que al contado, y el tener empleados siempre hace que los costes se disparen.

Mis nuevas amigas eran un cuarteto de estrellas de las

redes. Además de Saskia estaban Trini, modelo de bikinis, descendiente de la nobleza alemana; Evangeline, estilista de famosos cuyo rasgo más destacado era no quitarse nunca, pero nunca, las gafas de sol; y Maya, que había venido de Argentina y era famosa por sus tutoriales de maquillaje en vivo y presumía de tener más seguidoras que las demás. A menudo nos invitaban a hacer cosas juntas: las casas de moda nos mandaban a Tailandia o a Cannes o al Burning Man, donde pasábamos unos días a todo lujo y paseábamos por lugares pintorescos con *looks* patrocinados. Las chicas comprendían el ritmo de la vida documentada: momentos espontáneos que tenían que ser replicados una y otra vez hasta ser capturados a la perfección. Fingir tomar un sorbo de *espresso* pero sin beber de verdad porque nos estropearía la pintura de labios. Caminar quince metros sobre la hierba en diez minutos.

Había estudiado a fondo el talento de Saskia: cómo posar como si fuera un pájaro exótico mientras hacía las cosas más mundanas, cómo juguetear con mi pelo mientras hablaba a la cámara para no parecer inerte; cómo ladear la cabeza para disimular mi papada blanda. Aprendí que poner signos de exclamación en los textos era importante para que mi personalidad *online* fuera alegre, emocionada, *#privilegiada*. Me acostumbré a hacer *feeds* en vivo sobre moda, haciendo que la cámara me resiguiera el cuerpo mientras recitaba con voz ensayada: «Los zapatos son Louboutin, el vestido es Monse, el bolso es McQueen». Las palabras sonaban como un mantra, una manta de seguridad que me protegía del mundo que existía más allá de las ventanillas de mi coche, de las cosas que no quería ver.

Toda mi nueva vida me encantaba, el frenesí de actividad que me tenía en marcha de la mañana a la noche: *shows* de moda, vacaciones exóticas, festivales de música, restaurantes *pop-up*. Las redes sociales eran un viaje en una montaña rusa emocional a la que yo estaba ansiosa por subirme cada día. El ver cómo cada nueva publicación (y sus respuestas) convertían pequeñas emociones en ardientes llamas de gratificación me hacía sentir viva. Y sí, leía esos artículos nefastos que decían que la gente como yo éramos poco más que ratas tirando de una palanca y esperando el próximo subidón de endorfina. ¿Me importaba? *Bien sûr que non.*

Tenía seguidores normales, a los que conocía principalmente por sus nombres de Instagram y los emojis que acostumbraban a usar. ¡Mi propia comunidad personal! Ahora, cuando llegan las horas bajas, repaso los comentarios a mis *posts*, las sonrisas y besos que me mandaban, y disfruto de los superlativos. Obsesión. Muerte. Codicia. Belleza. Todo. Necesidad. Amor. Nada en mi nueva vida era vivido a medias; todo era llevado al extremo. Todo el mundo era mis mejores amigos.

Pero después de unos cuantos años así, quizá fuera inevitable, el subidón constante empezó a disminuir. Volvieron los cambios pendulares de ánimo: una semana de fiesta en fiesta en São Paulo era seguida por una semana en la que no podía levantarme de la cama. Volvía de una disco a casa, miraba los veintiocho *posts* que documentaban mi noche #*epica* y me echaba a llorar. ¿Quién era esa mujer y por qué no era tan feliz como parecía? A veces, mientras iba en góndola en Venecia o paseaba por una calle de Hanói, estudiaba a los habitantes locales y sus vidas sencillas y privadas, y aunque tuvieran sus problemas que yo ni podía imaginarme, me venían ganas de sollozar de envidia. «¡Imagínate la libertad de ser así de invisible! ¡Imagínate que no te importase nada lo que piensen los demás!».

De vez en cuando, sola en una oscura *suite* de hotel en otro país u oyendo el murmullo de los filtros de un *jet* privado, me preguntaba: «¿Hay algo más que esto? ¿He olvidado lo que es vivir el momento? ¿Quién me estará mirando, y de verdad les importo lo más mínimo?». Una nube de tormenta que venía a fastidiar el pícnic. Mientras me dormía me decía a mí misma: «Quizá mañana apague para siempre internet. Quizá mañana me desprenda de todo. Quizá mañana me vuelva una mejor persona».

Pero entonces salía el sol y comenzaba un nuevo día y Gucci me invitaba a la *preview* de una línea de chaquetas *bomber* con lentejuelas (¡lo último!) y alguien nos ofrecía llevarnos en avión a su casa de vacaciones en las Barbados y cincuenta mil desconocidos me decían lo increíble que era. Y toda mi melancolía desaparecía como el chubasco momentáneo que era.

Entonces, unos años después, conocí a Victor.

Yo había cumplido los treinta y cada vez era más consciente de mi fecha de caducidad: mis seguidores se habían estancado en un poco más del medio millón, y había una docena de chicas diez años menores que me habían sobrepasado en el candelero. Cada vez más, al pasear por el barrio, me quedaba mirando melancólica a los bebés que pasaban. Sus madres me sonreían, cómplices, al levantar la vista de sus cochecitos y verme, mientras todos en las aceras se apartaban para dejarles paso, como si fueran poseedoras de algún secreto universal que yo no conocía. Tenían un amor que podían confiar que duraría para siempre: el de sus hijos.

Reconocí ese curioso tirón, el deseo de contar con otra piel suave y manejable. Quizá se tratara de mi reloj biológico, aunque había más que eso: deseaba montar una nueva familia para sustituir a la que había perdido. Eso era lo que añoraba y eso era lo que conseguiría alejar la molesta sensación de estar perdida. Necesitaba un bebé, y pronto; quizá dos o tres.

Es difícil mantener relaciones cuando estás en una ciudad diferente cada semana, pero hice un esfuerzo y por fin conocí a alguien en una fiesta. Se llamaba Victor Coleman. Su madre era senadora por Maryland y él trabajaba en el mundo financiero, así que en teoría era todo lo que tiene que ser un soltero, un potencial padre de futuros niños. En la cámara también destacaba; su rostro parecía cincelado y sombreado como en una escultura clásica, su pelo rubio rizado tenía la caída nórdica perfecta, aunque al principio deseé quedármelo solo para mí, más que permitir que mi voraz comunidad lo devorara en los comentarios.

Donde no destacaba nada era en la cama. Nos movíamos torpemente en la oscuridad, buscándonos pero sin llegar a dominar nunca el contacto. Pero en todo lo demás nuestra relación era de lo más cómoda, y nuestros gustos y rutinas bien sincronizados. Hacíamos juntos cosas maravillosamente mundanas: pasear con mi perro, Mister Buggles, comer en Sunday Styles, ver la tele en la cama. Era algo muy parecido a la idea que yo tenía de lo que es el amor.

Por fin Victor se me declaró, durante un paseo matutino por el Central Park primaveral. Clavó una rodilla en la hierba —«Vanessa, eres tan vibrante, tan llena de vida; no se me ocurre una mejor compañera»—, aunque apenas pude oír sus palabras debido al agudo zumbido en mis oídos.

Lo achaqué a la adrenalina.

—Buena jugada, niña —dijo Saskia cuando le conté que estábamos comprometidos. Estábamos sentadas juntas en un *spa* en Palm Springs, esperando para que nos hicieran unos faciales de células madre tras una larga mañana de posar en bikinis de ganchillo ante piscinas en las que no nos atrevimos a nadar. Nuestra fotógrafa estaba allí cerca, encorvada sobre su portátil, eliminando con Photoshop granitos y bultos y volviéndonos un veinticinco por ciento más guapas de lo que éramos. Saskia dio palmadas como un niño contento—. ¡Oh! Eso te da una línea narrativa totalmente nueva: comprar el vestido de novia, flores, elegir el lugar. Y, por supuesto, montaremos una fiesta de compromiso. Invitaremos a los nombres más importantes de las redes, así que llegaremos a todas partes. Tus fans van a volverse locos. Y piensa en los patrocinadores.

Fue en ese momento cuando me di cuenta de que odiaba un poquito a Saskia.

—Respuesta equivocada —le dije—. Vuelve a intentarlo.

Me miró sin comprender. Hacía poco que usaba extensiones de visón en las pestañas, y eran tan largas que tenía que abrir del todo los ojos para ver algo. Parecía una alpaca sorprendida.

—¿Felicidades?

—Eso está mejor.

—Vale, gruñona. Ya sabes que me alegro por ti. No sabía que tenía que decirlo en voz alta.

—Voy a casarme porque le quiero, no porque vaya a ser una buena historia en Instagram —dije.

Ella se volvió rápidamente y sonrió a la esteticista que se acercaba, pero juraría que la vi poner los ojos en blanco.

—Claro que sí. —Me apretó la mano y se levantó—. Por favor, dime que podré elegir el vestido de las damas de honor. Se me ocurre que hablemos con Elie Saab.

Pero, por supuesto, Saskia tenía razón, y las publicaciones sobre mi compromiso estuvieron entre las más populares de mi carrera. El número de mis seguidores volvió a subir. Al principio Victor se apuntó al asunto, y me dejó llevar a mi ayudante de fotografía en nuestras giras de las salas de recepción del Cipriani y el Plaza. Pero en el momento de probar la tarta, cuando le pedí que hiciera como si me pusiera un trocito en la boca, y ya imaginándome el texto que iba a escribir (*¡Ensayando para el gran día! #tartadeboda #dulce*), de repente se echó atrás. Miró de lado a mi última ayudante, Emily, una graduada de la Universidad de Nueva York de veintidós años, que estaba con la cámara dispuesta y le había sonreído como para darle ánimos.

—Me siento como una foca amaestrada. —Puso cara de horror.

—No tienes por qué hacerlo si no te apetece.

—¿Y por qué tienes que hacerlo tú? —Metió el dedo en el glaseado de una tarta de *mousse* de chocolate y frambuesa, hurgó un poco y se chupó el dedo.

Me sorprendió mucho. Nunca antes había expresado dudas sobre mi carrera.

—Ya sabes la respuesta a esa pregunta.

—Solo es que… —Dudó y retiró lentamente el dedo de la boca. Se lo limpió en su servilleta y bajó la voz para que Emily no lo oyera—. Es solo que creo que puedes hacer más que esto, Vanessa. Eres lista. Tienes muchos recursos. Puedes hacer lo que quieras. Hacer el mundo mejor. Encontrar algo que se te dé bien.

—Esto es exactamente lo que se me da bien —repliqué. Y para demostrarlo me llevé un trozo de tarta a la boca con expresión cómplice de «Soy sofisticada pero sencilla, ni siquiera pienso en las calorías que tiene esto», para que Emily retratara el momento.

La tarta era demasiado dulce. El azúcar penetró doloro-samente en mis muelas.

Faltaban cinco meses para la boda cuando mi padre me lla-mó para decirme que se moría.

—Un cáncer pancreático avanzado, cariño. Los médicos dicen que se acabó. Me quedan semanas más que meses. ¿Hay alguna posibilidad de que vengas a casa?

—Oh, Dios, papá. Pues claro. Oh, Dios.

Se mostraba manso como nunca.

—Vanessa… quiero decírtelo ahora… Lo siento. Todo.

Yo tenía los ojos secos pero no podía respirar. Sentía como si algo afilado e insistente tirara de mi centro de gravedad, dispuesto a arrastrarme consigo a las profundidades.

—Para. No tienes nada por lo que disculparte.

—Puede que las cosas se pongan difíciles, pero no dudes de tu propia fuerza. Eres una Liebling. —Al otro lado de la línea oí un ligero silbido en su voz—. No lo olvides. Tienes que salir adelante. Por Benny y por ti.

Volé a San Francisco y fui a buscar a mi hermano al Insti-tuto Orson. Nos instalamos en la mansión de Pacific Heights para una rápida pero muy dolorosa agonía. A mi padre le fueron fallando los órganos uno tras otro. Dormía todo el día, drogado por la morfina, su cuerpo tan hinchado que me daba miedo que fuera a estallar si lo abrazaba demasiado fuerte. Mientras él sesteaba, Benny y yo vagábamos sin rum-bo por la casa en la que habíamos crecido, tocando superfi-cies familiares con las puntas de los dedos, sintiendo la pér-dida inminente. Nuestras habitaciones de niños, en las que nada había cambiado desde el suicidio de mi madre, seguían como relicarios de aquello en lo que nuestros padres creyeron que íbamos a convertirnos: mi banderín de Princeton y mis trofeos de tenis, las medallas de esquí de Benny y su tablero de ajedrez. La familia que habíamos sido.

Mi hermano y yo cuidamos juntos de nuestro padre agonizante. Una noche, mientras se lamentaba en sueños, combatiendo a la muerte con toda la fuerza con la que se había enfrentado a la vida, nos sentamos el uno al lado del otro en un sofá y vimos viejos programas de la tele de nuestra juventud: *Aquellos maravillosos 70* y *Friends* y *Los Simpson*. Benny acabó durmiéndose por el cansancio y las pastillas, y cayó lentamente de lado hasta que su cabeza acabó en mi hombro. Le acaricié el pelo de paja roja como si aún fuese mi hermanito pequeño y sentí una paz profunda a pesar de todo.

Me pregunté en qué estaría soñando, o si la medicación le había privado de hacerlo. Entonces dudé de que, si la muerte de otro de nuestros padres volvía a empeorarlo, ¿a quién iba a echarle yo la culpa esta vez?

—No tengas miedo —susurré—. Yo cuidaré de ti.

Abrió un ojo.

—¿Qué te hace pensar que soy yo quien necesita que lo cuiden?

Rio para que viera que lo decía en broma, pero aun así algo me inquietó. Como si Benny hubiera notado algo en mí que también él llevaba dentro, algo que también nuestra madre había llevado en las entrañas: el estar muy cerca del límite.

Nuestro padre murió de repente. Se fue con un ruidito en el pecho y un ligero tirón en las extremidades. Yo había dado por supuesto que él y yo compartiríamos algún momento íntimo antes de que falleciera, la típica escena de película en que me diría lo orgulloso que estaba de mí, pero al final no estuvo lo bastante lúcido como para eso. Le cogí de su frágil mano hasta que esta se enfrió en la mía, y mis lágrimas mojaron ambas. Al otro lado de la cama Benny se mecía adelante y atrás, los brazos apretándose fuerte el pecho.

La enfermera daba vueltas de puntillas, esperando para darnos algunos consejos sobre los inevitables siguientes pasos: el médico, el director del funeral, el escritor del obituario, el abogado.

Sin saber qué hacer, me decidí por lo que mejor se me daba: saqué el móvil del bolsillo e hice una foto de nuestras manos aún entrelazadas para documentar aquel último contacto antes de que todo se esfumara para siempre. Casi sin pensar subí esto a Instagram: #mipobrepapi. (Pensar sin pensar: «Miradme, ved lo triste que estoy, llenad este agujero con amor»). A los pocos segundos empezaron a llegar las condolencias: «Cuánto lo siento», «Qué foto más impactante», «Abrazos virtuales, Vanessa». Palabras amables de generosos desconocidos, aunque tan personales como las letras en la marquesina de un cine. Sabía que a los pocos segundos de escribirlas habían pasado a otro *post* y se habían olvidado de mí.

Cerré la *app* y no volví a abrirla en dos semanas.

Benny y yo estábamos solos. Solo nos teníamos el uno al otro.

Victor vino en avión para el funeral y me abrazó mientras lloraba, pero tuvo que regresar de inmediato para asistir a una fiesta de recogida de fondos de su madre, que se preparaba para candidata a vicepresidenta en las siguientes elecciones.

Yo seguía en San Francisco, encargándome de las propiedades de mi padre, cuando Victor me llamó una semana más tarde. Después de unos pocos minutos de cháchara sin importancia dejó caer su pequeña bomba:

—Mira, Vanessa, he estado pensándolo y tendríamos que anular la boda.

—No, no pasa nada. Mi padre no hubiera querido que la pospusiéramos. Me hubiera dicho que siguiera con mi vida. —Al otro lado se produjo un silencio incómodo y me di cuenta de que no lo había entendido bien—. Espera. ¿Estás de broma? ¿Me estás dejando? ¿Mi padre acaba de morirse y tú me dejas?

—Ya sé que no es… un buen momento. Pero esperar más solo empeoraría las cosas. —Tenía la voz tomada—. Lo siento mucho, Van.

Yo estaba sentada en el suelo de la habitación de mis padres, mirando viejos álbumes de fotos. Al incorporarme se me cayó una cascada de instantáneas.

—Pero ¿qué…? ¿Qué ha pasado?

—He estado pensando… —empezó a decir, y se detuvo—. Quiero… más. ¿Entiendes?

—No. —Mi voz era de hielo, de acero, era pura furia—. No lo entiendo. No tengo ni la menor idea de qué estás hablando.

Se produjo otra larga pausa. Seguro que él estaba en su despacho; oí el murmullo de la cacofonía de Manhattan tras su ventana, los taxis abriéndose paso a bocinazos por entre el tráfico del *midtown*.

—Esa foto, la de la mano de tu padre después de morir —dijo por fin—. La vi en tu *feed* y me dejó helado. Pensé que así iba a ser nuestra vida. Todo al aire, que todo el mundo lo vea. Nuestros momentos más íntimos exhibidos y monetizados, *clickbait* para desconocidos. Yo no quiero eso.

Miré las fotos a mis pies. Había una de Benny, recién nacido, a los pocos días de salir del hospital. Yo, con tres años, lo tenía con mucho cuidado en mi minúsculo regazo mientras mi madre se inclinaba protectora sobre los dos. Las dos estábamos muy atentas, como si ambas fuésemos conscientes de que la diferencia entre la vida y la muerte era tan mínima como un mal gesto.

—Esto viene de tu madre, ¿verdad? Cree que soy negativa para su carrera, no sé por qué. ¿Cree que estoy demasiado en el ojo público?

—Bueno... —dijo él. Oí la sirena de una ambulancia al otro lado y no pude evitar pensar en la persona que habría atrapada dentro, acercándose a la muerte mientras el vehículo no iba a ninguna parte en el atasco de la hora punta—. No se equivoca. Vanessa, tu estilo de vida... es... La óptica no es buena. Una chica millonaria famosa por ir por todo el mundo con ropa cara... no es algo con lo que la gente se identifique. Y ahora que se habla tanto de guerra de clases... en fin, ya viste lo que pasó con Louise Linton.

—¡Joder, yo me he hecho a mí misma! ¡Lo he hecho todo yo! —Aunque mientras gritaba al auricular recordé con una punzada de culpa el cheque del fideicomiso que me esperaba en mi mesa de Manhattan—. Entonces, ¿qué? ¿Tu madre cree que no es adecuado para su hijo que lo vean con una heredera en un *jet* privado? Seguro que hubiera aceptado el dinero de mi padre sin dudarlo. ¡Hipócrita! ¿Es que no lo ves? La gente nos tiene rabia pero cambiaría sus vidas por las nuestras a la mínima ocasión. Quieren ser nosotros. Matarían por la oportunidad de subirse a un *jet* privado. ¿Por qué crees que tengo medio millón de seguidores?

—Lo que tú digas, Vanessa. —Suspiró—. No solo es mi madre. ¿Y si yo también quisiera meterme en política? Hace tiempo que el tema me molesta. Tu trabajo, tu vida, parecen... vacíos.

—He montado una comunidad —repliqué indignada—. La comunidad es una parte vital de la experiencia humana.

—La realidad también, Vanessa. No conoces de verdad a ninguna de esas personas. Lo único que hacen es decirte lo maravillosa que eres. Eso no tiene nada de auténtico, es puro postureo un día tras otro, fiestas y vestidos y «Oh, qué guapa está sentada a la puerta de ese hotel de cuatro estrellas». Lavar y repetir.

Aquello me llegó al alma.

—Bueno, ¿y ahora qué? —solté—. Trabajas en finanzas, Victor. No me vengas con eso de lo vacía que soy. ¿Cuando te me hayas sacado de encima pasarás a ser el rey de la sustancia? ¿Dejarás el trabajo y te irás a construir letrinas en Mozambique?

—Pues... —carraspeó—... me he apuntado a un curso de meditación.

—¡A tomar por culo! —le grité, y tiré el móvil al otro lado de la habitación. Me quité el anillo de compromiso y también lo lancé; cayó en un rincón y, cuando intenté recuperarlo unos días después, había desaparecido del todo. Seguro que se lo habían quedado los de la limpieza.

«Pues muy bien —pensé—, pues para ellos».

A la mañana siguiente fue la lectura del testamento de mi padre. Por supuesto, no le dejó Stonehaven a mi hermano, ¿para qué cedérsela a alguien que había jurado incendiarla? No, ahora iba a ser mi carga: cinco siglos de cosas de la familia, el legado de los Liebling, y ahora yo era la cuidadora.

Pero también tenía su lado positivo, como pronto vi. Porque cuando por fin volví a Nueva York no conseguí interesarme de nuevo por la clase de vida que llevaba antes. En vez de organizar viajes y sesiones de fotos y *looks*, me encerré en mi piso y me dediqué a comer helado de caramelo salado y ver una serie tras otra en Netflix. Empecé a hacer muy pocos *posts*. La regla dorada de los *influencers* es «No dejes chafado a tu público», pero yo no sentía ningunas ganas de sonreír. Saskia, Trini y Maya me enviaron mensajes, preocupadas —«Estás posteando poco, ¿va todo bien?», «¿Qué pasa?», «Preocupada por ti XX»—, aunque, claro, yo sabía por sus *feeds* que seguían sus vidas sin mí. Una chica nueva, estrella del pop suiza llamada Marcelle, de veintiún años, había ocupado mi lugar en su viaje a Cannes.

A Mister Buggles lo atropelló un taxi camino de Bryant Park.

Mis seguidores se mosquearon por mi falta de *posts* y empezaron a dejar de seguirme. Me centraba cada vez más en los comentarios desagradables en vez de disfrutar de los adulatorios: «Supéralo, zorra. ¿Dónde está el anillo, es que te han dejado? Ja, ja. Te crees muy molona porque eres rica, ¿por qué no vendes ese vestido horroroso y das el dinero a los niños refugiados?». En las redes es o todo o nada: alabanzas sin fin o ira total, sicofantes o troles. La cultura de la frase y el comentario, con la brevedad a la que obliga, no contempla el terreno medio, donde en la realidad se encuentra la vida. Sabía que no tenía que prestar atención a ese ruido vacío que gritaban quienes en realidad no sabían nada, pero no podía evitarlo. ¿Por qué me odiaban tanto a mí, una completa desconocida? ¿Acaso creían que el ser rica me impedía sentir dolor?

Con cada nuevo insulto me volvían a la mente las palabras de Victor: «Parece... vacío». Pensé en la cara de mi padre, lo que me dijo cuando le conté lo que hacía: «Eso no es una carrera, querida, es solo un juguetito brillante que se va a quedar antiguo enseguida».

Quizás habían tenido razón.

No podía evitar preguntarme si había gente que me seguía

solo para poder odiarme. Nunca quise ser la personificación del privilegio, solo lo hacía porque me ayudaba a sentirme bien conmigo misma. Y ya no era así. Miré las pilas de ropa en el armario, vestidos sin estrenar con precios de cinco dígitos en sus etiquetas aún colgadas, y me sentí fatal. ¿Cómo me había convertido en esa persona? Ya no quería ser así.

Estaba harta de la vida de lujo. Tenía que irme de Nueva York y hacer algo nuevo. Pero ¿qué?

Durante una noche de insomnio se me ocurrió: Stonehaven. Me iría a vivir allí y me marcaría el objetivo de estar en paz con el mundo, volverme equilibrada y segura, la personificación de esas frases inspiradoras que colgaba a veces para llenar los vacíos de mi *feed*: *¡Inspiración diaria, chic@s! #madreteresa #serenidad #amabilidad*. Insuflaría vida a Stonehaven, lo convertiría de nuevo en un lugar habitable y apetecible, un hogar que mis hijos (algún día) querrían visitar. Podía remodelarla o al menos redecorarla, borrar la mancha de la tragedia, dar un nuevo comienzo a la historia de los Liebling. Y, como beneficio extra, se prestaba a todo un nuevo relato en las redes sociales: *Vanessa se muda a la mansión clásica de su familia en el Tahoe para buscarse a sí misma*.

Llamé a Benny para decirle lo que iba a hacer. Se quedó un momento en silencio.

—Sabes que no voy a ir a visitarte, Vanessa. No puedo poner un pie en ese lugar.

—Ya te vendré a visitar yo a ti —repliqué—. Además, es por poco tiempo, hasta que se me ocurra otra cosa.

—Estás siendo muy impulsiva —insistió él—. Piénsatelo un segundo. Es una idea desastrosa.

Sabía que no lo había pensado a fondo, pero era lo único que tenía. Antes de una semana metí toda mi vida en cajas, incluido el vestido de novia que no tuve ocasión de llevar.

Despedí al personal de casa y di por terminado el *leasing* del piso de Tribeca.

Saskia y Evangeline me montaron una fiesta de despedida en un tejado del Chinatown, con un DJ y la asistencia de medio Manhattan. Me puse un minivestidito plateado que Christian Siriano había creado especialmente para mí y repartí besos e invitaciones para visitar la «mansión familiar». Hice que sonara como los Hamptons pero mejor. «¡Vendremos este verano! —trinó Maya—. Yo pondré las chicas y conseguiremos patrocinadores y lo convertiremos en una salida de una semana a un *spa*». No me vi capaz de decirle que no había ningún *spa* cerca de Stonehaven, ni estudios Soul-Cycle, ni restaurantes que sirvieran tostadas con aguacate. Aunque Saskia pareció darse cuenta por sí misma: al final de la fiesta me dio un abrazo como si se despidiera de mí para siempre.

No vi el momento de largarme.

Al día siguiente llegó un camión de mudanzas y cargó toda mi vida. Hice una última foto mientras se alejaba traqueteando sobre los adoquines y lo colgué en Instagram. *¡Y así comienza un nuevo viaje!* «*Todos los grandes sueños empiezan con un soñador*» — *Helen Keller. #muycierto.*

Más tarde supe que Victor le había dado un *Me gusta* a la imagen. Me pregunté qué era exactamente lo que le había gustado, la positividad o el que me fuera.

Cuando llegué, Stonehaven parecía una cápsula del tiempo. Nada había cambiado desde el día en que nos fuimos, años atrás: los muebles seguían cubiertos con sábanas blancas, el carillón del vestíbulo seguía parado a las 11:25, las latas de *foie gras* de la despensa habían caducado en 2010. No había polvo y todo estaba bien mantenido gracias al cuidador y su mujer, que, hasta que murió mi padre y se dejaron de pagar las facturas, vivieron en una cabaña en la punta más lejana del terreno. Aun así, mientras pasaba por las habitaciones oscuras y sin vida me di cuenta de que me había venido a vivir a una cripta. Todo estaba frío al tacto, inerte.

A veces, mientras desenfundaba muebles o examinaba las estanterías, creía sentir el fantasma de mi madre. En la biblioteca había un sofá con un asiento gastado, el que ella acostumbraba a usar, y cuando me senté en el hueco que había dejado sentí algo atrás, en la base del cuello, como si alguien me hubiera acariciado suavemente los cabellos. Cerré los ojos e intenté recordar lo que sentía cuando mamá me abrazaba, pero en vez de eso noté como un nudo frío en el estómago, dedos esqueléticos que salían de la tumba para agarrarme.

Un día me vi en la habitación de invitados en la que los pájaros de Meissen seguían inmóviles en su mueble, esperando ser liberados. Cogí uno, un canario amarillo, y le di vueltas en la mano, recordando los gestos de mi madre cuando dejó caer el loro. Me pregunté si ella se habría identificado con aquellas aves atrapadas. Me pregunté si su suicidio había sido alguna especie de huida, no solo del dolor de su matrimonio fracasado y su hijo problemático, sino también de una jaula en la que se hubiera sentido encerrada.

«No voy a dejar que esta casa me mate también a mí», pensé, y pegué una sacudida para apartar los pensamientos mórbidos.

El que estuviera tan sola no ayudaba. Tahoe City no se encontraba muy lejos en el mapa, pero era como si estuviese en otro mundo, y yo no sabía cómo hacer amigos en esa pequeña y tranquila franja de la orilla oeste. En Tahoe la gente viene y va; las luces de las casas vacacionales junto al lago están encendidas una semana y apagadas la siguiente. En la tienda de la carretera, los habitantes locales que tomaban café y compraban el *Reno Gazette-Journal* no me prestaban la mejor atención; asumían por mi ropa y el monovolumen Mercedes aparcado a la entrada que solo estaba de paso.

Y así pasaba los días sola en las habitaciones de Stonehaven. También yo me sentía cada vez más como un pájaro enjaulado. Daba vueltas por el terreno, de la orilla a la carretera y vuelta a empezar, caminando en círculos hasta que me dolían las caderas, sin ver un alma. Los días de sol iba hasta la punta del muelle, donde los practicantes del esquí acuático convertían las aguas claras en espumosas, me hacía unos selfis en bikini, sonriente, y las colgaba: *¡Me encanta mi #vidadelago!* Cuando tenía el día malo me quedaba en la cama con las persianas bajadas y repasando mi historial en Instagram, miles y miles de fotos de una desconocida que se llamaba igual que yo. «Las redes sociales alimentan al monstruo narcisista que todos llevamos dentro —pensaba—. Lo alimenta y lo hace crecer hasta que se adueña de todo y tú te quedas a un lado mirando imágenes de la criatura, como todos los demás en tu *feed*, y te preguntas a qué has dado luz y por qué vive la vida que querrías tú».

A veces hasta yo puedo verme clara a mí misma.

Una mañana, mientras paseaba por los terrenos, abrí las puertas de madera del viejo garaje de barcos y me descubrí contemplando el *Judybird*. Resultó que mi padre no se había molestado en venderlo, así que ahí estaba sobre su base hidráulica, a menos de un metro de la superficie del lago. El cuidador le había echado combustible, la batería fresca, pero aun así parecía olvidado, una ballena varada. La cubierta estaba sucia de telarañas y cacas de las golondrinas que habían hecho hogar en los mástiles.

Me quedé en la rampa de madera al lado del barco, el agua fría lamiéndome las deportivas, y alargué una mano para tocarlo, como si fuese a sentir al fantasma de mi madre por entre la fibra de vidrio. Las tablas de madera protestaron bajo mis pies, flojas y podridas. Por un momento, uno breve, me pregunté cómo sería llevar el *Judybird* al centro del lago y saltar al agua con los bolsillos llenos de piedras. ¿Me resultaría alguna especie de alivio? Como si fuese un sueño, mi mano buscó el interruptor que devolvería el yate al agua.

Pero la aparté. «No soy mi madre, no quiero serlo». Me volví y salí del garaje, lo cerré tras de mí y me juré no volver a entrar nunca.

Llegó el verano y el lago se llenó de barcos, los turistas atascaron las carreteras. En Stonehaven no cambió nada. Un día, mientras volvía desde el muelle hasta la casa, vi la cabaña del jardinero, vacía. Me detuve a mirar por la ventana; nunca había estado dentro. Me sorprendió ver que seguía totalmente amueblada y limpia. Algo se encendió en mi interior y de repente se me ocurrió una idea: «Esta es la respuesta a mis problemas». Podía alquilarla, ¿por qué no? Daría vida a la mansión; sabía Dios que iba a volverme loca si no encontraba a alguien con quien hablar aparte de la criada. Me proporcionaría un punto focal en la gran nada de mi vida actual.

Dos semanas más tarde llegaron mis primeros clientes de JetSet.com, una joven pareja francesa a quienes les gustaba sentarse al borde del agua y tomar vino todo el día. La mujer tenía una guitarra, y en cuanto la luz pasaba por encima del lago se ponía a cantar canciones pop con su voz ensoñadora. Me senté con ellos y mientras hablábamos de los lugares que nos encantaban de París noté una curiosa nostalgia por la vida que llevaba hacía solo seis meses. Vanessa Liebling, trotamundos, experta en moda, *brand ambassador, influencer* de Instagram. ¿Echaba de menos ser esa persona? Quizá un poquito. Pero con la presencia de ellos recuperé los ánimos, y cuando cantamos juntos *When I'm Sixty-Four* sentí que estaba viendo una muestra de la persona nueva y más centrada en la que al final sí que iba a conseguir convertirme.

A la pareja francesa la siguió un matrimonio de jubilados de Phoenix, un grupo de alemanes que iban por las Sierras en moto, tres madres de San Francisco que iban a pasar un fin de semana sin maridos y una canadiense taciturna con una maleta llena de novelas románticas. Gente normal que vivía vidas normales. Algunos eran antisociales y otros deseaban tener una guía local, así que me los llevaba de excursión por Emerald Bay o a conciertos al aire libre a la orilla del lago, al Fire Sign Café a por huevos benedictinos y cacao caliente. Eso hizo que mis días tuvieran alguna especie de objetivo y borró la parte más dolorosa de mi soledad. Y tenía mucho material para Instagram. Los días volaban.

Pero cuando acabó el verano también lo hicieron las reservas. Mientras se acercaban los días oscuros volvieron los susurros a mi nuca: «¿Y ahora qué? ¿Qué estás haciendo aquí? ¿Cuánto tiempo más podrás seguir manteniendo esto? ¿Quién eres en realidad y qué estás haciendo con tu vida?».

Un día, a principios de noviembre, me despertó la llamada del buzón de entrada, un mensaje de unos tales «Michael y Ashley».

«Hola —decía el mensaje—, somos una pareja creativa de Portland que buscamos un lugar tranquilo para pasar unas semanas, quizá más. Michael ha hecho una pausa de sus clases para escribir un libro y yo soy profesora de yoga. Nos hemos tomado un descanso de nuestras vidas, y tu cabaña parece perfecta para nosotros. ¿Está disponible? Somos nuevos en JetSet, así que aún no tenemos valoraciones, pero me encantará contarte más sobre nosotros si lo deseas».

Examiné su foto durante un largo rato. Ashley estaba ante Michael, que tenía los brazos en sus hombros, apoyando la frente en el costado de ella mientras se reían de alguna broma privada. Parecían inteligentes y atractivos y con los pies en el suelo, como modelos en un anuncio de Patagonia. Me sentí atraída inmediatamente por ellos, por la confianza que mostraban en sus sonrisas, su felicidad juntos. Y me fijé en que él era de lo más guapo. En cuanto a ella, puse su nombre en el buscador y, después de descartar a un millar de Ashley Smith llegué por fin a su web: *Ashley Smith, Yoga Oregón*. Ahí estaba, sentada en una playa en la posición del loto, los ojos bajados y en paz y los brazos extendiéndose hacia el cielo. «"Tenemos que aprender a desear lo que tenemos, no a tener lo que queramos"», nos enseña el dalái lama. Creo que mi rol como profesora —y como ser humano— es ayudar a la gente a ser consciente de ello y, de paso, encontrar la paz interior. Solo internamente podemos encontrar la validación que pasamos tanto tiempo de nuestras vidas buscando en otros lugares».

Era como si estuviera escrito exclusivamente para mí. Hice *zoom* en la foto para verla más de cerca y admirar la expresión de serenidad en su bello rostro. Parecía la clase de persona en la que yo intentaba convertirme, la que simulaba ser en mi *feed* de Instagram. Me pregunté qué podría aprender de ella.

Sentí como si algo se elevara en mi interior: era mi pulso, que volvía a la vida. Hice clic en aceptar, sin darle más vueltas.

«La cabaña está disponible y podéis quedaros tanto como queráis —respondí—. Espero que pronto nos conozcamos mejor en persona».

14.

AHÍ ESTÁ.

Ashley practica yoga en el jardín, suavemente iluminada por el sol del amanecer. El vapor se eleva de su piel, su esterilla es como una lengua que lame el lago. El yoga nunca ha sido lo mío, siempre he preferido quemar calorías haciendo sueca o *spinning*, pero mientras la veo hacer sus saludos al sol me doy cuenta de que esa es otra cosa que debería cambiar. Se la ve tan centrada... Desde donde estoy, en la ventana de la cocina, parece nadar en el aire, a un estiramiento de salir volando.

Y ¡oh!, la luz es perfecta para una foto, y han pasado al menos doce horas desde mi última publicación (¿cuánto más habré caído en la obsolescencia en ese tiempo?). Saco el móvil y la retrato, la silueta de su rostro sereno contra el lago, su cuerpo doblado en un triángulo, con los dedos elevados al cielo. La subo a mi *feed*: *Mi guerrera personal de jardín.* *#yoga #saludoalsol #buenosdias.* Quizá debería de haberle pedido permiso, aunque tampoco se la reconoce tanto, y no creo que le importe. Así es como se gana la vida; esto es un buen *brand awareness*. Refresco una y otra vez la pantalla hasta que se materializan los primeros *Me gusta* y espero el subidón de dopamina que me va a devolver al mundo de los vivos. Ahí llega.

Sigo mirando por la ventana, hipnotizada, durante casi media hora, mientras ella hace sus asanas y acaba por fin con un *shavasana*. Está tumbada en la húmeda hierba tanto rato que empiezo a dudar de si se ha quedado dormida. Pero entonces se levanta, se da la vuelta abruptamente y, una vez más, me pilla mirándola. Debe de creer que soy una especie de mirona (y lo soy, supongo).

La saludo. Me devuelve el gesto. Le indico que venga. Ella recoge la esterilla y va hacia la puerta trasera, donde la recibo taza de café en mano.

Se limpia el sudor de la frente con lo que reconozco que es una de las toallas de baño de la cabaña del jardinero. Me sonríe y deja al descubierto un incisivo encantadoramente torcido.

—Lo siento, tendría que haberte preguntado si te importaba que hiciera yoga en tu jardín, pero la salida del sol era tan gloriosa que no pude resistirme, el día me llamaba.

—No hay problema —contesto—. La verdad es que estaba pensando en apuntarme contigo mañana.

Me doy cuenta demasiado tarde de que eso ha sonado mandón y perdonavidas. Pero ella sonríe.

—Claro. —Señala la bebida en mi mano—. ¿Puedo pedirte una taza? En la cabaña no hay.

—Por supuesto. —Estoy exageradamente complacida.

Entra en la casa y ahí está otra vez, esa cálida penumbra que la rodea, toda su vida, su brillo. Cuando penetra en mi espacio siento como un *shock* eléctrico que me da calor.

—¿Michael no hace yoga contigo? —Voy por la cocina, jugueteo con la cafetera italiana que aún no domino. Ella suelta una risita.

—Creo que si lo despertase tan temprano me arrancaría la cabeza de un mordisco. —Coge el café, toma un sorbo y me sonríe desde el borde de la taza—. Digamos que el yoga es lo mío, no lo suyo.

—Ah.

Me sirvo más café y me quedo ahí parada, pensando en qué decir. ¿Cuándo fue la última vez que intenté hacerme amiga de alguien? ¿De qué se habla en estos casos? Pienso en mis amigas de Nueva York, Saskia, Evangeline, Maya y Trini, mis compañeras constantes y socias en visibilidad. Pasábamos mucho tiempo juntas, pero hablábamos de muy poco. Nuestras conversaciones trataban normalmente de marcas y dietas de moda y restaurantes recomendados, cosa que en su momento me resultaba un alivio —limitarme a patinar por la superficie de las cosas sin tener que pensar en la oscuridad debajo— pero ahora lo veo como un síntoma del temido «vacío». Cuando mi padre murió me mandaron mensajes pero no llamaron. Quizá fue entonces cuando me di cuenta de que mis amistades eran como la fina capa de hielo de un lago invernal, una barrera que impedía el acceso a algo más profundo.

Quizá Ashley me intriga porque en este momento es mi única oportunidad de hacer una amiga, pero también hay algo atrayente en lo conectada que parece estar con algo serio, trascendente. Mientras la miro caminar por la cocina tocando las superficies, como comprobando su solidez, no parece reparar en la curiosidad que siento por ella. ¿Sabrá que la veo como una boya a la que agarrarme para dejar de hundirme?

«Por favor, no me odies. Sé que tengo muchas cosas despreciables. Que soy vana y superficial y privilegiada, que no he colaborado mucho a hacer del mundo un lugar mejor, que me fijo en las penas de mi familia en vez de en las de la sociedad, que en vez de ser una buena persona me he concentrado solo en parecerlo. Pero ¿no es ese el mejor lugar por donde empezar, desde fuera? Muéstrame qué más tengo que hacer».

—¿Vamos a sentarnos en la biblioteca? —le propongo—. Hace más calor.

Ella pone cara de alegría.

—¡Fantástico!

La guío hasta allá. Quizá sea la habitación que impone menos de la casa. He encendido la chimenea, el sofá es blando, todos esos libros transmiten una sensación de profundidad. Me siento, dejándole espacio a mi lado. Pero Ashley, en la puerta, duda y pasa la vista por las estanterías como buscando algo, antes de dejarse caer cuidadosamente en otro asiento. Me pregunto si le preocupa que el sudor de sus pantalones de chándal se pase al terciopelo del sofá. Me dan ganas de decirle que no me importa.

Mira al frente con expresión curiosa, como fijándose en algo. Veo que contempla la foto enmarcada sobre el hogar.

—Es mi familia —le explico—. Mamá, papá, mi hermano pequeño.

Ella suelta una risita nerviosa, como si la avergonzara que la haya pillado.

—Se os ve... muy unidos.

—Lo estábamos.

—¿«Estábamos», en pasado? —Sigue estudiando la foto. Veo otro brillo en su mirada. Viene y se sienta a mi lado.

—Mi madre murió cuando yo tenía diecinueve años. Se ahogó. Mi padre murió a principios de este año.

Me doy cuenta de que hace meses que no digo eso en voz alta, e inesperadamente el dolor me embarga y sollozo. Grandes bocanadas de dolor. Ashley me mira con los ojos de par en par. «Por Dios, cree que soy un caso perdido».

—Perdona. No era consciente de que aún está todo tan a flor de piel. Es solo que… no puedo creerme que me haya quedado sin familia.

Ella parpadea.

—¿Y qué hay de tu hermano?

—Está muy mal. Eso no ayuda. De verdad, siento montarte este numerito.

—No te disculpes.

Veo emociones encontradas en su rostro, «¿Me desprecia?, ¿lo he fastidiado todo?», pero entonces se transforman en algo suave y tranquilizador. Extiende el brazo por el sofá hasta poner su mano sobre la mía.

—¿Cómo murió tu padre?

—Cáncer. Todo fue muy rápido.

Veo que traga saliva.

—Oh. Es terrible.

—Sí —replico—. Debe de ser la forma más dolorosa de morir, lentamente, mientras algo se te come por dentro. Es como si el cáncer se lo hubiese llevado antes y hubiese dejado su cuerpo semanas y semanas hasta que murió. Y yo tuve que quedarme sentada mirando, deseando que se muriese para que todo acabara y dejara de sentir dolor, pero a la vez rogándole que viviera un poco más por mí.

Quiero seguir, pero me doy cuenta de que está un poco afectada y me detengo. Me aprieta más fuerte la mano.

—Suena horrible —dice con voz rasposa, a punto de llorar ella también, y me sorprende y me emociona que la muerte de mi padre le provoque una sensación tan marcada. Debe de ser muy empática; otra cosa que yo no soy y debería.

Se me juntan las lágrimas en las aletas de la nariz. Tengo

que sonarme pero no quiero romper el contacto de nuestras manos, así que dejo que caigan al terciopelo, formando charquitos de dolor.

—Ahora… me siento… muy sola. —Apenas tengo voz.

—No puedo ni imaginármelo. —Se queda en silencio un momento—. O sí. —Algo en su voz ha cambiado de forma abrupta; habla con más pausas, como si no estuviera segura de poder confiar en las palabras que salen de su boca—. Yo también he perdido a mi padre, y mi madre está… enferma.

Nuestras miradas se encuentran y entre nosotras pasa algo doloroso y afilado, una comprensión muda que solo puede darse entre quienes han perdido a sus padres demasiado jóvenes. Vivir en un mundo sin ellos es horrible.

—¿Cómo murió tu padre? —le pregunto.

Aparta la vista un momento, y cuando vuelve a mirar sus ojos están como en blanco, como si excavase un antiguo recuerdo en los pliegues de su cerebro. Aparta su mano de la mía.

—Un ataque al corazón. Muy fuerte y repentino. Era… un hombre amable. Dentista. Nos entendíamos muy bien. Hasta cuando me fui a la universidad me llamaba cada día. Otros padres no hacían eso. —Sus hombros suben y bajan de forma casi teatral, como si intentara quitarse de encima el recuerdo—. En fin; como digo yo: «Inhala el futuro y exhala el pasado».

Eso me ha gustado. Yo inhalo y exhalo pero sigo sintiendo ganas de llorar.

—¿Y tu madre?

—¿Mi madre? —Parpadea rápido, como si no estuviera preparada para la pregunta. Pone la mano en el borde del sofá y aprieta fuerte—. Es encantadora.

—¿Qué hace?

—¿Que qué hace? —duda—. Es enfermera. Le gusta cuidar de la gente. O eso es lo que hacía hasta que enfermó.

—Y tú has sacado eso de ella.

Está dejando pequeñas rayaduras en el terciopelo, pero no me decido a pedirle que pare.

—¿Que he sacado qué?

—Lo de cuidar de la gente. El yoga es una profesión curativa, ¿no?

—Ah, sí, cierto.

Me acerco más.

—Debe de llenarte mucho eso de pasarte la vida intentando ayudar a los demás. Seguro que duermes muy bien por la noche.

Se mira las manos curvadas sobre el mueble y suelta una leve risita.

—Duermo bastante bien.

—«El yoga nos enseña a curar lo que no tenemos que soportar y a soportar lo que no podemos curar». —Sin pensarlo, le digo—: Lo he visto en tu página de Facebook.

—Ah, sí, claro. Creo que es de… ¿Iyengar? —Me mira extrañada—. ¿Me has buscado *online*?

—Lo siento. Quizá no debí decírtelo. Pero bueno, ya sabes que hoy todo el mundo lo hace. Supongo que tú me habrás encontrado en Instagram.

Sus ojos ahora son oscuros e inescrutables.

—Las redes sociales no me van mucho. Cuando documentas todo lo que haces dejas de vivir para ti misma y empiezas a interpretar para otros. Nunca vives en el momento sino en la respuesta al momento. —Duda—. ¿Por qué? ¿Quieres que vea tu Instagram?

—Oh. —Me doy cuenta de que he cometido un error tonto, pero ahora no me queda más remedio que seguir. ¿Por qué he sacado el tema? No va a quedarse impresionada, más bien lo contrario, y «Dios mío, tiene razón»—. Me dedico a la moda y soy una especie de famosa en Instagram. Mi cuenta es sobre la inspiración que da la cultura global, ya sabes, llevar a cabo tus sueños, inspirar la creatividad. A través de la moda. Aunque últimamente me he dedicado más a la naturaleza y lo espiritual.

Acabo de servir una ensalada de palabras, aceitosa y sin significado. Seguro que se da cuenta. Pero vuelve a sonreír, radiante, con todos los dientes, mostrando su pequeño incisivo torcido (me pregunto por qué su padre, el dentista, no se molestó nunca en arreglárselo).

—Suena fascinante. Ya me contarás más.

Estoy tan viciada por los años de simular en las fotos que, por supuesto, me pregunto si su sonrisa es de verdad; quizá la haya molestado con tanta lágrima y tanto presumir de redes sociales, y ella simplemente es buena ocultándolo. Entonces parece darse cuenta de algo, las aletas de la nariz se le ensanchan ligeramente.

—Caramba, estás siendo amable y no dices nada, pero acabo de olerme y veo que necesito desesperadamente una ducha.

Se pone en pie de repente. Quisiera cogerla de la mano y hacerla sentarse de nuevo. «Quédate conmigo, no vuelvas a dejarme sola». Pero, obediente, me levanto y la sigo hasta la puerta.

Mientras pasamos junto a la chimenea se detiene ante la foto de la familia y pone un dedo sobre el cristal, justo sobre la cabeza de mi padre, contra su sonrisa orgullosa.

—¿Cómo era él?

Por la forma en que lo pregunta parece alguna especie de examen. Dudo antes de contestar. Pienso en su infidelidad y su ludopatía y su despreocupación, pero también en lo mucho que intentó compensar la pérdida de nuestra madre, cuánto nos quería a Benny y a mí a pesar de nuestras faltas. Recuerdo su sonrisa al decirle a cualquiera que le escuchara que yo era un genio.

—Era un buen hombre —digo—. Siempre intentaba protegernos, sobre todo de sus propios errores. A veces eso le hacía tomar muy malas decisiones, pero la intención era buena.

Ladea ligeramente la cabeza a la derecha, como intentando ver la foto desde otro ángulo.

—Supongo que eso es lo que hacen todos los padres. Y que nosotros, como hijos, perdonamos todo lo que hacen en nombre de su amor. Tenemos que hacerlo para, algún día, poder perdonarnos a nosotros mismos por repetirlo. —Me mira, pero yo aparto la vista; no quiero pensar demasiado en eso.

Seguimos por los fríos pasillos hacia la parte trasera de la casa. Casi hemos llegado a la cocina cuando Ashley vuelve a detenerse.

—¡Me he dejado la esterilla de yoga en la biblioteca! —exclama. Se da la vuelta y sale al trote por el pasillo, hasta desaparecer en las profundidades de la casa. Yo me quedo esperándola durante lo que parece mucho tiempo. Cuando vuelve con la esterilla bajo el brazo tiene la cara sonrojada por algo y no me mira a los ojos. Me pregunto si ha llorado. Quizás he sido demasiado insistente, he hurgado en heridas que aún están demasiado frescas. Pasa por mi lado, demasiado rápido, hacia la puerta. Por un momento parece que se me va a escapar. La cojo de la mano y la hago parar.

—Me alegro mucho de que hayamos hablado así —le digo—. Voy a serte sincera: nunca he tenido muchas amigas. Todo esto —hago un gesto vago con la mano libre, como señalando toda Stonehaven y a la vez toda mi vida— lo hace difícil. Y, con mi carrera y tal, me he acostumbrado más a las proclamaciones públicas que a las confesiones personales. Te juegas menos, ¿sabes?, resulta más fácil. Pero creo que lo que necesito es esto. Sinceridad, ¿entiendes? En fin, siento si te he abrumado.

Seguimos en el pasillo poco iluminado, cerca de una mesita de mármol en la que un reloj decorativo señala la hora en punto con un tintineo de campanillas de plata. Ashley parpadea, y en la penumbra me resulta difícil leerle el rostro.

—No pasa nada. De verdad. Siento que hayas tenido un… año tan duro.

Impulsivamente la abrazo. Siento su olor a levadura, su piel cálida bajo mi mano. Ella se queda como una estatua, sorprendida, pero entonces noto como si algo en su interior cediera. Posa sus manos en mi espalda, agarrándose como si buscara por dónde trepar.

—Muchas gracias por escucharme —le susurro al oído—. Me alegro muchísimo de que seamos amigas.

NINA

15.

CREE QUE SOMOS AMIGAS.

Sus brazos me rodean como un cepo, hay pura ansia en cada sílaba de la frase que pronuncia, su aliento en mi oreja es dulce y rancio. El estrecho pasillo, el frío de las piedras, la claustrofobia metronómica del tictac del antiguo reloj. Siento que me ahogo. Siento ganas de ahogarla a ella.

Aprieta más fuerte, deseosa de que le devuelva el abrazo. A pesar del desprecio que siento, me recuerdo a mí misma que no soy Nina sino Ashley, y, por supuesto, ella sí lo haría. Ashley está llena de amor y comprensión y perdón. Ashley siente lástima por esta temblorosa, llorona y destrozada chica, por este caso perdido que acaba de quedarse huérfana. Ashley es mucho mejor persona que yo.

Así, Ashley aprieta más el mínimo cuerpecillo de Vanessa, parece un saco de huesos forrado de cachemir, y le devuelve el abrazo.

—Claro que somos amigas —murmuro. Siento asco, me sube por la garganta.

Y sonrío pensando en lo que acabo de dejar en su biblioteca.

16.

VANESSA NO ES LO QUE ESPERABA.

Me doy cuenta cuando la distingo en el porche de Stonehaven, semioculta por la oscuridad. Es muy pequeña. Siempre la he recordado más grande; por supuesto, me he pasado tantas horas estudiándola que se ha expandido hasta ocupar toda mi imaginación. Pero en persona es muy poca cosa, disminuida aún más por las grandes columnas de la casa ancestral de su familia. Es como si el porche fuera a precipitarse sobre ella y tragársela entera, como si la Historia fuera a comérsela.

En cuanto salgo del coche viene hacia mí. Me giro para saludarla y preparo una sonrisa. Entonces ella se detiene en seco y me observa. Por un momento me domina el temor irracional de que haya sido capaz de reconocerme. Pero las posibilidades son remotas. ¿Por qué iba a recordar a una amiga de Benny a la que apenas dedicó una mirada, concentrada en su móvil, hace doce años? Además, aunque sí la tuviera presente, esa Nina con cara de bebé, regordeta, alternativa, de negro y con el pelo rosa se parece muy poco

234

a la Nina arreglada y de formas definidas en la que me he convertido; y aún menos a Ashley en toda su gloria atlética.

Vanessa lleva vaqueros y una sudadera con capucha bajo una chaqueta, todo cortado de forma que el precio se manifieste en cada arruga. Sus deportivas son de un blanco radiante, como si alguien las hubiese limpiado con lejía y un cepillo de dientes. Pero aunque va perfectamente arreglada —el pelo que le cae suelto por los hombros, el maquillaje colocado con toda precisión—, hay algo que desentona. El color de sus mechas es demasiado fuerte. Tiene el contorno de los ojos hinchado. Sus caderas muestran ángulos muy pronunciados, los vaqueros parecen colgarle un poco.

—¿Seguro que no es la criada? —susurra Lachlan desde detrás.

—Es Vanessa.

—Pues no es lo que esperaba —continúa él—. ¿Qué ha sido de su vida pija?

—Estamos en el lago Tahoe, no en los Hamptons. ¿Qué esperabas, diamantes y modelitos a medida?

—Higiene personal básica. ¿Es mucho pedir?

—Eres la peor clase de esnob. —Me alejo del coche y voy hacia la casa, contorsionando el rostro en un rictus de sorpresa, como si acabase de verla ahí parada—. Tú debes de ser Vanessa.

—Ashley, ¿verdad? ¡Maravilloso! ¡Genial! ¡Has venido!

Su alarido de falsa emoción me da grima. «Por Dios —pienso—, nada en esta mujer es sincero». Subo los escalones mientras se me acerca, y de repente estamos la una frente a la otra. Se produce un momento de incomodidad; veo que no está segura de cuál es el protocolo adecuado. ¿Tiene que darme la mano o un abrazo? «Ten siempre el control de la situación. Guía en vez de que te guíen». Fue una de las primeras lecciones que me dio Lachlan cuando empezamos con esto. Pego mi mejilla a la de ella y le aprieto los antebrazos. Ashley, la profesora de yoga, se siente muy cómoda con el contacto físico, acostumbrada como está a tocar cuerpos sudorosos embutidos en licra.

—Gracias por invitarnos a tu casa —le digo muy cerca del oído. La noto temblar como un pajarillo atrapado dentro de mi abrazo. Despide un fuerte olor acre.

Mientras nos intercambiamos comentarios sin importancia Lachlan llega detrás de mí, una maleta en cada mano. Sigo teniendo a Vanessa lo bastante cerca como para notar que algo cambia en ella cuando lo ve; el cuerpo se le paraliza, como un ciervo cuando se le acerca un depredador. Se aparta, tira de la manga de la chaqueta sin dejar de mirarlo acercarse. Me vuelvo y veo que él le dedica su mayor y más lacónica sonrisa.

«Ya veo de qué va a ir la cosa», pienso.

Me recuerdo que todo es puro teatro. No hay nada real, ni siquiera yo. Somos todo fachada y falsedad.

En toda mi vida no debo de haber pasado más de una hora entre las paredes de Stonehaven —más bien me quedaba en la cabaña—; aun así, la casa siempre ha ocupado un lugar importante en mi imaginación.

Aquí fue donde aprendí el significado de clase social y herencia, lo que significa tener muebles más caros que un coche, lo que es tener retratos de tus antepasados colgados de las paredes. Al entrar con quince años comprendí que el dinero familiar implica permanencia; no solo no tienes que preocuparte por buscarte la vida, sino que sabes que eres un eslabón en una cadena que se extiende tanto hacia el pasado como hacia el futuro. Viniendo de una familia de dos, sin un verdadero hogar (o, para el caso, un apellido de verdad), yo echaba de menos una cadena así. Oía a Benny quejarse de su familia —«cabrones depredadores»— y nadaba en celos aunque asentía discretamente.

Stonehaven lo cambió todo para mí. Me dio algo que desear y, a la vez, algo que resentir. Me demostró el tamaño del abismo entre mi vida y la de la gente que gobierna el mundo. Despertó en mí un interés en la belleza que aún permanece en mí, por eso cuando tuve que elegir una carrera marqué la casilla al lado de Historia del Arte en vez de algo más práctico como Economía o Ingeniería. Y también me despertó una ira que aún no he conseguido quitarme de encima después de tantos años.

En el interior no ha cambiado nada desde la última vez que estuve. Por lo visto, en los últimos años nadie ha intentado modernizar la decoración, y así la mansión parece congelada en el tiempo. La misma cómoda pulida en el vestíbulo con su par de jarrones de Delft; el mismo papel pintado a mano con rosas en el salón, ahora un poco amarillento por el tiempo; el mismo reloj de carillón que marca los minutos en el rellano. Los retratos de los antepasados Liebling siguen mirando muy serios desde las paredes.

En mis recuerdos Stonehaven es enorme, como un castillo de cuento de hadas. Pero al entrar en el vestíbulo por vez primera en doce años me doy cuenta de que en realidad no es tan grande. Es impresionante, desde luego, pero los últimos años en mansiones de Los Ángeles me han hecho acostumbrarme a los tamaños inmensos. Hoy en día los ricos prefieren el cristal, las vistas ininterrumpidas, el mínimo de paredes confinadoras; el verdadero lujo es la superficie de terreno. Stonehaven es de otra era. Es como un laberinto, con habitaciones construidas para disimular las carreras de los sirvientes mientras pulen la plata, así como el humo de los puros. Es oscura y claustrofóbica, las habitaciones están repletas de más de un siglo de muebles y piezas de arte, los restos de cinco generaciones Liebling con diferentes gustos cada una. Aparte de la mansión en sí, nada parece encajar del todo.

Aun así, la casa es imponente como ningún Goliat moderno podría. Parece viva, con un latir propio, secretos entre las piedras.

Mientras me detengo en el vestíbulo por primera vez en tanto tiempo siento como si volviera a tener quince años. No soy nadie, no vengo de ninguna parte, no tengo nada. Tanta solemnidad me ha dejado muda. Vanessa no para de hablar sobre la historia del lugar, mientras que Lachlan da vueltas por los ángulos de la sala, mirando por las puertas abiertas. Sé lo que está haciendo: busca lugares donde pueda haber una caja fuerte oculta. Probablemente detrás de un cuadro o dentro de un armario, o quizás en el suelo, cubierta por una alfombra.

En cuanto a mí, observo los bellos objetos que nos rodean y que recuerdo de hace tantos años y hago inventario mental. Los jarrones chinos de Delft, horteradas que estudié de joven mientras oía las diatribas de Benny sobre los jefes de los ladrones; podría sacar veinticinco mil dólares por los dos. Por entonces no sabía esto último; ahora, desde luego que sí. En cuanto al carillón, tendré que mirarlo más de cerca, pero sospecho que es francés, del siglo XVIII, y debe de valer al menos cien mil.

Lachlan está frente a un cuadro que muestra una matrona emperifollada con unos perros peludos.

—¿Sabes qué, Ash? Esta casa me recuerda un poco al castillo —empieza a decir, tal como ensayamos en el coche mientras subíamos la montaña. Ahora yo tengo que dejar caer como quien no quiere la cosa que Michael es un aristócrata irlandés; pero antes de que pueda decir nada, Vanessa ya se ha quedado con las palabras de Lachlan.

—¿Qué castillo? —De repente está alerta y llena de emoción, como una trucha que le da vueltas al cebo.

Lachlan le ofrece una respuesta lo suficientemente vaga (hemos investigado: al menos hay una docena de castillos propiedad de los O'Brien). Todo el cuerpo de Vanessa parece relajarse y se acerca a él con alivio en el rostro.

—Bueno, pues entonces ya sabes lo que es vivir en un lugar como este.

—Desde luego. Una maldición y un privilegio a la vez, ¿eh? —Lachlan me mira por un instante, una pequeña sonrisa de satisfacción en su rostro: «Esto va a ser fácil».

—Sí, exacto. —Suspira ella. Le pegaría una bofetada. ¿Una maldición? Que te regalen todo esto sin haber tenido que hacer el menor esfuerzo, poseer estos gloriosos tesoros que nadie más puede ver, ¿y lo llama una maldición? Esta tía es puro privilegio. ¿Cómo se atreve?

—¿De verdad es tan horroroso vivir aquí? —pregunto. Quiero oírla quejarse un poco más, hacer que mi odio aumente. Eso hará que todo resulte mucho más fácil. Pero algo en mi expresión la hace frenarse. Parpadea, su rostro invadido por la alarma.

—La verdad es que no está tan mal —murmura.

Lachlan me dedica una mirada asesina por encima del hombro de Vanessa. Me doy cuenta de que estoy resultando poco comprensiva, dispuesta a formarme juicios, y eso no es nada *Ashleyesco*. Modero el tono, parpadeo fuerte para que mis ojos se cubran de algo parecido a la comprensión.

—¿Vives sola? ¿No echas de menos el tener compañía?

—Bueno, sí, un poco. A veces mucho. Pero espero que ya no, ahora que vosotros estáis aquí.

Vanessa se ríe demasiado fuerte, una nota aguda que hace que los jarrones de la mesilla vibren. Me mira de reojo para ver si me he dado cuenta, con esa expresión tan obvia de necesitada que es como si hubiese encendido un rótulo de neón. De repente comprendo que estar aquí no le gusta nada. Se siente sola, sí, pero eso no es más que una parte del asunto. ¿Es posible que odie este lugar? ¿Hemos venido Lachlan y yo a alejar los fantasmas del pasado? No puedo evitar preguntarme cuáles serán.

La cocina está al fondo a la izquierda, una gran sala creada durante la era de los cocineros y camareros y camareras, algunos de los cuales nunca llegaban a entrar. Se ve claro que los años han visto intentos de modernizarla; la chimenea para cocinar ahora tiene un arreglo decorativo con troncos blancos de abedul, y hay un horno Viking instalado contra una pared. Una mesa del tamaño de una barca une todos los elementos. Su superficie de madera, con manchas de la edad, está rayada de forma que el resultado es encantador. Brillantes cacerolas de cobre cuelgan sobre la isla central, pulidas hasta refulgir. Pero todas las superficies están desocupadas, como si las hubieran vaciado mientras preparaban la sala para un reportaje fotográfico, y resulta difícil imaginar a nadie cocinando en ese enorme espacio, por no hablar de usar la cocina de ocho fogones para preparar comidas para una sola persona.

Una gran mesa de desayuno ha sido llevada a un lado, bajo una serie de ventanas paisajísticas que dan al lago. Sobre esta hay un bodegón colocado cuidadosamente: platos de pastas y galletas, varias tazas de porcelana, un servicio de té de plata pulida, una jarra de cristal con vino, flores recién cortadas. Es todo tan pretencioso, tan pasado de vueltas, que casi parece un arma destinada a hacernos sentir pequeños ante ella.

Lachlan me mira de reojo y alza una ceja: «Alucina».

—Me he pasado un poco, lo sé. Pero no he podido evitarlo. No tiene ningún sentido dejar que todo esto vaya acumulando polvo —dice ella mientras nos conduce hasta la mesa. Ríe nerviosa, coge una taza y le da vueltas en la mano. La porcelana es tan fina que resulta casi traslúcida, y en el borde tiene un motivo decorado con pajarillos, reinitas o gorriones o estorninos; yo que sé, no entiendo nada de aves.

—Esta era la porcelana preferida de mi madre. Siempre insistía en que la usáramos cada día en vez de guardarla para las ocasiones especiales. —Levanta las cejas, alarmada de repente—. ¡Pero no quiero que penséis que no sois una ocasión especial! En fin, el caso es que ya no queda ni la mitad, hemos ido rompiendo las tazas. También tengo vino. No sabía si bebéis. Ya me diréis qué preferís.

Larga como un pájaro que hubiera tomado *speed*; me vienen ganas de decirle que se calle. Empiezo a preguntarme si no está un poco... ida.

—Yo tomaré vino —digo. Parece aliviarse.

—Qué bien, yo igual.

Lachlan está parado junto a la mesa. Mira por las ventanas; por fin puede ver bien el lago que se extiende ante nosotros. Las nubes de lluvia han empezado a desaparecer y los últimos rayos del sol se filtran por entre ellas, con columnas de luz pálida que iluminan la superficie del lago. El agua está de color azul acero; no es el tono oscuro y sereno que ves en las postales que venden en Tahoe City, sino algo más ominoso. Conozco bien el lago, así que vengo preparada para su belleza fría e imponente, pero a Lachlan la vista lo deja un instante sin respiración. Me pregunto si esperaba algo más pequeño, estiloso y benigno, barquitas y pescadores y salvavidas poniendo *reggae*.

—¿Habías estado antes en el Tahoe? —Vanessa sigue acariciando la taza en su palma, como si fuera una pequeña mascota.

Me siento en la mesa y cojo un bizcocho para no tener que mirarla a los ojos.

—Nunca.

—¿En serio? Bueno, supongo que no es fácil venir desde Seattle. Venís de allí, ¿verdad?

—De Portland.

Mueve la cabeza, como si para ella Portland y Seattle fueran igual de apasionantes.

—Lo que tiene el Tahoe —continúa— es que la mayoría de la gente viene en verano. O en Navidad, para esquiar. En esta época está muy tranquilo. Tengo que avisaros de que no hay mucho que hacer, a menos que os vaya el excursionismo o las *mountain bikes*. —Parece relajarse un poco y su voz adquiere un tono un poco patricio y pronuncia las vocales más largas—. Confío en que no esperaseis algo más animado. En cuanto a los restaurantes, esta es la tierra de las hamburguesas y las patatas fritas de calabacín. —La expresión de asco en su rostro me hace preguntarme cómo puede sobrevivir sin su dieta habitual de caviar y caldo de hueso adornado con baño de oro de veinticuatro quilates.

—Hemos venido por la tranquilidad —dice Lachlan, que se sienta a mi lado—. Me he tomado un año sabático para escribir un libro. Mi ideal del Cielo es una pequeña habitación con una bonita vista y nadie que me moleste mientras escribo. —Se ríe—. Excepto Ashley, claro. Nunca me molesta. Y ella misma es una bonita vista.

Me sorprende que tanta melaza no haga que Vanessa entre en coma diabético.

—Ahora dice eso, pero vuelve a preguntarle por la mañana, antes de que me haya tomado el café.

Lachlan me coge de la mano y yo le acaricio el antebrazo. Qué pareja más feliz, más compenetrada, cuánto se apoyan el uno al otro. Hemos interpretado papeles similares en otros trabajos, y no me molesta que mi amante ocasional de repente se comporte como la pareja ideal. Es un detalle de convencionalidad en esta vida tan poco convencional que he elegido. Miro a Lachlan y veo la alegría en su rostro, pongo la misma expresión y por un momento, en mitad de nuestro engaño, me siento contenta de que los dos estemos juntos en esto, de la emoción que produce un trabajo en equipo tan preciso. Quizá sea una extraña relación, pero es una que entendemos los dos. Vanessa nos mira sonreírnos; me pregunto qué es lo que ve.

—Así que eres escritor, Michael. —Se acomoda en una silla frente a nosotros—. Me encanta leer. Acabo de terminar *Anna Karénina*. ¿Qué escribes tú?

Lachlan y yo le hemos dado muchas vueltas a eso. Me pareció importante tener unas cuantas páginas preparadas, pero que resultaran complicadas y poco invitantes para que ella no pidiera leerlas. Lachlan se rio: «Esa no lee más que las etiquetas de su ropa. ¿De verdad crees que va a querer ver mi manuscrito?».

Ahora juguetea con su servilleta y frunce el ceño.

—Bueno, de vez en cuando escribo un poco de poesía. Y estoy trabajando en una novela. Es una cosa experimental, ya sabes, realismo visceral, al estilo de Bolaño. —Lo dice de forma bastante convincente, aunque yo sé que no había oído hablar de Roberto Bolaño antes de que se lo mencionara yo dos días atrás.

Ella sonríe aún más.

—Ay, vaya, ni siquiera sé qué significan esas palabras.

Empieza a tocarse de nuevo la manga, enrollándose hilillos sueltos en una uña. Me pregunto si tanta pretensión ha sido un error. Estos últimos años he aprendido que los millonarios creen que la riqueza les viene de su superioridad intelectual o moral; si les pinchas la burbuja y sugieres que quizá no sean tan listos o especiales, te metes en líos. Mejor confirmarles su lugar en la cima y mostrarles un respeto adecuado. Me inclino hacia ella.

—¿Quieres saber un secreto? Yo tampoco entiendo nada, y llevo un año oyéndolo hablar del libro. —Me duele un poco hacer como si fuera tan tonta.

Ella se ríe. Su cara vuelve a parecer en equilibrio.

—Y tú eres profesora de yoga... Se nota. Se te ve muy en forma.

La verdad es que no lo estoy especialmente; es increíble lo que consigue el poder de la sugestión.

—Bueno, sí, pero creo que el yoga busca más una mente equilibrada que un cuerpo equilibrado. —No parece darse cuenta de que solo estoy soltando topicazos leídos en webs de autoayuda.

—¡Me encanta! —suelta—. A lo mejor puedes darme clases privadas mientras estás aquí. Te pagaría, claro. ¿Cuánto cobras?

Típico de los ricos: dan por supuesto que todo lo que los rodea está en venta. Rechazo el comentario con un gesto.

—Por favor. Me encantará hacerlo sin cobrar. Agradezco cualquier oportunidad de compartir mis conocimientos. —Me acerco más y le hablo en tono de «que quede entre nosotras»—. Así fue como nos conocimos Michael y yo; vino a una de mis clases.

—Resultó que el yoga no me interesó tanto como creía, pero sí la profesora. —Otra frase que ensayamos con Lachlan de camino aquí.

Vanessa ríe mientras Lachlan coge la botella de vino y la agita ante ella, que mira a su alrededor y murmura:

—Vaya, olvidé poner las copas de vino.

—Tu madre dijo que había que usar las tazas, ¿no?

Duda por un segundo, pero por fin le ofrece la suya. Él echa un chorrito de vino tinto y después otro y otro más, hasta que la taza está a punto de desbordarse y mancharle los vaqueros. Ella espera paciente a que acabe, el platillo temblando en su mano, la vista fija en el líquido que se eleva. Lachlan ha tenido una buena idea. Se detiene a un milímetro del borde de la taza y le sonríe.

—¿Lo tomas con azúcar?

Ella se lo queda mirando un instante y por fin ríe con un trino agudo y coqueto, y se aparta el pelo con un gesto como si la estuviera apuntando una cámara.

—¿Te parezco de las que se ponen dos terrones? —Adelanta un poco el pecho, abre mucho los ojos, como preparándose para la foto. Pienso que esa es la Vanessa de *V-Life*, interpretando un papel, viviendo de momento a momento sin fijarse mucho en el espacio entre estos.

Lachlan me mira y vuelve a ella. Para nosotros está clarísimo lo que ella busca ahora: un *Me gusta*, y aunque no tengamos emojis a mano en los que hacer clic, hay otras formas de darle la aprobación que ansía.

—Por lo menos dos terrones —dice Lachlan, entornando los ojos mientras asoma un hoyuelo en el borde de su sonrisa—. Como mínimo.

Ella se ruboriza con un sonrojo que le sube por el cuello de una forma tan familiar que me deja sin aliento. Quizá sea su reacción infantil o la expresión lobuna en el rostro de Lachlan, pero de repente me siento incómoda. Él mantiene la cabeza fría, soy yo la que no. Esta mujer es mi enemiga, no suya. Soy yo la que debería mantenerme impertérrita. Pero la forma de sonrojarse de Vanessa me recuerda mucho a Benny cuando me miraba con «primer amor» escrito en la cara.

Aunque la mujer que tengo ante mí no es Benny. No está enamorada de mí; solo de sí misma. Es una mocosa privilegiada, una Liebling, un miembro de la familia que me llenó los bolsillos de veneno y me colocó en el camino que ha acabado trayéndome aquí. Es por su culpa que ahora estoy donde estoy.

Así que sonrío inocente, me llevo la taza de vino a los labios y la vacío de un trago.

17.

LA CABAÑA DEL JARDINERO SIGUE ENTRE LOS PINOS
al borde del terreno, sobre una pequeña colina frente al lago,
rodeada de helechos. Seguimos a Vanessa, que está un poco
bebida, por el camino oscuro (aunque yo lo podría recorrer
con los ojos vendados) y miramos educadamente mientras
enciende las luces y nos dice cómo usar el calentador. Después se queda parada en la sala de estar durante un incómodo minuto, como esperando una invitación.

—Bueno —dice por fin—, os dejo para que os pongáis
cómodos.

Una vez se ha ido, Lachlan examina la habitación.

—Qué pijo para un jardinero.

La cabaña está repleta de cosas y huele ligeramente mustia, pero lo compensa el que alguien, seguramente la criada
de Vanessa, haya encendido la chimenea. Hay una botella de
vino junto a un bol con manzanas enceradas en una mesa del
rincón donde está la cocina y flores frescas sobre el hogar.
Son pequeños detalles pensados para disfrazar el hecho de
que la cabaña es claramente el lugar donde han ido dejando
los muebles que ya no usan en la casa. Ahora veo que no es
más que un almacén glorificado para cinco generaciones de

coleccionistas de antigüedades. En la sala de estar hay un sillón con una cubierta de rejilla de seda de los años ochenta junto a unas sillas Craftsman Stickley y una mesilla Pennsylvania Dutch y otra *art déco*. En la cocina hay una mesa de caoba con patas curvas demasiado grande para el lugar; las sillas topan con las paredes. Hay cuadros polvorientos, una colección de boles de cristal apilados en las estanterías y dos urnas gigantes de porcelana (más jarrones chinos) a los lados de la chimenea. Pero algo en esta pila aleatoria de cosas me hace sonreír: no hay nada deliberado, solo objetos perdidos en busca de atención y cariño.

Voy por la cabaña examinando los muebles, pensando en los recuerdos que me despiertan. Está el sofá en el que Benny y yo nos tumbábamos en extremos opuestos y nos tocábamos con los pies mientras estudiábamos. Está la cocina, una vieja Wedgewood, en cuyos hornillos preparábamos las melcochas con tenedores de madera con monograma para después meternos el azúcar ardiente en la boca. Está el bol de cristal de color granate que usábamos como cenicero, aún negro por los restos de hierba.

Esta cabaña era todo nuestro pequeño universo personal, un lugar donde encajábamos, al contrario que afuera. O al menos es donde yo creí que encajaba hasta que su familia me sacó a rastras y me mostró exactamente por qué no.

Me siento a la mesa de la cocina y paso los dedos por las cicatrices de la madera, una serie de marcas circulares en el acabado creadas por culos de vasos. ¿O será de nuestras latas de cerveza cuando Benny y yo fumábamos porros en la mesa y despotricábamos de nuestras familias? Qué fácil resulta no ir con cuidado cuando eres joven e ignorante de la permanencia de los daños.

Lachlan se deja caer en la silla a mi lado y desenrosca el

tapón de la botella de vino. Examina la etiqueta y resigue con el dedo la etiqueta del precio: 7,99 dólares.

—Pues no es que haya rebuscado en la bodega por nosotros —dice.

—Somos plebe. Pensará que no notaremos la diferencia.

—Cree que tú eres plebe. Yo soy de la aristocracia, ¿recuerdas? Deberías sentirte afortunada de estar en mi presencia.

Cojo la botella, llevo los labios al gallete y la levanto hasta que el vino empieza a caer por mi garganta. Es cálido y dulce, pero servirá.

—Al menos intenta mostrarse amistosa.

—Más que amistosa. ¿Has visto la cantidad de maquillaje que llevaba? Eso no lo ha hecho por ti, querida. —Ladea la cabeza, pensando en algo—. Pero si le quitaras toda esa porquería de la cara sería bastante guapa. Tiene un cierto estilo de rubia patricia a lo Grace Kelly.

La expresión en el rostro de él no me gusta nada. Es como si fuera a pegarle un mordisco a un bombón particularmente tentador. Tomo otro trago de la botella de vino.

—¿Ahora podemos concentrarnos en el plan, por favor?

¿Y cuál es el plan?, te estarás preguntando.

En las maletas, hundidas bajo un montón de libros de poesía y mi vieja esterilla de yoga, hemos traído una docena de pequeñas cámaras espía. Cada una es del tamaño de la cabeza de un tornillo, pero son capaces de transmitir imágenes de vídeo de alta definición desde Stonehaven hasta los portátiles que tenemos en la cabaña, a cien metros. Lo que antes era tecnología punta ahora lo hemos comprado *online* por 49,99 dólares.

Vamos a colocarlas en puntos claves de Stonehaven, donde podamos seguir los movimientos de Vanessa hasta localizar la caja fuerte. Lo más probable es que esté en su dormitorio o una biblioteca o un despacho. Tendremos que encontrar las excusas que podamos para entrar en esas habitaciones. Cuanto más íntimos seamos de Vanessa, más fácil nos resultará.

No es que no haya otros objetivos valiosos en Stonehaven: solo el carillón que he visto en el vestíbulo pagaría seis dosis de la medicación para el cáncer de mi madre. Pero mientras Efram siga desaparecido no tenemos perista para las antigüedades. El dinero de la caja fuerte de Vanessa es una mejor opción, más fácil de sacar, y no necesita que lo convirtamos en, bueno, dinero.

Una vez hayamos localizado la caja fuerte, sepamos el contenido y tengamos controlado el sistema de seguridad, nos iremos de la cabaña y nos quedaremos un tiempo en algún otro lugar, cerca, esperando a que unos cuantos más alquilen la cabaña, desaparezcamos de la memoria de Vanessa y borremos nuestro rastro en internet. Y así, unas seis semanas más tarde, para Navidad si se va a visitar a su hermano, volveremos y nos lo llevaremos todo.

Cierro los ojos y en mi mente se forma una imagen vieja y familiar: una oscura caja fuerte con pilas de billetes verdes con bandas de papel y llenas de promesa. Mucho depende de la suerte, claro: que no hayan cambiado la clave, que el dinero siga allí. Pero estoy segura. Los Liebling eran a la vez paranoicos y descuidados. Recuerdo cómo Benny hablaba del contenido de la caja, dando por sobreentendido que todo el mundo necesita fondos de emergencia de siete cifras; sin duda, William Liebling les pasó sus neurosis a sus hijos. A fin de cuentas, además de los genes heredamos los hábitos —buenos y malos— de nuestros padres.

Intento imaginarme qué más nos encontraremos en la caja

cuando la abramos. ¿Monedas de oro, joyas? O los diamantes que vi al cuello de Judith Liebling en la foto de la inauguración en la Ópera de San Francisco: seguro que Vanessa los ha heredado, además del resto de la colección de joyas de su madre. Seguramente estarán también ahí adentro, en cajitas de terciopelo junto a los billetes.

«No seas codiciosa». ¿Me permitiré solo por esta vez ignorar mis propias reglas?

Lachlan y yo nos quedamos sentados, bebiendo y haciendo planes, hasta que el vino ha desaparecido y estamos bebidos y exhaustos. Necesito desesperadamente una ducha, así que cojo mi bolso y lo llevo al dormitorio. Abro la puerta y me quedo ahí parada, incapaz de entrar.

Y es que ahí está la cama. Una gran monstruosidad con cuatro columnas, sin brillo después de años sin que la pulan pero aún digna de un principito. Seguramente haya sido de uno. También es la cama donde yací mientras Benny me quitó los tejanos y los pasó con cuidado por mis cáderas y yo no aparté la vista del cuadro de la pared, la cama donde esperé a que él se sacara su propia ropa con el cuerpo temblándome por el miedo y el deseo y otras sensaciones que no sabía describir.

Pobre Benny. Pobre de mí.

Me pregunto qué pensaría de mí si me viese ahora. Seguramente no gran cosa, aunque supongo que en realidad siempre fue así una vez se le pasó el enamoramiento y su familia le recordó quién era yo en realidad.

Lachlan se ha colocado detrás de mí. Siento su aliento en mi cuello mientras contemplo la habitación.

—¿Te trae recuerdos? —me pregunta.

—Sí.

Prefiero no darle detalles. Hay algo en este amante adulto que tengo ahora, tan moderno y listo y de mentira fácil, que parece la negación del primer amor ingenuo y tierno que sentí brevemente en esta misma cabaña. En esto me he convertido, en una desconocida para la Nina infantil que una vez tembló entre los brazos de un adolescente escuchimizado. No, la Nina que soy hoy nunca ha estado aquí antes.

Lachlan me abraza desde atrás, cruza los brazos sobre mi pecho, tira de mí hacia sí.

—Yo perdí la virginidad con la niñera —me susurra al oído—. Emma Donogal. Yo tenía trece años y ella dieciocho.

—Por Dios, eso es abusar de un niño.

—Supongo que técnicamente sí, pero en el momento me pareció lo mejor que me había pasado nunca. Sus pechos llevaban años formando parte de mis sueños húmedos. Emma era encantadora. Debido a ella me atrajeron las mujeres mayores durante mucho tiempo. —Me vuelvo entre sus brazos para mirarlo a la cara, sorprendida por el tono nostálgico en su voz, pero parece más divertido que melancólico. Se ríe de mi expresión, me besa la frente y apoya la barbilla en mi pelo—. Por supuesto, las mujeres jóvenes también están muy bien, no te preocupes.

Me pregunto, y no por primera vez, si no tuvo un asunto con mi madre. Está a medio camino de las dos (ella tiene diez años más que él, yo diez menos), y Dios sabe que sedujo en sus tiempos a unos cuantos jovencitos. Me da miedo preguntar.

Lachlan fue el que encontró a mi madre hace tres años. Había pasado a buscarla para una partida de póker y la halló tirada en el baño; se había golpeado la cabeza con el borde de la pila. La llevó a un hospital a que le dieran puntos, pero acabó teniendo que hacerse una resonancia y quedarse una noche a la espera de más pruebas. Los dos habían estado tramando un nuevo timo, aunque nunca me han explicado en qué consistía. No hace falta decir que, gracias al cáncer de Lily, nunca lo llevaron a cabo.

Yo no me habría enterado si Lachlan no hubiese conseguido que le diera mi número para llamarme a Nueva York. Por entonces fue la voz ligeramente acentuada de un desconocido al otro lado de la línea. «Creo que tu madre te necesita aquí. Es cáncer —me dijo—. Pero es demasiado terca como para pedírtelo ella. No quiere complicarte la vida».

La vida. La mía. No sé qué le dijo ella que estaba haciendo yo en Nueva York o si aún esperaba que se manifestara mi gran Futuro, pero desde luego no era lo que yo estaba viviendo. Después de graduarme por mi universidad de tercera con un título de Historia del Arte y deudas estudiantiles de seis cifras me fui a la ciudad de los rascacielos pensando en conseguir trabajo en una casa de subastas o una galería de Chelsea o una ONG artística. Resultó que esa clase de puestos no eran nada habituales y, como enseguida descubrí, estaban reservados para la gente con verdaderos contactos: familia en el consejo del museo, amigos de la familia que fueran pintores famosos, influyentes mentores de universidades de la Ivy League. El único empleo que pude encontrar fue como segunda asistente de un interiorista cuya especialidad era redecorar casas de vacaciones de lujo en los Hamptons.

Por entonces seguía decidida a alejarme tanto de mi infancia como fuera posible. Había cambiado mi apariencia hasta ser un facsímil de la mujer que aspiraba a ser, delgada y brillante y a la moda. Pero cuando Lachlan me llamó también estaba totalmente arruinada. Vivía de falafeles y ramen, y compartía un apartamento en Flushing con otras tres mujeres. Iba de Nueva York a los Hamptons, una más de las miles de jóvenes mal pagadas y sobrecualificadas que elegían telas para cortinas personalizadas y se encargaban de hacer entrar sofás italianos por ventanas de áticos y, sobre todo, llevarle *venti macchiatos* al jefe. Dominaba el idioma de hueso y marfil y cáscara de huevo. Había memorizado los catálogos de las subastas de Sotheby's y los nombres de los oligarcas que compraban cuadros de sesenta millones de dólares y escritorios del siglo XIV laminados en oro. Me pasaba los días controlando a los trabajadores mientras pegaban papel pintado estampado a mano que los propietarios de las casas —señoras de la alta sociedad, esposas que vivían de fideicomisos, billonarios rusos— exigirían inmediatamente que fuera retirado porque «no es exactamente lo que busco».

Sabía que mi trabajo era un callejón sin salida. Pero había momentos en los que estaba sola en una de esas casas enormes, sola con todas esas cosas bonitas, y hacía como que eran mías. Podía encontrarme con una ilustración de Egon Schiele colgada del baño, o pasar la mano por una mesa de cartas del siglo XVII con marquetería de madreperla, o sentarme en el mismo sillón de Frank Lloyd Wright que había estudiado en un curso de diseño arquitectónico. Objetos que trascendían el presente, que habían sobrevivido a siglos de dueños indiferentes, cuyo eterno misterio y belleza vivían opuestos a lo transitorio de nuestra era digital. Eran cosas que seguirían existiendo cuando yo ya no, y me sentía afortunada de poder coincidir en el tiempo con ellas.

Había pasado casi una década desde que mi madre me había dicho que tenía que concentrarme en mi gran Futuro, y sí, había conseguido hacer una carrera, y esta era una ventana a cómo vive el uno por ciento, a cómo yo no podría vivir nunca. Era como estar en primera fila en un musical de Broadway, deseando sumarme a todo lo que pasaba en el escenario frente a mí, y darme cuenta de que no había ninguna escalera que me llevara.

Así que, cuando la voz desconocida al otro lado de la línea me informó de que mi madre me necesitaba en Los Ángeles, dejé el trabajo al instante. Ese mismo día metí en una maleta todos mis vestidos negros baratos, les devolví la llave a mis compañeras de piso y me subí en un avión rumbo a California. Me dije a mí misma que me iba solo porque me sentía responsable de mi madre —yo era todo lo que tenía; por supuesto que iría a cuidar de ella—, pero ¿no estaba huyendo también de mi fracaso?

Cuando bajé del avión había un hombre esperándome, la chaqueta al hombro, gélidos ojos azules examinando las caras de todos los que salíamos hasta quedarse fijos en los míos, una ligera sonrisa en su rostro, increíblemente guapo. El verlo me hizo sentir algo de esperanza, al ritmo de mi pulso acelerado.

—Eres igual que tu madre —dijo mientras me cogía suavemente la maleta de la mano.

—No nos parecemos en nada —repliqué, aún agarrándome a los últimos restos del gran Futuro que una vez creí a punto de conseguir.

Pero ahora, en la cabaña de Stonehaven, tres años más tarde, sé que mi madre y yo nos parecemos más de lo que nunca imaginé.

18.

EMPIEZA EL ESPECTÁCULO.

A la mañana siguiente, a una hora en que la luz es aún pálida y anémica, llevo la esterilla a la gran extensión de hierba, me coloco donde más se me vea y hago ejercicios de yoga. El lago es de un color gris desafiante, y el helado aire de noviembre me atraviesa el chándal y tiemblo a la vez que sudo. He hecho mucho yoga a lo largo de los años, pero nunca de esta forma, como si tuviese algo que demostrar. Mi cuerpo protesta por tantos movimientos antinaturales a una hora también antinatural. Pero también siento en mi presencia bajo los pinos algo limpio y elemental. El aire limpio, que huele a verde, me devuelve a la infancia y a cuando el Tahoe me pareció un oasis.

Saludo al Sol y Media Luna, Cosa Salvaje y la Grulla. Los dedos de los pies clavados en las caderas, los brazos alzados al cielo. Me imagino que me observan ojos tanto desde la cabaña como desde la casa principal, y me siento poderosa bajo sus miradas, una diosa de la tierra o como mínimo un buen simulacro.

Cuando acabo, enrollo de nuevo la esterilla y hago unos cuantos estiramientos de más, presumida. Después me vuelvo hacia Stonehaven. Vanessa está en las puertas francesas que dan al jardín desde la cocina y me observa a través de los cristales empañados de rocío. Enseguida da un paso atrás, como sintiéndose culpable al notar que la he visto, pero la saludo con el brazo antes de que desaparezca y voy hacia la casa. Cuando estoy a pocos metros abre la puerta y me mira con una sonrisa tímida. Lleva un pijama de seda de color rosa, con un cárdigan de cachemir por encima, y sostiene con las dos manos otra de esas tazas de porcelana.

—Lo siento, tendría que haberte preguntado si te importaba, pero la salida del sol era tan gloriosa que no pude resistirme; el día me llamaba. —Me cae una gota de sudor por un lado de la cara. Me la seco con una toalla.

Ella se cierra aún más el cárdigan con una mano, contra el aire.

—Me has impresionado. Yo acabo de despertarme.

—Yo siempre me levanto temprano. El amanecer es la mejor parte del día. Todo está tan tranquilo y lleno de promesa…

Es mentira. En casa, si puedo, me quedo en la cama hasta el mediodía. Aunque anoche no pude dormir, supongo que por el regreso a la cabaña del jardinero y lo claustrofóbico de los recuerdos. Cada vez que me quedaba dormida soñaba con una gran silueta que me arrancaba de las sábanas, y volvía a despertarme con el corazón en un puño. Oía a Lachlan roncando suavemente a mi lado y me preguntaba quién era yo en realidad y qué había hecho y por qué estoy de vuelta aquí precisamente. Y también pensaba en mi madre, allá en Los Ángeles, devorada poco a poco por el cáncer mientras espera a que yo regrese con el dinero de la cura; y recuerdo también lo bella que era en sus tiempos con el vestido azul de cóctel de las lentejuelas, su rostro rojo por la risa.

Hacia las cuatro de la mañana me rendí, me resigné a no dormir y me fui a la cocina a estudiar tutoriales de yoga en mi portátil.

Ahora Vanessa toma un sorbo de su café. Sin la gran cantidad de maquillaje que llevaba ayer es muy pálida, como si alguien le hubiese pasado una goma de borrar por el rostro. Me doy cuenta de que gran parte de su belleza también es pura ilusión.

—Estaba pensando en apuntarme contigo mañana... —No dice más, pero acaba la frase con un interrogante tentativo.

—No lo dudes. —Espero a que me invite a entrar. Como no lo hace, señalo su bebida—. ¿Puedo pedirte una taza?

Se mira las manos, como sorprendida al ver que tiene algo entre ellas.

—¿De café?

—En la cabaña no hay —le digo como quien no quiere la cosa—. Por la mañana soy terrible sin la cafeína. —Esto sí que es cierto. Ya estoy haciendo recuento de las cosas ciertas y no ciertas que le digo, y me pregunto si no empezaré a mezclarlas pronto. Ella sigue ahí parada, como si no hubiera entendido nada de lo que le he dicho—. En la cabaña no tenemos café. No hemos tenido ocasión de hacer la compra.

—Ah, claro. No tenías que pedirlo, debería habértelo ofrecido yo. —Sonríe, abre más la puerta y da un paso atrás—. En la cocina tengo más preparado. Entra.

Comparado con lo junto que está todo en la cabaña del jardinero, Stonehaven está helado a pesar de los esfuerzos de la antigua calefacción que oigo resoplando bajo el parqué. Sigo a Vanessa hasta la cocina, donde una cafetera italiana conserva caliente su contenido.

—Aún no sé bien cómo se usa esta cosa —dice mientras

me sirve una taza—. Viví tanto tiempo en Nueva York que empecé a pensar que solo tienen café en los colmados.

Sé con toda seguridad que Vanessa Liebling no compraba el café en colmados, que el que tomaba venía con elaborados dibujos en la espuma de la taza y se lo servían en las terrazas de Greenwich Village o Le Marais; en su *feed* ha documentado ampliamente sus costumbres al respecto. Supongo que cree que al identificarse con la gente común que compra café barato en bolsas de papel me caerá mejor. La apreciaría más si reconociera sus privilegios en vez de simular ponerse a mi nivel.

«Sonríe», me recuerdo a mí misma. Necesito tener acceso a Stonehaven, y para eso tengo que caerle bien. Pero mientras sigamos aquí intercambiándonos mentiras es imposible que se forme ninguna conexión —falsa o no— entre nosotras. Nos tomamos educadamente nuestros cafés y nos dedicamos sonrisas nerviosas, hasta que es ella quien rompe el silencio por fin.

—¿Michael no hace yoga contigo?

—Por Dios, no. Creo que si lo despertase tan temprano me arrancaría la cabeza de un mordisco. —Es una media verdad.

Asiente como si se identificara con eso.

—¿Quieres que... nos sentemos? Podemos ir a la biblioteca, hace un poco más de calor.

La biblioteca. Aún puedo ver a la señora Liebling sentada en el sillón de terciopelo, con precarias pilas de revistas de diseño a su alrededor.

—Genial. Si no, tendría que ir de puntillas por la cabaña, intentando no despertar a Michael.

Vanessa vuelve a llenar nuestras tazas y la sigo hasta la biblioteca. Todo está igual que la última vez que estuve, pero un poco más ajado: el alce solitario, los libros sin sobrecubiertas, el sofá de terciopelo verde. Vanessa se tira en un extremo de este donde el asiento está un poco más hundido y se pone una mantita sobre los pies. Yo voy a hacer lo propio, pero me detengo ante una foto en un marco de plata que destaca en la estantería sobre el hogar. Es un retrato de los Liebling que nunca había visto y que debió de ser tomada un año antes de que yo conociera a Benny, porque se ve a Vanessa en el centro, con abrigo y gorro marrones, en la graduación del instituto. La rodean sus padres, la madre con un vestido de día amarillo impoluto y una bufanda de seda al cuello, y él con un traje y pañuelo amarillo a juego en el bolsillo delantero. Me sorprenden sus grandes sonrisas, parecen genuinas, lo natural de su patente orgullo paternal; en mis recuerdos los dos tienen caras de desprecio y poca alegría y dientes afilados.

Benny está a un lado de la bella troika, con aspecto incómodo, camisa y corbata de puntitos; es el único cuya sonrisa parece forzada. Es un poco más joven que cuando lo conocí, las mejillas redondas y llenas, las orejas demasiado grandes para su cara. Aún no ha pegado el estirón definitivo que lo propulsará a la tierra de los gigantes, su padre sigue siendo más alto. Me sorprende darme cuenta de que es solo un niño. «Éramos solo niños». En mi interior resuena un acorde de piano en una dramática clave menor. Pobre Benny. No puedo evitar pensar en cómo le irá en el centro médico.

—¿Tu familia? —pregunto. Una breve sombra de duda.

—Sí. Mamá, papá, mi hermano pequeño.

Sé que no debería seguir, que estoy metiendo un palo en un hormiguero, pero no puedo contenerme.

—Háblame de ellos —digo. Me echo en el sofá, en la otra punta—. Se os ve muy unidos.

—Lo estábamos.

No puedo dejar de mirar la foto, aunque sé que estoy siendo muy poco disimulada. Miro a Vanessa y veo que ella me mira a mí. Me sonrojo sin querer. Quiero preguntarle por Benny, pero me da miedo que algo en mi voz me traicione.

—¿«Estábamos», en pasado?

—Mi madre murió cuando yo tenía diecinueve años. Se ahogó. —Mueve los ojos hacia la ventana, con su vista del lago, y de nuevo hacia mí—. Mi padre murió a principios de este año.

Y entonces se echa a llorar.

Me quedo helada.

Recuerdo cuando encontré la noticia durante una de mis búsquedas en Google, hace años: Judith Liebling, patrona de las artes de San Francisco, muerta en accidente de navegación. No daba muchos detalles, pero sí una larga lista de las actividades filantrópicas a las que se había dedicado; no solo la Ópera de San Francisco sino también el museo De Young, Save the Bay e, irónicamente, la Asociación de la Salud Mental de California. Me costó reconocer en la benevolente benefactora de las fotos que acompañaban el texto —junto al alcalde, la melena roja suelta, una gran sonrisa— a la reclusa moralista que había conocido en Stonehaven. «Ha tenido su merecido», pensé antes de pasar la página. Eso fue antes de saber que a Benny le habían diagnosticado esquizofrenia; no había pensado mucho en cómo el perderla a ella habría afectado a su familia.

Mientras oigo los sollozos de Vanessa pienso que los niños Liebling sufrieron una buena cantidad de tragedias. Pienso en la foto de la mano del padre agonizante, y aunque en su momento la imagen me molestó —me pareció manipuladora, como si ella aprovechara la muerte para buscar atención, «Mirad lo desconsolada que estoy»—, ahora, sentada a su lado, me siento incómoda al ver lo genuino de su dolor. Sus dos padres muertos y su hermano en una institución. Si fuese mejor persona lo sentiría por quien tengo a mi lado y reconsideraría mis planes para con ella. Pero no lo soy. Soy superficial y vengativa. Soy mala persona, no buena, y mientras combato esta indeseada punzada de genuina empatía me fuerzo a pensar en la caja fuerte. Miro toda la sala y me pregunto si estará aquí, ¿oculta tras los libros de una de las estanterías?, ¿detrás de esa pintura pastoral al óleo del caballo de uno de los antepasados Liebling, una bestia de caderas muy anchas y cola recortada?

Vanessa sigue a mi lado, sollozando y murmurando «Lo siento». De nuevo, no puedo evitarlo: le cojo la mano. Solo para que pare, me digo a mí misma, aunque siento un vacío en el pecho que se va llenando de lástima por esta semidesconocida a la que tengo pensado robar.

—¿Cómo murió? —No se me ocurre otra cosa que preguntar.

—Cáncer. Fue muy rápido.

«Oh, no». Es lo último que yo deseaba oír; no quiero identificarme con ella de ninguna forma.

—Es horrible —consigo decir en voz baja, mientras ella se precipita a una macabra descripción de las últimas semanas de su padre, despertando en mí mis peores pesadillas.

—Ahora… me siento… muy sola —dice sin apenas aliento. ¿Por qué me cuenta todo esto? Quiero que deje de hablar, quiero odiarla, pero resulta difícil cuando está vertiendo lágrimas sobre mi mano.

—No puedo ni imaginármelo —digo con ligereza, esperando que esto acabe con la conversación. Aparto mi mano con suavidad. Pero algo en su forma de mirarme después de habérselo dicho, como si lo único que buscara en la vida fuese que la comprendieran, me hace volver a pensarme mi respuesta. Y es que, joder, sí que me lo imagino. Pienso en la foto de su padre agonizante y veo la de mi madre; me imagino el horrible silencio en casa si el cáncer se la lleva antes de que yo pueda salvarla. Sé que si esta vez se muere yo me quedaré sola, sola, sola para siempre. Igual que Vanessa. Y los ojos se me nublan y se me abre la boca y me oigo decir: O sí que puedo imaginármelo. Yo también he perdido a mi padre, y mi madre está… enferma.

Cesan las lágrimas y me mira, ansiosa.

—¿Tú también? ¿Cómo murió tu padre?

Busco una respuesta porque sé que la correcta no es «Ah, no está muerto, solo que mi madre lo echó con una escopeta porque me pegaba demasiado». Me imagino un pasado alternativo, un padre amante que jugaba al Uno conmigo en vez de beber tequila hasta desmayarse, uno que me lanzaba al aire no para hacerme gritar sino para hacerme reír.

—Un ataque al corazón —digo—. Nos entendíamos muy bien. —Y me descubro sollozando por ese padre imaginario, la pureza de su amor por nosotras, lo segura que me sentía en sus fuertes brazos.

—Cuánto lo siento, Ashley. —Ya no llora. Me dedica una mirada «de esas», y me siento mal porque sé que tengo a Vanessa exactamente donde deseo: cree que somos hermanas de penas.

No puedo permitirme empezar a creerlo yo también.

Nunca he hecho un trabajo como este. Nunca me he metido tanto en la vida de otra persona, me he infiltrado en su caso y la he coaccionado para que sea mi amiga. La mayoría de mis timos se desarrollan en la oscuridad, bajo una capa de intoxicación: fiestas, discos, bares de hoteles. He aprendido a hacer que parezca que me cae bien gente a la que en secreto desprecio. Resulta fácil cuando son las cuatro de la mañana, tu víctima se ha tomado un litro de vodka finlandés y no tienes que mirar más allá de su repelente fachada. Pero esto... esto es del todo diferente. ¿Cómo rechazar a alguien que intenta conectar genuinamente contigo? ¿Cómo puedes mirarla a los ojos mientras tomáis una taza de café, por Dios, y no descubrirle la verdad?

Es fácil juzgar desde la distancia. Por eso internet nos ha convertido a todos en críticos de sillón, expertos en la fría disección de gestos y sílabas, mientras observamos desde la comodidad de nuestras pantallas, convencidos de tener toda la razón. Ahí podemos sentirnos a gusto con nosotros mismos, convencidos de que nuestros errores no son tan malos como los de ellos, sin que nadie desafíe nuestra superioridad. Está muy bien mirarlo todo desde la altura moral, aunque la vista sea un poco limitada.

Pero es mucho más difícil juzgar a alguien cuando lo tienes frente a ti, humano y vulnerable.

Diez minutos más de hablar de tonterías con Vanessa, mintiendo sobre mi madre, mi carrera en el yoga, mis poderes como sanadora («Hola, soy santa Nina»), y estoy hecha polvo. Es momento de ir a lo importante. Acabo levantándome con la excusa de que necesito una ducha, y la permito guiarme por el pasillo y de vuelta a la puerta trasera de la casa.

Cuando casi hemos llegado a la cocina me detengo de repente. «Me he dejado la esterilla de yoga en la otra sala», digo alegremente, y vuelvo a toda prisa por el pasillo antes de que pueda detenerme.

De nuevo en la biblioteca saco con cuidado y en silencio

del bolsillo oculto en la cintura de mis *leggings* una cámara del tamaño de la goma de borrar de un lápiz. Examino la sala y voy hacia la estantería en la que me fijé durante nuestra conversación, en una esquina, desde la que se ve todo. Coloco la cámara entre dos viejos tomos —*Yo, Claudio* y *El método Richard D. Wyckoff de inversión en Bolsa*—, la apunto justo como quiero y doy un paso atrás para contemplar mi obra. La cámara es invisible a menos que sepas lo que buscas. Cojo la esterilla de yoga de debajo del sofá, donde la metí discretamente con un pie mientras hablábamos, y vuelvo a salir al pasillo.

Corro, sonrojada y sin aliento. Vanessa me espera exactamente donde la dejé.

—La has encontrado.

—Estaba debajo del sofá.

Me mira y pienso: «¿Me habrá descubierto?». Pero por supuesto que no. No tiene ni idea. La adrenalina que circula por mi cuerpo me hace sentir más viva y segura que toda la hora anterior de asanas. «Esto va a funcionar. A eso he venido».

Cuando me abraza me lleva un momento darme cuenta de que no está celebrando mi pequeña victoria sino nombrándome su nueva confidente.

—Me alegro muchísimo de que seamos amigas —me susurra al oído.

Cree de verdad que lo somos.

En sus brazos soy Nina y después Ashley y después Nina de nuevo; mi identidad es amorfa y cambiante como una nube al viento. Si hago esto demasiado tiempo, puedo acabar perdiendo el contacto con la realidad.

—Claro que somos amigas —murmura Ashley al oído de Vanessa.

«Te sigo odiando», piensa Nina.

Y las dos le devolvemos el abrazo.

De vuelta en la cabaña del jardinero, Lachlan está tirado en el sofá con su ordenador en el regazo y se encuentra rodeado de las migas de una pasta. Cuando entro levanta la vista.

—Al menos podrías haberme traído una taza de café.

—En Tahoe City hay un Starbucks. Tú mismo —contesto. Me tiro en el sofá a su lado y cojo un bizcocho a medio comer de la mesita. Está pasado, pero yo estoy muerta de hambre y me lo como igualmente.

Lachlan juguetea con su teclado.

—Te he estado mirando ahí fuera. El yoga no se te da nada mal. Si esto no sale bien, podrías considerar dedicarte a ello.

—¿Tienes idea de cuánto gana una profesora de yoga?

Él me mira desde encima de las gafas.

—Entiendo que no lo suficiente.

Pienso en los tratamientos para el cáncer de mi madre y calculo mentalmente cuántas clases a treinta dólares tendría que dar para pagarlas.

—No lo suficiente.

—Mira esto —dice él, y le da la vuelta al portátil para que vea lo que estaba haciendo. Es el *feed* de la cámara que acabo de esconder en la biblioteca de Stonehaven. La calidad de la imagen es mala, granulosa y oscura, pero el ángulo es perfecto y se ven las tres paredes de la sala y todo el espacio entre ellas. El oso disecado se eleva amenazante junto a la chimenea. El calentador reluce en el rincón. Lachlan y yo miramos mientras Vanessa entra, aún con su pijama de seda, y se deja caer en el sofá. Se hunde en el asiento, saca su móvil del bolsillo del cárdigan y empieza a deslizar su dedo a toda velocidad. Sin ni ver la pantalla sé que está mirando su Instagram.

—Una cámara lista —murmura Lachlan. Me coge la cabeza entre sus manos—. Sabía que lo conseguirías, mi amor.

Miro la cara en blanco de Vanessa, iluminada por la pantalla. Clic, clic, clic. Teclea unas palabras. Clic, clic, clic. Me pregunto si eso es lo único que hace en todo el día, estudiar lo que todos los demás hacen en todas partes y decidir si vale la pena darles un *Me gusta* a base de compararlos con su propia vida. Patético. La vulnerable y dolorida Vanessa de antes desaparece; desde aquí vuelve a ser una cáscara vacía a la que puedo observar con desprecio. Es casi un alivio.

—Buscó a Ashley en Google —digo—. Me repitió una de las citas de mi cuenta falsa de Facebook. ¿Crees que hemos sido lo bastante cuidadosos?

Él vuelve a mirar la pantalla.

—Ve lo que quiere ver. Además de creída es más tonta que un zapato.

Yo sigo abrumada, el calor de la victoria sigue en mi cuerpo, siento el sudor seco de mi sesión de yoga pegajoso entre mis caderas. Una o dos semanas así y tendremos todas las cámaras donde las necesitamos. Entonces nos será fácil poner el cebo en nuestra ratonera y esperar a que Vanessa caiga sola en ella.

Puede que para fin de año ya estemos de vuelta en Los Ángeles. En enero mi madre podrá estar a medio camino de su tratamiento, con el cáncer ya en remisión. Y entonces, si hay lo suficiente en la caja, puede que yo nunca tenga que volver a hacer esto. Sería un alivio, salir de esta vida y entrar en toda una nueva, con las deudas pagadas y un poco más. Al final lo conseguiré gracias a los Liebling.

Intento no pensar en el policía que vigila mi casa de Echo Park, esperando a que yo vuelva para detenerme, o en las facturas que se van apilando en el buzón, o en mi madre agonizando sola en una cama de hospital sin nadie que la coja de la mano. Intento mantenerme firme en el convencimiento de que esta horrible mansión maldita, la misma que me destrozó la vida, va a ser el lugar donde todo vuelva a encajar.

En el portátil de Lachlan, Vanessa sigue deslizando el dedo en su minúscula pantalla. La insoportable tristeza de ver la vida de alguien reducida a una pantalla dentro de una pantalla me hace apartar la vista. Me retuerce el estómago y me deja un regusto amargo. «¿Qué vamos a hacer con esa mujer? —pienso sin quererlo—. Tendríamos que irnos ahora mismo». Es un sentimiento familiar: la persistente idea de que he estado mirando el mundo a través de un espejo puesto al revés, y que si le diera la vuelta y me mirase a mí misma me horrorizaría lo que vería.

Soy buena en lo que hago, pero eso no quiere decir que disfrute siempre de lo que hago. Mi capacidad de inventar mentiras, de adoptar nuevas identidades, de engañar… me hace disfrutar de subidones de adrenalina y satisface mis deseos de venganza. Pero a veces también se esconden en el fondo de mi estómago, un secreto dulce y denso que repele y emociona a la vez. «¿Cómo puedo hacer esto? ¿Debería hacer esto? ¿Me encanta o me repugna?».

La primera vez que llevamos a cabo un timo con Lachlan (un productor de películas de acción adicto a la coca con un historial de acoso sexual y un conjunto de sillas de Pierre Jeanneret valorado en ciento veinte mil dólares) después estuve tres días enferma. Vomitaba toda la noche y me daban temblores que me obligaban a quedarme en la cama. Era como si mi cuerpo estuviera purgando alguna toxina que lo había infectado. Me juré que no volvería a hacerlo. Cuando Lachlan me llamó para otro trabajo un mes más tarde, sentí que la toxina seguía ahí, una compulsión, un pulso en las venas que me mareaba. Quizá lo llevara en la sangre.

Desde luego, eso era lo que creía Lachlan.

—Eres una estafadora de nacimiento. Pero, claro, cómo no. Lo llevas en los genes —me dijo tras aquel primer trabajo. «Así que esto es lo que siente mi madre cuando le sale bien uno de sus timos», pensé. Quizá no fuera tan malo. Después de toda la vida huyendo de la de mi madre fue casi un alivio rendirme, darme la vuelta y correr hacia ella.

Pero también era cierto que yo no había ido a buscar el timo; el timo me había buscado a mí.

El día en que volví a Los Ángeles, Lachlan me llevó directo del aeropuerto al hospital para ver a mi madre. Hacía casi un año que no la visitaba y me sorprendió mucho su aspecto, las raíces marrones que oscurecían su pelo rubio, los oscuros círculos bajo sus ojos, las pestañas postizas despegadas a los lados de sus párpados. Estaba demacrada, con la piel suelta y hueca. El fantasma de su belleza seguía pegado a ella, pero en los meses que no la había visto pasó de parecer alguien capaz de salirse siempre con la suya a alguien hundida por el mundo.

—¿Por qué no me lo dijiste?

Alargó un brazo y me cogió la mano. Sentí el tacto, el clic de sus huesos; fue horrible.

—Ay, cariño. No había nada que decir. Hace un tiempo que me siento enferma, pero no me pareció que lo estuviera tanto.

—No tendrías que haber tardado tanto en ir al médico. —Parpadeé para apartar las lágrimas—. Lo habrías pillado antes de la fase tres.

—Ya sabes que los médicos no me gustan nada, niña.

—No era una excusa muy creíble. Más bien tenía un seguro

médico mínimo y tenía miedo de lo que le dirían, y por eso había ignorado los síntomas durante tanto tiempo.

Miré a Lachlan, que estaba al otro lado de la cama. Quizá tuviera algo importante que aportar. Me vio y me devolvió la mirada.

—¿Cómo conociste a mi madre? —le pregunté.

—Del circuito del póker. Tu madre es muy buena.

Lo contemplé, cansada, y me fijé de nuevo en el perfecto corte de su traje, el atractivo tan bien estudiado de su sonrisa, su belleza lupina y un reloj tan caro como los que a mi madre le gustaba robar. El circuito del póker… Sabía que ahí era donde mi madre buscaba a sus víctimas. ¿Sería él mismo una de estas?

—¿Hace tiempo que está así? ¿Por qué no se os ocurrió a ninguno de los dos llamarme antes?

Lachlan negó con la cabeza, con una ligera sonrisa de disculpas.

—Tu madre es una fuerza de la naturaleza —dijo mientras le alisaba la sábana encima de las piernas—. Hace lo que quiere y pone buena cara, como seguro que ya sabes.

Mi madre le sonrió con todo el voltaje que pudo, pero vi el valor que intentaba dibujar en su sonrisa, el pánico que se colaba en las patas de gallo que le rodeaban los ojos. Pensé en lo que me había dicho el médico, lo débil que estaba ya y lo rápido que podía avanzar el cáncer.

—Sí, es buena con los engaños.

Mi madre me apretó la mano.

—No hables de mí como si no estuviera —me reprendió—. Estoy un poco enferma, no se me ha ido la cabeza. Todavía. —No me gustó nada la forma en que se rio de su propio comentario.

Lachlan me examinó desde el otro lado de la cama.

—Tu madre me ha hablado mucho de ti.

—Pues a mí no me dijo nada de ti. —La miré; me sonreía inocentemente—. ¿Qué es lo que te ha contado?

Se sentó en una silla y cruzó la pierna izquierda sobre la derecha. Mostraba una cierta calma lánguida, como si estuviese nadando en agua fresca.

—Que tienes un diploma de Historia del Arte por una universidad fina —respondió.

—No tan fina —repliqué.

Pasó un pulgar por la pálida piel del interior del brazo de mi madre, suavemente, como un padre que acaricia a un hijo que duerme. Deseé sentir ese dedo en mi propia piel.

—Que sabes mucho de antigüedades. Que te has pasado los últimos años poniendo bonitas las casas caras. Que estás en contacto con ricos. Millonarios. Fideicomisos.

—¿Y eso te interesa por alguna razón?

—Me vendría bien tener a alguien como tú. Alguien con vista y conocimientos. Para un trabajo que estoy haciendo.

Sentí que me estaba valorando con la mirada, estudiándome, y de repente lo comprendí: era un estafador, igual que mi madre. Eso explicaba su postura tranquila, el poder invisible que parecía ejercer sobre mi madre. «¿Cuánta legitimidad estará buscando?», me pregunté. Fuera cual fuese su juego, estaba claro que le funcionaba.

Mi madre se incorporó trabajosamente en la cama y le hizo que no con un dedo.

—Lachlan, para. Déjala en paz.

—¿Qué pasa? Solo preguntaba. Me has hablado muy bien de ella.

—Nina tiene una carrera. —Mostró una sonrisa radiante—. Es muy lista. Tiene un título.

La forma en que pronunció la palabra, como si fuera un

hechizo que iba a protegernos a las dos, casi me hundió. Me alegraba de que nunca me hubiera visto llevándole cafés con leche a mi jefe, que nunca hubiera estado en mi triste apartamento de Flushing o me hubiese visto puliendo el bidé dorado de un billonario.

—Mientras esté aquí estudiaré propuestas, pero gracias —mentí a Lachlan—. No estoy segura de que tu trabajo sea lo que busco.

—¿Qué te hace pensar que conoces mi trabajo? Qué presuntuosa.

Su sonrisa compensaba la indignación, y vi que tenía dientes blancos pero un poco torcidos. Pensé en los míos, el resultado de no haberme podido permitir un dentista de niña, y me pregunté si eso era lo único que teníamos en común. Vi que le sonreía sin proponérmelo. Se levantó y le dio una palmadita a mi madre en la mano.

—Tengo que irme.

—¿Cómo? ¿Que te vas? —De repente abrió mucho los ojos, con expresión de ruego.

—Ya sabes que puedes llamarme si necesitas cualquier cosa, Lily-belle.

Se inclinó sobre mi madre y la besó con suavidad en la frente, como si fuese algo muy valioso y delicado que pudiera romperse si apretaba demasiado. Deseé construir una muralla de acero alrededor de mi corazón, una protección contra ese hombre, pero algo en la ternura de aquel beso me destrozó las defensas. Me pregunté cuánto tiempo llevaba cuidando de mi madre, y si había sido alguna especie de timo por su parte. Claro que, si podía ganar algo con eso, yo no sabía lo que era. Mi madre estaba en la ruina y hecha una ruina, no tenía nada que ofrecer. Él parecía apreciarla de verdad.

—Es un buen hombre —me susurró ella. Volvió a apretarme la mano—. Por debajo de esa fachada es un blando. No sé lo que habría hecho sin él.

Quizá fue por eso que acepté el trozo de papel que me ofreció mientras salía, el que tenía su número de teléfono.

—Por si cambias de idea —me susurró al oído. Y quizá fue también por eso que no tiré el papel sino que me lo guardé en el monedero.

El día en que mi madre y yo dejamos el hospital con un puñado de recetas y un calendario de quimio en mi bolso, el teléfono de Lachlan seguía ahí. Y seguía ahí cuando llevé a mamá a su apartamento de la Mid-City y descubrí la miseria entre la que había estado viviendo; seguía ahí cuando llegó la primera factura del hospital, una abominación de cinco cifras; seguía ahí cuando mi madre vomitó sangre después de su primera sesión y comprendí que cuidarla iba a ser un trabajo a jornada completa durante el futuro inmediato. Seguía ahí cuando me rechazaron en dos docenas de galerías de arte locales, museos y tiendas de muebles.

En los últimos años no había estado con ella para cuidarla, y me había decidido a compensárselo, aunque no veía claro si sería capaz. Mi madre no tenía red de seguridad, o más bien se suponía que esa red era yo, y aun así yo no tenía nada de lo que ella más necesitaba. Ni dinero, ni trabajo, ni amigos, ni perspectivas. Solo deudas y decisión.

El día en que tuve que retirar los últimos cincuenta dólares de mi cuenta para pagar la factura del gas de mi madre, encontré el número de Lachlan en el monedero. Lo cogí con dos dedos y me lo quedé mirando durante un buen rato, la claridad de sus aplicados dígitos, inapelables contra el blanco del papel. Lo llamé. Pensé en el pequeño punto de deseo que sentí al contacto de sus labios con mi oreja. Cuando contestó y le dije quién era no dudó, como si supiera exactamente por qué lo llamaba.

—Me preguntaba cuánto tardarías en decidirte.

Intenté mostrarme fuerte.

—Esta es mi regla: solo gente que tenga demasiado, solo gente que se lo merezca.

Rio.

—Por supuesto. Solo cogeremos lo que necesitemos.

—Exacto. —Ya me sentía un poco mejor—. Y en cuanto mamá vuelva a estar bien lo dejo.

Casi pude oírlo sonreír.

—Muy bien. ¿Qué sabes de Instagram?

19.

A LA MAÑANA SIGUIENTE HAGO LA MISMA RUTINA, yoga en el jardín, y espero a que aparezca Vanessa con su esterilla. Una hora de asanas más tarde tengo los músculos agotados y ella no ha aparecido. Hago cobras de cara a la casa para poder ver las ventanas, pero no detecto movimiento alguno tras las cortinas. De vuelta a la cabaña doy un paseo por los terrenos como quien no quiere la cosa y no detecto ninguna señal de vida. Las grandes puertas del garaje están cerradas y las luces apagadas. Un sedán viejo ha aparecido a la entrada, pero, aunque me quedo un rato por ahí cerca, no veo a la persona que lo ha traído.

Regreso a la cabaña del jardinero y miro el *feed* de la biblioteca. Un rato después aparece una mujer mayor en la imagen, el pelo recogido en una cola de caballo, un plumero antiguo en el bolsillo del delantal. Es de suponer que se trata de la criada. Un poco preocupada, me pregunto si puede encontrar la cámara, pero ella ignora completamente las estanterías. Solo mueve algunas cosas en la mesilla, ahueca los cojines del sofá y sale de cuadro.

Vanessa pasa por la biblioteca un par de veces después de que se vaya la criada, pero no se queda. Parece perdida, como si no supiera adónde va. Lleva el móvil agarrado fuerte en la mano, como el gastado peluche de un niño pequeño.

Lachlan viene y mira por encima de mi hombro.

—Vaya inútil —dice—. No hace nada de nada. ¿Es que ni siquiera tiene cerebro?

Algo en su tono me disgusta; por alguna razón siento el impulso de protegerla.

—A lo mejor está deprimida. —Examino sus andares casi de sonámbula—. Puedo llamar de nuevo a la puerta e intentar animarla.

Lachlan niega con la cabeza.

—Que venga ella. No nos mostremos ansiosos. Debemos tener el poder. No te preocupes, ya aparecerá por aquí.

Pero no lo hace. Pasan dos días más con la misma rutina: yoga en el jardín, paseos por los terrenos, almuerzo en la tienda que hay a un par de kilómetros en la carretera. Pasamos la mayor parte del tiempo en la cabaña, haciendo como si nos dedicásemos a escribir. Lachlan ha dejado libros y papeles por el dormitorio en caso de que Vanessa aparezca, y se pasa el tiempo sentado ante su portátil tragándose episodio tras episodio de series policíacas, muy concentrado. Yo me he traído un montón de novelas —me ha dado por la literatura victoriana, empezando por George Eliot—, pero no puedo leer más que una cierta cantidad de horas antes de que se me derrita el cerebro dentro del cráneo. Los minutos pasan lentamente, como un grifo que gotea, y me pregunto cuánto tiempo vamos a tener que quedarnos encerrados al calor artificial de estas habitaciones.

Durante el quinto día de nuestra estancia voy a Tahoe City a comprar en el Save Mart. Me quedo un rato en el pueblo; el movimiento y actividad de la gente me sirven como antídoto a la parálisis mortal de Stonehaven. Voy a Syd's a comerme un *bagel* aunque no tengo hambre, y veo que muy poco ha cambiado en los últimos doce años. Las lucecitas de colores que había sobre el menú escrito a mano con tiza han sido sustituidas por banderitas ondeantes y los *flyers* pinchados en el corcho anuncian una nueva generación de perros perdidos y chicas adolescentes que se ofrecen como canguros. El encargado y su coleta siguen, aunque ahora tiene el pelo gris y la barriga crecida. No me reconoce, tal como esperaba, aunque a la vez me resulta inquietante, como si yo siempre hubiese sido invisible y acabara de darme cuenta.

Pido un café y camino hasta la mesa de pícnic de la playa a la que siempre íbamos con Benny. Pienso en lo sucedido en la última docena de años hasta que me causa demasiado dolor, meto las cosas en el coche y vuelvo a Stonehaven.

Al llegar a la cabaña la encuentro vacía y fría. No hay rastro de Lachlan; no están su abrigo ni sus deportivas. Salgo al jardín y miro las luces de la mansión. Me pregunto si llamar a la puerta, pero acabo sentándome sola en la cabaña, a oscuras, amargada y triste.

Unos minutos más tarde Lachlan entra, emocionado.

—Por Dios. —Suelta un bufido—. Esa tía está como una cabra.

—Me pareció que dijiste que era ella la que tenía que venir.

Noto un tono petulante en mi propia voz. Me doy cuenta de que no me gusta verme excluida. ¿O es que estoy celosa de que él haya vuelto a entrar en Stonehaven y yo no? ¿O quizá sea, curiosa idea, que quiero volver a ponerme en la piel de Ashley, tan sencilla y buena y libre de dramas internos?

—Salí a dar una vuelta y me la encontré. Me invitó a la casa. —Se quita la chaqueta y la tira en el sofá—. He escondido otra cámara, pero no me sacaba el ojo de encima y no he podido hacer más.

—¿Dónde?

—La sala de juegos.

Yo no sabía ni que había una sala de juegos en Stonehaven, aunque, claro, es lo lógico; las mansiones como esa siempre han sido creadas como monumentos al ocio. Cuando Lachlan conecta la cámara esta muestra una mesa de billar, un bar de madera con sillas tapizadas y polvorientos decantadores de *whisky* y una pared repleta de viejos trofeos de golf. En otra pared hay colgadas espadas antiguas, al menos tres docenas, alrededor de un par de recargadas pistolas que ocupan un lugar de honor encima del hogar.

—No es una sala de juegos, es una armería. Joder. ¿Y qué diablos habéis hecho ahí? ¿Jugar a damas?

Lachlan frunce el ceño.

—Estás de mal humor.

—¿De qué habéis hablado?

—Flirteamos un poco. Hablamos del castillo de mi familia y cosas de esas. Le gusto.

—Le gustamos los dos —replico—. Aunque no estoy segura de que eso nos esté ayudando demasiado. A este ritmo vamos a quedarnos aquí todo el año.

—Voy a poner el cebo —me asegura—. Tú espérate. Picará.

Tiene razón. Al día siguiente, por la tarde, oímos ruidos tras la puerta de la cabaña. Lachlan y yo nos quedamos como paralizados y nos miramos. Apaga el vídeo que estaba viendo, y yo respiro hondo y me convierto en Ashley. Abro con una gran sonrisa y ahí está Vanessa, con *shorts* de excursión, la cara cuidadosamente maquillada y gafas de sol de marca sobre el pelo brillante y ahuecado. Parece una modelo en un anuncio de agua vitaminada. Siento la tentación de saltarle las gafas de un bofetón.

Pero le digo «¡Aquí estás por fin!» y le doy otro abrazo, mi mejilla cálida contra la suya helada. Me aparto y la miro.

—¿Sigue en pie lo de hacer yoga juntas? Me apetecía mucho. Me he pasado la mañana ahí afuera sin ti.

Ella se ruboriza.

—Lo sé. Estaba resfriada. Ya me siento mejor.

—Entonces mañana. —Me apoyo en el marco de la puerta. Veo que lleva una mochila en la mano—. ¿Adónde vas?

Mira por encima de mi hombro a Lachlan, tumbado en el sofá y rodeado de papeles.

—Voy a dar un paseo hasta Vista Point. He pensado que igual queríais venir. —Cuando él no levanta la mirada del portátil vuelve a fijarse en mí—. En el tiempo han dicho que viene una tormenta de nieve. Estará aquí dentro de un día o dos. Puede que esta sea vuestra última oportunidad de ir de excursión.

—Me encantaría —contesto. Me vuelvo hacia Lachlan—. ¿Te apetece hacer una pausa, cariño?

Lachlan aparta lentamente la vista de la pantalla, las cejas fruncidas, como si estuviese concentrado en un debate interno muy intelectual y le molestara que lo estemos arrastrando al mundano presente. De no saber que solo estaba viendo repeticiones de *Mentes criminales*, casi me convencería a mí misma.

—Estoy en mitad de esto... —dice.

Vanessa se pone pálida.

—Ah, estabas escribiendo. Lo siento, no quería interrumpirte.

—No pasa nada. Una excursión, ¿eh? —Se incorpora y se estira. Se le levanta un poco la camiseta, mostrando su perfecta barriga. Nos dedica una sonrisa aturdidora, como si la idea no pudiese apetecerle más, aunque yo sé que las excursiones son lo último en la lista de cosas que le gustan, entre los impuestos y las comedias de compañeros de piso—. Me vendría bien estirar las piernas. Y me he quedado atascado en un párrafo.

Veinte minutos más tarde estamos en el coche de Vanessa, un cuatro por cuatro Mercedes tan nuevo que aún huele a la fábrica donde lo han montado. Vamos al sur siguiendo la orilla del lago, pasamos moteles desgastados por el tiempo con carteles de «No hay habitaciones», una tienda con techo de tejas que anuncia bocadillos y cerveza fría, cobertizos con barcas tapadas fuera. Nos alejamos de las casas de vacaciones para millonarios y entramos en el silencio del parque nacional. Vanessa está ansiosa, casi desquiciada, mientras nos cuenta anécdotas sobre los lugares por los que pasamos.

—Estamos llegando a la casa donde rodaron la segunda parte de *El padrino*, aunque ahora son todo casas adosadas. ¿Veis esa barca? Ahí es donde matan a Fredo.

»Por ese camino se va a Chambers Landing, un muelle con un bar histórico que lleva allí desde 1875, aunque ahora casi todo son estudiantes universitarios poniéndose morados de cócteles Chamber Punch.

»Más adelante hay una mansión escandinava encantadora, parece sacada de un fiordo noruego. Mi tatarabuelo jugaba al pinacle con el dueño durante la Gran Depresión.

Recuerdo algunas de esas historias de cuando viví aquí de adolescente. Todos los lugares tienen su anecdotario, pero en Tahoe todo sigue aferrado a otros tiempos en que era más exclusivo, más glamuroso, cuando era más que un fin de semana caro de esquí para las tribus de millonarios de la informática de San Francisco. Miro por la ventanilla el bosque

que pasa a toda velocidad y pienso que me siento bien aquí en la montaña, lejos del ajetreo tóxico de la vida urbana, las luces brillantes que venden deseo. Me imagino traerme a mi madre para que se recupere de su enfermedad. El aire fresco sería terapéutico, y desde luego que nos vendría bien alejarnos de la ciudad.

Entonces recuerdo que una vez que Lachlan y yo nos vayamos con el dinero de Vanessa no podremos volver nunca.

Él y yo escuchamos atentamente las historias sin fin de Vanessa. Intercalamos pequeños comentarios de apreciación en los momentos adecuados y nos comportamos como turistas en una excursión organizada con todo incluido.

—Se ve muy claro que te encanta estar aquí —dice Lachlan por fin.

La observación parece sorprenderla. Agarra fuerte el volante cubierto de cuero para hacer un giro especialmente pronunciado a la derecha, sus labios pintados enmarcando dos dientes blancos perfectos.

—Yo no elegí el lugar; el lugar me eligió a mí —contesta por fin—. Lo heredé. No se trata de amor sino de honor. Pero sí, aquí arriba es encantador.

Acelera hasta que vuela sobre las curvas. Pone la radio. Una vieja canción de Britney Spears. En el asiento trasero, Lachlan suelta un gruñido.

—¿No os gusta Britney? —pregunta Vanessa, nerviosa, y se gira hacia mí—. ¿Vosotros qué escucháis?

¿Qué oye una profesora de yoga? ¿Sitar indio? ¿Las canciones de las ballenas? Vaya topicazos. Tardo demasiado en contestar. Ella lleva la mano al sintonizador, va a cambiar de emisora.

—La verdad es que yo solo escucho clásica y jazz —interviene Lachlan desde atrás; ha notado que no sé qué decir—.

Era lo único que había en el castillo de Irlanda cuando era niño. Pero vinilos, ¿eh? Ahí no tenían ni un lector de cedés. Mi abuela Alice era muy amiga de Stravinsky.

Contengo la risa. Se está pasando con su intelectualismo aristocrático de pega. Subo el volumen solo para molestar.

—Es un esnob —le susurro a Vanessa—. El Top 40 está bien.

Lachlan me da un golpe, y fuerte, en el hombro.

—Prefiero el término «esteta». Seguro que tú lo entiendes, Vanessa. Pareces una mujer con buen gusto.

—Tengo que confesar que no sé nada de jazz.

Lachlan se recuesta en su asiento y apoya un pie en el salpicadero. Sus deportivas son muy nuevas, de un blanco cegador y demasiado a la moda para un poeta-profesor; no ha tenido en cuenta ese detalle.

—No me refería necesariamente al jazz. Pero me he fijado en que tienes un aire aristócrata. Te gusta rodearte de cosas buenas. Tienes ojo.

Vanessa se sonroja, complacida. Tontita y banal, se ha tragado el halago.

—Gracias. Es cierto, aunque Britney sigue gustándome.

—¿Lo ves? —Le dedico una mirada a Lachlan—. Si buscas a una esnob como tú, no vas a encontrarla aquí. No vamos a cambiar de emisora, ¿verdad, Vanessa?

Extiendo el brazo y le cojo el suyo, posesiva. Me mira y sonríe, feliz. Le gusta que nos peleemos por ella. Le hemos hinchado el ego hasta el tamaño de un zepelín, y ahora flota contenta por encima de nosotros.

Lachlan alza los brazos al aire.

—Me superáis en número; me rindo.

Pero el debate ya no tiene sentido; de repente Vanessa gira hacia un aparcamiento y se detiene ante un camino forestal.

—¡Aquí es! —trina.

Salimos del coche, aceptamos unas barritas energéticas y botellines de agua de la mochila de Vanessa y nos echamos a andar. Es un estrecho camino de tierra que se adentra por entre los pinos. Los árboles son lo bastante densos como para tapar el sol, y a medida que ascendemos todo se vuelve cada vez más húmedo; el aire huele a musgo. Está tan silencioso que lo único que oigo es la brisa en las copas de los árboles, los quejidos de la madera vieja azotados por el viento, el crujido de las agujas de pino bajo nuestros pies.

La subida es muy pronunciada; noto que me cuesta bastante esfuerzo. Me duelen los músculos por tanto yoga y no estoy acostumbrada a la altura. Pronto me arrepiento de haber venido. Lachlan se mueve lentamente, vigilando cada piedra y cada ramita, como si temiera ensuciarse las deportivas. Pocos minutos después se ha quedado muy atrás. Vanessa se queda conmigo, tan cerca que mis manos no paran de chocar con las suyas. Noto que tiene ronchas en el dorso de estas.

A medio camino llegamos a un claro con una vista del lago. Tahoe se extiende bajo nosotros en todas las direcciones, hoy de un azul puro, el agua ondeando como las cuerdas de un arpa. Por encima los cúmulos ascienden a los cielos, y por debajo los densos pinos desfilan verdes de gloria hacia el horizonte. El paisaje me resulta familiar, y pronto descubro por qué. Una vez subí aquí con Benny. Nos quedamos en este mismo lugar, fumados, observando la superficie azul. Recuerdo que sentí como si el mundo se extendiera ante nosotros, profundo e insondable como el propio lago. Recuerdo sentir la necesidad de lanzarme al vacío y dejar que me abrazara con su helado olvido.

Me detengo. No tengo palabras, jadeo y las agujetas se ceban en mis caderas.

Vanessa se vuelve para mirarme.

—¿Todo bien?

—Intento absorberlo todo. Creo que voy a parar un minuto a... —busco a Ashley—... meditar.

Ella me observa con curiosidad.

—¿Meditar? ¿Aquí?

—Este es el lugar perfecto, ¿no te parece? —le digo con tono ligerísimamente molesto. Ella me sonríe, nerviosa.

—Ojalá yo pudiera, pero nunca consigo desconectar lo suficiente. Intento apartarlo todo, pero el cerebro se me desborda como una de esas maquetas de un volcán, con burbujas por todas partes. ¿Cómo lo consigues tú?

—Practicando.

—Ah, ¿sí? ¿Cómo? —Me mira interesada, deseosa de oír más. Por Dios, sí que insiste. Yo no he meditado en mi vida.

—Solo hay que... —Me quedo inmóvil, cierro los ojos e intento hacer como si vaciase la mente. Oigo como sus pies pisan las agujas de pino mientras camina en pequeños círculos. Con suerte va a largarse y a dejarme descansar un rato.

Pero cuando abro los ojos veo que ha sacado el móvil y lo apunta hacia mí mientras examina la pantalla, experimentada. La cubre del sol con las manos para ver el resultado y empieza a teclear. Comprendo de inmediato lo que está haciendo: subir una foto de mí a su Instagram. Mierda, eso no puede ser.

—¡No! —Vuelo hasta ella y le arrebato el móvil, rápida como una serpiente al ataque. Y sí, ahí estoy, en modo retrato, los ojos cerrados, el sol en mi rostro. Se me ve... en paz. El texto a medio escribir dice *Mi nueva amiga Ashley es*. No puedo evitar querer saber cómo iba a acabarlo. ¿Ashley es qué? Borro la foto y cierro Instagram mientras ella me mira con los ojos de par en par, sin pestañear.

—Perdona que sea tan exagerada, pero soy muy celosa de mi intimidad. Ya sé que lo tuyo son las redes sociales, pero preferiría que no cuelgues fotos de mí.

—Lo siento mucho. No lo sabía. Pensé que... —Está temblando. La he herido. Casi me siento mal—. Es solo que... la foto era tan buena...

Yo también tiemblo. Me ha ido de muy poco. Le devuelvo el móvil con suavidad.

—No podías saberlo. Es culpa mía, tenía que haberte dicho algo antes. No te preocupes, ¿vale?

Se aparta de mí; sus ojos buscan frenéticamente algo en lo que posarse que no sea yo. La he asustado o algo peor.

—Tengo que ir a buscar a Michael —digo—. Seguro que se ha perdido.

—Te espero aquí —contesta ella.

Vuelvo por el camino. Lachlan está a trescientos metros, apoyado contra un árbol, mirándose las deportivas. Al ver que vengo sola frunce el ceño.

—¿Dónde está Vanessa?

—Más arriba, esperando.

Me coge la botella de agua y pone mala cara al ver que está vacía.

—¿Qué, presumiendo de tus capacidades atléticas, Ashley?

—Al menos hago un esfuerzo, Michael.

—¿De qué estabais hablando? Me pareció oírte gritar.

No veo necesidad de contarle lo de la foto, y a fin de cuentas ya está borrada.

—Nada. Quería que le enseñara a meditar.

Él hace un ruidito de desprecio.

—Seguro que tendrías mucho que enseñarle. Oye, esta

mierda de la excursión no nos está ayudando. Voy a hacer que nos invite a cenar. La emborrachamos un poco, le pedimos que nos muestre Stonehaven, la casa entera, y dejamos el resto de las cámaras. Va a ser más fácil si vamos los dos, así uno puede distraerla.

—Vale. —Miro hacia el camino—. Tengo que volver arriba.

—Bah. Seguro que está haciéndose selfis. La tía piensa con el coño.

Le doy un empujón más fuerte de lo que pretendía.

—Para. Eso es horrible.

Él me mira con extrañeza.

—Joder, Nina, ¿cuándo te has vuelto tan blanda? ¿Es que ahora te cae bien? Creía que era tu enemiga jurada. —Frunce el ceño de nuevo—. ¿Cuántas veces te he dicho que no te impliques emocionalmente?

—No es eso. Pero no me gusta tu lenguaje, es misógino.

Se aprieta contra mí y me susurra al oído:

—El único coño que me gusta a mí es el tuyo. —Sus labios, húmedos y frescos y salados, encuentran los míos.

—Eres asqueroso —murmuro, apartándolo.

Pero él hunde la nariz en mi cuello y mordisquea hasta dejarme sin aliento.

—Coño coño coño.

Por encima de su hombro veo que Vanessa baja por el camino hacia nosotros. Nos ve abrazados y se detiene al otro lado de los pinos. Quizá crea que no la veo. Mientras, siento los labios de él en mi clavícula, el sudor me asoma por la camisa. Veo que a ella la excita vernos, aunque educadamente da un paso atrás. Por fin sus ojos se encuentran con los míos y se queda como paralizada. Nos miramos casi como si nos comprendiéramos, a la vez que las manos de Lachlan avanzan por debajo de mi húmeda camiseta para cogerme un pecho. Veo que ella está midiendo mi deseo, como un turista frente a una obra en un museo. Veo reflejadas sus propias ansias. Todo parece extrañamente íntimo, como si nosotras dos fuésemos las que estamos compartiendo este momento y Lachlan ni siquiera estuviera.

Por fin parpadea y vuelve a desaparecer por entre los árboles. Cierro los ojos y beso a Lachlan hasta que me vibra la piel y mi pulso canta al ritmo del viento.

Cuando abro los ojos de nuevo tengo a Vanessa a mi lado. Me sobresalto y me aparto de Lachlan.

—¡Ahí estás! —exclamo. Veo que la molestia empaña sus rasgos. Pasa la vista de Lachlan a mí y de vuelta a él. Me doy cuenta de que lo que le disgusta es no ser nuestro centro de atención.

Lachlan se pasa una mano lentamente por los labios, despreocupado.

—Qué bien —dice—, juntos otra vez. No ha habido bajas.

Vanessa se vuelve hacia mí.

—¿Qué te ha pasado? Pensaba que ibas a volver a buscarme.

Me sorprende la dureza de su tono. ¿Sigue siendo por la foto o son celos sexuales? ¿Cuánto ha tonteado Lachlan con ella? Me fuerzo a sonar tímida, como si pidiera perdón, nada amenazadora.

—He tenido un calambre en una pierna. Lo siento.

Ella ladea la cabeza, confusa.

—Ah, ¿sí? Qué curioso. Eres profesora de yoga guay, ¿no? Y yo ahora no me muevo casi nunca del sofá. Curioso, sí.

—Diferentes grupos de músculos —intento justificarme.

—Pues yo sí que estoy hecho polvo —interviene Lachlan—. Aunque tendríamos que avanzar, ¿no? Estas nubes de tormenta resultan ominosas.

—La temperatura ha bajado. Estoy helada —digo yo, y aunque sé que no debería, no puedo contenerme: solo para que quede claro, cojo a Lachlan del brazo, que me paso por encima de los hombros—. Dame un poco de calor, cariño.

Vanessa observa intrigada, pero de repente para, como si el viento acabara de llevarse una nube.

—Ten, Ash, ponte mi sudadera. —Se la saca por el cuello y me la tiende.

Me separo de Lachlan y me la pongo. Es gruesa y suave, aún con el calor de Vanessa. Hasta huele como ella, su perfume caro y sus saquitos de lavanda; sentir su presencia en mi cuerpo me desorienta, como si la frontera que nos separa se hubiera desdibujado. Ojalá no se la hubiese aceptado, aunque sonrío porque eso es lo que haría Ashley.

—Eres muy amable.

—No pasa nada —contesta. Vuelven a surgir los hoyuelos. Y así parece que hemos superado esta crisis inesperada. Pero también noto, mientras empezamos a bajar, que con el acto de darme la sudadera Vanessa ha conseguido apartarnos a Lachlan y a mí.

20.

ACABO DE SALIR DE LA DUCHA CUANDO COMIENZA la lluvia. Estoy desnuda y mojada en el minúsculo lavabo y oigo los martillazos en el tejado. No quiero ir a cenar a Stonehaven. Quiero encender la chimenea y acurrucarme con un libro y dejar que fuera ruja la tormenta. Pero no puedo hacer eso, claro; esta es la oportunidad que hemos estado esperando desde que llegamos (y a fin de cuentas ha sido facilísimo; una sugerencia de Lachlan en el coche, de vuelta de la excursión: «¿Cenamos mañana en tu casa?», y hecho, tal como lo habíamos planeado).

Me siento inquieta y no sé por qué. Me miro en el espejo e intento invocar a Ashley, pero lo único que veo es a una mujer con el pelo chorreando y ojeras, exhausta por el esfuerzo de ser demasiadas personas a la vez: hija devota, compañera y novia, profesora y timadora, amiga y fraude. ¿Dónde estoy yo entre todas esas?

Lachlan asoma la cabeza en el baño, ya vestido con un suéter de cachemir y vaqueros de estreno. Me mira de arriba abajo.

—¿Vas a ponerte eso? Algo con bolsillos sería más práctico, a menos que vayas a esconderte una cámara en el trasero.

—Muy gracioso.

Para cuando tenemos todos los aparatos y hemos planeado la estrategia para la noche (Lachlan va a flirtear para distraerla y yo colocaré las cámaras) la tormenta se ha desatado con toda su fuerza. Al abrir la puerta de la cabaña, el viento vuelve a empujarla contra el marco, tan fuerte que creo que se ha agrietado. Las gotas me golpean la cara como agujas mientras avanzamos por el camino hacia las acogedoras luces de Stonehaven. A medio recorrido vuelvo a estar empapada.

Vanessa nos espera con martinis en las manos; el color de sus mejillas sugiere que ella ya se ha tomado uno. Me limpio la lluvia de los ojos y tomo un trago rápido. Es fuerte y salado por la aceituna.

—Caramba, sí que preparas las bebidas fuertes. —Toso. Vanessa pone cara de preocupación.

—¿Quieres que te haga otra cosa? ¿Un té *matcha*, un zumo verde?

—No, no. Está delicioso. —Sonrío y tomo otro sorbo, aunque por dentro me estoy dando patadas a mí misma. ¿Ashley tomaría martinis? Por Dios, no estoy nada inspirada. Demasiado tarde. Tomo un sorbo más, mayor; cuando circule por entre mis nervios me tranquilizará un poco.

Vanessa está preparando alguna especie de guiso francés —hoy no habrá mesa formal, a juzgar por los platos dispuestos en la de la cocina— y la cocina huele a ajo y vino. Va de cacerola en cacerola, echa especias, ajusta las llamas con mano hábil y habla a mil palabras por minuto. ·

—El truco para hacer un *coq au vin* auténtico es usar un gallo viejo. Pero el carnicero de aquí es atroz; no tiene nada de corral y mucho menos gallos, así que he tenido que arreglármelas con unas pechugas. Y, por supuesto, hay que usar un vino francés, un *beaujolais* o quizás un borgoña. Cocerlo cuatro horas si puede ser, aunque yo creo que es mejor seis. Más es más, ¿no? ¡Ja, ja, ja!

Pues resulta que sabe cocinar. Alucino. Recuerdo a Lourdes como una esclava en la cocina, preparando platos que la madre de Benny nunca se comía. ¿Quizá fuera ella quien le enseñó?

Lachlan la sigue de cerca, curioseando en las cacerolas y haciéndole preguntas sobre su técnica con el cuchillo, abrumador de tan solícito. Yo estoy sentada sola a la mesa, tomando mi martini en silencio, cada vez más irritada. Que yo sepa, Lachlan no tiene ni idea de cocinar. No deja de sorprenderme su capacidad para hacer que unos conocimientos superficiales parezcan profundos. La ginebra ya empieza a marearme un poco. El olor de la grasa quemada me está dando vueltas en el estómago.

Por fin interrumpo a Vanessa mientras explica a Lachlan cómo consigue ella el dorado.

—¿Crees que podrías mostrarnos todo Stonehaven? Me encantaría ver el resto de la casa.

Vanessa se aparta unos pelos de la cara con el dorso de la mano y mira la copa casi vacía en la mía.

—Claro. Ya casi estoy. Quizá después de cenar. Parece que te has acabado el martini. ¿Quieres vino? He abierto un Domaine Leroy que encontré en la bodega. La botella tenía un poco de polvo; espero que no esté picado.

—¡Domaine Leroy! Exquisito. Lo tomé cuando estuve en Holkham Hall con el conde de Leicester. ¿Lo conoces? ¿No? Bueno, pues su bodega de vinos era extraordinaria, legendaria —dice Lachlan, meloso y con los ojos muy abiertos. «El conde». ¡Por favor! Es todo tan transparente que no puedo creerme que Vanessa se lo esté tragando. Pero sonrío y asiento como si supiese a qué se refiere, aunque la verdad es que el vino que compro yo es de la sección de diez dólares de la tienda de cerca de casa. Vanessa coloca un decantador en la mesa y nos sirve una copa a cada uno. Lachlan hace girar dramáticamente el contenido y toma un sorbo.

—Vanessa, no nos merecemos un vino tan bueno.

—Claro que sí. —Se la ve muy complacida por haberlo impresionado—. Cenar con amigos merece un buen vino. Si no me tendría que tomar todo esto yo sola y sería una lástima, ¿no?

—No tengo objeción. —Michael alza su copa—. ¡Por las nuevas amistades!

Ella le devuelve la mirada. Tiene los ojos un poco llorosos, y me pregunto si va a volver a ponerse sentimental con nosotros. Siento un ligero mareo; se me han quitado las ganas de cenar. Ojalá volviéramos a la cabaña. Esta noche no tengo fuerzas para ser Ashley. O igual es que he tomado demasiada ginebra.

Levantar mi copa me cuesta más esfuerzo del que debería.

—Y por ti, Vanessa. A veces el universo te junta con alguien a quien sabes que estabas destinada a conocer. —Suena a sentimiento vacío bastante *Ashleyesco*.

Vanessa me sonríe. Sus ojos brillan mucho a la luz de las velas.

—Pues por el universo y los encuentros inesperados. ¿Te gusta el vino?

Quizá sea solo que no sé del tema, pero me sabe a gasolina. Murmuro algo vagamente apreciativo y me concentro en el plato que tengo delante: pollo nadando en grasa, una masa de puré de color rosado a los lados, donde ha absorbido el jugo aceitoso, puntas de espárragos ahogados en un anémico alioli amarillo. Tomo un bocado de patata, mareada, y mi estómago protesta al instante.

Tengo una fina capa de sudor en la frente. ¿Cuándo ha

empezado a hacer tanto calor aquí dentro? La luz de los colgantes encima de la mesa es demasiado brillante. Retiro la silla para ir a tomar un poco el aire; el movimiento hace que se me retuerza el intestino. Me doy cuenta de que estoy a punto de vomitar.

—¿Dónde está el baño? —consigo decir.

Vanessa parece impresionarse al mirarme. Debo de estar hecha un desastre. Se levanta y señala el pasillo; dice algo que no entiendo mientras salgo dando tumbos. Apenas llego a la sala del tocador del vestíbulo antes de regurgitar el pálido contenido del almuerzo. ¿Qué es lo que comí? Ah, sí, un bocadillo de atún del mercado junto a la carretera. Tenía los bordes duros y estaba aceitoso. Debería haber mirado la fecha de caducidad. El lavabo me da vueltas, el frío mármol contra mis rodillas, porcelana contra la mejilla, un olor acre que me atasca el esófago.

Vomito una y otra vez hasta que solo queda bilis que me arde mientras me sube por la garganta.

Llaman suavemente a la puerta y de repente tengo a Lachlan encima. Se pone en cuclillas a mi lado, me aparta suavemente el pelo de la cara y lo mantiene en un puño.

—¿Qué pasa?

—Creo que es el bocadillo de atún. —Me giro hacia la taza y vomito una vez más.

—Joder, sí que te ha sentado mal. Suerte que el mío era de pavo, ¿eh?

La taza tiene una cadena al estilo antiguo; mi brazo no alcanza. Apoyo la mejilla en el mármol y cierro los ojos.

—Esta noche no puedo hacerlo —murmuro—. Dejémoslo estar.

Lachlan arranca un trozo de papel higiénico del rollo y me seca la frente.

—Está bien; puedo encargarme yo solo. Dame las cámaras. Tú vuelve a la cabaña y yo me quedo.

—Le parecerá raro que no vengas a cuidarme. Novio malo. No gusta.

Lachlan hace una bola con el papel y lo lanza a la papelera.

—Creo que se va a poner contenta de estar un rato a solas conmigo. Dime que no te acompañe, monta un poco de número: no quieres estropearle la noche a Vanessa, muestra lo considerada que eres y blablablá.

—Vale, como quieras. —Me incorporo. Estoy febril y mareada. Lachlan me ayuda a volver hasta la cocina, donde Vanessa espera sentada a la mesa, alarmada, con los ojos de par en par, la copa de vino sin tocar, como si estuviera demasiado preocupada por mí como para beber.

—Ashley tiene que descansar. Tengo que volver a la cabaña y acostarla.

Nos hemos detenido ante la mesa. Lachlan se suelta suavemente de la cintura y me da una palmadita de ánimos en la espalda. Me da miedo que si abro la boca vomite en toda la mesa.

—No, tú quédate —consigo decir—. No tiréis toda esa maravillosa comida que ha cocinado Vanessa. Sería una lástima.

Ella niega con la cabeza.

—Oh, no, no. Michael, no pasa nada. Ashley te necesita.

—Estoy bien —murmuro. No estoy bien—. Solo voy a dormir.

Lachlan me contempla con el ceño maravillosamente fruncido.

—Bueno. Si insistes. No me quedaré mucho rato. Tienes razón, sería una lástima desperdiciar todo esto.

Yo ya estoy en la puerta, andando a tumbos como puedo hacia el alivio del aire frío y húmedo, así que no veo la reacción de ella, si sonríe encantada porque él va a quedarse o pone cara de preocupación por mí. En este momento no podría importarme menos. Salgo a la oscuridad. La lluvia sobre mi rostro me hace pensar en la mano fría de mi madre contra mi frente. Mientras camino los años van cayendo hasta que soy una niña en la oscuridad que busca alivio llamando a su mamá.

Ya en la cabaña me meto en la cama, pero no puedo dormir. El cuerpo me tiembla por la fiebre, se me revuelven las entrañas cada vez que levanto un vaso para intentar quitarme el horrible sabor que tengo en la boca. Voy de la cama al lavabo y de vuelta media docena de veces, hasta que algo se viene abajo dentro de mí y me echo a llorar. Estoy deshidratada, vaciada, muy sola. ¿Para qué he venido aquí? Me encuentro el móvil entre las sábanas, pegajoso por el sudor de mis manos, y llamo a mi madre.

—Mamá —le digo.

—¡Mi niña! —Su voz es como un baño de agua caliente, como sales de baño; me arranca la podredumbre de la cabeza—. ¿Estás bien? Suenas rara.

—Sí, estoy bien —contesto, y entonces—: Bueno, en realidad no.

La alarma le vuelve la voz más aguda, las palabras más definidas.

—¿Qué ha pasado?

—He comido algo que me ha sentado mal.

Un momento de silencio y un carraspeo.

—Ay, cariño, ¿es eso? No es tan malo. Toma un poco de *ginger ale*.

—Aquí no tengo —digo, permitiéndome un poco de petulancia infantil: todo es injusto. Me doy cuenta de que mi madre no sabe dónde es «aquí», pero su voz me consuela y tampoco me pide detalles—. Ya me pondré bien. Solo necesitaba oír tu voz.

Oigo un ruidito de fondo, hielo en un vaso.

—Me alegro de que me hayas llamado. Te he echado de menos.

Dudo. Me da miedo preguntar.

—¿Ha vuelto la policía?

—Una vez. No contesté a la puerta y se fueron. Y el teléfono fijo no deja de sonar, pero tampoco lo cojo.

La cabeza me da vueltas, enfebrecida. ¿Qué tendrán sobre mí? ¿Y si me localizan? ¿Podré volver a casa alguna vez? Por supuesto que sí; tengo que hacerlo.

—¿Cómo estás? —le pregunto—. ¿Cómo te sientes?

Tose, un sonido apagado, como si hubiera intentado taparlo con una manga.

—Estoy bien. Pero no tengo apetito y otra vez estoy hinchada. Sobre todo es que estoy siempre muy cansada. Como si acabara una maratón y no puedo más y entonces me doy cuenta de que estoy en la salida de otra maratón, y no tengo otra opción que volver a correr, ¿sabes?

Vuelvo a sentir calambres, pero intento ignorarlos, me mantengo estoica ante el mayor sufrimiento de mi madre.

—Oh, mamá —susurro—. Debería de estar ahí contigo.

—Ni hablar. Por una vez cuida de ti misma, ¿vale? —dice ella—. El doctor Hawthorne ha sido muy amable; quiere que vaya después de Acción de Gracias para empezar el tratamiento, una primera ronda de radiación. Y después el nuevo protocolo. Pero quizá no debería… No lo sé.

—¿Cómo que no? ¿Por qué no?

—Es muy caro, Nina. No sé dónde estás y no quiero saberlo, cariño. Quiero poder decir que no lo sé si me lo preguntan. Pero está claro que no estás en tu tienda de antigüedades, así que ¿de dónde vamos a sacar el dinero? Va a ser medio millón una vez sumemos la radiación y los medicamentos y las visitas al médico y la cuidadora y la estancia en el hospital. He vuelto a hablar con mi aseguradora; siguen negándose a cubrir nada más que la quimio básica. Dicen que es un protocolo experimental que ellos no han aprobado. —Otra tos disimulada, su voz se va apagando como si la conversación la fatigara—. Puedo hacer solo la quimio. Igual me va bien.

—No —contesto—. La quimio no funcionó la otra vez. Vas a hacer lo que el médico recomienda. A finales de año tendré el dinero. Quizás antes. Todo. Tú haz lo que dice. Comienza el tratamiento.

Al otro lado de la línea se hace un momento de silencio.

—Cariño, sea lo que sea lo que estés haciendo, espero que tengas cuidado. Ojalá te haya enseñado al menos eso. Siempre tienes que ir cinco pasos por delante.

Intento pensar en algo tranquilizador que decirle, pero mi conducto gastrointestinal requiere atención inmediata. Apenas consigo decirle adiós a mi madre y corro dando tumbos al baño para otra ronda. Después me dejo caer en la cama y me entrego a un sueño enfebrecido.

Sueño que estoy en el fondo del lago Tahoe, nadando frenéticamente en sus gélidas aguas hacia una mínima luz arriba. Los pulmones me van a estallar; la superficie parece estar cada vez más lejos. Alguien también nada por encima de mí, una sombra negra contra el azul. Intento pedirle ayuda, pero me doy cuenta de que no ha venido a eso; está para evitar que yo llegue a la superficie. Cuando por fin me despierto sobresaltada, estoy empapada en sudor y desorientada. Pero al menos ya no parece que alguien me esté haciendo nudos en el estómago, aunque sigo débil y temblorosa.

Me quedo en la cama, oyendo cómo ruge la tormenta alrededor de la cabaña. La lluvia se ha convertido en granizo y golpea las ventanas con tanta fuerza que me da miedo que las rompa. Cuando cojo el móvil y miro la hora veo que han pasado tres. ¿Dónde está Lachlan? ¿Qué estarán haciendo?

Al rato me doy cuenta de que puedo obtener muy fácilmente la respuesta. Me levanto de la cama y voy a la sala a buscar su portátil. Lo enciendo y me dejo caer en el sofá.

Cuando recobra la vida veo que ahora hay once diferentes *feeds*. Reconozco uno: el despacho de abajo, con su sillón presidencial. Hay otra cámara en el rellano de arriba, colocada de forma que da a los salones. Otras más muestran la biblioteca y la sala de juegos con la mesa de billar, más el vestíbulo y otras habitaciones que no conozco. En una última se ve lo que debe de ser el dormitorio principal. Examino al detalle este último; nunca lo había visto. Es oscuro y enorme como todo el resto de Stonehaven; una cama con dosel cubierta con una tela de color escarlata, un sillón formal tapizado con terciopelo, un armario del tamaño de un tanque. Hay dos galgos de cobre a ambos lados de la chimenea, perros guardianes inmóviles que observan con mirada siniestra hacia la cama, en la otra punta. Es una habitación pensada para un oligarca *fin de siècle* con delirios de realeza.

Solo hay una nota disonante en esa instalación de museo: las cajas de embalar que cubren la pared más lejana, apiladas formando un muro de tres de altura y al menos una docena de lado a lado. Hago *zoom* y observo las etiquetas escritas a mano con rotulador negro: *Abrigos de vestir, Celine y Va-*

lentino; *Faldas plisadas*; *Minibolsos y monederos*; *Jerséis ligeros*; *Louboutin, varios*; *Blusas de seda*. Al instante se me ocurren dos cosas: primero, que el vestuario de Vanessa podría llenar fácilmente una tienda entera y costaría una fortuna guardarlo en una consigna *online*; y segundo, que ella lleva meses viviendo allí y por lo visto aún no ha deshecho las maletas.

Miro el *feed* un minuto, esperando a que Lachlan o Vanessa aparezcan en la pantalla, pero no lo hacen. Deben de estar en la cocina. El resto de la casa es como una tumba. ¿De qué puede hablar Lachlan con ella durante tres horas? Me sorprendo a mí misma pensando en que ojalá hubiésemos dedicado un poco más de dinero a comprar cámaras con audio; así al menos oiría ecos de lo que sucede donde no veo.

Acabo quedándome dormida en el sofá. No sé cuánto tiempo ha pasado cuando me despierto de repente y veo a Lachlan inclinado sobre mí. Su aliento es dulce y como de hongos; huelo en él el vino.

—Las he puesto todas. Todas las cámaras —dice, y se ladea ligeramente. Noto que está borracho.

—Ya lo he visto —le digo—. Y también he visto que te lo has pasado genial.

—No te pongas celosa, querida, no te sienta bien. —Se va dando tumbos hacia el dormitorio, rebotando contra los muebles que hay por todas partes.

Me siento. Aún tengo su portátil en el regazo.

—¿Quieres echar un vistazo a los *feeds*?

—Por la mañana —dice desde lejos—. Estoy molido.

Oigo los golpes que se da por toda la cabaña, los insultos que les dedica a las antigüedades, y por fin su cuerpo contra la cama. Al poco empiezan a sonar profundos ronquidos que casi hacen que todo tiemble. La cabaña suelta crujidos y lamentos mientras la noche se vuelve más fría. Pienso en la tormenta que se acerca.

Después de que Lachlan me despierte no puedo volver a dormirme. Abro el portátil y pongo los *feeds*. Ahí está Vanessa, dando vueltas por su habitación como si buscara algo. Desaparece en el baño, vuelve y se queda un buen rato en la punta de la cama, mirando algo, ni idea de qué. Va en ropa interior y camisola, a través de la que casi puedo contarle las costillas. Tiene pequeños semicírculos de diferentes máscaras faciales bajo los ojos; parece un monstruo. Por fin se mete en la cama, coge el móvil de la mesilla y lo consulta, pero entonces cambia de idea, apaga la luz y se tumba mirando al techo, inmóvil.

Entre los cuatro postes parece minúscula, como una muñeca sobre una cama de verdad. Me pregunto si sentirá la presencia de todos los Liebling muertos que han dormido allí antes que ella. «Tendría que comprarse una nueva», pienso. La miro mientras su pecho se levanta y desciende, primero lentamente y después más rápido, con extrañas interrupciones en el ritmo. Entonces levanta las manos para taparse la cara y me doy cuenta de que está llorando. Al principio son unos ligeros sollozos, pero pronto su cuerpo se echa a temblar con fuerza. Sus cabellos rubios se vierten por la almohada mientras se retuerce, creyendo que está sola en la oscuridad. Nunca había visto una desesperación tan profunda.

Siento repugnancia, pero no por ella. Me imagino mirándome a mí misma desde fuera, como si alguien me examinara en su propio *feed* de mi vida. Lo que veo es a una *voyeur* patética que espía a una mujer en su momento más privado. Una vampira emocional que usa la tristeza de una desconocida para alimentar su desprecio.

¿Cómo me he convertido en una persona que vive entre las sombras, que mira al mundo y solo ve pardillos y engaños? ¿Por qué soy cínica en vez de optimista, por qué cojo en vez de dar? (Es decir, ¿por qué no soy más como Ashley?). De repente me odio a mí misma y a ese ser pequeño y miserable en el que me he convertido; es un odio más profundo que el que nunca he sentido por los Liebling y los de su ralea.

«Esto no te lo han hecho. Te lo has hecho a ti misma», pienso.

Cierro los *feeds* mientras me digo que no voy a volver a mirar. Quiero que este asunto acabe. Quiero volver a casa, en Echo Park, con mi madre. Quiero sacar lo bastante con este trabajo como para no tener que volver a hacerlo. Quiero todo eso y mucho más: una nueva oportunidad de convertirme en quien creía que podía llegar a ser, la del Brillante Futuro.

Justo antes de que los *feeds* se apaguen, Vanessa aparta las manos y de repente su rostro vuelve a ser visible, pálido y lleno de sombras contra las sábanas de color escarlata. Apenas distingo sus rasgos en la oscuridad, pero algo en ella me inquieta. Podría jurar que en el medio segundo antes de que la imagen desaparezca Vanessa no está llorando.

Se está riendo.

21.

LA LLUVIA SE HA VUELTO NIEVE DE LA NOCHE A LA mañana. Cuando me despierto y voy hasta la ventana de la sala veo que hay quince centímetros de polvo sobre todas las superficies; es como verlas con *flu*. La nieve cae gruesa y silenciosa, en perfectos copos del tamaño de una moneda. El gran jardín ha desaparecido, enterrado bajo una familiar sábana blanca.

Hace años que no veía algo así, y me descubro fuera, en pijama, sacando la lengua como una niña pequeña que quiere atrapar un copo. Lachlan aparece detrás con una taza de té en las manos, la colcha anudada a los hombros. Está demacrado y resacoso, la piel bajo sus ojos hinchada y arrugada. Por una vez aparenta su edad, un hombre al borde de los cuarenta; resulta sorprendente.

—Estás haciendo que entre el aire frío —dice, y entonces mira lo que llevo puesto—. Por Dios, Nina, vas a morir congelada si no llevas cuidado.

Me cubre a mí también con la colcha, atrapándome en el calor de su cuerpo. Huele agrio, a sudor pasado y mal aliento.

—¿Crees que nos quedaremos atrapados por la nieve? —pregunto.

—Esperemos que no. —Aprieta más fuerte la colcha a nuestro alrededor y tiembla—. Cuando me fui de Dublín juré que nunca volvería a vivir en un lugar frío. De pequeño siempre estaba helado. Mis padres no podían permitirse la calefacción, así que cada invierno nos moríamos de frío. Supongo que confiaban que con once niños embutidos en tres habitaciones sobreviviríamos por nuestro propio calor. —Contempla tristemente cómo caen los copos de nieve—. Hacía los deberes con guantes para no quedarme congelado en mi propio puto dormitorio. Mis profesores siempre me ponían malas notas por mi letra.

Quiero decirle que a mí la nieve, su pureza, me transmite esperanza. Que recuerdo mirar este mismo paisaje de adolescente y sentir que me había metido en alguna especie de mundo de fantasía. Que quizá pudiera ser feliz aquí en diferentes circunstancias. Pero no digo nada de eso. Salgo de debajo de su brazo y vuelvo a entrar al calor de la cabaña.

—No tenemos tiempo para historias sentimentales —digo—. Pongámonos en marcha.

Un rato más tarde voy por el camino ahora blanco a Stonehaven. Mis botas pisan la capa de nieve fresca y dejan al descubierto la hierba aplastada en mis huellas. Subo los escalones de la entrada trasera y tengo que llamar tres veces antes de que Vanessa acuda por fin a la puerta. Parpadea con ojos inyectados en sangre e hinchados y una sonrisa temblorosa. Está claro que también ella bebió demasiado ayer.

—¿Ya estás mejor? —No disimula su sorpresa—. Sí que vas rápido.

—Se me pasó enseguida —contesto—. A veces el cuerpo es un misterio, ¿verdad? Incluso cuando llevas toda la vida intentando comprenderlo, sigue haciendo cosas que no te esperas.

—Oh. —Frunce el ceño mientras piensa en mi frase—. ¿Qué crees que ha sido? ¿Comiste algo que te sentó mal?

—Debió de ser el bocadillo de atún de la tienda.

—Oh, Dios; si me lo hubieras preguntado, te habría advertido sobre los sándwiches de ese lugar. Tienen una refrigeración muy sospechosa. En fin… —Sigue parada, mirándome como si no pudiera creerse que yo esté allí—. Te echamos de menos en la cena.

—Me supo fatal perdérmela, después de todo el trabajo que hiciste. Espero que podamos repetir. —Sonrío.

Ella mira por encima de mi hombro, hacia la cabaña, y siento que hace cálculos en su mente: el valor de la compañía contra el esfuerzo necesario para recibir invitados de nuevo, tan pronto.

—Claro —contesta por fin.

—¿Cuándo?

Parpadea, sorprendida por mis repentinas prisas.

—Mañana, creo.

—Genial. —Pongo un pie en la puerta—. ¿Te importa que entre un momento a secarme? Tengo que pedirte un favor.

La cocina por dentro parece la escena de un crimen violento. Hay cacerolas y cazos por todas las superficies, manchas rojizas de guiso en la loza, copas de vino con residuo escarlata y marcas secas de labios en los bordes. Los restos de la cena de ayer siguen en la mesa: platos con guiso congelado nadando en charcos de grasa amarillenta, cubiertos con migas en las puntas, servilletas blancas con pintura de labios, una ensalada mustia en un lago de aceite.

—Parece que anoche os divertisteis —comento.

Ella contempla la porquería con una expresión distante, como si la hubiese dejado otra persona.

—Se suponía que hoy iba a venir la cuidadora a limpiar, pero se ha quedado atrapada por la nieve.

Algo en su tono parece insinuar que el mal tiempo sea culpa de la cuidadora. Coge una copa medio vacía de la encimera y la mueve cinco centímetros más cerca del fregadero, como si esa fuera toda la limpieza que puede hacer.

—Le diré a Michael que venga a lavar los platos. Parte de este lío es cosa suya —digo, encantada por lo mucho que va a odiar Lachlan la idea.

—Oh, por favor, no hagas eso. Pronto va a parar de nevar, seguro, y vendrá la quitanieves. —Mira por la ventana hacia el lago y tiene que cerrar los ojos un instante ante la luz que se refleja en la superficie blanca. Después se deja caer en una silla—. Has dicho que querías pedirme un favor...

Me siento a su lado, respiro hondo y me fuerzo a convertirme en Ashley.

—No sé si Michael ya te lo ha dicho; a veces es tan discreto... —Le dedico una sonrisita tímida—. Pero me ha pedido que me case con él. Estamos prometidos.

Me mira sin expresión durante un segundo, como si no transmitiera en tiempo real. Entonces se le ilumina el rostro y suelta un chillido que perfora los oídos. Es todo tan exagerado que parece una parodia de sí misma. No puede alegrarse tanto por nosotros.

—¡Fantástico! ¡Es tremendo! ¡No, no me lo había dicho! ¡Qué maravilla! —Se me acerca más, me echa en la cara su aliento mañanero nada fresco, se cubre el pecho con las manos como si la embargara la felicidad. Es un poco demasiado—. ¡Cuéntamelo todo! Dónde y cómo y... ¡ah, y muéstrame el anillo!

—En realidad fue la noche en que llegamos, en la entrada de la cabaña. Estábamos ahí fuera, mirando la luna llena sobre el lago, y él clavó una rodilla en el suelo y… en fin, ya te lo imaginas.

Me quito poco a poco el guante de la mano izquierda y se la ofrezco para que la examine. En el anular llevo un anillo de compromiso *art déco*, una esmeralda talla cojín enorme, del tamaño de la uña de mi pulgar, rodeada de diamantes *baguette*. De ser real valdría al menos cien mil dólares. Pero no lo es. Es una excelente falsificación que mi madre le quitó a una mujer borracha en el Bellagio hace muchos años. Lo guardé y desde entonces me ha servido para momentos como este.

Vanessa me coge de la mano y hace ruiditos de admiración.

—Es *vintage*. ¿Heredado?

—Perteneció a la abuela de Michael.

—Alice. —Y pasa suavemente el pulgar por la piedra. Tardo un momento en reconocer el nombre.

—Eso, Alice. Me encanta. Es precioso. —Alzo la mano para admirarlo y se me cae hasta el nudillo—. Pero ¿ves? Es demasiado grande y no se queda quieto. Me da miedo llevarlo hasta que me lo ajusten. Incluso así, entre tú y yo, me da un poco de vergüenza ponerme algo tan ostentoso. —Consigo ruborizarme—. La verdad es que destacar no me gusta nada. Y tampoco es que pueda llevarlo en mis clases. Si fuera por mí, lo vendería y me compraría algo más pequeño.

—Ah, claro. —Asiente muy seria como si me comprendiera, aunque sé por Instagram que no hay joya demasiado grande para Vanessa Liebling.

—El caso es que tampoco me hace gracia dejarlo en la cabaña. Supongo que estoy paranoica, pero… —Parece ridículo dar a entender que en la orilla nevada del lago acechan ladrones, pero ella frunce el ceño, como considerándolo seriamente. Espero no haberle metido demasiado miedo, no quisiera que instalase una alarma mejor—. En fin, que me preguntaba... ¿Tienes una caja fuerte?

Ella me suelta la mano.

—¿Una caja fuerte? Sí, claro.

—¿Te importaría que te deje el anillo mientras estemos aquí? —Me lo quito y se lo pongo en la palma antes de que pueda pensárselo. Instintivamente cierra la mano, como un bebé protegiendo un juguete. Le cubro el puño con la mía y aprieto un poquito en agradecimiento—. Me sentiría mucho mejor sabiendo que no tengo que preocuparme. Nunca he tenido nada tan bonito, y siento que... —dudo—... bueno, que puedo fiarme de ti.

Baja la vista hasta nuestras manos cerradas en torno a lo que cree que es mi mayor posesión.

—Te entiendo perfectamente. —Me mira de nuevo y me sorprende ver que le asoman las lágrimas. «Ya estamos otra vez. ¿Y ahora por qué llora?».

Entonces recuerdo el anillo de compromiso que colgó en *V-Life*, la radiante sonrisa en su rostro mientras mostraba los dedos a la cámara. *Chic@s, tengo noticias*. Ya no lo lleva, claro; es otra entrada en el libro de contabilidad de sus tragedias. Me pregunto qué habrá pasado. Quizá porque estoy interpretando a Ashley, quizá porque algún resto de humanidad en mi interior desea conectar con la suya a pesar de todo, siento el impulso de preguntar.

—A principios de año tú estabas comprometida, ¿no?

Parece sorprenderse.

—¿Cómo lo sabes?

—Por tu Instagram.

Abre ligeramente la boca y piensa. Parece que vaya a soltar alguna frase ya preparada, una cita inspiracional que va a demostrar lo resistente y reflexiva que es. Pero, a saber por qué, no dice nada. Abre la mano, con mi anillo aún en la palma. Lo mueve adelante y atrás para que le dé la luz, un gesto curiosamente posesivo teniendo en cuenta que no es suyo.

—No le gustaba mucho mi estilo de vida —dice al fin mientras observa los brillos. Le ha cambiado la voz, ahora es más plana—. Quiere meterse en política, como su madre. Decidió que yo era un obstáculo para sus objetivos, que mi *óptica* no era buena para él. No es bueno que se vea a un servidor público en un *jet* privado, y menos tal como están las cosas hoy en día. Quedaría demasiado superficial. —Se encoge de hombros—. No lo culpo.

Eso no es lo que yo esperaba oír. Me imaginaba infidelidad, quizá líos de drogas, algo sórdido e inconfesable. También me sorprende el ver que tiene una cierta consciencia de la imagen que transmite a otros. «Superficial...»; no creía que fuera a oírle pronunciar esa palabra.

—¿Y esperó a que estuvierais prometidos para decirte eso?

—Decidió dejarme dos semanas después de la muerte de mi padre.

No soy tan fría como para que eso no me parezca una barbaridad. Me acerco más a ella.

—Nadie capaz de hacer algo así te merece. Ya sé que no es consuelo, pero creo que a largo plazo te ha venido bien. —Lo creo de verdad—. ¿Es por eso que te fuiste de Nueva York?

—Por eso me vine aquí —responde. Mira la sucia cocina—. Necesitaba cambiar de paisaje y de repente apareció Stonehaven en lo que parecía el momento perfecto. Papá me la dejó en herencia, y pensé... que quizá me haría bien volver a la vieja casa. Creí que era el destino o algo por el estilo. —Me mira y veo que sus ojos están fríos y desiertos como el lago—. El caso es que olvidé que odio este lugar. Aquí han pasado cosas horribles para mi familia. —Las palabras salen de su boca como carámbanos—. Stonehaven es solo un monumento a nuestras tragedias familiares; todas las cosas malas que les pasaron a mi madre y a mi padre y a mi hermano empezaron aquí. ¿Sabes que mi hermano es esquizofrénico? Empezó aquí. Y mi madre se suicidó aquí.

La nueva Vanessa me deja sin palabras. No la llorona y necesitada depresiva de la biblioteca, no la huésped ansiosa por complacer, sino otra, fría e indignada, consciente de la realidad y amargada. ¿Su madre se mató? No lo sabía.

—Por Dios. ¿Se suicidó?

Me mira curiosa con sus ojos verdes ahora sin vida, como si buscase algo en mi rostro. Por una vez no intenta mostrarse empática. Baja la vista y se encoge de hombros.

—No salió en los diarios, claro; papá se aseguró de eso.

Un accidente de barco, eso es lo que dijeron las noticias. Nunca se me ocurrió preguntarme cómo podía haber muerto una mujer mayor en un accidente de barco a bordo de un yate. Quiero preguntar por qué lo hizo, pero sé que eso no sería aceptable, no es lo que diría Ashley.

—Debía de tener muchos problemas —digo suavemente, recordando a la mujer frágil pero patricia del sofá de la biblioteca. Siento una punzada de duda repentina: ¿qué más no habré visto ese día?—. Lo siento muchísimo. No tenía ni idea.

—¿Cómo ibas a saberlo? —Por un instante agita los hombros con violencia—. ¿Cómo podría saberlo nadie? Soy la jodida Vanessa Liebling. Soy una *hashtag* privilegiada y lo sé. No se me permite sentir dolor ni quejarme; si lo hago es que no valoro lo que tengo. Se supone que he de pasarme la vida haciendo penitencia por mi buena suerte. No importa lo que haga, ni aunque renunciara a todo, para algunos no sería nunca suficiente, siempre encontrarán algún motivo para odiarme. —Mira el anillo en su mano y de nuevo empieza a darle vueltas para verlo brillar—. Y quizá tengan razón. Quizá hay cosas en mí que no funcionan, quizá no merezca comprensión.

A pesar de todo, a pesar de mí misma, siento un punto de genuina lástima por ella. Puede que me haya pasado al juzgarla, que el disgusto que creía sentir por ella no sea tal, que esta vez Lachlan y yo nos hayamos equivocado al elegir nuestro objetivo. A fin de cuentas, ella no es la Liebling que me arrastró desnuda fuera de la cama, no es la Liebling que nos obligó a mi madre y a mí a irnos de la ciudad. Ella apenas sabía que yo existía. Quizás esté siendo injusta al culparla de los pecados de su padre.

Me mira expectante, como esperando que le dedique unas palabras tranquilizadoras; Ashley, receta de serenidad ante la tragedia. Pero no me sale.

—Déjalo —le digo. Mi voz suena diferente, más seca. Me doy cuenta de que es porque ahora hablo yo—. ¿Este lugar resulta tóxico para ti? ¿Estás harta de que te juzguen? Entonces lárgate y déjalo todo. No necesitas esta casa. Olvídate de Stonehaven y vete a empezar de nuevo a un lugar que no tenga bagaje para ti. Apaga las cámaras y vive en paz. Pero, por Dios, de una forma u otra tienes que superarlo. Y deja de pedirle a la gente que te diga que te lo mereces. ¿Qué te importa lo que piensen? Que les den por culo a todos.

—¿Que les den por culo a todos? —Veo esperanza en su rostro, algo que se despierta en ella. Me mira fijamente—. Estás de broma, ¿verdad?

Me doy cuenta de que estoy peligrosamente cerca de delatarme. ¿Qué intento demostrar?

—Era broma. —Busco algún discursito anodino más típico de Ashley—. Mira, parece que has tenido un año verdaderamente difícil. Tendrías que pensar en cuidar de ti misma. Si quieres, puedo darte algunos ejercicios de *mindfulness*.

—Ejercicios de *mindfulness*. —La sugerencia parece sorprenderla—. ¿Y eso qué es?

—Es como hacer limpieza espiritual. —Sé que suena patético; despreciaría el consejo si me lo dieran a mí—. Ya sabes, vivir en el hoy.

Aparta su mano y veo que se arrepiente de haber dicho nada.

—Ya vivo en el hoy —dice fríamente. Se levanta—. Es igual. Voy a guardar el anillo. ¿Tiene estuche?

—¿Que si tiene…? —Me doy cuenta de mi error: pues claro que tenía que venir en un estuche con terciopelo por dentro—. ¡Anda! Me lo he dejado en la cabaña.

—No pasa nada —dice ella—. Espera aquí.

Desaparece de la cocina y la oigo caminar por la casa. Escucho atentamente sus pasos, pero la mansión se traga los sonidos. No sé ni siquiera si ha subido al primer piso. Me quedo a la mesa de la cocina. El corazón me late a toda velocidad. Espero que hayamos colocado las cámaras en los lugares adecuados: en la casa hay cuarenta y dos habitaciones y solo una docena de aparatos espía.

Al cabo de unos minutos regresa. Se queda de pie frente a mí.

—Hecho —dice. Parece haberse recuperado mientras iba y venía. Tiene la delantera del pelo húmeda, como si se hubiera echado agua en la cara.

Yo también me levanto.

—No sabes cuánto te lo agradezco.

—No te preocupes. Es lo menos que puedo hacer por una amiga. —Su voz ha recuperado el tono patricio—. Avisa cuando lo quieras.

Lo que quiero es hacer que vuelva la otra Vanessa, la cínica herida que intuí bajo esta falsa superficial de peso ligero. La cojo de la mano.

—En serio —le digo—. Siento que aquí no seas feliz. De verdad que tendrías que pensar en irte.

Me mira, parpadea y aparta la mano.

—Creo que no me has entendido bien. Estoy segura de que he vuelto por alguna razón. —Me muestra sus veintidós perfectos dientes blancos—. De hecho, lo sé.

Cuando vuelvo a la cabaña, agitando la cabeza para sacarme la nieve del pelo, me encuentro a Lachlan sentado a la mesa. Tiene el portátil abierto ante sí; la pantalla muestra los *feeds* de vídeo. Al verme levanta las piernas, las posa en otra silla y se recuesta, sonriente.

—Bingo —dice—. La caja fuerte está detrás de un cuadro, en el despacho.

22.

TRES ADULTOS —UNA MUJER RUBIA, UNA PAREJA
oscura— están sentados en el comedor de una mansión en
la montaña, como anclas en una punta de una mesa para
veinte.

Está todo dispuesto para una comida de varios platos.
Platos de porcelana con una filigrana de oro en los bordes
se apilan como muñecas rusas, de más ancho a menos, cada
uno esperando su momento, flanqueados por cubiertos con
un monograma grabado. Las copas de cristal tallado refle-
jan en prismas la luz de la lámpara que cuelga del techo. La
sala huele a madera ahumada y a las rosas de la mesilla su-
pletoria.

La rubia, que es la anfitriona, no ha escatimado en nada.
Lleva un vestido verde de chifón Gucci seguramente pensado para subrayar el color de sus ojos. La pareja se muestra incómoda con los vaqueros que llevan los dos. No habían contado con que la ocasión iba a ser tan solemne. No
habían pensado que los empleados del cáterin iban a estar
dando vueltas por toda la cocina, las mujeres uniformadas
que les sirven el vino, la criada que espera en pie a limpiar
las migas. Algo ha cambiado en las cuarenta y ocho horas

desde la última comida servida aquí, pero ninguno de los dos sabe por qué la rubia ha sentido de repente la necesidad de impresionarlos.

A pesar de todo, la conversación es fluida y animada. Evitan los temas polémicos (la política, la familia, el dinero) y tratan temas de actualidad con los que están familiarizados todos: las últimas series de televisión alabadas por la crítica, divorcios de famosos, los méritos de la dieta paleo-extrema. El vino fluye, llega la sopa, el vino fluye más, ahí viene la ensalada. Los tres beben en exceso, aunque si uno presta atención observará que la pareja lo hace en menor cantidad que la rubia. De vez en cuando los dos se miran, pero enseguida apartan la vista.

El plato principal —salmón al limón— acaba de ser servido cuando la velada se ve interrumpida por una llamada de teléfono. La mujer de cabellos oscuros rebusca en el bolsillo de sus vaqueros, saca su móvil y mira la pantalla con el ceño fruncido. La conversación se detiene brevemente mientras ella contesta. Forma sin sonido la palabra «Mamá» y los demás asienten. Se levanta de la mesa, se encoge de hombros como disculpándose y abandona la sala mientras empieza a hablar con la persona al otro lado de la línea.

Los dos que quedan a la mesa se sonríen tímidamente. La rubia examina su plato («¿Esperamos o no?»), pero él se precipita sobre el suyo como si estuviera muerto de hambre; por fin la mujer se relaja y coge su tenedor. El salmón de la mujer morena se enfría en el plato y la gelatina empieza a solidificarse.

Mientras tanto, esta camina apresuradamente por la mansión, cruzando habitaciones frías y que parecen cada vez más oscuras a medida que se aleja de la actividad y los ruidos de la cocina. Habla en voz bien alta al aparato hasta encontrarse a una buena distancia, y entonces deja de simular. La llamada era falsa, claro; hay aplicaciones para eso.

La mujer llega al vestíbulo de la mansión, donde unos plutócratas muertos miran con desaprobación desde sus retratos; atraviesa una sala de estar y entra en el despacho. Este se encuentra en la base de la torreta circular que ancla el centro de la mansión, por lo que la sala también lo es, con paredes curvadas cubiertas con estanterías de madera. Cada una de estas muestra un objeto singular: una urna de celadón, una vaca de porcelana, una lámpara con forma de globo terráqueo, un reloj de *boudoir* lleno de florituras. El escritorio, un lago de cedro pulido, está vacío excepto por un antiguo tintero y una foto enmarcada sacada hace unas décadas y que muestra a una madre y sus dos hijos pequeños.

La mujer va hasta el escritorio y lo rodea mientras examina la sala. Se concentra en un cuadro colgado en la pared opuesta, que muestra una escena de caza británica, un grupo de perros que persiguen a un zorro por entre unos arbustos. Se acerca para examinarlo mejor. El marco sobresale mínimamente pero en forma delatora de la pared; la pintura dorada parece más gastada en un punto que en el resto. La mujer se saca del bolsillo un par de guantes de látex y se los pone antes de coger el marco por ese punto y tirar ligeramente. El cuadro se retira a un lado y muestra una caja fuerte detrás.

La mujer se detiene y escucha con gran atención, pero la mansión está en silencio excepto por el eco ocasional de alguna risa, como una aguja que atraviesa la quietud. Examina la caja fuerte. Es del tamaño de un aparato de televisión, igual de grande que la pintura que la cubría y bastante moderna, aunque no demasiado, con un teclado electrónico.

Con sus dedos enguantados, la mujer teclea cuidadosamente una fecha de nacimiento; la ha encontrado hace poco en una base de datos *online* de certificados de nacimiento: 062889. Espera, intentando oír el clic. No sucede nada. Vuelve a probar, una tras otra, tres variaciones de la misma fecha: 061989, 280689, 198906, pero sigue sin suceder nada. Posa una oreja en la superficie metálica y escucha, igual que los ladrones en las películas antiguas de grandes robos. Aunque hubiese algo que oír, ella no sabría en qué fijarse. Sus dedos golpean el teclado cada vez más fuerte, frustrados. Ha leído lo suficiente sobre cajas fuertes como para saber que tiene solo cinco intentos antes de que esta deje de aceptarlos.

Respira hondo, agita las manos y vuelve a probar: 892806.

La caja emite un ruido de queja. El cierre se suelta con un *clanc* metálico. La mujer abre la portezuela y mira en su oscuro interior.

Está vacía. La caja fuerte está vacía.

Miro, incrédula. Al frente hay un anillo de compromiso *art déco* falso. Vanessa lo ha colocado en un pequeño bol de plata para guardarlo; en la semioscuridad parece una triste burbuja que se ha quedado en la jabonera. Detrás no hay nada. Ni pilas de billetes con cintas, ni cajas de joyas con interior de terciopelo, ni monedas de metales preciosos.

Me mareo. Todo ha sido para nada.

Pero no, no es cierto. La caja no está vacía del todo. Al fondo hay un montón de papeles y unas carpetas de acordeón. Cojo con cuidado estas últimas y las abro para echar un vistazo. Son solo documentos, la mayoría amarillos por el tiempo. Los hojeo: informes de negocios, títulos de propiedad, bonos del gobierno, certificados de nacimiento, papeles legales varios para los que no tengo tiempo ni interés. Es probable que formen un documento histórico de Stonehaven y sus habitantes, pero a mí no me resultan de ningún valor.

Vuelvo a dejar las carpetas y adelanto la pila de papeles al frente de la caja. De nuevo, nada de valor. Son solo viejas cartas.

Aun así, las miro por encima para asegurarme del todo. Una me llama la atención. Es una nota escrita a mano en una hoja cuadriculada con tres agujeros a un lado, típico de los cuadernos que se venden por toda América. La letra es femenina, escrita en rotulador con gran pulcritud.

Algo en mí se detiene. Conozco ese papel. Conozco esa letra.

Saco la nota de la pila y la ilumino con la linterna del móvil. Me digo a mí misma que estoy imaginándome cosas mientras empiezo a leer. Pero me siento como si se me hubiese enrollado una serpiente al pecho y empezara a apretar.

15 de octubre de 2006

William:

Sé que cuando me fui de la ciudad creíste que todo había acabado, pero adivina: he cambiado de idea. Me doy cuenta de que mi silencio te ha salido demasiado barato. Valgo más que lo que me diste en junio.

Como sabes, tengo pruebas de lo nuestro: fotos, facturas, cartas, registros de teléfono. Te ofrezco vendértelos por 500.000 dólares. Incluyo ejemplos de las fotos que tengo, para que sepas que todo es cierto. Si eliges no pagarme los 500.000 dólares, voy a enviárselo todo a tu mujer, después mandaré una copia a los inversores de tu consejo de administración, y después otras a los diarios y las webs de cotilleos.

Tienes hasta el 1 de noviembre para ingresarme el dinero
en mi cuenta del Bank of America.

Es lo mínimo que nos debes a Nina y a mí.

Saludos,
Lily

La serpiente que me rodea el pecho aprieta hasta cortarme
la respiración. La habitación me da vueltas.

En mi cabeza repican campanas. No; es solo el reloj, que
da la hora. Han pasado casi ocho minutos desde que me
levanté de la mesa. Devuelvo la nota a la caja fuerte empu-
jándola en mitad de la pila de papeles y cierro con manos
temblorosas. Vuelvo a ciegas por la casa oscura siguiendo el
sonido de las voces. Intento hacer que todos los fragmentos
de mi historia encajen de nuevo, pero no lo consigo. Nada
tiene sentido. O quizás es que de repente todo lo tiene.

Mi madre. Me la imagino como era por entonces, explo-
siva con su vestido azul de lentejuelas, y después me la imagino en los brazos grandes y fofos de William Liebling. Me
da un temblor.

Tengo que hablar con ella. Tengo que verla.

Por fin llego al comedor. El calor de la chimenea, la luz
repentina que me hace parpadear. Dos pares de ojos se fijan
en mí y dibujo en mi rostro lo que espero sea una sonrisa
tranquila y tranquilizadora. Pero Lachlan se da cuenta de
que algo va mal. Al mirarme aprieta los músculos de la mandíbula de forma casi imperceptible, alarmado. Vanessa no
parece darse cuenta.

—¡Aquí estás! Michael me estaba hablando de su novela; me muero por leerla. A lo mejor me deja un fragmento.
—Sonríe con picardía a Lachlan, y cuando él no le responde

al instante apunta de nuevo hacia mí. Frunce el ceño—. Espera… Ashley, ¿va todo bien?

El olor del salmón invade mi olfato y me provoca una arcada. Las llamas de velas sobre la mesa tiemblan por el viento que he traído conmigo. Observo a Vanessa y me pregunto si sabe lo de la nota. Me siento frágil y expuesta. Ella me devuelve la mirada con los ojos abiertos de par en par, arreglada e ingenua como un caniche de concurso. Entonces recuerdo que soy Ashley. Aunque Vanessa hubiera dado con la nota entre los papeles de su padre, no tendría razón para conectar a la Lily de la firma con la mujer que ahora tiene delante. Me envuelvo en mi disfraz y, disimulando temblores, improviso.

—Es mi madre —digo—. Está en el hospital. Tengo que volver a casa.

Lachlan está furioso. Da vueltas en círculo por la sala de estar, con las venas del cuello hinchadas, pasándose las manos por sus rizos enredados por la estática.

—Joder, Nina, ¿vacía? Y entonces, ¿dónde coño está todo?

—No lo sé —contesto—. Lo más posible es que escondido en algún otro lugar. Otra caja fuerte. O una consigna. O un banco.

—Mierda. Estabas tan segura…

—Perdona, pero han pasado doce años. Las cosas cambian. Ya sabíamos que no teníamos muchas posibilidades.

—Nunca dijiste que no las tuviéramos. Dijiste que era seguro. Nuestro gran trabajo.

Me dan ganas de tirarle una silla.

—Al menos la combinación seguía siendo la misma, y he podido comprobarlo.

Él se tira en el sofá con expresión sombría.

—¿Y ahora qué?

—Bueno, no es que la casa no tenga objetos valiosos. Hay cosas que valen cientos de miles de dólares. El carillón. Puedo volver, hacer inventario y después estudiamos nuestras opciones. No vamos a irnos con las manos vacías.

Lachlan pone cara de disgusto.

—Eso es mucho más complicado: encontrar la forma de llevárnoslo, encontrar a otro perista para vendérselo. Después de la comisión solo conseguiremos una fracción de su valor. Se suponía que esta iba a ser nuestra gran oportunidad, y ya estamos de nuevo con chapuzas. —Me mira fijamente—. ¿Y qué diablos es eso de ir a ver a tu madre?

—Me ayudó con la historia, hizo que la llamada sonara más plausible.

Me doy cuenta de que no me cree, pero ni en sueños voy a contarle lo de la nota. Y además, ¿qué tiene eso que ver con lo que estamos haciendo aquí? Nada. Aunque es cierto que me siento como si todo se hubiera movido, como si el lago de certidumbre moral en el que he estado bañándome todos estos años de repente se hubiese secado y ahora contemplase el lecho seco, preguntándome dónde estoy. Me siento a su lado y poso una mano sobre su pierna. Él la ignora.

—Mira, es verdad que estoy preocupada por mi madre. Acordamos que podría volver a casa a visitarla. Fue por eso que nos quedamos en California, ¿recuerdas? —Él sigue en silencio—. Solo me iré unos días.

—Vanessa esperará que me vaya contigo. Ahora soy tu prometido.

—No. Tú quédate y piensa un plan B. Seguro que se te ocurre una razón convincente para quedarte. Dile que no quise interrumpir tu escritura. Dile que a fin de cuentas mi madre tampoco está tan enferma.

Fuera, la nieve sigue cayendo, cubriendo silenciosamente el terreno. El anciano termostato hace clic, clic y por fin se pone en marcha, lanzándonos una corriente de aire ardiendo. Lachlan hace un ruido de desprecio y se quita el jersey por la cabeza.

—Joder, Nina —farfulla—. ¿Qué voy a hacer mientras no estés? Ya estoy volviéndome loco.

Me encojo de hombros.

—Eres adulto. Ya se te ocurrirá algo.

23.

SALGO HACIA LOS ÁNGELES A LA MAÑANA SIGUIENTE.
Primero la lenta ascensión hasta la cima nevada, los neumáticos esforzándose por pegarse al camino, el parabrisas manchado de aguanieve marronosa. Después descender por el valle, bajo la lluvia, con grupos de coches que atraviesan la niebla. Más al sur cruzo kilómetros y kilómetros de tierras de cultivo durmientes durante el invierno; y, por fin, sobre las colinas de terciopelo del Grapevine y sus suaves sombras. Son nueve horas, pero siento como si hubiera parpadeado en el lago Tahoe y abierto los ojos frente a mi casa de Los Ángeles.

Dentro hay un olor dulzón a podredumbre. El perfume de mi madre que sigue flotando encerrado, o quizá los lirios que sollozan pétalos muertos a un lado de la cómoda. Está todo oscuro; la humedad de la noche entra por las rendijas de las ventanas de madera combadas. He estado fuera unas pocas semanas y, aunque sé que no es tiempo suficiente como para que mi madre se haya puesto mucho peor, contengo el aliento y me pregunto si me la encontraré tirada en la cama, reseca e ida del todo.

Entonces oigo algo en la cocina, se abre la puerta y ahí está ella, iluminada desde detrás por un rectángulo de luz amarilla. Al principio no debe de verme en la oscuridad de la casa, porque avanza en silencio hacia mí, como un fantasma pálido con una bata de terciopelo del color de la luna.

—Mamá —digo, y de la voz del espectro sale un ruido horrible. Un crujido, cristales que se rompen, las luces parpadean. Ahí está ella, paralizada junto al interruptor de la luz, rodeada de trozos de cristal.

—Por Dios, Nina. ¿Qué haces acechando así por casa? —Su voz es más fuerte de lo que esperaba, temblorosa. Con el pie aparta cristales y da un paso atrás.

—No te muevas, vas a cortarte.

Paso por su lado hacia la cocina, a buscar la escoba y el recogedor. Cuando vuelvo ella sigue inmóvil, su cuerpo tembloroso por la tensión. La observo mientras barro los fragmentos de cristal. Está pálida, una capa de sudor en la frente, y juraría que más delgada que hace unas pocas semanas. Señales de que el linfoma vuelve a acomodarse en su interior. Me reprendo por no haber llamado a su médico para que adelantara el tratamiento. No debería esperar una semana más a las radiaciones; las necesita ya.

Ahora que estoy en casa veo muy claras las ramificaciones de la caja fuerte vacía: he vuelto con los bolsillos pelados, sin un centavo para pagar los costes médicos de mi madre. «Una dosis de Advextrix = $15.000 = un jarrón de Delft vendido en el mercado negro». Me imagino los tesoros de Stonehaven olvidados en sus frías habitaciones. Tengo que volver y echar otro vistazo. El carillón, dos sillas de la sala de estar, parte de la cubertería de plata… Sigo barriendo y paso mentalmente por las salas, poniéndoles precio a los muebles, comparándolos con el precio de la vida de mi madre. Seguro que Lachlan puede encontrar la forma de venderlos sin Efram, seguro que hay otros peristas disponibles.

Pero tendremos que coger muchas cosas. Será más arriesgado que nada de lo que hemos hecho hasta ahora. ¿Cómo vamos a sacarlo todo de Stonehaven? ¿Cómo evitaremos que nos pillen?

«Ya encontraremos la manera», me digo. Tenemos que hacerlo. No se me ocurren otras ideas.

Temo mirar a mi madre a la cara; temo llevar el fracaso escrito en la mía.

Mamá posa sus manos en mis hombros y tira de mí para indicarme que me levante. Lo hago. Me doy cuenta de que tengo los vaqueros empapados por lo que sea que hubiera en el vaso; por el olor parece ginebra.

—No tendrías que tomar alcohol —le digo—. No cuando estás a punto de empezar la radioterapia.

—¿Por qué? ¿Es que va a matarme? —Se ríe, pero veo que es consciente de eso. Pestañea y se agarra con la mano la apertura de la bata.

—Puede acabar contigo más rápido.

—No me juzgues, cariño. Estoy sola. Esto está muy silencioso sin ti. Necesito algo para matar el rato. Así el tiempo pasa más rápido. —Tira de mí y me abraza, aplastando su cara fría contra la mía; huelo su loción de onagra, la ginebra en su aliento—. Me alegro mucho de que hayas vuelto. —Da un paso atrás y me examina el rostro—. Veo que has estado al sol; te has olvidado de ponerte crema protectora. —Pero no me pregunta adónde he ido, no directamente; sé que es calculado. Sus ojos bajan por mis hombros y se pierden en la oscuridad de la habitación—. ¿Lachlan está contigo?

—No está aquí.

—Pero ¿ha vuelto a Los Ángeles contigo?

—No.

—Oh.

Va con paso inseguro, apoyándose en cada mueble, hasta la sala de estar. No sé si es que está débil o un poco bebida. Quizá las dos cosas, pienso mientras ella enciende una lámpara y se deja caer en el sofá. El cojín suelta un pequeño lamento, los muelles protestan con un crujido. Me acomodo a su lado y me deslizo hasta posar la cabeza en su regazo, como una niña. Solo entonces me doy cuenta de lo cansada que estoy. Me siento yo misma por primera vez en semanas. Me pasa la mano por el cabello, alisando los pelos sueltos.

—Mi niña, ¿qué te trae por aquí?

—Te echaba de menos —susurro.

—Y yo a ti. —Ojalá pudiera abrazarla fuerte, pero me da miedo partirla en dos. Es como un huevo roto, a la vez frágil y vacío. Le cojo la mano y la aprieto contra mi mejilla—. Querida —dice lentamente—, ¿estás segura de que no has corrido un gran riesgo al venir? Me encanta verte, pero quizá no deberías estar aquí. La policía…

En mis prisas por venir casi lo había olvidado. Pero ahora mismo no parece tener ninguna importancia, no es más que un peligro vago en el fondo de mi mente.

—Mamá, tengo que decirte dónde he estado. En el lago Tahoe.

Siento inmediatamente cómo cambia, cómo se pone más tensa, cómo se queda por un momento sin respiración y después coge demasiado aire de una bocanada. Cuando me incorporo y la miro a la cara veo que sus ojos se mueven de un lado al otro, buscando dónde posarse. Está intentando con todas sus fuerzas no mirarme.

—Mamá. —Mantengo el tono de calma, aunque algo en mi interior hierve y burbujea intentando salir—. He estado en casa de los Liebling. Stonehaven.

Mi madre parpadea.

—¿Los qué?

Era tan buena mintiendo... Quizás aún podría convencer a un desconocido, pero no a mí.

—No te molestes en hacer como si no supieras de quiénes hablo —le digo—. Y tengo algunas preguntas.

Extiende una mano hacia la mesilla como si fuera a coger un vaso, pero palpa en el vacío sin éxito. Por fin vuelve a llevarla al regazo y se agarra la tira de la bata. No me mira.

—Mamá —digo—, tienes que contarme qué paso cuando vivimos allí. Entre tú y William Liebling.

Posa los ojos en la pantalla del televisor apagado, más allá de mi hombro. La habitación está en silencio excepto por el silbido del aire en su garganta.

—Mamá, puedes contármelo. Fue hace mucho tiempo. No voy a enfadarme.

Pero me doy cuenta de que sí que lo estoy. Estoy enfadada porque me ha ocultado un secreto que ha configurado la forma en que he visto el mundo durante la última década. Estoy enfadada porque pensaba que entre las dos había confianza, que éramos un frente unido contra el mundo, y de pronto me doy cuenta de que no es así. ¿Cuánto de mi vida ha sido una ficción escrita por ella?

Me recuesto en el sofá, doblo los brazos y estudio su reacción.

Ella mantiene la vista en la pantalla, la mandíbula cerrada.

—Vale, probemos así. —Estoy perdiendo la paciencia—. Cuando vivimos en Tahoe tuviste un *affaire* con William Liebling, ¿verdad?

Ahora sí me mira. Su voz es apenas un susurro.

—Sí.

—Os conocisteis... a ver si lo adivino... ¿en el instituto, durante alguna fiesta de padres? —Se le dibuja una expresión casi divertida y yo me doy cuenta de mi error: las cosas escolares eran el terreno de Judith, no de William. Vuelvo a probar—. No, os conocisteis en el casino. En la zona de apuestas altas. Él fue a jugar y tú le pusiste bebidas.

Parpadea demasiado rápido; me doy cuenta de que he acertado.

—Nina, por favor, no. Déjalo estar, no es importante.

—Sí que lo es, mamá. —La examino y pienso—. ¿Cuál era tu plan? —Ella niega con la cabeza, lentamente, la vista fija en mí. También me está estudiando, intenta ver cuánto puede seguir ocultándome—. ¿Suplantación de identidad? ¿Tarjetas de crédito? —De nuevo hace que no—. Vale, ¿pues qué? ¿Qué buscabas?

—No buscaba nada —contesta, desafiante—. Él me gustaba. —Vuelve a atarse fuerte la bata, hasta que la palma se le pone blanca.

—Y una mierda —replico—. Yo lo conocí, mamá. Era un desgraciado. No te podía gustar.

Me dedica una sonrisa sarcástica.

—Bueno, lo que desde luego me gustaba era que nos pagara las facturas.

Ahora recuerdo cómo nuestros problemas de dinero parecieron acabarse de repente aquella primavera, y que yo lo atribuí a las propinas de las salas de grandes apuestas del Fond du Lac. Pero sigo sin tragármelo. ¿Trabajarse a un magnate de los negocios y sacarle solo unos cientos de dólares para pagar la luz? Seguro que ella había apuntado más alto.

—¿Y qué más? —Mamá duda—. Venga. Se trataba de un timo, ¿verdad?

En su ojo aparece un brillo cómplice. Veo que se muere por decirme que a pesar de todo se siente orgullosa por algo. El labio se le retuerce hasta formar una sonrisa.

—Un embarazo falso. Iba a amenazarlo con tener el niño, asustarlo un poco para que me pagara por el aborto y por desaparecer.

Me dan ganas de llorar. Vaya timo más cutre y triste.

—Pero ¿cómo? ¿No necesitarías un test falso y un ultrasonido?

—En el casino trabajaba con una chica a la que sí habían dejado embarazada y necesitaba el dinero. Me dio una muestra de orina, por si él me hacía mear en un palito para demostrárselo. Ella iba a ir a una clínica, hacerse pasar por mí, hacerse unos ultrasonidos a mi nombre. Cuando estuviera todo listo le iba a dar cinco mil dólares.

Me doy cuenta de que ha estado hablando en condicional.

—Pero al final no lo hiciste.

—Las cosas... cambiaron. Inesperadamente. —Suspira.

Revivo esos meses en mi cabeza; recuerdo la bufanda de seda que apareció en su cuello, las noches en que volvía a casa al amanecer porque había tenido el último turno en el casino, el sutil cambio en el color de su pelo. Y entonces se me ocurre otra cosa horrible.

—¿Durante vuestro asunto sabías lo de Benny y yo?

Niega con la cabeza.

—Empezamos antes de saber nada sobre vosotros. Y nunca llegué a estar segura, cariño. Nunca me lo contaste, siempre... evitabas la cuestión. La típica adolescente con tus secretos. El día en que conocí a Benny en el café sospeché por cómo os mirabais entre vosotros. Pero no lo sabía seguro. No fue hasta... —Se detiene.

—¿Hasta que los Liebling te llamaron? ¿Cuando nos echaron del pueblo?

—No. —Se queda un momento en silencio—. En Stonehaven... —Sus ojos se han vuelto oscuros y distantes de nuevo.

¿En Stonehaven? Y entonces lo veo con insoportable claridad: el día en que el padre de Benny nos pilló en la cabaña, ¿qué estaba haciendo allí? ¿Nos había delatado Lourdes, le dijo dónde encontrarnos? ¿O había ido él por razones propias?

—Aquel día en Stonehaven con William Liebling tú estabas con él, ¿verdad? Cuando nos pilló a Benny y a mí juntos en la cabaña. Tú estabas allí.

Parpadea. Los ojos se le llenan de lágrimas.

—Por Dios, mamá. —Me siento enferma. Me imagino a mi madre escondida entre los arbustos fuera de la cabaña, escuchando cómo William Liebling me humillaba. Recuerdo lo que fue estar desnuda y vulnerable ante un hombre desconocido y poderoso («No eres nada», me escupió a la cara), y de repente me enfurece el que ella no entrara a defenderme. Me levanto del sofá y empiezo a caminar en círculos adelante y atrás—. ¿Por qué no lo paraste?

Su voz es tan baja que apenas la oigo.

—Sentí vergüenza. No quise que supieras que estaba con él.

Eso me hace detenerme un momento.

—¿Y por qué estabas allí? —Se queda en silencio de nuevo—. Por Dios, mamá. Basta de las veinte preguntas. Dímelo y en paz.

Mira la cinta que tiene muy apretada en la mano. La aprieta aún más y la suelta. Cuando vuelve a hablar su voz es lenta y deliberada, como si midiera cada palabra con una cucharilla de té.

—Su mujer estaba fuera —empieza a decir. Asiento; lo recuerdo—. Él me llevó a la cabaña. Era la primera vez que yo estaba en Stonehaven, pero no quiso que entrara en la mansión. Aquel día iba a decírselo. Lo de que estaba embarazada. Llevaba un test y un frasquito con la orina de mi amiga, por si no me creía. Pero abrió la puerta de la cabaña y en ese mismo momento os oímos. —La voz se le quiebra un poco—. Salí corriendo y pensé que él haría lo mismo, pero no, así que me escondí y esperé. Pero, cariño, te juro que no sabía que eras tú. —Sus ojos parecen rogarme que les devuelva la mirada—. Hasta que salió. Estaba furioso.

—¿Por mí?

La nuez de la garganta le sube y baja a toda velocidad.

—Por nosotras. Creyó que... Benny y tú... Creyó que lo habíamos tramado todo entre las dos. Que trabajábamos en equipo. Que íbamos a por su familia. Estaba paranoico. Después de todo eso me era imposible simular que estaba embarazada. —Hay un ligero deje acusatorio en su voz, y me doy cuenta de que igual me culpa a mí por haberme interpuesto entre ella y su pardillo—. En fin, así fue. Y ahí se acabó. Me dejó.

—Y nos hizo irnos del pueblo. —Un largo silencio—. ¿Verdad, mamá? Fue por eso que nos fuimos tan de repente. Nos obligó a largarnos de Tahoe porque quería que Benny y yo también rompiéramos.

Pero mientras se lo pregunto ya sé que no es así, que nunca lo fue. Recuerdo cómo mi madre no quiso decir nada el día en que nos fuimos, recuerdo su forma de negarse a contarme qué habían hecho los Liebling para echarnos. Mamá no lo hizo para protegerme a mí sino a sí misma.

Levanta la cabeza y me mira. Sus ojos parecen difuminados por las lágrimas.

—Necesitábamos dinero. Nina... las facturas. Sin él... yo no podía... Fue tan duro...

Me dejo caer con fuerza en el sofá, que protesta debajo de mí y suelta un ligero polvillo. Claro. La carta: «Me doy cuenta de que mi silencio te ha salido demasiado barato. Valgo más que lo que me diste en junio».

—¿Dejamos el pueblo porque chantajeaste a Liebling? No me extraña que después Benny no quisiera hablarme.

—Nina. —Se acurruca en un borde del sofá y se vuelve más pequeña—. Lo siento por Benny. Pero lo vuestro no habría durado.

—¿A cambio de qué, mamá? —le grito, y seguro que Lisa puede oírme desde la casa de al lado, pero no soy capaz de contener la ira que fluye en mí—. ¿Qué pediste?

De su ojo cae una lágrima, que se pierde entre las arrugas de su demacrada mejilla.

—Le dije... que le contaría a su esposa lo de nuestro *affaire*. Tenía unas fotos comprometidas que había sacado por si acaso, cuando... —No acaba la frase—. En fin, que le dije que me iría del pueblo si pagaba. Y que tú dejarías en paz a su hijo.

Pienso en el día en que me encontré las maletas en el coche, y en la disculpa de mi madre: «Esto no está funcionando como esperaba». Mentira. Y también comprendo por primera vez que no nos echó del pueblo una familia vengativa que creía que no éramos tan buenas como ellos. Lo que hicimos fue largarnos con el rabo entre las piernas porque mi madre resultó ser incapaz de dejar el crimen. Porque fue codiciosa. Ella fue la que nos llevó al exilio, no él.

Supongo que a fin de cuentas tenían razón: no éramos tan buenas como ellos. Ni mucho menos.

—¿Cuánto, mamá? —le pregunto—. ¿Cuánto te dio?

Su voz es apenas audible.

—Cincuenta mil.

Cincuenta mil. Una cantidad patética por la venta del futuro de tu hija. Me pregunto cómo habría sido mi vida de haberme quedado en el lago Tahoe, bajo la cálida ala de la academia North Lake y sus ideales progresistas. De no haber abandonado el curso creyéndome una fracasada, una inútil, la nada.

—Por Dios, mamá. —Me quedo un buen rato sentada en el sofá con la cabeza entre las manos—. Y entonces le mandaste una carta. Unos meses más tarde, cuando estábamos de vuelta en Las Vegas. Lo chantajeaste para sacarle más dinero, mucho más; esta vez fue medio millón.

Parece sorprenderse.

—¿Y tú cómo sabes eso?

—Vi la nota que le escribiste. Sigue en la caja fuerte de Stonehaven.

—¿Que la viste? ¿En Stonehaven? —Sus palabras son como flema atascada en su garganta. En mitad de tanta revelación me doy cuenta de que mi propio regreso a la mansión es lo único que no le he explicado del todo—. Espera… Nina…

—Te lo diré más tarde. Pero, mamá, ¿volviste a chantajearlo?

Se vuelve lentamente y me mira, su expresión vaga y distante, como si me observase desde el fondo de un acuario.

—Lo intenté. Nunca me contestó.

Pues claro que no. Aún recuerdo vívidamente el apartamento de Las Vegas al que nos retiramos después de Tahoe, una caja de zapatos con una bañera que no funcionaba y una cocina que olía a moho. De tener mi madre medio millón en el bolsillo nos habríamos ido a una *suite* del Bellagio y nos hubiésemos pulido todo el dinero en seis meses.

—Entonces ¿qué, te rendiste y ya está?

—Bueno, vi en el diario… lo de su mujer. Que había muerto. —Me mira con dureza—. Pensé que había perdido la ocasión. Y, además, me sentí un poco triste por él.

—Pero, por lo visto, no te sentiste tan triste por mí cuando me arrancaste del único lugar donde he sido feliz en toda mi vida. —Sé que sueno amargada.

—Cariño, lo siento mucho.

Parece que el esfuerzo de la conversación la ha vaciado. Cierra los ojos y desaparece dentro de sí misma. Miro como otra lágrima se abre paso por la fuerza tras su párpado cerrado y desciende por su rostro hasta aterrizar en su mentón, donde queda colgando precariamente. No puedo evitarlo, extiendo el brazo y se la quito con la punta de un dedo. Ahí se queda, un prisma minúsculo que refleja la habitación y a nosotras dos dentro. Le seco el mentón con la manga de mi camisa, con ternura, como si ella fuese un bebé. Es lo que ha sido siempre: una niña incapaz de cuidar de sí misma, incapaz de cuidar de mí, perdida en un mundo por el que nadie le enseñó adecuadamente cómo circular; una niña demasiado pequeña como para ver más allá del horizonte, donde la esperaban las consecuencias de sus actos.

Este es el gran horror de la vida: los errores son para siempre y no se pueden deshacer. Es imposible volver atrás de verdad, por mucho que quieras volver sobre tus pasos y elegir otro camino. El camino ya ha desaparecido a tu espalda. Así que mi madre siguió avanzando a ciegas, doblando la apuesta, confiando en que aparecería de repente en un lugar mejor, como si las decisiones que había tomado no garantizaran que acabaría exactamente donde está ahora, una estafadora con cáncer y nada ni nadie a su nombre excepto una hija que la cuida.

Vuelve a abrir los párpados de repente.

—La caja fuerte de Stonehaven —dice, como si acabara de comprender lo que le dije antes—. ¿La abriste? —Se inclina hacia delante, una chispa ardiendo en sus pupilas.

Me doy cuenta de que mi mascarada ha acabado. Mi madre sabe, siempre lo ha sabido, lo que he estado haciendo estos últimos tres años. Nunca ha creído ni por un segundo que yo venda antigüedades y que de alguna forma haya estado manteniendo todo esto a flote con la reventa ocasional de una mesilla Heywood-Wakefield. Es hora de ser sincera, con ella y conmigo misma. Soy Nina Ross, hija de Lily Ross, timadora más o menos hábil. Soy lo que el mundo ha hecho de mí. Yo tampoco puedo volver atrás.

Me acerco más y susurro:

—Mamá, he estado en Stonehaven. Vanessa, la hija mayor de los Liebling, la hermana de Benny, se ha ido a vivir allí. Me metí en su vida. Me abrió la puerta y me invitó a pasar. Yo entré y fui a por su caja fuerte.

Mientras lo digo siento una cierta emoción, el orgullo de haber conseguido algo, porque mi madre era una timadora de poca monta y estoy segura de que nunca llegó a tramar algo tan audaz y atrevido. Pero algo en esa sensación se retuerce en mi interior y me doy cuenta de que también hay una parte oculta de venganza, porque también quiero que sepa que me he convertido en la persona que ella no quería que fuera, y todo por su culpa.

No sé qué espero ver en el rostro de mi madre, pero no es eso lo que me encuentro. ¿Curiosidad? O confusión. No sé distinguirlo.

—¿Qué más encontraste en la caja? —pregunta. Cómo no, pienso: mi madre, la oportunista de siempre, quiere saber qué más tengo.

—Nada —le digo directamente—. Estaba vacía.

—Oh. —Se pone en pie de repente. Las piernas le tiemblan un poco, pero se apoya en el brazo del sofá—. ¿Y Lachlan sigue allá?

—Sí.

—¿Vas a volver?

Esa es la cuestión. Por un momento, un breve y bello momento, me imagino que no. Que en vez de volver a meterme en el coche e ir a Stonehaven para acabar el trabajo, conduzco hasta el aeropuerto de Los Ángeles y cojo un vuelo a... a saber dónde. Que voy a darle a mi madre el poco dinero que tengo en mi cuenta, decirle que por esta vez se las arregle sola y dejarla que se ocupe de su cáncer. Que voy a abandonar mi pasado y ser libre.

¿Y quién seré si dejo de cuidar de mi madre? Al menos sé que no quiero seguir como hasta ahora. Me imagino dejar esta casa y Los Ángeles en el espejo retrovisor y encontrar un lugar tranquilo donde pueda comenzar de nuevo, algún lugar verde y tranquilo y lleno de vida. En el noroeste. Oregón, el hogar de Ashley. Un lugar donde de verdad pudiera convertirme en ella, o al menos en una buena copia. Puede que eso no estuviera nada mal.

¿Y qué pasaría con Lachlan?, me pregunto. Pero ya sé lo que haría, hace tiempo que lo sé. Ya no lo necesito. Y tampoco lo quiero. Me lo imagino aún allá con Vanessa y siento una punzada en mi consciencia. Lo llamaré y le diré que lo deje; encontraré alguna excusa para hacer que se vaya de Stonehaven y desaparezca de la vida de Vanessa. Le extenderé invisible una rama de olivo a mi némesis, que ignora todo esto. O quizá ya no sea mi némesis. Durante estos últimos diez días ha evolucionado. Ya no es una caricatura en la que yo pueda colgar todo mi resentimiento sino un ser humano que ha llorado en mi hombro. Tiene sus fallos; es, desde luego, superficial, ha cometido los pecados de cretinez ciega y consumismo conspicuo, pero eso no quiere decir que se merezca lo que íbamos a hacerle. Sobre todo ahora que sé que los Liebling no son la raíz de todos mis males, al contrario de lo que creía antes.

Pero no tengo ocasión de llamar a Lachlan o ir al aeropuerto de Los Ángeles, porque en ese momento suena el timbre.

Mi madre se vuelve hacia mí, la cara blanca de repente.

—No abras —susurra.

Me quedo como paralizada cerca de la puerta. Oigo pasos en el porche, al menos cuatro pies pisando las tablas que crujen. Estoy tan cerca que veo como la ventana frontal se llena de vaho después de que alguien haya mirado dentro desde el otro lado del cristal. Mis ojos se encuentran con los de un policía; me sostiene la mirada y murmura algo a la persona que sigue llamando.

—Corre —susurra mamá—. Vete. Yo me ocupo.

—No puedo irme y dejarte.

¿Qué es lo que siento mientras voy hacia la puerta, como un imán atraído por su polaridad inevitable? ¿Es que por fin veo las consecuencias de mis actos y estoy dispuesta a enfrentarme a ellas? ¿Es miedo por el futuro que me espera? ¿O es alguna extraña clase de alivio, que aunque este no sea el camino que yo habría escogido al menos ahora quedaré libre de él?

Abro la puerta mientras mi madre protesta a gritos.

Hay dos policías uniformados, las manos sueltas sobre sus pistolas, los dedos preparados. Uno lleva mostacho y el otro no, pero por lo demás podrían ser mellizos, y me miran fría y desconfiadamente.

—¿Nina Ross? —pregunta el del bigote.

Debo de haber contestado que sí, porque de repente me están leyendo mis derechos y uno de ellos se saca las esposas del cinturón y otro me agarra por un brazo para hacer que me dé la vuelta. Intento discutir, pero mi voz es tan frenética y llena de pánico que no suena mía para nada. Y por encima de todo eso oímos todos un horrible aullido desde el salón, como el de un animal herido. Es mi madre. Todos nos detenemos.

Me vuelvo hacia el del mostacho.

—Por favor, agente, permítame un momento con mi madre; tiene cáncer y yo cuido de ella. Prometo que no opondré resistencia si me deja un minuto con ella.

Se miran entre ellos y se encogen de hombros. El del mostacho me suelta el brazo y me sigue hasta la sala de estar. Se queda cerca mientras yo le doy un abrazo a mamá, que está rígida y muda como si su grito la hubiera vaciado del todo. Poso una mano en su rostro para calmarla.

—No pasa nada, mamá. Volveré en cuanto pueda. Llama a Lachlan y dile lo que ha sucedido, ¿vale? Dile que venga a pagar la fianza.

Ella se agita en mis brazos, su aliento rápido y frenético.

—Esto está mal. ¿Cómo ha ocurrido? No podemos... No puedes...

—No vayas a ninguna parte, ¿de acuerdo? —Le beso la frente y sonrío como si solo me fuera a pasar unas vacaciones, nada de lo que preocuparse—. Te quiero. Me pondré en contacto en cuanto pueda.

Ella contorsiona el rostro.

—Mi niña.

El detective me tira del brazo y me saca a rastras hasta la puerta mientras mi madre murmura palabras cariñosas hacia mí. Entonces me hacen salir de la casa, me ponen las esposas y el metal me muerde fríamente las muñecas, el coche de policía abre una puerta y espera a que yo entre.

Veo a Lisa a la entrada de su casa. Va en pijama de hombre y contempla el espectáculo. Sus rizos grisáceos flotan alrededor de su cabeza. Parece sorprendida, o colgada, o quizá las dos cosas. Avanza hacia nosotros, eligiendo cuidadosamente el camino por entre la tierra con sus pies descalzos.

—Nina, ¿va todo bien? ¿Qué pasa?

—Pregúntaselo a ellos —contesto, volviendo la cabeza hacia el agente más cercano—. Yo no tengo ni idea. Seguro que todo es un terrible error.

Ella frunce el ceño y se detiene a una cierta distancia.

—Dime qué puedo hacer para ayudarte.

El policía me pone una mano sobre la cabeza y la empuja suavemente hacia abajo, pero antes de que me meta en el asiento trasero consigo dirigirme de nuevo a Lisa.

—Cuida... cuida a mi madre por mí —le digo—. Asegúrate de que empieza la radioterapia. Volveré pronto, lo prometo.

De todas las mentiras que he soltado en mi vida, esta es la que nunca quise pronunciar.

VANESSA

24.

¡ME DESPIERTO CASADA!

Me despierto casada y al principio ni me doy cuenta; el cerebro me arde y mi boca es de tiza y aún siento el sabor del tequila en la garganta. Anoche me olvidé de echar las cortinas, así que es el sol de la mañana lo que me despierta, demasiado temprano, demasiado brillante por el reflejo contra la nieve fresca. Hacía mucho (¿fue en Copenhague, en Miami?) que no me despertaba en este estado, y me cuesta un minuto orientarme; estoy en la cama de postes de la habitación principal de Stonehaven, donde dormían mis padres, y mis abuelos y bisabuelos antes y así durante más de cien años.

Me pregunto si alguno de ellos se habrá levantado así, cegado por el dolor, aún borracho, sin ningún recuerdo de la noche anterior.

Aunque sí, algo sí que conservo.

Abro los ojos. Los recuerdos ascienden a la superficie, sorprendentes criaturas que nadan en la oscuridad. Me vuelvo a un lado para ver si lo que creo es correcto. Y ahí está él, desnudo en la cama, a mi lado, despierto y sonriéndome como si yo fuera un café que él fuera a tomarse.

Mi marido. El señor Michael O'Brien.

Me despierto casada, y me pregunto qué diablos he hecho.

—Buen día, mi amor —dice él con una voz aún llena de sueño—. Mi mujercita.

Un recuerdo del momento de anoche en que nos dijimos «Sí, quiero»; hasta ahí llego. Y también sé lo que contesté yo.

—Maridito —susurro. La palabra suena desconocida en mi boca, pero también confortante, un edredón de plumas sobre mis extremidades. Y entonces suelto una risita, porque de todas las cosas impulsivas que he hecho en mi vida esta se lleva la palma. La risa parece la respuesta apropiada.

Oh. Sonreír duele.

Hago un gesto de dolor y él me pasa un pulgar por la frente.

—¿Estás bien? —me pregunta—. Anoche me mostraste una parte nueva de ti, una que no me imaginaba. Y no me quejo en absoluto.

Así que es verdad. Anoche nos emborrachamos de tequila y champán y me pidió que me casara con él y llamamos a un taxi para que nos llevara a la frontera con Reno, donde nos casamos en un lugar llamado La Capilla entre los Pinos, justo antes de medianoche. Había un oficiante con una túnica de nailon de color púrpura y una testigo profesional que tejía calcetines de bebé durante la ceremonia. Creo recordar que nos reímos mucho.

¡Me pidió que me casara con él!

¿O nos lo pedimos los dos a la vez?

No me acuerdo.

¿Tenemos fotos de anoche? Palpo a ciegas en busca de mi móvil —¿bajo la almohada?, ¿al lado de la cama?—; pienso que mis *feeds* de las redes sociales van a ayudarme a llenar los huecos (¿Cuántos nombres y caras y momentos «inolvidables» habría perdido de no ser por los *hashtags*?). Pero entonces recuerdo que Michael me hizo dejar el móvil en Stonehaven antes de subirnos al taxi; dijo «Quiero que esto solo sea para nosotros dos» y me lo quitó suavemente de las manos. Una pequeña burbuja de pánico: si no hemos documentado la boda, si no está entre mis fotos públicas, ¿sucedió de verdad?

Miro más allá del borde de la cama y veo un montón de ropa en el suelo. Por lo visto me casé en vaqueros y una sudadera Yeezy manchada (en cuyo caso, mejor que no haya fotos). Y eso a pesar de que en alguna de las cajas de la mudanza que aún están contra las paredes de este dormitorio hay un vestido de novia, un Ralph & Russo a medida que aún está por estrenar. Y también creo que avancé por el pasillo de la iglesia al compás de *Love Me Tender*. No es así como creía que sería mi boda; el plan fue siempre *Halo*.

¿Me importa?

—Estás muy callada, ¿no? —Se recuesta para examinar mi rostro—. Oye, que ya sé que lo que hemos hecho es una locura, pero no me arrepiento. ¿Y tú?

Niego con la cabeza, de repente tímida.

—Claro que no. Pero igual tendríamos que hablar de qué significa todo esto.

—Significa lo que queramos que signifique. Ya lo iremos viendo.

Sus ojos son de un azul tan claro, tan traslúcido, que son incapaces de ocultar nada, mientras me observa con una expresión que me deja completamente desnuda. Lleva la boca a mi oído y me susurra versos de sus poemas con esa pronunciación tan irlandesa que hace que por dentro me tiemblen los huesos.

—Siempre estaremos solos, siempre seremos tú y yo los únicos habitantes de la Tierra, listos para empezar nuestra vida común.

Pienso para mí misma si tiene alguna importancia quién se lo pidió a quién. El resultado es el mismo: que nunca volveré a estar sola. Tengo treinta y dos años y un marido. Voy a comenzar una nueva familia. No me lo imaginaba. Pero aquí estoy. Amada, para mal o para bien. Algo aletea indómito en mi interior, como palomas liberadas de repente, hasta que me siento a punto de estallar.

Y pienso en mis amigas de Nueva York y me pregunto qué dirán cuando sepan que me he casado con un intelectual y escritor y poeta, y encima, de una antigua familia de la aristocracia irlandesa. Un hombre al que conozco desde hace tan solo dieciocho (¡no, ahora diecinueve!) días. Van a alucinar. Ah, y Saskia: toma línea narrativa inesperada. Más que nada pienso en Victor con un agradable regusto de venganza. «Creías que era superficial y predecible. Bueno, pues mírame ahora».

Fuera la nieve vuelve a caer, cubriendo las piñas que veo a través de la ventana. Stonehaven está fría y silenciosa excepto por nuestra habitación forrada de terciopelo en la primera planta. Unas pocas semanas atrás este lugar era una tumba. Ahora, con Michael en la cama a mi lado, es el principio de una nueva vida. Creo que a fin de cuentas sí que podré ser feliz aquí. ¡Ya soy feliz!

Michael me rodea con sus brazos y tira de mí hacia su pecho lleno de pelo; me acomodo, esperando a que los latidos que siento en la cabeza se sincronicen con el lento y tranquilo palpitar de su corazón. Sus labios en mi frente, sus manos en mi pelo, como si toda yo ahora le perteneciera. Y así es, así es, así es.

—Te quiero —le digo, y lo digo muy en serio.

Me despierto casada y casi desbordada de alegría.

Hay algo nuevo y pesado en mi anular izquierdo. Cuando levanto la mano para mirar veo un anillo antiguo de compromiso, diamantes de talla *baguette* que rodean una gran esmeralda. De unos cinco quilates, diseño *déco*, muy recargado, como sucede con tantas antigüedades. El anillo se desliza por el dedo y uso la punta del meñique para empujarlo arriba y abajo y que las piedras reflejen la luz. Es bonito, aunque yo hubiese elegido algo más sencillo. Otro recuerdo que asciende del lodo de anoche: los dos dando tumbos y entrando en el despacho de mi padre con una botella de Don Julio en la mano, Michael detrás de mí en equilibrio precario mientras yo abro la caja fuerte y saco un anillo que estaba guardado en sus adentros. Michael que hinca una rodilla en el suelo y me lo pone. O quizá no se arrodillara, quizá me lo puso mientras me miraba fijamente a los ojos.

O quizá me lo puse yo misma, sin ni siquiera pedirle permiso. Es posible.

Michael cierra su mano sobre la mía.

—En cuanto pueda te conseguiré otro anillo, uno que no tenga tanta historia. Iremos a un joyero de San Francisco a que nos haga uno a medida. Todo lo grande que quieras. Diez quilates. Veinte.

Y recuerdo ver por primera vez este anillo en la mano de ella, agarrado como si fuese la cuerda que iba a levantarla y sacarla de su pequeña vida sin interés. Se veía que significaba mucho para ella, pero ahora lo tengo yo. Así que, aunque para el estándar de los Liebling sea una joya de lo más modesta, sé que es justo lo que quiero. *Maman* lo hubiese aprobado por lo que significa.

—Es herencia de tu familia y me encanta. No me importa que ella lo haya llevado antes. —Entonces pienso en la palabra que él ha usado, «historia»—. Mientras no te recuerde demasiado a… ella. —No consigo pronunciar su nombre. Ni siquiera sé qué nombre usar.

Examino el rostro de Michael en busca de lamento o arrepentimiento, pero lo que veo resulta inescrutable. Quizá sea ira. Quizá sea rendición. Quizá sea solo amor. Se adelanta y me besa, tan fuerte que casi me duele.

—Ni lo más mínimo —susurra.

Me despierto casada y pienso: «He ganado».

25.

DURANTE UN TIEMPO, ASHLEY ME PARECIÓ MUY REAL. La mañana en que nos sentamos en la biblioteca creí en la empatía que vi en sus ojos, la forma en que me cogió de la mano mientras yo lloraba, cómo se vino abajo cuando me habló de la muerte de su padre. Cuando desnudé mi alma ante ella, en el sofá («¿Cómo es ser una sanadora?») me miró a los ojos y me dijo que dormía bien por la noche. ¡Y me abrazó! Me aseguró que éramos amigas.

Vaya falsa. Vaya mentirosa.

Y, ah, la ironía de que me sintiera intimidada por ella. Su tranquilidad, su pose serena, la forma en que parecía flotar por Stonehaven, por encima de todo, de vez en cuando obsequiándome con su sonrisa sabihonda. Aquella mañana, después de llorar en su hombro sobre papá y *maman*, me sentí avergonzada. Me quedé junto a la ventana y la miré volver a la cabaña del jardinero, la esterilla de yoga bajo su brazo, y me convencí de que, de alguna forma, lo había estropeado todo, porque había notado sus dudas sobre si abrazarme en el pasillo. Mientras se alejaba pensé que sentía repulsión por mi desorden, mis necesidades, por cómo había presumido de mi fama de Instagram.

Me convencí a mí misma de que ella era mejor que yo.
Qué tonta.

Durante unos días después de nuestra conversación en la biblioteca deambulé por Stonehaven, sin dejar de sentir la presencia de Michael y Ashley pero dudando demasiado de mí misma como para llamar a su puerta. Estaba convencida de haberlo estropeado todo. Apenas salía de la cama, de nuevo entre las garras del negro mal que se había precipitado sobre mí y me había cubierto con su capa de autodesprecio. De vez en cuando veía a Ashley hacer yoga en el jardín o a los dos paseando por los terrenos, envueltos en sus parkas, entrechocándose mientras caminaban, y deseaba ir con ellos.

Me forcé a quedarme dentro. La piel se me abría con picores ansiosos y me rascaba hasta que quedaba pelada y sangrienta.

Me dije que sabría seguro que me apreciaban si venían a mí.

Pero no lo hicieron.

Durante su cuarto día en la cabaña —dos después de que Ashley y yo habláramos—, me quedé en la cama casi toda la mañana, mirando cómo las sombras se movían por la habitación mientras el sol avanzaba. Me vi reflejada en el espejo de las puertas del armario gigante que se elevaba en la otra punta, y la imagen de esa especie de espectro de pelo grasiento, tan pálida y débil que podía desaparecer en cualquier momento, me hizo venir deseos de romper algo. Un rato después me levanté y abrí las puertas del mueble solo para que los malditos espejos desaparecieran.

¡Oh!, y los jerséis de mi madre. Había olvidado que seguían allí, pilas de cachemir de colores pastel dobladas en pulcros rectángulos (Lourdes era fantástica con la colada,

¡cuánto la apreciábamos!). Mi padre nunca había sacado las cosas de los armarios de Stonehaven, y yo no me había molestado en abrir las cajas de la mudanza, así que ahí seguían los últimos vestigios de *maman*, llenando el viejo mueble. Toqué uno, fino y suave, la propia esencia de ella.

Saqué un cárdigan de color rosa pálido de una estantería y me lo llevé esperanzada a la nariz, pero ya no olía a su perfume. Olía mustio. Y cuando lo abrí había agujeros de polilla delante y una mancha en el cuello, cosa que *maman* nunca hubiese tolerado. Una punzada de frustración. Pero, a fin de cuentas, era solo un trozo de cachemir. Tiré el primer jersey al suelo y cogí otro, uno azul y no en mejor estado, y después otro, y cuando fui a por el siguiente algo duro y cuadrado salió volando con él.

Me puse en cuclillas para recogerlo. Era un diario con tapas de cuero rojo y bordes de oro en las páginas.

Un diario. ¿Cómo es que yo nunca supe que mi madre escribía uno? Lo abrí por la primera página y el corazón me pegó un salto dentro del pecho al ver la letra cursiva de colegio de mi madre, tan limpia y simétrica («Se puede distinguir a una mujer bien educada por la belleza de su letra», me decía siempre. Por supuesto, eso era antes de que los ordenadores volvieran irrelevante la caligrafía). La primera entrada estaba fechada el 12 de agosto, justo después de que se vinieran a Stonehaven para el tercer curso de Benny.

Esta propiedad es mi albatros. William quiere que lo vea como una oportunidad, pero, por Dios, solo veo trabajo. Pero hemos venido por Benny, y la verdad es que no soportaba cómo empezaban a mirarnos todos en San Francisco, especulando sobre sus problemas a nuestras espaldas, casi contentos por vernos sufrir. Así que voy a sonreír y compor-

tarme como una buena esposa, aunque por dentro no pare
de gritar. Este lugar va a matarme.

Pasé rápido las páginas. Algunas entradas eran cortas y como escritas por compromiso, otras eran largas y se iban por las ramas, y muchas parecían acabar a medio pensamiento, como si no estuviera segura de si plasmarlas en papel. *Las notas de Benny están mejorando en la academia, pero sigue desinteresado por nada que no sean esos macabros cómics y no dejo de preguntarme si.* O *Le he dejado tres mensajes a la nueva secretaria de William pero él no me ha llamado así que o se acuestan y ella me intenta demostrar su poder o él me evita por alguna otra razón lo que significaría.*

Me senté en el suelo, mareada, rodeada por un nido de jerséis abandonados, la presencia de mi madre muerta por todas partes. Sabía que no debería leer su diario. ¿Acaso no era una violación de su confianza, su intimidad? Pero, claro, no podía parar. Seguí pasando las páginas. De vez en cuando veía mi nombre. *Parece que a Vanessa le va bien en Princeton, tal como sabíamos que sucedería* (¡Me gustó leer eso!) y *Vanessa ha venido a pasar las vacaciones. Es fantástico, pero no puedo evitar notar que es muy insegura y busca validación desesperadamente, mía, de su padre, del resto del mundo* (Esto no me gustó tanto) y *Ojalá Vanessa nos visitara más a menudo, pero supongo que esto es lo que pasa cuando los hijos de una van a la universidad: acaban olvidándote* (¡El espasmo de culpabilidad que sentí al leer eso!).

Pero, más que nada, el diario hablaba de Benny y mi padre y ella misma.

Benny ha empezado a venir a escondidas con una chica. Se llama Nina Ross y es bastante educada pero rara y no es de calidad. Madre soltera (¡hace de camarera en los casinos, por Dios!), sin padre a la vista (¿podría ser mexicano?). Se viste como esos chicos que hicieron una matanza en su escuela de Colorado, y la verdad es que estoy preocupada. No nos vinimos a vivir aquí para que Benny cayera en garras de una mala influencia. No sé qué es lo que le atrae de ella, pero no puedo dejar de pensar que es un desplante hacia mí, como si se riera de lo mucho que me importa mi hijo. Cada tarde se pasan horas en la cabaña. Temo llamar a la puerta a ver qué hacen porque no creo que fuera capaz de decírselo a William si se tratase de algo malo; me echaría a mí la culpa. Los fracasos de Benny son míos, nunca de William. Es muy injusto, pero, claro, ya estoy acostumbrada; todo nuestro matrimonio es así.

Unas páginas después:

El médico me ha dado Depakote para mis cambios de humor pero lo he tomado y he aumentado más de un kilo en dos semanas así que voy a tirar lo que queda. Y la mayoría de días estoy bien excepto cuando solo quiero borrarme del mundo. Quizá debería tomar las pastillas solo esos días o como ejemplo para Benny —¡ser una buena madre!— pero me da miedo que si engordo eso también me deprima así que para qué. William cree que las estoy tomando y yo siempre le digo que estoy bien porque eso es lo que quiere oír y a fin de cuentas estamos acostumbrados a simular.

Y más adelante:

El otro día me pareció oler a porro en la ropa de Benny y miré en su habitación cuando estaba en la escuela y encon-

tré una bolsa con marihuana bajo su cama y no sé qué hacer porque la droga es muy mala para su enfermedad. Eso es lo que dicen los médicos y quiero matar a esa tal Nina por darle drogas. Está claro que se las ha dado ella. Esto no es lo que le conviene y menos ahora que parecía estar mejorando tanto. He prohibido a Benny que vuelva a ver a Nina y él me dijo que me odiaba y ahora no me habla. Me hace sentir fatal pero puedo aguantarlo porque sé que es por su bien aunque él ahora no lo entienda.

Después, un vacío de tres meses —supongo que cuando se fue a un *spa* en Malibú— y apenas dos entradas más. Primero una corta y horrible:

Benny ha vuelto de Italia y no está bien y me da miedo que sea demasiado tarde.

Y, por fin (sé que no debería estar leyendo, y menos este trozo, pero no puedo dejarlo), una entrada larga y aún más terrible:

Como si la vida no fuese lo bastante insoportable, resulta que William tiene una aventura. Llegó un sobre a Stonehaven dirigido a él, y en cuanto vi que era letra de mujer, lo supe. No es la primera vez, claro. Lo abrí y resultó ser una carta de chantaje; decía que si no pagábamos medio millón de dólares iba a contárselo a los diarios. Incluyó unas fotos horribles de los dos desnudos, haciendo cosas. En cuanto las vi tuve que correr al baño a vomitar. Lo peor fue que deduje quién era la mujer: la horrible madre de la horrible chica de la que Benny se había hecho amiga la pasada primavera. Lily Ross, camarera en uno de los casinos donde William ha estado despilfarrando nuestra fortuna. ¿Cómo pudo ser tan estúpido y liarse con una estafadora así? Mientras, Benny sigue destrozado por culpa de la hija drogadicta de ella, y me gustaría matarlas a las dos, madre e hija. Las dos están consiguiendo ARRUINARNOS y no entiendo qué es lo que tienen contra los Liebling. William ni siquiera está aquí para arreglar el asunto, así que todo queda de mi mano, y a fin de cuentas no puedo hacer nada porque no tengo tanto dinero a mano para pagar el chantaje porque William ha sido tan inconsciente. Me siento totalmente humillada. Para qué todo lo que he hecho, venir aquí y hacer como si las cosas aún tuviesen arreglo cuando en realidad todo está roto, más roto que nunca. Si esas fotos acaban en los diarios, será mortal para mí, convertida en el hazmerreír de la Costa Oeste, de todo el país. Casi mejor acabar yo misma con todo antes de que se encargue Lily Ross y Dios sabe que aquí no estoy haciendo nada útil y hasta Vanessa y Benny estarán mejor sin mí.

Y después… nada.

No podía respirar. Cerré el diario y lo lancé contra la pared con manos temblorosas. Lily Ross. No una mujer-trofeo de San Francisco sino una camarera local y ¿estafadora? ¿La madre del *amour fou* de Benny? Y, por Dios, chantaje. No era de extrañar que mi madre estuviera tan afligida. Exponerse al público era algo que no podía soportar: que el mundo entero supiera lo mal que estaba su matrimonio, lo barata que era la zorra que le había quitado a su marido. Sí, hasta entonces era inestable; pero esto, esto, sin duda la había llevado al extremo. Para el caso, Lily Ross podía haberla tirado por la borda del *Judybird*.

Pensé en las palabras de mi padre: «Somos Liebling. Nadie ve lo que hay en nuestro sótano y nadie debe verlo nunca; ahí fuera hay lobos que esperan a atacarnos en cuanto mostremos el menor signo de debilidad». Se ve que por entonces ya había visto a los lobos, y se llamaban Lily y Nina Ross.

Intenté rememorar las caras de la madre e hija que había conocido aquel día en la cafetería, pero ya se habían desdibujado; solo recordaba la pinta amargada de la hija, y que su madre era una rubia hortera. ¿Por ellas? ¿Cómo pudieron mi padre y mi hermano verse tan atraídos por ellas? ¿Cómo pudieron ese par de don nadies destruir toda mi familia de forma tan rápida y efectiva?

Volví a coger el diario de donde había aterrizado, cerca de la cama, y lo abrí de nuevo por la última página. Releí la entrada una y otra vez. Doce años de preguntas y por fin tenía las respuestas. Tenía un chivo expiatorio (¡dos!) a los que culpar por todos los problemas de mi familia. Ellas eran la fuerza que había desequilibrado mi mundo (el suicidio de mi madre, la esquizofrenia de mi hermano, nada de eso era culpa mía sino de ellas).

Lily y Nina Ross. Algo violento afloró en mi interior al ver sus nombres en la elegante letra de mi madre. Era todo demasiado. Cogí un bolígrafo y taché sus nombres con trazos furiosos, pero su presencia en el diario de mi madre seguía siendo una afrenta. Arranqué esa última entrada e hice una bola con el papel, cogí un zapato del armario y lo usé como martillo, golpeando con todas mis fuerzas, aplastándola, hasta que el talón empezó a agrietarse. Llevé los restos de la bola a la biblioteca y los tiré al fuego.

La rabia se había adueñado de mí y no quería dejarla ir. Durante el resto del día fui por Stonehaven presa de una furia ígnea y destructora. Tiré libros al suelo, rompí vasos contra el fregadero; me imaginaba que cada *crac* era la cara de las mujeres a las que de verdad quería destrozar. Fui en círculos por la casa, una y otra vez, como si dar vueltas la suficiente cantidad de veces pudiera atrasar el reloj doce años.

Entonces me vine abajo. Porque, claro, hay emociones buenas y emociones malas, y la ira pertenece a las segundas, ya lo sabía. ¿No había una cita sobre eso en la web de Ashley? «Buda dice: no serás castigado debido a tu ira, serás castigado por ella». Me sentí avergonzada, hasta humillada, como si Ashley pudiese verme desde la cabaña y supiese que yo no había estado a la altura.

Volví a meterme en la cama, bajo la colcha roja, y como penitencia me puse a leer frases inspiradoras, cosa que no me ayudó mucho. Por fin me tomé tres Ambien y dormí el resto de la noche.

Para cuando me desperté a la mañana siguiente casi estaba tranquila de nuevo, siempre que no pensara mucho en que el *Judybird* estaba aún en el garaje junto a la orilla.

Michael y Ashley seguían sin venir.

Durante su quinta tarde en la cabaña vi desde la ventana de mi habitación que el BMW iba camino de la entrada. Ashley al volante, la ventanilla bajada, la brisa agitando su pelo. Me pregunté adónde iba. Una corta espera después y oí que llamaban a la puerta trasera. ¿Michael? Me abofeteé las mejillas hasta que cobraron un poco de color, me recogí el pelo sin lavar en una cola y corrí a abrir.

Ahí estaba, balanceándose sobre las puntas de los pies, las manos en los bolsillos. Del lago soplaba el viento de tarde, que le hacía volar los rizos alrededor de la cabeza como formando un halo.

—No sabía si aún estabas viva —dijo. Posó sus hipnóticos ojos azules en mi rostro, con el ceño fruncido por la preocupación—. ¿Estás bien?

Lo estaba. Bueno, *ahora* lo estaba. No se me escapó que eso significaba que Michael había estado pensando en mí. Y tampoco que había esperado a que Ashley se fuera para llamar a mi puerta.

—Solo estaba un poco resfriada. Ya se me está pasando.

—Pensamos que a lo mejor intentabas evitarnos. Ashley, especialmente, estaba preocupada por si había hecho algo que te molestase.

—Oh, no, para nada. —El alivio floreció en mi pecho. Cuánto tiempo perdido en autoflagelaciones innecesarias. ¿Por qué me hacía siempre esas cosas a mí misma?

—¿Y Ashley está enfadada?

—No. Es que creía que ibas a hacer yoga con ella. Le sorprendió un poco que no fueras.

—Dile que mañana iré.

Parpadeó y sonrió nervioso mientras miraba hacia la cocina por encima de mi hombro.

—¿Me invitas a pasar? Ashley ha ido a por víveres y estoy desesperado por hacer una pausa en mi trabajo.

—¡Oh! ¡Claro! ¿Quieres sentarte unos minutos? Puedo hacer té. —Lo acompañé hasta la mesa de la cocina.

Él dudó. Miró un plato de huevos cubiertos de gelatina que llevaban allí desde el día anterior.

—Muéstrame otra habitación. Es una casa muy grande. Siento curiosidad por verla toda.

Examinó la media docena de puertas que llevaban a diferentes partes y fue hasta la más lejana, aparentemente al azar. Lo seguí mientras la abría; entonces puso cara de sorpresa y se echó a reír.

—¿Y esto qué es?

—La sala de juegos.

Entramos y encendí la luz. Aquella era una de las habitaciones que yo nunca usaba. ¿Para qué una sala de juegos si no tienes con quién jugar? No hay nada más triste y desesperado que una partida de solitario. Miré el tablero de ajedrez con piezas de plata lleno de polvo a un lado y la mesa de billar; me pregunté si sugerirle una partida. Pero Michael ya iba derecho hacia la pared opuesta, donde había un par de pistolas de oro y madreperla colgadas sobre el hogar. Se acercó a examinarlas.

—¿Están cargadas?

—No. —La munición está bajo llave en uno de los armarios. Creo que las armas fueron de Teddy Roosevelt, o quizás de Franklin Roosevelt.

—Pero funcionan, ¿no?

—Sí. Recuerdo que una vez mi tío le disparó a una ardilla en un árbol. —El mismo tío que después intentó hacerle un golpe de estado a mi padre en su consejo de administración; quizá tuvimos que haberlo imaginado—. Mi hermano se puso como loco. Era vegano. —Corregí—: Es vegano.

Michael apartó la vista de las pistolas y me miró.

—No sabía que tenías un hermano. ¿Os veis mucho?

—Sí, aunque no, no lo veo demasiado. Vive en una... institución. Esquizofrenia.

—Ah. —Asintió, como si se guardara el dato para futura referencia—. Eso debe de ser duro.

—Mucho.

El viento golpeó contra las ventanas, haciéndolas temblar.

—«Sopla, sopla, viento invernal; no eres peor que la ingratitud del hombre». —Me sonrió—. Esto me recuerda a Irlanda. El castillo de mi familia estaba cerca del mar, y el viento que llegaba de los acantilados era tan fuerte que si estabas en una de las almenas podía hacerte caer.

—¿Dónde vive ahora tu familia?

—Por todas partes. Mis padres murieron en un accidente de coche cuando yo era joven. Mis hermanos y yo nos fuimos cada uno por su lado. Hubo algunas cuestiones desagradables con la herencia. —Fue hasta el tablero, cogió un peón y lo sopesó en la mano—. Por eso me fui de Irlanda. Las peleas por dinero no me gustan nada. Decidí que prefería vivir por mis propios medios en algún lugar donde mi apellido no fuera tan conocido. Quería hacer el bien, enseñar a los niños que no tenían nada, ¿entiendes?

Me apoyé contra la mesa de billar, ligeramente mareada.

—Sí.

—Sí, claro, seguro que sí. —Me miró de lado—. Tú y yo somos muy parecidos, ¿verdad?

¿Verdad? Pensé en la idea y me resultó agradable. No tener que explicarme, ser comprendida, ¿no es eso lo que desea todo el mundo?

—¿Dónde estaba el castillo de tu familia? De pequeña hice un *tour* por Irlanda. Debimos de visitar cientos de castillos. Quizá lo haya visto.

—Lo dudo. —De repente dejó el peón y fue donde están montadas las espadas, al otro lado de la sala. Son al menos una treintena, dejadas por algún antepasado con un fetiche militar. Levantó una (pesada, de plata con un grabado en la empuñadura) y la sopesó con una mano. Me apuntó con ella y dio un paso de esgrima—. *En garde!*

La punta cortó el aire y se detuvo peligrosamente cerca de mi pecho. Solté un chillido y me eché atrás; el corazón estaba a punto de salirme por la boca. Michael abrió los ojos de par en par; la espada tembló en su mano y por fin apuntó al suelo.

—Mierda. No quería asustarte. Hace mucho practiqué la esgrima. Lo siento, no he pensado. —Devolvió el arma a su lugar, me cogió por una muñeca y apretó. Sentí que con el pulgar me estaba tomando el pulso—. Eres delicada, ¿verdad? Eres nerviosa y sensible. Llevas las emociones escritas en la frente.

—Lo siento. —Me salió como un susurro entre gravilla. ¿Por qué le estaba pidiendo perdón? Sentí toda la fuerza de su pulgar en mi muñeca mientras lo frotaba contra mi piel.

—No tienes nada de lo que disculparte. —Bajó la voz. Me miró muy fijamente—. Me gusta. Hay mucho en tu interior. Ashley... bueno... no...

No acabó la frase; sus ojos descendieron hasta la alfombra y ahí se quedaron. El espacio que nos separaba estaba peligrosamente lleno de electricidad estática. Yo sentía el calor de su cuerpo a través de la franela de su camisa, olía el punto especiado de su sudor. De repente me di cuenta de lo extraña que era la pareja de Michael y Ashley: ¿una profesora de yoga y un académico?, ¿una americana de clase media y un aristócrata irlandés? ¿Cómo debía de ser eso en la vida real?

Quizá su conexión fuera sexual. Pensé en la intensidad de su beso en el coche, el primer día, y sentí que me ruborizaba. Y ahora tenía el pulgar de Michael en mi muñeca y el recuerdo de llorar en brazos de Ashley y el aturdidor golpeteo del viento contra las ventanas. De repente todo era demasiado intenso y confuso. Tenía un gusto seco y acre en la boca; el sabor de la traición.

Por entre los árboles más allá de las ventanas vi un brillo metálico. Un coche se acercaba por el camino. El BMW. Di un paso atrás y le solté la muñeca.

—¡Ashley ha vuelto! Querrá que la ayudes a entrar las compras, ¿verdad?

Corrí hacia la puerta. Michael dudó y por fin me siguió, aunque lentamente. Iba por un lado de la sala, deteniéndose para examinar los trofeos de golf y de navegación y coger fotos y mirarlas con detalle antes de volver a dejarlas. Seguía teniendo el pulso muy acelerado; pero si él se sentía tan culpable como yo, si estaba de acuerdo en que acabábamos de compartir un «momento», no lo mostraba para nada.

A la puerta del porche trasero se detuvo para mirar el lago a lo lejos, inquieto, frío y gris.

—Bueno, pues ven cuando quieras, ¿vale? —Mantuvo la sonrisa tan inocente como pudo, pero entonces, justo antes de bajar los escalones, se llevó dos dedos a los ojos y después los apuntó hacia mí—. Te veo —dijo en voz baja.

¿Me veía? Sentí que aquella era una situación peligrosa, pero, por Dios, muy tentadora.

Entre la emoción y el desaliento, apenas dormí aquella noche. Cuando por fin lo conseguí, soñé que era una pluma de oca atrapada en el viento del lago, sin conseguir tomar tierra nunca. Me desperté y me quedé tumbada a oscuras, odiándome a mí misma. No quería ser esa clase de mujer; él tenía novia, y una a la que yo admiraba. Y aun así, ¿debía ignorar lo que sentía cuando él estaba cerca?

«Quizá nuestra mayor fuerza como seres humanos es también nuestra mayor debilidad —pensé—. La necesidad de amar y ser amados».

Para cuando salió el sol estaba decidida a verme con Ashley y devolver el equilibrio a la extraña ecuación. A las siete tenía puesto el chándal y esperaba en la ventana. Pero la temperatura había caído en picado por la noche y el jardín estaba cubierto por una capa de escarcha. Ashley no llegó a aparecer.

Me pasé la mañana dando vueltas por la casa, pergeñando excusas para llamar a la puerta de la cabaña.

Me presenté justo después del almuerzo, mochila en mano, hecha un manojo de nervios. Pero cuando Ashley abrió se le iluminó el rostro, como si llevara toda la semana esperándome (y ahora supongo que así era, aunque no de la forma en que yo creía en aquel momento). Me dio un abrazo.

—Aquí estás. Te he echado de menos —me dijo, cariñosa. La calidez de su mejilla contra la mía silenció el recuerdo del pulgar de Michael sintiéndome el pulso, por más que vi perfectamente cómo él me observaba desde el sofá de la sala de estar. Cerré los ojos y me entregué a la seguridad del abrazo.

«Hoy voy a compensárselo a Ashley —me dije a mí misma—. Hoy le demostraré que soy su amiga, no su enemiga». Así estaría más contenta conmigo misma; así era como quería ser.

De haber sabido la verdad no me hubiese molestado.

Pero no la sabía, así que levanté la mochila.

—¿Qué os parece ir de excursión? —pregunté.

Fue Ashley a quien le dediqué mis energías mientras conducíamos al sur siguiendo la orilla, Ashley quien pareció interesarse más por las historias locales que les iba contando nerviosa y desordenadamente, Ashley quien cantó conmigo un tema de Britney Spears (¡me encantó que le gustara la música pop!). No presté mucha atención a Michael, que se quejaba desde el asiento trasero de los gustos musicales de Ashley. De hecho, me sorprendió que se apuntase (¿o no? «Te veo». De vez en cuando pensaba en esas palabras y me daban temblores).

Para cuando llegamos, comenzaba a sentir que el equilibrio había quedado restaurado. Iniciamos el ascenso hasta Vista Point. Michael se había quedado atrás y Ashley iba a mi lado, tarareando para sus adentros y con expresión pensativa. «Parece estar a gusto por aquí —pensé—. Más que yo misma». Como una idiota, lo achaqué a su forma física, a lo cómoda que se sentía en su cuerpo, a su paz con el mundo (¡Dios, qué ironía!).

Desde que había vuelto al Tahoe no había estado en Vista Point. Quizá lo había evitado porque era nuestro lugar, el de Benny y mío, nuestro destino preferido para las excursiones cuando mi familia venía a visitar a nuestros abuelos durante las vacaciones de verano. Y no es que nos gustara tanto lo de las excursiones; ir a Vista Point era más que nada una forma de escapar de la claustrofóbica casa en la que mi madre y mi abuela daban vueltas una alrededor de la otra como leonas, vigilándose entre ellas. Arriba del todo había una roca lisa con vistas al lago; me tumbaba en ella con mi bikini y escuchaba el *walkman* mientras Benny, sentado, dibujaba en sus cuadernos. Nos quedábamos allí hasta que el sol bajaba peligrosamente cerca del horizonte, y entonces regresábamos sin ninguna prisa a la casa y la cena formal que nos esperaba: el servicio con sus uniformes almidonados, la *vichyssoise* en boles de porcelana, mi padre tomando demasiados *gin-tonics* mientras mis abuelos ponían cara muy seria ante los monogramas en los cubiertos de plata.

Me encantaban esas excursiones con mi hermano. Ahí arriba, mientras contemplábamos en silencio las cimas de las montañas, era como si Benny y yo estuviésemos momentáneamente sintonizados en el mismo canal y, por una vez, experimentásemos las mismas cosas simultáneamente. Esos momentos no eran habituales, sobre todo después de que él empezase a tener problemas.

El camino no ha cambiado desde la última vez que estuve, años atrás. Seguía marcado con carteles de madera astillados y gastada pintura amarilla. Pero los pinos se habían acercado y las rocas parecían más pequeñas, como si con el tiempo yo hubiera pasado a ocupar más espacio en el mundo. Con Michael y Ashley me sentía más grande, me sentía viva.

A mi lado, Ashley estaba quedándose sin aliento, sus pasos eran menos seguros. Quizás en ese momento debí darme cuenta y sospechar, pero estaba muy decidida a ser su amiga. Cuando llegamos a un claro antes de la cima se detuvo y apoyó una mano contra un árbol.

Esperé y me volví; Michael había desaparecido muy por detrás de nosotras.

—¿Va todo bien?

Ella pasó la mano arriba y abajo por la corteza del árbol, mirando las ramas. Su sonrisa plácida se convirtió de repente en algo mucho más parecido a un rictus.

—Estoy absorbiendo todo esto. Creo que voy a parar un minuto para meditar.

Cerró los ojos y me borró de su mente. Esperé y contemplé el paisaje. Había cada vez más nubes de tormenta; una particularmente ominosa estaba empalada en la cima de la montaña justo enfrente, más allá del lago. El viento había transportado manchas blancas hasta la superficie del agua y seguía hacia el sur, camino de la orilla de Nevada.

¿Cuánto tiempo iba a quedarse ahí? ¿Esperaba que yo también me pusiera a meditar? Tanta quietud me ponía nerviosa; sin pensar saqué el móvil y lo levanté para enfocar su silueta contra el lago. Tenía las mejillas sonrosadas por el esfuerzo, las pestañas temblorosas. Qué guapa. Le saqué una foto y le pasé unos cuantos filtros. Estaba tecleando el texto, *Mi nueva amiga Ashley*, cuando el móvil voló de repente de mi mano.

—¡No!

Ella apareció delante de mí, su cara de color púrpura

mientras pulsaba demasiado fuerte los botones del aparato (¡mi teléfono!).

—Perdona que sea tan exagerada, pero soy muy celosa de mi intimidad. Ya sé que lo tuyo son las redes sociales, pero preferiría que no cuelgues fotos de mí. —Me devolvió el móvil. Había borrado la foto.

Parpadeé para apartar las lágrimas que se me habían formado en los ojos. Hacía siglos que no había estado con nadie que no quisiera que le sacaran fotos; aparecer en el *feed* de otro es la mejor clase de validación, una pica que marca tu lugar en un mundo que no es el que tú misma controlas. Pero a Ashley no pareció hacerle mucha gracia.

—Lo siento —dije en un murmullo.

—No, es culpa mía, tenía que haberte dicho algo antes. No te preocupes, ¿vale? —Sonrió, pero con los labios apretados contra los dientes. Estaba claro que yo había cometido un *faux pas* terrible.

Se apartó de mí y miró hacia abajo de la colina.

—Vamos a buscar a Michael. Empiezo a temerme que lo hayamos perdido para siempre.

Asentí, aunque pensaba en la foto de Ashley haciendo yoga en el jardín que ya había colgado unos días antes. «Tengo que borrarla antes de que la vea y se moleste».

—Adelántate tú —le dije—. Yo me quedo un momento más. Ya os atraparé.

En cuanto la perdí de vista volví a sacar el móvil y abrí Instagram. La foto de Ashley seguía siendo la primera en aparecer en mi cuenta. Tenía 18.023 *Me gusta* y 72 comentarios. Era un gran retrato, uno de los mejores que había hecho desde mi regreso al Tahoe, y dudé un instante sobre qué hacer. ¿Tan identificable era? Deslicé mi dedo rápidamente por los comentarios, solo para ver qué decían mis seguidores.

Qué idílico; ¿Quién es esta preciosidad del yoga?; Parece divertido pero cuándo vas a volver a poner fotos de moda???; Harta de fotos de naturaleza, unfollow.

Y así fue como, cerca del final de la página, di con un comentario de un antiguo seguidor, BennyElPirado. El nombre nunca me había hecho la menor gracia. Estaba claro que en el Instituto Orson habían vuelto a dejar que mi hermano usara el teléfono; era un privilegio que le concedían cuando estaba a salvo de sufrir otro episodio paranoide (sino acabaría en una espiral de teorías de la conspiración en Reddit). Era una indicación positiva sobre su estado mental. Distraída por eso, y por la sensación que aún tenía de haber cometido un error crítico, me llevó un minuto absorber lo que Benny había escrito bajo la foto. Entonces sentí como si la montaña entera fuera a hundirse a mis pies. Rocas temblando, arrancadas de la tierra y cayendo todas por la colina, aplastándolo todo a su paso.

VANESSA WTF QUÉ HACES CON NINA ROSS SIN MÍ?

Me quedé demasiado tiempo allí en la cima, intentando comprender el alcance del mensaje de mi hermano. ¿Nina Ross? Otra vez ese nombre. Al principio creí que era fruto de mi imaginación, un resto de la lectura del diario de mi madre unos días atrás. Pero volví a leer el comentario, y el nombre *NINA ROSS* seguía allí. Y seguía sin tener ningún sentido. Benny tenía que estar alucinando de nuevo. Era totalmente imposible que Ashley Smith fuera Nina Ross.

Pero a Benny le habían dejado usar el móvil, y solo lo hacían cuando estaba lúcido.

¿Qué pinta tenía Nina Ross? Seguía sin tener más que un borroso recuerdo del día en que nos cruzamos en la cafetería. ¿No tenía... el pelo de color rosa? ¿No era regordeta, una gótica con problemas de autoestima? No sonaba mucho como la mujer segura y atlética que ahora me esperaba abajo de la colina. Y, sin embargo, habían pasado doce años. Podía haber cambiado fácilmente haciendo dieta y arreglándose de forma diferente (como se veía bien claro en el caso de Saskia).

¿Era posible?

Marqué el número de teléfono de mi hermano con los dedos casi paralizados por el frío y el corazón latiéndome tan fuerte que parecía que se me iba a salir del pecho.

Mi hermano contestó al primer tono, su voz temblorosa, casi sin aliento.

—De verdad, ¿Vanessa?, ¿qué pasa? ¡Nina Ross! Por Dios. ¿Qué hace ahí? ¿Ha preguntado por mí? ¿Cuánto hace que ha vuelto?

—No es Nina Ross —le dije—. Me ha alquilado la cabaña. Es una profesora de yoga que se llama Ashley. Está con su pareja, Michael, un escritor. Vienen de Portland. Su padre era dentista. —Lo convertí todo en realidad con la seguridad de mi voz.

—Puede que se haya cambiado el nombre. A veces pasa. En serio, pregúntaselo.

—No es ella —repetí, un poco demasiado seria—. Lo siento, Benny. Debes de recordarla mal, ha pasado mucho tiempo. ¿De verdad te acuerdas de cómo era Nina Ross?

—Claro que sí. Sigo teniendo fotos de entonces. Y ya las he mirado para asegurarme; sabía que me ibas a decir que estoy loco. Mira, voy a mandarte una. —Lo oí manipular el móvil, el roce de su manga contra el micrófono, y un instante después sonó en el mío que tenía un mensaje.

Era un selfi en baja resolución, sacado con un aparato antiguo. La imagen estaba granulada, pero al momento sentí un incómodo *ping* en mi cabeza y la reconocí. Era en el interior de la cabaña del jardinero. Benny y una adolescente, lado a lado en un sofá con cubierta dorada, sus caras juntas, haciendo muecas a la cámara. Se los veía jóvenes y sin filtro y cómodos consigo mismos, enredados el uno en el otro como en un grupo de cachorrillos.

La chica tenía el pelo moreno oscuro, con rosa descolorido en las puntas. Llevaba un montón de rímel. Tenía unos pocos granitos y rasgos redondeados, aunque desde luego no estaba tan rellenita como yo la recordaba. Y había algo más: los rasgos aún sin definir del todo que un día podían dar lugar a una mujer más dura y experimentada.

Benny tenía razón. Aquella mujer era Ashley (o Ashley era ella). Habían pasado años y había cambiado mucho. En lo estético había mejorado mucho. Pero ahí estaba, en la curva de su sonrisa, en sus grandes ojos oscuros contra la piel oscura, en la seguridad con la que miraba a cámara: Nina Ross.

Y ahí estaba también Benny, todavía un niño a su lado, la mirada clara y la piel aún libre de las sombras color púrpura de la locura. No recordaba la última vez que lo había visto tan feliz, tan libre de ansiedad, tan bien.

Por Dios, ¿había seguido obsesionado por aquella chica todos estos años? Pensé en su comentario a mi foto de Instagram. No era *¿Qué haces con Nina Ross?* sino *¿Qué haces con Nina Ross sin mí?*

Tenía la mente tan acelerada que me parecía que iba a desmayarme. «¿Por qué está esa mujer aquí? ¿Por qué me está mintiendo sobre quién es? ¿Qué pretende de mí? ¿Qué le digo?». Y «Dios mío, si Benny sabe que Nina Ross está aquí, ¿cómo va a afectarlo?, ¿va a sufrir otro episodio?».

—Vale, ya sé lo que ves, y desde luego que se parecen —le dije lentamente—. Pero te juro que no es ella. Dijo que no había estado aquí nunca. ¿Por qué iba a mentir?

—¿Porque no creía que fueras a ser amable con ella? ¿Porque nuestra familia se portó fatal con la suya?

Quería decirle «Fue al revés. Nos hicieron chantaje, Benny. La madre de Nina fue culpable del suicidio de *maman* y Nina te enganchó a la droga; entre las dos destrozaron nuestra familia». Pero ¿cómo iba eso a ayudarlo si es que no lo sabía ya? Más bien podría provocarle un ataque. Nunca llegué a saber qué era lo que le provocaba los episodios, pero sacar a relucir los horrores del pasado parecía una forma segura de conseguirlo.

—Mira —le dije, intentando calmarlo—. Estoy un noventa y nueve por ciento segura de que no es ella. No tiene ningún sentido. Pero, si te quedas más tranquilo, se lo preguntaré.

—¿De verdad? —Ahora su tono era muy infantil. Hizo que se me partiera el corazón; quise envolver su cuerpo de niño en una burbuja y protegerlo para siempre contra los males de este mundo impredecible.

El sol descendía tras las montañas del oeste. Las sombras se adueñaban del agua. El viento resoplaba tan fuerte contra la cima que creí que me iba a tirar abismo abajo.

—Tengo que irme, Benny. Te llamo más tarde, ¿vale?

—Te espero. —Colgué con el eco de su voz rasgada y nerviosa. Sabía que no iba a dejar el tema.

Bajé por el camino en una nube de confusión, intentando convencerme aún de que todo era un error. Quizá Ashley fuese una *doppelgänger*, su presencia una extraña coincidencia. O quizá fuera su hermana gemela desaparecida hacía tanto tiempo. (Sí, era ridículo, pero ¿posible?). O, si de verdad se trataba de Nina, quizá tuviera una razón legítima para hacer como si no conociera Stonehaven.

Pero en el fondo lo sabía. Iba a ciegas, no veía más que la cara de la chica de la foto, dispuesta a destrozar nuestras vidas. ¿Qué diablos podía traer a la jodida Nina Ross de vuelta? Tropecé con las rocas y las raíces de los árboles que había esquivado una hora antes tan fácilmente; había perdido el equilibrio. Entonces llegué ante un grupo de pinos y vi a Michael y Ashley justo delante.

No me oyeron acercarme. Estaban abrazados fuerte y se besaban con pasión, como si estuviesen a punto de arrancarse la ropa allí mismo.

Me detuve y me escondí tras los árboles.

Miré mientras Michael pasaba los labios por el cuerpo de Ashley y le mordía la carne del escote. Ella lo cogió por el cuello y tiró de él hacia sí, su otra mano agarrando la camisa sudada. Algo se despertó en mi interior. ¿Era envidia? ¿Fue el espectro del cuerpo de Michael, su dedo tomándome el pulso, lo que me hizo sentir desnuda y necesitada? Por supuesto que era eso, pero también mucho más.

De repente Ashley abrió los ojos y me miró por encima del hombro de Michael. Fue entonces cuando lo supe con seguridad; no se sonrojó, no se apartó discretamente de su hombre como hubiese hecho la Ashley que yo conocía, sino que mantuvo la vista fija en mí mientras él le metía una mano por dentro de la camisa. «Quiere que vea lo mucho que la desean —me di cuenta—. Quiere hacer que me sienta incómoda, que me ponga celosa». Vi la cruel oscuridad en su mirada mientras me contemplaba fijamente, un destello de la persona real que se ocultaba bajo la capa de yoga y perfección.

Ahora Michael le cogía los pechos, y ella seguía mirándome. Yo apenas podía respirar. Sus labios se movieron casi imperceptiblemente hasta formar una mínima sonrisa malévola: «Te veo». Ahora que sabía lo que mirar, era inconfundible. Aquella mujer no era nueva en Tahoe y no había ido a parar a mi puerta por casualidad. Era Nina Ross y sabía muy bien quién era yo.

Sabía muy bien quién era yo y me odiaba; era posible que tanto como yo a ella.

¿A qué había venido?

Una furia líquida me hizo estallar. Pensé en la entrada del diario de mi madre: *Me gustaría matarlas a las dos, madre e hija. Las dos están consiguiendo ARRUINARNOS.* La mujer que tenía frente a mí era la responsable del hundimiento de mi familia. Yo tenía que hacer algo, por *maman*, por Benny, por todos los Liebling con los que tramaran acabar.

Me vi considerando todas las maneras en que podría enfrentarme a ella, la ira con la que podría revelarle que sabía su secreto. ¡Qué sorprendida, mortificada, hasta asustada, iba a quedarse cuando le dijera que sabía quién era en realidad! Respiré hondo y me dispuse a llamarla por su verdadero nombre: «¡Nina Ross, PUTA!».

Pero entonces volvió a cerrar los ojos y el momento pasó. Siguieron besándose. Sabía que yo la miraba; era muy descarada. Me acerqué más, impaciente. En el suelo había un palo; lo pisé con una bota, haciendo que se partiera con mucho ruido. Michael abrió los ojos y se encontró con los míos. Dio un paso atrás y alejó a Ashley (¡Nina!) de él con la palma de la mano.

Ella parpadeó. Se secó la boca húmeda con una mano y volvió a sonreírme, la familiar máscara de nuevo en su rostro.

—¡Ahí estás! —trinó, todo dulzura y luz. Ashley había reaparecido, aunque ahora yo notaba el tono de burla en su voz. ¿Cómo pude pensar que esa sonrisa, tan abierta que le podía ver los incisivos torcidos, era genuina?

Se enrolló con otra de sus excusas. ¡Le había dado una rampa en una pierna! ¡Diferentes grupos de músculos que en el yoga!

—Cuánto lo siento.

Y yo pensé: «Mentirosa, seguro que ni siquiera eres profesora de yoga. ¿Quién diablos eres? ¿Qué quieres de mí?».

No se me ocurría. ¿Había vuelto en busca de Benny? Pero, entonces, ¿para qué el disfraz? ¿Había dejado algo aquí? Pensé que lo más probable era que hubiera venido a acabar el trabajo que había comenzado su madre. Buscaba dinero. ¿Quizá creyera que a mí también podía hacerme chantaje?

Me di cuenta de que esta vez yo tenía una ventaja: sabía quién era, y ella no sabía que yo lo sabía. Tenía tiempo para pensar en qué hacer al respecto.

Mientras, Michael miraba de ella a mí y de vuelta, el ceño fruncido por la preocupación. Debió de darse cuenta de que algo acababa de cambiar entre los tres.

—Perdonad que os corte, pero estoy hecho polvo —dijo—. Salgamos de esta montaña antes de quedarnos congelados.

—Demasiado tarde —replicó Ashley, pegándose a él—. Brrrrrr. —Se colocó debajo de su brazo y me dedicó una expresión presumida. Él me miró y vi en sus ojos lo incómodo que le había hecho sentirse aquel gesto tan posesivo. «Lo siento», me dijo moviendo los labios sin sonido. Pero era yo quien me sentía mal: él no lo sabía.

Con el estómago encogido, me pregunté qué pasado se habría inventado para Michael. Si me estaba mintiendo a mí también lo habría hecho con él. ¿Y qué intentaba sacarle a él? Aunque era obvio, ¿no? Michael era rico. Nina quería hacerse con su dinero.

De tal palo tal astilla. Yo era su estafa a corto plazo y él a largo plazo. Se lo había traído aquí porque le convenía.

Lo sentí por Michael. Quizá debí temer por mí misma, pero sentía una extraña calma. Stonehaven era mía; podía echarla siempre que quisiese. Me quedaba muy poco que perder, muy poco que me importara de verdad. ¿Y qué había de él? El sensible, el pensador, el intelectual Michael. No tenía ni idea de lo peligrosa que era ella. Tenía que avisarle.

Pero ¿cómo? Ir de cara podía acabar mal para mí. No tenía más pruebas que una foto desenfocada de hacía años. Ella iba a negarlo todo y después se largaría de Stonehaven en un suspiro, con Michael a su lado; no habría perdido nada. Y yo me quedaría sola de nuevo, lamiéndome las heridas.

Lo que deseaba era hacerme con todo lo que aquella mujer y su madre nos habían robado: la familia, la seguridad, la felicidad, la salud.

El amor.

De repente supe lo que iba a hacer. Iba a salvar a Michael de ella. Y, de paso, iba a hacerlo mío.

La ira tiene una increíble capacidad de cegarnos. Una vez en su poder, resulta imposible ver más allá de su luz. La razón desaparece entre la oscuridad de debajo. Todo lo que haces en nombre de la furia parece justificado, por muy miserable, pequeño, desagradable o cruel que sea.

Y, además, la ira me hacía sentir increíblemente viva.

Aquella noche, de vuelta en Stonehaven, fui por la casa cerrando todas las puertas con llave. Cerré todas las cortinas de la planta baja, levantando montones de polvo y retirando un ejército de arañas muertas. Después cogí una de las pistolas de su montura en la pared de la sala de juegos, la cargué

con munición que había encontrado en un cajón cerrado y
la escondí bajo mi almohada.

Sí, estaba furiosa, no asustada. Pero tampoco iba a ser
estúpida.

26.

UNA CENA. ES HORA DE HACER DE ANFITRIONA
elegante.

Con cada corte de mi cuchillo de carnicero en el pollo me
imagino que es una guillotina y su cuello lo que hay sobre
la tabla. Pelé patatas, imaginándome que era su piel lo que
arrancaba a tiras. Cuando encendí los fogones del gigantesco
horno me pregunté cómo sería meterle la mano en las llamas.
He cocinado durante todo el día, mi ira hirviendo y burbu-
jeando con el guiso.

A las cinco ya había oscurecido en Stonehaven. El viento
había cesado y afuera todo estaba inmóvil. Oí a las ocas que
migraban al borde de la orilla, graznando sus protestas mientras se preparaban para enfrentarse a la tormenta que venía.

Preparé tres martinis en el bar de mi padre, ginebra helada
con un generoso chorro de vermú y olivas en aceite; una cha-
puza deliberada para ocultar el ingrediente adicional que eché
en una de las copas: el contenido de una botella de colirio.

El *coq au vin* estaba casi listo; una sencilla ensalada se
enfriaba en la nevera. Me pulí mi martini mientras esperaba
a que las patatas hirvieran, y después me preparé otro. La
lluvia se anunció con una artillería de gotas contra las ven-

tanas. Levanté la vista, sobresaltada, y vi que Ashley y Michael corrían por el camino de la cabaña, con las chaquetas sobre las cabezas.

Fui a darles la bienvenida en la puerta trasera, con un cóctel en cada mano y una sonrisa en el rostro, y entraron a toda velocidad. Le di las gracias al segundo martini. La ginebra me había soltado, difuminando todo aquel asunto surrealista de forma que no tenía que mirar más allá del momento: los martinis, los habladores invitados y la expresión asqueada en la frente de Ashley cuando tomó el primer sorbo de su cóctel.

—Caramba, sí que preparas las bebidas fuertes.

—¿Quieres que te haga otra cosa? ¿Un té *matcha*, un zumo verde? —Yo también sé simular. Sonreí tanto como pude. «Tía falsa».

Pareció un poco alarmada.

—No, no. Está delicioso.

Quise darle un sopapo.

Michael fue hasta el horno, levantó la tapa de una cacerola y olisqueó el contenido.

—Huele increíble, Vanessa. Y aquí estamos nosotros, con las manos vacías. Lo siento, no hemos traído nada.

Me siguió por la cocina mientras yo acababa de cocinar; me hizo preguntas sobre mis técnicas culinarias, curioseó por entre los libros de cocina manchados en la encimera. Estaba más interesado en mí que en su chica, sentada impaciente a la mesa. Se recogió el mojado pelo oscuro en una cola de caballo y examinó la cocina; no tardó nada en acabarse su martini. Había puesto la mesa de la cocina con platos de cada día (nada de porcelana con el monograma de los Liebling para ella); lo contempló todo, puso recto un tenedor.

—¿Esta noche no cenamos en el comedor? —preguntó.

—Demasiado formal —respondí.

—Claro. Aquí es más acogedor, ¿verdad? Aunque… ¿hay alguna posibilidad de que nos hicieras una visita guiada por Stonehaven? —Sus ojos se fijaron en la puerta de la cocina y el oscuro pasillo más allá—. Me encantaría ver el resto de la casa.

«Seguro que sí», pensé. Me la imaginé pasando los dedos con codicia por las superficies de las propiedades de mi familia y me vinieron ganas de echarme a temblar. ¿Iría a meterse los cubiertos de plata en los bolsillos cuando yo no mirase? No iba a permitir que hiciese algo así.

—¿Después de la cena? Casi he acabado de cocinar.

Pero me tomé mi tiempo, y la observé de reojo mientras preparaba el puré y echaba sal al *coq au vin*. Para cuando llevé la comida a la mesa, ella se estaba acabando el martini.

Nos sentamos y serví el vino, una botella polvorienta de Domaine Leroy que había encontrado en la bodega. Un vino desafiante, todo humo y cuero, de los que solo alguien con un paladar refinado (y no, supuse, la hija de una camarera de casino) podría apreciar. Michael alzó su copa y la acercó a la mía: «Por las nuevas amistades». Me miró por encima del borde y la mantuvo tanto rato que me pareció inevitable que Ashley se diera cuenta.

Pero no pareció enterarse. Se inclinó sobre la mesa y chocó su copa contra la mía, tan fuerte que creí que se iban a romper.

—A veces el universo te junta con alguien a quien sabes que estabas destinada a conocer —dijo con falsa sinceridad. Sentí ganas de escupirle a la cara, pero sonreí dulcemente. Dio un sorbo a su vino y puso cara de disgusto. Plebeya.

Empezamos a comer en silencio. Ashley apenas pudo dar unos pocos bocados antes de que se le pusiera la cara blanca. Cogió la servilleta y se la llevó a los labios. Miré con frialdad cómo se levantaba de su silla.

—¿Dónde está el baño? —preguntó.

Señalé hacia la puerta.

—Hay un tocador siguiendo el pasillo, tercera puerta a la derecha.

Salió apresuradamente, tropezando mientras le venían arcadas, la mano apretada contra el estómago.

Puse la expresión adecuada de preocupación y me volví hacia Michael.

—Espero que esté bien. Que no haya sido por la comida. —Examiné el guiso en mi propio tenedor con descreimiento científico.

Michael la miraba, un poco confuso.

—No creo que sea eso. Yo estoy bien. Ahora vengo. —Se levantó y desapareció por el pasillo.

Me tomé otra copa de vino y después cogí la de Ashley y vertí el contenido en la mía. ¿Por qué desperdiciar un buen caldo? Ella no iba a acabársela. Unos minutos después, los dos volvieron a aparecer por la puerta. Ashley estaba pálida y temblorosa, con el sudor bajándole por la frente.

—Creo que tengo que volver a la cabaña y acostarme —dijo con un suspiro.

—¿Qué pasa? —Mi voz fue suave y melosa como el helado de dulce de leche que había guardado en el congelador para tomar de postre con Michael. Me quedé mirándola y preguntándome cuál de los siete posibles efectos secundarios (según internet) estaría experimentando. Era obvio que había vomitado. ¿Y en cuanto al aturdimiento, la diarrea, la disminución de pulsaciones, la dificultad para respirar? Le había puesto las gotas suficientes como para hacerla enfermar, que tuviera que irse, pero no como para que entrase en coma; me aseguré de eso (aunque es cierto que la idea me tentó).

Michael estaba a su lado, un brazo en la espalda de Ashley

mientras a ella le venían más arcadas. Le susurró algo al oído y ella negó con la cabeza. Se volvió de nuevo hacia mí.

—Lo siento mucho, pero me temo que tendremos que acortar la velada.

Vaya. Ese no era el plan; se suponía que ella tenía que irse sin él.

—Pero ha quedado tanta comida… Michael, quizá puedas pasar a buscarla más tarde.

Ashley se lo estaba quitando de encima. Consiguió erguirse y coger el abrigo del gancho al lado de la puerta.

—No, Michael, tú quédate y come. Sería una lástima tener que tirar la comida después de todo lo que ha cocinado Vanessa. Total, voy a meterme en la cama.

Michael la miró a ella y después a mí.

—Vale. Si insistes. No voy a estar mucho rato más.

La piel de Ashley había adquirido un tono verdoso. Ni se molestó en contestar a lo que dijo Michael; abrió la puerta y salió apresuradamente a la noche. Miramos por la ventana como seguía el camino bajo la lluvia. Antes de que desapareciera de la vista la vi encogerse y vomitar sobre unas azaleas. Parpadeé, sin saber si Michel saldría a por ella, pero quizá no la vio porque ni se movió.

O sí que la vio pero no le importó.

Nos quedamos a solas. Me volví para sonreírle; casi me dio un ataque de timidez. Cogí otra botella de vino y el sacacorchos.

—Bueno —dije—, ¿quieres hacer la visita completa?

Michael me siguió por las habitaciones de la mansión, copa en mano, mientras yo le iba explicando atropelladamente la historia de Stonehaven, las leyendas familiares pasadas de uno a otros herederos Liebling.

—La casa fue construida en 1901. Se dice que mi tatarabuelo contrató a doscientos trabajadores para que pudiera estar lista en un año. En la época fue la más grande del lago. La familia solo venía en verano, pero tenía un equipo de veinte personas viviendo todo el año para mantenerla.

Encendí las luces de cada una de las habitaciones por las que pasamos; confiaba en que así la casa pareciera más feliz y acogedora, pero las viejas lámparas de la pared no llegaban a iluminar los rincones, que quedaban entre sombras. Era la primera vez que entraba en muchas de esas salas desde que había vuelto aquí, y parecía que la criada tampoco había estado mucho. Había gruesas capas de polvo en los muebles, el viejo cuarto del bebé olía mustio y las cortinas de una de las habitaciones de invitados tenían manchas.

A Michael no parecía molestarle lo descuidada que estaba Stonehaven. Más bien parecía fascinado por todo lo que veía; seguramente debido a su familia y su educación, sabía sobre muchas de las cosas. Siguió tomando sorbos de su copa mientras pasábamos, y me iba preguntando por objetos concretos y de dónde venían: las sillas Luis XVI pintadas a mano que había comprado mi abuelo, el antiguo bodegón de las escaleras, el reloj en oro y alabastro del estudio. Se quedaba un rato en cada sala y miraba de cerca los cuadros, tocaba los paneles de las paredes, miraba detrás de las puertas y dentro de los armarios. A veces me volvía a media frase y descubría que él seguía en el cuarto del que yo acababa de salir, examinando las antigüedades.

Pero yo no quería hablar de antigüedades.

Hice que mi habitación fuera la última. Conduje a Michael hasta las grandes puertas de madera.

—¿Ves ese escudo de armas con la cabeza de jabalí y la guadaña? Es de los antepasados de la familia, en Alemania.

—O eso era lo que me había dicho la abuela Katherine. Siempre sospeché que no era cierto del todo, pero el amor propio hace que los mitos se conviertan muy fácilmente en realidades.

Michael pasó un dedo por el grabado.

—En esta casa hay mucha historia.

Nos quedamos el uno al lado del otro, admirando la puerta. Fue un momento repleto de una magnífica tensión («¡Entramos en el dormitorio! ¡Ahí está la cama!»). Me pregunté si contárselo todo entonces o más tarde, y cómo podría revelar mi historia con su novia sin alejarlo.

—¿Hace mucho que Ashley y tú sois pareja? —Me oí preguntarle.

Me miró de lado, sorprendido. Le leí los pensamientos: «¿A qué viene que preguntes ahora por ella?».

—No mucho. Unos seis meses u ocho.

—¿Cuánto la conoces?

—Qué pregunta más rara. ¿Cuánto conozco a mi chica? —Frunció el ceño, sin dejar de pasar el dedo por la madera de la puerta—. ¿Por qué lo preguntas?

—Solo por curiosidad.

Era cierto: a pesar de todo sentía curiosidad. Pensé en todo lo que quería saber sobre Ashley-Nina. ¿Dónde había estado tantos años? ¿Cuándo adoptó el personaje de Ashley Smith y por qué? ¿Era una estafadora, como su madre? ¿Y qué pasaba con esta, seguía por ahí, la había atrapado la policía? ¡Cómo deseaba que Lily Ross hubiese sufrido! Y quizás así había sido: recordé aquella historia de lagrimita que Ashley me había contado en la biblioteca sobre su madre «enferma»; ¿también había sido mentira? No sé por qué, yo sospechaba que no. Algo en su forma de hablar, y las lágrimas... me parecieron auténticas. Claro que hasta entonces me lo había tragado todo.

—¿Conoces a su familia? Ashley me dijo que su madre está enferma, y me pregunto qué le pasará.

—¿Eso te dijo? —Michael frunció el ceño—. Humm. La verdad es que no estoy seguro del todo. Es algo crónico.

Así que era cierto. O eso, o también le había mentido a él.

—¿No la conoces?

Negó con la cabeza sin dejar de mirar la puerta.

—No. Vive lejos y no la hemos visitado desde que somos pareja. Íbamos a ir por Navidades. —Agarró el pomo y levantó una ceja—. ¿Entramos?

Abrió él mismo, pero entonces se detuvo. La habitación era cavernosa, el corazón rojo terciopelo de la casa. Las paredes estaban cubiertas con paneles de caoba decorados con el mismo escudo heráldico, el hogar de la chimenea era más alto que yo, y la *pièce de résistance* era una enorme cama tallada con un dosel digno de la realeza. Varias ventanas daban al lago; normalmente presentaban una vista espectacular, pero en aquel momento lo único visible era la lluvia y la oscuridad más allá.

Michael rio.

—¿Esta es tu habitación?

—¿Qué te imaginabas?

Negó con la cabeza.

—Algo más moderno y femenino. Más... como tú. Vaya tontería.

«¡Me ha estado imaginando en mi habitación!». Me encantó saberlo.

—En esta casa no. Aquí no hay nada moderno en ninguna parte.

Miré cómo examinaba la habitación, los objetos en las estanterías y el cuadro de Venus y Hefesto, y abría las puertas con detalles de nogal del enorme armario. Contempló las cajas de mudanzas y bajó la cabeza para leer las etiquetas.

—¿Todavía no las has abierto?

—¿Para qué? Aquí no necesito nada de eso; no veo por qué sacarlo.

—Sigues buscando una razón para irte. —Dio un último trago a su copa de vino—. O para quedarte.

—Quizá tengas razón. —Y entonces, sintiéndome decidida (¿o quizás era que estaba un poco bebida?)—: ¿Puedes darme una tú?

—¿Para qué, para quedarte o para irte?

Se volvió y contempló la cama en toda su monstruosa gloria. Me pregunté si estaría imaginándose a nosotros dos en ella, desnudos, nadando en terciopelo; desde luego, yo sí que me lo imaginaba. Fuera, la lluvia se había convertido en granizo y golpeaba en el techo. Una rama de árbol azotada por el viento rascaba contra la ventana como intentando entrar al calor de dentro. Michael cerró los ojos y recitó un trozo de un poema, en voz tan baja que tuve que acercar la cabeza para oírlo.

Viento del este, ¿cuándo soplarás
para que la lluvia pueda caer?
Ojalá tuviese a mi amor entre los brazos
y en mi lecho de nuevo.

Abrió los ojos y me observó desde el otro lado del gran mar de terciopelo. De nuevo me hizo sentir como si estuviese mirando en el interior de mi cabeza. Los martinis y el vino me habían afectado, pero la electricidad que había entre nosotros no era una invención mía.

—¿Eso lo has escrito tú? —le pregunté.

No contestó. Dio la vuelta a la cama y se me acercó, sus pálidos ojos aún concentrados en los míos. La frontera entre mi cuerpo y la habitación que me rodeaba parecía borrosa. Temblaba de deseo. Aquel era el momento, iba a besarme. Pero entonces, cuando estaba a menos de un metro de mí, su mirada cambió; ya no me miraba a mí sino por encima de mí, hacia la puerta. Siguió andando y me pasó de largo. El sonrojo de la emoción se disipó, dejándome un nudo de decepción. ¿Iba a resultar que sí que había estado todo en mi cabeza?

Aun así, me pasó tan de cerca que sentí el calor de su cuerpo y, ¿fue eso?, sí, su mano rozó la mía, apenas la punta de un dedo con mi meñique. Mantuvo la mano durante un segundo muy significativo. Entonces soltó un suspiro —el de un corazón roto, el de la vida que conspira contra uno— y se alejó.

No era mi imaginación. En absoluto. Por supuesto que no. Ya me lo había dicho dos días antes en la sala de juegos: «Te veo».

«Aunque, si me ve, también verá mis cosas más horribles, las que es imposible que le gusten a nadie.

»O quizá sí las ve y le gusto igualmente».

Era el momento; debía confesar.

—Oye, tengo que decirte algo —empecé a decir. Pero él estaba mirando su reloj y mi voz era demasiado débil, demasiado tímida, demasiado afectada por la ginebra. No me oyó, fue hasta la puerta y la abrió. Me dirigió una sonrisa triste y me dedicó una reverencia.

—Las damas primero.

Dudé, pero por fin salí al pasillo, aturdida por el deseo y el alcohol y la confusión. Estaba a medio bajar las escaleras cuando me di cuenta de que no lo tenía detrás. ¿Qué estaba haciendo aún allá arriba? Una mínima esperanza: «Quizá me esté dejando un mensaje».

Pero un momento después apareció en el rellano.

—Lo siento, Vanessa. Han pasado horas. Tengo que ir a ver si Ashley está bien, o se me va a comer vivo.

Bajó las escaleras apresuradamente y fue hacia la parte trasera de la casa. Lo seguí mientras me maldecía por haber perdido otra oportunidad: «¡Boba! ¡Cobarde!». Y así desapareció de repente entre la oscuridad líquida del jardín. Lo único que quedó de él fue un charquito de pedrisco donde dejé la puerta abierta demasiado tiempo mientras lo miraba alejarse.

Después de que se fuera, la casa volvió a ser una isla desierta en la que yo había naufragado por segunda vez. Tiré a la basura los restos del *coq au vin* y limpié el charco de pedrisco. Dejé los platos para cuando viniera la criada al día siguiente por la mañana. Solo después de hacer todo eso me permití subir a la habitación y mirar si Michael me había dejado algo.

No había ninguna nota escrita a toda prisa en la que me confesara su deseo prohibido, nada en la superficie de terciopelo, nada dejado sobre un mueble, nada escrito con el dedo en el espejo del baño. Pero mi corazón se saltó un latido cuando miré en la cama: había un hueco en la almohada que estaba segura de no haber dejado yo.

¿Se habría tumbado e imaginado que yo estaba a su lado?

Me acosté, inspiré hondo y ¡sí! sentí su olor, humo y limón. Su champú, impregnado en la tela de mi almohada.

Cerré los ojos y reí.

Cuando me desperté a la mañana siguiente, la luz había cambiado. Durante la noche el pedrisco se había convertido en nieve. El silencio se había adueñado de Stonehaven, como si alguien hubiera tirado una manta sobre la casa. Me levanté, temblando en mi fino camisón, y subí la guillotina de la ventana. La nieve caía suavemente sobre las agujas de los pinos. Abajo, el jardín era una manta de *patchwork* sin colores puntuada por helechos helados. El lago estaba gris e inmóvil. Al respirar, el aire frío me hizo arder los pulmones.

Bajo mis pies, las escaleras eran traicioneras. Tenía una resaca horrible. Abajo, la cocina seguía pareciendo una zona de guerra, y un texto de la criada me informó de que no iba a poder venir por culpa de la nieve que cubría las carreteras. Me preparé una taza de café y fui a tumbarme al sofá de la biblioteca mientras estudiaba mi siguiente movimiento.

Mi móvil sonó al recibir un mensaje de Benny: *Qué? Es ella? Nina???*

Le contesté: *No pude preguntar.*

Un fuerte golpe en el porche trasero me sobresaltó. Michael. Fui a la cocina y miré por la puerta. Me sorprendió ver ahí parada a Ashley. Parecía recuperada del todo. Le abrí.

—¿Ya te sientes mejor?

—Como nueva —respondió—. Fuera lo que fuese, se me ha pasado.

Su cara había vuelto al color habitual y tenía el pelo recién lavado; se la veía radiante y saludable y joven. Tenía mejor aspecto que como yo me sentía, cosa claramente injusta. ¿Cómo podía haberse recuperado tan rápido? Debería haberle puesto más en la bebida.

—¿Crees que la cena te sentó mal?

Ella se encogió de hombros y me miró desde debajo de sus largas pestañas. Me pregunté si sospecharía algo.

—Quién sabe. A veces el cuerpo es un misterio, ¿eh?

—Bueno, pues me alegro de que estés mejor. Te echamos de menos en la cena. —«No, no te echamos de menos. Ni lo más mínimo».

—Michael me contó que os lo pasasteis muy bien —dijo—.

Qué lástima que me lo haya perdido. Espero que podamos repetir muy pronto.

Miré por encima de su hombro, en dirección a la cabaña. ¿Vendría Michael por sí mismo? Necesitaba darle una excusa para volver y tenerlo solo para mí.

—Mañana.

Ella sonrió.

—¿Puedo pasar?

Dudé. No estaba segura de querer quedarme a solas con ella. Pensé en la pistola que había guardado bajo la almohada.

—Voy a vestirme.

—Por favor, no te molestes por mí. Es solo que… quiero hablar contigo.

Un punto de adrenalina. «¿Es que va a confesarme su verdadera identidad?». Abrí más la puerta y la invité a entrar. Ashley se quitó las botas y se quedó en la entrada, la nieve cayéndole de la chaqueta. Miró hacia el desastre de platos y botellas de vino vacías.

—Vaya, sí que os divertisteis anoche. ¿Cuántas botellas os tomasteis desde que me fui? Michael volvió totalmente bebido; ahora veo por qué.

¿Estaba celosa? «Con buena razón».

—Hoy tenía que venir la criada, pero se ha quedado aislada por la nieve, pobre. Aún no he llegado a los platos. —Cogí la copa que tenía más cerca y la dejé en el fregadero.

Ella me observó con una pequeña sonrisa, como si supiera perfectamente que yo no tenía la menor intención de limpiar todo aquello.

—Voy a decirle a Michael que venga. Él hizo el desastre, él tiene que ayudarte a arreglarlo.

Negué con la cabeza, aunque en secreto pensé: «Oh, sí,

hazlo, por favor: danos más tiempo a solas». Me latía la cabeza, como si alguien hubiese llevado unas tenazas a mi cabeza y fuera sacando trocitos de cerebro. Ella no parecía especialmente ansiosa. ¿Iba a confesar o no? Y, si lo hacía, ¿podría seguir odiándola? Me dejé caer en una silla, apreté un dedo sobre la vena que latía fuerte en mi sien y esperé.

Ashley se sentó a mi lado, tan cerca que casi chocamos con las rodillas. Se inclinó hacia mí con gesto conspiratorio. Esperé oír palabras como «Tengo que ser sincera contigo. No me llamo Ashley Smith».

—No estoy segura de si Michael te lo dijo anoche; a veces es muy celoso de su intimidad. —Dibujó una curiosa sonrisa que me hizo ver que aquella no iba a ser la confesión que esperaba—. Me ha pedido que me case con él. Estamos comprometidos.

Empecé a ver cada vez más puntos rojos; me cegaron. ¿Estaban comprometidos? ¿Por qué haría él algo así? ¿Cuándo fue? ¿Por qué con ella? Su sonrisa se le quedó como congelada mientras esperaba mi respuesta; me di cuenta de que yo había tardado un segundo de más en contestar. Abrí la boca y me salió un horrible chillido.

—¡Increíble! ¡Fantástico!

No me parecía ni increíble ni fantástico.

Pero mis aullidos debieron de ser convincentes, porque ella se puso a hablar y hablar y hablar. Me contó que él había hincado la rodilla a la entrada de la cabaña del jardinero mientras miraban el lago, la misma noche en que llegaron; que tenía un anillo heredado que había sido de su abuela; que Michael había llorado al dárselo. Se quitó un guante y adelantó una mano, y ahí estaba, una gran esmeralda talla cojín rodeada de diamantes; a juzgar por el color no era muy prístina, pero el conjunto resultaba bastante bonito.

Merde. Demasiado tarde. Ya le había engañado.

Siguió y siguió hablando de lo tímida que era, de lo incómodos que le resultaban la ostentación y el dinero (¡anda ya!). Apenas la escuché mientras veía cómo se le deslizaba el anillo por el dedo. Pensé: «Pero si ni parece que ella le guste tanto a Michael. Estoy segura. No tienen nada en común. Me quiere a mí. ¿Cómo es posible?». Aún estaba hablando, sobre su miedo a que se le cayera el anillo, de su necesidad de ajustarlo, de cómo hasta entonces no podía llevarlo porque le preocupaba demasiado el perderlo, así que ¿podía guardarlo yo en la caja fuerte? Para que estuviera sano y salvo.

—¿Mi... caja fuerte?

Asintió.

Por supuesto que yo tenía una caja. La del estudio, donde mi padre guardaba dinero para un caso de necesidad. Recordé el día, hacía años, en que me llamó allí y la abrió para mostrarme los montones de billetes de cien pulcramente apilados. «Cariño, si alguna vez necesitas dinero de emergencia, aquí está. Hay un millón de dólares. En la caja de la casa de Pacific Heights tengo otro».

Entonces me pregunté para qué iba a necesitar yo tanto dinero en metálico. ¿En qué clase de problemas creía él que podía meterme? Benny acostumbraba a robarle de allí, de cien en cien, como si aquello fuese su hucha personal.

Por supuesto, ahora la caja estaba vacía. Como todo el dinero de los Liebling.

Ah, aún no había mencionado esto, ¿verdad?: estoy arruinada, pelada, no tengo un centavo. Que no te engañen las apariencias: tras la muerte de mi padre, cuando sus socios me mostraron las cuentas me sorprendió ver que estaba al borde de la bancarrota. Por lo visto, ya desde antes de la muerte de mi madre había hecho malas inversiones y había perdido grandes cantidades de dinero, incluyendo un enorme casino en la costa de Texas que fue destruido por los huracanes. También tenía deudas de juego, partidas de póker con apuestas millonarias que perdió una semana tras otra, según un libro negro de contabilidad que encontré en su escritorio.

Entonces recordé y lamentablemente comprendí por fin la pelea entre mis padres que había oído por los conductos de la calefacción: «Tus adicciones van a destrozarnos a todos. Mujeres, cartas, y a saber qué más que me escondes».

El fondo del que habíamos estado sacando dinero Benny y yo estaba casi vacío, agotado por el coste de su institución y mi lujoso estilo de vida de Instagram. Ni siquiera las acciones de la familia en el Liebling Group valían mucho. La empresa nunca había llegado a recuperarse de la recesión, las deudas eran descomunales, y a fin de cuentas habían sido tan repartidas a lo largo de las generaciones que ninguna rama de la familia tenía más que un mínimo. Benny y yo no podríamos vender ni aunque quisiéramos.

Lo que nos quedó tras la muerte de papá: la casa de Pacific Heights, Stonehaven y todo lo que había entre las paredes de estas. Benny heredó la primera, que sacamos al mercado enseguida para cubrir los gastos de mi hermano; y yo, como ya sabes, me quedé con la segunda. No era poca cosa: sobre el papel seguía representando una fortuna, aunque bastante más modesta de lo que yo esperaba.

Pero eso no tenía en cuenta el coste de mantener Stonehaven, cosa que descubrí al llegar al lago Tahoe la primavera anterior. Solo la limpieza era un trabajo a jornada completa. Y después estaba el mantenimiento general, el jardín, el sacar la nieve en invierno. Había que reparar el viejo garaje de barcos, cambiar el tejado y los paneles exteriores de madera, que se estaban pudriendo. Además, las facturas del gas, la electricidad y el agua eran astronómicas. ¡Y los impuestos de la propiedad! En conjunto, Stonehaven amenazaba con costarme una cantidad de seis cifras al año.

Con los patrocinadores de *V-Life* huyendo en tropel, yo tampoco contaba con ingresos consistentes.

Podía haber vendido el arte y las antigüedades de la mansión, sabía que era lo que debería hacer, pero cada vez que empezaba un inventario para enviarlo a Sotheby's me echaba atrás. Igual que la casa, eran mi legado y el de Benny (además del de mis tíos y tías y primos con los que yo apenas tenía relación pero sí me sentía en deuda). Si lo subastaba o lo vendía todo, ¿no haría desaparecer mi propia historia?

Y si hacía desaparecer mi historia, ¿qué me quedaría?

Decidí alquilar la cabaña del jardinero y solucionar dos problemas a la vez, la soledad y los ingresos, y así fue como inicié la sucesión de eventos que me llevaron a estar en la cocina de Stonehaven, furiosa mientras miraba el anillo de compromiso de Nina Ross.

En todo caso, desde luego que había mirado en la caja fuerte en cuanto llegué a Stonehaven, y los montones de dinero que recordaba ya no estaban. No era de extrañar; seguro que en realidad el «dinero para emergencias» de papá era para las apuestas, así que se lo habría pulido en partidas de póker en casinos por toda la frontera, donde Lily Ross le servía cócteles con acompañamiento de chantaje. Lo único que nos dejó en la caja fue un montón de papeles viejos y los de propiedad de la casa, además de lo poco que quedaba de las joyas de mamá, que enseguida mandé a subastar al mismo lugar al que le había vendido el resto.

¿Es que aquella mujer creía que había tesoros ocultos en la caja fuerte? ¿Era eso lo que buscaba? De ser así, iba a llevarse un buen chasco. Me hubiese reído a carcajadas si no fuese porque intentaba contener las lágrimas.

Tenía algo pesado en una mano. Miré y vi que Ashley se había quitado el anillo y me lo había puesto en la palma. Sorprendida, cerré los dedos.

—Por favor —dijo—. Confío en que lo guardes por mí.

Miré mi puño cerrado y después a ella. Me sentía exhausta y superada y confundida. Y entonces —«Oh, no, otra vez no»— me eché a llorar. Por mi padre, que hizo lo que pudo por nosotros pero lo fastidió todo, y por todo lo que habíamos perdido, pero más que nada por la injusticia de que fuera ella la que iba a casarse con él, no yo.

Levanté la vista. Ashley me estaba mirando. ¿Esa expresión afectada era de verdadera preocupación o estaba regocijándose de mi infelicidad? Dudó, pensó un momento y después posó una mano en la mía.

—A principio de año tú también estabas prometida, ¿verdad? —dijo en voz baja, con suavidad—. ¿Qué pasó?

Pensaba que yo lloraba por Victor. Casi me dio risa.

—¿Cómo sabes de mi prometido?

—Por tu Instagram. Lo encontré enseguida.

—Ah, claro.

Solté la mano y me limpié la cara. Ashley acababa de cometer un error: antes me había dicho que no usaba las redes sociales. Era obvio que me había estado siguiendo a distancia. Pero ¿cuánto tiempo? ¿Para qué? Me la imaginé haciendo clic en mis fotos, entreteniéndose con los detalles de mi vida, y me sentí fatal. Es fácil olvidar a toda esa gente invisible en las redes, los que observan en silencio, los que nunca muestran su presencia. No los seguidores sino los mirones.

Es imposible saber a quiénes tienes entre tu público o cuáles son sus motivos para mirarte.

—¿Es por eso que te viniste aquí, porque habías roto tu compromiso?

—Por eso me vine aquí —empecé a contestar. Pensé: «No le digas nada. No te vuelvas vulnerable», pero tenía el pie tan cambiado que las palabras siguieron saliendo de mí—. Necesitaba un cambio de escenario y entonces apareció Stonehaven, en lo que me pareció el momento perfecto. Papá me la había dejado, y pensé, no sé, que quizá sería reconfortante volver aquí, a la vieja casa de la familia. Pensé que era el destino. Pero resultó que me olvidaba de que odio esta casa. Aquí le han pasado cosas horribles a mi familia, cosas que no nos merecíamos.

Me estaba dejando llevar por los sentimientos, estaba siendo demasiado sincera, pero no podía parar; era incapaz de controlar mi necesidad de ser vista y comprendida, incluso —o especialmente— por mi enemiga.

Y, más que eso, quería saber qué era lo que habían hecho ella y su madre. Quería saber al detalle cómo habían destrozado a mi familia. Quería que sintiera lástima de mí y por tanto se sintiese mal consigo misma.

—Stonehaven no es más que un monumento a la tragedia que es mi familia. Todo lo malo que les pasó a mi madre y a mi padre y a mi hermano empezó aquí. ¿Te he dicho ya que él ahora es esquizofrénico? Empezó aquí. Y mi madre se suicidó aquí. —Señalé hacia la ventana y el lago más allá. Ashley se puso pálida.

—Por Dios. No tenía ni idea.

«Desde luego que lo sabías», pensé (¿o era posible que no?).

Seguí hablando y hablando; no era capaz de detenerme. Afloraron años de dolor e inseguridad y dudas sobre mí misma. ¿Por qué se lo estaba contando precisamente a ella? Porque a la vez me sentía bien, muy bien, desprendiéndome de mi fachada y exponiendo la verdad de ser yo.

—Soy la jodida Vanessa Liebling. —Me oí decir—. Quizá hay cosas en mí que no funcionan, quizá no merezca comprensión.

Cuando la miré, Ashley ya no se encontraba en el rostro de la mujer que tenía ante mí; la que estaba era Nina, contemplándome inmóvil con sus ojos oscuros. Esperaba que dibujara una mueca de disgusto con los labios o hiciera un gesto frío y calculador. Pero se acercó más y me habló con una voz que nunca le había oído.

—Déjalo. Y deja de pedirle a la gente que te diga que te lo mereces. ¿Qué te importa lo que piensen? Que les den por culo a todos.

Su comentario me cayó como un cubo de agua fría. Me dejó sin palabras. Nadie me hablaba así, ni siquiera Benny. ¿Lo había dicho en serio? (¿Y podía ser que tuviera razón?).

—¿Que les den por culo a todos? —repetí sin énfasis.

Miró el anillo en mi palma y pareció ponerse a hacer cálculos mentales. Cuando volvió a fijarse en mí Nina había desaparecido de nuevo, sustituida por Ashley, con su sonrisita y su falsa empatía y sus pegajosas recetas para la serenidad. Empezó a enrollarse sobre la necesidad del *mindfulness* y el cuidarse a una misma y de repente no pude soportarlo más. ¿Cómo se atrevía a darme consejitos para estar centrada en paz? Me levanté abruptamente.

—Vale. Voy a guardar el anillo en la caja fuerte —dije, aunque solo para recordarme a mí misma que no tenía que tirárselo a la cara.

La caja estaba detrás de un cuadro en el estudio de mi padre, una escena de caza inglesa con unos aristócratas muy serios con pelucas y plumas en el sombrero, sus perros atacando a un zorro aterrorizado. Tiré del cuadro, tecleé la fecha de nacimiento de mi hermano y abrí.

Le había pasado mi calor al anillo. Lo sostuve y le di la vuelta, pero la luz de los apliques era demasiado suave como para hacer que las piedras brillaran. Lo deposité en la caja y cerré la puerta con una pequeña sensación de satisfacción.

Tenía su anillo. Lo siguiente era hacerme con su prometido.

Otra noche, otra comida con el enemigo.

Pero esta sería diferente. Estaba más que harta de tanto engaño. Era hora de destaparlo todo. Decidí no reparar en gastos para poner en su lugar a la impostora, y monté una cena digna de los Liebling. Contraté una empresa de cáterin de South Lake Tahoe para que prepararan un banquete de seis platos y contraté servicio que sirviera y limpiara, porque desde luego que no deseaba tener que servir a Nina Ross o limpiar su lápiz de labios de mi cristal.

Yo era la señora de Stonehaven; había llegado el momento de comportarme como tal («¡Basta de defectos! ¡Basta de pensar que no soy digna!»). Quería que Nina viese todo lo que ella no era, que ardiese de envidia sabiendo que nunca sería una Liebling por mucho que lo deseara. Y a la hora de los postres iba a revelar su verdadera identidad y hacer mío a Michael.

Antes de que vinieran a la cena saqué las cajas de mudanza de su rincón en mi habitación y las abrí. Rebusqué por entre los vestidos que llevaban ya casi un año ocultos en la oscuridad: de cóctel, de campo, para la fiesta y para el club, para el día y para la noche y para todos los momentos entre medio. Los saqué uno a uno y los extendí todos por la sala. Pilas de seda y raso y lino, en rosa y oro y amarillo, todo un arcoíris de tela sobre la cama, en el sofá y por fin sobre la alfombra. La ropa insufló vida a la vieja y apolillada habitación, como si hubiese abierto las ventanas y hubiera dejado entrar aire fresco. ¿Por qué no había abierto antes las cajas? Cada vestido era un viejo amigo, todos ellos ligados a recuerdos visuales concretos, datados e inmortalizados en mi cuenta de Instagram: el de ganchillo que me puse para la sesión en la playa de Bora Bora, aquel que llevé para desayunar en el balcón de mi *suite* del Plaza Athénée, el de lentejuelas que vestí en el muelle del Hudson.

Desenterré un vestido de raso de color verde que llegaba hasta el suelo y que había llevado a una fiesta de Gucci en Positano. Nos habíamos hecho fotos de camino, en el barco (¡veintidós mil *Me gusta*! ¡Casi un récord!). ¿Tan solo hacía dieciocho meses de eso? Parecía que hubiese pasado toda una vida.

Me pasé el vestido por la cabeza y me contemplé en el espejo. Estaba más delgada que antes y el moreno se me había ido hacía tiempo, pero ahí se encontraba *ella* de nuevo; me alegró verla mirarme: Vanessa de *V-Life*, *fashionista*, *bon vivant*, *#privilegiada*, había vuelto. No, no iba a preguntarle a nadie si yo era digna: sabía que lo era.

La cena fue de lo más incómoda. Bebí demasiado y hablé muy alto. Ashley apenas dijo nada, y se dedicó a mover la comida de un lado al otro del plato con el tenedor. Solo Michael parecía relajado, acomodado en su silla y ofreciéndonos historias de su infancia en Irlanda mientras devoraba todo lo que le ponían delante.

Vi que los dos evitaban mirarse. De vez en cuando sus ojos se encontraban e intercambiaban expresiones indescifrables. Me pregunté si se habrían peleado. Me encantó la idea.

La camarera descorchó una botella de champán francés

sacado de la bodega de Stonehaven. Michael y yo tomamos una flauta cada uno, pero Ashley puso una mano sobre la suya para que no le sirvieran («Aún me estoy recuperando de la indigestión», dijo). Los platos iban llegando uno tras otro: el *amuse-bouche*, después un *plateau de fruits de mer*, seguido de una ensalada y una *bisque* de tomate. Ya llevábamos una hora y aún teníamos que acabar los entrantes... y yo tenía que encontrar la manera de quedarme a solas con Michael. Ashley no dejaba de mirar el reloj, como si aquello fuera una tortura que no veía la hora de que acabara. Yo ya sabía que todo era un poco demasiado, pero disfrutaba con la cara de incomodidad de Ashley. A Michael, por el contrario, no parecía importarle tanta formalidad; pero, claro, él también había crecido con dinero.

Después de que ella se fuera iba a contar los cubiertos, por si acaso.

Por fin nos sirvieron el plato principal, salmón salvaje asado con naranja roja. En la mesa se hizo un momento de silencio mientras levantábamos los tenedores y preparábamos el estómago para enfrentarnos a un plato más.

La quietud se vio interrumpida por el leve trino de un móvil. Ashley palideció y soltó los cubiertos.

—Por Dios, olvidé ponerlo en silencio.

Lo sacó del bolsillo trasero de sus vaqueros, sin dejar de disculparse. Cuando miró la pantalla abrió los ojos como platos. Se levantó de repente.

—Lo siento mucho; tengo que contestar.

Mientras abandonaba la sala con el aparato contra el oído le dedicó una mirada significativa a Michael y dijo con los labios, sin sonido, una única palabra: «Mamá».

«Lily», pensé, y el corazón me dio un saltito en el pecho. Michael y yo la oímos adentrarse en Stonehaven, el ruido de su voz cada vez más lejano, hasta desaparecer y quedar todo en silencio.

—¿Qué pasa? —pregunté—. ¿Su madre?

—No estoy muy seguro.

La gasa de mi vestido pareció agitarse contra mi piel. Me di cuenta de que era yo, que estaba temblando. ¿Cuánto tiempo tendríamos antes de que Ashley volviese?

Él carraspeó y me dedicó una mirada tímida.

—Aún no te he hablado del instituto en el que doy clases, ¿verdad? Es un maravilloso grupo de estudiantes, disminuidos pero con tanta curiosidad intelectual... —Se lanzó a un discurso sobre las alegrías de ofrecer conocimientos a las mentes jóvenes más abiertas; fue un soliloquio tan largo y ruidoso que quedó claro que solo intentaba llenar el vacío.

—Para, Michael.

Eso hizo. Cogió el cuchillo y miró su plato, decidido. Oí cómo la porcelana tintineaba mientras él cortaba un espárrago en pequeños trocitos, clic, clic, clic.

—Michael —repetí.

Se mantuvo muy concentrado en el salmón, como si, de no tener la vista fija en él, el pescado fuera a salir nadando del plato y desaparecer.

—Vaya banquete —dijo en tono casi formal mientras se llevaba un trozo cuadrado a la boca—. Hacía años que no comía así. En Portland es muy difícil encontrar gente que disfrute con una cena formal.

Me acerqué más, tanto que apenas tuve que susurrar para que me oyera.

—No me tengas en vilo. Hay algo entre nosotros, ¿verdad? No estoy loca.

El bocado de salmón se quedó colgando en el aire, camino de su boca, y ahí se quedó, rosado y temblando. Michael miró hacia la puerta, como si Ashley pudiese estar esperando justo al otro lado; entonces se volvió lentamente hacia mí y me miró fijamente. Se acercó aún más.

—No estás loca, Vanessa… pero es complicado.

—No pienso que sea tan complicado como tú crees.

—Estoy comprometido. —Puso cara decidida—. No te lo había dicho. Y me gusta cumplir con mi palabra. No podría hacerle algo así a Ashley.

Por fin: ahí estaba, la oportunidad que yo había estado esperando.

—Ashley no es quien tú crees.

Le tembló la mano y el salmón se le cayó del tenedor, golpeó la mesa y le dejó pequeños puntitos rosa en el regazo. Se puso a limpiar la mesa distraídamente con su servilleta. Vi la sucesión de emociones que pasaban por su rostro: confusión, alarma, negación.

—Creo que no te he entendido bien —dijo por fin.

Iba a lanzarme a explicárselo todo, doce años de historia solo para él, pero no tuve tiempo: oímos los pasos de Ashley bajando los escalones.

—Tenemos que hablar en privado —le susurré rápidamente. Él seguía mirándome con expresión confusa cuando Ashley apareció por la puerta. Tenía el rostro rojo y agarraba el móvil con una mano, los nudillos blancos. Michael se levantó al momento.

—¿Ash? ¿Qué pasa?

Ella miró desconcertada por toda la sala, como si acabase de levantarse y estuviera sorprendida de encontrarse en ese lugar.

—Mi madre está en el hospital —dijo—. Tengo que volver a casa. Ya.

Ashley se fue al amanecer. Vi el BMW abrirse paso por el camino, sobre la nieve fresca. ¿Qué había pasado? ¿Había acabado todo tan de repente? Me sentía casi... decepcionada. Parte de mí deseaba saber qué era lo que había planeado y ver si podía estropeárselo.

¿Y en cuanto a Michael? Con las prisas que siguieron al anuncio de Ashley —nos saltamos el postre y el café; la *crème anglaise* quedó olvidada en mi nevera mientras los dos corrían a la cabaña a discutir— no tuve tiempo de preguntar si iban a irse ambos.

«Si se va con Ashley es que la elige a ella —pensé—. Si se queda, es por mí».

Ahora, mientras miraba cómo desaparecía el coche, vi que solo había una persona en el viejo BMW. Se iba sola.

Yo había ganado.

Los pinos parecieron rodear el coche. Dobló y se desvaneció.

Fui arriba, cogí la pistola de debajo de mi almohada y bajé a la sala de juegos. Las luces brillaban felices reflejadas en las espadas que colgaban de la pared cuando devolví el arma a su lugar de honor encima del hogar. Ya no iba a necesitarla. («¡Ashley se había ido! ¡Yo había ganado!»).

Sonó la llegada de un texto a mi móvil. Era mi hermano de nuevo.

Deja de tratarme como a un niño. Es Nina o no?

Aún estaba deslumbrada por la victoria. No vi ningún problema en explicarle la situación, ahora que Ashley no estaba en la mansión.

Tenías razón, era ella. Pero ya no está. No buscaba nada bueno, Benny. Mejor para todos que se haya ido.

Espera. No lo entiendo. Se ha ido? Qué dijo? Por qué fue a Stonehaven? Me buscaba a mí?

Ni idea. Nunca admitió quién era. Pero no importa, se ha ido y no va a volver.

Se ha ido?? Con su novio?

Su novio se ha quedado. Aún está.

Así que todavía tengo una oportunidad.

Una oportunidad para qué, Benny??

Para MÍ. ¿Ella está en Portland?

Joder, Benny. Ni idea. Pero ella es el pasado. No nos conviene a ninguno. Mejor dejarlo estar y seguir adelante. NO TE VUELVAS LOCO POR ESTO. No te obsesiones por una chica de tu infancia y de la que no puedes fiarte, vale? Era mala para ti. Entonces y ahora. Te quiero.

Al instante empezó a sonarme el móvil y apareció el nombre de Benny en la pantalla. Lo ignoré. Me puse las botas de lluvia y el abrigo, me pasé un poco de pintura por los labios. Abrí la puerta trasera y salí al jardín. Volvía a nevar. El aire frío parecía disparar agujas contra mi cara; le di la bienvenida, así mis mejillas estarían rosadas y vivas.

Camino de la cabaña del jardinero dejé un rastro de pisadas perfectamente marcadas en la nieve. El lago se extendía ante mí, durmiente y gris. Las ocas habían desaparecido. Las ramas de los pinos temblaban con el peso de la nieve; me caían copos blandos al pasar por debajo.

Michael abrió la puerta de la cabaña tan rápido que me pregunté si me había estado esperando.

—Te has quedado —dije. Él parpadeó.

—Me he quedado.

Soplé en mis manos y me las froté.

—Se llama Nina Ross, no Ashley Smith —dije—. La conozco de hace años, de aquí. Es una mentirosa y una falsa y quiere tu dinero, igual que fue a por el mío. Su familia destrozó a la mía. No puedes fiarte de ella.

Él miró hacia el lago por encima de mi hombro, sus ojos moviéndose de lado a lado, como si buscara algo en la superficie del agua. Entonces suspiró, extendió los brazos y los posó en mis hombros, agarrándolos tan fuerte que me hizo daño.

—Joder —les dijo a los pinos que bailaban por encima de mi cabeza.

Y entonces me besó.

La tormenta rugió, el viento gritó, los árboles se agitaron y protestaron, y entre las paredes de Stonehaven todo estaba a punto de cambiar. Pronto Michael iba a saber tanto como yo sobre su prometida. Pronto la llamaría para romper el compromiso y decirle que no quería que volviese al Tahoe. Lo oiría gritar al teléfono a seis habitaciones de distancia. Pronto pasaría sus pertenencias de la cabaña a Stonehaven.

Pronto, muy pronto, estaríamos casados.

27.

¡MI MARIDO! ME GUSTA MIRARLO CUANDO NO ESTÁ despierto: mientras retira la nieve del camino al muelle, sus músculos flexionándose cada vez que la pala muerde el suelo; sentado a la ventana mientras trabaja en su libro, la luz invernal iluminándolo mientras se encoge sobre su portátil, rizos de cabello negro recogidos con descuido detrás de las orejas, sus ojos pálidos concentrados en la pantalla. Tiene un rostro sacado de una novela de Jane Austen, vivido y viajado (¿o sería de una de Brontë? Tendría que haber prestado más atención en clase de Literatura Inglesa).

No puedo dejar de mirarlo.

Ya se ha hecho con Stonehaven como si fuese su hogar de toda la vida. Se tumba en los sofás de seda sin quitarse los zapatos, sin importarle que las suelas dejen marcas negras en la tela. Apoya la cerveza en la mesilla de cedro, dejando círculos fantasmales blancos imposibles de borrar. Fuma cigarrillos en el porche y, como no tengo ceniceros, aplasta las colillas en un bol de porcelana monogramado con una letra L dorada. Mi abuela Katherine se horrorizaría con su comportamiento, pero a mí me encanta. Ha hecho que esta sea una casa normal, la ha conquistado, la ha hecho suya como yo nunca pude.

Llevamos casados once días y, después de haber pasado meses sintiéndome atrapada en Stonehaven, de repente no tengo ningún deseo de dejarla. Hemos hablado de irnos de luna de miel a algún lugar cálido y tropical (¡Bora Bora! ¿O quizás Eleuthera? ¿Adónde van todos hoy en día? Llevo demasiado tiempo fuera de onda). Pero entonces empieza a nevar y tomamos martinis a la chimenea de la biblioteca y me siento tan cómoda que no veo para qué irnos. Me he pasado muchos años en movimiento constante; supongo que estaba buscando algo y no sabía lo que era. Ahora que lo he encontrado por fin, es un alivio quedarme quieta.

El parloteo molesto y constante en mi cabeza, todos esos agotadores subidones y bajones, ha desaparecido por completo. Siento que de verdad vivo en el momento. (¡La Ashley falsa estaría orgullosa!).

He dejado Instagram del todo. Ni una foto desde el día en que nos casamos. Michael no es partidario. Me esconde el móvil, pero, por mí, perfecto: he descubierto que ya no necesito la aprobación de medio millón de desconocidos; la única persona cuya opinión me importa está sentada a mi lado. La verdad es que ha sido un alivio abandonar el tirón del cuadrado vacío que me atraía hacia sí, el agotador artificio de subirme al escenario y pedir que me juzguen.

¿Lo ves? Ya no puedes herirme porque no me importa lo que pienses.

—Podríamos ir a Irlanda —me dice Michael—. Te presentaría a mis tías. Hasta podríamos visitar el castillo.

Le hago contarme historias de este, la antigua fortaleza O'Brien, aún más imponente que Stonehaven. Él insiste en que es un castillo «modesto»: «En Irlanda los hay a miles, casi todo el mundo tiene alguno en su familia». Pero no puedo evitar pensar que Michael lleva la sangre de grandes antepasados. Eso explica por qué Stonehaven no lo intimida.

Una más para la larga lista de cosas que compartimos: sus padres, como los míos, llevan tiempo muertos («Un Aston Martin —me susurró al oído una noche—, un rebaño de ovejas que aparece de repente en una pequeña carretera comarcal»), y todos sus hermanos son alcohólicos o no se habla con ellos. Sabe lo que es despertarse por la mañana invadido por el pánico, sintiendo como si durante la noche te hubieses desconectado de todo, como si de repente pudieses desaparecer y nadie fuera a darse cuenta porque quienes más te querían ya no están.

Ya no tengo por qué sentirme así.

También como yo: su familia perdió todo su dinero de verdad hace un tiempo, a base de ir retirándolo poco a poco de un depósito con demasiados herederos y demasiados gastos.

Aún no sabe que tenemos eso en común.

Esta es nuestra nueva rutina: yo duermo hasta tarde; Michael me trae el café a la cama sobre las diez. Hacemos el amor; a veces repetimos. Al mediodía él se va a trabajar en su libro y yo en mis bocetos. Estamos sentados en feliz silencio durante horas. En diciembre el crepúsculo llega pronto, así que a media tarde hacemos una pausa, nos ponemos las botas de nieve y vamos a dar un paseo por el lago. Pasamos el garaje de barcos y llegamos al muelle cubierto de nieve, nos sentamos en el banco que hay al final y contemplamos la quietud del agua. A veces nos llevamos un termo de té y nos quedamos en silencio, contentos (¡pero no porque no tengamos nada que decirnos!), hasta que el sol desaparece tras las montañas.

Después volvemos a Stonehaven y quizás escribimos y abocetamos un poco más. Preparo la cena; consulto montones de viejos libros de cocina franceses que había por aquí hasta que encuentro algo que suena apetitoso: *sole meunière*, *bœuf Bourguignon*, ensalada *Lyonnaise*. Los vaqueros empiezan a apretarme. En Nueva York, mi antigua vida, inmediatamente me pondría a hacer penitencia con una clase de *spinning* tras otra, pero aquí no me importa. Me da igual si entro o no en mis pantalones de cuero Saint Laurent, tampoco tengo para qué ponérmelos.

Más tarde, cócteles junto al fuego, más sexo, más cócteles, quizá nos acostamos y vemos una vieja película en mi portátil.

Los días pasan, se funden unos con otros entre la lujuria y el alcohol, todo agradablemente pegajoso y nuevo.

Mi cuaderno se va llenando lentamente de diseños de moda: tops con plisados que ondulan como el viento en la superficie del lago, delicados vestidos de *toile* que vuelan en los hombros como alas de cuervo, chaquetas con detalles que recuerdan a agujas de pino. Al principio los bocetos eran inseguros, pero poco a poco se han ido volviendo más atrevidos: una silueta sola trazada con unas pocas líneas gruesas, los detalles insinuados con pasteles. Casi me había olvidado de lo bien que me siento cuando dibujo; hasta este mes no había cogido un lápiz desde las clases de arte del instituto. Entonces se me daba bien, lo suficiente como para que me invitaran a participar en el programa de talentos, aunque mis padres no me animaron a seguir por ese camino: se supone que los Liebling coleccionan arte, no lo crean. Además, yo era consciente de que tenía un poco de talento, pero ni de lejos el suficiente. Benny era el Liebling que tenía algo urgente que necesitaba plasmar en papel; a mí me faltaba esa visión personal necesaria para ser un gran artista. De seguir me hubiese convertido en una *dilettante*, productora de paisajes adecuados que hubiesen sido comprados amablemente por amigos pero nunca colgados en museos.

Así que lo dejé.

Y entonces apareció Michael. «Veo que tienes alma de artista, aunque no sabes qué hacer con ella». Me lo dijo una mañana en la cama, poco después de que Ashley se fuera. Me reí, pero no he olvidado sus palabras. Más tarde, ese mismo día (otro plácido día de montaña; la vida descansada se vuelve un poco aburrida, sobre todo cuando no tienes el móvil para distraerte), pensé «¿Por qué no?». Me había pasado la mayor parte del año sentada en Stonehaven sin nada que hacer, llenando el tiempo con sueños de un remodelaje que nunca se produciría porque no podía permitírmelo, jugueteando con mi menguante fondo financiero, dando los *Me gusta* de rigor en las redes sociales.

Aquella tarde cogí un viejo tintero de un rincón del estudio, me senté en el invernadero y contemplé el jardín cubierto de nieve y el lago más allá. Pero cuando levanté la pluma, la imagen que emergió en el papel no fue un paisaje sino un vestido, un vaporoso vestido de fiesta con escote asimétrico y una falda en *déshabillé* que flotaba como llevada por el viento.

Mientras pensaba en lo que acababa de dibujar sentí el aliento de Michael en mi cuello.

—Es bonito —dijo, acercándose más para verlo—. ¿Habías diseñado ropa antes?

—Lo mío es llevar ropa, no diseñarla.

Llevó un dedo a la página, justo en el centro del busto del vestido.

—Ahora sí —replicó. Me hizo reír.

—Venga ya. No soy diseñadora de moda.

—¿Por qué no? Tienes la plataforma. Tienes el gusto. Tienes los recursos, y está claro que tienes el talento. ¿No te lo han dicho nunca?

Miré la página e intenté verla con sus ojos. ¿Era posible que yo tuviera alguna capacidad para la grandeza, algo que en todos estos años nunca había sido apreciado, una chispa a la que nadie se había molestado en dar aire y convertirla en una llama?

Una voz familiar susurró en mi cabeza: «Deja de pedirle a la gente que te diga que te lo mereces».

La gente ya no se toma el tiempo de verse los unos a los otros. Vivimos en un mundo de imágenes superficiales, nos miramos lo justo como para asignar una categoría y una etiqueta antes de pasar a la siguiente nadería. Apenas los hay (¡Michael!) que se detengan a ver de verdad, a pensar en lo que puede haber fuera del encuadre.

Quizás yo esté emergiendo de una crisálida. Quizás esté a punto de convertirme en una persona totalmente nueva. Quizá me cambie el nombre a O'Brien y me libre del Liebling para siempre.

Ya estoy a medio camino. ¿Por qué no llegar hasta el final?

28.

MICHAEL ME DESPIERTA CON GESTO SERIO.

—Tengo que ir unos días a Portland —dice. Me planta una taza de café.

Me incorporo en la cama hasta apoyarme en el cabezal de cedro. Huele a sexo, pero también a polvo. La tela de arriba debe de tener una buena colección de arañas y moscas muertas. Otra cosa para la lista de quejas que tengo que transmitirle a la criada; estoy convencida de que cada semana decide hacer una cosa menos. A veces creo que Stonehaven intenta volver a su estado natural, la mansión encantada de un parque temático de Halloween.

Tomo un sorbo de café y frunzo el ceño como si no comprendiese. Sabía que este momento iba a llegar, cuando el hechizo se rompería por la entrada de la vida real. Michael vino al Tahoe de vacaciones. No pretendía enamorarse y casarse y quedarse para siempre. Por supuesto que en algún momento iba a tener que regresar.

—¿Vas a ir a buscar tus cosas? —le pregunto.

Asiente. Se mete en la cama y se tumba a mi lado, por encima de la colcha, haciendo que me apriete las piernas como si fuese una camisa de fuerza.

—Sí. Y a decirles a los administradores que no voy a volver a dar clases en otoño.

Sonrío. El café sabe a cítricos y chocolate; me arde placentero en el fondo de la lengua.

—¿En serio? Eso es un poco presuntuoso por tu parte.

—Tú preferirás quedarte aquí a venirte a vivir conmigo en Portland, ¿no? Tu casa tiene mucho más espacio, es más privada... —Me pasa la nariz por el cuello, me besa en la comisura de los labios, aunque debo de tener un aliento horrible. Cuando me río se detiene y se echa atrás—. Pero hay algo más, amor mío, algo que me da un poco de vergüenza contarte.

—¿Qué?

—Ella... y yo... bueno, visto ahora es lo más estúpido que he hecho nunca. Llámame ingenuo, pero tiendo a confiar en la gente, ¿vale? Nunca me habría imaginado... y aún hoy no acabo de... —Parece perdido mientras juguetea con las arrugas de la colcha—. Vale. Mira: dejé que me convenciera de unir nuestras cuentas del banco. En verano, antes de irnos de viaje. Teníamos una tarjeta de crédito compartida, ¿vale? Y una cuenta familiar vinculada a la de cada uno. Pues se lo ha quedado todo. Amplió al máximo el crédito de la tarjeta y sacó hasta el último centavo. Tengo que ir a encargarme del asunto.

La muy puta. Creía que nos habíamos librado de ella cuando se fue por entre la nieve el mes pasado. Creí haber evitado el desastre, pero se ve que llegué tarde.

—Oh. Lo siento, cariño. ¿Cuánto?

—Mucho. —Niega con la cabeza—. Tenías razón sobre ella. Aún no puedo creérmelo. ¿Cómo fui tan idiota?

—Yo también fui idiota. —Le cojo la mano—. Yo también creí en ella durante un tiempo. Aún no sé qué es lo que quería de mí, pero sospecho que me libré por poco.

Él se encoge de hombros y me aprieta la mano.

—Todo irá bien, seguro. Solo tengo que volver y ver a alguna gente del banco, quizás hablar con algún abogado. Fue una estupidez no encargarme hace semanas, cuando me dijiste quién... qué... era en realidad. —Se le va la voz antes de acabar la frase—. Mientras tanto, y odio pedírtelo...

De repente comprendo lo que intenta decirme.

—Necesitas dinero.

—Lo justo como para ir a Portland y volver. —Baja la cabeza como un niño, avergonzado hasta de decirlo—. Te lo devolveré.

Dejo el café en la mesilla, al lado del anillo de compromiso que reluce en su pequeño bol de plata. Ver lo incómodo que se siente resulta encantador.

—No seas ridículo —le digo—. Eres mi marido. Lo compartimos todo.

Cierra los ojos como si la situación lo superase.

—No quería empezar así nuestro matrimonio. En esto no estamos igualados, ¿verdad? Para que quede claro, y sé que aún no hemos hablado del tema: en el fondo familiar de Irlanda hay dinero. No es lo que era, pero aún me quedan algunos millones. La cuestión es que me ha costado sacar dinero directamente mientras vivía en Estados Unidos. Tengo que verme con el abogado del fondo, firmar documentos. Quizá cuando vayamos allá, quizá el verano que viene, cuando no haga ese frío maldito en Irlanda... entonces lo arreglaré todo y abriré una cuenta aquí. —Tira de la colcha y alisa las arrugas sobre mi barriga—. Quizá debería haberlo hecho hace años, pero lo del dinero nunca era muy importante. No me preocupé demasiado, ¿sabes? Mientras tuviera mis libros, mis plumas, mi café...

—Y a mí.

Se ríe.

—Por supuesto. Y a ti. Pero ahora... —se me acerca y me besa con fuerza—... ahora quiero gastármelo todo en ti.

—Mira —le digo—, llamaré esta mañana y haré que te hagan cotitular de mi tarjeta de crédito. Hacerlo con mis cuentas puede tardar más, tendré que llamar a mis abogados y que preparen los papeles.

—Bueno, no hay prisa, Vanessa —replica rápidamente.

—Pues claro que sí.

—Ya lo haremos cuando vuelva, ¿vale? Antes déjame sacarme de encima mi pasado y después ya hablaremos del futuro.

Cojo el anillo de compromiso, me lo pongo en el dedo y lo hago girar. Michael y yo lo miramos juntos en silencio, hasta que por fin cierra su mano sobre la mía, cubriéndola en un puño.

—Hay algo que no me estás diciendo —continúa—. Puedes preguntarme lo que sea, ya lo sabes.

—¿Vas a intentar verla mientras estés allí?

—¿A quién?

—A Ashley. A Nina.

Se indigna como nunca antes lo he visto.

—¿Estás de broma? ¿Para qué iba a querer pasar por eso? —Me aprieta la mano un poco demasiado fuerte y la suelta—. Tal como yo lo veo, nunca ha habido nadie llamada Ashley. Toda nuestra relación fue un engaño. Es una mentirosa y una estafadora y no quiero saber nada de ella. No quiero ni pronunciar su nombre. Ninguno de los dos. —Una venita púrpura ha asomado en su sien y late furiosa—. Además, según me dicen unos amigos mutuos, se fue de Portland hace unas semanas. Tomó mi dinero y corrió. Hace tiempo que ya no está.

Asiento. Fuera se agitan los pinos. Durante casi toda esta semana ha hecho buen tiempo y gran parte de la primera nieve se ha fundido, dejando apenas unos pocos trocitos de hielo en las ramas y agua sucia en el camino. Se espera otra tormenta para antes de las fiestas, dentro de solo una semana.

—Y hay otra cosilla más. —Cierra los ojos, demasiado avergonzado como para mirarme—. Cuando Ashley se fue se llevó el coche, ¿vale?, así que...

Michael se va a la tarde siguiente, en un todoterreno BMW plateado nuevo que compró en el concesionario de Reno. Hubo un tiempo en que ni me lo hubiera pensado antes de hacer una compra como esa (un juguete, una nadería), pero ahora me parece un derroche. Mientras vuelvo sola por la cumbre me recuerdo a mí misma que tengo que aprender a vivir de acuerdo con mis nuevas posibilidades. A Michael no va a importarle, ¿no? Lo único que necesita es libros, café y a mí.

Al llegar a casa, el silencio me resulta opresivo sin mi marido. Paso por las habitaciones vacías, recogiendo cosas que Michael ha dejado: un jersey en el que hundo el rostro y huele a especias y cigarrillos; el cargador de su móvil, que se ha dejado enchufado al lado de la cama; un vaso con la huella de sus labios en el borde, que yo beso como si fuese una colegiala encaprichada.

Voy a la biblioteca, que es la habitación más acogedora de la casa. Sin Michael (me preocupa que vaya a ver a Nina a pesar de lo que me ha prometido) vuelvo a empezar a sentir la cháchara en mi cabeza, los susurros que me hacen dudar de mí misma. Cojo mi cuaderno y paso las páginas con bocetos de vestidos, que ahora me parecen planos, aburridos y poco originales. ¿De verdad valen algo? ¿Y si Michael me lo dijo solo porque no quería herirme?

Dejo el cuaderno y voy a buscar mi móvil. Lo encuentro escondido en un cajón de la mesilla del salón principal. No puedo evitarlo: abro la *app* de Instagram por primera vez desde que nos hemos casado. Ahí veo que el mundo ha seguido su ritmo, aunque mi vida haya pegado un cambio radical. Maya y Trini y Saskia y Evangeline están en Dubái, con vestidos Zuhair Murad, posando a lomos de unos camellos. Saskia ha subido una foto de sí misma en un bikini con estampado de leopardo, y de fondo se eleva el falo gigantesco de la torre Burj Khalifa. Tiene 122.875 *Me gusta* y una larga ristra de comentarios: *Belleeeezaaaaa*; *Maravilhosa*; *Qué caliente!*; *Molas mucho, puedes seguirme tú a mí?*

Cuando voy a mi propio *feed* veo que he vuelto a perder seguidores; por primera vez en tres años han bajado de trescientos mil. La gente parece estar cansándose (*Eh V dónde estás estos días?*; *Haces ayuno de redes?*; *Queremos mooodaaaaaa*); me doy cuenta de que corro peligro de quedar obsoleta.

¿Me importa? Creo que voy a sentir celos de mis antiguas amigas o que he perdido algo importante, pero no siento nada. No; me siento superior. He aprendido por fin a «apagar las cámaras y vivir en paz» (¡Otra vez su voz! Ojalá se largara, por mucho que sé que tenía razón).

Me fuerzo a volver a meter el móvil en el cajón. Pero un segundo después, lo cojo de nuevo y marco el número de Benny.

Suena un buen rato antes de que él conteste; por un instante me pregunto si han vuelto a quitárselo. Habla con voz lenta y espesa. ¿Le han subido de nuevo la medicación?

—Benny, tengo noticias.

Lleva semanas ignorándome, sin responder mis mensajes. Sigue enfadado conmigo, aún piensa que he ahuyentado a su amor verdadero (¡por Dios!).

—¿Noticias sobre Nina?

—No. Por Dios, Benny, déjalo estar.

Lo oigo hacer pucheros.

—Entonces, ¿qué? ¿Has entrado en razón y te largas de ese agujero? ¿Vas a prender fuego a Stonehaven?

—No exactamente —contesto—. Me he casado.

—¿Que te has casado? —Una larga pausa—. ¿Con comosellame? ¿Victor? No sabía que habíais vuelto. Genial.

—No, no con él, por Dios. Con Michael.

Otra pausa aún más larga, y por fin:

—Me has pillado. ¿Quién es Michael?

—El escritor. El que estaba en la cabaña del jardinero. —Nada—. Irlandés, de una antigua familia. Te he hablado de él. —Aún nada—. Es el que vino con Ashley… con Nina. Cuando ella se fue, él se quedó, y nos… bueno, nos enamoramos. Sé que suena raro, pero soy muy feliz, Benny. De verdad. Más que en mucho tiempo. Solo quería decírtelo.

Esta vez la pausa es tan larga que me hace dudar de si se ha quedado dormido al otro lado de la línea.

—Benny. —Siento como si se abriera un agujero en mi interior, que con cada momento de silencio se va agrandando.

—Ya te he oído.

Y sé lo que está pensando; es mi hermano. Su duda silenciosa deja al descubierto el miedo que he estado evitando.

—¿Benny…?

Oigo un extraño sonido al otro lado, como una tos contenida o quizás una risa.

—¿Te has casado con un tío del que no sabes nada?

—Sé lo suficiente; sé lo que siento —replico.

—Vanessa —dice lentamente—, eres idiota.

Me tengo que recordar que es la enfermedad de Benny la que habla, una versión de los mismos pesimismo y paranoia y nostalgia que le han destrozado la vida. Pero aun así sus palabras son como un veneno que se filtra en mi felicidad y amenaza con acabar con ella. «¿Te has casado con un tío del que no sabes nada?».

¿Es así? ¿Sé algo sobre Michael que no sea lo que me ha contado él mismo? Claro que no. No conozco a su familia ni he hablado con sus amigos (excepto ella). Pero no puedo ignorar la sensación de conocer y ser conocida que me ha aportado; es la única persona que ha visto a Vanessa Liebling como realmente soy, más allá de los elaborados adornos de mi nombre y mi imagen pública. Este sentimiento es más importante que comprobar su biografía.

Y aun así, un día después de colgar a Benny con un bufido, me veo sentada ante mi ordenador, investigando a mi marido. Tecleo *Michael O'Brien* en un buscador y obtengo… nada. O, mejor, demasiado. Hay miles de Michael O'Brien, quizá decenas de miles: dentistas, músicos, sanadores espirituales, asesores financieros, payasos para fiestas. Añado algunos parámetros (*profesor*, *escritor*, *Portland*, *irlandés*) y encuentro su perfil de LinkedIn, que contiene una lista de las escuelas en las que ha dado clases, así como una página personal básica con algunas muestras de su obra, una foto en blanco y negro y un botón de contacto. Lo mismo que había encontrado en mi primera búsqueda rápida en Google cuando aún ni nos habíamos visto en persona, pero nada más.

Busco *O'Brien* e *Irlanda* y *castillo* y me alivia descubrir que sí, hay un castillo que perteneció al noble clan de los

O'Brien. De hecho son once, así que no queda claro cuál de ellos perteneció a su rama de la familia.

Y eso es todo. Si hay algo más *online* sobre él, ha sido ahogado en un mar de otros *Mike* y *Michael* y *O'Brien*. No tiene perfil en Facebook, ni cuenta en Instagram, ni Twitter. Aunque eso yo ya lo sabía; me avisó de que no tenía ningún interés en que el mundo entero pudiera verlo. Y lo entiendo, de verdad (al menos ahora, al menos un poco). Que desee privacidad no tiene por qué convertirlo en sospechoso; hace mucho tiempo la gente hasta valoraba su privacidad.

Contemplo el campo de búsqueda parpadeante. Me siento sucia y pegajosa. Siento que hay en juego algo tenue y vulnerable, algo que puede romperse muy fácilmente si no voy con cuidado. Casi es un alivio oír un ruido que llega desde la entrada delantera y a Michael llamándome. Ha vuelto un día antes. Apago el ordenador y me aparto, salvada cuando estaba al borde del precipicio.

Ahí está mi marido, con su nuevo coche repleto de cajas de cartón y el olor a tubo de escape y comida de carretera que se le han pegado a la boca, mientras me abraza y me aplasta fuerte contra su pecho.

—¿Qué tal Oregón?

—Una tortura —contesta con tono despreciativo—. Arreglar todo el lío va a ser más largo de lo que creía. Me he quedado sin crédito. No tengo nada. No sé qué voy a hacer.

—Volver a empezar —susurro—. Conmigo. No pasa nada. Tengo suficiente dinero para los dos. —«Por un tiempo», añado para mí misma pero no lo digo.

Oigo su respiración lenta y mesurada, el ritmo perfecto de su corazón.

—Me siento fatal, Van. Siento mucho hacerte pasar por esto.

—No es culpa tuya —le digo a la suave franela de su camisa—. Es culpa de ella. Es un monstruo.

—La verdad es que me has salvado la vida. No me imagino cuánto peor hubiese sido todo de no avisarme tú de que ella era un fraude. ¿Y si hubiésemos llegado a casarnos? —Le da un temblor. Me agarra la cabeza y examina mi rostro—. Eres mi salvadora. Este lugar es como el paraíso. No podía esperar a volver contigo.

¿Lo ves? No tengo ninguna razón para dudar de él.

29.

MICHAEL DEDICA MÁS Y MÁS TIEMPO A ESCRIBIR EN su portátil. Ha pasado de su lugar favorito en el sofá de la biblioteca, a mi lado, al escritorio del antiguo estudio de mi padre. «Mejor para mi espalda usar una silla de verdad», me dice (y lo comprendo, de verdad que sí). Ha llevado allí un calentador y cierra la puerta para que no se vaya el calor. Cuando paso lo oigo teclear y murmurar mientras busca palabras. En la cena se muestra distraído, como si se hubiese dejado la mayor parte de sí mismo en el estudio sobrecalentado. Cuando lo llamo parece sorprenderse.

—Lo siento, cariño. Tenía que haberte avisado de que me pongo así cuando estoy concentrado escribiendo. —Extiende un brazo por encima de la mesa y me coge la mano—. Pero eso es bueno. Estoy inspirado. Tú me inspiras. Eres mi musa.

Siempre he querido ser una musa.

Una noche entro en el estudio y lo veo trabajando a oscuras. Tiene el rostro enterrado en la pantalla, tan concentrado en lo que está escribiendo que no nota que estoy allí. Casi he llegado al escritorio cuando nota mi presencia. Levanta la cabeza y mira; el azul de la pantalla ilumina su sobresalto, y cierra de golpe la tapa del portátil.

Apoya una palma abierta sobre este como empujándolo más hacia la mesa y me contempla con el ceño fruncido.

—No mires —dice—. En serio.

Me siento a su regazo y jugueteo con la tapa del ordenador.

—Venga —le pido—. Solo un capítulo. Una página. Un párrafo.

Se mueve en la silla, de forma que tengo que levantarme. La sombra cubre sus facciones, pero noto que está molesto.

—Lo digo en serio, Vanessa. Cuando alguien lee algo mío a medio escribir me hace venir dudas y no puedo seguir. Tengo que trabajar en el vacío, sin oír opiniones.

—¿Ni siquiera la mía? Perdona que te lo pida; no puedo evitarlo.

—Especialmente la tuya.

—Pero tú sabes que me encanta lo que escribes, me encanta tu poesía…

—¿Lo ves? A eso me refiero. Sea lo que sea te va a encantar, y eso significa que acabaré dudando de si puedo fiarme o no de tus opiniones, y entonces empezaré a dudar de mi propio criterio y todo será peor.

—Vale, vale. Ya lo entiendo. Te dejo trabajar. —Me vuelvo para irme, pero enseguida me agarra de la muñeca.

—Vanessa —me dice con voz lisonjera—, no es culpa tuya.

—Pero ella sí que leía tu trabajo. Me lo dijo. —Me sorprende el despecho en mi voz.

Cierra más la mano, hasta hacerme daño. ¿Estoy siendo muy petulante? ¿Sueno quejica y celosa? Ojalá pudiese retirar mis palabras, pero ya es demasiado tarde.

—¿Por qué sigues preocupándote por ella? Vanessa, tienes

que dejarlo estar. Y además no, no leyó lo que estoy escribiendo ahora. Leyó contra mi opinión cosas mías antiguas, pero esto es diferente.

Aparto la mano.

—Olvida lo que he dicho.

Él suaviza la voz.

—No deberías tener celos de alguien que ni siquiera existe. Sobre todo ella. No pierdas el tiempo.

—No lo hago. —Miento. Estoy molesta. Me ha dejado de lado. Se supone que eso no tiene que pasar cuando dos personas están enamoradas.

No es tonto; sabe que no le he dicho la verdad. Por supuesto que nota la rabia con la que subo las escaleras y me meto directamente en la cama, aunque no sean ni las ocho. Espero a que venga detrás de mí, pero no lo hace. Es la primera vez desde que estamos casados en que no nos hemos ido a dormir juntos.

Tiemblo sobre las sábanas heladas. Nuestra primera discusión. ¿Ha sido culpa mía? ¿Soy demasiado mandona, demasiado controladora? ¿Lo he jodido todo para siempre? Sé que debería disculparme y pedir perdón, pero una vieja inercia se cierne sobre mí. El telón negro cae encima de la cama y no consigo reunir la voluntad de levantarme, así que me acurruco bajo la colcha de terciopelo y lloro hasta quedarme dormida.

Cuando me despierto está todo oscuro. El ligero brillo radiactivo del viejo despertador me dice que es casi medianoche. Fuera se ha levantado el viento de invierno. Me quedo en la cama con los ojos enrojecidos e hinchados de llorar, y escucho el lamento de los pinos y el golpear del hielo en los cristales de las ventanas. Oigo cómo el viento azota las esquinas de la casa, un silbido agudo, casi inaudible, como el de un tren que se acercara entre la negrura.

Y por debajo, el lento ritmo del aliento humano. Me giro hacia Michael, pero la cama está vacía. Solo entonces me doy cuenta de la sombra que se cierne sobre mí, una presencia espectral en la oscuridad que me observa en silencio desde el otro lado de la habitación. Me incorporo, cubriéndome el pecho con las sábanas, y pienso «¡Un fantasma!».

Pero, por supuesto, solo es Michael. Viene lentamente hacia la cama con el portátil entre las dos manos.

—Me has asustado —le digo.

Se sienta a mi lado y abre el ordenador, que al volver a la vida ilumina la habitación con su pálida luz azulada.

—Una ofrenda de paz —dice. Me acerca el aparato.

Lo cojo con cautela.

—Has cambiado de idea.

—Sé que no he sido razonable —contesta—. Pero tienes que entender que Ashley me hirió mucho.

—Nina —lo corrijo.

—¿Lo ves? Ya no sé ni cómo llamarla. —Frunce la nariz—. ¿Ves por qué me cuesta tanto volver a confiar en alguien? Pero tampoco quiero que creas que te guardo secretos. Nuestra relación no es así. Tú no eres ella; tengo que recordármelo. Así que… —Abre un documento—. Lee. Es solo un fragmento, pero ya te harás a la idea.

El portátil desprende calor, como si estuviese vivo.

—Gracias. —Me vienen ganas de llorar de nuevo. Ahora sí. Todo está perdonado.

Noto que examina mi cara mientras leo sus palabras.

Mi amor —ohmiamormiamor. Cuando la miro, sus ojos verdes en ese rostro felino, las palabras, los mundos, se agitan en mi interior. Mi belleza, mi amor, mi salvadora. Toda mi vida he sido un trotamundos, pero ella me hace detenerme. La vida gira a nuestro alrededor. Un centro compartido, dos personas, un punto, dentro y fuera de nosotros, pero siempre es nosotros, nosotros, nosotros, y no necesitamos nada más.

Sigue así durante varios párrafos. Mi primera reacción es de consternación. No es muy... bueno, ¿verdad? No se parece en nada a la encantadora poesía que me había leído. No es la obra maestra estilo Norman Mailer que me había imaginado. Pero, como siempre, vuelvo a pensarlo y cambio de idea. Aunque sea *un petit étrange*, aunque no resulte de mi gusto, ¿qué derecho tengo yo a juzgar? (Literatura Posmoderna: otra de las muchas clases que suspendí en Princeton). Siento que Michael está estudiando mi reacción, mis pequeños gestos iluminados por la brillante pantalla. Solo entonces caigo en lo único importante, lo que hace irrelevante mi opinión.

—¿Es sobre mí? —susurro.

No veo su cara, pero siento su fría mano en mi mejilla.

—Claro que es sobre ti. Eres mi musa, ¿recuerdas?

—Estoy emocionada. De verdad. —Pero, cuando intento leer la siguiente página, me aparta el portátil suavemente.

—Ya leerás el resto cuando esté acabado.

Sus palabras poseen mis sueños, y siguen en mi cabeza cuando me despierto a la mañana siguiente. «Mi amor, ohmiamormiamor». Salto de la cama (¡vivo de nuevo!) y voy a su encuentro.

Pero no está. En la cocina descubro una nota contra la cafetera: «He ido a la tienda a comprar el diario». El portátil murmura suavemente en la mesa de la cocina. Paso las manos por la tapa y siento vibrar el disco duro bajo las palmas. «No debería hacerlo. Él confía en mí».

No puedo resistirme y abro la tapa. Solo para echar un vistazo. Me digo a mí misma que, si el documento sigue abierto, solo me permitiré leer una página. Únicamente para ver qué más ha escrito sobre mí. Eso apenas puede considerarse una traición.

Pero la pantalla está protegida. Por un momento jugueteo con el campo de la contraseña, mis dedos sobre las teclas, pero no tengo la menor idea de cuál puede ser. Aún tengo que familiarizarme con esos nombres y fechas y números importantes que conforman su historia personal. No sé el apellido de soltera de la madre de Michael ni el nombre de sus mascotas de infancia o cuándo es el cumpleaños de su hermana preferida. Me quedo como paralizada y me doy cuenta de que mi marido sigue siendo un misterio.

(¿Es posible que por una vez haya sido demasiado impulsiva? ¿Me he metido en algo para lo que no estaba preparada? La duda me consume).

Me recuerdo que los números y los nombres no significan nada. Nos conducen a una falsa sensación de seguridad, a pensar que los hechos verificables nos protegen de la pérdida del amor. Como si alguien nunca fuese a dejarte una vez supiera el nombre de tu profesor preferido, el signo astrológico de tu madre o la edad a la que perdiste la virginidad. ¿Adónde conduce esa escalera formada por todas las anécdotas de nuestra identidad? Hacemos como si fuese importante, pero no dice nada sobre el estado de nuestro corazón.

Por el momento, lo único que Michael y yo tenemos del otro es la confianza. Y yo confío en él. Desde luego que sí. Tengo que confiar.

Cierro el portátil. Me digo que no querría leerlo ni aunque pudiese.

(¿O es que no podría leerlo ni aunque quisiese?).

30.

LAS FIESTAS SE ACERCAN SILENCIOSAS, Y DE REPENTE falta solo una semana para Navidad. Una mañana me despierto y veo que Michael ha puesto un árbol en el vestíbulo, un bonito pino que cae hacia un lado y que ha decorado con los mismos adornos dorados y plateados que usaba la abuela Katherine. A saber cómo, hasta lo ha colocado en el mismo lugar que ella: en la ventana que da al pórtico, como invitación a quienes llegan por el camino. Lo miro y de repente vuelvo a los seis años, con miedo a recibir una azotaina.

Mientras me quedo mirando esta alucinación de mi pasado, Michael viene por detrás y me abraza por el cuello.

—Vi el árbol la semana pasada mientras paseaba por el terreno y pensé «árbol de Navidad» —dice—. ¿A que no te imaginabas que sé usar un hacha?

—¿Yo tengo un hacha?

—Claro que la tienes. ¿Es que tú nunca la has usado? —Me da un beso en la mejilla como si me encontrara adorable, su princesita mimada, y después da un paso atrás para examinar su obra y se le borra la sonrisa—. Mierda. Está torcido.

—No, es perfecto. ¿Dónde has encontrado los adornos?

—En un armario, en una de esas habitaciones de arriba en las que nunca entramos. —Nota mis dudas—. ¿Te parece bien? Quería que fuera una sorpresa. Que nuestras primeras navidades juntos sean especiales.

No acabo de ver qué es lo que me molesta de eso. ¿El que haya estado curioseando por la casa sin que yo lo sepa? ¿El que de repente sepa más sobre los secretos de Stonehaven que yo misma? Aunque ¿por qué iba a ser eso un problema? Es lo que yo quería, que se sintiera a gusto en la casa.

—Es bonito —digo—. Pero debí decírtelo antes: tenemos que pasar las navidades en Ukiah, con Benny.

Michael ladea un poco la cabeza, como si intentase poner el árbol recto en su mente.

—Pasar las fiestas en un psiquiátrico es un poco friki, ¿no?

Extiende una mano para ajustar uno de los adornos, pero este cae al suelo y se rompe, esparciendo pedacitos de cristal dorado por todas partes. Los dos nos quedamos inmóviles. Me agacho para empezar a recogerlos.

—No es lo que piensas. Ahí se está bien. Mira, ni siquiera has conocido aún a Benny. Es maravilloso, ya lo verás; excéntrico pero maravilloso. —Siento calor en el rostro. Algo da vueltas y se retuerce en mi pecho.

Michael me coge por el hombro y me detiene. Agarra un trocito de cristal de mi mano y lo deposita en la suya.

—No te vayas a cortar —dice—. Ya lo hago yo.

Lo miro agacharse y barrer con la mano más trocitos sobre el suelo pulido; eso me recuerda —dolorosamente— a *maman* y el pájaro de cristal.

—¿Y por qué no es Benny el que viene? —pregunta.

—Se negaría. Odia este lugar, ¿recuerdas? Y tendríamos que ir a buscarlo igualmente, no puede viajar solo.

—Cierto. —Levanta la mirada hacia mí—. Si a ti te pasara algo, ¿heredaría él Stonehaven?

Vaya pregunta más extraña.

—Claro. A menos que yo cambie los papeles y designe a alguien diferente.

—Ajá. Es solo que… —Frunce el ceño—… me dijiste que quería prenderle fuego a la casa. No es muy racional, ¿verdad?

—Qué idea más macabra. ¿Podemos no hablar de eso?

Michael asiente. Va a gatas a recuperar un trozo de cristal que ha quedado contra la pared. Lo coge y se queda ahí sentado un momento, dándome la espalda. Veo que su torso sube y baja con una respiración más rápida de lo normal; parece molesto. ¿Es que he dicho algo malo?

—Benny es la única familia que tengo —le explico con tono conciliador—. No puedo pasar las fiestas sin él.

—Ahora yo también soy tu familia —replica Michael. Parece dolido. Lo he herido. Ni se me había ocurrido. Ni se me pasó por la cabeza que el matrimonio exige reordenar las prioridades, con las del marido arriba, las de los padres y los hijos en el medio y las de una en algún lugar mucho más abajo. (Por cierto, ¿qué hay de los hijos? Ni siquiera hemos hablado de que quiero tener uno, más temprano que tarde. ¿Me habré equivocado al suponer que él también?).

No sé qué decir. Por fin él se incorpora, sus manos brillantes por el oro, y me mira. Veo que estudia hasta dónde estoy molesta, y cómo le cambia la expresión, la suaviza, al decidirse.

—Quiero hacerte feliz, y si te hace feliz que vayamos a ver a Benny, iremos. Y fin de la historia.

Y ese habría sido, en efecto, el fin de la historia, excepto que la mañana en que vamos a salir hacia Ukiah, mi coche ya cargado de regalos, Michael se despierta enfermo. Se queda en la cama, los dientes temblorosos, quejándose de dolores y fiebre.

—Mierda, ¿cómo diablos he cogido la gripe? —murmura mientras yo le pongo más mantas—. Hace semanas que casi ni salgo de casa.

Cuando por fin encuentro un termómetro en el cuarto del bebé (uno antiguo de mercurio; debe de ser de los años setenta) y lo llevo a la habitación, Michael tiene treinta y nueve de fiebre y la frente cubierta de sudor. Sé que no es justo por mi parte el enfadarme, o dudar, por el *timing* de su enfermedad, pero cuando pienso en Benny esperándome en Ukiah me dan ganas de llorar.

Me quedo de pie ante Michael mientras se refugia bajo las mantas, sus pestañas temblando por la fiebre.

—Ahora no podemos ir —murmuro. Él abre uno de sus ojos azules y lo fija en mí.

—Tú sí puedes —dice—. Y deberías.

—Pero tú necesitas que te cuide.

Se sube una sábana justo hasta arriba del cuello.

—Ya me las arreglaré. Quien más te necesita ahora es tu hermano. Son las primeras navidades sin vuestro padre, ¿verdad? Tenéis que pasarlas juntos. Tú y yo tenemos muchas fiestas por delante.

Una corriente de gratitud me recorre al ver que entiende que eso es lo correcto y está dispuesto a sacrificar nuestra primera Navidad juntos para que yo pueda ir con mi hermano. ¡Lo comprende! Y yo lo perdono por su inoportuna gripe.

—Solo me iré unos días —le prometo.

—Tómate el tiempo que necesites —contesta—. Yo no me voy a ninguna parte.

En el Instituto Orson hacen lo que pueden para celebrar las fiestas: el personal lleva jerséis navideños, *Noche de paz* suena bajito en recepción, los marcos de las puertas están decorados con coronas de agujas de pino (no, por supuesto, con la venenosa flor de Pascua o bolitas tóxicas de acebo). En cada habitación hay un arbolito, y en el jardín una enorme *menorá*; la comida navideña para los visitantes lleva jamón, pato y dieciséis clases diferentes de tartas.

Cuando llego, el día de Nochebuena, el espíritu de Benny no es nada festivo. En algún momento desde la última vez que hablamos volvió a recaer en la manía, por lo que le han subido la dosis de medicamentos y le han quitado el móvil.

Está en una de las salas comunes, sedado e inexpresivo, sentado en un sillón con un gorro de Papá Noel sobre sus rizos descontrolados, viendo el especial de Navidad de Bob Esponja.

Su principal psiquiatra —una mujer atlética con una larga melena de cabello plateado— me indica que quiere hacer un aparte.

—Algo le ha provocado la reacción. Quizá sean las fiestas —me dice—. Intentó escaparse; le robó las llaves del coche a una enfermera y ya estaba casi en la puerta de la verja cuando lo atrapamos. Divagaba sobre ir hasta Oregón. —Frunce el ceño—. Con lo bien que avanzaba... Íbamos a hablar con usted sobre incluirlo en un plan de reintegración.

Oregón. La puta Nina Ross. ¿Por qué esa bruja no desaparece de una vez? ¿Por qué sigue acechándonos? Vuelvo con Benny, que está hundido en el hueco entre dos cojines como si quisiera perderse para siempre en el vacío. A la vez intenta comerse un yogur de fresa Yoplait, que se le cae por todo el pecho del jersey. Observa las manchas, pasa un dedo por una especialmente grande, la lame hasta limpiarla y vuelve a mirar la pantalla.

Me siento a su lado y le dejo una pila de regalos en el suelo frente a él.

—¿Oregón? Benny, tienes que olvidarte del tema.

Él ignora el comentario y señala hacia la pantalla con su cuchara.

—Este programa es muy divertido —dice, aunque las palabras le salen lentas y monótonas.

—En serio, Benny. Esa chica es veneno.

Eso parece sacarlo de su estupor. Se incorpora, agita la cabeza como para aclararla y veo un asomo de la manía que acecha tras las pastillas.

—Es la única chica a la que he querido nunca. Y ella es la única persona que me ha querido.

—Yo te quiero. —Muchísimo. ¿Es que no lo ve?

Me dedica una mirada torva.

—Ya sabes lo que quiero decir.

—Por Dios, Benny. Solo tenías dieciséis años; eras un niño. No tienes ni idea de cómo es ahora. Su madre…

—Su madre tuvo un lío con papá y después intentó hacerle chantaje.

Me lo quedo mirando.

—¿Lo sabías?

—Claro que lo sabía. Yo estaba cuando llegó la carta. No te lo conté porque papá me lo pidió. Y pensé que se te iría la bola y te pasarías el resto de tu vida quejándote, en vez de ser una miembro productiva de la sociedad y todo eso. —Parpadea unas cuantas veces y toma una cucharada de yogur—.

Pero Nina no es su madre. Piénsalo: ¿qué te ha hecho a ti? Porque a mí lo único que me hizo fue ser mi amiga cuando nadie más quería. Y mamá y papá lo jodieron todo.

—Piensa tú, Benny: te metió en las drogas, y eso te provocó un descenso en espiral y causó... esto, todo esto.

Él bosteza.

—Y una mierda. Nina ni siquiera había probado la hierba antes de que yo le diera.

Eso me deja las palabras en la garganta. Ah, ¿no? ¿Se había equivocado mi madre?

—Espera un momento. ¿Fuiste tú el que le dio maría a ella? Mamá dijo...

Él hace un ruidito de desprecio.

—Mamá estaba demasiado jodida como para ver nada. En serio, Van, no tienes ninguna razón para estar enfadada con Nina. Su madre era de cuidado, cierto. Pero Nina no me hizo nada. Yo estoy aquí por la misma razón por la que mamá está muerta: genes defectuosos que nos han fastidiado el equilibrio químico de la cabeza. No es culpa de nadie.

Ah, ¿no? Abro y cierro la boca como un pez mientras intento pensar en otra razón para odiar a Nina Ross. Me siento perdida, como si hubiese soltado un hilo y el camino que estaba siguiendo hubiera desaparecido. Sí, ¿qué es lo que hizo ella? Aparte de no poder ser una de nosotros («Rara y no de calidad», como escribió *maman*. Oh).

Los personajes en la pantalla gritan y hacen ruido.

—Pero no puedes negar que falsificó su identidad de Ashley Smith. ¿Por qué iba a hacerlo si no tramase algo malo? Y no te olvides de que le robó su dinero a Michael.

Él alza una ceja.

—¿Estás segura de eso?

—¿Qué quieres decir? —Algo se revuelve en mi interior.

431

«Está paranoico —me digo a mí misma—. Maniático». Pero no lo parece. Si algo parece es lúcido.

—Solo digo que no eres la mejor juzgando a la gente, hermanita.

—No estamos hablando de mí sino de tu salud —replico—. Y obsesionarte con ella no te hace ningún bien.

Me apunta con el envase de yogur medio vacío y la cuchara que asoma de este.

—Hablando de mi salud, se ve que ya no me dejan usar un tenedor si no estoy supervisado. Tengo veintinueve años y no me permiten ni cortarme la comida.

Le paso un brazo por el hombro. Incluso en este estado sigue siendo mi Benny, el bebé que siempre he sido la encargada de proteger.

—¿Quieres venirte a vivir conmigo? —Me oigo decir—. Me haría muy feliz.

¿Podría llevármelo a Stonehaven? Quizá no sea tan inconcebible. Siempre creí que cuidar de mi hermano sería demasiado para mí sola. Pero ahora tengo a Michael. Podríamos encargarnos juntos de él. ¡De nuevo una familia, por fin!

—No sé. —Se encoge de hombros y se deja llevar por los calmantes—. La verdad es que aquí en Orson no se está nada mal. Es seguro. Y no oigo voces.

—Oh, Benny. —No se me ocurre qué más decir. Él recuesta la cabeza en mi hombro.

—Felices putas navidades, hermanita.

Cuando regreso a Stonehaven dos días después veo que Michael se ha recuperado de su gripe, pero está de un carácter muy malo. La cocina está hecha un desastre; di la semana libre a la criada por las fiestas, y él se ve que ha usado todas las cacerolas. Olvidamos regar el árbol de Navidad y ahora hay agujas de pino por todo el suelo, que crujen bajo mis pies cuando voy por la casa en busca de mi marido.

Lo encuentro frente a la chimenea de la biblioteca, encorvado en el gran sillón de cuero, con el portátil en las rodillas. Lleva gorro y bufanda dentro de casa.

Espero que se levante y me coja en brazos, que me diga que me ha echado de menos, pero apenas aparta la cabeza de la pantalla.

—¿Qué tal el viaje? —me pregunta; por su tono parecería que solo he ido a comprar a la tienda.

—Bien.

¿Me estará castigando por haberlo dejado solo en Navidad? No entiendo qué es lo que pasa. Señalo su gorro de lana.

—¿No te parece que es un poco demasiado?

Levanta una mano y se lo toca, como si se hubiese olvidado de que lo llevaba.

—Esta casa está helada. ¿Estás segura de que hay calefacción central? Porque he puesto el termostato a veintiséis y aún no noto nada.

Pienso en la factura de la calefacción que va a venir el mes que viene y me asusto.

—La caldera tiene sesenta años —le explico—. Y esta casa tiene casi dos mil metros cuadrados.

Michael mira a la pantalla y pone cara de disgusto.

—Entonces tendríamos que cambiar la calefacción.

Me río.

—¿Tienes idea de lo que costaría eso?

Él parece no poder creerse lo que acaba de oír.

—¿En serio? ¿De verdad te preocupa el coste de la calefacción central?

Nunca le había oído ese tono burlón y miserable. Me doy

cuenta de que es el momento de sincerarme y que deje de pensar que soy ilimitadamente rica, pero se me han erizado los pelos del cuello.

—Bueno, no es que la pagues tú —contesto, directa—. Sigue con tu gorro y tu bufanda. ¿Quieres que, ya puestos, te traiga una mantita? ¿Una taza de té, una botella de agua caliente?

Parece darse cuenta de que me ha molestado, porque algo en su rostro cambia y se suaviza. Me coge de la mano y me atrae hacia su regazo.

—Lo siento. Creo que la temperatura me está afectando. Hace tanto frío… —Me acerca aún más hacia sí—. No me ha gustado estar solo en Navidad. Te he echado de menos. El que estuvieras lejos me ha puesto de mala leche. No te vayas nunca más, ¿vale?

Su olor a especias y jabón, el calor de su piel bajo mi mano. «En toda relación hay fricciones —me recuerdo a mí misma—. Nosotros estamos descubriendo las nuestras. Eso está bien». Podría seguir haciéndome la indignada, pero es más fácil sucumbir a su petición de perdón.

—No lo haré —le digo, con la cabeza hundida en su manga.

Pero… aquella noche estoy sacando las maletas del coche cuando me quedo mirando el BMW plateado al lado del mío, el impulsivo e indulgente regalo que le hice a mi marido. ¿Por qué me cuesta tanto decirle que no soy tan rica como cree? ¿Es que me da miedo que ya no me quiera tanto, que deje de pensar que somos almas gemelas? ¿Es que me sigue preocupando el que si no soy Vanessa Liebling, heredera, no soy nadie?

Voy al asiento del conductor y percibo el olor de Michael, que sigue pegado al cuero desde su viaje de principios de mes.

Ha dejado la llave puesta, por comodidad o por holgaza-
nería. Pongo la radio y, para mi sorpresa, por los altavoces
suena a todo trapo una emisora de *hip hop*. ¿A mi marido,
el esnob de la cultura popular —¿Cómo lo dijo él? «Un esteta»—, le gusta Kendrick Lamar? Juraría que aseguró que
solo escuchaba clásica y jazz.

Quizá sea por ese *ping* de sorpresa, con un sonar que ma-
pea los huecos en mi comprensión de él, que examino el GPS
del tablero. Marco la lista de destinos anteriores y, con un
ojo en la puerta de casa, los examino rápidamente. No hay
muchas direcciones, el coche ha hecho pocos viajes. El su-
permercado, la ferretería, un par de destinos más en Tahoe
City. Me doy cuenta de que busco la dirección de Michael en
Portland. Tendría que ser el primer destino después de que
el coche saliera del concesionario, así que paso con el dedo
hasta el final de la lista.

Entonces me detengo, mi mano en la pantalla, mis dedos
agarrotados por la electricidad. El primer destino de mi marido con su nuevo coche no fue Oregón.

Fue Los Ángeles.

31.

—¿QUÉ HACÍAS EN LOS ÁNGELES?

Michael se queda parado a la puerta de la cocina, los diarios del día en sus manos, nieve en sus cabellos. Es su nueva rutina diaria, conducir hasta la tienda, donde compra varios diarios que siempre acaban tirados en las sillas y las mesas, a medio leer. No puedo evitar ver que uno de ellos es el *Los Angeles Times*.

Los deja cuidadosamente en la mesa, al lado de los de ayer y los platos de la *pizza* congelada de anoche. Ninguno de los dos somos muy maniáticos de limpiar, y la criada no ha venido desde hace casi una semana.

—¿Los Ángeles? —Pronuncia cada sílaba como si fuera el nombre de algún lugar exótico de vacaciones—. ¿Qué te hace pensar que he estado en Los Ángeles?

—Lo he visto programado en el historial de destinos de tu coche. Era el primero de la lista.

Una sombra de color púrpura le oscurece el rostro. Me mira con las dos mandíbulas muy pegadas.

—Joder, Vanessa. ¿Es que me estás controlando? ¿Me espías? —Sigue los bordes de la mesa hasta estar en el mismo lado que yo, demasiado cerca, sacando pecho como un boxeador—. ¿Apenas llevamos un mes casados y ya te has convertido en una esposa celosa? ¿Qué va a ser lo próximo? ¿Vas a leer mis mensajes y mis correos? Mierda, joder. —Sus manos, cerradas en puños a sus lados, tiemblan como si esperasen a desencadenar su poder.

—Michael, me estás asustando —susurro.

Se mira los puños y los abre. Veo las marcas blancas donde los dedos apretaban las palmas.

—Y tú me estás asustando a mí. Creía que teníamos algo especial, Vanessa. Joder, ¿qué ha pasado con lo de confiar el uno en el otro?

—Sí que tenemos algo especial. —¿Qué he hecho? Me deshago en excusas—. Te lo juro, no estaba espiándote. Me lo encontré por casualidad. Es solo que... no lo entendía; me dijiste que ibas a Portland... pero el historial decía Los Ángeles... —Quiero echarme a llorar.

Él respira pesadamente.

—Sí que fui a Portland.

—Pero Portland no estaba en la lista de destinos...

—¡Porque no necesitaba que el GPS me dijera cómo llegar! ¡Sé conducir hasta mi propia puta casa!

Sigue cerniéndose por encima de mí. Me siento minúscula ante su furia. Pienso que si lo molesto va a dejarme y me quedaré sola de nuevo.

—Vale. —Odio lo patética que suena mi voz—. Pero sigo sin entender por qué hay un destino «Los Ángeles» en tu historial.

—Por Dios, Vanessa. No. Lo. Sé.

Se deja caer en un taburete y hunde la cabeza en las manos. Yo me quedo ahí parada sin saber qué hacer. ¿Lo he fastidiado todo? La cocina se queda en silencio excepto por nuestras pesadas respiraciones. De repente levanta la cabeza y sonríe. Me coge de la mano y de nuevo me atrae hacia su regazo.

—¿Sabes qué? Ya sé lo que pasó. El coche probablemente salió de Los Ángeles, ¿verdad? Antes de que lo llevaran a Reno. La dirección que viste será seguramente la del concesionario de BMW o algo así.

—Oh. —El alivio me inunda—. Vale, eso es lógico.

Él se ríe.

—Tontita, ¿qué creías? ¿Que tengo una amante secreta en Los Ángeles? ¿Que llevo alguna especie de doble vida?

Me acaricia una mejilla y niega con la cabeza, divertidamente descreído. Sí, ¿qué es lo que creía? Que Nina estaba en Los Ángeles y él había ido a verla. Que regresó con sus cosas, pero no desde Portland. Y eso significaría ¿qué? ¿Que al menos parte de su historia es mentira?

Pero prefiero esta versión de lo sucedido, por mucho que resulte un poco demasiado conveniente.

Coloco mi mano sobre la suya, apretándola más contra mi mejilla.

—La verdad, no sé mucho sobre ti. Seguimos siendo desconocidos.

—Mi Vanessa, en lo que importa no somos nada desconocidos. —Me levanta la barbilla hasta mirarme directamente a los ojos—. No te oculto nada, mi amor. Te juro que soy un libro abierto. Si algo te preocupa, solo tienes que preguntármelo. Pero no me controles a escondidas, ¿de acuerdo?

—No lo haré —le prometo. Hundo la cabeza en su cuello; parece el lugar más seguro donde estar. Él vuelve a levantármela, me besa, me coge en sus brazos y me sube por la esca-

438

lera hasta el dormitorio. Y ya está, tema cerrado. A los dos nos alivia dejarlo atrás.

Todo va bien. Todo va bien. Todo va bien.

Tomamos martinis, preparamos la cena, hablamos de los planes para mañana, Nochevieja. Decidimos salir por una vez de la casa e ir a algún restaurante agradable para celebrarlo. Las cosas están cambiando. Estamos entrando en una nueva rutina, listos para salir del cascarón y enfrentarnos al mundo de afuera. Sonreímos, reímos, hacemos el amor y todo va bien.

Creo.

Nochevieja. He sacado otro vestido de su retiro, un Alexander Wang de lana con detalles en cuero. Pantis, botas hasta las rodillas. Nada demasiado ostentoso; a fin de cuentas esto es Tahoe. Seguramente, la mayoría en el restaurante llevará vaqueros.

Michael ha desenterrado un traje de uno de los petates que se trajo de Oregón, un Tom Ford muy moderno y que me sorprende. Se le ajusta perfectamente a los hombros y el pecho, justo a la medida. Se pone los gemelos con gesto seguro, como si hubiese nacido para llevar ropa formal y no esa de leñador que ha estado usando. Siento que le estoy viendo todo un nuevo lado, un resto del estilo aristocrático con el que creció. ¿Quién iba a decir que mi marido académico seguía la moda masculina? (Confieso que eso me hace una cierta ilusión).

Es como si jugásemos a los disfraces, haciendo de marido y mujer en nuestra primera aparición pública. Me sube la cremallera del vestido. Yo le hago como puedo el nudo de la corbata. Nos reímos de lo convencionales, lo domésticos que estamos siendo. He tomado demasiado champán y me siento feliz. Stonehaven nunca me había parecido más llena desde la muerte de mi madre y que mi hermano fuera a parar a una institución mental. Esto es lo que hacía años que yo deseaba. Todo un hogar.

Tenemos reserva en un restaurante de Tahoe City con terraza al lago. Va a haber música en directo y baile. Me acomodo en el asiento del acompañante de su BMW. Cuando voy a teclear la dirección en el GPS me doy cuenta de que el historial de destinos ha sido borrado del todo. Me recuesto en el asiento y no digo nada. Michael pone la radio y un jazz suave mana de los altavoces *surround*. Me coge de la mano y yo sonrío inexpresivamente mientras salimos del garaje.

El historial de destinos ha sido borrado. La dirección de Los Ángeles ha desaparecido.

Aunque eso no es cierto, porque la he memorizado. Ayer por la tarde, mientras Michael dormía su siesta poscoital, la busqué en Google Maps. Sé que no pertenece en absoluto a un concesionario BMW, sino a un pequeño bungaló cubierto de enredaderas en las colinas del este de Los Ángeles.

¿Por qué me alivia tanto que la fiesta de Año Nuevo sea en un restaurante de estilo familiar? Estamos sentados en largos bancos, rodeados de amistosos desconocidos por todas partes cuya curiosidad etílica respecto a Michael y a mí nos evita mantener una conversación de verdad entre nosotros dos. Hace mucho que no hablo con nadie que no sea Michael o Benny, y todo este contacto humano me hace sentir bien.

Durante la cena él mantiene un brazo alrededor de mis hombros, posesivo, anunciando orgulloso a todo el que quiera escucharlo que somos recién casados, que fue amor a primera vista, que me conquistó en un romance inmediato (el papel de Nina en nuestra historia es confinado discretamente a la papelera). Para ser un escritor literario, hay que ver lo que le gustan los tópicos. Me hace extender el brazo sobre la mesa, presumiendo del anillo que baila en mi dedo. «Herencia de mi familia de Irlanda», explica.

Me siento genial haciendo de novia apocada y con todos admirándonos; calma el murmullo de la duda en el fondo de mi mente. Quizá todo va bien. Quizás haya sido mi cerebro retorcido el que ha malinterpretado las señales.

La mujer mayor que se sienta a mi lado, esposa de un gestor de capital riesgo de Palo Alto —cubierta de diamantes ella misma—, se acerca mi mano para examinar el anillo y sonríe extrañamente.

—Los primeros meses del matrimonio son lo mejor, cuando solo os dedicáis a hacerlo sin parar —dice, y me aprieta la mano—. Disfruta mientras puedas, porque al final caerán las cortinas y lo que verás ya no será tan bonito.

La miro sobresaltada (¿qué sabrá?), pero, claro, su mirada es tranquila, genéricamente amable y es solo mi propio miedo el que ya me está susurrando al oído de nuevo.

Bebo un poco más para acallarlo.

La comida es buena, los cócteles fuertes, la compañía agradable. Michael está como loco, pide al camarero que ofrezca una ronda de Jameson Rarest Vintage Reserve a todos los de la mesa y propone un brindis colectivo por nuestro matrimonio. Y después otra copa. Bailamos con un grupo de *swing* (otra sorpresa: Michael lo hace bastante bien), y justo antes de que el reloj dé las doce los camareros reparten *prosecco* de cortesía. La bebida me ha dejado sin aliento y mareada, me abandono a los metales de la música y dejo que mi marido me haga dar círculos cada vez más fuera de control; chillo de la risa. ¡Todo va bien! Es medianoche y todo el mundo en la pista vitorea. Michael me aprieta fuerte contra su pecho y me besa.

—Adiós al pasado, hola al futuro. Tú eres mi futuro. Ahora y para siempre.

Quizá sea la mezcla de *prosecco* barato y *whisky* caro, quizá sea de tanto bailar, pero cuando vuelve a hacerme girar sobre mí misma siento que voy a vomitar.

—Creo que tengo que volver a casa —murmuro.

Michael me saca de la pista.

—Claro. Voy a pagar.

El camarero aparece con la cuenta y Michael saca la cartera.

—Dos mil cuarenta y dos. Joder, quizá no debería haber invitado a todos a la segunda ronda. —Ríe, aparentemente despreocupado, pero entonces se queda como paralizado a medio camino—. Dios mío, lo había olvidado: tuve que cancelar la tarjeta de crédito por... bueno, ya sabes... *ella*.

Abro mi bolso.

—Ya me encargo yo.

Firmo el comprobante. El estómago se me revuelve ante esa increíble cantidad, y una vez más me pregunto cómo voy a decirle a Michael lo de nuestras finanzas. Y es que, por mucho que proteste que el dinero no le interesa lo más mínimo, empiezo a sospechar que eso no sea cierto del todo. Tenemos que ir a Irlanda más temprano que tarde para que pueda sacar dinero de su herencia.

Mientras entrego la tarjeta al camarero veo que la esposa del gestor de capital riesgo nos ha estado mirando desde el otro lado de la sala. Sonríe ligeramente y aparta la vista.

Fuera está nevando. Michael va a buscar el coche para que yo no tenga que pisar la aguanieve con mis zapatos de diseño. Espero en el interior del vestíbulo del restaurante, mirando por la ventana la calle helada y los coches pasar lentamente. Siento que alguien se me acerca y me vuelvo; es la esposa del gestor. Me coge la mano y la levanta para mirar las dos el anillo.

—No es de verdad —dice sin levantar la voz—. Es falso y no es una antigüedad. Está muy bien hecho, pero definitivamente no es ninguna herencia.

Me lo quedo mirando un largo rato. Quizás él no lo sepa.

—¿Está segura?

Cubre mi mano con las suyas.

—Cariño, siento darte malas noticias, pero sí.

Fuera, el BMW aparece lentamente a la vista. Espero a que Michael baje y venga a buscarme, pero se queda al volante. Yo estoy como paralizada en el vestíbulo, esperando a que se deshaga el nudo de mi estómago. Michael toca el claxon, tres llamadas cortas que interrumpen la noche sin estrellas. La esposa del gestor pone cara de desagrado.

—Espero que hayáis hecho separación de bienes —me dice, y desaparece. Me enrollo la bufanda sobre la cara para que disimule mi expresión y me preparo para el largo viaje de vuelta a Stonehaven.

Me siento como si estuviera volviendo a la cárcel.

32.

MICHAEL LLEVA DÍAS HABLANDO POR TELÉFONO EN el estudio, en voz baja, con la puerta cerrada, así que al pasar no distingo sus palabras. Intenta encontrar a Nina y recuperar su dinero, cosa que por lo visto requiere de inacabables conversaciones con abogados e investigadores privados y las autoridades de Oregón.

Yo me paso las horas de vigilia frente al fuego de la biblioteca, mi cuaderno abierto por una página en blanco en la que no consigo ponerme a dibujar. Otra vez igual. ¿No se suponía que el amor iba a solucionarlo todo? Aunque esta vez la voz en el fondo de mi mente no me habla de mi inutilidad sino de mi miedo: «¿Qué has hecho?».

Estoy apagada, fatigada, asqueada. No he dibujado desde Año Nuevo. Me siento demasiado consciente de mi propio cuerpo, la inquietud de mi intestino y la sequedad de mis ojos contra el dorso de los párpados. Cuando agarro el lápiz siento los huesos de los dedos apretando contra el plomo. Es insoportable.

Me tumbo en el sofá y me cubro con mantas. Vuelvo a

sentir picores en los brazos y me los rasco hasta que sangran, dejando manchas rojas en la tela de la camisa. Ni siquiera siento dolor.

Aquí es donde me encuentra Michael el cuarto día del nuevo año. Aparece a la puerta de la biblioteca con un té para mí en una de las mejores tazas de porcelana rosada de mi abuela.

—Amor mío, tienes muy mal aspecto. —Deja el té en la mesilla y me tapa las piernas con la manta—. Voy a Obexer's a comprar sopa de pollo con fideos, ¿vale?

Me da un temblor.

—Quizá más tarde. No tengo mucho apetito.

—Entonces tómate el té. «El té con leche y miel es el remedio más fiel», que decía mi abuela Alice en Irlanda. Claro que ella también le echaba un chorrito de *whisky*, así que a lo mejor era por eso que se sentía tan bien.

Ríe y me ofrece la taza, pero yo ya me estoy hartando de las historias de su abuela irlandesa (otro susurro de duda: «¿Existirá de verdad?»). El líquido está tan caliente que tengo que volver a dejarlo al instante. Él pasa un dedo por una gota que ha caído en la mesa y se la seca en los vaqueros.

—¿Te encuentras lo bastante bien como para hablar?

—¿Sobre qué?

Se sienta en un sillón a mi lado y coloca una mano en mi pierna.

—He estado hablando con un investigador privado. Tiene una pista. Cree que Nina está en París, viviendo a todo tren con el dinero que me robó. Pero no puedo hacer nada al respecto mientras siga allí. Tenemos que encontrar la forma de hacerla volver a América, a rastras si es necesario, para poder ponerle una denuncia. El abogado me ha sugerido que contrate a un experto en esa clase de cosas.

Frunzo el ceño.

—¿Qué clase de cosas? ¿Secuestros? ¿Es que no puedes hacer que la extraditen y listos?

—¿Sabes el tiempo que tardaría eso, la cantidad de líos legales que tendríamos que superar? ¿Crees que ella va a quedarse mucho tiempo en un mismo sitio? —Suspira—. Mira, es una ladrona y una impostora. Se ve que hace años que se dedica a eso; usa identidades falsas para conocer a gente con dinero y engañarlos. Me robó y estoy seguro de que también quería robarte a ti. Será por eso que me insistió en venir aquí. Esto está lleno de objetos valiosos, ¿no? Creo que su idea era meterse unas cuantas cosas en los bolsillos antes de irse. —Suena lógico. Asiento—. El caso es que se merece lo que le pase. Si es necesario hacerle perder el sentido y meterla en un avión privado, que así sea.

—¿Hacerla perder el sentido cómo? ¿Te refieres a emborracharla? ¿O estamos hablando de drogas?

Los dedos de Michael se tensan alrededor de mi pierna y vuelven a relajarse, se tensan y se relajan. Le ha crecido el pelo en los dos meses que lleva en Tahoe, ahora le llega casi al cuello de la camisa; se lo recoge detrás de las orejas de una forma que no me resulta particularmente atractiva.

—La verdad, pensaba que te alegrarías de verla derrotada. No entiendo por qué te muestras tan ambivalente. ¿Es que acaso tú no intentaste envenenarla, joder?

Tiene razón, por supuesto. Recuerdo el colirio que le metí en su bebida hace (o lo parece) una eternidad. Por entonces pensaba en vengarme, cierto. Pero no fue más que una gamberrada, una noche en el lavabo, nada permanente, nada de veneno. Y sí, le robé el novio (y su anillo), pero eso era amor, y por tanto perdonable. Secuestrarla suena mucho más serio. E ilegal. Me la imagino despertándose en un avión, atada por las muñecas, sin tener ni idea de adónde va. La imagen no me resulta confortable sino inquietante.

—Parece complicado —murmuro—. No muy legal. Y caro.

Él sube y baja la mano por mi pierna.

—Humm... de hecho, tenía que hablarte de eso. El... experto..., el investigador privado y el abogado... todos necesitan un adelanto.

De repente veo adónde quiere ir a parar.

—Necesitas dinero.

—Temporalmente. Hasta que se solucione lo mío.

—¿Cuánto?

—Ciento veinte.

Siento alivio.

—¿Ciento veinte dólares? Claro. Ahora te hago un cheque.

Él suelta una risita. «Encantador».

—No, querida. Ciento veinte mil dólares.

Vuelvo a coger el té y tomo un sorbo que me quema la lengua. Está demasiado fuerte, demasiado dulce. El nudo en mi estómago se hace más y más y más fuerte.

—Michael, quizá tendrías que dejarlo estar. Es mucho dinero como para gastarlo en algo que suena a que difícilmente vaya a salir bien. ¿Cuánto dinero te robó? No me imagino que valga la pena dedicarle tantos esfuerzos.

Él me mira fijamente.

—Es una cuestión de principios. Tiene que pagar por lo que ha hecho.

—Pero también gracias a ella estamos tú y yo juntos. Vaya una cosa por la otra. No nos obsesionemos con esto.

—Si no la frenamos, les hará lo mismo a otros. Y será culpa nuestra.

—¿No es cosa de la policía?

Se levanta de golpe y empieza a dar vueltas por la sala.

—Ya los llamé. Dijeron que tenían las manos atadas porque nuestra cuenta era conjunta, así que era culpa mía. Por tanto, soy yo quien tiene que llevarla ante la justicia. Somos nosotros. —Coge el atizador y lo lleva al fuego agonizante, haciendo que vuelen chispas—. Vanessa, no puedo creerme que me discutas esto. Con todo el dinero que tienes...

«Es el momento».

—La verdad es que no tengo ningún dinero.

Se ríe.

—Muy divertido.

—Lo digo muy en serio, Michael. No tengo mucho dinero para darte.

Él sigue dándole vueltas al atizador; la luz de la chimenea proyecta sombras en su rostro.

—Quieres decir que no tienes mucho líquido.

—No, quiero decir que no lo tengo y punto. —Dejo el té, que me salpica en la muñeca dejando una marca roja en mi piel. La chupo con los labios para calmar el dolor—. Tengo una casa muy valiosa pero no dinero. Cuando murió, mi padre estaba al borde de la bancarrota. Mi fideicomiso está casi a cero. Mis acciones del Liebling Group no valen nada. Ahora mismo, todo lo que tengo va al mantenimiento de Stonehaven. ¿Sabes lo que cuesta para una propiedad de este tamaño? Cientos de miles de dólares al año. ¿Nunca has pensado por qué vendió tu familia su castillo?

Él no para de mirarme.

—Estás de broma, ja, ja, ¿no? Te diviertes tomándome el pelo, ¿verdad?

—No es broma. Debería habértelo dicho antes pero no encontré el momento. Lo siento.

—Eso explica… —Pero no acaba la frase y me deja preguntándome qué es lo que explica. Da golpecitos con la punta del atizador en el suelo, dejando marcas en la madera. Me duele verlo—. Vale. Pero la casa, todo lo que hay dentro… debe de valer, ¿qué?, ¿millones?, ¿decenas de millones?

—Puede ser.

—Entonces véndela.

¿De verdad me está pidiendo que venda la mansión para pagar su venganza contra Nina Ross?

—Quizá lo haga algún día, pero aún no. Y menos para esto. —Pienso, dudo, y entonces, suena retorcido pero no puedo evitarlo, levanto la mano—. Podría vender el anillo —digo con mucho cuidado—. ¿Cuánto crees que puede valer? Seguro que seis cifras.

Lo miro a la cara, pero si sabe que es una falsificación lo disimula bien. Lo que hace es poner expresión de desprecio.

—No vamos a vender el anillo de mi abuela. Es parte de mi herencia.

—Bueno, pues tampoco vamos a vender la casa de mi tatarabuelo. También es parte de mi herencia.

—¡Pero si ni siquiera te gusta estar aquí!

—Es más complicado que eso.

Sopesa el atizador en su mano y siento un conocido *ping* de miedo. Me pregunto qué le estará pasando por la cabeza.

—Bueno, pues vamos a tener que conseguir dinero, Vanessa. Ahora o más adelante.

—Creía que tenías mucho en el fondo de Irlanda —replico con tono acusador—. Parece que ha llegado el momento de recuperarlo.

Michael tira el atizador al fuego y va hacia la puerta.

—Tengo que salir de esta puta casa. Voy a conducir un rato —dice con tono sombrío. Se va a grandes zancadas y al cabo de un minuto oigo un portazo. Me pregunto si va a molestarse en traerme la sopa de pollo del súper; intuyo que no.

Cojo el té y tomo otro sorbo. El estómago se me retuerce cuando le llega el líquido. Siento que me sube la bilis. Apenas tengo tiempo de alcanzar la papelera, al otro lado de la sala, y mi cuerpo empieza a rechazar el té. La papelera es de cuero; el líquido marrón que echo lo estropea inmediatamente. «Voy a tener que tirarla», pienso enfebrecida antes de vomitar de nuevo.

Me quedo en el suelo, la cara contra las frías tablas. «Supéralo», me susurra la voz ya conocida. Pienso de nuevo en el colirio que eché en el martini de Nina, lo muy confusa y desamparada que debió de sentirse mientras vomitaba contra los arbustos, y eso ya no me contenta. Lo que me pregunto es si se ha cerrado el círculo, si Nina y yo hemos quedado atrapadas en uno eterno, persiguiéndonos, cazándonos la cola.

No puedo evitar pensar en que quizá las dos nos hayamos equivocado de persona de la que vengarnos.

Pasa un día, después dos, y el tema del dinero no vuelve a salir. Ruego que Michael haya abandonado su *vendetta* contra Nina. Pero ahora lo miro más detenidamente, me fijo en la forma en que va por la casa, tocando los objetos como quien no quiere la cosa, como si fueran suyos. Los examina con una atención que antes me pareció curiosidad pero ahora me hace dudar de si estará haciendo inventario.

Una vez me lo encuentro delante de una cómoda Luis XIV en la sala principal, con el móvil en la mano. Juraría que le ha sacado una foto. Y cuando otro día abro el armario para mirar en la caja en la que guardo las últimas joyas de mi madre (nada especialmente valioso excepto sentimentalmente, como sus lágrimas de diamantes preferidas y una pulsera de tenis a la que le falta una piedra), no sé si es que me he vuelto paranoica o que la caja está unos centímetros más a la izquierda que antes.

Y, sin embargo, tras nuestra pelea todo ha sido dulzura. Me trae el té a la cama (aunque, después de vomitarlo el otro día, no puedo evitar contemplarlo con dudas y me dejo el primer sorbo en la lengua a ver si noto el regusto amargo del colirio; pero, claro, no es el caso). Limpia la cocina sin que yo se lo pida. Me hace masajes en la espalda cuando me quejo de sentirme agarrotada. Y tengo que reconocer que está en lo cierto: sí que necesitamos dinero, sea para planes de secuestro o para pagar las facturas, así que, ¿por qué me resisto tanto a vender unas pocas antigüedades? Quizás esté buscando razones para enfadarme con él porque hemos tenido nuestra primera discusión de verdad y me da miedo que haya sido yo la que no tenía razón.

Mientras lo oigo roncar a mi lado en la cama —no consigo dormirme debido a las voces en mi cabeza—, se me ocurre otra cosa horrible: ¿es posible que solo deseara a Michael porque lo tenía Nina, y ahora que es mío estoy perdiendo el interés? O quizá sea que el amor brilla más cuando es elusivo, un diamante justo fuera de tu alcance, y que una vez lo tienes en tu mano se convierte en solo una piedra fría en tu palma.

No. Lo quiero, de verdad que sí. Tengo que quererlo, porque ¿qué es todo esto si no?

Aun así... un muro ha caído entre nosotros, y vivimos nuestras vidas juntos pero por separado. Ahora me voy a dormir antes que él, y cuando me despierto por la mañana es un alivio abrir los ojos y ver que no está. Se encierra en el estudio casi todo el día y solo sale para comer y dar algún paseo ocasional.

¿Qué hará ahí dentro? Porque estoy bastante segura de que no escribe.

Esta mañana tuve una intuición y busqué en Google unas palabras de su libro.

Cuando la miro, sus ojos verdes en ese rostro felino, las palabras, los mundos, se agitan en mi interior.

Cerré los ojos mientras el aparato buscaba y recé. «Por favor, por favor, por favor, que me equivoque». Pero no. Ahí estaba, en la segunda página de los resultados: una historia de amor entre lesbianas, por una estudiante de Bellas Artes llamada Chetna Chisolm, publicada en una antología titulada *Ficción experimental para amantes*. Michael cambió algunos detalles —un nombre aquí, un verbo allá— para que sonara más masculino y musculoso. Pero, sin la menor duda, es la misma historia.

Sé que es una tontería, pero aun así siento la necesidad de concederle el beneficio de la duda. «No quería mostrarte su escrito, dijo que era muy celoso de su intimidad en esas cosas. Quizá fuiste tan pesada que se vio obligado a enseñarte algo, cualquier cosa, para que dejaras de molestarlo. Quizá, siendo optimista, lo que de verdad esté escribiendo sea mejor». Y entonces recuerdo otro fragmento que dijo haber escrito, unos versos de un poema que me recitó en la cama al día siguiente de casarnos y que sí me habían gustado.

Siempre estaremos solos, siempre estaremos tú y yo solos sobre la tierra para comenzar la vida.

Este es aún más fácil de encontrar: «Siempre», de Pablo Neruda. Un poema muy conocido. Seguro que lo leí en el instituto o en la uni, y el no haberlo reconocido me hace sentir como una tonta.

Durante la cena, entre filetes y patatas asadas, le pregunto cómo va su escritura.

—Ah, genial —dice mientras echa sal vigorosamente a su carne—. Estoy en racha.

—¿Cuándo crees que acabarás el libro?

—Podría llevarme años. A la creatividad no se le puede meter prisas. Salinger tardó diez años en escribir *El guardián entre el centeno*. No digo que yo sea Salinger, pero... a lo mejor sí que lo soy. Quién sabe, ¿no? —Ríe y se lleva un trozo de filete a la boca. Se ha recogido el pelo en una mínima cola de caballo, dejando a la vista que está empezando a quedarse sin él a la altura de las sienes.

Muevo mi carne por el plato y miro cómo la grasa caliente forma pequeñas burbujas.

—Estaba pensando en el poema que me recitaste el día siguiente de casarnos: *Siempre estaremos solos, siempre estaremos tú y yo solos sobre la tierra para comenzar la vida.*

Él sonríe, complacido.

—Buen verso. Quien lo haya escrito debe de ser un genio.

—Neruda, ¿no? Lo escribió Neruda, ¿verdad? No tú.

Algo brilla un segundo en sus ojos, como si repasara notas mentales, intentando encontrar la correcta.

—¿Neruda? No —replica—. Como te dije, lo escribí yo. A mí nunca me ha gustado mucho Neruda.

—Creo que lo leí en la universidad.

Muerde la carne y el jugo le desciende por la barbilla. Se lleva una servilleta al rostro y habla sin sacársela.

—Me parece que no lo recuerdas bien.

—No pasa nada porque no hayas escrito tú el poema. Solo necesito que me digas la verdad.

Deja la servilleta y me mira con sus ojos pálidos y penetrantes. ¿Cómo puedo haber pensado que eran claros y abiertos? Ahora mismo podrían ser un muro que oculta lo que sucede en su mente.

—Cariño, ¿qué pasa? —dice con suavidad—. No quería decírtelo, pero... estás empezando a preocuparme un poco con tanta paranoia sin sentido. Primero Nina, después lo del coche, ahora esto. ¿Es posible que necesites ayuda? ¿Quieres que llame a un psiquiatra?

—¿A un psiquiatra?

—Bueno... —Suena como un vaquero intentando tranquilizar a un caballo—. Tienes un historial familiar... la esquizofrenia de tu hermano, y tu madre también estaba enferma, ¿verdad? No sé, piénsatelo. Igual vale la pena.

Me lo quedo mirando y no sé si reírme o llorar. ¿Cómo saberlo? ¿Y si sí que estoy paranoide, que es uno de los síntomas de la enfermedad mental de media familia? Si me estoy volviendo loca, ¿cómo saberlo?

—No —respondo—. Estoy bien.

Me encierro en el lavabo de mi habitación y llamo a la comisaría de Tahoe City. En la centralita me ponen con un detective de voz cansada, que me pregunta qué me pasa.

—Creo que mi marido puede ser un fraude —digo. Él se ríe.

—Conozco a muchas mujeres que dicen eso de sus esposos. ¿Puede ser más específica?

—Creo que no es quien dice que es. Me dice que es escritor, pero plagia. Y me dio un anillo que dijo que es heredado, pero en realidad es falso. —Creo oír pasos en la escalera y bajo la voz hasta susurrar—. Miente. En todo. Creo.

—¿Tiene usted algún documento de identificación de él?

No he visto su permiso de conducir, pero debía de tenerlo cuando nos casamos, ¿no? Y en nuestro certificado de boda, el que nos dieron en Reno dice, claro, Michael O'Brien. Pienso en aquella noche, por entre los recuerdos que quedaron después de que el tequila se evaporara, y sí, lo veo entregando un carné de conducir junto con el mío.

—Sí —digo—. Un carné de conducir. Pero podría ser falso, ¿no?

Sé cómo debo de estar sonando. Cuando el detective vuelve a hablar, más alto y enfático, como si lo hiciera con alguien a quien tuviese a su lado, se me viene abajo el alma.

—Mire, ¿ha pensado en el divorcio?

—¿Es que no pueden investigarlo y decirme si me equivoco o no? ¿La policía no está para eso?

Carraspea.

—Lo siento, pero no suena a que haya violado ninguna ley. Si se pone difícil, échelo de casa. —Lo oigo escribir sobre papel—. Deme su nombre y dejaré constancia de esta llamada, por si todo se complica y necesita una orden de alejamiento.

Casi contesto «Vanessa Liebling», pero me imagino el silencio incómodo al otro lado de la línea. O, peor, una risita contenida. «Otro Liebling que muerde el polvo; vaya desastre de familia». Cuelgo.

Llamo a Benny al Instituto Orson. Suena un poco mejor que cuando lo vi hace un par de semanas, como si hubiera conseguido salir a la superficie del mar de pastillas que lo atontan. O puede que otra vez no esté tomándoselas.

—¿Qué tal la vida de casada? —me pregunta—. No, la

verdad es que no quiero saberlo. Háblame de algo más divertido.

—Vale. Tengo una pregunta muy seria para ti, y la verdad es que no es muy agradable.

—Dispara.

—¿Cómo supiste que tenías una, hum, enfermedad mental?

—No lo supe —contesta—. Lo supisteis vosotros. Tuvieron que llevarme a un manicomio, y aun así yo estaba convencido de que los locos eran ellos.

—O sea, que yo también podría ser esquizofrénica y no tener ni idea.

Se queda un buen rato en silencio. Cuando vuelve a hablar, suena más claro y enfático de lo que lo he oído desde hace años.

—Tú no estás loca, hermanita. Quizás a veces seas un poco tontorrona, pero no estás loca.

—Pero tengo cambios muy repentinos, Benny. Y cuanto mayor me hago, peores se vuelven. Es como si fuera a toda velocidad en un bólido y apenas pudiese controlarlo, con la mente atascada de pensamientos, durante días o semanas o meses, y de repente me estrellara y apenas soporto mirarme en el espejo.

—Igual que mamá.

—Igual que mamá.

Otra larga pausa.

—Mamá era una maniática depresiva; ya sabes, bipolar. No esquizofrénica. Conozco la esquizofrenia y lo tuyo es todo menos eso. No oyes voces, ¿verdad?

—No.

—Muy bien. Ve a ver a un psiquiatra, que te dé algunas pastillas decentes y te pondrás bien. Pero, por Dios, no te subas a ningún barco, ¿vale? Hazlo por mí.

—Te quiero, Benny. No sé qué haría sin ti.

—Vale, olvídalo; igual sí que estás loca.

La náusea vuelve, se me agarrota la garganta y amenaza con ahogarme. Todo el día.

Cada vez tengo más claro que no conozco para nada a ese hombre, mi marido. Me siento como una rehén en mi propia casa. ¿Sigo andando de puntillas a su alrededor, temerosa de provocarlo y que mi vida acabe volviendo a la incerteza solitaria? ¿O me enfrento a él, me arriesgo a hacerlo enfadar y que todo empeore, teniendo en cuenta que no tengo pruebas de nada?

Cada vez veo más claro que tiene una respuesta para cada cosa, y va a hacerme luz de gas hasta que yo acabe dudando de mi propia salud mental, no de la suya.

Lo único que me apetece es meterme en la cama y quedarme allí para siempre. Pero me parece muy peligroso, como rendirme, y esa voz (la voz de ella) sigue diciéndome «Supéralo». Así que me levanto cada mañana y sonrío y me río con sus historias de Irlanda. Le preparo elaborados platos franceses (que yo no tengo apetito como para comer) y le hago masajes en los hombros cuando se sienta a la mesa de la cocina. Al anochecer voy hasta el muelle con él y nos sentamos en nuestro banco, nos damos la mano y no hablamos. Y cuando me busca en la cama cierro los ojos y me permito rendirme a mis sensaciones físicas e intento suprimir las dudas que me ciegan los sentidos. Si hago como si todo va bien, quizá todo se arregle mágicamente.

Excepto que ya sé que no va a funcionar. El pensamiento mágico no salvó a mi madre ni a mi hermano, ni siquiera a mi padre. ¿Por qué iba a hacerlo conmigo?

Y hay otra cosa más, algo en la periferia de mi consciencia que ha estado pinchándome, algo que no acabo de poder definir. Al día siguiente de hablar con Benny me veo mirando el calendario, y un frío reconocimiento me hiela la sangre. Por qué he tenido tantas náuseas, el misterioso agotamiento y lo inexplicablemente sensibles que tengo los pechos.

Estoy embarazada.

Podría abortar, claro. Sería la opción racional para alguien en mi situación: poner una excusa e irme del pueblo, y en un día estaría hecho. Pero entonces me imagino la dulce mirada de un bebé que me observa con adoración y se me despierta el instinto protector. No voy a ser capaz de hacerlo, lo sé.

No puedo dormir. Me quedo despierta mientras Michael ronca sonoramente a mi lado. Me parece oír como las arañas tejen sus redes arriba de la cama, las ramas de los árboles llamando a las ventanas. Voy a tener un hijo con este hombre; él va a ser el padre de mi hijo, va a quedarse para siempre en mi vida. Cada día sé menos sobre él, como si la persona a la que creía amar fuera desvaneciéndose y pronto vaya a quedar solo la cáscara de un hombre con un agujero en el centro.

Me quedo tumbada, pensando. Debería echarlo de casa, ¿verdad? Es mi hogar, no el suyo. ¿Por qué siento tanto miedo de enfrentarme a él? ¿Por qué me descubro llevándome la mano a la barriga con gesto protector, como si esperase que me pegara?

¿Quién es?

No le hice firmar un acuerdo prematrimonial. Vamos a tener un hijo. Podría quedarse con todo lo que tengo, con Stonehaven.

Estoy muy sola.

Entonces se me ocurre que hay alguien que puede responder mi pregunta.

Me dan ganas de echarme a reír en la oscuridad. No puedo creerme lo que estoy pensando. La desesperación te obliga a hacer cosas insospechadas; lo que antes parecía imposible se convierte en la esperanza que te mantiene con vida.

Puede ser inútil. Igual está de verdad en París o donde sea. Pero en el fondo lo sé. Por algo memoricé la dirección de Los Ángeles, aunque en el momento no lo supiera. La casa, las enredaderas de color escarlata delante. Desde el principio sabía quién vive allí. Sé adónde tengo que ir.

Voy a ir a buscar a Nina Ross.

NINA

33.

SIEMPRE HE DORMIDO MUY BIEN, NO TENÍA POR QUÉ no; pero la cárcel me ha vuelto insomne. La necesidad de vigilancia constante y la consciencia de mi culpabilidad conspiran para mantenerme en un estado de crepúsculo permanente: nunca dormida pero tampoco despierta. Floto en el limbo.

La cacofonía de la cárcel del condado es ensordecedora; es lo que sucede cuando se hacina a miles de mujeres en celdas de cemento pensadas para albergar a solo la mitad. Dormimos en literas en las áreas comunes, a menos de un metro de las mesas donde jugamos a cartas y leemos todo el día. Orinamos en tazas que no dan más de sí y se atascan y se desbordan. Hacemos colas para ducharnos, para comer, para cortarnos el pelo, para llamar por teléfono, para tomar nuestros medicamentos. A todas las horas del día hacen eco en el cemento los gritos y las oraciones y las lágrimas y las risas y los juramentos.

Aquí no hay nada que hacer excepto esperar.

Vago por la zona común en mi uniforme de prisionera color amarillo canario, mirando las agujas del reloj colgado de la pared y enrejado que señalan lentamente los minutos de cada día. Espero el almuerzo, aunque no tengo ningún interés en comer esa gris sustancia gelatinosa que se desliza por mi bandeja. Espero a que llegue el carrito de la biblioteca para poder elegir la novela romántica menos insufrible que ofrezcan. Espero a que se apaguen las luces para poder quedarme tumbada en mi litera en la semioscuridad, oyendo los ronquidos y los susurros de mis compañeras mientras espero a que me venga el sueño. Casi nunca llega.

Pero, más que nada, espero a que venga alguien a ayudarme.

Mi abogada es una defensora pública agobiada con pelo gris sacacorchos y zapatos ortopédicos a quien solo había visto una vez antes de la vista de mi fianza. Se sienta en la mesa enfrente de mí, saca una carpeta de una pila y la examina con bifocales de farmacia de color púrpura.

—Te tienen por robo mayor —me explica—. Tu nombre figuraba en el contrato de alquiler de un almacén lleno de antigüedades robadas. Han conseguido relacionar un par de sillas con un robo denunciado por alguien llamado Alexi Petrov, que después reconoció tu foto.

Pues vaya con mi teoría de que los billonarios son demasiado ricos como para molestarse en presentar denuncias.

—¿Cuándo va a ser el juicio?

—Ah, sí, eso. Bueno, espero que seas paciente —contesta con un suspiro—. Porque puede que tengas que estar aquí un tiempo. Los casos van increíblemente retrasados.

En la instrucción el juez me pone una fianza de ochenta mil dólares. Como si hubiese pedido un millón; no tengo forma de pagar. Miro la sala y no reconozco a nadie: no han venido ni Lachlan ni mi madre. Seguramente ni siquiera saben que estoy aquí; en mi cuenta de la cárcel no tengo fondos para llamadas, así que no he podido ponerme en contacto con ellos. En secreto me alegro de que no me vean así, despeinada, exhausta, culpable y ahogándome en mi uniforme amarillo.

Mi defensora pública me da una palmadita amistosa en la espalda y se va apresuradamente a ver a su siguiente cliente, una adolescente embarazada que disparó y mató a su violador.

Vuelvo a mi celda y me resigno a seguir esperando.

Los días pasan a ritmo gélido y sigue sin venir nadie a por mí. Me pregunto dónde estará Lachlan. Es la única persona que conozco que puede tener el dinero como para sacarme de aquí. A estas alturas mi madre ya lo habrá encontrado, le habrá contado lo sucedido y lo habrá mandado a buscarme. Pero después de que pase una semana y después dos y sigue sin aparecer, me doy cuenta de que no va a venir nunca. ¿Para qué ir a una comisaría y arriesgarse a que lo identifiquen? Es muy posible que crea que voy a implicarlo para salvarme.

O algo peor. Pienso en su furia silenciosa cuando me fui del lago Tahoe, su comentario de que lo había fastidiado todo para los dos. Y me pregunto cómo supo la policía que yo estaba en Los Ángeles. Parece mucha coincidencia que se presentaran en mi casa menos de una hora después de que yo llegara a la ciudad. Alguien tuvo que avisarlos.

Solo dos personas sabían que yo estaba en casa: mi madre y Lachlan (tres si Lisa vio mi coche en la puerta). Está claro quién es más probable que haya hecho la llamada.

Por supuesto que fue Lachlan. Nuestro tiempo juntos acabó en cuanto dejé de resultarle útil. A la que supo que la caja fuerte estaba vacía, mi destino quedó sellado. «Nunca te ha tenido la menor lealtad —pienso mientras camino por el polvoriento patio de la cárcel, alambre de espinos contra la pálida luz de diciembre—. Ya lo sabías. Estaba cantado que iba a acabar abandonándote. Tienes suerte de que no lo haya hecho antes».

Entonces ¿quién más puede venir a buscarme? ¿Mi madre? ¿Lisa? ¿El casero de mi desastrada tienda de antigüedades de Echo Park, que a estas alturas ya habrá tirado todas mis cosas a la calle? Me siento apartada, desconectada del todo del mundo exterior. Aquí acostada sobre mi manta de plástico llena de bultos, intentando hacerme invisible a cualquiera que busque pelea, veo por primera vez lo aislada que me he vuelto, lo pequeña que es la circunferencia de mi vida.

Por fin, después de tres semanas en la cárcel, me llaman a la sala de visitas. Está a reventar de sillas plegables y astilladas mesas cubiertas de linóleo. En una pared hay un horrible mural pintado con una escena de playa sobre un arcón lleno de juguetes rotos. El lugar está lleno de vida, niños y abuelos y novios, algunos con poco más que camisetas que dejan al aire los tatuajes de los brazos, otros con sus mejores galas de domingo. Me cuesta un momento ver a mi visitante. Es mamá. Está sentada sola en una mesa al fondo, con un vestido color verde brillante que se abre por el cuello y las caderas y un pañuelo que le cubre la cabeza. Tiene los ojos enrojecidos y la mirada fija en la pared, como si estuviera intentando mantenerse centrada entre tanta locura.

Cuando me ve suelta un gritito y se levanta de golpe, agitando en el aire sus manos pálidas, como pajarillos que se hubiesen caído del nido.

—¡Oh, mi niña, mi niñita!

El guarda nos observa con mirada fría. No se nos permite abrazarnos. Me siento frente a mi madre y extiendo los brazos sobre la mesa para cogerle las manos.

—¿Por qué has tardado tanto en venir a visitarme?

Parpadea varias veces, muy rápido.

—¡No sabía dónde estabas! No sabía cómo encontrarte, y cada vez que llamaba al número de información de presidiarios me salía un menú automático en vez de una persona. Hay una base de datos *online*, pero tú no apareciste en ella hasta la semana pasada, y después tuve que registrarme y... Lo siento mucho.

—No pasa nada, mamá. —Noto sus manos pequeñas y huesudas; me da miedo apretar demasiado fuerte. Miro su cabeza tapada y me pregunto si la radiación habrá hecho que se le caiga el pelo. Su rostro está chupado y como menguado, haciendo más prominentes sus ojos azules.

—¿Cómo te sientes? ¿Ya has empezado la radioterapia?

Abre una palma ante su cara: «Para».

—No hablemos de eso, cariño, por favor. Lo tengo todo controlado. El doctor Hawthorne es muy optimista.

—¿Y cómo vas a pagar el tratamiento?

—En serio, Nina, ya tienes bastante de lo que preocuparte sin pensar en eso. Así fue como acabaste aquí, ¿no? —Lleva la palma a mi barbilla y aprieta fuerte—. Estás horrible.

—Mamá...

Sus ojos líquidos amenazan con desbordarse. Toma aire por la nariz y se saca un pañuelito arrugado de la manga.

—No soporto verte así. Es culpa mía. Si no me hubiese puesto enferma, si hubiese tenido un mejor seguro... No tendría que haber permitido que volvieras a Los Ángeles a cuidarme.

—No es culpa tuya.

—Sí que lo es. Tendrías que haberme dejado morir hace tres años.

—Mamá, para. —Me inclino hacia delante—. ¿Has sabido de Lachlan?

Ella niega con la cabeza.

—Intenté llamarlo, pero su número está desconectado. Por Dios, qué gran equivocación fue presentaros. Esto fue todo idea suya, ¿verdad? Y ahora ha desaparecido y te ha dejado que cargues con las culpas.

Parece que espera a que me ponga a despotricar de Lachlan ante ella, pero no estoy de humor como para empezar a repartir culpas. Sé por qué estoy aquí. Es un pequeño milagro que no me hayan atrapado haciendo algo peor. Pienso en Vanessa. ¿Y si me hubiesen pillado cogiendo un millón de dólares de su caja fuerte? Haberla encontrado vacía fue un extraño alivio.

—Ojalá tuviera el dinero de la fianza —dice mamá entre hipidos—. Mira, aún quedan unos dieciocho mil en la cuenta. Ya sé que no es suficiente, pero si hago unas llamadas... Podría ir a Las Vegas este fin de semana y probar en las mesas, o...

Agranda los ojos y mira a lo lejos. Intento imaginármela en el bar de un casino, haciendo lo suyo en su estado, cayéndose en el lavabo de mármol de un hotel, siendo dada por muerta.

—Por Dios, no hagas eso. Aquí puedo arreglármelas. No se está tan mal —miento—. Usa el dinero que te queda para las facturas del médico, es más importante. Cuando salga encontraré un trabajo de verdad, te lo prometo. Tiene que haber algún interiorista que me contrate. O trabajaré en un Starbucks. Lo que sea. Algo haremos.

Se lleva la punta de un dedo al borde del ojo. Apenas la oigo susurrar.

—No me merezco una hija tan buena.

—Mamá —le digo con calma—, cuando acabes el tratamiento y estés sana de nuevo puedes buscarte un trabajo de verdad. Hazlo por mí. Uno donde estés sentada a una mesa y te paguen un sueldo fijo, que tenga seguro médico. —Me mira inexpresivamente—. Habla con Lisa, seguro que te ayuda.

Por encima nuestro suena un timbre que marca el final de las horas de visita; antes de que acabe, los guardas ya nos gritan que nos pongamos en pie y formemos una fila contra la pared. Mi madre me mira con pánico.

—Volveré pronto —me dice mientras me alejo de la mesa. Me tira unos besos y deja manchas rosas en sus palmas.

—No —contesto—. Me duele mucho verte. Concéntrate en ponerte bien. Es lo mejor que puedes hacer por mí. No te mueras mientras estoy aquí, ¿vale?

Me doy la vuelta para no verla llorar mientras voy hacia la fila. Huelo sudor y laca y jabón en las otras mujeres; imagino que ese también debe de ser mi aroma. Cierro los ojos y sigo las emanaciones de vuelta a la sala donde vamos a sentarnos y pensar en qué será lo próximo y rogar que no nos olviden.

Y vuelvo a esperar. Pero ya no sé qué es lo que espero.

Una cosa que sí tenemos en la cárcel es tiempo para pensar, así que he estado meditando sobre la culpa. Me he pasado la vida buscando, intentando encontrar a los arquitectos que construyeron los muros de este mundo en el que me encuentro. Antes culpaba a los Liebling. Era fácil odiarlos por todo lo que tenían y yo no, y por la forma en que me expulsaron de su propio mundo. Como si el que me hubieran cerrado la puerta en las narices hubiese sido la razón de que todo lo demás se descarrilara. Pero cada vez me resulta más difícil creer eso.

Podría culpar a mi madre por arrastrarme a todas sus decisiones erróneas, por no haber conseguido darme el mínimo empujón en la dirección correcta que deseaba. Y también podría echarle la culpa por no cuidar de sí misma y forzarme a hacerlo yo.

Podría culpar a Lachlan por seducirme, hacer que me sumara a sus planes y dejarme tirada cuando ya no le convino tenerme a su lado.

Podría culpar a la sociedad, al gobierno, al capitalismo descontrolado. Podría tirar de los hilos de la desigualdad social y deshacerlos hasta el principio y echarle la culpa a lo que fuese que encontrara allí.

Seguro que todo eso son fragmentos de la razón por la que estoy donde estoy. Pero cada vez que busco en quién cargar las culpas veo a la misma persona: yo misma. Yo soy el denominador común. Ahora me doy cuenta de que en la vida no hay un único camino predeterminado, nadie toma las decisiones por una. En vez de buscar la causa en el mundo, es el momento de mirar hacia dentro.

Sobre todo aquí, en la cárcel, donde estoy rodeada de los verdaderamente destituidos, mujeres nacidas en circunstancias que las han llevado inevitablemente a las drogas, la prostitución, el abuso y la desesperación. Mujeres que no han tenido ni una sola oportunidad. Por primera vez soy consciente de la suerte que he tenido. Tengo un título universitario, estoy sana. Habré crecido sin estabilidad o buenos modelos de conducta, pero al menos siempre he sabido que tenía comida y un lugar donde dormir. Siempre he contado con el amor de una madre. Eso es más de lo que pueden decir muchas de las mujeres que me rodean.

Así que de repente me doy cuenta de que repartir culpas no es fácil. Lo que más siento es vergüenza. Vergüenza de no haber hecho más con lo que sí tenía; vergüenza de hacer como si el camino que escogí fuera mi única opción.

Y es que no lo era. Lo escogí yo. Lo hice mío. Y si me ha llevado hasta aquí, es culpa mía.

Si alguna vez salgo de aquí, juro que encontraré un mejor camino.

Pasa un mes hasta que vuelven a llamarme a la sala de visitas. Doy por supuesto que es mi abogada, que trae noticias sobre cuándo se celebrará mi juicio. Pero al entrar me quedo de piedra. La persona que me espera sentada es Vanessa Liebling. Se la ve pálida y cansada, con oscuras ojeras; está a la vez hasta los huesos e hinchada. Los vaqueros le van justos y la camiseta de deporte le cae en el pecho. Pero, definitivamente, es ella: tiene los ojos como platos por el esfuerzo de intentar no mirar lo que la rodea, y las manos en el regazo, intentando hacerse tan invisible como pueda.

Me sorprende el saltito que me da el corazón, la punzada de felicidad que me atraviesa. ¿Tan desesperada estoy por ver un rostro familiar? Me siento frente a ella, que casi parece sobresaltarse al verme.

—Hola, Vanessa. —Sonrío—. Me alegro de verte. En serio.

—Nina —dice ella, muy formal.

Tardo un momento en darme cuenta de que ha usado mi nombre real. Aunque, claro, si está aquí es que sabe quién soy. ¿Cómo lo ha averiguado? ¿Se lo ha dicho Lachlan?

—Así que sabes quién soy. ¿Quién te lo ha dicho?

Ella juguetea con el dobladillo de su camiseta.

—Benny —contesta—. Te reconoció en una foto de mi Instagram.

—Benny es muy listo.

Entonces, ¿cuánto sabrá ella de la verdad? ¿Cuánto más

quiero contarle? Me quedo en silencio, superada por la telaraña de mentiras que he construido y preguntándome si debería desenredarla. Siento que me mira atentamente.

—Estás delgada —me dice.

—Aquí la comida deja mucho que desear.

Me observa de arriba abajo, fijándose en mi pelo sin lavar y el uniforme de la cárcel.

—Y el amarillo no es tu color.

Me río; no puedo evitarlo.

—¿Cómo me has encontrado?

—Es una larga historia. Fui a tu casa, pero no había nadie. Hablé con tu vecina y me dijo dónde estabas. —Se mira las manos—. También me contó lo de tu madre, que ha estado muy enferma. Lo siento.

Me recuesto en mi silla.

—¿De verdad que lo sientes?

Ella se encoge de hombros.

—La verdad es que ya no sé qué siento sobre nada. La mujer que mató a mi madre tiene cáncer. ¿Debería estar satisfecha, pensar que es una especie de venganza cósmica? Lo cierto es que no me da ningún placer.

Mi sentimiento positivo desaparece tan rápido como llegó. ¿Así empezamos? Pues claro. Es nuestra primera ocasión de sacar al aire muchos años de resentimiento. Ahora hablo con voz fría.

—Creo recordar que tu madre se suicidó.

—Pero la tuya le dio un buen empujoncito. No lo habría hecho si tu madre no hubiera chantajeado a mi padre. Eso la destrozó.

No esperaba eso. Suena lógico que, si mamá envió la carta a Stonehaven, Judith Liebling la viera. Pero no estoy dispuesta a cargar también con eso.

—¿Estás segura? ¿Tu madre estaba perfectamente hasta que apareció la mía? —Ante la pregunta ella parpadea y no dice nada—. Si quieres culpar a alguien, culpa a tu padre. Fue él quien tuvo la aventura.

—Porque ella lo planeó así. Papá fue víctima suya.

—Tu padre era una mala persona. Me trató fatal y rompió mi relación con tu hermano.

—Estaba protegiendo a Benny. Y tú... piensa en esto: ¿cómo habrías llevado el mantener una relación con un esquizofrénico?

—Aún no lo era.

Nos miramos la una a la otra desde lados opuestos de la mesa, al borde de nuestras sillas, las dos a punto de levantarnos e irnos. Es un alivio poder sacar por fin estos temas, pero a la vez las palabras me hacen sentirme pequeña y sucia. ¿Por qué estamos librando las batallas de nuestros padres? ¿De qué va a servirnos, si ahora están todos muertos o casi?

—Vale. —Le lanzo puñales con la vista—. ¿Para qué has venido? ¿Para burlarte de mi situación?

Ella pasa los ojos por toda la sala. Dos mesas a un lado, una prostituta a la que le falta un diente delantero intenta no llorar mientras su hija, con coletas y una camiseta de Moana, solloza en el regazo de su abuela. Vanessa las mira con curiosidad antropológica.

—Creí que me iba a sentir bien si te veía así; que por fin tenías tu merecido. Pero no. —Vuelve a mirarme—. Tu vecina Lisa dice que te detuvieron por un robo.

—Antigüedades —contesto—. Se las robé a un billonario ruso.

Ella frunce el ceño.

—¿Eso es lo que ibas a hacerme a mí? ¿Robarme las antigüedades?

Me encojo de hombros.

—Dime a qué has venido y yo te cuento lo que íbamos a hacer.

—Íbamos. —La cara se le pone del color de la leche desnatada—. Tú y Michael. ¿Estabais juntos en eso?

Dudo, pero solo un segundo. ¿Lo delato? Claro que él ya me ha delatado a mí.

—En realidad no se llama Michael. ¿Responde eso a tu pregunta?

Ella asiente. Retira lentamente las manos del regazo y las apoya en la mesa. Es entonces cuando veo el anillo de compromiso en su mano izquierda.

—Oh, no —digo, imaginándome lo sucedido.

—Oh, sí —replica ella, tiesa como un palo—. Y otra anécdota divertida: estoy embarazada.

El sobresalto me hace callar. Las dos miramos su mano sobre la mesa: la pálida piel de sus dedos, el anillo falso de mi madre, hortera y fuera de lugar entre tanto linóleo. «¿Qué es lo que he hecho?».

—¿Cómo se llama de verdad? —pregunta ella por fin—. Si cuando nos casamos usó un nombre falso el matrimonio no vale, ¿verdad? Es ilegítimo.

Pienso en ello un buen rato. ¿Sé yo el verdadero nombre de él? Con tantas mentiras como le he visto decir, y nunca me pregunté si también me estaría mintiendo a mí.

—Paga mi fianza —le digo— y te ayudaré a averiguarlo.

La casa de Lachlan es una caja vacía de color beis, de estuco genérico, en un gran complejo de West Hollywood; la clase de adosados en los que las paredes son gruesas y nadie habla con sus vecinos. Apenas he estado unas pocas veces; normalmente era él quien venía a verme a mí. Pensé que lo hacía por respeto a mi necesidad de estar cerca de mi madre. Ahora dudo de si lo hacía por su propia conveniencia.

Llevo la misma ropa con la que me detuvieron, la misma que cuando salí de Stonehaven aquella mañana de noviembre. La camisa aún huele al desodorante que me puse aquel día, los pantalones siguen teniendo la mancha del café que me vertí en el coche. Ahora todo me va muy grande; es como si le perteneciese a una desconocida. Después de casi dos meses en la cárcel del condado el sol es cegador, el aire tan dulce que casi duele respirar.

Le digo a Vanessa que aparque su cuatro por cuatro antes de llegar a la casa, por si acaso, y andamos el resto del camino. Cruzamos por entre los diferentes edificios; ella va medio paso por detrás, mirando a un lado y a otro como si esperara que de repente fuera a aparecer Lachlan saltando de una adelfa. Las palmeras se mecen suavemente al viento, con hojas caídas a sus pies como plumas arrancadas.

—¿Dónde cree Lachlan que estás? —pregunto.

—Le dije que iba a visitar a mi hermano.

—Benny. ¿Qué tal está?

Ella no aparta la vista de la acera. Evita cuidadosamente las manchas ennegrecidas de chicles largo tiempo abandonados que motean el asfalto.

—A veces mejor, a veces peor. Estaba bastante bien, pero ha vuelto a tener problemas. —Duda un segundo—. Desde que supo que habías vuelto. Se puso muy insistente con verte de nuevo. Intentó escaparse de la institución para ir a verte. En Portland.

Oigo un deje burlón en el énfasis que le da a la última palabra, pero elijo ignorarlo. Se me parte el corazón al pensar en él, intentando inútilmente encontrarme. Pobre Benny.

—Podría ir a visitarlo cuando acabe todo esto.

Me mira de reojo, llena de desconfianza.

—¿Irías?

—Claro.

De hecho, tengo ganas de hacerlo. Me gusta la idea de ser deseada. En todo caso, es algo que colgar en mi futuro y hacia lo que avanzar; algo que indica que ese futuro existe. ¿Y cuándo fue la última vez que alguien quiso verme? Aunque se trate de un ex de la infancia con problemas mentales.

Guío a Vanessa hasta la parte trasera de uno de los edificios, donde estos dan a un estrecho camino de gravilla y una alta valla de madera. Por encima de esta veo las colinas de Hollywood y las casas de ocho cifras que yacen en su distante aislamiento entre las palmeras. La casa de Alexi está por ahí, la enfermera de Richard Prince aún en su pared, ensangrentada y vigilante. Parece que todo eso haya sido en otra vida.

Cada edificio de este complejo tiene una pequeña cubierta. En la mayoría hay una moto, o una silla de plástico, o unas pocas plantas amarronadas. Vanessa me sigue hasta uno de los más lejanos. Las ventanas están vacías y oscuras. Salto por encima de la valla mientras ella me contempla.

—Venga —le digo.

—¿No nos vamos a meter en líos?

Miro la pared llena de ventanas bien cerradas. A la gente le preocupa tanto que los desconocidos puedan verla desde fuera que se olvidan de la vista desde dentro.

—No nos ve nadie.

Vanessa trepa la valla y se queda a mi lado, jadeando por el esfuerzo.

—¿Tienes la llave? —susurra.

—No la necesito —contesto. Levanto el pomo de la puerta corredera y aprieto el hombro contra el cristal, agitándola en el marco hasta que se abre en silencio. Vanessa se lleva una mano ante la boca.

—¿Cómo sabes hacer eso?

Me encojo de hombros.

—Es lo único que se molestó en enseñarme mi padre antes de que mi madre lo echase. Siempre estaba borracho y no sabía dónde tenía las llaves.

Ella frunce el ceño.

—¿Qué hay de tu padre? Entiendo que no era dentista.

—No. Era un borracho, jugador, maltratador. No lo he visto desde que yo tenía siete años. Debe de estar muerto o en la cárcel. Al menos eso espero.

Parece que no puede dejar de mirarme, como si no me hubiese visto nunca antes.

—Eres muy diferente cuando eres sincera. Creo que me gustas más así.

—Es curioso, yo sigo prefiriendo a Ashley. No es tan cínica, y sí mucho más amable.

—Ashley era un engaño. Debería de haberlo visto desde el principio. —Vanessa respira hondo—. En la vida real nadie está tan seguro de sí mismo. En las redes sociales sí, desde luego, pero no en persona. Ashley siempre fue demasiado buena como para ser real.

Entramos en la fresca oscuridad de la sala de estar de Lachlan y cerramos las cortinas.

La casa es típica de soltero, desnuda y severa. Sofá de cuero y sillas, una tele gigante, un carrito lleno de alcoholes caros y pósteres *vintage* de cine en las paredes. Podría pertenecer a cualquiera; no hay fotos enmarcadas, adornos o libros que muestren gustos o educación. Es como si Lachlan hubiese decidido conscientemente borrarse de todas las superficies y hacerse invisible.

Nos quedamos en la semioscuridad, esperando a que nuestra visión se adapte. Oigo una bocina en la lejanía y mínimas vibraciones de *hip hop* que entran por una ventana abierta. Doy una vuelta lentamente, observando el familiar entorno.

—¿Qué buscas? —pregunta Vanessa.

—Chissst —susurro. Cierro los ojos y escucho la sala, esperando a que me hable, pero la moqueta que lo cubre todo absorbe los sonidos, y lo que queda es solo vacío. Me imagino a Lachlan moviéndose por las habitaciones, sus pisadas silenciosas por la alfombra. En algún lugar entre estas paredes tiene que haber dejado alguna huella de quién es en realidad, algo bajo el cuidadoso espejismo que tan bien ha sabido construirse.

Hay un mueble de cajones contra una pared. Abro y rebusco entre viejos aparatos electrónicos, varios libros sobre psicología, una caja de Hugo Boss llena hasta arriba de teléfonos móviles. Cojo unos pocos al azar e intento encenderlos. La mayoría están muertos, pero a uno le queda batería; revive y empiezo a mirar los menús. No hay fotos y los mensajes han sido borrados, pero en el historial de llamadas encuentro un montón a un mismo número de Colorado.

Llamo y oigo los tonos. Por fin contesta una mujer, sin aliento y furiosa.

—Brian —ladra—, vaya morro que tienes llamando aquí...

—Perdón, ¿quién es?

—La exnovia de Brian. ¿Y tú?

—Yo también —contesto—. ¿A ti qué te hizo?

La mujer empieza a gritar tan alto que tengo que apartar el aparato del oído.

—Me dejó facturas por cuarenta y tres mil dólares en la tarjeta de crédito, pidió un préstamo a mi nombre sin mi permiso y se largó de la ciudad, eso es lo que me hizo. Dile que Kathy le va a cortar la puta cabeza si vuelve a Denver… No, espera; dime dónde estás y llamaré a la policía.

Cuelgo.

Vanessa me mira fijamente, sorprendida y asustada.

—¿Quién era?

—Una de sus víctimas —contesto. Miro la pila de móviles, asqueada. Así que eso es lo que hacía Lachlan cuando no estaba conmigo, cuando desaparecía durante semanas enteras. ¿Cuántas mujeres habrá ahí? ¿Dos docenas, tres?

Vanessa también mira la caja. El pelo que le cae le cubre el rostro, pero noto que está a punto de echarse a llorar.

—¿Tú sabías que hacía eso?

—No. —Vuelvo a cerrar la caja y la aparto—. Bueno, sigamos mirando. Tú encárgate de la cocina y yo del dormitorio.

La habitación está a oscuras, con las persianas bajadas y mucho polvo en el aire. En los cajones de la cómoda hay camisas y pantalones bien ordenados; el armario está lleno de trajes de marca y zapatos de cuero relucientes. Revuelvo cajones y estantes, rebusco dentro de los zapatos, pero lo único de interés que encuentro es una caja de madera con una colección de una docena de relojes caros que nunca le ayudé a robar y nunca le había visto. Empiezo a darme cuenta de lo ocupado que ha estado sin mi ayuda. Casi es para preguntarse por qué se tomó la molestia conmigo.

Oigo como Vanessa revuelve en los cajones de la cocina y, por fin, un golpe como de madera. Después aparece ella con una caja de cereales McCann's en la mano.

—Mira —dice. La caja está llena de billetes de cien dólares en fajos ligados con gomas elásticas—. Estaba escondida detrás de un mueble.

Me la quedo mirando.

—¿Cómo se te ha ocurrido mirar ahí?

—Veo muchas series tipo *Mentes criminales* —responde—. Aquí tiene que haber decenas de miles de dólares. Y hay otras seis cajas iguales.

Al ver los billetes en sus manos siento un subidón de adrenalina: dinero para el tratamiento de mi madre. Meto la mano en la caja y saco uno de los fajos, manchado por el polvillo de los cereales; me lo guardo en el bolsillo sin pensar, pero entonces me detengo. No puedo seguir haciendo estas cosas. Le devuelvo el dinero a Vanessa.

—Quédatelo tú —le digo—. Ya no quiero coger las cosas de otros.

Vanessa deja caer la caja sobre la cama, como si fuera radiactiva.

—¿Quieres que yo le robe el dinero a Michael?

—Joder, ¿de verdad crees que le pertenece? A saber de dónde lo ha sacado. Cógelo y ya está. Por la fianza que has pagado y para lo que seguro que ya te ha quitado. ¿Le compraste algo?

—Un coche.

—¿Lo pusiste de titular en tu tarjeta de crédito? —Ella asiente—. Oh-oh. Entonces también habrá encontrado la forma de sacar dinero de tu cuenta.

Parece que vaya a echarse a llorar.

—No puedo creerme que haya picado en su engaño. Los dos me tomasteis el pelo como a una idiota.

—No. Viste exactamente lo que quisimos que vieras. Montamos un buen espectáculo, creado a medida para ti. Tú

te lo creíste, pero eso te convierte en optimista, no en idiota.
—Vuelvo a coger la caja y se la doy—. Ten. Te la has ganado.

—Pues yo no la quiero.

—Vale. Pues dónala a caridad. Pero, por Dios, no se la dejes a él.

Mira en el interior. La agita, mete dos dedos dentro y saca algo más; un pequeño sobre amarillo. Me mira, lo abre y extrae un trozo de papel. Lo despliega; resulta ser una partida de nacimiento, frágil por el tiempo. El nombre casi está borrado por los dobleces, y por unos pocos segundos no caigo en la curiosa verdad: Michael O'Brien, nacido en Tacoma, Washington, octubre de 1980, padres Elizabeth y Myron O'Brien. En el sobre también hay una tarjeta amarillenta de la Seguridad Social y un pasaporte americano caducado, todo perteneciente a Michael O'Brien.

Usó su verdadero nombre.

Vanessa palidece.

—Dios mío.

Me quedo mirando el certificado un largo rato, recordando el momento en la habitación del hotel de Santa Bárbara en que Lachlan se giró en la cama y sugirió su nuevo seudónimo, Michael O'Brien. No es de extrañar que se hiciera a él tan rápido, mucho antes que yo con el de Ashley. ¿Ya veía a Vanessa como la gran presa que hacía tantos años que buscaba? Me pregunto qué tiene pensado para ella. ¿Un breve matrimonio, un divorcio rápido, o algo mucho peor?

—Ni siquiera es de Irlanda —murmuro.

Vanessa se acerca a examinar el certificado. Lo coge por los bordes, como si le diese miedo dejar en él sus huellas dactilares.

—Me está esperando en Stonehaven. Si pido el divorcio, se va a quedar con la mitad de todo lo que tengo. —Baja la voz—. Voy a tener el niño. Pensé en no hacerlo, pero lo quiero. Lo que no quiero es a Michael en nuestras vidas. Tiene que irse antes de que descubra que estoy embarazada, o no me lo voy a sacar nunca de encima.

—Lo que tienes que hacer es echarlo.

Me mira desde detrás de un mechón de pelo enredado.

—No se va a ir tan fácilmente, ¿verdad?

La culpabilidad clava sus afilados dientes en mi consciencia: fui yo quien llevó a Michael hasta la puerta de Vanessa, y acabé dejándola sola con él.

—Seguramente no.

Parece perder ligeramente el equilibrio.

—No voy a permitir que me eche de mi casa.

—¿Vas a volver a Stonehaven?

Se encoge de hombros.

—¿Qué más puedo hacer? Es mi casa.

—Al menos no vayas sola. Igual puedes llevarte a Benny, enfrentaros a él los dos juntos…

—No sabes cómo está ahora. No puedo fiarme de eso.

—Por Dios, piénsatelo un momento. Quédate una o dos noches en un hotel. Piensa un plan mejor que «Te pido que te vayas».

Sé lo que tendría que decirle que haga: llamar a la policía. Pero entonces sería solo cuestión de tiempo que encontraran el perfil de JetSet que montamos con Michael y se dieran cuenta de que también yo era parte del plan. Ya tengo bastantes problemas, así que no abro la boca.

Vanessa coge la caja de cereales llena de dinero y la aparta de su cuerpo, como si fuese a estallar accidentalmente y llevársele algún miembro. Se da la vuelta y regresa a la cocina.

En cuanto sale con el dinero lamento habérselo dado. ¿En qué estaba pensando? Probablemente acabo de firmar la sentencia de muerte de mi madre. También voy a tener que pagar a un abogado decente si no quiero pasarme el resto de la vida pudriéndome en la cárcel. ¿Qué voy a sacar de tanta repentina rectitud moral? ¿Tanto vale la pena el tener la consciencia limpia?

Ya es demasiado tarde. Pero debe de haber más dinero en otros escondites. Me tiro al suelo y miro debajo de la cama —solo polvo— y después me tumbo sobre la alfombra y pienso. Debe de hacer unos seis meses que estuve aquí por última vez. Acabamos un trabajo (un rapero de segunda al que liberamos de joyas horteras con diamantes incrustados por valor de unos pocos cientos de miles de dólares) y Lachlan me llevó a cenar a Beverly Hills; y después, demasiado borracho como para conducir de vuelta a Echo Park, a su casa. Recuerdo despertarme resacosa en su cama y oírlo en el lavabo, el suave clic del cierre de una puerta. Cuando Lachlan volvió al dormitorio y vio que estaba despierta, sonrió y se dejó caer a mi lado... pero antes vi por un segundo su cambio de expresión, como si se pasara una goma de borrar mental por el rostro.

Así pues, el lavabo.

Abro la puerta y enciendo las luces del tocador. Su brillo me hace parpadear. Veo a una mujer que me devuelve la mirada, su cara amarillenta, el pelo desarreglado. Apenas me reconozco a mí misma. En algún momento de mi estancia en la cárcel, la pulida y arreglada Nina Ross se hizo cada vez más pequeña hasta desaparecer. No estoy segura de quién es la persona que ha quedado en el interior de mi pellejo. Pienso en las palabras de Vanessa —«Me gustas más así»— y me pregunto cómo puede ser posible.

En el armarito no hay más que pasta de dientes y paracetamol, una única botellita de dextroanfetamina y un kit de afeitado carísimo. Bajo la pila, varios rollos de papel higiénico y clínex y una gran botella de desatascador. Lo saco todo y lo extiendo en el suelo, por si hay algo detrás. Nada: solo unos pocos pececillos de plata muertos sobre un cuadrado de papel de revestimiento con margaritas descoloridas. Pero me fijo en que el borde de este está un poco doblado hacia arriba, como si hubieran tirado de él demasiadas veces. Doy unos golpecitos a la base del mueble; suena hueco. Paso una uña por debajo de la punta y lo levanto.

Debajo hay una caja de camisa. Retiro la tapa y examino el contenido. El corazón me late a toda velocidad.

Eureka.

Vanessa me lleva de vuelta a Echo Park. La noche ha caído sobre Los Ángeles; nos sumamos a la hora punta y el río de luces de posición que se dirigen al este. Su cuatro por cuatro huele a cuero y ambientador cítrico; los asientos son tan acolchados que, después de mis ocho semanas de plástico y metal, siento como si fuese a hundirme. El silencio en el coche es como una sopa espesa. No me decido a preguntarle a Vanessa en qué piensa; no me puedo permitir involucrarme.

Frena ante la casa. Sus ojos miran nerviosos hacia la puerta, como preguntándose si va a aparecer mi madre y encararse. Pero las luces están apagadas y las ventanas observan la calle con sus ojos negros.

Me quedo un momento quieta antes de abrir la puerta.

—¿Vas a volver ahora a Stonehaven?

—Tengo una habitación en el Chateau Marmont —responde—. Es muy tarde como para regresar hoy. Saldré por la mañana.

Parpadeo. Podría ir con ella. Podría ir a Stonehaven y limpiar mi mierda. Pero en vez de eso le pido:

—No vayas.

Es el camino de menor resistencia. Ella se vuelve. Sus dientes artificialmente blancos brillan en la oscuridad. Veo por su expresión impaciente que nuestra tregua ha acabado.

—Deja de decir eso, como si todo fuera a arreglarse con solo ignorarlo. De verdad, ¿quién eres tú para darme consejos? —Su aliento es cálido y rápido—. En serio, ¿quién te has creído que eres?

En el tono condescendiente de su voz no veo pero oigo a su padre. «¿Quién te has creído que eres?». A mi pesar, me resiento de esas palabras.

«No soy nadie —pienso—. Nadie. Pero tú tampoco».

—Vale. Arréglatelas sola. No me importa —contesto mientras intento abrir la puerta a tientas.

—Ya sé que no te importa. Nunca te importó. Lo único que te importa eres tú misma —replica con voz fría, y quizá tiene más improperios para mí, pero no los oigo porque ya estoy saliendo, lejos de Vanessa Liebling y Stonehaven y de vuelta a mi madre, a mi hogar.

Las luces del coche dan justo la iluminación como para encontrar la llave bajo un cactus, hasta que se va y la oscuridad me rodea y entro en casa.

Dentro nada ha cambiado, pero noto el aire viciado, como si el lugar llevara un tiempo desocupado. Paso rápidamente por las habitaciones vacías buscando rastros recientes de mi madre, pero no encuentro platos en el fregadero, restos en la cafetera o ropa para lavar por el suelo. Tengo una intuición y miro en el armario: el bolso de viaje de mi madre no está. Corro de vuelta al porche y miro en el buzón; rebosa de cartas desde hace al menos una semana.

Dios mío: está en el hospital.

Los guardas de la cárcel me devolvieron el móvil al salir,

pero no tiene señal; mi madre no pagó las facturas mientras yo no estaba. Llamo por el fijo al doctor Hawthorne, me sale el contestador y le dejo un mensaje frenético pidiéndole que me llame.

Tres minutos más tarde suena el teléfono y el doctor aparece al otro lado. Oigo platos de fondo; estaba cenando.

—Nina, hace tiempo que no sabía de ti —dice, y estoy segura de oír un deje de acusación en su tono deliberadamente neutral: «¿Cómo has podido abandonarla estando tan enferma?».

—¿Está mi madre bien?

Oigo la queja de un niño pequeño al que él hace callar y pies que avanzan por diferentes habitaciones. Se toma un momento antes de responder.

—¿Tu madre? No me sentiría cómodo si te respondo sin examinarla antes.

—¿Por qué la han ingresado?

Silencio al otro lado de la línea.

—¿Ingresado? —repite él.

—En el hospital. Lo siento, he estado unos meses fuera de la ciudad, no sé lo que pasa. ¿Ha comenzado la radioterapia? ¿Y el, el… —rebusco el nombre en mi cabeza—… Advextrix?

«¿Y cómo puede pagarlo?», me pregunto a la vez.

Un carraspeo y ruido de pasar papeles.

—Tu madre no está en el hospital, Nina, al menos que yo sepa. Y no se le está administrando Advextrix. Lleva más de un año en remisión. Sus últimas pruebas lo mostraban muy claro.

—¿En remisión? —La palabra resuena como desde algún lugar muy lejano, tres sílabas cuyo significado de repente no comprendo.

—Tenemos más pruebas concertadas para marzo, pero

mis previsiones siguen siendo optimistas. Como ya te comenté, los trasplantes de células madre tienen un porcentaje de éxito de más del ochenta por ciento. No puedo garantizar nada, pero diría que ahora mismo tu madre está muy bien. ¿Has hablado con ella últimamente?

El auricular me resbala en la mano. Algo frío se desliza por mi garganta y se aloja, como un cubito de hielo, en mi esófago. «Mamá está sana». De fondo un niño pequeño grita «¡Papá!», y oigo que el doctor Hawthorne tapa el micrófono mientras le dedica unas palabras tranquilizadoras. Cuelgo con manos trémulas.

«Mamá está sana.

»Mamá me ha estado mintiendo».

Me doy la vuelta y miro por la oscura sala, como si de repente ella fuera a salir de un armario. Tengo que apoyar un brazo en la pared. Veo el mueble del rincón donde guarda los informes médicos. Corro hacia él e intento abrir el cajón, que se resiste hasta saltar con un ruido metálico.

Miro carpeta tras carpeta de papeles y facturas, tirándolas al suelo en una tormenta rosa y amarilla y azul. Impresiones finas, casi transparentes, resultados de laboratorio, comprobantes del hospital; todo, evidencia de lo enferma que llegó a estar, cosa que yo ya sabía: estuve allí en las semanas después del trasplante de células madre. Estuve allí durante las largas horas de la radioterapia. Le apartaba los cabellos rubios de la frente y la cogía de la mano mientras el veneno químico goteaba, goteaba, goteaba hasta sus venas. Estaba muy enferma. Se estaba muriendo.

Pero ya no.

No sé qué estoy buscando hasta que lo encuentro en el fondo del cajón. Una carta del doctor Hawthorne fechada el pasado octubre. La palabra REMISIÓN me salta a la vista en mitad de un montón de números y términos médicos incomprensibles. Detrás están los resultados que me mostró el día en que fui a recogerla al hospital. Ahí están, las familiares sombras que asoman en los tejidos de su cuerpo, pegándose a su columna, su cuello, su cerebro. Pero ahora que los miro de cerca veo que las fechas están cuidadosamente borradas y reseguidas con un lápiz hasta que un 7 es reimaginado como un 8.

Usó resultados antiguos para convencerme de que sigue enferma.

Pero ¿por qué?

Sigo examinándolos cuando oigo una llave en la cerradura, y de repente parpadeo al ser bañada por la luz cuando se enciende la lámpara de la entrada. Ahí está mi madre, con pantalones blancos, un top batik y una pamela en una mano. Se ha quedado como una estatua al verme.

—¡Nina! —Deja caer el sombrero y avanza hacia mí con los brazos abiertos—. ¡Mi niña! ¿Cómo has pagado la fianza?

Noto con amargura lo firme de sus pasos, el ligero moreno en su piel, las mejillas de nuevo rosadas. Ahora que no está cubierto por un pañuelo veo lo rubio y brillante que tiene el pelo. Doy un paso atrás.

—¿Dónde estabas?

Se detiene. Se toca el pelo, como si de repente recordase su mal estado. Veo en su rostro cómo empieza a tramar, y creo que voy a ser yo quien se ponga enferma.

—En el desierto —contesta. Vuelve a hablar con voz débil y temblorosa, y su brazo se mueve con mucha menos seguridad—. El médico dijo que me vendría bien. Por el aire seco.

Lo siento como si me clavasen una aguja en el corazón: soy la pardilla de mi madre.

—Mamá, para. —Le muestro las pruebas—. No estás enferma.

Se le acelera la respiración y las comisuras de los labios le tiemblan al ritmo.

—Cariño, eso es ridículo. Sabes que tengo cáncer. —Pero tiene la vista fija en los papeles. Eleva lentamente la mirada, insegura, hasta encontrarse con la mía.

—Hace un año que no tienes cáncer. —Mi voz es un jarrón partido, roto, vacío—. Falsificaste los resultados para hacer como si estuvieses enferma de nuevo. Lo que no entiendo es por qué me mentiste.

Apoya el cuerpo en una punta del sofá, tentando con una mano para agarrarse a algo que la mantenga en pie. Se mira las uñas de los pies, conchas de color rosa pálido contra el blanco de sus sandalias.

—Ibas a volver a Nueva York y dejarme sola otra vez. —Parpadea, y rizos negros de rímel se dibujan alrededor de sus ojos del color del agua de una piscina—. No sé...

—¿No sabes qué?

—No sé cuidar de mí misma. No sé qué tengo que hacer ahora. —Su voz es mínima, como la de una niña pequeña, y de repente me siento agotada por mi madre, por todos sus años de excusas y disculpas.

—Limítate a decirme la verdad —le pido.

Y eso hace.

Estamos sentadas juntas en el porche, entre las sombras, donde no tenemos que mirarnos. Me cuenta la verdad, desde el mismo principio. Cómo conoció a Lachlan hace cuatro años cuando intentó robarle el reloj que llevaba puesto durante una partida de póker en el hotel Bel-Air y él supo enseguida lo que era. La cogió por la muñeca, la miró a los ojos y le dijo: «Puedes hacer cosas mejores, ¿no crees?».

Pero no podía, no sin él. Se acercaba a toda velocidad a los cincuenta y las miradas de los hombres ya no se posaban en ella en los bares, buscaban a otras más jóvenes y más guapas; sabía que empezaba a desprender un aire de desesperación. Pero a Lachlan parecía divertirle el aplomo con el que interpretaba su engaño. La alistó para que lo ayudara en sus propios timos, usándola como cómplice para que lubricara el camino hasta sus objetivos femeninos, tan ansiosos de amor que estaban dispuestos a darle sus tarjetas de crédito y números de cuentas (las llamadas de los móviles de Lachlan, como sé ahora). Después de todo, las mujeres confían en los hombres con amistades femeninas que responden de ellos.

Por primera vez en años mamá tenía para pagar el alquiler y más.

Entonces se puso enferma. Estuvo tanto como pudo sin hacer caso, confiando en que todo pasara por sí solo, pero entonces se cayó y le dieron el fatal diagnóstico: cáncer. ¿Quién iba a cuidarla cuando no pudiera cuidar de sí misma? Desde luego, Lachlan iba a abandonarla en cuanto dejase de resultarle útil. Sabía que yo acudiría cuando me llamó, pero ¿cómo iba a pagar yo las facturas? No era tonta, se imaginaba la clase de salario que gana una segunda asistente de un interiorista. Por mis llamadas sintió mi propia desesperación financiera.

Su solución fue ofrecerme a Lachlan. Su hija lista, guapa, hábil, que hablaba «millonario» fluido y sabía de arte; seguro que a él podía serle útil, que podría seducirme con el trabajo adecuado y entrenarme. A él la idea lo intrigó, lo divirtió, y cuando nos conocimos aquel día en el hospital también lo atraje un poquito. Mamá le dijo qué susurrarme al oído:

«Solo gente que se merezca perder lo que tiene. Solo coger lo necesario. No ser codiciosos».

Y funcionó. Se me daba bien. Lo llevaba en la sangre.

—No lo llevo en la sangre —le digo mientras siento la humedad de la noche en la cara, la mirada fija en los guijarros del camino de la entrada. Me duele mantener los ojos abiertos—. Me hiciste así porque querías que fuera como tú, así te sentirías mejor contigo misma.

Habla en voz tan baja que sus palabras casi desaparecen entre los rugidos del tráfico de la carretera al pie de la colina.

—Quería que te fueras bien lejos a vivir una gran vida, pero no fue así. ¿Qué iba a hacer yo? Tenía deudas. Estaba enferma. Te necesitaba, pero tal como vivías no podías ayudarme.

No se había imaginado que las facturas del hospital serían tan enormes, que estaría tan cerca de la muerte o que me preocuparían tanto los costes cada vez mayores de su enfermedad que acabaría asumiendo tantos riesgos. Tampoco se imaginó que fuera a acostarme con Lachlan…

—… aunque, claro, veía el porqué —dice, mirándome de lado. Me pregunto si eso es cierto o si la seducción de Lachlan la sorprendió mucho y, a fin de cuentas, le vino bien; eso me mantuvo cerca de ella e impidió la llegada de otros desconocidos.

Me asegura que la preocupó ver que me adaptara tan rápido a aquel estilo de vida del que ella había dedicado tanto tiempo a alejarme. Se prometió a sí misma que en cuanto ya no necesitara mi ayuda iba a hacer que lo dejase. Me mandaría a la Costa Este un poco más sabia, más experimentada sobre cómo funciona el mundo y más libre para que pudiese llevar una mejor vida. Pero el pasado octubre, cuando llegaron los resultados y eran negativos y casi todas las facturas estaban pagadas, se dio cuenta de que era incapaz de dejarme ir. Se quedaba tumbada en la cama por la noche mientras sentía cómo el veneno abandonaba por fin su sangre y se preguntaba: «¿Y ahora qué?». Una vez me fuera ella volvería al mismo punto de antes, sin ahorros, sin conocimientos como para conseguir un trabajo y sin estar ya en condiciones como para volver a sus engaños.

Se le ocurrió un plan, un último gran timo con el que asegurarse la vejez y después dejarme ir.

El Tahoe fue idea suya. Llevaba años examinando a los Liebling desde la distancia, igual que yo. Fue calentando su pequeño cocido de venganza, esperando el momento justo para hacerlo hervir. Leyó los titulares cuando murió William Liebling, siguió *online* el regreso de Vanessa a Stonehaven. Llevaba doce años pensando en la caja fuerte llena de dinero, la casa y sus preciosas antigüedades y pinturas, preguntándose cómo entrar. Yo estaba formada y a punto, tenía una década de mi propio resentimiento hacia los Liebling listo para una chispa que lo encendiera, y además estaba mucho más familiarizada que ella con los secretos de Stonehaven.

—¿Sabías lo del dinero de la caja? —Y entonces recuerdo que estuvo en la cafetería conmigo el día en que Benny y su hermana hablaron de ello, haciendo como que no escuchaba mientras no se perdía ni una palabra. Pero...— ¿Cómo supiste que yo tenía la clave?

Ella niega con la cabeza, y las puntas de sus cabellos ondean frente a su mandíbula.

—No lo sabía. Pero tú eres lista. —Me dedica una sonrisa orgullosa—. Seguro que encontrabas la forma de abrirla. Y si no, Lachlan sabía cómo reventarla.

Solo tuvo que plantar la semilla —el cáncer recurrente, las enormes facturas que iban a llegarnos— y que Lachlan me diese un mínimo empujoncito en la dirección adecuada (ahora recuerdo cómo lo propuso de repente en el bar de deportes de Hollywood: «¿Y el lago Tahoe?»). *Voilà*: para allá que nos fuimos.

—Pero la policía me estaba buscando —digo—. Es por eso que nos fuimos. Atraparon a Efram y él me delató.

Mamá se descalza una sandalia y se da un lento masaje en los dedos de los pies.

—Por entonces la policía no sabía nada. Efram volvió a Jerusalén, eso es lo último que sé. Todo fue una historia que nos inventamos Lachlan y yo para convencerte de que te fueras de la ciudad por un tiempo mientras yo me... —duda, y solo medio pronuncia su siguiente palabra—... curaba.

—¡Pero si me detuvieron! —objeto—. Por Dios, mamá. Hay cargos contra mí. Eso no es inventado.

Entonces es cuando mi madre se viene abajo por fin. Lo primero que oigo es algo que se quiebra en su garganta, y cuando la miro veo el brillo de las lágrimas que llenan las arrugas alrededor de sus ojos.

—Ese no era el plan —susurra—. Te juro que no. Lachlan me engañó. Nos engañó a las dos.

Quizá todo hubiese ido bien de estar aún el dinero en la caja cuando la abrí. Quizá nos hubiésemos repartido un millón de dólares y hubiésemos cabalgado hacia el horizonte, todos tan amigos, *bon voyage*. O quizá Lachlan tuviese otro plan desde el principio. El plan de Michael O'Brien. Pero cuando volví a Los Ángeles con las manos vacías y sin él, mi madre supo que iba a suceder algo horrible, y así fue, aunque mucho más rápido de lo que esperaba: la llamada a la puerta, las esposas en mis muñecas, y de repente yo estaba en la cárcel.

La policía no había encontrado mi almacén por sí sola. Habían recibido una llamada anónima, alguien mencionó el nombre Alexi Petrov, y solo tuvieron que sumar dos y dos.

¿Quién podría haber hecho eso salvo Lachlan?

Estoy demasiado furiosa como para decir nada. Recuesto mi silla contra la pared. Siento las astillas que me atraviesan la camiseta y tiran de mi piel, pero no me muevo, quiero sentir toda la fuerza de la traición.

—Tendrías que habértelo imaginado. Tendrías que haberlo visto venir. Tú sabías cómo es él. Es un timador. ¿Cómo pudiste entregarme a él de esa forma? —Intento no llorar—. Te pasaste la vida diciéndome que confiara en ti, que lo único que teníamos en la vida era la una a la otra, y vas y me haces eso.

Mi madre se queda en silencio. Siento su cuerpo temblar a mi lado, como si se hubiese desencadenado algo en su interior.

—Lo mataría si se me pusiese a tiro —dice—. Pero no sé adónde se ha ido. No me ha devuelto las llamadas.

—Sigue en Stonehaven. Ha conseguido que Vanessa Liebling se case con él. Supongo que convertirá su vida en un infierno y después se divorciará y la desplumará.

—Oh. —Y entonces, en un extraño tono—: Pobrecilla.

Un coche dobla por nuestra calle y las dos nos quedamos en silencio mientras sus luces nos bañan. Miro a mi madre y veo la mentira en sus labios. Su sonrisa es un rictus. No lo siente por Vanessa, en absoluto.

Me levanto y me vienen arcadas. Tropiezo con las viejas tablas del porche.

—¿Dónde está mi coche?

Mamá me dirige una mirada en blanco.

—Lo he vendido. Creí que ibas a tardar en salir y…

—¿Y el de Lachlan, en el que volví desde Tahoe?

—También lo vendí. —Aparta el rostro; su voz se vuelve un silbido—. Tenía facturas.

494

—Joder, mamá. —Abro la puerta de casa. Las llaves de su Honda están en la mesilla de la entrada. Las cojo junto con mi bolso.

Cuando me vuelvo, mamá está detrás de mí. Me coge por la muñeca y me cierra el paso. Me sorprende lo fuerte que vuelve a estar. O quizá ha simulado su debilidad desde el principio.

—¿Adónde vas? —me pregunta.

—No lo sé —respondo—. A cualquier lugar que no sea aquí.

—No me dejes. —A la luz de las lámparas de la sala veo su rostro dominado por el pánico, lágrimas de rímel descendiendo por sus mejillas—. ¿Qué voy a hacer?

Miro su mano en mi brazo, las uñas color rosa concha y las marcas del bronceado que susurran secretos. ¿Dónde ha estado esta última semana? ¿Con quién? La respuesta es obvia: una vez vio que yo estaba en la cárcel y que no iba a contar con el dinero de los Liebling para asegurarse el futuro, se dio cuenta de que iba a tener que volver a sus engaños y encontrar un pardillo. ¿Qué plan habría tramado en el desierto? La propia pregunta me agota, y me doy cuenta de que ya no siento ningún interés por averiguar la respuesta.

—Vas a hacer lo que siempre haces —le digo—. Pero esta vez, cuando lo jodas todo, yo no voy a estar a tu lado para ayudarte.

VANESSA

34.

CUANDO ENTRO EN STONEHAVEN ÉL ME ESTÁ
esperando. Una sonrisa en su rostro, un jersey cuello de cisne
de cachemir que le resalta el color de los ojos (¡mi regalo de
Navidad!), una copa de vino en la mano. Está en el vestíbulo,
al lado de los jarrones de Delft de mi abuelo, como si diese la
bienvenida a un invitado (¡Un invitado de él! Por Dios, ¿qué
he hecho? *Maman*, papá, abuela Katherine, cuánto lo siento).

Mi marido, Michael O'Brien.

Arrastro la maleta por la puerta, me quito la nieve del
pelo, y él corre a cogerla, cambiándomela por la copa. Me
veo mirando un oscuro lago de clarete, el puño alrededor
del cristal.

—Château Pape Clément. Lo he encontrado en la bodega
—explica al ver la confusión en mi rostro—. Perdona, no te
he dado un beso.

Y entonces aprieta los labios sobre los míos, su calor derrite los copos de nieve que se me han pegado a la piel y frías
gotas descienden por mis mejillas como lágrimas. Me pasa
los brazos por la espalda, llevándome contra el suave tacto del jersey bajo el que noto el plácido latir de su corazón.
Siento algo en la entrepierna; juro que la vida que crece en mi

interior reconoce su presencia y se mueve y tiembla. Contra mi voluntad me relajo ante su contacto, la facilidad de abandonarme, dejar que él cuide de mí, de nosotros.

Me he pasado todo el camino de vuelta desde Los Ángeles preparándome para enfrentarme a un criminal, atravesando la tormenta y pensando «Puedo hacerlo, soy capaz, soy fuerte, soy la jodida Vanessa Liebling», solo para encontrarme con esto, un marido atento, inocuo como un osito de peluche. Tengo que recordarme que esto —él— es solo una ilusión, aunque muy convincente.

¿Y quién es «la jodida Vanessa Liebling», a fin de cuentas? Un caso perdido, un ser débil que se oculta tras un nombre que anda de capa caída.

Me aparto.

—Te has cortado el pelo —observo.

—¿Te gusta? Recordé que lo prefieres corto.

Se pasa una mano por este, de forma que le cae un rizo sobre un ojo. Me sonríe desde debajo, y yo siento que a pesar de mí misma crece el deseo en mí. Lo sigo hasta la cocina, donde el horno está encendido y algo —¿pollo con patatas?— huele a hogar. Todo me supera y me dan ganas de echarme a llorar. La decisión me abandona como la nieve de mis botas.

Se sirve otro vaso de vino y se vuelve a mirarme. Estoy en la puerta, inmóvil, aún con el abrigo, mi copa sin tocar. La sonrisa se borra de su rostro primero en pequeños trocitos y después toda junta.

—¿Algún problema? —pregunta.

Fuera, la nieve cae gruesa y veloz, enterrando Stonehaven en un silencioso sudario. Se espera un metro para esta noche. El informativo lo llamó la mayor tormenta de la estación. Tengo suerte de estar aquí; apenas llegué a la cima la policía cerró las carreteras.

A pesar de la calidez del fuego, del vapor que nubla las ventanas, estoy helada.

No me doy cuenta de que voy a decir algo hasta que las palabras han salido al aire, como una granada que resbala de una mano. «Es demasiado pronto, no estoy preparada».

—¿Quién eres?

Él deja su copa, frunce el ceño, confuso.

—Michael O'Brien.

—Ese es tu nombre. Pero ¿quién eres?

Vuelve a sonreír. La intriga le tuerce el labio superior.

—Dijo la reina de las dobleces.

Eso me hace detenerme. ¿Yo?

—¿Qué quieres decir?

—Toda tu carrera ha sido inventar mentiras. Poner buena cara para el público cuando por dentro eres un desastre. Vender una vida que no existe. ¿Eso no te parece una mentira?

—¡Eso no le hace daño a nadie! —¿O sí?

Se encoge de hombros y se sienta en un taburete.

—Míralo como quieras. Yo no estoy de acuerdo. Has estado sacando provecho de una versión mítica de ti misma, promoviendo aspiraciones inalcanzables, provocando complejos de inferioridad a tu medio millón de seguidores y condenándolos a una vida de terapia FOMO. Eres una timadora, querida, como toda la gente como tú.

Siento la cabeza pesada, confusa. Es increíble lo tranquilo que se mantiene. Está intentando confundirme. Y lo está consiguiendo.

«¿Qué digo?». Me da miedo alterarlo. Aún recuerdo la horrible amenaza del atizador en su mano, la furia en su rostro cuando le dije que no era tan rica como él creía. En esta cocina hay cuchillos, pesadas sartenes de hierro, troncos ardientes y toda clase de cosas peligrosas. No quiero un gran enfrentamiento. Solo quiero que se vaya.

Vuelvo a intentarlo.

—He estado pensando. —«No te enfrentes a él». Hago que mi voz suene amable e insegura. Esto último no está muy lejos de la realidad—. ¿Crees que lo nuestro funciona?

Le da vueltas a la copa sobre la mesa. Esta se agita, descontrolada, amenazando con volcar su contenido y romperse. Estoy a punto de correr a cogerla cuando él la detiene con un dedo.

—¿Qué pasa? ¿No eres feliz, es eso?

—Solo estaba pensando. —Miro de reojo el reloj sobre la puerta. Apenas son las cinco de la tarde, pero más allá de las ventanas de la cocina no veo nada, solo oscuridad; ni siquiera el lago, ni siquiera la nieve que cae. La piedra de la mansión absorbe todo el sonido de la tormenta; aquí está tan silencioso que oigo el silbido del piloto del horno—. Pensaba que quizá nos venga bien un poco de espacio. Empezamos nuestra relación muy rápido, con mucha presión; quizá no supimos...

Me interrumpe.

—¿Estabas pensando? Pues yo pienso que quizá tú estés siempre infeliz, ¿no? Creo que tu problema no soy yo, sino que está en tu cabeza. —Se lleva un dedo a la sien—. En realidad no quieres que me vaya. No quieres aceptar que no mereces estar sola. No voy a irme porque sé que lo lamentarías. No tengo intención de permitir que tus dudas sobre ti misma dicten los parámetros de nuestra relación. —Pasa la mano por la mesa, con la palma hacia arriba, esperando que yo se la coja—. Es por tu bien, Vanessa. Si te dejara, te quedarías muy sola. Te odiarías por acabar con lo que teníamos. Yo soy el único que te ve de verdad.

Me quedo allí, como paralizada, pensando en sus palabras. Y es que tiene toda la razón. Él me ve de verdad, siempre ha sido así. Creí que me quería a pesar de mis deficiencias como ser humano, o quizá debido a ellas; pero ahora sé que lo que en realidad vio son vulnerabilidades que explotar. Y eso hace que me odie a mí misma aún más. «No te quiere porque a ti es imposible quererte. Solo intentaba engañarte».

Pero sigue ahí, clavándome al suelo con sus ojos azules de expresión tan preocupada. Se coloca justo delante de mí.

—Puedo hacerte feliz, Vanessa. Solo tienes que permitírmelo, dejar de dudar de mí.

Agarra la cremallera de mi parka, como intentando atraerme hacia sí. Por un breve momento ese parece el camino de menor resistencia, apoyarme en él y que pase lo que pase, rendir mi voluntad, aceptar mi debilidad, permitir que él se haga con el control. Es el padre del niño que llevo dentro; ¿no sería más fácil criarlo con él que intentar hacerlo todo yo sola, intentar reformarlo para que podamos ser una familia, seguir bañándome en cálidas y convenientes mentiras?

Podría darle todo lo que desea en vez de esperar a que me lo quite. A fin de cuentas, ¿para qué necesito nada de esto? ¿Por qué no entregárselo y quitármelo de encima?

Pero llevo las manos a su pecho y lo aparto de mí. Fuerte.

Oigo un ruido inconfundible al otro lado de la cocina: bisagras que protestan, el rugido de la madera contra el suelo. Una de las puertas se ha abierto. Michael y yo nos damos la vuelta y miramos la más lejana, la que da a la sala de juegos, la que casi nunca usamos.

Ahí está Nina. Tiene los vaqueros empapados de las rodillas para abajo, las mejillas rosadas por el frío, la parka oscurecida por la nieve. En una mano tiene una de las pistolas de duelo de la pared de la sala de juegos. Desde mi posición no veo bien si apunta hacia Michael o hacia mí.

Siento como si se hundiera el suelo a mis pies, las rodillas me tiemblan, pienso «Esto se acaba, por fin».

—No pierdas el tiempo —le dice a Michael—. Lo sabe. Lo sabe todo sobre ti.

NINA

35.

NO NACEMOS MONSTRUOS, ¿VERDAD? ¿NO TENEMOS
todos al nacer el potencial de ser buenas personas o malas o
algún área nebulosa entre las dos? Son la vida y las circunstancias las que trabajan sobre las inclinaciones ya escritas
en nuestros genes. El mal comportamiento es premiado, las
debilidades no son castigadas, aspiramos a ideales inalcanzables y no conseguirlos nos vuelve amargos. Miramos el mundo, nos medimos en él y nos vamos afirmando más y más en
una de las posturas.

Nos convertimos en monstruos sin darnos cuenta.

Por eso te levantas un día, después de veintiocho años
de vida, y te encuentras mirando la pistola que llevas en la
mano. Y te preguntas dónde está el botón de *rewind*, el que
puede devolverte al principio para que vuelvas a probar, a
ver si las cosas cambian.

Al otro lado de la cocina Vanessa y Lachlan están como
paralizados, muy cerca el uno del otro, sus bocas abiertas
igual, formando una O.

—Lo sabe —le digo a Lachlan—. Lo sabe todo sobre ti.

Él me mira a mí, a Vanessa y de nuevo a mí. Debe de ser
la primera vez que veo verdadera sorpresa en su rostro.

—¿De dónde sales tú?

—De la cárcel - contesto.

Se le juntan las cejas en una parodia de extrañeza.

—Ah, ¿sí?

—Por favor, ten la cortesía de no hacerte el sorprendido.

Él duda un momento y después ríe.

—Es justo. Vale, entonces ¿cómo has salido?

—Pagando la fianza, claro.

Piensa en ello; no acaba de comprender.

—¿La pagó tu madre?

—No. —Muevo la pistola en dirección a Vanessa, cosa que me cuesta más de lo que creía: con tanto oro y grabados el arma pesa un par de kilos y se resbala en mis manos sudorosas—. Ella me encontró y me sacó.

—¿Eh? —Se gira a mirarla—. Mierda. No pensé que fueras a tener el valor.

No estoy segura de si se refiere a Vanessa o a mí. Pensándolo bien, es posible que a las dos. Su acento irlandés, ahora que sé que es falso, me pone de los nervios.

Lachlan (no, Michael, tengo que recordármelo) da un exagerado paso atrás. Tengo que tomar una decisión: ¿a quién apunto? Veo el alivio en su rostro cuando se fija en que sigo apuntando a Vanessa. Nuestra víctima original. La princesa privilegiada que vinimos juntos a engañar. Veo que él nos observa a las dos y por fin posa sus ojos en mí, con una sonrisita. Ha vuelto a aliarse conmigo, y yo me alegro de caerle en gracia de nuevo; llegados a este punto, esa es mi única esperanza.

Sigo con la mirada la punta de la pistola y hasta Vanessa, que tiembla mientras me mira nerviosa, con interrogantes en los ojos. Conjuro todos los años de odio a los Liebling, los hago salir a la superficie —«¿Quién te has creído que eres?»— y la observo fijamente. Se hunde bajo mi mirada hasta quedarse hecha un charquito de pánico a punto de esparcirse por el suelo.

Cuando miro de nuevo a Michael me dedica una sonrisa falsa y vigilante; espera a que deje claras mis intenciones.

—Lo sabe —repito—. Sabe lo que tramábamos. Sabe que no eres quien dices ser.

Ni se molesta en mirar a Vanessa, es como si no estuviera.

—Vale, hablemos. ¿Qué quieres, Nina? ¿Para qué te has molestado en volver? ¿Por qué no te largaste a México mientras podías?

—¿Con una pena pendiente por robo? ¿Cuán lejos iba a llegar? Y hablando de eso, necesito dinero, mucho, para pagarme un buen abogado. Gracias a ti, querido.

—Sin rencores, ¿eh? —Muestra demasiados dientes; noto la preocupación en su rostro—. Espero que no te lo tomases como nada personal. Solo es que vi una oportunidad mejor. Tú siempre pensabas a pequeña escala, siempre preocupada por no llevarte demasiado. A mí eso ya no me iba. Tú y yo... bueno, estuvo bien mientras duró, ¿no?

Vanessa ha empezado a dar pequeños pasos atrás, con una mano a la espalda, tentando en el aire, intentando agarrar el pomo de la puerta.

—Ve a sentarte ahí —le ordeno. Con la pistola señalo la mesa en la otra punta de la sala. Ella lo hace, como una mascota obediente.

—Vamos a hacer esto: sea lo que sea lo que tramaras hacer con ella —señalo a Vanessa—, quiero participar o voy a la policía. Seguro que me ofrecerán un buen trato si te delato; tú eres un pez más gordo que yo.

—Joder, Nina. —Se mira el jersey de cachemir y se saca un hilo invisible—. Vale, vale, puedes participar. Solo que lo has fastidiado todo con tu intervención, ¿vale? ¿Qué se supone que voy a hacer ahora? Tú lo has dicho: lo sabe. Además, resulta que no tiene dinero.

—Sí que tengo dinero —protesta Vanessa en voz baja. Se le ha deshecho la cola de caballo y el pelo le cubre el rostro, por lo que no puedo ver su expresión. Tiene las manos en la mesa y aprieta fuerte, como intentando anclarse a donde está.

Michael se vuelve y la mira con expresión de desprecio.

—Tienes esta ruina de casa. Tienes antigüedades. No es lo mismo.

—Entonces nos llevaremos las antigüedades —le digo a Michael—. Ya encontraremos la manera.

Pero Vanessa niega con la cabeza y mira a través de su cortina de pelo.

—Claro que tengo dinero. En efectivo. Montones. Al menos un millón. Y joyas, las de mi madre, que valen mucho más que eso. Os lo daré todo con la única condición de que os vayáis. Los dos.

Michael duda.

—¿Dónde está todo eso?

—En la caja fuerte.

Michael levanta los brazos, exasperado.

—Amor, eres una mentirosa fatal.

—La caja estaba vacía —digo yo—. Ya miré dentro.

Vanessa apoya las manos tan fuerte en la mesa que se le están poniendo blancas. Sus ojos están húmedos y enrojecidos.

—La caja del estudio no. La del yate.

—¿Y dónde diablos está el yate? —pregunta Michael.

—El yate de mi madre. Está en el aparcamiento.

—¿Y por qué diablos iba a poner nadie una caja fuerte en un yate?

—Por supuesto que los yates tienen cajas fuertes. ¿Es que

no has estado nunca en uno? —Se yergue, echa los hombros atrás, casi parece indignada—. ¿Dónde vas a guardar los objetos valiosos mientras haces un crucero por Saint-Tropez?

Michael me mira como buscando apoyo.

—Tahoe no es precisamente Saint-Tropez.

—Bueno, pero sigue habiendo una caja fuerte en el yate. Y es donde papá guardó un montón de cosas de valor; se imaginó que la gente como tú nunca sería lo bastante lista como para mirar allí.

Vuelve a sonar como su padre; el frío desprecio de su tono me revuelve las tripas. Examino su rostro en busca de signos de falsedad —mirada vaga, respiración discontinua— pero nada me sugiere que esté mintiendo. Me mira fijamente, de repente muy tranquila.

—¿No habría sido más fácil una caja de seguridad? —pregunto.

Ella niega con la cabeza.

—Papá no se fiaba de los bancos.

Me vuelvo hacia Michael.

—Mira, no perdemos nada por comprobarlo. Si es cierto, será más fácil que lo de las antigüedades.

Él mira por la ventana, como si esperase ver un barco varado en el muelle; pero, por supuesto, no hay nada que ver excepto los copos de nieve que caen en círculos contra la negra noche.

—¿Quieres salir con este tiempo?

—Solo es nieve —dice Vanessa—. Si vamos a buscarlo ahora, ¿os largaréis? ¿Esta noche?

Michael se vuelve hacia mí. Me encojo de hombros. «¿Por qué no?».

—Vale —contesta por fin—. Vamos.

Atravesamos el jardín y bajamos la colina en la oscuridad. La nieve es tan profunda que se nos mete en las botas y nos moja los calcetines. Andamos torpemente, nos hundimos, resbalamos, dejamos un rastro de destrucción a nuestro paso. Vanessa va la primera, a menos de un metro de mí, tentando el camino.

A mí el frío me sienta bien; aminora las voces enfebrecidas que vibran en mi cráneo. Cuando respiro me duele, pero al menos eso significa que sigo respirando.

Detrás va Michael. La nieva cae espesa y rápida, aunque la tormenta no trae viento y nada se mueve. Todo está tan mortalmente silencioso aquí fuera que oigo cada paso, como si la nieve fresca cediese al suelo crujiente de debajo.

Michael me coge del brazo para recuperar el equilibrio, se me acerca y me susurra:

—Lamento decírtelo, pero la pistola no está cargada.

Me resultaba difícil caminar y apuntar a la vez, así que me la puse a la cintura de los vaqueros.

—Sí que lo está. Lo he comprobado.

Él frunce el ceño.

—Vaya. Me pregunto cuándo lo habrá hecho. —Maldice al dar un paso y hundírsele el pie hasta la rodilla—. ¿Crees que de verdad habrá un barco, o estará intentando engañarnos con algo?

—¿Con qué? Es tan amenazadora como un gatito. Además, nosotros somos dos y ella una. ¿Qué iba a hacernos?

—Todo esto es muy raro. —Suspira—. Es una puta mentirosa. Me dijo que no tenía dinero.

Doy un paso y me hundo tanto que se me sale la bota. La cojo y vuelvo a ponérmela sobre el calcetín empapado.

—¿Qué ibas a hacer? Ya puestos, puedes decírmelo.

Él suelta una risita de desprecio.

—Iba a divorciarme, ¿vale? Hacerlo sin haber firmado acuerdos prematrimoniales; es el engaño más viejo del mundo. Y legal. California es de gananciales. Pensé que no iba a poder quedarme con la mitad de todo lo que tiene, pero sí que la convencería de darme un par de millones para que me largara. Y entonces ella va y me informa de que no tiene dinero de verdad, que todo está ligado a la puta casa. Eso complicaba mucho lo del divorcio. Seguro que sus abogados no me iban a dejar largarme con las llaves de Stonehaven. Así que entonces pensé en hacerme el buen marido y conseguir que haga un nuevo testamento y me lo deje todo, esperar un tiempo y... —Se encoge de hombros.

—Matarla. —No consigo evitar un deje de disgusto en mi voz. Él me mira de lado.

—No te pongas así. Joder, ¿no es lo mismo que estás haciendo tú con esa pistola? No vamos a dejarla irse y ya está. Acudiría directa a la policía.

—Ya lo sé.

Pero él vuelve a encogerse de hombros, escéptico; no me ve como una asesina. Me pregunto con un aguijonazo de pánico si ese es el gran agujero de mi plan: lo improbable de que esté dispuesta a matar a sangre fría de ser necesario.

Los copos de nieve se posan en sus cejas. Se las limpia de un violento manotazo con la manga del abrigo.

—Joder con la puta nieve. —Resbala y recupera el equilibrio—. Para que lo sepas, tampoco es cuestión de pegarle un tiro y listos. Tiene que parecer un suicidio. Lo bueno es que su familia está chalada; su madre se mató y su hermano es un esquizofrénico. Nadie va a tener dudas.

—Veo que ya tenías muy pensado cómo acabar con ella.

—Un somnífero en el martini, la colgaría de la escalera de caracol y bum: se ha ahorcado. Hasta se me ocurrió que podría convencerla de hacerlo ella misma de verdad; la muy pirada ya está a medio camino. —Despreciativo, le pega una patada a una montañita de nieve—. Pero eso ahora ya no funcionaría; tenemos que pensar otra cosa. Puede ser un accidente, se cayó en el lago y se ahogó.

Y entonces aparece precisamente el lago, un vacío negro de repente a nuestros pies. Vanessa nos espera a la orilla, las manos en los bolsillos, su pálido rostro es como la luna en la oscuridad. Tiene el pelo tan lleno de nieve derretida que empieza a formar pequeños carámbanos alrededor de su cabeza.

—Ahí. —Señala hacia un garaje de piedra, unos pasos más allá, entre los árboles, hundido en la nieve, esperándonos.

Michael aparta la nieve con los pies para que podamos abrir la puerta. La madera cruje a nuestros pies y de repente estamos dentro, a salvo de la tormenta. El interior es cavernoso, como una catedral llena de humedad. El lago lame suavemente el muelle. Algo enorme se eleva por encima de nosotros en la oscuridad: un yate en su estacionamiento invernal.

Nos quedamos mirando como idiotas la extraña aparición. Oigo un fuerte ruido que hace eco en toda la nave y voy a coger la pistola. Pero entonces se encienden las luces del techo y veo que es solo el sistema hidráulico para entrar barcas y barcos, que poco a poco deposita el yate sobre la superficie del lago.

Vanessa está en una punta del garaje, su mano en un botón; observa al *Judybird* bajar, bajar, bajar, hasta que llega al agua y empieza a balancearse ligeramente.

—Alucina —murmura Michael.

He vuelto a sacar la pistola. Apunto con ella a Vanessa mientras ella camina por el yate, retirando las telas protectoras con una fuerza sorprendente. Las va echando a un lado, al suelo del garaje. Se limpia un poco de tierra de una mejilla y se vuelve hacia nosotros.

—¿Venís o qué?

Vamos.

El *Judybird* no es un yate enorme; los hay mucho más grandes. Pero es obvio que en sus tiempos resultaba impresionante, todo madera pulida y cromados. Pero la falta de cuidados ha dejado su huella. Arriba el relleno asoma por entre las grietas de los sillones de cuero, y hay unas manchas amarillas que estropean la pintura alrededor del puente. Las barras protectoras de aluminio en la proa están oxidadas. Abajo hay un bote salvavidas deshinchado, los remos de madera tirados por el suelo.

«¿Qué clase de gente es capaz de dejar que su yate se pudra en la oscuridad? —me pregunto—. Vaya desperdicio. Eso sí que es decadencia». Siento una punzada de resentimiento en el pecho y decido aprovecharla. «Usa tu ira». Levanto más la pistola. La mano ya no me suda.

A unos pasos de donde nos encontramos hay una puerta. Vanessa la abre y vemos una escalerilla que desciende en la oscuridad. De esta emana un olor repugnante a moho, podredumbre, cosas olvidadas.

—Ahí abajo hay dos dormitorios, una sala de estar y una cocina —dice ella—. La caja está en el dormitorio de la derecha, justo encima de la cómoda. Pulsa el panel de madera y se abre.

Michael se vuelve hacia Vanessa.

—¿Cuál es la combinación para abrirla?

—El cumpleaños de mi madre: 092757 —contesta.

Él mira el hueco.

—Está oscuro. ¿Hay iluminación ahí abajo?

—Hay un interruptor al final de la escalerilla.

—Voy a ver. Tú vigílala —me dice a mí.

Baja un peldaño, hunde la cabeza para no golpearse con el bajo marco de la puerta y se ilumina con el móvil, que envía un fino haz azul hacia el pasillo. Duda, da un paso —el pulso se me está descontrolando— y otro más. Cuando está lo bastante lejos de la puerta le doy una patada en el culo. Se va hacia delante y se cae por los escalones que quedan. Veo apenas un *flash* de su expresión incrédula a la luz de su propio móvil. Entonces Vanessa aparece a mi lado, cierra la puerta y atraviesa un remo en el cierre para que no se pueda abrir desde el otro lado.

Las dos nos quedamos inmóviles, mirándonos y escuchando.

Oigo un quejido y después un aullido furioso.

—¡Putas! —Su voz suena apagada. Entonces sube los peldaños corriendo de forma desigual; debe de haberse torcido un tobillo. Golpea desde el otro lado—. ¡Abrid la jodida puerta!

Por fin le ha desaparecido el acento irlandés.

Me vuelvo hacia Vanessa. Respira pesadamente. Se clava los dedos en el dorso de la mano, dejando surcos sangrantes.

—¿La puerta aguantará?

—Creo que sí. —Pero no suena convencida.

Es un alivio dejar por fin la pistola y mover el hombro y abrir y cerrar la mano hasta que me vuelve la circulación.

—Vale —le digo—. Vámonos.

Vanessa pulsa otro botón de la pared y la puerta corredera del fondo del garaje empieza a levantarse entre crujidos. A medio camino se atasca, quizá por el hielo o quizá por el óxido provocado por la falta de uso. Ella abre los ojos de par en par, alarmada, y me hace pensar «¡Por Dios! ¿Y ahora qué?», pero, tras resistirse, la puerta se libera con un último temblor. Al cabo de un minuto vemos el lago, donde la nieve cae tan fuerte que apenas vemos más allá de dos metros de distancia.

Se produce otro pequeño ataque de pánico cuando Vanessa coge una llave de un cajón en la cabina, la coloca en la ignición y no sucede nada, aunque al probar por segunda vez el motor cobra vida con un rugido. El *Judybird* vibra en el amarradero, como un perro que tira de la correa.

Vanessa apaga las luces y poco a poco nos adentramos en la tormenta.

Oigo cómo Michael golpea las puertas cerradas en el nivel inferior y grita toda clase de insultos. El remo de la puerta tiembla pero se mantiene. Él golpea el techo, haciendo que la fibra de vidrio tiemble a nuestros pies.

—¿Estás bien? —le pregunto a Vanessa. Ella se sienta en la cabina y atraviesa el velo de nieve como si lo hubiera hecho cada día de su vida. Ahora parece tan tranquila que da miedo.

—Estoy bien. Genial. —Pero veo lo fuerte que agarra el timón, las ronchas de sus manos abiertas y de color púrpura por el frío—. Y tú has estado muy convincente, aunque también pareció que fueras a echar la papa en la cocina.

—Casi —replico. Se ríe con un trino cómplice, aunque yo no intentaba ser graciosa. Me pregunto si se ha desconectado del todo de la realidad o si simplemente se niega a aceptar lo sucedido. Michael da un fuerte golpe justo debajo de su silla y a ella se le levantan mucho las cejas, aunque enseguida vuelve a la normalidad.

Vanessa nos lleva directamente hacia la oscuridad. Rezo porque sepa adónde va, porque yo no veo nada. Cuando hemos salido del garaje y nos hemos adentrado un poco en el lago me vuelvo para mirar las luces de Stonehaven, pero la orilla ha desaparecido del todo tras una cortina de nieve. Podríamos estar en la Luna.

Al cabo de unos minutos Vanessa detiene el yate. ¿Cuánto nos hemos adentrado en el lago? ¿Un poco menos de un kilómetro? No lo sé, pero desde luego es bastante. En el poco tiempo que llevamos a la intemperie se ha acumulado una capa de nieve en todas las superficies. Abajo, Michael se ha quedado quieto por fin, así que cuando Vanessa apaga el motor el silencio se adueña del *Judybird*. Sube y baja con las olas, y ella se vuelve a mirarme a los ojos. Todo está tan quieto... Da la impresión de ser la calma antes de la tormenta, aunque esta ya ruge a nuestro alrededor, la nieve cae sobre nuestro pelo y se queda colgada de nuestras pestañas y se derrite en nuestras manos heladas.

Pienso en lo que se supone que tiene que pasar ahora.

—Tienes que ir a la policía —le había dicho—. Lo detendrán. Quizás hasta esté en búsqueda y captura.

Estaba sentada en la cama de la habitación de Vanessa en el Chateau Marmont. Sentía el corazón hueco y malherido. El largo día me había dejado sin nada excepto una seguridad: me importaba lo que he hecho. Lo suficiente como para ayudarla, aunque ella no se diera cuenta de que me necesitaba. Lo suficiente como para ayudarla, aunque me hiciera daño.

Vanessa se apretó el cuello del albornoz del hotel, tapándose la nuez.

—Ya llamé a la policía —dijo—. Se rieron de mí.

—Vale, pero ahora me tienes a mí. Yo testificaré contra él.

Me miró y parpadeó.

—¿Y eso no quiere decir que te implicarás a ti misma como cómplice?

—Es lo más probable.

Asentí y tragué saliva; eso, el añadir una década más a mi futura sentencia, era lo que había llegado a aceptar durante el viaje desde Echo Park hasta el Chateau Marmont. Estaba dispuesta a ser noble, a aceptar mi castigo, con tal de hacer por fin lo correcto. Pero ella negó con la cabeza y descartó la idea de inmediato.

—No. Nada de policía, de grandes juicios, de publicidad. Piénsalo: Vanessa Liebling, engañada por un timador. Saldría en todas partes: el *Vanity Fair*, la revista *New York*, los blogs. Sacarían a la luz la historia entera de mi familia para diversión de todos. Me destruirían completamente. Y a Benny también. Y mi bebé crecería y lo sabría todo sobre su padre. No puedo hacerle eso. No tiene que saber nunca que es un O'Brien, tiene que ser un Liebling. —Debió de notar la expresión confusa en mi rostro (¿era eso lo que la preocupaba?), porque se encogió de hombros y se incorporó un poco—. Lo único que me queda es mi nombre.

—Vale. Entonces vamos y nos enfrentamos juntas a él. Dos contra uno. Igual se va por su propio pie.

Volvió a negar con la cabeza.

—Tú misma lo dijiste: no va a irse solo porque se lo pidamos educadamente. Creo que es muy capaz de ponerse violento, ¿no? Tendrías que haber visto lo que hizo con la espada de mi abuelo. —Tensó los tendones del cuello—. Y además, aunque se fuera, yo tendría que pasarme el resto de la vida escondiéndome de él. No podría estar *online*, ¿y si alguien llegara a saber que tuvimos un hijo? Volvería y lo usaría contra mí. —Se llevó una mano, protectora, a la barriga—. Sabes que es así. Nada va a detenerlo mientras crea que tiene algún poder sobre mí. —Se me acercó más, parpadeó, sentí su aliento dulce en mi rostro—. Tendremos que hacer algo drástico. Tenemos que mostrarle que no puede meterse con nosotras. Necesitamos algo que le dé miedo de verdad.

La habitación se quedó en silencio. Abajo, un grupo de adolescentes reía en la piscina del hotel. Una copa de vino se rompe al golpearse contra piedra. Miro hacia la mesilla junto a la puerta, donde dejé el bolso con todo lo que me había traído: un sobre lleno de papeles.

—Creo que tengo algo —dije.

Vuelvo a coger la pistola y apunto hacia la puerta mientras Vanessa se adelanta, saca el remo y abre. Las dos esperamos tensas a que Michael salga hecho una furia. No es que ahí abajo haya nada peligroso, o al menos eso creía Vanessa, pero ¿quién sabe qué puede convertirse en un arma? Una lámpara, un tenedor, una mesita de café.

Pero lo encontramos sentado en los últimos peldaños. Parpadea mientras nos mira desde la oscuridad.

Se levanta, y sus ojos pasan de la pistola en mi mano al lago más allá de mi hombro; seguramente intenta imaginarse dónde estamos exactamente. Sale a la cubierta, sus zapatos crujiendo sobre la nieve.

—¿Y ahora qué? —ladra—. ¿Me vais a pasar por la quilla?

Vanessa y yo nos miramos. Recuerdo sus susurros temblorosos, sentada a mi lado aquella noche en la habitación del hotel, la fragilidad de su voz contrastando con lo oscuro de su plan. Vanessa, la heredera privilegiada, todo un ejemplo de dotes naturales para el engaño. «Primero tiene que creer que estamos de su lado, para que baje la guardia —dijo—. Ya encontraré la manera de sacarlo de la casa y meterlo en el barco. En el lago será vulnerable y nosotras tendremos el control. La cuestión es que tiene que creer que somos capaces de matarlo».

—Creo que sería más fácil pegarte un tiro —digo ahora.

—Esto es una locura. —Él tiembla, sopla en sus manos, mira rogando a Vanessa—. Podrías haberme dejado ir, joder. No era una amenaza para ti.

Ella se mueve un poco hasta que yo quedo entre los dos.

—No creo que eso sea cierto.

—Entonces tú. —Se vuelve hacia mí—. Mierda, Nina, vaya susto que me has dado. Vale, tú ganas. Llévame de vuelta a Stonehaven y me largaré. Olvidemos los dos que hemos conocido a esta pirada y la tumba en la que vive.

—¡Cállate! —le grita Vanessa. Veo que se le acelera la respiración, cálidas nubecillas justo detrás de mi oreja. Debe de estar a punto de hiperventilar. Pienso «Por favor, tranquilízate».

Él la ignora; da un manotazo en el aire como si fuera una mosca a la que alejar.

Yo no digo nada, y él debe de interpretarlo como una oportunidad —a fin de cuentas, sigo siendo la que tiene la pistola—, porque habla con voz seca y tomada.

—No la necesitas. Tengo dinero escondido; podemos compartirlo. —Y a continuación—: ¿Por qué te pones de su lado? Ella te odia. ¡Tú la odias a ella! —Finalmente, acercándose más y con voz suave e hipnótica, la misma que ha usado para seducir a incontables mujeres, alejarlas de la razón y precipitarlas en un mar de dudas, y que ahora usa conmigo—: Tú me quieres y yo te quiero a ti.

Estoy como ida, medio congelada, pero eso me hace despertar por fin.

—¿Que me quieres? Seguro. Me delataste a la policía.

Conspiraste con mi madre. Yo solo fui otra pardilla a la que usar a tu antojo.

Él se ríe.

—Vale. *Touché*. Pero el asesinato es una historia muy diferente, querida. ¿De verdad crees que podrías matarme, por Dios?

—¿Y tú? —replico.

No contesta. El viento sopla más fuerte. Su aliento despide nubecillas fantasmales mientras me mira con los ojos entornados a través de la nieve.

Siento la mano de Vanessa que me aprieta suavemente la base de la columna. «Sigue».

—Mira, si quisiéramos podríamos matarte —digo—. Pero vamos a hacerte una oferta. Vamos a dejarte en el muelle de Chambers Landing; desde ahí podrás ir caminando hasta el pueblo. Vas a irte para siempre de Tahoe en cuanto abran las carreteras. No volverás a Stonehaven ni te pondrás en contacto con Vanessa o conmigo, nunca. Si lo haces, enviaremos copias de esto a la policía.

Ante ello, Vanessa se mete una mano en la parka y saca un sobre del bolsillo interior. Lo alza al aire y después, como si no decidiera qué hacer, lo suelta. El sobre cae a la cubierta, se abre y asoman los documentos que encontré escondidos en el lavabo de la casa de Michael.

En el montón hay pruebas de identidades falsas que se remontan a una docena de años atrás: pasaportes, permisos de conducir, trámites bancarios, identificaciones oficiales. Hay un pasaporte a nombre de Lachlan O'Malley, pero también otro al de Lachlan Walsh, otro de Brian Walsh y uno de Michael Kelly con visados de varios países de Sudamérica. Permisos de conducir de Ian Burke, Ian Kelly, Brian White, todos con la misma cara conocida pero que señalan diferentes estados como origen. Hasta hay dos certificados de boda, de Arizona y Washington, ninguno con nombres que yo reconozca, y una tarjeta de identificación de la Universidad de Texas a nombre de Brian O'Malley, con fecha de 2002; en la foto lleva el pelo rapado y una camiseta muy ajustada.

—Joder. —Se inclina a mirar el montón; el pecho le sube y baja rápidamente.

—Y también está esto otro. —Saco una pequeña grabadora del bolsillo de mi abrigo—. He grabado todo lo que dijiste mientras íbamos al garaje, tus intenciones para con Vanessa. Compórtate o la policía también lo recibirá.

—Chantaje, ¿eh? —Levanta la vista hasta clavarla en la mía—. Eso es nuevo. ¿Te ha enseñado tu madre? —Sonríe como si eso lo divirtiera, pero yo observo lo apretado de sus labios, el fuego detrás de sus ojos.

Encima de la pila de documentos, ahora cubierta por la nieve, está el pasaporte a nombre de Michael O'Brien que encontramos en la caja de cereales. Lo recoge, le limpia la nieve y contempla pensativo la foto. Me pregunto qué es lo que ve cuando mira su verdadero yo.

Entonces se gira y tira el pasaporte por la borda.

Instintivamente, intento cogerlo. Pierdo la concentración el tiempo suficiente como para que él salte adelante como una serpiente y me golpee, haciéndome caer de lado. Las suelas de mis botas se separan de la resbaladiza cubierta y caigo. La pistola sale volando. Para cuando me recompongo está en la mano de Michael, que me apunta.

No duda ni un segundo antes de apretar el gatillo.

La nieve cae en grandes espirales, llevada por las corrientes de la tormenta. El lago lame hambriento el casco del yate. La pistola hace clic.

No sucede nada. Por supuesto que no; no estaba cargada.

¿Para qué correr riesgos innecesarios? En ningún momento pensamos en matarlo de verdad.

Michael mira el arma en su mano con expresión de lo más estúpida. Vuelve a disparar —clic— y entonces el pánico vuelve a dominar su expresión.

Al tercer clic, Vanessa lo golpea en la cabeza con el remo.

—¡Que te den por culo! —grita.

Cuando cae vuelve a golpearlo. Oímos un ruido horrible que solo puede ser un cráneo al romperse. Ella sigue gritando y golpeándolo —«Que te den por culo»— hasta que le agarro el remo y la abrazo para que deje de gritar. Tiembla en mis brazos e intenta liberarse. Está empapada. Por un momento pienso que es por la nieve derretida, pero me doy cuenta de que no: es sudor.

La sangre se acumula en la fibra de vidrio bajo la cabeza de Michael, manchando la nieve de color rosa. Nos quedamos ahí paradas durante lo que parece una eternidad, mientras la respiración de Vanessa se calma y deja de temblar; entonces la suelto. Va hacia Michael y lo observa. Los pálidos ojos azules de él parecen devolverle la mirada.

—Bueno —dice en voz baja—. Pues ya está.

Yo corro a un lado del yate y vomito.

Vanessa se ocupa del resto, con una eficiencia que me sorprende. ¿Cómo sabe lo que hacer? La bata que saca del armario del camarote y ata alrededor del cuerpo rígido de Michael; los pesados manuales del yate que mete en los voluminosos bolsillos de la bata; la forma en que sabe que ha de tirar el cuerpo por un lado de la cubierta, no desde atrás. «No queremos que se enrede con el motor», explica sin mayor emoción.

Al principio el cuerpo de Michael flota, la bata blanca de

seda atada a él como los vendajes de una momia. La nieve se acumula en su espalda, que aún asoma en la superficie del lago. Pero no pasa ni un minuto y su ropa se empapa del agua y, en un instante, cae y desaparece.

Me quedo sentada, temblando, a un lado del yate. No siento la nieve que se derrite en mi rostro mientras lo contemplo hundirse.

Vanessa limpia la sangre con un trapo y líquido del armarito trastero; esta desaparece de la fibra de vidrio con la misma facilidad que un cóctel caído; tira el trapo al agua tras él, junto al remo ensangrentado y los documentos falsos. Después pone en marcha el motor, da la vuelta al yate y volvemos a atravesar la tormenta.

Mientras nos alejamos vuelvo a mirar el agua, y me parece ver algo oscuro flotando en el infinito azul. ¿Un tronco? ¿Una misteriosa criatura que emerge de las profundidades del lago? ¿Un hombre ahogado?

Y entonces desaparece.

Aparto la mirada, la dirijo hacia la orilla y espero a ver las luces de Stonehaven.

Epílogo

Quince meses después

LA PRIMAVERA LLEGA PRONTO A STONEHAVEN. Abrimos las ventanas el primer día que la temperatura supera los quince grados para que entre aire fresco en las habitaciones y aleje el ambiente cerrado de un invierno más. Los últimos fragmentos de hielo siguen derritiéndose a la sombra bajo los árboles, pero en los lechos de flores cerca de la casa los primeros azafranes proyectan sus espinas al sol. Un día nos despertamos y en el gran jardín, hasta entonces marrón y sin vida, ha estallado una alfombra verde brillante.

Los cuatro nos movemos con cuidado por la casa, parpadeando ante la clara luz primaveral. Aún nos mostramos asustadizos como ciervos los unos con los otros. Solo una tiene el valor suficiente como para llenar la casa de grititos y risas y lamentos; apenas tiene siete meses. Su nombre es Judith, pero todos la llamamos Daisy y la mimamos, madre, timadora y hermano enfermo por igual. Es como una muñeca, con su pelo rubio y sus mejillas rosadas y sus ojos azules traslúcidos; nadie hace nunca ningún comentario sobre esto

527

último, aunque de vez en cuando sentimos una punzada de inquietud cuando nos mira directamente.

He dedicado mi tiempo a ir por las habitaciones de Stonehaven, una a una, documentando sus contenidos, esta vez con el permiso de la propietaria. Cada cuadro, cada silla, cada cuchara de plata y cada reloj de porcelana es registrado, descrito, fotografiado, catalogado y archivado. Voy por mi cuarta carpeta. A veces me doy cuenta de repente de que llevo cinco horas investigando la procedencia y la historia de un jarrón heráldico de la era borbónica, tan concentrada en las cartelas y las flores de lis que he olvidado comer.

Después de seis meses de trabajo voy por la habitación dieciséis de cuarenta y dos. Vanessa y yo no hemos hablado sobre qué hacer cuando acabe, pero tenemos al menos un año para pensarlo.

El trabajo fue sugerencia de Vanessa. Vino a visitarme a la cárcel, dos meses antes de que me soltaran y pocas semanas antes de que ella diera a luz. Su cuerpo hinchado apenas cabía en la silla de plástico de la sala de visitas. Era una de esas mujeres cuyos cuerpos prosperan con el embarazo, y cada parte de ella —el pelo, la piel, el pecho, la barriga— parecía repleta de vida. Me pregunté si estaría compensando por tantos años de hambre, entregada a la moda.

—Te ofrezco trabajo como archivista —dijo, sin mirarme del todo a los ojos—. No puedo pagar mucho, pero estarás a pensión completa y cubriré tus gastos. —Se estudió las uñas, brillantes por las vitaminas prenatales—. Estoy estudiando opciones a largo plazo para Stonehaven. Igual lo dono a una organización que mi madre apoyaba, la Asociación de la Salud Mental de California. Quieren crear una escuela para niños con necesidades especiales, como, ya sabes, Benny. —Me sonrió nerviosa, y yo pensé «Ah, esa va a ser tu penitencia»——. El caso es que va a tardar un tiempo, y mientras tanto voy a sacarme de encima muchas de las antigüedades. Necesito a alguien que me ayude a decidir qué vender, qué quedarme y qué donar. —Otra pausa—. Pensé que tú le has dedicado más atención que nadie en las últimas décadas al contenido de la casa.

Al principio no me convenció mucho. Había dado por sentado que cuando me soltaran volvería a la Costa Este, a ver qué clase de empleos en el mundo del arte aceptarían un currículum cuestionable como el mío. Quería irme bien lejos de la Costa Oeste y de mi sórdida historia aquí, comenzar de nuevo. Y quizá Vanessa solo estuviese intentando comprar mi silencio, aunque ¿sobre qué? Las dos teníamos mucho que perder si todo salía a la luz.

Cuanto más pensé en la idea de Vanessa más sentido le vi. Ahora teníamos algo que nos unía, y aunque yo me fuera a cinco mil kilómetros de distancia no podría escapar a eso. Quizá Vanessa fuera mi mejor ocasión de devolver un poco de legitimidad a mi vida. Y además, para ser sincera, también me ilusionaba la idea de estudiar Stonehaven de verdad, de aprender sus secretos después de tantos años.

—¿Confías en que no te robaré los cubiertos de plata? —le dije—. Recuerda que he estado en la cárcel.

Ella me miró sorprendida y se rio con un tono un poco histérico, rompiendo la cacofonía de la sala de visitas.

—Me parece que ya has pagado tu deuda con la sociedad.

Volví a Stonehaven ocho meses después de mi juicio y condena. Solo me condenaron a catorce meses, gracias a la labor del abogado caro que Vanessa contrató (y que pagó, como supe más tarde, con el dinero que encontramos en la cocina de Michael). Mi acusación de robo fue reducida a delito menor. Con buen comportamiento y tiempo cumplido, en noviembre ya pude regresar a la mansión, seis semanas después del nacimiento de Daisy, casi un año exacto desde que me presentara en la puerta como Ashley.

Por entonces Benny ya estaba viviendo aquí y ayudaba a su hermana con el bebé. Vanessa lo había convencido por fin de dejar el Instituto Orson e irse con ella. Decidieron probar a vivir por su cuenta, y por el momento era todo un éxito, aunque la sombra del fracaso acechaba siempre entre las piedras. «¿Qué pasaría si...?». Pero no había sucedido nada, y mientras tanto los dos se mostraban muy cuidadosos el uno con el otro. Vanessa le estaba siempre encima a Benny, se aseguraba de que tomara sus medicamentos, le compraba cuadernos y rotuladores buenos para sus dibujos (últimamente siempre retrataba a Daisy). Él, a su vez, era un tío consumado, contento de dedicar incontables horas a leer *El conejo Pat* y *Mister Silly*, con la paciencia eterna de quien se ha pasado la última década mirando caminar a los insectos.

Los dos parecían felices. Y, la verdad, yo me sentía feliz por ellos.

El día en que volví, él y yo dimos un largo paseo hasta la orilla, ambos un poco incómodos al pasar por la cabaña del jardinero; miramos las barcas en el lago. Él se mostraba un poco más lento, más torpe; no era el Benny que yo recordaba, pero aun así quedaba algo del adolescente al que había conocido, en su sonrisa ladeada y la forma en que se le ponía rojo el cuello cuando se sonrojaba.

—Me sorprende verte aquí. Decías que no ibas a volver nunca.

—No pensaba que fuera a venir, pero alguien tiene que cuidar de que mi hermana siga sana, así que pensé: ¿quién mejor para eso que alguien que está aún menos sano que ella?

—Cogió un canto plano de la orilla y lo lanzó al agua, con una habilidad infantil que lo hizo rebotar cuatro veces antes de hundirse. Se volvió hacia mí—. Y además, me prometió que tú ibas a venir.

Su sonrisa hablaba de corazones partidos y pérdida, pero también de una cierta esperanza; de repente comprendí la otra razón de la invitación de Vanessa. No se trataba de mis incomparables conocimientos sobre antigüedades, ni siquiera de mi silencio: le serví de anzuelo para su hermano. Estaba allí para unir a su familia.

Quizás esa iba a ser mi penitencia. De ser así, me parecía muy bien.

—No voy a encapricharme de ti ni nada por el estilo, por si te preocupa —continuó—. No tengo alucinaciones. Bueno, sí, pero no sobre eso. No espero que me salves ni nada. Pero estaría bien volver a ser amigos.

—Sí.

Pensé en la Nina superheroína que me había dibujado una vez, la que mataba dragones con su espada de fuego. Me pregunté si por fin había estado a la altura del retrato y mi dragón flotaba ahora en el fondo del lago. O quizás el dragón fuese yo y lo que había matado era la peor parte de mí misma, y ahora que no me quedaba nada más por matar podía por fin bajar la espalda y relajarme.

—Lo siento —dijo, pasando el dedo por otro canto que acababa de recoger—. Siento no haberme enfrentado a mi padre cuando te humilló aquel día. Siento haber permitido que mis padres te hicieran sentir mal, y siento no haberte dicho antes cuánto lo lamento.

—Por Dios, Benny, no pasa nada. Eras un niño —contesto—. Yo siento que mi madre fuera una ladrona oportunista que les hizo cosas horribles a tus padres.

—Esa parte no fue culpa tuya.

—Quizá. Pero yo tengo muchas más cosas de las que disculparme que tú.

Me miró con extrañeza, y yo me pregunté —no por primera vez— cuánto más sospechaba. «No sabe nada de lo que tramabais tú y Michael —me había dicho Vanessa antes de que viniera—. Cree que Michael me dejó de un día para el otro, y que yo te busqué para pedirte perdón por dudar de ti. Eso es lo que quiere creer, así que ¿por qué no?».

Lo cogí de la mano y apreté. Seguía teniendo los dedos largos y finos de un niño. Él me sonrió y también apretó.

Estuvimos sentados en silencio un buen rato, mirando las motoras. Se me ocurrió que quizá yo también podría ser feliz por fin.

Y lo sigo pensando, aunque hay noches en que me despierto cubierta de sudor después de que algo frío y primigenio se haya desencadenado en mis sueños. La sensación de la nieve soplando desde la popa de un barco, de botas que resbalan en una mancha húmeda de sangre y hielo, del peso del cuerpo de Michael mientras se hunde en el lago. De la espesa negrura de la noche y de la adrenalina al ver que la tormenta se disipa de repente y veo las lejanas luces de Stonehaven, una baliza en la oscuridad.

Nadie parece haber notado la desaparición de Michael. Aunque ¿quién iba a hacerlo? ¿Sabrían siquiera a quién echar de menos? ¿A Lachlan O'Malley? ¿A Brian Walsh? ¿A Michael Kelly o a Ian Kelly o a alguien cuyo nombre no he llegado a conocer? Fue cuidadoso de dejar una huella muy pequeña en el mundo, y eso nos ayudó a nosotras en su muerte.

La única persona que conozco que pueda preguntarse por él es mi madre, pero no he hablado con ella desde la noche en que la dejé sentada a oscuras en el porche. Nos intercambiamos un único mensaje de texto, cuando le informé de que había vencido el contrato de alquiler de la casa y tenía treinta días para buscarse otra. «Algún día vas a tener que perdonarme —contestó casi de inmediato—. Recuerda que en esta vida solo nos tenemos la una a la otra».

Ya no estoy segura de eso. Quizá el mayor engaño de mi madre fue convencerme de que alguna vez fue cierto.

Hay días en que la culpabilidad me consume al imaginármela viviendo en una caja de cartón en los barrios bajos, de nuevo con cáncer, a pesar de todo. Pero la conozco; tiene recursos y siempre sabrá qué hacer, aunque yo no me lo imagine.

¿He dicho ya que ahora Vanessa es una mamá bloguera? El último año ha ganado un cuarto de millón de seguidores en Instagram y ha empezado a diseñar una colección de ropa infantil en algodón orgánico llamada Daisy-doo. El porche siempre está lleno de cajas apiladas que le envían sus nuevos patrocinadores de las redes: empresas de pañales sostenibles, fabricantes noruegos de cunas hechas a mano y proveedores de superalimentos en puré. Benny ha encontrado su vocación como fotógrafo: la sigue por todo Stonehaven y retrata a madre e hija en beatíficas composiciones que después son subidas a Instagram y alabadas por la feroz congregación de Vanessa. Cada pañal sucio, cada pataleta a medianoche, es una oportunidad para subir discursitos motivadores sobre *vivir en el ahora* y *aprender a apreciar los momentos malos tanto como los buenos* o *intentar ser la persona que tu hijo cree que eres*.

La semana pasada vi que les había dicho a sus fans que Daisy había venido de un donante de esperma.

Chic@s, me di cuenta de que tenía que tomar la iniciativa e ir a por lo que me resultaba más importante, en vez de esperar a que alguien me lo diera. Ya no iba a esperar a que otros me dijeran que yo valía la pena. Sabía que quería ser madre, así que soy madre. No he necesitado a un hombre para definirme a mí misma.

La publicación tuvo 82.098 *Me gusta* y 698 comentarios. *Ánimos chica! / Eres una inspiración para todas nosotras madres / #quefuerte / OMG / Siento lo mismo / LUV UUUUU.*

Viendo su *feed* nadie diría que habíamos matado al padre de Daisy y habíamos tirado el cuerpo al lago. Pero supongo que ese es el objetivo de Vanessa: lanzarse al mundo en el que quiere vivir y olvidar el de verdad. ¿Y quién soy yo para decir que hace mal? Todos nos montamos nuestras propias ilusiones y vivimos dentro de ellas, construyéndonos muros que ocultan convenientemente las cosas que no queremos ver. Quizá eso signifique que estamos todos locos o quizá que somos monstruos, o a lo mejor es solo que el mundo de hoy hace muy difícil separar la verdad de la imagen del sueño.

O quizá, como dice Vanessa de forma más prosaica, «es una forma de pagar las facturas».

Solo hemos hablado una vez de Michael, una noche en que bebimos un poco de más. Estábamos sentadas en la biblioteca, a la que ahora le faltan media docena de piezas vendidas para cubrir gastos (el cuadro horrible del caballo resultó ser un John Charlton, y consiguió dieciocho mil dólares en una subasta), mirando en el monitor cómo dormía Daisy. De repente Vanessa extendió un brazo y me cogió de la pierna.

—Era malvado —dijo sin mucho énfasis—. De no haberlo

matado, nos hubiese matado él. Lo sabes, ¿verdad? Tuvimos que hacerlo.

Le miré la mano, con sus uñas ahora maternalmente cortas pero cuidadas y pulidas hasta brillar. «La pistola no estaba cargada —quise decirle—. Quizá podríamos haber encontrado otra manera».

—¿No te sientes… mal? —fue lo que le pregunté.

—Sí, claro. —Sus ojos parecían amarillos a la trémula luz del fuego de la chimenea—. Pero también me siento bien, ¿entiendes? Me siento más… segura de mí misma, creo, como que por fin puedo fiarme de mis instintos. O a lo mejor es por los medicamentos que me hace tomar el psiquiatra. —Una risita tímida, un eco de la Vanessa maníaca e impredecible que casi había desaparecido desde que yo había vuelto. Entonces se me acercó más y susurró—: A veces oigo su voz. —Me volví a mirarla y ella me soltó la pierna—. Pero no es como lo de las voces de Benny, lo juro. Es como si estuviese allí, un suspiro, intentando que dude de mí misma; lo ignoro y desaparece.

Quise preguntarle «¿Y qué es lo que dice?». Porque a veces yo también lo oigo: su acento suave, sus erres pronunciadas, susurrando en mis pesadillas «puta, guarra, mentirosa, asesina, don nadie». Pero me daba demasiado miedo saber de las cosas oscuras que viven en su cabeza; con las mías ya tenía suficiente.

Ayer empecé a trabajar en una habitación de invitados en la tercera planta. Estaba llena de polvo y telarañas, y pocos de los muebles eran de procedencia destacable. Pero al levantar una de las sábanas descubrí un expositor lleno de pájaros de Meissen de colores brillantes que me observaban tras el cristal. Limpié unos cuantos y los admiré, antes de decidir que eran demasiado alegres como para dejarlos ocultos en la oscuridad.

Llevé la colección al cuarto del bebé y los dispuse en una estantería cerca de la cuna de Daisy. La cogí y la sostuve en mi cadera, dejándola mirar el jilguero en mi mano pero manteniéndolo lejos de su alcance.

Vanessa apareció en la puerta, vestida para una sesión de fotos que iba a hacerse en el jardín, el pelo en un sencillo moño y un vestido que mostraba la cantidad justa de escote de pechos de leche. Se detuvo al vernos.

—Si quieres, puedes darle el pájaro para que juegue.

—Lo rompería. Vale mucho.

—Ya lo sé. Me da igual. —Se forzó para dibujar una sonrisa—. No tiene que tener miedo de vivir aquí. No quiero que esto se convierta en un museo para ella; quiero que sea un hogar.

Me cogió el pájaro y se lo entregó; ella lo agarró con sus puños regordetes.

Hay momentos en los que quiero pensar que Vanessa y yo algún día podremos ser amigas de verdad, pero no sé si el abismo que nos separa va a estrecharse alguna vez lo suficiente como para cerrarlo. Podemos mirar lo mismo, pero nunca lo veremos igual: juguete u *objet d'art*, pájaro bonito o un trozo de historia, trasto sin importancia o algo que se puede vender y con lo que salvar una vida. La perspectiva es de natural subjetiva. Es imposible meterse en la cabeza de otra persona a pesar de sus buenas —o malas— intenciones.

Los miedos que mantienen a Vanessa despierta por la noche no son y nunca serán los mismos que los míos, excepto por la única pesadilla que compartimos. Por el momento eso es suficiente para unirnos, es el puente que nos ayuda a cruzar el abismo, por precario que a veces parezca.

Vanessa se sentó en una mecedora y se llevó su bebé al pecho; su falda las rodeó a las dos, como si fuera una nube. Daisy levantó el jilguero con sus dos puños, se metió el pico en la boca y empezó a chupar.

—¿Lo ves? —Se rio, encantada—. La va a ayudar a que le salgan los dientes.

Oí el rítmico aliento del bebé. Los pálidos ojos azules de Daisy, tan perturbadoramente iguales a los de su padre, me observaron tranquilos, y juro que vi el pensamiento que tenía en la cabeza: «Mío».

Vanessa vio que la miraba y sonrió.

—¿Dónde está Benny? —preguntó—. Podría ser una buena foto.

Agradecimientos

EN PRIMER LUGAR, COMO SIEMPRE, MI GRATITUD eterna a mi agente, Susan Golomb, cuya sabiduría y consejos me han mantenido sana estos últimos trece años. Eres mi roca.

Comencé este libro con una editora y lo acabé con otra; me siento increíblemente privilegiada de haber trabajado con ambas. A Julie Grau, gracias por creer tanto en mi escritura durante los últimos cuatro libros. A Andrea Walker, tus observaciones y consejos fueron clave para hacer que esta historia brillara. No podía haber pedido mejor guía editorial.

Si existe un momento apropiado para usar la palabra *#privilegiada*, ese es al hablar del apoyo que he recibido por parte de todo el equipo de Random House. Muchas gracias a Avideh Bashirrad, Jess Bonet, Maria Braeckel, Leigh Marchant, Michelle Jasmine, Sophie Vershbow, Gina Centrello, Barbara Fillon y Emma Caruso, por no mencionar a todo el equipo de ventas que tanto ha trabajado por mí.

Gracias a la increíble escritora de sucesos Rachel Monroe y al profesor Jack Smith de la Universidad George Washington, por dejarme sonsacarles sobre el mundo del crimen, el engaño y el tráfico de antigüedades. Y al Dr. Ed Abratowski por sus conocimientos médicos.

Keshni Kashyap no es solo una escritora de talento sino también una lectora fantástica. Tus primeras impresiones de este libro fueron valiosísimas.

Ningún escritor existe en el vacío, y mi comunidad de autores es responsable de mantenerme concentrada e inspirada. Tengo suerte de poder ir al despacho cada día y ver a Carina Chocano, Erica Rothschild, Josh Zetumer, Alyssa Reponen, Annabelle Gurwitch, Jeanne Darst, John Gary y los demás de Suite 8. Prometo que pronto llevaré más palomitas y LaCroix.

Sin mis amigos, a los que recurro habitualmente en busca de ayuda emocional y consumo de vino, yo sería un desastre. Ya sabéis quiénes sois y también que os adoro.

A Pam, Dick y Jodi, el mejor equipo —quiero decir familia— que un escritor puede desear. Gracias por reordenar los libros en Barnes and Noble para que se vieran más los míos, y por venderlo a Kepler's. Me hacéis sentir como si fuese una superestrella.

A Greg, mi amor y piedra de toque creativa durante las dos últimas décadas: no puedo decir bastante sobre las cosas maravillosas que me has aportado. Mi carrera se lo debe todo a tu constante apoyo y tu fe en mí. Y a Auden y Theo, que creen que su madre es la mejor autora del mundo aunque nunca hayan leído ni una palabra de lo que he escrito; me habéis ayudado con este libro de formas que ni os podéis imaginar.

En último pero no menos importante lugar, muchas gracias a la comunidad de Bookstagram que descubrí mientras escribía esta historia. Hicieron que recordara cada día el bien que puede existir en el mundo de las redes sociales, y me anima e inspira su pasión por los libros y por apoyar a sus autores. Lectores como vosotros sois la razón de que yo escriba.